杜诗综论

魏耕原 著

图书在版编目（CIP）数据

杜诗综论 / 魏耕原著. —北京：商务印书馆，2024
ISBN 978-7-100-21873-3

Ⅰ. ①杜… Ⅱ. ①魏… Ⅲ. ①杜诗－诗歌研究
Ⅳ. ①I207.227.423

中国版本图书馆CIP数据核字（2022）第223233号

权利保留，侵权必究。

杜诗综论
魏耕原 著

商 务 印 书 馆 出 版
（北京王府井大街36号 邮政编码 100710）
商 务 印 书 馆 发 行
三河市尚艺印装有限公司印刷
ISBN 978-7-100-21873-3

2024年10月第1版　　开本 710×1000 1/16
2024年10月第1次印刷　　印张 25 1/4

定价：138.00元

国家社科基金后期资助项目
出版说明

　　后期资助项目是国家社科基金设立的一类重要项目，旨在鼓励广大社科研究者潜心治学，支持基础研究多出优秀成果。它是经过严格评审，从接近完成的科研成果中遴选立项的。为扩大后期资助项目的影响，更好地推动学术发展，促进成果转化，全国哲学社会科学工作办公室按照"统一设计、统一标识、统一版式、形成系列"的总体要求，组织出版国家社科基金后期资助项目成果。

全国哲学社会科学工作办公室

目 录

第一编 思想论 1
 一 杜甫儒家思想的本源与孟子 3
 二 杜甫与唐玄宗、肃宗、代宗 23
 三 杜甫华州弃官的缘由和依据 43

第二编 分体论 57
 一 杜甫五古特征发微 59
 二 杜甫歌行大篇结构论 79
 三 杜甫五律的创变与特征 98
 四 杜甫七律结构论 114
 五 杜甫绝句的创革与发展 130

第三编 特征论 141
 一 杜诗"沉郁顿挫"的界域与表现特征 143
 二 杜诗模式特征论 159
 三 杜甫诗法的创新 178
 四 杜诗对美与丑的颠覆与互动 195
 五 杜诗以数字构成的艺术世界 214

第四编 比较论 229
 一 李杜共同趋向论 231
 二 杜诗与颜书审美风格的共性 250
 三 从杜甫到韩愈 271
 四 从杜甫到辛弃疾 288

第五编 个案论 307
 一 杜甫华州诗论 309
 二 诗传与诗史的悖论：杜甫《八哀诗》论 325

三　杜诗名作三论..................................341
第六编　考释论..................................357
　　一　杜甫名诗名句疑难词试释..................359
　　二　杜诗公案"恰恰"再解......................372
　　三　杜诗"自"之殊义误解......................381

后　记..393

第一编　思想论

一　杜甫儒家思想的本源与孟子

说杜甫思想为儒家，犹如谓李白为道家、王维为佛家，是不会存在多大疑问的。而李白的驳杂，他本属道家，又与纵横家、尚侠精神的融合。杜甫执着单一，早年对道教丹药的向往，很快就被不久后困守长安的尴尬以及安史之乱带来的灾难冲刷掉，"儒冠"也就牢牢地戴定了。所以，"忠君"即与之如影随形，甚至于"一饭未尝忘君"被认为是他特有的标志。而他讥君、讽君、嘲君、刺君的一面，却被一个"忠"字障眼。原因之一，就是对于杜甫儒家思想的本源导源于孟子民本思想，还没有足够的认识。

（一）杜甫的儒家思想当源于孟子

从古迄今，认定杜甫思想属于儒家，是一个笼统含混的说法。一部杜诗，杜甫始终反复以儒家自居，经常自称儒生、小儒、老儒、腐儒，另外还有世儒、先儒、儒术、儒家、儒门、儒素、儒冠、儒流、儒衣等，种类极多。据说"儒"字用了50多次[1]，这确实是一道张扬自我从属的特殊"风景线"。他曾不无自负地以祖辈"奉儒守官，未坠素业"[2]为家庭传统。又加上自负极高，开口致君尧舜，高自比拟稷契，看来是不折不扣的儒家了。

然而前人很少明白地说杜甫是儒家，所谓"少陵一生却只在儒家界内"[3]，也只是为了与李白"早好纵横，晚学黄老"有个比较。强调杜甫为儒家，倒是今日论者所必言之。比如下面的论断："他终身服膺且视为安身立命之所的则是儒家思想，是以孔孟之道为核心的早期儒家思想。孔、孟所关心的是人间而不是彼界，是人类社会的伦理道德而不是宇宙的本体，所以孔孟之道在本质上是关于立身处世的人生哲学，这也就是杜甫世界观的核心。""他对于人生抱有坚定的信念，而且把安邦济民视为自己的使命。""杜甫所以自比稷契，志在天下，最根本的原因是他的思想浸透着

---

[1] 见赵海菱：《杜甫与儒家文化传统研究》，齐鲁书社2007年版，第6页。
[2] 仇兆鳌：《杜诗详注》，中华书局1979年版，第2172页。
[3] 刘熙载：《艺概·诗概》，上海古籍出版社1978年版，第59页。

儒家的仁爱精神。……从爱自身出发，经过爱亲人的中介，最后到达泛爱众人的目标，这种爱是人们乐于接受、易于实行的，它绝不是强制性的道德规范，更不是对天国入场券的预付，而是一种发自内心的、平凡而又真诚的情感流动。""杜甫具有强烈的忠君意识，……是与爱国爱民思想紧密地结合在一起的，有时甚至是二位一体"，"忠君的目的是施行仁政，……因此对无道之君能予以批判。前者是杜甫等同于普通的封建士大夫之处，后者才是杜甫的独特思想风貌"。又指出"杜甫致君尧舜的政治理想"的内涵：一是君臣修德，君要善于纳谏；二是减少战争；三是薄赋轻徭，以俭德治国。至于忧国忧民的"忧患意识既来源于孔、孟思想体系，也来源于屈、贾的文学传统。这种忧患意识与对国家、人民的责任感是相辅相成、融为一体的。……本来低沉压抑的忧患意识已升华成为一种非常积极、非常坚毅的精神力量"。① 这是迄今为止，颇能代表学界共识的看法，涉及的维度也比较全面。从哲学观点、人生信念、仁爱精神、政治理想、政治器识、忧患意识等角度，进行了详细讨论。

先秦早期的儒家思想，具有发展的动态性。孔、孟、荀三家分别标志儒家思想由创始到发展甚至融汇别家成分，形成三个不同阶段。尤其是孔子与孟子常常作为儒家的权威代表，定位在传统的观念与思想中，而封建社会上层往往推行的是荀子礼与法兼济的政治思想，而且影响深远。② 然杜甫与荀学无关。孟子对孔子的仁学有继承，而由此推展出尚义思想，仁是讲自身的修养，义则是针对人与人之关系，包括君与臣的关系，以及取予、生死等。孟子由此提出几种重要观点：其一，人性本善，应有恻隐之心，主张己溺人溺、老吾老与幼吾幼的推己及人精神，即民本思想；其二，复由民为本出发，提出"民贵君轻，社稷次之"的平等观念；其三，反对争城争地以战；其四，要求民有田可耕，国家轻赋薄税；其五，养浩然之气，敢当平治天下之大任。以上五端，杜甫均与之息息相关，并且在他的诗里得以全面的体现。孟子思想最为核心的是以民为本，这在杜诗里也同样绽放出动人的光彩。

孔子的思想核心是仁，仁者爱人，杜甫本来亦与之相近，并不相悖。但孔子求仁的目的是复礼，维持周公所制定的等级制度，这就与杜甫有了一定的距离。作为"寒士"的杜甫在天宝升平时代备受上层社会冷漠，在

---

① 以上分别见莫砺锋：《杜甫评传》，南京大学出版社1998年版，第278、279、283、284、288、290、293页。

② 参见魏耕原：《〈史记〉尚义精神论——兼论司马迁对孟子思想的继承》，《渭南师范学院学报》2015年第7期。

以后的丧乱中又备尝流离之苦，所以对以恢复礼制为终极目的的孔子就不免敬而远之，自然就疏远起来。他在困守长安的第十个年头，即天宝十四载（755）44岁时，"残杯与冷炙"也尝够了，"到处潜悲辛"也经历够了。在《醉时歌》里说，相如涤器与扬雄投阁成为士人普遍的社会现象，而不甘心"饿死填沟壑"，呼喊："儒术于我何有哉？孔丘盗跖俱尘埃！"这固然出于"儒冠多误身"的牢骚，属于"醉时"的狂言，并非是对孔子与"儒术"的否定，然从愤激语中多少也看出他对孔子并不那么亲近与热心。虽然在临逝之年看到偏僻小县兴建孔庙新学堂，认为是小邑倡大义，高兴地说"周室宜中兴，孔门应未弃"，实际是出于"呜呼已十年，儒服弊于地"的感慨。

对于属于"孔门"的孟子，杜甫是感到亲切的。他最尖锐而深刻的话，恐怕是"朱门酒肉臭，路有冻死骨"，这固然是对大唐帝国奢侈腐朽所造成的贫富悬殊至极的现实的揭露，然而其思想本源乃至措词都源于孟子。《孟子·梁惠王上》说："庖有肥肉，厩有肥马，民有饥色，野有饿莩，此率兽而食人也。……为民父母，行政，不免于率兽而食人，恶在其为民父母也？"[①]这段话的前五句，又在《滕文公下》中出现过一次，这是孟子民本思想的名言。在《梁惠王下》里也说过同样的话："凶年饥岁，君之民老弱转乎沟壑，壮者散而之四方者，几千人矣；而君之仓廪实，府库充，有司莫以告，是上慢而残下也。"[②]还在《公孙丑下》说过相近的话。如果把杜诗与此对照，二者间的联系是不言而喻的。"乐动殷胶葛"，杜甫路经骊山听到皇家乐团震天价响的演奏，便想象到玄宗与他的奢侈集团，在进餐时"劝客驼蹄羹，霜橙压香橘"，又看着"中堂舞神仙，烟雾蒙玉质"这样近乎裸体的舞蹈。他自己冻得"指直不得结"，经过"蹢躅崖谷滑"，怎能不对"赐浴皆长缨，与宴非短褐"的豪贵们予以谴责、加以挞伐呢？而且"老妻寄异县，十口隔风雪"，偌大京华，当时世界第一大都市住不下他家几口人！况且在"岂知秋禾登，贫窭有仓卒"时，他的"幼子饿已卒"！他本人虽还享有"生常免租税，名不隶征伐"的特权，却已被挤入"冻死骨"的底层。直到去世前一年，他还在《岁晏行》里说："高马达官厌酒肉，此辈杼轴茅茨空。"为小民不得其生而呼喊。孟子肥肉饿莩之论对后世影响甚巨。《汉书·贡禹传》谓贡上书元帝："今民大饥而死，死又不葬，为犬猪（所）食。人至相食，而厩马食粟，苦其太肥，

---

① 杨伯峻：《孟子译注》，中华书局1960年版，第9页。
② 杨伯峻：《孟子译注》，中华书局1960年版，第47页。

……王者受命于天，为民父母，固当若此乎！"①《盐铁论·园池》："语曰：'厨有腐肉，国有饥民，厩有肥马，路有馁人。'今狗马之养，虫兽之食，岂徒腐肉秣马之费哉？"②扬雄《太仆箴》说："厩有肥马，野有饿殍。"③以上均本于孟子名言。王孙子《新书》："楚庄王攻宋，厨有臭肉，樽有败酒。将军子重谏曰：'今君厨肉臭而不可食，樽酒败不可饮，而三军之士皆有饥色。'"④杜甫身处饥寒之中，对孟子之语感同身受，且如王嗣奭所言："朱门酒食等语，皆道其实，故称诗史。"又谓："自伤其穷。"⑤故其说的真切深痛，而成为千古名言，甚至超过孟子。

不仅如此，此节铺叙"君臣晏安独乐而不恤其民之状"⑥，描写了玄宗集团的豪奢建立在"聚敛贡城阙"的敲剥的基础上。亦与孟子"与民同乐"——"今王与百姓同乐，则王矣"，"乐民之乐者，民亦乐其乐；忧民之忧者，民亦忧其忧。乐以天下，忧以天下，然而不王者，未之有也"的观点背道而驰。又以《尚书·汤誓》"时日害丧，予及汝偕亡"，对君王提出警告："民欲与之偕亡，虽有台池鸟兽，岂能独乐哉？"⑦王嗣奭谓杜甫此节是谴责玄宗君臣"独乐而不恤其民之状"，颇得杜诗剀切惨痛的用心处。

在思想方面，孔、孟确有很多不同。孔子尊奉的偶像为周公，孟子则不仅开口称尧、舜，而且赞同"人皆可以为尧舜"的说法，认为"诵尧之言，行尧之行"，就是尧、舜那样的伟人。而"致君尧舜上，再使风俗淳"则是杜甫悬之甚高的标帜，也是他心目中的"图腾"，甚至到了他日暮途穷的晚年，在去世前一年还对人说："致君尧舜付公等，早据要路思捐躯。"⑧他自比稷契，矢志不移，在《自京赴奉先县咏怀五百字》中表白心迹，"居然成濩落，白首甘契阔。盖棺事则已，此志常觊豁。穷年忧黎

---

① 班固：《汉书》，中华书局 2010 年版，第 10 册，第 3070 页。焦循《孟子正义》所引毛奇龄《四书賸言》谓出于《汉书·王吉传》。贡、王同传，实为贡语。
② 马非百注释：《盐铁论简注》，中华书局 1984 年版，第 100 页。
③ 欧阳询撰，汪绍楹校：《艺文类聚》卷四十九，上海古籍出版社 1982 年版，第 2 册，第 882 页。
④ 欧阳询撰，汪绍楹校：《艺文类聚》卷二十四，上海古籍出版社 1982 年版，第 1 册，第 434 页。
⑤ 王嗣奭：《杜臆》，上海古籍出版社 1983 年版，第 35 页。
⑥ 王嗣奭：《杜臆》，上海古籍出版社 1983 年版，第 35 页。
⑦ 以上分别见杨伯峻：《孟子译注》，中华书局 1960 年版，第 27、33、3 页。
⑧ 杜诗诗题为《暮秋枉裴道州手札，率尔遣兴，寄递呈苏涣侍御》。本书所论杜诗，依据南宋翻刻影印本《杜工部集》为底本，如有异文，择善而从。

元,叹息肠内热",穷困潦倒如此却仍"未能易其节",这种仁人志士的精神,不正是秉承孟子所说的:"故天将降大任于是人也,必先苦其心志,劳其筋骨,饿其体肤,空乏其身,行拂乱其所为,所以动心忍性,曾益其所不能。"(《孟子·告子下》)①此诗尽见杜甫平生之志,不仅是"空前的弹劾时政的史诗"②,而且曲曲道出心迹之壮怀,揭露玄宗不惜民脂民膏之独乐,无不与孟子以民为本、民贵君轻等思想观念息息相通,笙磬相应!

所以,两宋之际的黄彻的《䂬溪诗话》以 1/3 还多的篇幅对杜诗的思想进行研究,认为杜甫接近孟子:"《孟子》七篇,论君与民者居半,其欲得君,盖以安民也。观杜陵'穷年忧黎元,叹息肠内热','胡为将暮年,忧世心力弱',《宿花石戍》云'谁能扣君门,下令减征赋',《寄柏学士》云'几时高议排金门,各使苍生有环堵',宁令'吾庐独破受冻死亦足',而志在大庇天下寒士,其心广大,异夫求穴之蝼蚁辈,真得孟子所存矣!"③黄彻目睹靖康之变,大概也有丧乱之感泣,故对杜甫思想的定位,别具只眼,比起刘熙载评价杜甫"一生却只在儒家界内",就深入多了。

(二) 忠君与讽君、刺君

自古迄今,认为杜甫"忠君",今人还常觉得有些"愚忠",似乎从无异议。这不是和"说大人则藐之"的孟子大相径庭吗?

其实不然。杜甫确实说过不少"忠君"的话。唐玄宗不大理会杜甫,他更没有像李白那样受到隆重礼遇的机会,然在《自京赴奉先县咏怀五百字》表述心迹的咏怀里,也深知"当今廊庙具,构厦岂云缺",却分外至诚地表白"葵藿倾太阳,物性固莫夺"。今日论者对此常有不免"迂腐"之说,恐怕这两句就成了鲜明的标志。不仅如此,他常把所历玄宗、肃宗、代宗三朝称为圣朝,就像称玄宗为"圣人"一样。在《大历三年春,白帝城放船出瞿塘峡,久居夔府,将适江陵,漂泊有诗,凡四十韵》中带有总结性地说:"此生遭圣代,谁分哭穷途。"连自己都没料竟在圣世长期漂泊,那么"圣代"就不会那么"圣"了。早期的《乐游园歌》说:"圣

---

① 杨伯峻:《孟子译注》,中华书局 1960 年版,第 298 页。
② 胡适:《白话文学史》,上海古籍出版社 1999 年版,第 196 页。
③ 黄彻:《䂬溪诗话》,人民文学出版社 1998 年版,第 5—6 页。这一说法得到明人汪瑗的呼应:"此五章(按:指《有感五首》)皆大道理,正议论,可见少陵学术之深宏,非特诗人而已。䂬溪谓少陵似孟子,视此五章,诚无怍色。"《杜律五言补注》卷二,转引自萧涤非主编:《杜甫全集校注》,人民文学出版社 2014 年版,第 3072 页。

朝亦知贱士丑，一物自荷皇天慈。"又是"圣朝"又是"皇天慈"，该是感激驯服得很到位，实际上是皮里阳秋的牢骚话，话里却带着愤激的不恭。《官定后戏赠》说因怕"趋走""折要"，而"不作河西尉"，选择了"率府且逍遥"。心情不好便"耽酒须微禄，狂歌托圣朝"，是说辞尉，只为有"微禄"可以饮酒狂歌，寄身圣朝，屈身小就，原非自比稷契之志可比，这与以上"自我作贱"语并无区别。其在肃宗朝任左拾遗时有《端午日赐衣》，不仅感到"恩荣"，着实赞美一番，而且表示"终身荷圣情"。不过这诗起手即言"宫衣亦有名"，王嗣奭却看出"公即以六月出华州，知是时帝眷已衰，寓不平之感"[①]。即使非此用意，也不过是"近臣谢表语"，属于不能作真的官场客套。他漂泊湖湘时所作的《野望》感到"纳纳乾坤大"，没有容身之所，而有"扁舟空老去，无补圣明朝"，自叹老于扁舟，遂为圣朝弃物。所谓"圣朝"，反是见弃之故，实是心中悲愤而口内谦和，同样不可作真。以上可见杜甫对玄、肃、代三朝之态度，明暗程度不同，但不满的情绪都灼然可见。

　　杜诗里还有不少"吾君""明君""明主""明哲君""我皇""圣主"的话头，看似更为亲切，或者十分忠顺，其实都是话里有话，并非真如字面的美意。《后出塞五首》（其三）结尾说："誓开玄冥北，持此奉吾君。"此诗的本意即发端的"古人重守边，今人重高勋"，而今以开边生事，分明邀功希赏，"此托意以讽玄宗开边于西北，终致禄山之窃发也"[②]，而"吾君"实是开边启衅者，亦即酿成"边庭流血成海水"的唐玄宗。肃宗乾元元年（758），朝廷集兵围攻邺城，杜甫《观安西兵过赴关中待命二首》（其二）写道"谈笑无河北，心肝奉至尊"，结果至次年，因肃宗于九节度中不设统御，60万大军溃败，安史余党气焰复炽。观此诗起手"奇兵不在众"，末尾"竟日留欢乐"，则"预见如此，且欢笑"，"岂有讽耶"[③]。著名的《忆昔二首》（其二）先言开元全盛的兴盛，后言安史之乱引发的衰败，末尾说："小臣鲁钝无所能，朝廷记识蒙禄秩。周宣中兴望我皇，洒泪江汉身衰疾。"诗作于代宗广德二年（764），代宗即位已两年，上年安史之乱虽已平息，然吐蕃入陷长安，宫室惨遭焚火，即此诗中所言之"洛阳宫殿烧焚尽，宗庙新除狐兔穴"。当时代宗宠信宦官，程元振忌疾诸将，

---

① 王嗣奭：《杜臆》，上海古籍出版社1983年版，第72页。
② 蔡梦弼语，转引自萧涤非主编：《杜甫全集校注》，人民文学出版社2014年版，第642页。
③ 王嗣奭：《杜臆》，上海古籍出版社1983年版，第74页。

故不敢救援,致使代宗狼狈逃往陕州。该诗(其一)言肃宗时"关中小儿坏纪纲,张后不乐上为忙",嘲讽辛辣,而且折腾得代宗"至今上犹拨乱,劳心焦思补四方",然仍"犬戎直来坐御床,百官跣足随天王",对肃宗、代宗父子讽意甚明。杜甫这时的心情是"伤心不忍问耆旧,复恐初从乱离说"。所谓"中兴望我皇",实际是泣尽"洒血"无可奈何的迫切期盼,而对代宗并没有多少亲近,更无什么殷勤!

关于带有"明"字号定语者,如《后出塞》(其五)的"跃马二十年,恐辜明主恩",这是出塞者针对自己"身贵"而言,但他看到玄宗黩武,边将骄横,为了脱免悲名,便中夜逃归。可见"明主"并不那么"明"。作于大历二年(767)的《摇落》说看到"烟尘多战鼓,风浪少行舟",他老想着"长怀报明主",仇兆鳌说"此公一生大志",或谓"道出一生心事",均为颠倒本末的糊涂话。所谓"报明主"就是十多年来希望自己能在朝廷出谋划策,平息战乱,其中交织爱国的思想。代宗是何等君主,从上文已可略见杜甫的观念。所以此处不能简单视为忠君,否则杜甫不是越来越糊涂,或者说与旧时注杜诗的观念也就没有任何区别了。他在《江上》诗中说在夔州秋夜不眠,而想到"时危思报主,衰谢不能休",似乎把报主无已衰老难了的话说得非常恳至,然而言时曰"危",还有上两句的"勋业频看镜,行藏独倚楼",即可明了"报主"是言犹未忘勋业,出处行藏之际,"藏既不甘,行又难必,无限心事,他人不能知"①,至大至悲的一怀心事翻转胸中而不能释然。这里的"报主"是想把"时危"而转变成不危,并非一味地向代宗表何忠心。《寄薛三郎中》叙写友情,末尾说:"余病不能起,健者勿逡巡。上有明哲君,下有行化臣。"这是勉励壮健的薛据能做一番事业,非特意称美代宗为"明哲"之君。《千秋节有感》(其二)的"圣主他年贵,边心此日劳",张溍说:"二句隐言玄宗极奢淫,于他年实开祸端,令后人至今留心,以防边患,见遗害之远也。"②谓玄宗恣意尊贵,结果骄盈招乱。"他年""此日"讽刺中疾,这哪里有点儿说是"圣主"的意思。

杜甫对所历三朝君王堂皇的"称美"大略已如上举,看不出有什么"愚忠",倒是在看似美称中却带有许许多多的不满,甚至讽刺。但还有一首《槐叶冷淘》每被视为"愚忠"的铁证。诗写以槐芽槐叶之汁和面,做成面条,冬取其温,夏取其凉。他想把当地人的发明献至宫中,而以路远

---

① 顾宸语,转引自萧涤非主编:《杜甫全集校注》,人民文学出版社2014年版,第3931页。
② 张溍著,聂巧平点校:《读书堂杜工部诗文集注解》,齐鲁书社2014年版,第1333页。

难致为遗憾。末尾说："君王纳凉晚，此味亦时须。"他流浪在瀼西山邑，万里之外还想到皇帝也需此物，乍看真是"眷眷君父"[1]，"政所谓一饭不忘君者欤"[2]，如此朴诚忠爱，真有些想不到。或谓"因冷淘忆君，想亦悲，播越玉食之艰也"[3]。当时关中虽处多事之秋，但自代宗幸陕以后，亦无播越之事发生。即使愚忠如此，也不会这样推想。仇兆鳌以为"全是比喻"，但却没有说出比喻什么。据《资治通鉴·唐纪》代宗大历元年，刑部尚书颜真卿上疏指斥元载专权，"使论事者先白宰相，是自掩其耳目也。……是（李）林甫复起于今日也"[4]。元载衔恨，奏颜真卿诽谤，未几，颜氏被贬为峡州别驾。当时杜甫迁居瀼西，地处僻壤，获悉此事恐在翌年，故有此作。看此诗中"路远思恐泥，兴深终不渝"，态度执着，希望代宗能听取逆耳之忠言，故以槐叶冷淘献君为喻，或许未尝不可。即使我们的猜详不妥，亦不能凭此一例，便把杜甫钉在"愚忠"不光彩的位置上。

　　回头再看孟子对于君臣关系之看法。《离娄下》孟子当面对齐宣王说："君之视臣如手足，则臣视君如腹心；君之视臣如犬马，则臣视君如国人；君之视臣如土芥，则臣视君如寇雠。"又说："君仁，莫不仁；君义，莫不义。"臣之对君不是忠与不忠，而是看君如何待臣；不是投桃报李，便是以牙还牙。这很有些"等价交换"的意味。这真是振聋发聩的骇论，无怪乎明太祖朱元璋对《孟子》要大加砍削。等价交换观念出自平等，此与"民贵君轻"的命题互为表里，反对绝对服从。这也是尚义精神在君臣关系上的体现。孟子"说大人，则藐之，无视其巍巍然"，而孔子则是"畏大人"，孔、孟于此之区别，亦是因所处时代的差异，战国中期士阶层觉醒所体现的人格本体提高到了道德的层面。孟子又认为诛除暴君不是弑君而是诛孤家寡人："贼仁者谓之贼，贼义者谓之残，残贼之人谓之一夫，闻诛一夫纣矣，未闻弑君也。"他还认为："君有大过则谏，反复之而不听，则易位。"[5] 孟子处于诸国林立的时代，齐国不用他就可到魏国去。杜甫则处于家天下的李唐时代，希望只能寄托在君王身上，无论君王有多大的过失与罪恶，只有讽谏的可能，至于"易位"与"诛一夫"，只有武装

---

[1] 金圣叹：《杜诗解》，上海古籍出版社 1984 年版，第 229 页。
[2] 单复：《读杜诗愚得》卷十四，转引自萧涤非主编：《杜甫全集校注》，人民文学出版社 2014 年版，第 4576 页。
[3] 张溍著，聂巧平点校：《读书堂杜工部诗文集注解》，齐鲁书社 2014 年版，第 1069 页。
[4] 司马光：《资治通鉴》卷二二四，中华书局 1956 年版，第 7189—7190 页。
[5] 以上引《孟子》诸句，见杨伯峻：《孟子译注》，中华书局 1960 年版，第 186、187、339、42、251 页。

暴力才有可能实现。杜甫对国家是热爱的,他赋予自己的天职是"致君尧舜上",就像屈原那样"恐皇舆之败绩",希望能"忽奔走以先后兮,及前王之踵武",然而他在肃宗朝作为近臣实际上不到一年,以后再没有奔走先后的机会,而其关注国家、注视天下的社会责任从未放弃,正缘于此,才获得无冕之"诗圣"!

也正是出于忧国忧民的理念与责任,杜甫秉承了孟子对君王的批评精神,凡是君王不利于国家与民众的任何举措,都在他的讽谏甚或谴责之中。唐玄宗后期肆意开边,劳民伤财,挫损国家元气。杜甫《兵车行》专为此而发,呼喊出:"武皇开边意未已,边庭流血成海水。"迹近戟手痛斥,勇气胆魄并世无二。《前出塞》的"君已富土境,开边一何多"(其一),"杀人亦有限,立国自有疆。苟能制侵陵,岂在多杀伤"(其六),如此恳切的非战呼喊,亦为唐玄宗而发。面对杨国忠专权、杨氏兄妹龌龊豪奢的行径,杜甫则以"杨花雪落覆白蘋,青鸟飞去衔红巾"(《丽人行》)讥讽杨氏兄妹苟且,支持他们的唐玄宗也未尝不是如此!本来与诗友游寺,杜甫登塔望到的却是:"秦山忽破碎,泾渭不可求。俯视但一气,焉能辨皇州?"这正是诗人基于政治对社会矛盾的深切洞察。而且"回首叫虞舜,苍梧云正愁"——深感连老祖宗唐太宗在地下也会发愁。特别是"惜哉瑶池饮,日晏昆仑丘"(《同诸公登慈恩寺塔》),讥讽唐明皇与妃子杨贵妃还在荒唐,不理朝政,而无限痛惜。回家途经渭河,看到"群冰从西下,极目高崒兀",便预感到"疑是崆峒来,恐触天柱折"——大唐帝国即将面临一场翻天覆地的震灾,而唐玄宗这时还在骊山上"日晏昆仑丘"。

应当说杜甫对唐玄宗还是有感情的,因为玄宗毕竟开创了开元盛世。他在《忆昔》《昔游》回忆中曾经兴奋地描绘过,又曾比之为"舜日"(《夔州歌》其三),还说过"忆昔村野人,其乐难具陈。蔼蔼桑麻交,公侯为等伦"(《寄薛三郎中》)。肯定了这位四纪天子曾为国家带来了富强与安宁,前期的勤政有为还是圣明的。然对于后期的唐玄宗败政,却以疾言厉色痛心谴责与道德的鞭挞,这不正是"说大人则藐之"的观念体现,丝毫不假声色。

对于肃宗同样也有感情,因为消灭安史之乱的希望只能寄予这位抢班夺权的太子摇身一变而为帝王的身上。杜甫曾经说过"兴衰看帝王"(《入衡州》),所以在《北征》里称肃宗"君诚中兴主",称赞过作为太子的李亨所操纵的马嵬兵谏是"周汉获再兴,宣光果明哲"。然自玄宗以下三代,可谓是"一代不如一代"。肃宗有名将郭子仪、李光弼,却常持戒备之心；有智囊李泌却在紧要关头并不听取，如急欲收复长安，在于牢固他的帝位，而放弃长驱河北安史后方，再回头收复，延误了平叛的岁月。唐玄宗派宦官敦促哥舒翰出战，丧兵20万，使潼关失守，他也让宦官催促房琯交战，造成陈涛斜、青坂出战惨败。不顾朝议反对借助回纥平叛，留下极大的后患；笃信佛教，在多事之秋，宫中却变成了道场；又是著名的惧内皇帝，几乎酿成女主掌权的局面。重用宦官李辅国，为后来开了一大恶例。派九节度使60万大军围攻邺城，为了防止郭子仪、李光弼功高震主，特意不设统帅，造成惨败，使平叛局势急转直下，直至他死去安史之乱尚未平息，把一个烂摊子留给了儿子代宗。杜甫在《北征》对回纥提出"此辈少为贵"，认为"伊洛指掌收，西京不足拔"，不要急于收复二京，建议"官军请深入，蓄锐可俱发"，均指出肃宗军国大计诸措之不当。《忆昔》的"关中小儿乱纪纲"，即讽刺重用李辅国。至于"张后不乐上为忙"嘲讽辛辣，留给儿子的遗产是"至今今上犹拨乱，劳心焦思补四方"。杜甫因疏救房琯而斥放华州司功参军，有《至德二载，甫自金光门出，间道归凤翔。乾元初，从左拾遗移华州掾，与亲故别，因此出门，有悲往事》，他去年冒死投奔肃宗行在，不到一年就被贬官，自此再也没有回朝机会，对他是一重挫。诗言："此道昔归顺，西郊胡正繁。至今犹破胆，应有未招魂。"这是何等的赤诚，然而"近侍归京邑，移官岂至尊？无才日衰老，驻马望千门"。由左拾遗之近侍一贬华州，这年才46岁就被遗弃了。反话正说，讽意自见。又有《瘦马行》说："当时历块误一蹶，委弃非汝能周防。见人惨澹若哀诉，失主错莫无晶光。"借遗弃的官马自伤贬官的处境。不久弃官奔秦州的《病马》的"尘中老尽力，岁晚病伤心"，同样表达了为朝廷"尽力"而遭遗弃的感伤。在《秦州杂诗》最后一首开口即说："唐尧真自圣，野老复何知！"同样是反话正说，讽刺肃宗不听劝谏，一意孤行。上元元年（760），肃宗为了防止玄宗势力再起，废蜀郡南京，立荆州为南都。杜甫为此而有《建都十二韵》提出批评："苍生未苏息，胡马半乾坤。议在云台上，谁扶黄屋尊？恐失东人望，其如西极存。时危当雪耻，计大岂轻论！"劝阻不要内耗，专心用力于平叛："衣冠空攘攘，关辅久昏昏。愿枉长安日，光辉照北原。"认为建都非计，有失人心，希望改弦更张，以扫平叛军为务。

代宗重蹈乃父覆辙，同样重用宦官程元振、鱼朝恩，崇信佛教，也同样疏远郭子仪、李光弼，信任奸臣元载。虽然安史叛军内讧导致灭亡，然回纥犯京重演叛军的故伎，诸军遭忌无人救援，代宗仓皇逃往陕州。杜甫《忆昔》批评说："为留猛士守未央，致使岐雍防西羌。犬戎直来坐御床，百官跣足随天王。"讽刺代宗举措失当用意明显。大历二年《承闻河北诸道节度入朝欢喜口号十二首》其一所说的:"禄山作逆降天诛,更有思明亦已无。汹汹人寰犹不定,时时战斗欲何须!"不仅指吐蕃入寇,且对节度使自行废立一味姑息表示痛心。看似谴责诸镇,实是对肃宗、代宗一味姑息不满。其二:"社稷苍生计未安,蛮夷杂种错相干。周宣汉武今王是,孝子忠臣后代看。"这是警告醒示诸镇,也含有对代宗拭目以待的意味。其四:"不道诸公无表来,茫然庶事遣人猜。拥兵相学干戈锐,使者徒劳百万回。"讽刺肃宗、代宗一味姑息之意明朗。至于其五的"兴王会静妖氛气,圣寿宜过一万春",此指诸道入朝为圣寿节而来,而非杜甫自道。

综上可见,杜甫身历三朝,经历了大唐由盛转衰的万方多难岁月,对玄、肃、代三代,都寄托极大的希望,然而等到的全是失望。他对于李唐王朝不能说不忠,而且忠得赤诚,然而忠君是和希望勘乱减少灾难联系在一起,一旦发现失望,他则由忠君转入劝君、讽君,乃至谴责与嘲讽。完全可以说杜甫的责君远远地超过了忠君。孟子"说大人则藐之"在杜诗处处生根,遍地发芽,举凡三代所有军国大政,无不在杜诗的笼罩中。杜甫不在其位而谋其政的社会责任感,在他精神上渗透着"天降大任于是人",还有"知其不可为而为之"的精神,使杜甫走上了"圣坛",受到后世的尊崇!

(三)秉承孟子以民为本的忧患意识

在忧国、忧民与忠君的三点上,杜甫是以忧民为基础,亦为中心。他能在忠君的观念上融入忧君乃至讽君的更多意识,也正由于此。中国历史上有三个八年,人民受尽战争苦难。一是秦汉之际三年反秦五年楚汉之争的八年,一是安史之乱八年,一是全面抗日战争的八年。前后二者很快得到统一,而安史之乱虽然结束,然藩镇割据与吐蕃、回纥入寇又频繁起来,大唐天子三番五次地被赶出长安。颠沛于斯的杜甫,艰难苦恨地整整经过了15年,走完了中年与暮年。大唐的灾难还在蔓延,这是杜甫忧国忧民的社会大背景,也是接受孟子以民为本思想的原因。

孟子"民贵君轻"的命题,是建立在以民为本的思想基础上。《离娄上》说:"桀纣之失天下也,失其民也;失其民者,失其心也。得天下有道:得其民,斯得天下矣。得其民有道:得其心,斯得民矣。"失民则失国失天下,要得到民心的拥护,国家才能牢稳地存在。所以他认为治国之道,在于"民事不可缓也","贤君必恭俭礼下,取于民有制"。①孟子又提出"保民而王",而要保民必须具备"恻隐之心"。而"恻隐之心"即著名的"四端"之一:"仁之端也",而"羞恶之心,义之端也"②,这是仁义礼智"四端"中最重要的两端,是对孔子仁学的继承与发展,也是属于性善论的"不忍人之心"的基本道德。这种基本道理正是推行"仁政王道"的基础。所以,孟子说恻隐之心就是:"老吾老,以及人之老;幼吾幼,以及人之幼。天下可运于掌。……言举斯心加诸彼而已。故推恩足以保四海,不推恩无以保妻子。古之人所以大过人者,无他焉,善推其所为而已矣。"又说:"人皆有不忍人之心。先王有不忍人之心,斯有不忍人之政矣。以不忍人之心,行不忍人之政,治天下可运之掌上。"③孟子所说的"恻隐之心"或者"不忍人之心",均指人的起码的同情心,这就把孔子"推己及人"发展为治国平天下的大道,这也是最为可贵的地方。

杜诗最具同情心,这也是杜甫接受孟子思想的最重要的地方,也是一部杜诗最为感人的原因。老辈学者曾经说过:"他思想无非'推己及人',并没有什么神秘。结合小我的生活,推想到大群,从万民的哀乐,定一国之兴衰,自然句句都真,都会应验的。以文而论,固是一代之史诗,即论事,亦千秋之殷鉴矣。"④杜甫在天宝升平年间饿死过幼子,丧乱年间又奔波了后半生,几乎与难民无异,苦与罪受够了,所以他的诗差不多都是饱蘸同情的泪水写就的。他以孟子的"舜,何人也?予,何人也?有为者亦若是"⑤,要求君王,也要求自己。反对把战争与不幸强加在百姓头上,反对连绵不断的横征暴敛,反映老百姓的血与泪,是杜诗的主题曲之一。

先看己溺人溺、推己及人。他饿死了孩子,却推及"远戍卒"与"失业徒"——失去土地的农民,前已言及。《哀江头》说他在沦陷的长安潜行曲江,不由自主地"吞声哭",想到昔日王朝繁华与骄奢,导致今日的荒凉寂寞与游魂不归,这是由己及国。在秦州所作的《佳人》悲痛叙写了富贵人家被遗弃的女性避乱在山谷,这是由自己的流浪而关注到他人。在从秦州到同谷途中备极艰辛:"贫病转零落,故乡不可思。常恐死道路,

---

① 杨伯峻:《孟子译注》,中华书局1960年版,第117、118页。
② 杨伯峻:《孟子译注》,中华书局1960年版,第80页。
③ 杨伯峻:《孟子译注》,中华书局1960年版,第16、79页。
④ 俞平伯:《说杜甫〈自京赴奉先县咏怀〉诗》,《杜甫研究论文集》二辑,中华书局1963年版,第19页;又见氏著:《论诗词曲杂著》,上海古籍出版社1983年版,第400页。
⑤ 杨伯峻:《孟子译注》,中华书局1960年版,第112页。

永为高人嗤!"(《赤谷》)而在《龙门镇》看到古镇戍守旗帜惨澹,想到"胡马屯成皋,防虞此何及",感到防守无益。又说:"嗟尔远戍人,山寒夜中泣。"念及戍卒之苦。《石龛》看到"为官采美箭"的伐竹者,"苦云直竿尽,无以充提携",无法为官家交差。结尾"奈何渔阳骑,飒飒惊蒸黎",深悲战乱给百姓带来的苛敛。对此前人曾言:"《龙门》言冗兵,《石龛》言苛敛也。以行旅尚苦沮洳,则远戍者更如何矣?以独客尚迷道路,则采箭者更如何矣?仁人之心,忧国之泪,一时并集。"① 己苦已不堪言,尚念及戍卒与伐竹者,正是推己及人的"仁人"之言。

杜甫越是生活艰难时,越是想到别人的苦难。入川后的《光禄坂行》说自己行走绝壁山道,不怕马惊坠谷,怕的只是乱兵的草中暗箭,所以发出感慨:"安得更似开元中,道路即今多拥隔。"不仅由己及人,进而忧天下。仆人为他修理竹筒水道,专写《信行远修水筒》的"感谢信",说如何"往来四十里,荒险崖谷大。日曛惊未食,貌赤愧相对",就像对待亲人子女一样招待他吃喝。《驱竖子摘苍耳》说采摘野蔬以佐餐,言己举箸下箸,却想到"乱世诛求急,黎民糠籺窄。饱食复何心,荒哉膏粱客。富家厨肉臭,战地骸骨白"。就是发自内心己饥人饥的仁者之言。正是这种悲天悯人的同情心,使他写了大量这样的诗作。自家茅屋破漏,他却想到"天下寒士"不知有多少人也处在风雨冻馁之中,只要有大厦可庇"天下寒士",就是"吾庐独破受冻死亦足"。其所以是那样真实,那样感人,正是孟子所说的"举斯心加诸彼而已"。《又呈吴郎》说其所以"堂前扑枣任西邻",就是想到老太太是"无食无儿一妇人",何况"已诉征求贫到骨",由此"正思戎马泪沾巾"。他以"流泪眼望流泪眼,伤心人对伤心人"的恻隐情怀,关怀比他更为可怜的天下人,感情是那样诚挚感人!直到晚年,他自己风烛残年贫苦交加,又是"亲朋无一字,老病有孤舟"漂泊寂凉,在岳阳楼上"凭轩涕泗流",伤心的不仅是暮年的孤苦凄凉,而还有"戎马关山北",国家还处于战乱,又有多少人也在漂泊。他的心境是多么凄苦,又是多么博大!他无时无刻不是关怀着别人,惦念着动荡的国家。

他不仅忧人忧民,而且无时不忧念国家。他把孟子恻隐之心扩大到忧天下。他入川以后,川中也时有动乱,转徙梓、阆,而不知"吾道竟如何",世上竟无一片安土,他却看到:"十室几人在,千山空自多。路衢唯

---

① 刘濬《杜诗集评》引吴农祥语,转引自萧涤非主编:《杜甫全集校注》,人民文学出版社 2014 年版,第 1743 页。

见哭，城市不闻歌。漂梗无安地，衔枚有荷戈！"(《征夫》)在巴山遇到从京城来的宦官，急忙打听时局状况："盗贼还奔突，乘舆恐未回？"立刻忧虑："狼狈风尘里，群臣安在哉？"(《巴山》)《冬狩行》写看到地方军阀打猎，即劝谏："喜君士卒甚整肃，为我回辔擒西戎。草中狐兔尽何益？天子不在咸阳宫。"当时吐蕃入陷长安，代宗逃奔陕州，远在梓州的杜甫担心时局的恶化。《将适吴楚，留别章使君留后兼幕府诸公，得柳字》说自己漂泊如"丧家狗"，"既无游方恋，行止复何有？"真到了日暮途穷光景，仍担心："所忧盗贼多，重见衣冠走。中原消息断，黄屋今安否？"他为长安的再度沦陷写了不少诗，随时忧念。《伤春五首》该是写景诗了，然而其一想的却是"天下兵虽满，春光日自浓"，因天下忧乱而移怨于春。又说："西京疲百战，北阙任群凶。关塞三千里，烟花一万重。蒙尘清路急，御宿且谁供？"当时官吏奔散，无复供给，扈从将士不免饥饿，真让他不幸而言中。当年终长安收复，次年春闻悉，又有《收京》听说"复道收京邑，……车驾已还宫"，衷心期盼"莫令回首地，恸哭起秋风"，回看长安频频失陷，希望再勿发生如此难堪悲剧。又有《巴西闻收京阙，送班司马入京》诗说："向来论社稷，为话涕沾巾。"还有《释闷》总结屡次陷京教训："四海十年不解兵，犬戎也复临咸京。……天子亦应厌奔走，群公固合思升平。"天子多次"奔走"得也够累了，大臣也该能想想平息祸乱。其原因也不觉担心："但恐诛求不改辙，闻道嬖孽能全生。"希望勿蹈重赋急敛覆辙，不杀专权自恣的致上奔窜的宦官程元振，就很不得人心。当成都乱定从阆州返回草堂，车驾已还长安，有《题桃树》略感欣慰："高秋总馈贫人食，来岁还舒满眼花。……寡妻群盗非今日，天下车书正一家。"他为时局而感到高兴。在寄给边将诗里说："海内久戎服，京师今晏朝。犬羊曾烂熳，宫阙尚萧条。猛将宜尝胆，龙泉必在腰。"(《寄董卿嘉荣十韵》)希望不要以今日暂时的安宁，忘记昔日宫阙沦陷的耻辱。

在丧乱漫长的岁月，往往长夜忧虑。在夔州的《中夜》有感人生百年却万里为客，发思家又思国的喟叹："故国风云气，高堂战伐尘。胡雏负恩泽，嗟尔太平人！"回首玄宗于盛世纵奢招祸，引发安禄山负恩作逆，痛惜离乱相寻延续至今。即使听到一阵笛声便飞思"月傍关山几处明"，而想到"胡骑中宵堪北走，武陵一曲想南征。故园杨柳今摇落，何得愁中却尽生？"(《吹笛》)在夔州有好几首自传性长诗，其中《往在》回顾安史之乱给长安带来的灾难："往在西京日，胡来满彤宫。中宵焚九庙，云汉为之红。解瓦飞十里，繐帷纷曾空。疚心惜木主，一一灰悲风。……是时妃嫔戮，连为粪土丛。"希望"京都不再火，泾渭开愁容"。《晚登瀼上堂》看到江流奔涌,而想到"四序婴我怀,群盗久相踵。黎民困逆节,天子渴垂拱",甚至感到"楚星南天黑,蜀月西雾重",心情异常沉重。当他闻悉河北诸道节度使入朝喜忧兼俱:"抱病江天白首郎,空山楼阁暮春光。衣冠是日朝天子,草奏何时入帝乡?"(《承闻河北诸节度入朝欢喜口号绝句十二首》)遥闻入朝之事,而叹不能亲见。看到送来蔬菜也会引发一阵心潮翻动:"呜呼战伐久,荆棘暗长原。乃知苦苣辈,倾夺蕙草根。小人塞道路,为态何喧喧!"(《园官送菜》)特别是秋天特能引发忧国忧民的许多感慨,《秋风》其一说:"要路何日罢长戟,战自青羌连百蛮。中巴不曾消息好,瞑传戍鼓长云间。"大历二年吐蕃寇灵州、邠州,京师戒严,便担忧"烟尘绕阊阖",而有"白首壮心违"不能匡时济世的哀婉!

总而言之,杜甫给我们留下大量的忧国忧民、伤世哀时的诗篇,显示强烈的忧患意识,永不衰竭地抒发忧国忧民强烈而悲痛的情感。针对安史之乱,回纥、吐蕃的侵扰,以及河北诸镇的跋扈,包括西南成都内外之乱,给人民带来了诉说不尽的灾难,都由杜甫承担了代民呼吁的社会责任,也留下了感昭后人的爱国爱民精神,激励人们振作奋发!由此看到孟子的以民为本的思想,在他诗歌中焕发出空前的悲痛而又有期望的强音。

(四)杜甫对孟子非战与薄赋思想的继承

孟子适逢战国中期,兼并战争连绵不绝,认为统一天下只有"不嗜杀人者能一之"。"今天下之人牧,未有不嗜杀人者也。如有不嗜杀人者,则天下之民皆引领而望之矣。"反对争地争城之战,反对杀人盈野盈城,声色俱厉地指出:"此所谓率土地而食人肉,罪不容于死。"并提出:"善战者服上刑。"[①] 这是有所为而发,也带有思想家美好的愿望。当然,孟子反对"争城""争野"的不义战。如果处于唐太宗贞观时期,杜甫大概不会对孟子非战思想有何留意,偏偏赶上长期大乱而且是由盛转衰的多战之秋,丧乱促使他以孟子第二的身份,不断发出反战的呼声。

杜甫自 44 岁,即天宝十四载,他所预料的大乱——安史之乱发生了,除过在朝一年与华州短暂时期自此前后便陷入丧乱逃难中,直到大历五年(770),带着"战血流依旧,军声动至今"的悲痛病逝在一条孤舟上。自玄宗后期恣意开边起,杜甫就有《兵车行》、前后《出塞》表明了非战的态度。安史之乱中的邺城大败,唐政府肆意抓丁,百姓遭遇到叛乱

---

① 杨伯峻:《孟子译注》,中华书局 1960 年版,第 175 页。

与朝廷强加的祸乱。对于遭遇双层灾难的民众，杜甫既同情又鼓励他们上前线参加平叛，如此矛盾心理全都见于三《吏》、三《别》。肃宗乾元二年（759）平叛形势好转，则以《洗兵马》喊出强烈的非战呼声："安得壮士挽天河，净洗甲兵长不用！"犹如"安得广厦千万间"一样，这是杜甫表达强烈呼声特意置于结尾，属于他自己特有的模式。这里以"挽天河"来"净洗甲兵"，是杜甫的迫切愿望，也是饱受战争苦难民众的期望：能早日消除战乱，获得大唐中兴，回归安宁的社会。

然而肃宗在重大战略上不顾全局，后来代宗大政的举措荒唐，前者使叛乱延长到八年，后者使藩镇尾大不掉，加上回纥、吐蕃侵扰，十来年间仅长安、洛阳两京就失陷过多次。肃宗至德三年（758），诸镇节度使自行废立由此年始，为以后埋下不尽的祸根；代宗广德元年（763）吐蕃入寇，"数年间，西北数十州相继沦没，自凤翔以西，邠州以北，皆左衽矣"①。代宗大历元年（766），"淮西节度使李忠臣入朝，以收华州为名，帅所部兵大掠，自潼关至赤水二百里间，财畜殆尽，官吏有衣纸或数日不食者"②，官军与叛兵抢掠无别。仅以上寥寥数端，可见难以数计的战争带来的灾难。

杜甫在《悲陈陶》里说："孟冬十郡良家子，血作陈陶泽中水！野旷天清无战声，四万义军同日死。"在《北征》里说："夜深经战场，寒月照白骨。潼关百万师，往者散何卒？遂令半秦民，残害为异物。"《羌村三首》其三说："黍地无人耕，兵革尽未息，儿童尽东征。"《石壕吏》的"三男邺城戍。一男附书至，二男新战死"，《垂老别》的"四郊未宁静，垂老不得安。子孙阵亡尽，焉用身独完"，"万国尽征戍，烽火被冈峦。积尸草木腥，流血川原丹"，《无家别》的"寂寞天宝后，园庐但蒿藜！我里百余家，世乱各东西"，《佳人》的"关中昔丧乱，兄弟遭杀戮。官高何足论，不得收骨肉"，这仅是杜甫入川前的一部分记述，从中可以看出北方为战争付出了多少代价，家破人亡，人口锐减，兵燹遍地，酿成多少数不清的灾难！

杜甫一家本身受到战争的逼迫，也有大量诗作叙说在战乱中的千辛万苦。"因为他也是内乱的牺牲物之一，备尝毒害，所以有精悍透彻的作品产生。此中创作，匪特在全中华民族的诗歌之国里所稀见的宝物，亦且为世界的文艺之苑囿里的珍禽异兽。"③杜甫的非战思想是建立在血与泪战

---

① 司马光：《资治通鉴》卷二二三，中华书局 1956 年版，第 7146—7147 页。
② 司马光：《资治通鉴》卷二二四，中华书局 1956 年版，第 7194 页。
③ 顾彭年：《杜甫诗里的非战思想》，商务印书馆 1928 年版，第 69 页。

祸惨象的基础上,也自然以孟子反对争城争野的不义之战为本源,发而为诗,留下了许多震撼的篇章,也是血泪浇灌的诗史。顾彭年《杜甫诗里的非战思想》材料详备,讨论周详,可以不必多言。而值得注意的是,战争毁灭巨大财富,而又需巨大的财物以供军需,叛军与吐蕃、回纥的抢劫,还有唐政府不断增加的赋税,便与战争形成了双刃剑,迫害损残了多少民众,这在杜诗里也得到了最为详细的记载,这也与孟子的思想具有一定的联系。

孟子和孔子不同的地方,还在于孟子主要思考的仁政王道建立在经济基础上。孟子主张"仁政","必自正经界始",亦即"制民之产";"是故明君制民之产,必使仰足以事父母,俯足以畜妻子"。① 其次要轻敛薄税,"是故贤君必恭俭礼下,取于民有制。……乐岁,粒米狼戾,多取之而不为虐,则寡取之;凶年,粪其田而不足,则必取盈焉。为民父母,使民盼盼然,将终岁勤动,不得以养其父母,又称贷而益之,使老稚转乎沟壑,恶在其为民父母也?"② 具体的税收是"野九一而助,国中什一使自赋",不能超过这个极限。

杜甫所处时代的农民有常业田,然唐玄宗后期穷奢极欲,加大税收,尽管天下太平,却"鞭挞其夫家,聚敛贡城阙",使许多农民成了"失业徒"——失去常业田的难民,或成为"远戍卒"。所以国家的横征暴敛引起了杜甫忧虑愤切的关注。大量的关辅农民被拉丁抓夫,"去时里正与裹头,归来头白还戍边",而且"县官急索租,租税从何出",这便是《兵车行》除非战以外,还注意到"汉家山东二百州,千村万落生荆杞",战争引发农业经济的萧条,国家的税收又从何而来?

天宝十三载(754)关辅霖雨不止,杜甫《秋雨叹》其二说:"阑风长雨秋纷纷,……禾头生耳黍穗黑。农夫田妇无消息。"前人说"天宝之乱已兆于此"③,又《九日寄岑参》说:"吁嗟呼苍生,稼穑不可救。安得诛云师,畴能补天漏。"均从农业遭灾看到国计民生的问题。《病橘》哀伤贡赋之劳,口腹疲民:"尝闻蓬莱殿,罗列潇湘姿。此物岁不稔,玉食失光辉。寇盗尚凭陵,当君减膳时。……忆昔南海使,奔腾献荔支。百马死山谷,到今耆旧悲。"《自京赴奉先县咏怀五百字》的"霜橙压香橘"即可

---

① 杨伯峻:《孟子译注》,中华书局1960年版,第17页。
② 杨伯峻:《孟子译注》,中华书局1960年版,第118页。
③ 夏力恕:《杜解增注》卷二,转引自萧涤非主编:《杜甫全集校注》,人民文学出版社2014年版,第472页。

与此对参。此以病橘而慨叹明皇与贵妃的奢侈劳民。《病橘》伤民困于重敛，军兴赋繁，为民请命："伤时苦军乏，一物官尽取。嗟尔江汉人，生成复何有。有同枯棕木，使我沉叹久。"因军需而割剥棕树以至于树枯死，念及剥民而至民困。《述古》其二抨击赋税过重："农人望岁稔，相率除蓬蒿。所务谷为本，邪赢无乃劳。舜举十六相，身尊道何高。秦时任商鞅，法令如牛毛。"前人谓此诗有为而发："宝应间，元载代刘晏，专判财利。按籍举八年租调之违负者，计其大数籍其所有，谓之白著，故曰'商鞅'。"[①] 或谓指第五琦、刘晏皆以宰相兼度支盐铁史，赋税征敛四出，竞于锥刀。故言为治之道应敦本抑末，不应加重税收以滋民怨。[②] 这实际是战争连绵，国用与军费巨额全都转嫁到农民头上。在《送陵州路使君赴任》则明显指出："王室比多难，高官皆武臣。……战伐乾坤破，疮痍府库贫。众僚宜洁白，万役但平均。"朝鲜李植说："慎简廉吏，平均众役，此十字名言，道尽治体。"所言平均万役，指劳役与赋税不宜繁重，不要因"府库贫"加重税收。战争破坏最烈，不仅遍地疮痍，而且加重盘剥，这必然创上加创，伤上添伤，导致恶性敲索。杜甫一介难民，改变不了不择手段的政策，只能劝告赴任的地方长官。在《送韦讽上阆州录事参军》把此一症结说得更为明确："国步犹艰难，兵革未衰息。万方哀嗷嗷，十载供军食。庶官务割剥，不暇忧反侧。诛求何多门，贤者贵为德。……必若救疮痍，先应去蟊贼。"所谓"蟊贼"即指巧取豪夺之官吏。杜甫反对多方割剥，诛求多门，苛捐杂税的五花八门。有良知的贤者若施德惠民，要解救百姓于水深火热之中，就须先去掉那些以敲剥为能的豪夺之吏。

　　大历元年初，杜甫至夔州，发现偏僻山城赋税更为严重："兵戈犹拥蜀，赋敛强输秦。"(《上白帝城》其一) 当时蜀地内乱，交通不便，国家税用不足，还要多加赋敛。蜀民之困，到了触目生愁的地步。《赠崔十三评事公辅》："天子朝侵早，云台仗数移。分军应供给，百姓日支离。"世事危急，天子该早起上朝，而且皇舆播迁，又须加大军需，民力自然困顿。当时夔州大旱，民贫欠税无法交纳，为此作《雷》说："大旱山岳燋，……瞿此农事苦。……吁嗟公私病，税敛缺无补。故老仰面啼，疮痍向谁数？"针对民困至极，提出："请先偃甲兵，处分听人主。万邦但各业，

---

① 卢元昌：《杜诗阐》卷十四，转引自萧涤非主编：《杜甫全集校注》，人民文学出版社2014年版，第2866页。
② 参见朱鹤龄：《杜工部诗集辑注》卷九，转引自萧涤非主编：《杜甫全集校注》，人民文学出版社2014年版，第2866页。

一物休尽取。"地方内乱的甲兵要制止,然后请人主轻赋使民复业。普天之下各居其业,赋敛征求物为尽取,方是救旱之道。这是从偃战停赋双管齐下的救急策略出发。大历二年杜甫移居东屯,看到"盗贼浮生困,诛求异俗贫。空村惟见鸟,落日未逢人"(《东屯北崦》),叛逆作乱,侵扰百姓;官府又横加勒索。因"盗贼"故"诛求";惟"诛求"故"俗贫",层层困扰使农村经济凋敝。杜甫寓居生活艰难,深感乱世赋重的危害,"乱世诛求急,黎民糠籺窄",同时也造成了贫富差异悬殊:"富家厨肉臭,战场骸骨白。"(《驱竖子摘苍耳》)

杜甫也曾思考国家赋税与诛求而使民困的矛盾。在《送殿中杨监赴蜀见相公》中说:"难拒供给费,慎哀渔夺私。干戈未甚息,纪纲正所持。"拒绝税收则军用不足,渔夺百姓则不利于民。不要轻易大动干戈,减少军费,以纾民困,此当为纪纲大政所应考虑的。《缚鸡行》也可能是对这一问题的苦思:"小奴缚鸡向市卖,鸡被缚急相喧争。家中厌鸡食虫蚁,不知鸡卖还遭烹。虫鸡于人何厚薄?吾斥奴人解其缚。鸡虫得失无了时,注目寒江倚山阁。"此为寓言诗,当指除寇之军需与税收劳民的矛盾。宋人谢省曾言:"爱虫则害鸡,爱鸡则害虫,利害得失要在权其轻重而为之。除寇则劳民,爱民则养寇,其理亦犹是也。与其养寇,孰若劳民!与其惜虫,孰若存鸡!"[①]而"注目寒江"则表示苦苦思索问题的解决!《甘林》借果农指出寇乱繁多与赋敛紧逼的矛盾:"时危赋敛数,脱粟为尔挥。……子实不得吃,货市送王畿。尽添军旅用,迫此公家威。"指出科敛频急,民不聊生。《又呈吴郎》的"已诉征求贫到骨,正思戎马泪盈巾",《夜二首》其二的"甲兵年数久,赋敛夜深归",均属此类。《岁晏行》更为惨痛:"去年米贵缺军食,今年米贱大伤农。高马达官厌酒肉,此辈杼轴茅茨空。……况闻处处鬻男女,割慈忍爱还租庸。……万国城头吹画角,此曲哀怨何时终?"军农乏食,兵甲不休,而高官奢侈,百姓卖儿女以缴租税,矛盾都集中在税收过重。《遣遇》:"石间采蕨女,鬻菜输官曹。丈夫死百役,暮返空村号。闻见事略同,刻剥及锥刀。贵人岂不仁,视汝如莠蒿!索钱多门户,丧乱纷嗷嗷。奈何黠吏徒,渔夺成逋逃。"这是大历四年杜甫自岳往潭所见,伤民遭遇世乱,困于横征,死亡离散,不得安生。

解决问题的办法,一是减少征赋,二是消除战争,三是推行节俭。《宿花石戍》说:"罢(疲)人不在村,野圃泉自注。柴扉虽芜没,农器尚

[①] 谢省:《杜甫长古注解》卷下,转引自萧涤非主编:《杜甫全集校注》,人民文学出版社2014年版,第4352页。

牢固。山东残逆气，吴楚守王度。谁能扣君门，下令减征赋！"河北诸降将还在作乱，湖湘还在加紧诛求，百姓逃亡村落一空，减免征赋则成为当务之急。对于弭除战争，《昼梦》说："故乡门巷荆棘底，中原君臣豺虎边。安得务农息战斗，普天无吏横索钱！"对于推行节俭，《有感五首》其三："洛下舟车入，天中贡赋均。日闻红粟腐，寒待翠华春。莫取金汤固，长令宇宙新。不过行俭德，盗贼本王臣。"还把希望寄托在朝臣讽谏君王节俭上："万姓疮痍合，群凶嗜欲肥。刺规多谏诤，端拱自光辉。俭约前王体，风流后代希。"（《送卢十四弟侍御护韦尚书灵榇归上都二十四韵》）何焯说："方镇之厚敛，未有不始于人主之贪者，故曰'俭约前王体'也。斯真稷契自许语。"[①] 杜甫这些愿望，当然不会实现，大唐也只能走向衰败与混乱。

　　杜甫与孟子的政治愿望都没有实现，孟子"以儒道游于诸侯，思济斯民。然由不肯枉尺直寻，时君咸谓之迂阔，于是终莫能听纳其说"[②]。《新唐书》亦谓杜甫"旷放不自检，好论天下大事，高而不切"[③]。他们虽不能实现理想于生前，但却在身后影响深远。一为儒门之"亚圣"，一为儒家之"诗圣"，前后辉映！

[①] 何焯：《义门读书记》卷五十六，中华书局 1987 年版，第 1231 页。
[②] 赵岐：《孟子题解》，《孟子》，辽宁教育出版社 1997 年版，第 1 页。
[③] 《新唐书·文艺传》，中华书局 1975 年版，第 5738 页。

二　杜甫与唐玄宗、肃宗、代宗

杜甫身历三朝，经历了大唐帝国由盛转衰的裂变时期。他无时不关注国家社会，是政治感极强的诗人。对所经历的玄宗及子孙三代军国大事都有详尽的记录，而且有大量时政评论之作，从中考察他对皇权的态度，可以纠正"一饭未尝忘君"的传统而牢固的定位，从而理清对君权至上原本持有强烈的批判精神。

（一）对唐玄宗肯定与讽刺的悖论

当临淄王李隆基在景云元年（710）诛除韦后以后，其父相王李旦即位，是为睿宗。不到两年传位太子李隆基，是为玄宗，改元先天元年（712）。次年铲平太平公主集团，改元开元元年（713）。大刀阔斧地结束了四十多年来女主祸乱，从此龙腾虎步地进入了一个新时代，这就是可以和乃曾祖父贞观之治相媲美的开元盛世。先后两次从刀光剑影的宫廷政变中闯过来的唐玄宗，自"即位以来，所用之相，姚崇尚通，宋璟尚法，张嘉贞尚吏，张说尚文，李元纮、杜暹尚俭，韩休、张九龄尚直，各其所长也"[1]。其中姚、宋、张说、苏颋，都是为玄宗出谋划策诛除内乱的助手。姚崇在武周、睿宗、玄宗朝三为宰相，皆兼兵部尚书，谙熟边事；宋璟为相，"务在择人，随材授任，使百官各称其积；刑赏无私，敢犯颜直谏"；"姚、宋相继为相，崇善应变成务，璟善守法持正；二人志操不同，然协心辅佐，使赋役宽平，刑罚清省，百姓富庶。唐世贤相，前称房、杜，后称姚、宋，他人莫得比焉"[2]。姚、宋任相蝉继，前后虽只有六年多[3]，但奠定了开元之治的大政方针，且所继任者张嘉贞，以及开元十一年张说任相，皆为一时人选。张说十四年停兼中书令，十七年复为右丞相，八月复为左丞相，宋璟为右丞相。十二月张说卒，《旧唐书》本传说："前后三秉

---

[1] 司马光：《资治通鉴》卷二一四，中华书局1956年版，第6825页。
[2] 司马光：《资治通鉴》卷二一一，中华书局1956年版，第6724、6725页。
[3] 姚崇为相自开元元年十二月至开元四年闰十二月，宋璟自此继任至开元八年正月因禁恶钱而被罢。

大政，掌文学之任凡三十年。为文俊丽，用思精密，朝廷大手笔，皆特承中旨撰述，天下词人，咸讽诵之。……喜延纳后进，善用己长，引文儒之士，佐佑王化，当承平岁久，志在粉饰盛时。"[1] 开元十九年张九龄为秘书少监，兼集贤院学士与副知院事。二十一年十二月张九龄居母丧，因宰相萧嵩与韩休不睦，皆罢相，张九龄起中书侍郎、同平章事。开元二十四年，因张九龄论高层官员任免每不称玄宗意，加上李林甫进谗，十二月被罢相。由李林甫兼中书令，以李擢拔之牛仙客为工部尚书，同中书门下三品，领朔方节度使如故。"自是朝廷之士，皆容身保位，无复直言。""李林甫欲蔽塞人主视听，自专大权，明召诸谏官谓曰：'今明主在上，群臣将顺之不暇，乌用多言！诸君不见立仗马乎？食三品料，一鸣辄斥去。悔之何及！'补阙杜琎上书言事，明日，黜为下邽令。"[2] 次年，"监察御史周子谅言（牛）仙客非宰相器，玄宗怒而杀之。林甫言子谅本九龄所引，乃贬九龄为荆州长史"[3]。李林甫又谗杀玄宗三子，玄宗自林甫为相，因其出于宗室，"一以委成。故杜绝逆耳之言，恣行宴乐，衽席无别，不以为耻，由林甫之赞成也。……宰相用事之盛，开元已来，未有其比。……而耽宠固权，已自封植，朝望稍著，必阴计中伤之"[4]。妒贤嫉能，屡起大狱，诛逐贵臣，张其势。韦坚、李适之、李邕、裴敦复均遭其迫害。为了固位，更张开元前期以节度使入知政事，以蕃人为将，利其不识文字，无由入相，安禄山缘此得大将之任而坐大。天宝十一载（752）林甫病死，凡在相位十九年，养成天下大乱。继任相位之杨国忠，其人"禀性好回，才薄行秽，领四十余使，恣弄威权，天子莫见其非，群臣由之杜口，致禄山叛逆，銮辂播迁，枭首覆宗，莫救艰步"[5]。大唐帝国自此进入多事之秋，陷入连绵不断的战争之中，一直持续到灭亡。

　　向来认为大唐由盛转衰以张九龄罢相为分水岭，也是玄宗时盛唐的转折点，这说法大致不错。然玄宗好大喜功，奢侈之风自开元中期逐渐兴起。张说虽在推行开元初期开明政治以及擢拔文士、提携诗人方面做出重大贡献，但他"志在粉饰盛时"，则与玄宗志得意满不无关系。为中书令时首建封禅之议，奉迎玄宗，也有意图"以明宰相佐成王化"[6]，当时就遭

---

[1] 《旧唐书·张说传》，中华书局1975年版，第3057页。
[2] 司马光：《资治通鉴》卷二一四，中华书局1956年版，第6824—6825页。
[3] 《旧唐书·李林甫传》，中华书局1975年版，第3237页。
[4] 《旧唐书·李林甫传》，中华书局1975年版，第3238页。
[5] 《旧唐书·杨国忠传》，中华书局1975年版，第3255页。
[6] 《旧唐书·张说传》，中华书局1975年版，第3054页。

到源乾曜的反对。开元十三年封禅，"车驾发东都，百官、四夷酋长从行。每置顿，数十里中人畜被野，有司辇载供具之物，数百里不绝"①。祭时多引两省官吏与所亲擢官登山，礼毕推恩加阶超入五品，张九龄谏而不听，"由是中外怨之"，因此又再次被罢相。还有祠睢、上谒五陵等，均属劳民伤财之举。

玄宗初即位，晋陵尉杨相如上疏言时政："隋氏纵欲而亡，太宗抑欲而昌，愿陛下详择之！"故玄宗即位初颇尚节俭："玄宗即位，以风俗侈靡，凡乘舆服御、金银器玩，皆令有司销毁，以供军国之用；其珠玉锦绣，悉焚于殿前。"②一心励精图治，加上开元八年以前，以姚崇、宋璟为相，政治开明，国力富强，开元治世规模已具："开元初，上励精理道，铲革讹弊，不六七年，天下大治，河清海晏。安西诸国，悉平为郡县。自开远门西行，亘地万余里，入河湟之赋税。左右藏库，财物山积，不可胜较。四方丰稔，百姓殷富，管户一千余万，米一斗三四文，丁壮之人，不识兵器。路不拾遗，行者不囊粮。"③但在同时亦有弊政滋生，宦官权势膨胀。唐太宗时内侍省不置三品官，只是守门传命而已。中宗时嬖倖骤增，七品以上至千余人，然衣绯者尚罕。玄宗在藩邸，高力士即为心腹。及为太子，奏为内给事。开元元年预谋诛除太平公主之党，即升为右监门将军，开了宦官掌权之恶例，大唐三大毒肿之一便首先由此滋长。"是后宦官稍增至三千余人，除三品将军者浸多，衣绯、紫千余人。宦官之盛自此始。"④中官稍称旨，或持节讨伐，或奉使宣传，或主书院，"皆专为任之务。监军则权过节度，出使则列郡辟易。……帝城中甲第、畿甸上田、果园池沼，中官参半于其间矣。每四方进奏文表，必先呈力士，然后进御"。附会者希风望影，竭肝披胆以求吹嘘。诸如宇文融、李林甫、李适之、盖嘉运、韦坚、杨慎矜、王鉷、杨国忠、安禄山、安思顺、高仙芝等都通过此渠道入将拜相，"其余职不可胜纪"。⑤导致宦官后来发展到口含天宪，恣意废立，大唐便到了不可收拾的地步。

还有天宝后期从上至下，奢侈淫靡之风盛行。杨贵妃得宠，韩国、虢国、秦国三夫人与杨氏"姊妹昆仲五家，甲第洞开，僭拟宫掖，车马仆

---

① 司马光：《资治通鉴》卷二一二，中华书局1956年版，第6766页。
② 司马光：《资治通鉴》卷二一二，中华书局1956年版，第6766页。
③ 郑棨：《开天传信记》，见王仁裕等撰，丁如明辑校：《开元天宝遗事十种》，上海古籍出版社1985年版，第50页。
④ 司马光：《资治通鉴》卷二一〇，中华书局1956年版，第6686页。
⑤ 《旧唐书·高力士传》，中华书局1975年版，第4757—4758页。

御，照耀京邑，递相夸尚。每构一堂，费逾千万计，见制度宏壮于己者，即彻而复造，土木之工不舍昼夜。……玄宗每年十月幸华清宫，国忠姊妹五家扈从，每家为一队，着一色衣，五家合队，照映如百花之焕发，而遗钿坠舄，瑟瑟珠翠，璨瓓芳馥于路"①。唐玄宗亦因"国用丰衍，故视金帛如粪壤，赏赐贵宠之家，无有限极"②。豪奢如此，自然上行下效，形成一种穷奢极欲的风气。

早在开元中，乐工李龟年，"特承顾遇，于东都大起第宅，僭侈之制，愈于公侯"。玄宗对音乐舞蹈有无尽的兴趣，"尝命教马舞四百蹄各为左右，分为部目，为某家宠、某家骄。时塞外有善马来贡者，上俾之教习，无不曲尽其妙。因命衣以文绣，络以金银，饰其鬃鬣，间杂珠玉，其曲谓之《倾杯乐》者数十回，奋首鼓尾，纵横应节"③。上层的挥霍还有许多名堂，比如"进食"。"天宝中，诸公主相效进食，上命中官袁思艺为检校进食使，水陆珍羞数千，一盘之贵，盖中人十家之产。"④ 王仁裕《开元天宝遗事》记载了花样极多的奢侈行为：

> 奉御汤中以文瑶密石，中央有玉莲，汤泉涌以成池，又缝锦绣为凫雁于水中，帝与贵妃施钑镂小舟，戏玩于其间。宫中退水，出于金沟，其中珠璎宝络流出街渠，贫民日有所得。（《锦雁》）
>
> 明皇与贵妃，每至酒酣，使妃子统宫妓百余人，帝统小中贵百余人，排两阵于掖庭中，目为"风流阵"。以霞被锦被张之，为旗帜攻击相斗，败者罚之巨觥以戏笑。时议以为不祥之兆，后果有禄山兵乱，天意人事不偶然也。（《风流阵》）⑤

玄宗诸子亦不逊于乃父之豪侈，上书还记载："申王亦务奢侈，盖时使之然。"（《烛奴》）"申王每至冬月，有风雪苦寒之际，使宫妓密围于坐侧，以御寒气，自呼为妓围。"（《妓围》）"宁王骄贵，极于奢侈，每与宾客议论，先含嚼沉麝，方启口发谈，香气喷于席上。"（《嚼麝之谈》）"岐

---

① 《旧唐书·杨贵妃传》，中华书局1975年版，第2179页。
② 司马光：《资治通鉴》卷二一六，中华书局1956年版，第6893页。
③ 郑处诲：《明皇杂录》卷下，见王仁裕等撰，丁如明辑校：《开元天宝遗事十种》，上海古籍出版社1985年版，第34页。
④ 王仁裕等撰，丁如明辑校：《开元天宝遗事十种》，上海古籍出版社1985年版，第36页。
⑤ 王仁裕等撰，丁如明辑校：《开元天宝遗事十种》，上海古籍出版社1985年版，第101、106页。

王少感女色，每至冬寒手冷，不近于火，惟于妙妓怀中揣其肌肤，称为暖手。"（《香肌暖手》）至于外戚，亦有绝招："杨国忠子弟，恃后族之贵，极于奢侈，每春游之际，以大车结彩帛为楼，载女乐数十人，自私第声乐前引，出游园苑中，长安豪民贵族皆效之。"（《楼车载乐》）脂粉亦不让须眉，"韩国夫人置百枝灯树，高八十尺，竖之高山上，元夜点之，百里皆见，光明夺月色也。"（《百枝灯树》）风气所及，长安城简直成了销金窟："长安士女游春野步，遇名花则设席藉草，以红裙递相插挂，以为宴幄，其奢逸如此也。"（《裙幄》）在这挥金如土的世界第一大都市，唐玄宗则是总头子，甚至到了不避衽席的程度。"五月五日，明皇避暑游兴庆池，与妃子昼寝于水殿中。宫嫔辈凭栏倚槛，争看雌雄二𪀁鷘戏于水中。帝时拥贵妃于绡帐内，谓宫嫔曰：'尔等爱水中𪀁鷘，争如我被底鸳鸯？'"（《被底鸳鸯》）[①] 荒唐如此的皇帝，不酿成大乱才是怪事！

在外似繁华升平的天宝时代，耗费之数剧增。在天宝年间军费开支已增长惊人："开元之前，每岁供边兵衣粮，费不过二百万；天宝之后，边将奏益兵浸多，每岁用衣千二十万匹，粮百九十万斛，公私劳费，民始困苦矣。"[②]

明了以上这些，我们看杜甫诗如何对待玄宗的态度，就会更有深刻的了解。作于早年开元末期的《望岳》《房兵曹胡马》《画鹰》《高都护骢马行》，展示的高昂进取的精神，正是为开元之治蓬勃的时代精神所激发。他在天宝早期所作中，即反映了那个时代奢侈的风气，就已见于几首不为今人注意的七律。一是《郑驸马宅宴洞中》，从其中"春酒杯浓琥珀薄，冰浆碗碧玛瑙寒"与"自是秦楼压郑谷，时闻杂佩声珊珊"，已可见公主们餐具的豪华与住宅的伟壮。洞中宴酣，将出侍女佐酒，先闻佩声珊珊。又见高楼下临郑谷，殆若神仙境界。特别是《城西陂泛舟》叙写豪贵水上游览之奢华："青蛾皓齿在楼船，横笛短箫悲远天。春风自信牙樯动，迟日徐看锦缆牵。鱼吹细浪摇歌扇，燕蹴飞花落舞筵。"铺写豪游的舟中歌舞娇丽，花影衣香，清歌妙舞，傍水当花，声荡远天。末尾则指出："不有小舟能荡桨，百壶那送酒如泉。"浦起龙说："统观公诗，或陪贵游，或观声妓，未有不明列主宾，兼寓襟抱者。即其独赏之篇，亦有贴身之句。此独全然无所叙述，其必隐然有所感叹矣，意盖在诸杨也。……结云'不

[①] 以上所引见王仁裕等撰，丁如明辑校：《开元天宝遗事十种》，上海古籍出版社1985年版，第76、79、104、177、100、102、97、88页。

[②] 司马光：《资治通鉴》卷二一五，中华书局1956年版，第6851页。

有'、云'那送',乃指点之词,言只此供宴之需,费几许舟船如织,犹所云'御厨络绎送八珍'也,与《丽人行》参看自得。"①浦氏所言不无道理,即便非斥讥诸杨、讽明皇,也不能看作漫为富丽之词的泛写,而是针对上层豪游盛丽的讥讽,而像关注社会的杜甫并非泛写而长人淫奢之风。这在《乐游园歌》也看得清楚:"青春波浪芙蓉园,白日雷霆夹城仗。阊阖晴开詄荡荡,曲江翠幕排银榜。拂水低徊舞袖翻,缘云清切歌声上。"这回可是实写皇宸的出游,对此则言"只今未醉已先悲",再则言"此身饮罢无归处",对明皇豪奢之不满,则有流露。

还有天宝十三载《渼陂行》写一日之游,忽阴忽晴,始则天地昏暗,恶风白浪堪忧,既而月出天朗,氛埃忽散。未了忽复天地苍茫,云飞水立,仙灵幽渺,说得天摇地动,忧乐无端,无怪乎引起论者猜详:"《渼陂行》,变眩百怪,乍阴乍阳,读至收卷云:'咫尺但愁雷雨至,苍茫不晓神灵意。少壮几时奈老何,向来哀乐何其多。'肃肃恍恍,萧萧悠悠,屈大夫《九歌》耶?汉武皇《秋风》邪?"②此诗似非单纯为赋游景,隐约之间有些异样的预感:豪华的大唐似乎将要面临"咫尺但愁雷雨至"的大变,只是"苍茫不晓神灵意"罢了。因隐忧在怀,哀乐无端,只是未明说出来,这并非空穴来风。此诗作于天宝十三载,只看两年前所作《同诸公登慈恩寺塔》,即可知此言之非妄。同登之高适、岑参、储光羲诗写景均天朗气清,全与平日游览之诗无异。只有杜甫却"登兹翻百忧",看到的却是:"秦山忽破碎,泾渭不可求。俯视但一气,焉能辨皇州",这不能不说是一种政治的忧虑,皇州将面临一种大乱。故哀痛"惜哉瑶池饮,日晏昆仑丘",有了如此预感的隐痛,而渼陂景色的变幻或许即此心忧的折射。所谓"知我者谓之心忧,不知我者谓我何求",即此之谓也。

就在作《渼陂行》同年秋季,霖雨两月不止,严重遭灾,杨国忠取禾之善者蒙蔽玄宗说"雨虽多,不害稼也"。杜甫《秋雨叹三首》其二说"禾头生耳黍穗黑,农夫田妇无消息"。国忠恶言灾异,当时房琯上言水灾,"国忠使御史推之。是岁,天下无敢言灾者"③。其三说"秋来未曾见白日,泥污后土何时干",仇兆鳌说:"帝以国事付宰相,而国忠每事务为蒙蔽,故曰'秋来未曾见白日'。语虽委婉,而寓意深切,非泛然作也。"④自

---

① 浦起龙:《读杜心解》,中华书局1961年版,第601页。
② 卢世㴶:《杜诗胥钞余论·论七言古诗》,转引自萧涤非主编:《杜甫全集校注》,人民文学出版社2014年版,第448页。
③ 司马光:《资治通鉴》卷二一七,中华书局1956年版,第6928页。
④ 仇兆鳌:《杜诗详注》,中华书局1979年版,第219页。

上年到此,关中水旱相继,人多乏食。回看《渼陂行》就更非泛写游景了。

至于作于天宝十载的《兵车行》,直斥"武皇开边意未已,边庭流血成海水",对玄宗无异是戟手痛责。"君不闻汉家山东二百州,千村万落生荆杞","县官急索租,租税从何出",已就玄宗肆意开边造成的经济凋敝,忧心至极!《丽人行》就衣食两端铺叙诸杨姊妹的骄奢无度、苟且淫逸,实际上也是对唐玄宗后期昏妄的尖锐讽刺,这从"黄门飞控不动尘,御厨络绎送八珍"灼然可见。作于与《兵车行》相先后的《前出塞九首》,其一说"君已富土境,开边一何多",其六的"杀人亦有限,列国自有疆。苟能制侵陵,岂在多杀伤",都是对唐玄宗轻启边衅、开边拓土的谴责,这也是导致军费开支剧增、国困民穷的原因。

安史之乱前的杜甫对唐玄宗态度,集中反映在《自京赴奉先县咏怀五百字》。此年杜甫44岁,在长安困守十年,对政治中心长安与玄宗的政局有了全面深入了解。经骊山时听到皇家音乐震天,推想赐浴、分帛、听歌看舞,均可与上引《开元天宝遗事》上层社会奢侈习俗相互印证。由此发出"朱门酒肉臭,路有冻死骨"的愤慨谴责。经渭河时看到群冰西下,而感到"疑是崆峒来,恐触天柱折",预感到一场巨灾大祸将要发生,此与"焉能辨皇州"的预感是一致的。《渼陂行》的隐忧于此时得到证实,不幸而言中。就在杜甫担心"天柱折"的同时,安史已在渔阳起兵。

对于玄宗在马嵬兵变被迫处死杨贵妃,杜甫《北征》认为:"不闻夏殷衰,中自诛褒妲。周汉获再兴,宣光果明哲。"这是从寄希望于肃宗政权的角度,谓玄宗犹如亡国之君,而肃宗当能中兴。此前在至德二载的《哀江头》里有感于国破家亡的悲痛,指出昔日玄宗与诸杨骄奢淫侈,彼此互为因果,其中也包含着对玄宗播迁的同情。合观二诗,而有愤其荒淫与哀其不幸的复杂感情。

自玄宗被迫无奈退位,杜甫的目光就转到肃宗与后来的代宗,但往往忆及玄宗。《丹青引》与《观公孙大娘弟子舞剑器行》通过宫廷画师今昔对比或师徒不同经历,都回忆到开元盛世,而带有兴奋心情。而后者的"金粟堆南木已拱",对死去五年的玄宗,表示了沉痛的哀伤。在夔州杜甫作了不少的回忆诗,无论是自传性的回忆,还是对盛唐开元时代的回忆,都充满无限惜恋的心情。为史家著称的《忆昔》其二以按捺不住的热烈心情说:"忆昔开元全盛日:小邑犹藏万家室;稻米流脂粟米白,公私仓廪俱丰实;九州道路无豺虎,远行不劳吉日出;齐纨鲁缟车班班,男耕女桑不相失;宫中圣人奏云门,天下朋友皆胶漆;百余年间未灾变,叔孙礼乐萧何律。"上及郑綮《开天传信记》所言开元初河清海晏盛况,杜甫此诗当为是书所参照。杜甫身经盛衰之裂变，感触更为切肤。对于天子唐人习称"圣人"，此诗中的"宫中圣人"即指玄宗。杜甫对玄宗开元前期的励精图治给予了热情歌颂，当然还不止此诗。《壮游》回顾一生经历，也侧面反映了玄宗前后期的不同。《遣怀》则回忆昔游宋中的盛况："邑中九万家，高栋照通衢。舟车半天下，主客多欢娱。"可见天宝三载还保持开元盛世的繁庶。以下言及天宝后期："先帝正好武，寰海未凋枯。猛将收西域，长戟破林胡。百万攻一城，献捷不云输。组练弃如泥，尺土负百夫。拓境功未已，元和辞大炉。"即指玄宗穷兵黩武，讽谕开边生事，反映了玄宗前后时期的不同。《昔游》亦同上诗。《洞房》《宿昔》《能画》《斗鸡》《历历》《洛阳》《骊山》《提封》八首诗专述开元以来时事，"总是为明皇而发。盖天宝之乱，因于奢淫无度，优宠安匪。而其所以致乱之由，又因于开边黩武。故吐蕃之患，至今尤盛"①。这既是对大唐由盛转衰的总结，也是对玄宗"两半截皇帝"的得失功过的评论，虽忆开元，实痛天宝，而为大唐一蹶不振而感痛心。

特别值得一提的是，大历四年（769）的《千秋节有感二首》，这是专为玄宗而发的最后一组诗。千秋节是以玄宗八月五日生日为名的节日。其一说："自罢千秋节，频伤八月来。先朝常宴会，壮观已尘埃。"其二说："圣主他年贵，边心此日劳。"谓玄宗极乐于当年，恣情尊贵，却以骄盈召祸，实开乱端。有感于玄宗昔日之乐召来后世的无尽之悲。

综上可见，杜甫对玄宗前期开创的开元盛世是称赞的，但更多的是对后期奢侈荒淫给予尖锐的鞭挞与谴责。这在唐代诗人，恐怕只有李白差可比肩，其他则可以不论。由于旧时的注者和论者，过分强调了"忠君"一面，而讳言讽君的一面，甚或遇及后者之作，极意曲解杜诗的用意。因而对于讽君的一面直到现在或多或少有所忽视。杜甫对唐玄宗以及后之肃宗与代宗的谴责，都是以儒家特别是从孟子"民贵君轻"的民本思想出发，故批判之激烈，远远超过"葵藿倾太阳"的一面。杜甫与当时人民吃够了唐玄宗所造成恶果的苦头，所以一直到晚年都没有忘记他负有罪责的一面。

---

① 石闾居士：《藏云山房杜律详解》五律卷五，转引自萧涤非主编：《杜甫全集校注》，人民文学出版社2014年版，第4993页。

（二）杜甫与肃宗

肃宗李亨扮演高祖太宗与乃父玄宗的逆取皇位角色，稍有不同的，是借着安史之乱机会采用了"抢班夺权"的手段，虽然都是以"禅让"或众心所归名义登上大宝。此年已45岁了，他怎能不着急呢？

开元二十五年唐玄宗听信李林甫谗言，一日而杀害太子李瑛等三子，李亨才有机会立为太子。后来又受到李林甫、杨国忠多次危迫，在20年的太子日子里，日子并不好过。在李林甫为相时，为其所构陷，"势几危者数矣。无何，鬓发斑白。常早朝，上见之。愀然曰：'汝第归院，吾当幸汝。'及上至，顾见宫中庭宇不洒扫，而乐器久屏，尘埃积其间，左右使令，无有妓女。"① 可见政治压力使他学会了隐忍。天宝十三载，安禄山来朝，太子李亨密奏其人有反相而玄宗未听，可见很有政治嗅觉。马嵬兵谏，实际上是他与陈玄礼联手操纵②。当时百姓拦驾求留太子收复长安，亦是他的指使。一到灵武以"将殄寇逆"的名义急忙做了皇帝，此距马嵬兵谏不到一个月。

至德二载（757）五月杜甫从沦陷的长安，冒着生命危险奔往凤翔即肃宗行在。当时唐玄宗被迫退出政治舞台，杜甫也只好把希望寄托于肃宗。在《自京窜至凤翔喜达行在所三首》其二说"司隶章初睹，南阳气已新"，其三又说"今朝汉社稷，新数中兴年"，把肃宗看成大唐中兴之主，这也是当时人们唯一的共同愿望。在《述怀》里说："去年潼关破，妻子隔绝久；今夏草木长，脱身得西走。麻鞋见天子，衣袖露两肘。朝廷愍生还，亲故伤老丑。涕泪授拾遗，流离主恩厚。"当时百废待兴，肃宗政府

---

① 李德裕：《次柳氏旧闻》，见王仁裕等撰，丁如明辑校：《开元天宝遗事十种》，上海古籍出版社1985年版，第5页。
② 太子李亨在杨国忠为相时极受危迫，对其人早就恨之入骨。而唐玄宗的心腹陈玄礼"以淳朴自检，宿卫宫禁，志节不衰，曾多次劝阻玄宗出游，均不听从。及安禄山反，玄礼欲于城中诛杨国忠，事不果，竟于马嵬斩之"，事见《旧唐书·王毛仲传》附《陈玄礼传》。当玄宗逃至马嵬驿，"军士不得食，流言不逊。龙武将军陈玄礼惧其乱，乃与飞龙马家李护国谋于皇太子，请诛国忠，以慰士心。是日，玄礼等禁军围行宫，尽诛杨氏"。事见《旧唐书·韦见素传》，以上两条分别见该书第3255、3276页。陈玄礼掌握禁军，看不惯杨氏集团的奢侈与特权误国，在马嵬驿担心士兵哗变，为了保护唐玄宗西行，故有诛杨之举。但事关重大，知李亨不满杨国忠，故需得到太子的支持。陈玄礼马嵬兵谏，李亨不仅是幕后的操纵者，也是为以后抢班夺权扫清障碍。虽与陈玄礼目的不同，而诛杨目标一致，故一拍即合。唐史论者或谓高力士主谋。高力士虽对杨不满，但慑于玄宗，不会有此胆量。且马嵬小驿，随侍玄宗左右，亦无机会预谋。

正是人材缺乏之时。杜甫所任左拾遗为从八品，比起安史乱前天宝十四载任右卫率府胄曹参军的正八品下，并无多少区别。不过后者是属于看管兵甲器仗、管理门禁锁钥的闲杂职务，现在的职任却是中枢近臣，有直接参预国家大政的权力，可以在朝廷向皇帝提出不同意见。可是立足朝廷半月之间，他赶上了肃宗清洗玄宗旧臣。此年三月罢免韦见素、裴冕知政事，八月贬放崔涣为余杭太守。韦、崔与房琯均为玄宗由蜀派往灵武册立新君，此前五月借故已罢房琯相位。房琯罢相，一来是随从玄宗奔蜀至普安郡提出诸王分镇之议注，削弱了当时还属于太子的势力。二来是上年即至德元载十月，房琯自请将兵，收复京都，结果连续在陈陶斜与青坂败绩。当时安史已陷长安，兵势方炽，"然房琯所将本非精兵，且意欲持重伺敌，而中使刑延恩督战，遂至仓皇失据；则其败也，犹之哥舒翰潼关之败也。琯之败，肃宗待之如初，可见其咎不在琯。然此役与唐之治乱，所关实巨。盖使琯而不败，则兵权不致尽入武人之手，而如朔方军之因循养寇，诸节镇之骄恣自擅，其弊皆可以不作矣。然以是时敌势之炽，岂复一文臣，仓促受命，用素骄之将，不练之卒所能平？琯之志可钦，而其遇则可悲也"①。肃宗不因败绩而借门客受贿罢免房琯，正是隐忍阴鸷心理所致。三来肃宗视房琯为旧臣党魁，但素有重名，言时事慷慨，以天下为己任，但用兵并非所长，加上自己派宦官督战，遂及于败，房琯请罪，所以肃宗只好隐忍，"待之如初"。四来贺兰进明向肃宗进谗，谓房琯请玄宗命诸王分镇，"以枝庶悉领大蕃，皇储反居边鄙，此虽于圣皇似忠，于陛下非忠也"②。综上诸因，肃宗意在清洗玄宗旧臣，对房琯惨败隐忍半年，遂在五月以细故罢免房琯。至德三年贾至坐房琯党被逐出守汝州，他又是普安郡诏的起草者。又于同年略后即"乾元元年罢免崔圆中书令为太子少师，留守东都。于是上皇所置宰相无在者"（《新唐书》本传）。至此唐玄宗派往册立代表团的韦见素、房琯、崔涣、崔圆、贾至，或罢相或贬放，清洗一空。杜甫联名推荐的岑参，在任右补阙时的《寄左省杜拾遗》说"圣朝无阙事，自觉谏书稀"，暗示杜甫不要多事，也在乾元二年贬放虢州长事。严武因房琯荐为给事中，在乾元元年贬为巴州刺史，房琯贬邠州刺史，杜甫出为华州司功参军。在贬房琯诏书里说，"崇党近名"，"丧我师徒，既亏制胜之任；升其亲友，悉彰浮诞之迹"，肃宗对他宿怨全都发泄出来。所谓"房党"实际上是被肃宗视为太上皇党，属于新君与父党之间矛盾。

---

① 吕思勉：《隋唐五代史》，上海古籍出版社1984年版，上册，第221—222页。
② 《旧唐书·房琯传》，中华书局1975年版，第3322页。

杜甫原本是局外人，并未受到新君与父党的眷顾。他冒死投奔肃宗行在，本想在新朝干一番事业，认为罢相房琯事关重大，上疏以为"罪细，不宜免大臣"。肃宗震怒，诏三司推问，欲置之大罪。多亏宰相张镐劝阻："甫若抵罪，绝言者路。"肃宗这才放他一马。杜甫对肃宗清洗房党似有觉察，这从答谢表约略可见："琯宰相子，少自树立为醇儒，有大臣体，时论许琯才堪公辅，陛下果委而相之。观其深念主忧，义形于色，然性失于简。酷嗜鼓琴，廷（一作"庭"）兰托琯门下，贪疾昏老，依倚为非。琯爱惜人情，一至玷污。臣叹其功名未就，志气挫衄，觊陛下弃小录大，所以冒死称述，涉近讦激，违忤圣心。"①杜甫虽与房琯为布衣交，但观其"冒死""讦激"，事情的严重性当是清楚的。但他没想到捅到肃宗的隐痛，或许更没想到"帝自是不甚省录"。但杜甫后来在《祭故相国房公文》说："公初罢印，人实切齿。甫也备位此官，盖薄劣耳，见时危急，敢爱生死。君何不闻，刑欲加矣。伏奏无成，终身愧耻。"②可见他对肃宗的狭隘阴暗一直颇为不满。

疏救房琯对杜甫是件政治大事，因自此被视为"房党"中人，而失去了参与朝政的机会。他原本对授左拾遗并不惬意，再加上成为多余而且有碍的人，把半月前的"涕泪受拾遗，流离主恩厚"（《述怀》）的激动便冲刷了许多。而对"今朝汉社稷，新数中兴年"——《自京窜至凤翔喜达行在所》其三所言乍到新朝的欣喜也减少了许多。他以切肤之痛体会到肃宗的心胸狭窄。于是只好告假探家，省得肃宗对他感到那么地不舒心。抵家后作《北征》，如果说在安史乱前作《自京赴奉先县咏怀五百字》确如前人所说的是"心迹论"，那么此篇就是谏疏或奏议。把无奈而也需要省视说成"顾惭恩私被，诏许归蓬荜"，把这次疏救房琯的波折，说是"虽乏谏诤恣，恐君有遗失。君臣中兴主，经纬更密勿"，真是不知有多少说不出的苦衷！

此诗对军国大政，提出以下几点，一是不主张借兵回纥，以为"此辈少为贵"。可是"圣心颇虚伫，时议气欲夺"，帝心期望回纥，群议为之沮丧。"其王愿助顺，其俗善驰突"，此两句"曲尽夷情，所以却之难，而禁之不易"③。后来克复洛阳后，回纥则大肆掠夺，遗祸无穷。二是杜甫《北征》说："此辈少为贵，四方服勇决。所用皆鹰腾，破敌过箭疾。圣心

---

① 《新唐书·文艺传》，中华书局1975年版，第5736页。
② 《杜工部集》卷二十，辽宁教育出版社1997年版，第2册，第407页。
③ 王嗣奭：《杜臆》，上海古籍出版社1983年版，第58页。

颇虚伫,时议气欲夺。伊洛指掌收,西京不足拔。官军请深入,蓄锐可俱发。此举开青徐,旋瞻略恒碣。"前六句的意思已见上文。"伊洛"六句,杜甫认为官军应当蓄锐深入,先开青徐,再略取恒碣老巢,然后收复两京即可伸手而得。此年正月安禄山为其子所杀,叛军处于败势。当时李泌建议不欲速复二京,先守太原,取冯翊,则叛军不敢离开范阳与长安,分割其兵力,使之北守范阳,西救长安,疲于奔命不逾年而弊,然后以扶风、太原、朔方军围取范阳,巢穴一失,敌自可覆灭。最后收复二京易如反掌。这是论当时用兵之形势,本当如此。然而肃宗却要先收复两京,并非不明大势,而是因此年李璘起兵虽被平息,而为了巩固已到手之帝位,如果先复两京大功在手,其他诸王就不得不拱手臣服,也不会再有像永王李璘起兵的事件发生。所以,宁愿使安史之乱延续,却执意以收京为务,这也是肃宗阴暗心理所致。杜甫这一主张向来湮没不彰,而这也是后来弃官赴陇的重要原因。三是肯定了马嵬诛除诸杨之举,认为是"周汉获再兴,宣光果明哲",由此也似乎透露出马嵬兵谏的掌控者是肃宗。四是希望能恢复"煌煌太宗业"。

次年即乾元元年,杜甫出贬为华州司功参军,有《至德二载,甫自京金光门出,间道归凤翔。乾元初,从左拾遗移华州掾,与亲故别,因出此门,有悲往事》,他把去年投奔行在与今年贬逐又出此门,在长题中寓愤慨于冷热的对比中。其中说去年从沦陷之长安投归行在,"至今犹破胆,应有未招魂",实是说心之热;"近侍归京邑,移官岂至尊",这是贬官带来的心之冷,也是对肃宗的讥讽。

两京收复后,回纥驻兵沙苑,杜甫忧其骚扰,《留花门》诗中说:"中原有驱除,隐忍用此物。公主歌黄鹄,君王指白日。"谓肃宗把幼女出嫁回纥,又在诏书里说回纥助唐克定两京,"故可悬之日月",无异于指日誓天,感恩戴德,把恭维话说得"可怜可羞"。①诗中又说:"田家最恐惧,麦倒桑枝折","花门既须留,原野转萧条"。又说得"亦忧亦愤"。杜甫在洛阳有《洗兵马》为当前军国大政而发批评肃宗借助回纥克复两京,而朝野遭受其毒,危祸之烈近于饮鸩止渴。当时肃宗集结九节度兵马包围安庆绪困守的邺城,平叛形势本来好转,但肃宗政权盲目乐观,这就使此诗出现喜忧兼具。其中"寸天尺地皆入贡,奇祥异瑞争来送;不知何国致白环,复道诸山得银瓮",就是针对肃宗颇好鬼神,太常卿王玙,以伺祷希

---

① 唐汝询:《杜诗集说》卷五,转引自萧涤非主编:《杜甫全集校注》,人民文学出版社2014年版,第1170—1171页。

倖，肃宗竟委之为中书侍郎、同中书门下平章事，王玙专以鬼神求媚。郡县官吏也争献祥瑞，企求眷顾，而对"田家望望惜雨干"的旱情，无人理睬。此诗对肃宗的昏庸荒唐的举措提出批评讽刺，对当时滥封予以讥刺："攀龙附凤势莫当，天下尽化为侯王。汝等岂知蒙帝力？时来不得夸身强！"至德二载九月收复长安，十月克复东京，十二月玄宗回长安。肃宗下制大赦，大封天下，凡蜀郡、灵武随从功臣多封为国公。此前急欲收复二京，"是时府库无积蓄，朝廷专以官爵赏功，诸将出征，皆给空名告身"。"其后又听以信牒授人官爵，有至异姓王者。""及清渠之败，复以官爵收散卒，由是官爵轻而货重，大将军告身一通，才易一醉。凡应募入军者，一切衣金紫，至于朝士僮仆衣金紫，称大官而执贱役者，名器之滥，至是而极焉。"① 这些临时措置，意在巩固帝位，大赦、大封意在收拾民心。杜诗对天下尽为侯王，都是"帝力"造成，讽刺肃宗菱政之败坏，到了不择手段的地步。诗中又说"关中既留萧丞相，幕下复用张子房"，希望能再用房琯、张镐。当时房琯已罢相出为邠州（属关内道）刺史，张镐虽罢相但仍为幕府。此不明言二人被罢黜，婉讽肃宗有治乱之大材而不用。

在华州的《立秋后作》的"罢官亦由人，何事拘形役"，杜甫已下决心弃掷派给的司功参军，也见出对肃宗的不满。在秦州的《遣兴三首》其二云："邺中事反复，死人积如丘。诸将已茅土，载驱谁与谋？"由于肃宗担心郭子仪、李光弼等功高难制，故派九节度使围攻邺城而不设统帅。致使次年惨败。事后又闲置郭子仪，后又置李光弼于临淮，所崇信者却不能成事。《秦州杂诗》其二十的"唐尧真自圣，野老复何知"，已见对所谓的"中兴主"肃宗已彻底失去了希望，这也是他弃官的主要原因。又说"为报鸳行旧，鹪鹩在一枝"，决心要和所倾之"太阳"告别。其六说"士苦形骸黑，林疏鸟兽稀。那堪往来戍，恨解邺城围"，邺城惨败全由肃宗不设统帅造成，酿成平叛最大的损失。若破邺城早灭安史叛军，则士卒不须以防河北。其八说"一望幽州隔，何时郡国开"，邺城惨败，叛军之势复张，至九月东都洛阳再次沦陷，河北亦复沦陷，而平息叛乱天下安定又待何时。其十一的"蓟门谁自北，汉将独征西"，邺城之败使幽燕之克复推宕，而且吐蕃又骚扰，形势陷入恶化。其五说"闻说真龙种，仍残老骕骦。哀鸣思战斗，迥立向苍苍"，邺城惨败，以李光弼代郭子仪为朔方节度使，召子仪还京闲置。所以其十九说"故老思飞将，何时议筑台"，希

---

① 司马光：《资治通鉴》卷二一九，中华书局1956年版，第7023—7024页。

望子仪复起。当初,郭子仪克复两京,肃宗说:"吾之家国,由卿再造。"①疑忌平叛后功高难制,邺城之围,故不设子仪为统帅,而败后即解除兵权,杜甫即对此而发。所以其二十的"唐尧真自圣,野老复何知",实则正言若反,对肃宗表示出极为不满。

宝应元年(762)为了削减玄宗蜀郡势力,肃宗以京兆府为上都,河南府为东都,凤翔府为西都,江陵府为南都,太原府为北都。对此,杜甫《建都十二韵》说:"苍生未苏息,胡马半乾坤。议在云台上,谁扶黄屋尊?建都分魏阙,下诏辟荆门。恐失东人望,其如西极存。时危当雪耻,计大岂轻论?虽倚三阶正,终愁万国翻。"当时东有史思明,西有吐蕃陷边州,"半乾坤"尚处于骚扰,天下苍生在丧乱中还未喘过气来,又劳民动众,以建江陵为南都,废蜀郡之南京,意在汲汲于解除玄宗之影响,实非平叛之急务,而失东西天下人心。时局艰难当思洗雪国耻,建都大计此时岂应轻论。肃宗即位已五年,政权稳固,但叛兵祸根犹存,万国尚不安宁。此诗末了说:"衣冠空穰穰,关辅久昏昏。愿枉长安日,光辉照北原。"是说衣冠瞎忙乎,关辅之难无救,天子当把心思用在河北平叛大事上,不应有汲汲建都之举!

肃宗急登大位本出于不正,实际上安史之乱为他早日做皇帝反倒提供了机会。在位前后六年,一方面要巩固帝位,一方面要对付安史叛军。二者一旦抵牾,即以前者为重,故在他的手中,安史终未消灭。杜甫忧国忧民极为强烈,故对肃宗的阴鸷荒唐的举措极为反感,诗中多有讥讽。直到肃宗去世的上年还在为削减分化玄宗势力有建都之举。因而在代宗广德二年,即肃宗死后两年,有《忆昔》其一对这位狭隘昏庸的"中兴主"予以辛辣的讥讽:"忆昔先皇巡朔方,千乘万骑入咸阳。阴山骄子汗血马,长驱东胡胡走藏。邺城反覆不足怪,关中小儿坏纪纲,张后不乐上为忙。至今今上犹拨乱,劳心焦思补四方。"虽然意在警诫代宗不要重蹈乃父的覆辙,实际对肃宗属于盖棺定论。肃宗有智谋高才李泌,有房琯、张镐之治才,有郭子仪、李光弼之将才,使用始终不一,却信任宦官李辅国、鱼朝恩,搞得天下大乱仍不能平息。而且惧内以致张后干政,身后发生内讧,给儿子留下了一个烂摊子,弄得手忙脚乱。如果说,杜甫对唐玄宗主要是从酿成安史之乱的恶果角度予以谴责,但对开创开元之治还是肯定的,尚能一分为二待之。而对肃宗基本上持以否定,因为安史之乱在他手中又加蔓延,给国家与苍生带来无休止的灾难。而且使玄宗重用宦官进一步得到

---

① 司马光:《资治通鉴》卷二一九,中华书局1956年版,第7044页。

恶性发展，实质要担当延长安史之乱的历史罪责。而且大唐以后终不能再振，"则宦官把持政柄实为之。宦官所以能把持政柄，以其掌握禁兵。此事虽成于德宗，而实始于肃宗，故肃宗实唐室最昏庸之主也"①。杜诗"关中小儿坏纪纲"，正痛斥到这一要害之处。

（三）杜甫与代宗

犹如对安史之乱的预料，杜甫在《忆昔》对代宗的警诫，亦不幸而言中。代宗为太子时，对李辅国的专横看不过眼。虽借助他的力量而嗣位，又因其方握禁兵，忍而尊礼之称"尚父"而不名。辅国恃功益横，便削减其权，因其有杀张后之功，不欲显诛，密遣人刺杀。可见出代宗之阴狠。后来宦官程元振代辅国专制禁兵，诬陷名将来瑱以坐诛，又构陷元勋裴冕而外贬。二人皆与其人原有私憾或不依违，天下方镇因此而寒心。代宗又听信他的谗言，夺郭子仪兵权，致使岐雍兵力单薄，而失去御敌实力。在代宗即位次年即广德元年正月史朝义自缢，属下部将李怀仙携其首来降，延长七八年之久的安史之乱总算结束。杜甫有《闻官军收河南河北》表抒庆祝。然好景不长，时局不久又起恶化。河北副元帅仆固怀恩恐安史一旦平息而宠衰，故奏安史降将分帅河北，自为党援，代宗亦厌苦兵革苟冀无事，只好同意。河北藩镇自此蹶张强傲，不可复制。

上年回纥协助围攻克复洛阳。"回纥入东京，肆行杀略，死者万计，火累旬不灭。"②广德元年十月吐蕃来犯，程元振匿而不报，及至咸阳，代宗仓皇出奔陕州，官吏藏窜，六军逃散，长安再次沦陷。当时代宗下诏征兵，诸道兵马无有至者，皆惧程元振谗构，众怨所归，代宗方罢元振官，长流溱州。

代宗即位两年间以程元振取代李辅国，犹如以豺代狼，结果造成长安再度沦陷，虽然已被闲置的郭子仪很快收复，这毕竟是大失人心的事。所以，杜甫在《忆昔二首》其一的后半说："我昔近侍叨奉引，出兵整肃不可当。为留猛士守未央，致使岐雍防西羌。犬戎直来坐御床，百官跣足随天王。愿见北地傅介子，老儒不用尚书郎。"其先代宗听信程元振谗言，夺子仪兵权，所引起的恶果，即"百官跣足随天王"。长安府库闾舍，也被焚掠一空。

---

① 吕思勉：《隋唐五代史》，上海古籍出版社1984年版，上册，第239页。
② 司马光：《资治通鉴》卷二一九，中华书局1956年版，第7135页。

对于长安再陷，杜甫在阆州《伤春五首》追记其事。其一说："西京疲百战，北阙任群凶。关塞三千里，烟花一万重。蒙尘清露急，御宿且谁供？"这是说奔陕之狼狈。其二说"牢落官军远，萧条万事危"，即指长安被兵，援军不赴，情势危急。其三："烟尘昏御道，耆旧把天衣。行在诸军阙，来朝大将稀。"言代宗出奔，父老牵衣挽留。而诸镇畏程元振谗构，莫肯奔命。末言"贤多隐屠钓，王肯载同归"，希望进贤去奸，是为当时切务，也是杜甫之"愤词"[①]。杜甫当时远在三千里路外之阆州，消息传来慢而传闻不一，故其四说："再有朝廷乱，难知消息真。近传王在洛，复道使归秦。夺马悲公主，登车泣贵嫔。萧关迷北上，沧海欲东巡。敢料安危体，犹多老大臣。"极言代宗出陕，消息传信传疑。当时未必有"夺马""登车"事，借此以言出宫时之仓促情景。当时传闻车驾或议北上萧关，或欲东奔沧海，东奔西窜迷惑不走。军国安危大事惟仗大臣匡济，草野之人怎敢预料。其五说："闻说初东幸，孤儿却走多。难分太仓粟，竟弃鲁阳戈。胡虏登前殿，王公出御河。得无中夜舞，谁忆大风歌？……君臣重修德，犹足见时和。"代宗逃亡之时，听说"孤儿"即禁军溃散。奔至华州，官吏奔散，无复供给，护从将士冻馁，竟相逃散。事见《资治通鉴》代宗广德元年。吐蕃攻进长安，王公奔窜。这时没有誓清中原像祖逖那样壮士，然而，谁能想到《大风歌》思猛士之切望。最后唯有希望君臣修德共济，收拾人心，挽回根本。代宗继位一年多而致大乱，均由信用宦官造成，郭子仪、李泌、来瑱不见重用，或谗死或闲置或隐居，故诗中以"贤多隐屠钓""犹多老大臣""得无中夜舞"反复致意，这是对代宗的希望，其中也蕴含对代宗的讽刺。

广德元年十月，郭子仪收复长安，十二月车驾回京。杜甫在《收京》欣喜中深致警诫之意："复道收京邑，兼闻杀犬戎。衣冠却扈从，车驾已还宫。克复诚如此，扶持在数公。莫令回首地，恸哭起秋风！"安史叛乱曾陷西京，这次吐蕃又犯京烧掠，故曰"复道"。王嗣奭说："京邑失散，此何等事，一之已甚，其可再乎！'复道'二字有多少悲愤在！"[②] 当时车驾出京狼狈，群臣奔散，收京后却又来扈从，看似不满群臣，实则对代宗人亦是微讽。像郭子仪不计代宗疏远而勇于自任克复，国家就得依赖他们扶持。失陷之初，不堪回首，防患未然又在今日，勿令长安再起悲风。

---

① 吴瞻泰语，转引自萧涤非主编：《杜甫全集校注》，人民文学出版社2014年版，第3041页。

② 王嗣奭：《杜臆》，上海古籍出版社1983年版，第176页。

后来杜甫已知收京后代宗不治程元振死罪,有感于代宗迷途尚不知返,作《释闷》忧心国事:"四海十年不解兵,犬戎也复临咸京。失道非关出襄野,扬鞭忽是过胡城。豺狼塞路人断绝,烽火照夜尸纵横。天子亦应厌奔走,群公固合思升平。但恐诛求不改辙,闻道嬖孽能全生。江边老翁错料事,眼暗不见风尘清。"前四句谓时局愈来愈不堪,代宗奔陕,国势愈见衰败。天子逃跑得也够累了,也该与群公考虑如何平息战乱,然而仍旧加重赋敛不改覆辙,而且没有诛杀罪魁程元振,犹因其有拥立之功而放归田里,这真是出人意料。这时杜甫已对代宗失去了希望,这从末二句的反语可见。

此时又有《有感五首》感慨时事。其一说:"将帅蒙恩泽,兵戈有岁年。至今劳圣主,何以报皇天?白骨新交战,云台旧拓边。乘槎断消息,无处觅张骞。"丧乱尚武夫,然将帅蒙恩而兵戈连绵。诸将负恩而不能报答朝廷,自安史叛乱以来,河西陇右之地尽为左衽,白骨交横之地不正是唐初功臣所开拓之旧地。而今国势衰落,派遣出使吐蕃之臣却被扣留。其二:"幽蓟余蛇豕,乾坤尚虎狼。诸侯春不贡,使者日相望。慎勿吞青海,无劳问越裳。大君先息战,归马华山阳。"此谴责代宗姑息河北诸镇安史降将,跋扈不贡,徒劳使者相催。吐蕃虽非可置之度外,但河北内乱为急。然而代宗息战归马,不复征讨河北割据,除恶不绝,一味姑息,号令不行于中土。其三提出赋税过重:"洛下舟车入,天中贡赋均。日闻红粟腐,寒待翠华春。莫取金汤固,长令宇宙新。不过行俭德,盗贼本王臣。"而且收京后,代宗渐有奢靡之志,诸道献金饰器用,珍玩骏马,故以俭德规讽。其五说"胡灭人还乱,兵残将自疑","愿闻哀痛诏,端拱问疮痍"。当时仆固怀恩恐安史余党平而宠衰,故奏留诸降将分帅河北,而诸镇跋扈,又疑怀恩有异志。杜甫希望代宗下诏,抚恤民众。此五首为讽刺代宗而言,王嗣奭认为:"皆救时之石(通"硕")画,报主之赤心,自许稷、契,真非欹语。然稷、契之臣,必尧、舜才能用之,持以事世主,则枘凿不入。"[①]谓为"报主"不如说是规讽,余则所言甚是。

大历元年,杜甫在夔州有《诸将五首》,前四首评论代宗朝廷。其一说:"汉朝陵墓对南山,胡虏千秋尚入关。昨日玉鱼蒙葬地,早时金碗出人间。见愁汗马西戎逼,曾闪朱旗北斗殿。多少材官守泾渭?将军且莫破愁颜!"此首说吐蕃每来进犯。广德元年入陷长安,劫掠宫阙,盗焚陵寝。昨日陵墓才安葬,今日就被盗掘。永泰元年(765)又寇奉天,这都

---

① 王嗣奭:《杜臆》,上海古籍出版社1983年版,第179页。

是最近让人发愁的事情,吐蕃诸旗闪动,北斗亦为之一赤。然而泾渭防备薄弱,拥兵将军且莫掉以轻心。其二就借助回纥而言:"韩公本意筑三城,拟绝天骄拔汉旌。岂谓尽烦回纥马,翻然远救朔方兵!胡来不觉潼关隘,龙起犹闻晋水清。独使至尊忧社稷,诸君何以答升平?"初唐韩国公张仁愿在河北筑三城,本来是拒突厥入侵。岂料收京却借助回纥,反而援助郭子仪的朔方兵。潼关也阻碍不了安禄山与后来回纥与吐蕃连兵入寇,然而至今犹闻唐高祖起兵晋阳时军威是多么强盛,现在却使代宗犯愁,诸将只知坐享太平,不图报国。其三说:"洛阳宫殿化为烽,休道秦关百二重。沧海未全归禹贡,蓟门何处尽尧封?朝廷衮职虽多预,天下军储不自供。"此言洛阳一旦失守,潼关之阻难恃,东海与蓟门全成为藩镇割据。浦起龙说:"藩镇之祸,河北最甚,延至末造,卒以亡唐。而其祸皆成于代宗之初。时成德则李宝臣,魏博则田承嗣,相魏则薛嵩,卢龙则李怀仙,淄青则李正己,各治兵完城,自署将吏,不供贡献,其可忧更切于吐蕃、回纥。"①诸将不知屯田以纾国艰,只知伸手向朝廷索取供给。其四言南方并不安定,翡翠、明珠久不供奉,镇帅武臣只知耀武扬威而无济于事。普天之下南北各地,要在忠臣翊赞天子。以上四诗看似讽刺诸将,另一方面也看到了代宗御将无方,以致国势衰败不振。

大历三年(768),杜甫漂泊岳州时所作《岁晏行》,深叹时政征敛繁重,小民不得其生:"岁云暮矣多北风,潇湘洞庭白雪中。渔父天寒网罟冻,莫徭射雁鸣桑弓。去年米贵缺军食,今年米贱大伤农。高马达官厌酒肉,此辈杼柚茅茨空。楚人重鱼不重鸟,汝休枉杀南飞鸿。况闻处处鬻男女,割慈忍爱还租庸。"冬天渔父本来不缴赋税,现在却要打猎以输租。上年秋中原、东南以及湖湘连续水灾,军粮乏缺。今年年成好,米贱伤农,国家赋税紊乱。《旧唐书·郭子仪传》载,大历元年十二月,华州节度使周智光反叛,命郭子仪讨之,将出发,华州将吏闻军起,斩智光父子,传首京师。"二年二月,子仪入朝,宰相元载、王缙、仆射裴冕、京兆尹黎乾、内侍鱼朝恩共出钱三十万,置宴于郭子仪第,恩出罗锦二百匹,为子仪缠头费,极欢而罢。"②三月,"鱼朝恩宴子仪、宰相、节度、度支使、京兆尹于私第。乙亥,子仪亦置宴于其第。戊寅,田神功宴于其第。时以子仪元臣,寇难渐平,蹈舞王化,乃置酒连宴。酒酣,皆起舞。

---

① 浦起龙:《读杜心解》,中华书局1961年版,第648页。
② 《旧唐书·郭子仪传》,中华书局1975年版,第3463页。

公卿大臣列坐于席者百人。子仪、朝恩、神功一宴费至十万贯"①。公卿大臣奢侈如此，不知民困至极。此诗后半言货币泛滥，坑害百姓："往日用钱捉私铸，今许铅铁和青铜。刻泥为之最易得，好恶不应长相蒙。万国城头吹画角，此曲哀怨何时终？"唐初法令："敢有盗铸者身死，家口配没。"肃宗乾元二年"长安城中，竞为盗铸"②。"铸钱不杂以铅铁则无利，杂以铅铁则恶。"③代宗重蹈乃父"许人铸钱"弊政，若如此，还不如干脆用泥巴作钱，岂不更为获利，这是痛恨代宗钱政的愤慨语。现在丧乱仍旧遍及全国，不知何时方能结束。这是杜甫代民呼吁，也是对代宗败政予以全面揭露与指斥。

综上可见，杜甫对唐玄宗后期与肃宗、代宗，酿造与蔓延祸乱，重用宦官，增加赋敛，造成万方多难的丧乱局面，无不予以痛斥与谴责。就是远离长安之后，仍然注视北方时局的变化，忧患民生疾苦，指斥肃宗、代宗姑息藩镇，将帅骄悍，甚或官兵如盗，给天下创伤上又增加无数疮痍。他对三代君王，虽然也说了不少的"圣朝""圣代""吾君""明主""皇恩""恋主""明哲君"的话，甚至在大历二年夏天还想到"君王纳晚凉，此味亦时须"（《槐叶冷淘》）——吃些凉爽的食物，然而即使这些话头，更多带有反讽意味④。如大历元年的《历历》把安史之乱说成"无端盗贼起"，天下岂有无缘无故的翻天覆地的祸乱，正是以反语为讽，他死死地把玄宗后期骄奢黩武定位在承担历史罪恶的位置。至于肃宗、代宗虽然都曾寄予像周汉光复的"中兴"的希望，然丧乱的持续，使他在失望中，更增加批判的尖锐性。如言及代宗则说"天子多恩泽，苍生转寂寥"，论者谓"讥讽皇帝之假仁假义"，实则正话反说，指斥代宗无恩无义，没有心肝，否则苍生怎么反而"寂寥"！全国人口天宝十三载有 52880488 人，到了代宗广德二年减少到 16990386 人。苍生"寂寥"到如此程度，真使人骇目惊心！直到杜甫去世前一年，还是"天下郡国向万城，无有一城无甲兵"（《蚕谷行》），以及绝笔之作的"战血流依旧，军声动至今"（《风疾舟中伏枕，书怀三十六韵奉呈湖南亲友》），杜甫带着不尽的悲痛与失

---

① 《旧唐书·代宗纪》，中华书局1975年版，第286页。
② 《旧唐书·食货志》，中华书局1975年版，第2100页。
③ 杜佑：《通典》卷九《食货九》，浙江古籍出版社2007年版，第53页。
④ 旧时注杜都把这两句看成"眷眷君父""一饭不忘恩"，然只要看看本文上引此年春天公卿大臣"一宴费至十万贯"的奢侈，即可知代宗又如何的"玉食"。这实在是以"清凉剂"给代宗"降温"：再不能奢侈下去，国家已经到了何等地步！这两句前的"万里露寒殿，开冰清玉壶"，就已透露出这样的意味！

望离开人世。由于旧时注家或论者，一言及杜甫则过分地膨胀了所谓"忠君"的一面，甚至把批君、讥君也要曲解为"忠君"，以致使后世认为杜甫"迂腐"，这实在是对杜甫绝大的误解！

洗刷"忠君""迂腐"的误解，还杜甫原本为国为民，敢于讥君、刺君的本真，则是本文所关注的问题。

三　杜甫华州弃官的缘由和依据

　　唐肃宗乾元二年秋天，48岁的杜甫为华州司功参军，毅然弃官赴陇，开始了他的流浪生涯。对于弃官的缘由，往往被人忽略，而不多的说法却又很有分歧，而且缘由的依据，又常常未加深究。杜甫之弃官和陶渊明弃彭泽令很有相似[①]，陶渊明处于易代之际，环境复杂，弃职潜伏出于自身安危，特意写了《归去来兮辞》宣告弃官原委，说当官是"心为形役"，弃官则出于"质性自然"，又说妹丧而"情在骏奔"。而史书所说"不为五斗米折腰"，是对于官场的不满。陶之做官前后都是隐居，按理作为出世者的弃官很正常，然却成为论陶的热点。杜甫是"窃比稷与契"的入世者，虽遭丧乱，但并不涉及身家安危，却决然弃官去流浪，对于个中原委本应是论杜的更大热点，然而自古迄今一直却很淡漠，而稍有留意者，说法互歧，就很有必要做些探究。

（一）先前对弃官原因的探究

　　1. 关中饥荒说。对于弃官的缘由，最早记述的是《旧唐书·文苑传》。其言曰："时关畿乱离，谷食踊贵，甫寓居成州同谷县，自负薪采梠，儿女饿殍者数人。"虽未直言因饥馑弃官，但其意尚存。《新唐书》接着把话说得更明白："出为华州司功参军。关辅饥，辄弃官去，客秦州，负薪采橡栗自给。"闻一多《少陵先生年谱会笺》、中国社科院文研所《中国文学史》（二）、傅庚生《杜甫诗论》亦同此说。

　　2. 公务繁忙说。洪业说，当杜甫从洛阳回到华州，"他已经开始考虑结束自己的仕宦生涯了。大概在8月5日，当他写下《立秋后题》时，他实际上已经下定决心。所有的杜甫传记作者都认为他放弃官位是因为华州地区的饥馑。对此我有些怀疑。尽管我们知道春天在东边稍远有过饥荒，尽管我们也知道杜甫在一首诗中提到他对夏天少雨感到遗憾，但我们在他

[①] 杜甫虽批评陶渊明："陶潜避俗翁，未必能达道。""达生岂是足，默识盖不早。"（《遣兴五首》其三）但在《可惜》里则言："宽心应是酒，遣兴莫过诗。此意陶潜解，吾生后汝期。"

秋天时期的诗歌中找不到任何明显的饥荒证据。还要看到，自从地方官府合理和不合理的征税之后，州郡的官员和他们的家人再也不会像刚开始那样遭受食物匮乏的威胁了。依我看是不断积累的对这种无用工作的反感最终使得杜甫抛弃了他的官职。杜甫所谓的'形役'应该包括那些难以完成的大量日常文牍宗卷，以及那些显然切实可行而又不被采纳的建议，还有那些精心准备而不被欣赏的考试题目。快到下一次州郡考试的时间了，杜甫可能认为最好及时离开，免得向那种通常的出题模式屈服"①。在这段话之后，作者还下了一注：关于759年饥荒的记载，参见《新唐书》卷二二一。自从王洙的序和《新唐书》卷二百一提出杜甫离开华州是因为饥荒，这个说法一直延续到现在。如闻一多、艾思柯也采用了这个说法，认为杜甫"辞职"完全是为了将他的孩子从饥饿中解救出来。②但是这一说法在杜甫的诗中找不到支持的证据。另一方面诗篇《夏夜叹》《立秋后题》等暗示是工作事务的挫败导致杜甫离开华州司功参军这个职位。③乔象钟、陈铁民主编《唐代文学史》上卷亦同此说。

　　3. 政治没有出路说。冯至说："他放弃这个职位表示，他对于政治的绝望，但还有更重要的原因使他不得不这样做，……肃宗事前没有得到玄宗的同意，先在灵武即位，已经内疚于心，以李辅国为首的拥戴肃宗的官僚集团便利用这个机会，一方面挑拨肃宗和玄宗的感情，加深他们父子间的矛盾，一方面攻击玄宗旧日的官吏，制造出激烈的党争。房琯是玄宗的旧臣，又一度被肃宗信任，而且他自高自大，更成为这个集团攻击的目标。所以他在凤翔、长安一再遭受打击。杜甫属于他的一党，随着他的失败，杜甫在政治上也丧失了出路。他的'弃官'虽说是主动的，但其中也存在着不得不如此的苦衷。这在他个人的生活上是一个大的转变。他从此不但离开了他十几年依恋不舍的长安，并且和他爱好的故乡洛阳也永别离了。"④聂石樵、邓魁英《杜甫选集》，以及莫砺锋《杜甫评传》，即用此说。

　　4. 环境艰苦说。朱东润说："生活是艰苦的，生存也受到威胁。在史思明进入东都以后，幸亏李光弼的大军在河阳一带牵制着。……万一潼关失守，华州是无法防御的，……杜甫对于围城的生活是有所认识的，何况

---

① 洪业著，曾祥波译：《杜甫：中国最伟大的诗人》，上海古籍出版社2014年版，第142页。
② 参见洪业著，曾祥波译：《杜甫：中国最伟大的诗人》，上海古籍出版社2014年版，第142页注1。
③ 参见洪业著，曾祥波译：《杜甫：中国最伟大的诗人》，上海古籍出版社2014年版，第143页。
④ 冯至：《杜甫传》，人民文学出版社1952年版，第71—72页。

大乱之中的佐贰官更是一饱不易？因此他决定挂冠出走。……杜甫这一次离开华州，是经过考虑的，要是当时的情况不是那样的艰苦，他不至于走这一条无可奈何的道路。"①

5. 鄙弃污浊时政说。陈贻焮说："乾元二年这一年，对于杜甫的一生来说，是很重要的一年，是值得纪念的一年。就在这一年，诗人经过了多时的反省和探索，终于从思想感情上完成了日渐远离皇帝而走向人民的痛苦过渡，……同时也清醒了头脑，破除了对朝廷的幻想，坚定了去志，从此便走上了后期'漂泊西南'的坎坷的人生道路。他的《立秋后题》说：'……平生独往愿，惆怅年半百。罢官亦由人，何事拘行役？'……那末就挂冠而去吧，做不做官还不是由自己来决定？这简直是老杜的《归去来兮辞》，是他弃官的宣言书。可见他采取这一行动是经过深思熟虑的，是对污浊时政痛心疾首的鄙弃，所传因'关辅饥'而弃官，只不过托辞而已。"②

6. 饥馑与不愿折腰说。金启华、胡问涛说："杜甫回到华州以后，关中地区发生饥馑。同时，他也不愿在郭使君面前摧眉折腰，……他放弃华州司功参军职务，开始了'万里饥驱'的生活。"③

7. 对朝廷的失望说。萧涤非说："弃官的原因，《新唐书·杜甫传》说是因为'关辅饥'。其实还有其他的政治原因，这就是他对当时的政治和统治者都感到绝望，觉得'无能为力''不可救药'。"④罗宗强、郝世峰说："他这次弃官的原因很复杂。从直接的原因看，是关中饥荒，生活难以维持，像他后来说的'无钱居帝里，尽室在边疆'。但是更为深层的原因，则是年来对于朝廷的失望，……郑虔的遭遇和房琯的事件一样，使杜甫感到朝廷是非不明，使他感到失望。这可能就是他弃官的更为深层的原因。"⑤袁行霈、丁放亦持相近之说："辞官对当时的杜甫来说是一个重大决策，其原因有二。其一是生计的问题，'关畿乱离，谷食踊贵'（《旧唐书·杜甫传》），俸禄无法保障，难以养活一家；其二是对肃宗朝廷的失望。"⑥至于为何失望，几家则未作讨论。

---

① 朱东润：《杜甫叙论》，人民文学出版社1981年版，第86页。
② 陈贻焮：《杜甫评传》上卷，上海古籍出版社1982年版，第496—497页。
③ 金启华、胡问涛：《杜甫评传》，陕西人民出版社1984年版，第107页。
④ 萧涤非：《杜甫研究》上卷，山东人民出版社1956年版，第25页。
⑤ 罗宗强、郝世峰主编：《隋唐五代文学史》中卷，高等教育出版社1994年版，第28—29页。
⑥ 袁行霈、丁放：《盛唐诗坛研究》，北京大学出版社2012年版，第270页。

8. 私出州境，避免处罚说。论者谓杜甫"私出州县界往蓝田，私出州县界往洛阳，而且旷职达百日之久，杜甫面临的处罚必然是严厉的。不受捶楚之辱的最后结局是罢官"①。

另外，胡适曾依据杜甫华州所作《早秋苦热》《立秋后题》与《新唐书》的"关辅饥，（甫）辄弃官去，客秦州，负薪采橡栗自给"，以为"依上引的《立秋后题》诗看，似是他被上司罢官，并非他自己弃官去"②。很明显，他把《立秋后题》的"罢官亦由人"的"罢"视作罢免，"人"则看作他人。但与下句"何事拘形役"——为何要去做官，分明是弃官语气。按他的解释：免官出于上司，为何还要做官，就前矛后盾，全然阻隔不通，而且"亦"字也没有着落。这是一个明显的失误，所以他的说法，没有人接受。

其他论杜者说法，与上诸说大同小异，无大差异，不再胪列。

综上诸说，"关中饥馑"与"环境艰苦"，对于前者或谓为直接原因，或谓为"托词"，或谓为次要原因，均言之成理。在安史之乱中，关中与长安人士，避难奔陇蜀者甚多，仅从杜诗看，《佳人》的女性就是在"关中昔丧乱"中"零落依草木"者；《同谷七歌》中的"山中儒生旧相识，但话宿昔伤怀抱"，大概也是从长安漂泊陇地；还有在成都见到的大画家曹霸、韦偃，在夔州见到的舞剑器的李十二娘，在长沙遇到的大音乐家李龟年，以及叫不上名字的"二十一人同入蜀"的百姓，他们都不一定在"关中饥馑"的此年离开。杜甫若是因饥馑弃官，那么他在做左拾遗时即可弃官，因为"朝回日日典春衣"时，日子就不好过；或者因谏阻贬房琯触怒肃宗时，当时处境艰难，然亦未弃官，所以以上两说都不是主要原因。至于说"公务繁忙"，那是把在华州所做的《早秋苦热堆案相仍》中的"束带发狂欲大叫，簿书何急来相仍"，过于看重，对于政治诗人杜甫来说，更非个中之原因。关于"私出州境"，一来蓝田距华州极近，休沐时日即可游览；至于往返洛阳费时三月，目的探望故居与兄弟，而且利用春节在内，也必然请过假。再则乾元二年春末由洛至华，而弃官则在秋后，中间四个月，倘若处罚，也该早罚了。再则没有文献证明出州是"私出"。

至于不愿对郭使君折腰，可能受陶渊明不愿向督邮折腰影响，陶之弃官有更重要的原因，与刘裕排除异己有绝大的关系。③如果怕折腰，也应

---

① 阎琦：《杜甫华州罢官西行秦州考论》，《西北大学学报》2003 年第 2 期。
② 胡适：《白话文学史》，上海古籍出版社 1999 年版，第 189 页。
③ 参见魏耕原：《陶渊明论》，北京大学出版社 2011 年版，第 19—26 页。

早辞职了,何必等到此时!杜甫弃官亦同此理,当与政治大局相关。

所以"政治没有出路""鄙弃污浊时政""对朝廷失望",以及对当时政治"感到绝望",是杜甫弃官至为重要的因素。然而后三说同出一辙,"绝望""鄙弃""失望",只是一种结论,而非具体的原因。或者说这种结论的依据是什么,而这几家均语焉不详,看不出其间原委与真相,或者只见其一,不见其余。这就需要深长思之,仔细梳理杜诗入朝以后之作,特别是其中长期被人误解,却与杜甫弃官休戚相关的地方,自然会发现问题所在。

(二)疏救房琯被贬不是弃官的主要原因

杜甫因房琯事件,差点关进大牢,几乎成了李白入狱的先驱,由此而被疏远,这是他为官的一件大事,也是一生的转折点。他贬放华州,亦缘于此。所以,不少论者认为杜甫弃官,与房琯被贬黜有关,对肃宗朝廷失去希望。房琯为玄宗旧臣,安史乱起,玄宗奔蜀,途中房琯出谋分道制置,使太子及诸王分领重地,对两京形成包围之势,本是从平叛大局出发。然对此后没有几天自行即位的肃宗来说,人为分散削弱了自己的势力,由此怀恨在心。房琯素不知兵,反击安史的首战却使之领兵交锋,并派中使邢延恩督战掣肘,打乱房琯持重伺机的战略,遂及于败。故论者说:

> 是陈涛丧师,与哥舒翰潼关之失,其原因正同,意宫廷正欲借此以陷之。其时杜以谏官上书救琯,几罹不测,肃宗于此盖以为杜为琯党,故琯罢相,杜亦出为华州司功参军,杜与琯因布衣旧交,至琯死阆州,尚为诗哀之。党琯是实,肃宗以怨父者怨琯,又以恶琯者恶杜,故杜自此后由华州窜秦州,……羁旅终身,飘泊以死,诗人固李氏王朝宫廷政争中之一牺牲品也。其后琯卒遭远谪,琴客董庭兰事,不过为其获罪之借口。盖肃宗以制置一事,既不惜修怨其父,又何惜修怨于其父之旧臣。杜之放逐,更不足数矣。[①]

这是说杜甫放逐与"由华州窜秦州",均因党琯所致。并指出李白从璘获罪被囚,高适曾切谏玄宗诸王分镇而至显达,而与李杜困窘异途,均

[①] 胡小石:《杜甫〈北征〉小笺》,《胡小石论文集》,上海古籍出版社1982年版,第127页。

与肃宗忌恨分镇有关。

当时因房琯事被贬者，均为玄宗旧臣，诸如贾至、严武等皆在其中。杜甫在玄宗朝只不过右卫率府胄曹参军，看守兵甲器杖、管理门禁锁钥，相当于今之保管员，还不够"旧臣"的资格。由于从沦陷的长安逃往行在，而被肃宗擢拔为近臣，说明肃宗对他的嘉许。如果后来他不疏救房琯，自然不会发生接连的厄运。房琯人望为当时之重，杜甫所任谏官，疏救房琯，自然是出于职守与对其人的看重。至于说是房党，对于共事只有半月的杜甫恐不见得，若是房党也不会让他做左拾遗。但杜甫的疏救，正碰到蓄怒甚深的肃宗的刀口上，自会把他和玄宗旧臣一起贬放。

当至德二载二月肃宗由彭原（今甘肃宁县）移至凤翔旬日，陇右、河西、安西、西域之兵集结行在，江淮庸调已至汉中，一方面准备收复长安，一方面清洗玄宗旧臣。韦见素、裴冕三月被罢相，五月出杜鸿渐为河西节度使，崔涣出为余杭太守。杜甫四月投归凤翔，五月任左拾遗，当时房琯已处于被排挤罢相的紧要关头，杜甫疏救而被疏远，张镐或许因营救杜甫，七月也出为河南节度等使，崔圆亦罢相。这时"上皇所命宰臣，无知政事者"[①]。杜甫自然就成了房琯事件的牺牲品。仕途急转直下，他对肃宗的希望，由"涕泪受拾遗，流离主恩厚"（《述怀》），逐渐趋于失望，以至于"近侍归京邑，移官岂至尊"（《至德二载，甫自金光门出，间道归凤翔，乾元初，从左拾遗移华州掾，与亲故别，因出此门，有悲往事》），而不无怨望。

杜甫弃官，疏救房琯被贬放只是原因之一，且非重要的原因。其所以弃官并非完全由于仕途的挫折。果真如此，杜甫的伟大恐怕至少要打些折扣。杜甫对肃宗的失望以至于绝望，更重要的是对肃宗一系列的重大决策，持有相反政见。而肃宗又是个阴鸷之人，私心极重，不顾平叛大局，关心时局的杜甫又怎能不由失望以至于绝望呢？

（三）杜甫与肃宗在收复两京上的重大分歧

杜甫对肃宗的感情转化，不单纯因贬放而生怨望，如上所言，而是在平叛大局上，对于肃宗的一系列举措，由失望而至绝望，加上仕途艰难，于是只好弃官，踏上漂泊的历程。

杜甫与肃宗最大的分歧，反映在对二京的收复上。肃宗为太子时，储

---

① 《旧唐书·韦见素传》，中华书局 1975 年版，第 3278 页。

位就不很稳，向来不得玄宗欢心。李林甫、杨国忠又屡加危迫，好不容易熬到45岁，终于赶上安史之乱，这才给他提供了一个极为重要的转机。他先与陈玄礼操纵马嵬兵变，其次唆使百姓拦住玄宗车驾把自己留下抗敌，脱离玄宗控制，并胁逼玄宗留兵大半。然后至灵武三日便即大位，不然"失亿兆心，则大事去矣"，所谓"殷忧启圣，正在今日"[①]，这些拥立者的话头，正中他一怀心事，或许出于他的授意。但无论怎么说，未经禅让而实属逆取大位，总不那么光彩，所以巩固帝位就成了迫不及待的大事，清除玄宗旧臣就成了他的首要之事，以免除即位不当而有可能引发的得而复失的因素；二是瓦解分镇诸王对自己的威胁，出兵消灭永王李璘的"反叛"；三是急欲克复二京，以巩固帝位。

当时李泌劝肃宗直取范阳，命李光弼出井陉，郭子仪取冯翊入河东，切断范阳与长安叛军的互援，使其不敢离开守地。再以扶风之兵与郭、李互为出击，使之往来数千里，疲于奔命。来春徐命太子进兵与李光弼呼应，以取范阳。敌失巢穴，而无所归，两京即可克复，两年叛军可彻底消灭，根本永绝。然而阴鸷的肃宗岂能等到两年，说什么"朕切于晨昏之恋，不能待此决矣"[②]，他对父皇积怨至深，所以不打招呼，自行即位，属于趁火打劫、抢班夺权行为。在这节骨眼上唐肃宗为了居功固位，不能有所缓待。所谓"切于晨昏之恋"，只不过是粉饰他的阴暗心理。对此，王夫之说："盖其时上皇在蜀，人心犹戴故君，诸王分节制之命，玄宗且无固志，永王璘已有琅琊东渡之雄心矣。肃宗若无疾复两京之大勋，孤处西隅，与天下隔，海岱、江淮、荆楚、三巴分峙而起，高材捷足，先收平贼之功，区区适（嫡）长之名，未足以弹压天下也。故唯恐不速收，而日暮倒行，屈媚回纥，纵其蹂躏，但使奏效崇朝，奚遑他恤哉？"[③]如此诛心之论，显示出肃宗心胸狭窄，置平叛大局于不顾，固执一己之私，不惜两京再遭回纥蹂躏荼毒，且又延宕丧乱数年，爱国爱民的杜甫怎能对他不逐渐失望呢？

杜甫对平叛大局战略的看法，与李泌相同，体现在如同奏疏的名篇《北征》里，对此却往往长期被忽视，甚或误解。平叛是当时朝野最为关切的大事，也是杜甫与肃宗拉开距离的最主要的原因，后来弃官的主要原因，亦缘于此。在此诗中说：

[①] 《旧唐书·裴勉传》，中华书局1975年版，第3353页。
[②] 司马光：《资治通鉴》卷二一九，中华书局1956年版，第7018页。
[③] 王夫之：《读通鉴论》，中华书局2004年版，第701页。

>　　仰观天色改，坐觉祆气豁。阴风西北来，惨澹随回纥。其王愿助顺，其俗善驰突。送兵五千人，驱马一万匹。此辈少为贵，四方服勇决。所用皆鹰腾，破敌过箭疾。圣心颇虚伫，时议气欲夺。伊洛指掌收，西京不足拔。官军请深入，蓄锐可俱发。此举开青徐，旋瞻略恒碣。……胡命其能久？皇纲未宜绝。

至德二载正月，安禄山被其子所杀，平叛形势好转，肃宗急于收复长安，五月城西清渠一战惨败。九月借兵回纥。并且每日供给二百头羊，二十头牛，四十斛米。后来二京收复，回纥不归，仅供给一项已够惨重。至于纵其蹂躏，抢劫两京，而且克复长安以后，每年还要向回纥送绢二万匹，真是罪莫大焉！

　　杜甫不主张急于收复二京，所以也不赞同借兵回纥，当时朝臣的"时议"亦不主张借兵回纥。然而"圣心虚伫"，决心出卖国家利益，不惜一切代价，一意孤行。此即《北征》此节前12句意，倒也明白。关键在于以下如何平叛，虽然明白如话，却每被误解或漠视。对至关重要的"伊洛指掌收，西京不足拔。官军请深入，蓄锐可待发"，则认为是"希望以官军为主力收复两京，然后直捣叛军巢穴"[①]，这也是自清以来的习见说法，亦为今日学界所流行。清初朱鹤龄就已说过："公意收复两京，便当乘胜长驱幽、蓟，故云'此举开青徐，旋瞻略恒碣'。当时李泌之议，欲令建宁（指建宁王李俶）并塞北出，与李光弼犄角，以取范阳，所见亦与公同也。"[②]李泌之议是先深入河东、河北，切割范阳与长安敌军呼应，使之不敢离开，夺取范阳后，再克复两京，平息叛乱两年即可告成。两《唐书》本传说得至为明确，不知朱氏何以看错。同时也把杜诗看错，都看成先收两京，后取敌巢。浦起龙也说"深以速收京阙，直捣贼穴为望"[③]，前两句的"指掌收"与"不足拔"，不是说现在可以轻易克复，五月官军已惨败于清渠，两月后之形势亦非突变得如此轻易，否则杜甫真成了书生之论"狂而不切"。如果轻易如此，肃宗又何必执意借兵回纥。所以这两句不是说的平叛的第一步，而是属于"将来完成时态"。是说收复两京，易如指掌，不值得花多大力气，均就将来而言。目前急务是"官军请深入，蓄锐可待发"。如果说是先收两京，自当乘势深入敌巢，就用不上来个"请深

---

① 陈贻焮：《杜甫评传》上卷，上海古籍出版社1982年版，第394页。
② 朱鹤龄注，韩成武等校点：《杜工部诗集辑注》，河北大学出版社2009年版，第147页。
③ 浦起龙：《读杜心解》，中华书局1961年版，第42页。

入",又遑论"蓄锐待发"？所以这四句是说对于两京收复，将来会在指掌之间，而现在不值得攻克。当务之急，官军先请深入河东、河北，蓄锐待发，伺机破敌老巢，到那时两京自然就可轻而易举地收复。或者说这四句都是倒置句，"官军"两句在前，"伊洛"两句在后。其所以倒置，正出于劝慰的语气，故成果前因后的安排。

论者又谓此四句："国人一听到回纥出兵的消息，舆论为之一振，像是一口气便能把反军吞下去似地。以为伊河洛水一带的收复真是易如反掌，长安临近，更不值得一攻了。各处官军都纷纷请缨，主张深入贼营，打它个落花流水；但是圣明天子却不那么急切，正在深思熟虑，虑心地期待着时机。一旦时机成熟，蓄足了锐气，皆可以和回纥的兵马同时行动起来，用雷霆万钧之势，一举而攻下青州和徐州，不久就会看到恒山碣石的收复，反军的老巢就要覆灭了。"①把本来原是杜甫的见解，先看成"国人"的，后边又看成是肃宗的。原本简单的句子，因诗中没有持议者的提示，竟出现错中出错。由此看来，这几句看似简单，而实不易解释。由于看似简单，所以胡小石《杜甫〈北征〉小笺》释此诗至为详实，而对此却一句未释；又因实不简单，所以往往解错，一直沿袭至今。比如传统的看法："意味收复两京之后，便当乘胜进兵。打开青、徐，在此一举。然后北略恒、碣，直捣叛军的根据地，平定叛乱。官军请深入，指官军斗志昂扬，主动要求深入。俱发，与回纥同时进兵。"②高校教材便采用流行说法。

然偶然亦有确见，聂石樵、邓魁英就说："按当时李泌建议，建宁郡王李倓自塞北出，与李光弼军掎角，直取范阳。杜甫'深入''俱发'，指此。""贼退则无所归，留则不获安，然合大军四合而攻之，必成擒矣。""杜甫赞成李泌之议，盖预见过分依仗回纥，民族间易起纠纷，流患将来，不如自力靖乱为善。"③惜乎这个见解只出现在杜诗注本中，未能引起学界注意。

然在杜甫写此诗时，此年九月、十月肃宗收复两京，十一月下旬回长安，次月初一下诏说："朕兴言痛愤，提戈问罪，灵武聚一旅之众，至凤翔合百万之师，亲总元戎，扫清群孽。"还说迎上皇以后，将"导銮舆而反正，朝寝门而问安"。既扬威耀功，说叛军是他扫除的，二京是他收复

---

① 傅庚生：《杜诗散绎》，陕西人民出版社1979年版，第148页。
② 朱东润主编：《中国历代文学作品选》中编，上海古籍出版社1980年版，第1册，第120页注57。
③ 聂石樵、邓魁英：《杜甫选集》，上海古籍出版社1983年版，第99—100页注57、58。

的，其固位之心已见。至于归政上皇，则又是弥天大谎！当初"贼未破，京未收，寸功不见于社稷，则居大位而不疑。已破贼收京，饮至论功，正南面之尊，乃曰退就东宫，归大位于己称上皇之老父？"[①] 后来肃宗并未归政，反而幽禁老父至死。

当九月凤翔之军兵临长安时，在鄜州探家的杜甫有《喜闻官军已临贼境二十韵》，诗中有"喜觉都城动"与"家家卖钗钏，只待献春醪"，表示预祝克复成功，但这并不能说赞成先行收复长安对平叛大局的有利。肃宗迫不及待，亦非杜甫所能劝阻，而攻克长安本身毕竟属于局部的胜利，所以用了"喜闻""喜觉"，说了些预祝庆贺的话。但在《收京三首》其三却言："杂虏横戈数，功臣甲第高。万方频送喜，毋乃圣躬劳。"这个"喜"就不无讥讽。叛军仍在跋扈，而肃宗一边大封灵武功臣，一边忙着庆贺，杜甫对此自然不满。

杜甫冒死投奔凤翔，最初对肃宗抱着满怀的热望。然任左拾遗不到半月，遇到肃宗贬放玄宗旧臣，又因房琯事件受到打击，特别是又看到肃宗在军国大政上，全从固位着想，不惜一切，不顾大局，心理狭窄如此，这让杜甫又怎能不寒心呢？在心理又怎能不与肃宗拉开很大的距离！李泌正因肃宗执意收京，已汲汲归山，杜甫必然会考虑在朝与否。这应当是弃官的最重要的原因。

（四）杜甫在肃宗朝中的压力与华州之绝望

杜甫在十一月从鄜州回到长安，次月新朝论处降官，六等定罪。他的好友郑虔称病未接受叛军伪职，暗中与唐政府联系，并潜逃回来，仍处以三等罪而贬台州，杜甫未得及时见面，有《送郑十八虔贬台州司户，伤其临老陷贼之故，阙为面别，情见于诗》，其中"万里伤心严谴日，百年垂死中兴时"，不满对郑的重处，字字悲痛，对肃宗的"中兴"更多了一层认识。

杜甫在朝廷谏省没过几天好日子，贾至因房琯出贬汝州，杜甫在《送贾阁老出汝州》中说："艰难归故里，去住损春心。""艰难"存有忧危之深意，感到春天并不那么温暖。在谏官位上也极为谨慎小心："明朝有封事，数问夜如何？"（《春宿左省》）因了"避人焚谏草"到傍晚才下班。一想到不自在，愈觉官不好做，就在《题省中院壁》中说："腐儒衰晚谬

---

① 王夫之：《读通鉴论》，中华书局2004年版，第704页。

通籍,退食迟回违寸心。"肃宗的大政处处与他不合,他也成了新朝"多余的人",不应当碍人手脚,故称为不谙世事的"腐儒"。年近知命才做了朝官,该下班了还迟回不去,欲有所奏,然恐奏亦无益。欲缄口而又不安,迟疑不决,只觉徒与寸心相违,而已有拂衣之念。在曲江曾对老友说:"近侍即今难浪迹,此身那得更无家?"(《曲江陪郑八丈南史饮》)看来拾遗"近侍"难在其位,还是回家为好。因为"肃宗于返正伊始,即听信谗邪,离间骨肉,猜忌大臣,疏远正士。虽贤如邺侯,犹不能安于其位,而汲汲求去,则其他可知。少陵以论救房琯,几陷于罪,若非张镐救免,早已远斥矣。故其居省中不能直行己志,大与初意相违"①,因而有拂衣之思。

这年春天,杜甫极感失意与苦闷。他在曲江徘徊,想到"何用浮名绊此身"。又在《曲江对酒》中说:"纵饮久判人共弃,懒朝真与世相违。吏情更觉沧洲远,老大徒伤未拂衣。"既然人弃世违,而又不能及时归去,"不得已而匏系一官"②。杜甫就这样煎熬地过了春天。至六月房琯贬汾州刺史,杜甫亦出为华州一掾。有《至德二载,甫自京金光门出,间道归凤翔。乾元初,从左拾遗移华州掾,与亲故别,因出此门,有悲往事》,这是杜集最长的诗题,悲慨难抑。上年四月,从此能冒死投归凤翔,一年多以后,即次年六月贬放,又出此门。前后对比,自然悲从中来:"此道昔归顺,西郊胡正繁。至今残破胆,应有未招魂。近侍归京邑,移官岂至尊?无才日衰老,驻马望千门。"想起当初"间道暂时人"的拼命,至今还魂飞胆破。然而今因直谏反而得此贬黜,对肃宗的失望已到了冰点!这是热心肠遇到了冷血人,还能说他什么好坏。

到了华州,又有"巢边野雀群欺燕,花底山蜂远趁人"(《题郑县亭子》),"备受群小欺凌隐痛"(陈贻焮语)。他望着华山想着"稍待秋风凉冷后,高寻白帝问真源"(《望岳》),恐怕其中寓有向肃宗讨个说法的用意。他在华州东郊看到一匹被官军遗弃的瘦马,想到当初肯定是匹良马驰骋战场,而"当时历块误一蹶,委弃非汝能周防。见人惨澹若哀诉,失主错莫无晶光"。杜集中有许多写马的诗,均有寓意。这首《瘦马行》实际上就是"行路难",其中赋予了作者经历与处境。末了说:"谁家且养愿终惠,更试明年春草长。"又似乎对将来还寄托一点希望,这在《至日遣兴奉寄北省旧阁老两院故人二首》里,回想在门下省供奉朝班,而今"无路

---

① 《杜诗言志》,江苏人民出版社1982年版,第66页。
② 仇兆鳌:《杜诗详注》,中华书局1979年版,第449页。

从容陪语笑",心里忧痛则不言而喻。

此年秋八月肃宗集结兵马准备围剿据守邺城的安庆绪,杜甫《观安西兵过赴关中待命二首》其一说:"奇兵不在众,万马救中原。"对万马围邺并不赞成。次年春在洛阳的《观兵》就明显提出:"莫守邺城下,斩鲸辽海波。"当时李光弼提出直捣幽燕,史思明必不敢出救安庆绪,旷日持久,邺城必败。中使督军鱼朝恩以为不可,这也是肃宗的朝命。杜之意见正与李合,与平叛直捣范阳与李泌相同一样,而这两次也同样未被肃宗所取。肃宗又出于郭子仪、李光弼破邺后功高震主,故对围邺之军不设主帅,而一中使如何能部署六十万大军,因而必然导致邺城大败,给平叛安史之乱带来极大的挫折。

杜甫在华州当年年底曾回洛阳探望故居,次年二月在洛阳,在著名的议政诗《洗兵马》中说:"中兴诸将收山东,……胡危命在破竹中。只残邺城不日得,独任朔方无限功。"当时邺城正被唐军包围数月,肃宗使一宦总戎,不信任郭、李,"独任朔方"即指朔方军和朔方节度使郭子仪,此句即针对此而发。又说:"已喜皇威清海岱,常思仙仗过崆峒。"提醒肃宗能像在灵武凤翔时重用贤能不分新旧。还说:"寸地尺天皆入贡,奇祥异瑞争来送。不知何国致白环,复道诸山得银瓮。"肃宗崇信神鬼,所任中书侍郎同平章事就是这类人物。朝之内外以为大唐中兴,争献祥瑞,对此则予以讥讽。钱谦益认为此诗:"刺肃宗也,刺其不能尽子道,且不能任父之贤臣,以致太平也。……是时李邺侯(泌)亦先去矣,泌亦琯、镐一流人也。……琯之败,泌力为营救,肃宗必心疑之,泌之力辞还山,以避祸也。……而肃宗以谗猜之故,不能信用其父之贤臣,故曰'安得壮士挽天河,净洗甲兵长不用'。盖至是太平之望益邈矣。"① 如果说杜甫对肃宗急复长安已感到失望,那么从此诗可知已接近绝望地步。

杜甫作此诗后一月,邺城大败,他返回华州沿途看到,园庐蒿藜,积尸草木,流血川原,官家还四处抓人充兵,百姓到了"何以为蒸黎"无法生存的地步,代百姓呼喊出"天地终无情",毫无疑问,这是对肃宗痛心疾首的指斥,是肃宗延误了平叛的岁月,又是肃宗导致邺城师溃,这是安史之乱最为紧要的军国大事,肃宗徇一己之私,不惜一次再一次使国家陷于丧乱之中。

到了夏天,杜甫《夏日叹》想到:"至今大河北,化作虎与豺。浩荡想幽蓟,王师安在哉?"在《夏夜叹》里又说:"念彼荷戈士,穷年守边

---

① 钱谦益:《钱注杜诗》,上海古籍出版社 1979 年版,第 67 页。

疆。……青紫虽被体，不如早还乡。"宋人蔡梦弼说："甫虽受拾遗，青紫被体，亦云贵矣，然在乱世逼仄，烦促不获舒其志意，不若还乡啜菽饮水而安于无事之为乐也。"黄鹤说："《通鉴》云：至德二载五月，子仪与王思礼合军，于滻西与安守忠战，败后府库无积蓄，专以官爵赏功。即清渠之败，专以官爵收散卒，由是应募者一切衣金紫。"① 虽然黄说见长，然其中未免没有诗人自己的想法，时局至此，肃宗又是无情之冷血人，守在华州一椽还能有何作为？于是等到炎夏已过，就毅然弃官。

弃官的宣言就是《立秋后题》诗的后半所说：

平生独往愿，惆怅年半百。罢官亦由人，何事拘形役？

"独往"者，就是委任自然，随性所适。孟浩然曾说过："久负独往愿，今来恣游盘。"杜甫没有处于升平盛世的福气，他的"独往"就是宁愿在丧乱中做个难民，流浪异乡。杜甫过去吃尽流浪的苦头，可见这次是下定了决心。任官由肃宗，罢官则可由自己，何必拘守华州小小一椽？这是气话，也是铁了心的话，也是针对肃宗而发的话：你能贬官，我也能罢官。汪灏说："公自去年六月贬华州司功参军，今一载余矣。与郭州守同事，而无一诗，只一代之作表，必情意两不相协也，岂能郁郁久居乎？"② 这是一种猜想，自有其合理性。罢官在杜甫为一生之大事，即使与郭州守不睦，也不会因此而决定弃官而去，犹如史家说陶渊明不愿折腰拜见督邮而弃官，均非个中真正原委。更何况杜甫自己也没有任何关于其人的说法。如果直截了当地说，他对肃宗的绝望主要集中在急于收复二京以及不设邺军统帅上，借兵回纥以及重兵围邺的分歧等，都是缘于以上两点。这两件事并非出现在一年里，是经长期苦苦地深思熟虑，而最后毅然地走向流浪陇蜀的艰辛道路。

---

① 蔡、黄二说，转引自萧涤非主编：《杜甫全集校注》，人民文学出版社 2014 年版，第 1336 页。
② 汪灏：《树人堂读杜诗》，转引自萧涤非主编：《杜甫全集校注》，人民文学出版社 2014 年版，第 1338—1339 页。

第二编　分体论

一 杜甫五古特征发微

杜甫五古265首[①]，仅居其诗数量最多的五律627首之后，占其诗总数1457首的18%，与其七古141首合共406首，接近其近体诗1051首的一半，数量之多超过了孟浩然诗263首与高适240多首。题材诸如行旅、咏怀、送别、酬赠、干谒、山水、田园、农事、边塞、寺观、怀古、神话、题书画、题居、咏物、记梦、节令、风俗，几乎无事不入。不仅长篇大制数量多，而且组诗数量亦为可观，不仅有《三韵三首》的"六行诗"，而且还有不少的五言八句诗。不仅有著名的叙事诗，而且有回忆性的自传诗，既有碑传式传记诗，也有以送别奉赠为题的"人物诗"。不仅在题材与形式全方面发展与探索，而且沉郁顿挫于五古与七古得到最集中的体现，而以文为诗，以赋为诗亦集中于斯。若从分体论看，以往主要集中到叙事诗上，至于全面关照，尚待深入考虑。

（一）五古叙事中的对话

中国是诗的大国，然而叙事诗却存在绝大的尴尬，对此二律背反的误差，促使许多学人投入深思或反思。杜甫的"诗史"就是讨论的焦点。杜甫的叙事诗历来得到极大的关注，然随着时代观念与观察角度的不同，所得结论差异亦较大。或从人物形象、情节、故事的角度，谓杜甫的叙事诗起码有很大的欠缺，"它所描写的事件只能是很粗略的，人物形象也不够具体，人物本身并没有活起来，而是作者在让他说话，让他表态。因此《兵车行》并不能算是成功的叙事之作，距离民间叙事诗中的许多优秀作品，如作为它的范本的《十五从军征》也相差甚远"[②]。这对我们有很大的

[①] 据浦起龙《读杜心解·目录》卷一各分卷所标诗数统计为263首，然卷一之三实际为57首，而非所标55首，说见吕正震《诗圣杜甫·校读后记》，生活·读书·新知三联书店2015年版，第313页。这样实际为265首，亦与《裴斐文集·杜甫分期研究》的《杜诗分期分体数量一览表》所统计五古总数相符合。见裴斐：《裴斐文集》，人民文学出版社2013年版，第5卷，第244页。

[②] 谢思炜：《杜诗叙事艺术探微》，《文学遗产》1994年第3期；又见谢思炜：《唐宋诗学论集》，商务印书馆2003年版，第39页。

启发，启动了反思的意识。但如果从纪事诗角度看，《兵车行》不能说不是一篇杰作，而且《十五从军征》粗略的叙述，也同样"相差甚远"，犹如汉之砖画和唐代壁画的差异。又有论者以"感事诗"取代叙事诗，恐怕亦与叙事诗三要素的标准有关，以人物与情节讲述故事，那是小说与戏剧的叙事方式，而要以此衡量诗歌是否是叙事诗，或者说用诗的形式表达小说戏剧讲故事的过程，这就等于真实的事要用虚构的故事代替起来。如果说"叙事是讲故事，记事是记事件，故事是编的，事件是真的，故事中的人和事与作者没有直接关联，而事件必须由作者自身经历或目击"①，那么中国史书列传是叙事的，本纪是记事的，我们不能说列传讲的是虚构的故事，只有本纪的事件才是真的，中国的叙事诗也好，纪事诗也好，都是真实的故事或事件，就是有虚构，那也只是局部的或细节的，主干则是真实的。如果说叙事诗是讲虚构的故事，在中国诗史上恐怕很难找到几首这样的"叙事诗"。杜甫的叙事诗与纪事诗都与当时重大的时事有关，正是出于真实的叙说记述，才被称为"诗史"。如果在讲虚构的故事，谁也不会给杜诗奉上这一庄重的荣徽。

而叙事诗要记真实的事件，当然就要受事件本身真实性的限制，犹如史书的列传，不会有小说家海阔天空的自由。对于杜甫的叙事诗、纪事诗在叙说真实的事情或事件，如果要说杜甫缺乏丰富的虚构人物和故事的想象能力，缺乏戏剧性的展开情节冲突和驾驭各种场面的能力，恐怕与中国的叙事诗传统不符，就是都在叙述虚构故事，西方的话剧是讲出来的，而中国传统乃至今天的地方戏都是唱出来的，唱段犹如诗，所以中国戏剧犹如"诗剧"，而非"话剧"。中国诗缘情缘志的传统与西方以诗讲故事，当属于两种不同文学不同叙事方式的差异。否则，要在中国发现一个标准的叙事诗人，恐怕是困难的。就是汉乐府也是"感于哀乐，缘事而发"，其中的"事"并非从虚构与想象中来。屈原的《离骚》有不少虚构的故事与人物，但这些都是象征他的处境，或反映心理活动，他的整体骨架则是他不幸贬放的真实遭遇。《长恨歌》末了"忽闻海上有仙山"一节正是在李杨真实的悲欢离合的故事的骨架上添枝加叶，所以作者还要特意在上句之下，要交代"山在虚无缥缈间"，还有"中有一人字太真，雪肤花貌参差是"——特意告诉这是虚构的（当时也有类似的种种传说）。后来《琵琶行》却无此类交代，说明他讲的故事是真实的，是正常的叙事而无需多此一举。

---

① 谢思炜：《杜诗叙事艺术探微》，《文学遗产》1994年第3期；又见谢思炜：《唐宋诗学论集》，商务印书馆2003年版，第34页。

理清了这些头绪，杜甫面对安史之乱爆发前后内忧外患以及战乱引发的真实事件，怎样用叙事或纪事方式，对传统的叙事诗有何发展变化，这正是我们所应关注的。

首先叙事诗的传统主要借助对话来讲故事，推动情节的进展。其中对话当然又由诗完成，犹如戏剧的对话（除了对白）也由与诗一样的唱段完成。《诗经》中不少诗都用对话写来，则不必说。《离骚》后半部的女须詈予、重华陈词、灵氛占卜、巫咸降神都是由大段对话形成的，只有上扣帝阍、三次求女、漫游西极，由叙述与细节构成。对话在《离骚》中占了举足轻重的位置。汉乐府《陌上桑》《东门行》《妇病行》《上山采蘼芜》等都以对话为主体，《孔雀东南飞》的对话由一次发展为多次，推动了情节的曲折进展。《战城南》甚至有了"为我谓乌"的祈求对话，《上邪》则全由对话的一种"独白"构成，《十五从军行》则穿插与"道逢乡里人"的对话。建安文学中乐府诗亦复如此，阮瑀《驾出北郭门行》、陈琳《饮马长城窟行》亦以对话为主，后者在对话之外还加书信往来对话，占了绝大篇幅。王粲《七哀》如果取掉"抱子弃草间"的饥妇人的"未知身死处，何能两相完"的自言自语，逼真与悲恸势必减色。特别值得一提的蔡琰《悲愤诗》别子时"儿前抱我颈，问母欲何之"的一番对话，真堪催人泪下。可见对话在叙事诗中占有举足轻重的位置，这是传统叙事诗必不可少的手段。

杜甫继承了汉魏乐府叙事诗的传统，为人皆知。然而有趣的是，长篇巨制《自京赴奉先县咏怀五百字》与《北征》忧国事家事天下事，却没有任何只言片语的对话，按理两次至家该有对话，前者则从号咷哭声中带过对话，后者也在夫妇恸哭中一笔带过，因这时难以对话，即是对话也是多余，只能是"竟无语凝噎"，而非疏略了对话。此前的《兵车行》的对话就很动人而详备，且具有广阔的概括性。而在三《吏》、三《别》里对话闪灼着惊人的光彩，这六首诗没有一篇无对话。如果没有对话，无论诗的主题还是人物心理，以及作者忧国与忧民发生剧烈震动的思想感情，都会没有现在这么强烈，这么感人。至于对话体现民众的身受战争灾难还要前赴后继走上战场的爱国精神是不必说的，就是表达对话的艺术，亦使人瞩目。《石壕吏》之所以成为千古不朽的杰作，对话起了最为关键的作用。邺城60万大军的惨败，可从老太婆的"二男新战死"看出惨重到何种程度，年迈力衰的"老妪"居然也在"有吏夜捉人"中，去"急应河阳役"，当时平叛局势已到了何等危急，则可以想见。全诗22句，老妪的话就用了13句，还不算吏怒妇啼与"听妇前致词"三句。对话于此是最重要的内容，主题的揭示，情节的进展，一家人，应是中原地带的千家万户的苦难，都包含在此！老妪诉说的悲哭泣涕，小吏的恶呼怒斥，儿媳提心吊胆与小孙的惊惧都在这里。而且恶吏也不会静静地作老妪啼诉的听众，所采用的藏问于答的对话技巧，显示高度的简洁。诉词告诉读者苦诉多次被打断。先是吏见妇开门应对，自然要问："你的儿子干什么去了？"没等听完"死者长已矣"以后的话，就打断再问："那么家里还有什么人？"答词说有乳孙与"无完裙"的儿媳，老妇尚未及不能应役，又迫问："国难危急，每家都须有人从军，你家去谁？"对话最后四句不仅为答词，且交代了老妪就这样被带走，不，捉走了！"妇啼"结束了，然而还"如闻泣幽咽"，是儿媳在哭，还是老妪哭诉还在"回响"，无论怎样，哀痛充斥小院。至于"独与老翁别"，一是说昨夜"逾墙走"的老翁回来了，二是老妪被捉则不言而知。始末的投宿与告别，意在说明这一切都是作者的目睹耳闻，是在讲一个真实的故事。全诗简洁极了，没有多余的字，素朴语言有极大的容量[①]，所浸透的悲恸全由故事本身散发。胡适曾说这是一篇绝妙的短篇小说，"不插一句议论，能使人觉得那时代征兵之制的大害，百姓的痛苦，丁壮死亡的多，差役捉人的横行，一一都在眼前。捉人捉到了生了孙儿的祖老太太，别的就更想而知了"[②]。可想的还有"举一家而万室可知，举一村而他村可知，举一陕县而他县可知，举河阳一役而他役可知"[③]，真让人滋生不尽的感慨。

《新婚别》除了开头两句起兴，以下30句全是新娘的对话，对新郎无一叙述，他的存在是由贯穿对话始终的6个"君"字显示的。她的话同样可分更多的层次，就是说把新郎的离别之词全都省去，不，也应当从新娘送别话里看出离别者的话语。这好像是一场独幕话剧，然诗有跳跃性，也有省略的优势。有趣的是，新娘曲折详至的絮语与叮咛，应当是闺房的"私相话"，属于"小窗喁喁"[④]的秘密，旁人是不便在场的，杜甫又何由得知，有此详备的"记录"？钱锺书先生曾言《左传》僖公二十四年介之推与母潜逃前之问答，宣公二年鉏麑触槐自杀前之感叹，认为："盖非记言也，乃代言也，如后世小说、剧本中之对话独白也。左氏设身处地，

[①] 如"逾墙走"的"走"用其本义跑。"出门看"的"看"为应付、处理义，也是老妇经"捉人"事已多，而遇惊不乱；"室中更无人"的"更"非再义，而与"岂"同义，这句反问巧妙表达了对吏捉人次数之多的嫌怨。

[②] 胡适：《论短篇小说》，《胡适文集》，人民出版社1998年版，第3册，第52页。

[③] 汪灏：《树人堂读杜诗》卷七，转引自萧涤非主编：《杜甫全集校注》，人民文学出版社2014年版，第1291页。

[④] 李光地语，见杨伦：《杜诗镜铨》，上海古籍出版社1980年版，第222页。

依傍性格身份，假之喉舌，想当然耳。"又言《国语·晋语》骊姬夜泣进谗，"即俗语'枕边告状'，正《国语》作者拟想得之"，"史家追叙真人实事，每须遥体人情，悬想事势，设身局中，潜心腔内，忖之度之，以揣以摩，庶几入情合理。盖与小说、院本之臆造人物，虚构境地，不尽同而可相通"，故谓"《左传》记言而实乃拟言、代言，谓是后世小说、院本中对话、宾白之椎轮草创，未遽过也"。① 史家可以拟言、代言，诗人也有同样的权利。新娘的话即亦当作如是观，石壕村老太的话亦全非纪实，起码其中掺杂拟言的成分。

三《别》中的《垂老别》通篇为夫语妇，《无家别》全首似自语性的独白，均属代言体式单方面的对话，人物的经历与不幸全由对话或独白交代。三《别》几乎全用单方面对话组成，所以诗人无须露面。三《吏》在叙事中夹带问答对话，其中《新安吏》是"客"即诗人与吏的对话，问答的是这组诗的核心，即抓丁问题，中间加入简略的送别场面。以下16句全是"客"的抚慰与劝勉的话，这些叙述的话带有议论的性质，以对话发为议论与叙述，这是在《诗经·大雅》中屡见的重要手法，也与上言《离骚》故事的劝勉对话有些接近，仅此亦见杜诗"上薄（接近）风骚"（元稹语）的特点。《潼关吏》主题越出"抓丁"之外，而是守关不要轻战。但对话方式接近《新安吏》，后大半篇仍寓议论于对话中。总之，这组诗全由对话构成，形成了一种多声部的哀曲，而在人物的对话中又明显存在作者的声音，《垂老别》通首为夫别妇对话的转告，临近结尾的"万国尽征戍，烽火被冈峦。积尸草木腥，流血川原丹"，可以说在拟言中夹进了代言，也就是说与其看作老头的倾诉，还不如视为杜甫的声音。《潼关吏》后大半部末尾的对话，是杜甫说的，还是吏之所言，向来就有分歧，实际上就是潼关吏所说，也未尝不是杜甫所欲言之语。三《吏》、三《别》是杜甫诗史中的一串明珠，闪动光彩的所在就是以对话来讲真实悲哀的故事，对话不仅属于人物自身，也有拟言代言，甚至把自己要说的也夹带其间。形式的多种多样，正是对《诗》《骚》及汉乐府的继承与发展，也是一种突破与变化。比起《离骚》的对话，人物个性要鲜明；比起汉乐府简短的对话，要复杂曲折得多，还要厚重沉痛得多②。显示出杜甫叙事诗对话

---

① 钱锺书：《管锥编》，中华书局1979年版，第1册，第165—166页。
② 陆时雍《唐诗镜》卷二十一说："尝观王粲《七哀》诗，情事之悲曾不减此（指《石壕吏》），然《七哀》声色不动，吐纳自如。若老杜之作便觉椎胸顿足，唾涕俱力矣。此古今人所以不相及也。"其实杜诗的感情大恸，正是超过前人之处。

的个性特征。

在带有浓郁抒情性的叙事诗中,并没有具体的对话内容,而用叙事的方式表述了对话的内容。或者对话本身并不非常重要,只是渲染了一种气氛,或者为表达感情而铺垫。然而无论哪一种方式,都能掀动读者的心潮或涟漪。《北征》叙至到家后一段日子说:"生还对童稚,似欲忘饥渴。问事竟挽须,谁能即嗔喝?"所问何事无需交代,不过是问东问西的"儿童问题",但有了对话的叙写,其乐融融的欣慰洋溢纸面。同时的《羌村三首》其一言乍至家:"妻孥怪我在,惊定还拭泪。世乱遭飘荡,生还偶然遂!邻人满墙头,感叹亦嘘唏。夜阑更秉烛,相对如梦寐。"按理把三番对话全都省去,全用叙述做了暗示,使人可以想见:一是"怪我在"后面必然说——您怎么还活着。惊定拭泪后,可能还要说:活着就好,活着就好!二是令人嘘唏中必然还要说:这年头,活着回来,多不容易!三是夜阑相对,肯定会有"却话巴山夜雨时"那样的不尽言语。而在这三层中间加了"世乱"两句,前后照应,等于对前者的补充,也是对后二层的交待。一切都无须对话,而对话又都在尽叙述之中。这种寓对话于叙事之中,是异常凝练的所蕴涵的艺术张力,会同样使人"感叹亦歔欷"。其二的"娇儿不离膝,畏我复却去",叙述中同样包含着不少琐屑的对话。其三言父老看望,因事涉时事艰难,所以写了对话。如果把这组诗相互对比,即可以看出处理对话的手法又是多么灵活。

抒发丧乱年间友情的《彭衙行》与《赠卫八处士》,在对话的取舍上同样详略多变方。叙述中饥饿的"小儿强解事:故索苦李餐",按理有不少对话,用"强解事"暗示得很简洁。到友人家后的"从此出妻孥,相视涕阑干",问候关怀的话也省略了。而招待进餐肯定有不少话,只说了"誓将与天子,永结为兄弟",也不叙谁说的,然而热情与说者谁何都融化在其中。特别是《赠卫八处士》,当开头叙及与二十载未见的友人"共此灯烛光"时,写道:"少壮能几时?鬓发各已苍!访旧半为鬼,惊呼热中肠。焉知二十载,重上君子堂。昔别君未婚,儿女忽成行。"这是带有感慨的叙述,但又很像"对话",对话与叙述交融得几乎不分。以下接言友人之子"怡然敬父执,问我来何方?问答未及已,儿女罗酒浆",这里用叙述句携带出问话,却来描述答话的内容。接着后边还会热情问候,只用"问答未及已"做了极简的交代,且以"儿女罗酒浆"来终止对话,如此叙述看似平易简单,却显示了极高明的叙事能力,前人曾言:"若他人叙到此,下须更有数句,此便接云'问答……'直有抔土障黄流气象。"① 以下叙及餐桌上说："主称会面难，一举累十觞。十觞亦不醉：感子故意长。"又是一句叙中带出对话，又一下撒开，跳跃过去。省去的是主人劝酒的话，接以"十觞"顶针，更凝练，气氛也出来了。这两处显然受到蔡琰《悲愤诗》"问母欲何之？"的启发。在一句五言中有叙述也有对话，聊且称为兼叙带话，一句两得，简洁而富有弹性。

另外，还有一种叙述与对话间隔，边叙边话，非常切当情事，人物神情逼真。《遭田父泥饮美严中丞》叙田父一会儿"酒酣夸新尹，畜眼未见有"，一会儿"回头指大男，渠是弓弩手……"，话语杂乱，热情感人，情形如绘，历历在目，好像今日之录像，把叙述与对话描绘得异常生动。其中"叫妇开大瓶，盆中为吾取"，"高声索果栗，欲起时被肘"，以及结尾的"月出遮我留，仍嗔问升斗"，这些叙述句同样几乎与对话没有区别，在叙述句揉进对话，这确实是杜甫的本领。比起《彭衙行》与《赠卫八处士》更为娴熟，更为生动。

（二）五古中的沉郁顿挫

一般认为杜甫沉郁顿挫的这一主体风格，主要体现在七言古诗与歌行体上，实际上五、七言律诗也应包含在内。五言古诗句式较为短促，表达情感明显，句与句关系转折相对比较自由，容易把复杂多变的情感抒发得淋漓尽致，更适宜构筑长篇巨制，篇幅长短上伸缩自如。在刻画景物上，主体突出，由于附加成分少，不像七言句长可以堆叠，故物象集中鲜明，所以五律中的写景句要多，五古自然也有这种特征。再加上造句灵活多变，在抒发情感与突出景物的不同特色，可以选择各种不同的句式，所以一句中的倒装句、两句颠倒的倒置句、自然的流水对与跳跃性的走马对，以及形形色色的各种对偶，在五律与五古中就表现得特别多。特别是情感起伏抑扬，瞬间的多变，五言句就显得更能得心应手。比如孟浩然五律《岁暮归南山》的"不才明主弃，多病故人疏"，表面上是各为因果句，外似自谦中而内含牢骚，是皮里阳秋的牢骚话。《过故人庄》的"开轩面场圃，把酒话桑麻"，流动自然，几乎感觉不出还在对偶。至于五古《夏日南亭怀辛大》的"荷花送香气，竹露滴清响"，把嗅觉、听觉最能感受到的表现得突出，显示出傍晚清幽宁静。王维五古的"野老念牧童，倚仗候荆扉"，情事兼备，景象与人物都很鲜明，造句简洁自然。

---

① 《漫叟诗话》，见仇兆鳌：《杜诗详注》，中华书局1979年版，第513页。

杜甫五古不仅数量多而且变化大。沈德潜说:"苏李、《十九首》以后,五言最胜,大率优柔善入,婉而多风。少陵才力标举,纵横挥霍,诗品又一变矣。要其感时伤乱,忧黎元,希社稷,升平抱负,悉流露于楮墨间;诗之变,情之正也。宜新宁高(棅)氏,别为大家。"① 这是从杜甫五古对汉魏诗予以变化的角度观之。施补华则看到变化中有继承:"少陵五言古,千变万化,尽有汉魏以来之长,而改其面目。叙述身世,眷念友朋,议论古今,刻画山水,深心寄托,真气坌涌。《颂》之典则,《雅》之正大,《小雅》之哀伤,《国风》之情深文明,长于讽谕,息息相通,未尝不简质浑厚。而此例(疑为倒)不足以尽之,故于唐以前为变体,唐以后为大宗,于《三百篇》为嫡支正派。"② 杜甫兼擅诸体,而皆具变化之大力。它的五古变化主要体现在对沉郁顿挫风格的追求,沉郁是指内容广博深沉,顿挫是指起伏抑扬的表现形式。

首先,在内容上的广博深沉,主题重大,海涵地负,巨细无所不包,气象博大,风骨厚重,情感苍凉,确实为汉魏古诗以来一大变。早期的五古,由于阅历未广,入世未深,情感昂扬而单纯,无论诗体规模与个人风格尚未形成,虽气魄博大,神气高昂,然无论沉郁还是顿挫尚未挺露,而与盛唐诸家还未有明显区别,带有开元盛世高亢理想的时代精神的洗礼。诸如《望岳》《游龙门奉先寺》,还停留在以律运古的摸索阶段,除了声调与律诗不协,而格局对偶颇近律诗,《赠李白》内容单纯,比起后来的赠李诗相距甚远,但初步显示了一个大诗人词锋精悍起步甚高的气象。

经过读书与漫游的长期积累,天宝五载年已35的杜甫进入长安后,风格渐变。加上应试不第,干谒无成,生计趋于艰难,涉世渐深,感慨一多,开始在风格上寻求新变。逼近不惑之年的《奉赠韦左丞丈二十二韵》,篇大思精,初步展露了驾驭表达复杂感情的能力。第一次多方面展现了诗赋才能和政治理想,以及应试受挫与生理艰难的奔波;还有急需上层社会认同的迫切心理,以及倔强的独立自由的人格,虽然对权势当道的社会有所批判,然是从一己之迍塞着眼,算不上广阔与深厚,但毕竟昭示了观察社会的主体意识。所言"致君尧舜上,再使风俗淳",虽是憧憬式的理想,但标明立志要作为社会性政治诗人的观念已经确立。内容上虽没有达到不久之后深沉博大的沉郁风格,但顿挫的手法已经形成。对于诗赋的进

---

① 沈德潜:《说诗晬语》,人民文学出版社1979年版,第206页。
② 施补华:《岘佣说诗》,见王夫之等撰:《清诗话》,上海古籍出版社1978年版,第978页。

境，以"赋料扬雄敌，诗看子健亲"自诩。从一定意义看，扬雄赋标志一种沉郁顿挫风格，而曹植诗除沉郁一面外，主要显示顿挫抑扬的手法。这和后来《酬高使君相赠》所说的"草玄吾岂敢，赋或似相如"、《奉寄高常侍》的"方驾曹刘不啻过"精神一致。曹植诗的特征，在杜甫看来，一是"文章曹植波澜阔"（《追酬高故蜀州人日见寄》），即大起大伏，气象开阔；一是"子健文笔壮"（《别李义》），即气势壮阔。他的这首诗发端"纨绔不饿死，儒冠多误身"，即是"波澜阔"和"文笔壮"的初步形成，既以欲扬先抑的顿挫，否定与肯定倒置，亦即否定命题的前提是肯定，反之，肯定命题的前提必是否定。这两句换言之予以直说，即纨绔应饿死，儒冠不误身。现在正话反说，又置入剑拔弩张的对比，"一肚皮牢骚愤激"[①]喷薄而出。然后才以"丈人试静听"两句乐府句式引起下文12句夸述才能与理想，汩汩滔滔一气滚来，层层推进，浪花激溅，波澜极为壮阔。意气昂昂若千里驹，一直奔到"自谓颇挺出，玄登要路津"与"致君尧舜"之伟志，此为先扬，为以下的后抑作铺垫。从"此意竟萧条"起一直铺叙到"蹭蹬无纵鳞"，此节又几句层层跌宕，说得灰心丧气，犹如病马行难，举步维艰，一步一顿。这两层构成欲抑先扬之势，叙尽一怀的愤懑与不平。复以"甚愧丈人厚"的复沓句，截断上文，引出对韦丈赏识的感慨。即下转入陈情与辞别，语气抑塞，不停反复跌宕顿挫。特别是"窃效贡公喜，难甘原宪贫。焉能心怏怏，只是走踆踆"，两次欲抑先扬，把不甘心一蹶不振的心情，表达得迂回婉转而纵横转折。而"尚怜终南山，回首清渭滨。常拟报一饭，况怀辞大臣"，把去秦辞别又说得踌躇缱绻，即使客套话也说得曲尽人情。末尾推宕一笔："白鸥没浩荡，万里谁能驯？"结得洒脱慷慨，起得沉郁，自成顿挫，脉络呼应。

三大块带有议论性的大片叙说，前两层欲抑先扬，中层与后层又构成欲扬先抑，以顿挫组织成动荡起伏的结构。陈情的对象韦丈又穿插首尾与中间作为陪衬，二者配合紧密。发端突兀，而结尾又属"篇终结混茫"。此诗大量用对偶句，"非排律，亦非古风，直抒胸臆，如写尺牍"[②]。前者可以作对五古革新尝试，后者已露出以文为诗的端倪，从结构次第亦可看出。而大段的铺叙又用了赋体的手段，从中又见出以议论为诗的苗头。而以文、以赋、以议论为诗，又和顿挫的章法、段法、句法结合。基本奠定

[①] 《五家评本杜工部集》卷一引邵长衡语，转引自萧涤非主编：《杜甫全集校注》，人民文学出版社2014年版，第277页。

[②] 王嗣奭：《杜臆》，上海古籍出版社1983年版，第11页。

壮阔顿挫风格，虽然沉郁不足，然洵为里程碑之作，以后沉郁顿挫之作逐渐纷至沓来。

《前出塞九首》是杜甫在长安时期的大型组诗，每首八句，叙述了一个从军者从士兵到立功的全过程。又以第一人称为叙述视角，故叙说逼真，作者对天宝年间穷兵黩武的谴责也可以无所顾忌。其一的"君已富土境，开边一何多"，对拓边的斥责正是全诗的主题，所以采用了递进跌宕的欲抑先抑的顿挫，极具批判力量。其二的"骨肉恩岂断？男儿死无时"，这种悲惨语说得极深刻：骨肉情岂能断绝，然生死不测，一切都顾不上。此以欲抑先扬的顿挫表达悲苦至极。其三的"欲轻肠断声，心绪乱已久"，磨刀时河边的水声呜咽凄冷，只当没听见，然而心绪之乱，想不愁也不可能。这种后句对前句的否定，亦属欲抑先扬的顿挫范畴。其五的"军中异苦乐，主将岂尽闻"，士兵吃尽了苦，将官是不会理会的，此为抑而又抑的顿挫，属于伤心语。其六的"苟能制侵陵，岂在多杀伤"，这种假设复句实际是理念上的欲抑先扬。其七的"已去汉月远，何时筑城还"，为欲抑先抑，以顿挫表示归期无望。其八的"雄剑四五动，彼军为我奔"，则为欲扬先扬。其九的"丈夫志四海，安可辞固穷"，此为欲扬先扬的壮语。以上有议论，有言情，也有心理刻画；有诉苦语，有理智语，也有壮语，语气不同，情感亦有变化，都以句与句间的顿挫，表达得深刻入微，显示出顿挫方式变化多样与使用之娴熟。《同诸公登慈恩寺塔》的"自非旷士怀，登兹翻百忧"同样用了假设复句式的欲抑先扬，顿挫的张力提动了以下种种的忧虑。而"俯视但一气，焉能辨皇州"，这种欲抑先抑则顿挫出无限的忧愤。"惜哉瑶池饮，日晏昆仑丘"，又把没休止的荒宴以欲抑先抑的顿挫表达出多少浩叹与惋惜。

特别是《自京赴奉先县咏怀五百字》，可以说全然是顿挫的结构。首段咏怀全为议论，有句内顿挫，如起首二句；有两句顿挫，如自"许身一何累"句以下10句；有四句顿挫，如"非无江海志"以下20句，构成两句与两句间顿挫。这一大段如长江大河，无风浪起，汹涌起伏，波涛不息。随着构成顿挫句数的多少，语气由紧促的愤懑而至舒缓的浩叹。句句都在情感波浪涌动中。这一段，"一字一转，一句一意，古人无此笔力"[①]。吴汝纶说："一句一转，一转一深，几于笔不着纸，而悲凉沉郁，愤慨淋漓，文气横溢纸上，如生龙活虎不可控揣。"所谓"一句一意"或"一句一转"正指顿挫的特点。又言："太史公、韩昌黎而外，无第三人能作此

---

① 吴星叟语，转引自郭曾炘：《读杜札记》，上海古籍出版社1984年版，第46页。

文字，况诗乎？诗中惟杜公一人也。"① 这也可看作以文为诗的特点。

次段过骊山"圣人筐篚恩"以下八句，又分作两次大顿挫，鞭挞玄宗集团极意挥霍，不恤民脂民膏。王嗣奭说："婉转恳至，抑扬吞吐，反覆顿挫，曲尽其妙。"② 至于"朱门酒肉臭，路有冻死骨"用对比构成的千古名句，亦为欲抑先抑，意在转折处"冻死骨"的原因就在于有了"酒肉臭"，顿挫起了强烈的作用。

末段至家"老妻寄异县"，以下八句又分作三次顿挫；"所愧为人父"四句分作两次顿挫。由四句顿挫转入两句顿挫，语气由缓转急。特别是由家难转入忧民四句，"生常免租税，名不隶征伐。抚迹犹酸辛，平人固骚屑"，前两句与第三句为欲抑先扬，而第三句又和下句为欲抑先抑。因第三句勾连上下，故能有两番参与顿挫的功能，由此亦可见出杜甫顿挫变化之多端。

此诗次段同样具有勾连作用，既是首段坎壈之原因，也是末段家庭与苍生不幸之根源。所以同样承担两层顿挫，与首段则构成欲抑先抑，而与末段同样构成欲抑先抑。由此全诗形成两次性转折的结构，显得极为紧密。杨伦说："五古前人多以质厚清远胜，少陵出而沉郁顿挫，每多大篇，遂为诗道中另辟一门径。无一语蹈袭汉魏，正深得其理。此及《北征》，尤为集内大文章，见老杜平生大本领。所谓巨刃摩天，乾坤雷硠者，惟此种足以当之。"③ 相比之下《北征》把议论分置首尾，涉及头绪多，未免显得松弛。此诗首段议论中也有抑扬，如"虽乏谏诤姿，恐君有遗失。君诚中兴主，经纬固密勿"，语气转折，斡旋得体，第二、四句紧接上句，间不容发，前为欲扬先抑。此为议论，叙述则有"我行已水滨，我仆犹木末"，句腰虚词转折呼应，呈欲抑先扬，叙中有景，景则如画。到家后的"那无囊中帛，救汝寒凛栗？粉黛亦解包，衾绸稍罗列"，在欲扬先扬中，渲染出一片欢慰气氛。"生还对童稚，似欲忘饥渴。问事竞挽须，谁能即嗔喝"，第三句承上启下，前后勾贯，与前两句合构为欲抑先扬，与后句则形成欲扬先抑，此种顿挫从心理亲情写来，转折出一片愉悦。接着的"翻思在贼愁，甘受杂乱聒。新归且慰意，生理焉得说"，前两句为欲扬先抑，后两句欲抑先扬，前句都是后句的陪衬，真可谓感慨多端。最后对时事议论也同样呈现着多层转折顿挫，"奸臣竟菹醢"四句为欲扬先扬，

---

① 以上所引两条均见高步瀛：《唐宋诗举要》，中华书局1960年版，上册，第46页。
② 王嗣奭：《杜臆》，上海古籍出版社1983年版，第35页。
③ 杨伦：《杜诗镜铨》，上海古籍出版社1980年版，第111—112页。

此为以叙带议，先事实而后判断。"周汉获再兴，宣光果明哲"，这种果前因后的复句属于欲扬先扬。"桓桓陈将军，仗钺奋忠烈。微尔人尽非，于今国犹活"，第三句同样上连下接，担负两次顿挫功能：与前两句为欲抑先扬，而与后一句呈欲扬先抑。如前所见，于此篇为多次运用，其作用是在多层转折又能一气流贯。此诗首末两段议论，前辞行在故从当下时事而论，后至家故对往昔国事回顾而论，还是按顺时安排。

然此段前还有"至尊尚蒙尘"的第四段，由当下局势言到将来。叙述只有第二段的归家途中与第三段的到家。议论多至三段，故分置首尾，末尾分两段议论。总体是叙述少而议论多。而《自京赴奉先县咏怀五百字》第二、三段以叙述为主，夹带议论，边叙边论，处理更加灵活。再则《北征》议论、叙述、写景采用典型的铺叙，这与《奉先咏怀》无异，但顿挫转折句子少了，感情显得平缓不够激烈，句型缺少变化，而《奉先咏怀》无论总体结构，还是每处局部，处处转折，句句跌宕，感慨强烈，其原因就是顿挫起了绝大的作用。施补华说："《奉先咏怀》及《北征》是两篇有韵古文，从文姬《悲愤诗》扩大之者也。后人无此才气，无此学问，无此境遇，无此襟抱，断断不能作。然细绎其中阴开阳合，波澜顿挫，殊足增长笔力，百回读之，随所有得。"[1] 诚如此言，顿挫于长篇大制中的作用可谓大矣。乐天《长恨歌》辞藻华赡，声情并茂，但如白头宫人说天宝遗事，只是讲哀感顽艳的故事，而触肝动腑的大感慨则逊色不少。个中原因除了缺乏议论，则起伏感慨的顿挫显得贫乏。

杜诗在叙述中带有议论，而议论中浸润感情，加上顿挫的随手施用，感染力极强。《述怀》的"麻鞋见天子，衣袖露两肘。朝廷愍生还，亲故伤老丑"，由化装逃出的衣着带出情节与细节，描写性的叙述又引发了下两句议论，感情又是那样的动人，前后两层抑而又抑，死里逃生，感慨不尽。尤其是"自寄一封书，今已十月后。反畏消息来，寸心亦何有？"四句，施补华说："乱离光景如绘，真至极矣，沉痛极矣。"[2] 丧乱中的"家书抵万金"，天天盼信，却反怕信来，因信带来的肯定不是好消息。对回信的盼与畏在这里构成了欲抑先扬，"却是空中摹拟，将信将疑，辗转不定"[3]，真是能把心理活动绘出来。

---

[1] 施补华：《岘佣说诗》，见王夫之等撰：《清诗话》，上海古籍出版社1978年版，第979页。

[2] 施补华：《岘佣说诗》，见王夫之等撰：《清诗话》，上海古籍出版社1978年版，第979页。

[3] 吴瞻泰：《杜诗提要》，黄山书社2015年版，第24页。

《秦州杂诗》其一的"满目悲生事，因人作远游"，是果前因后的倒置句，其四的"万方声一概，吾道竟何之"，均属抑而欲抑；其二十的"唐尧真自圣，野老复何知"，则又是欲抑先抑。前者是跌进性，后者是陪衬性，但重心都在次句。这些感慨跌宕，情感深重顿挫句，都置于重要位置，不是结尾，便是开头。

在湖湘所作《逃难》开口即言"五十白头翁，南北逃世难"，语似平易，却顿挫出感慨；年老本应安居，却逃难漂泊。接言的"疏布缠枯骨，奔走苦不暖"则抑而再抑，苦不堪言。"己衰病方入，四海一涂炭"，由一己之不幸转入天下之灾难，又是抑而再抑。"乾坤万里内，莫见容身畔"，杜诗常把国家与自己融为一体，此外似欲抑先扬，因上言四海涂炭，此乾坤万里均被灾难充斥，故无容身之所，所以内容上又是欲抑先抑，属于悲苦至极的话。"妻孥复随我，回首共悲叹"，逃难还要连累家口，又是不幸中之不幸，则为欲抑先抑的悲叹，蕴涵不尽喟叹。最后说"故国莽丘墟，邻里各分散。归路从此迷，涕尽湘江岸"，前两句叙说哀国伤民，后两句叙说自己的日暮途穷，前后又形成抑而又抑的顿挫，把忧国忧民与哀己融为一片血泪文字。前人曾谓此诗"断非真笔"①，从此诗用语与顿挫手法的连用看，当为对半生逃难的回顾与总结，故语气悲慨凄凉。

对于杜甫的五古，朱彝尊曾说："公集中五古早年风骨未高，所交者高、李，所至者齐、赵，而不能有佳作也。居长安气格忽大变，未几遇安史之乱，流离琐尾，性情激发，所造益工。秦州以后，精采迸露，几乎欲傲睨宇宙，凌轹古今，令人不敢逼视，然犹有诗之见存。夔州以后，信口高歌，漫兴成作，忘其为诗，而诗境亦神妙。……总之，壮年法足词足，中年意足气足，末年理足神足，公五言尽于此矣。"②朱氏论诗各体均持"进化论"，对夔州杜诗评价最高。言七律则可，论五律则不尽然，但对各期五古特征所言多中肯綮。

总之，五古句法不受对偶声律限制，表情达意灵活自然。上下两句往往形成散文的复句形式，顿挫手法就容易随手所施，加上安史之乱起，杜

---

① 朱鹤龄《杜工部诗集辑注》卷末："按公在湘江，虽尝以避臧玠入衡州，然故国丘墟、邻里分散等语，于事情不类。且全诗凡浅，断非真笔。"夏力恕《杜诗增注》卷末说："公年五十正在成都，结语云'涕泪湘江岸'，则长沙矣，前后矛盾姑勿论，词旨之凡浅也。"然仇注与浦注谓杜甫赴陇客秦年48，故有开头五十逃难语。在湘江时为大历五年，当时吐蕃连年入寇，而自安史之乱以来，长安两度陷没，故言故国丘墟。这是对半生逃难的回顾与总结。

② 见郭曾炘：《读杜札记》附录《竹垞论杜集各体诗》，上海古籍出版社1984年版，第465页。

甫南北奔波，感慨自多。特别是对时事的高度关注，故多大篇，容量广博深厚，自成沉郁。散文式句子又容易把万千感慨纳入顿挫的跌宕之中，情感激放，故能集中体现沉郁顿挫风格。就整体看，夔州诗以七律为多，名作亦多。而五古则以长安时期名作甚多。

（三）五古组诗结构的多变

杜诗数量多，诸体除了五绝，五、七言古诗与五、七言律诗，以及七绝，都有大量的组诗。明清诗论者习惯称为连章诗，但与《诗经》即汉魏连章难以分开，后者指一首多章，各章不能独立存在。组诗则不同，合起来为一组，拆开则可以独立存在。组诗虽是近代以来的名称，但比称组诗为"连章诗"更为名副其实。现在学界或称为组诗，或称为"连章诗"，比较混乱。杜诗有《曲江三章章五句》就是典型的连章诗，表明是多章组合的一首。凡一题多首则必于题目表明几首者，则为组诗。这样分疆划界，自然就不会合二为一，混为一谈。杜甫的组诗有标明几首者，还有不少不标明者，但题目字数相同，甚至于有相同的"关键词"，而且作于相同或相近时间，如七古《悲陈陶》与《悲青坂》，《哀江头》与《哀王孙》，习称为二《悲》、二《哀》；五古如《九成宫》与《玉华宫》，《义鹘行》与《画鹘行》，《夏日叹》与《夏夜叹》，可以称为"未标明组诗"或"准组诗"，即有其实而无其名，也应当看作组诗。限于篇幅，组诗先讨论已标明组诗者。

杜甫已标明组诗19篇，凡70首，加上三《吏》、三《别》，共76首。[①] 占其五古总数265首的四分之一还多。其中两首一组的八篇，三首一组的六篇，五首一组的三篇，其余四首、八首、九首各一篇。杜甫组诗一般都有精心的组织，不像李白有些组诗那样率意，各首之间在脉络上具有一定的联系，结构井然有序。

两首一组的篇章，或是互为起结，或是前者之末与次首之起，前后连结，看起来好似一首。最早的两首一组的是作于秦州的《西枝村寻置草堂地，夜宿赞公土室二首》，如题所示，是篇卜居纪事诗。赞公是杜甫好友，因与房琯交往，先被肃宗逐出长安。前者先叙前往赞公住地之路，中叙因赞公介绍此地甚静，故扪萝陟岭同寻可居之地。末叙卜居未遂，回窑洞时已"层巅余落日，草蔓已多露"。次首先叙窑洞夜景。发端"天寒鸟已归，

[①] 《发秦州》《发同谷》为未标明组诗，暂不记。

月初山更新",紧接前首末尾的"落日""多露"。如果一气读来,连接得犹如一首。中叙戎马间同窗之喜,末叙次日晨光中离去,两首以来去为结构,自为章法。作于同时的《梦李白二首》,由于是记梦,写得迷离恍惚,脉络在真幻之间,结构不好分辨。大体说前首是初梦李白,先言生别凄恻;次言"故人入我梦"。又感到诧异:"今君在罗网,何以有羽翼?"又觉为真:"落月满屋梁,犹疑照颜色。"次首先言"三夜频梦君","告归常急促,苦道来不易"。后言梦后感慨"斯人独憔悴"。两诗前后意脉尚可寻思。浦起龙说:"始于梦前之凄恻,卒于梦后之感慨,此以两篇为起讫也。'入梦'明我忆,'频梦'见君意。前写梦境迷离,后写梦语亲切,此为两篇层次。"[①] 从初梦与频梦看,真幻深浅有别。仇兆鳌说:"此指后首因频梦而作,故诗语特进一层。前云明我忆,是白知公;此见君忆,是公知白。前云波浪蛟龙,是公为白忧;此云江湖舟楫,是白又自为虑。前章说梦处,多涉疑词;此章说梦处,宛如目击。"[②] 总之,两首看似彼此难分,实则内容脉络、结构而有次第,但比上组诗精密得多。不仅把闪幻不定的梦写得逼真,且结构上特见经营。《咏怀二首》以议论为主,中带叙述。浦起龙说:"首章,述素志也,为后首引端。"又言:"次章,叙近履也,为前结局。"亦可看作互为起结之结构。

还有一种并列结构,两首主题大致相同,轻重彼此不分。《遣兴二首》分别以"天用莫如龙"与"地用莫如马"两句发端,寄托之意难以具指,但却指出其用舍行藏不能自由,故可称为"并列结构"。另外一种组诗古体与律体杂用,如《江头五咏》分别为《丁香》《丽春》《梅子》《鸂鶒》《花鸭》,五首均为五言八句,寓意均在末二句,整齐划一。微有不同的是前两首为五律,后三首为五古;前三首为植物,后两首为鸟类。五首咏物实自咏,分别言立晚节,守坚操,适幽性,遗留滞,戒多言[③],可作为人生格言看。前后无彼此之分,亦可看作"并列结构"。《戏赠友二首》首句均为"元年建巳月",次句分别为"郎有焦校书""官有王司直",两人都因从马上摔下,中间夹带嘲戏,末尾均为寄语,事出偶然一时,故一并写来,没有彼此之分,亦属并列结构。《写怀二首》言留滞夔州,久处困境,而发为达观任运之词,自我慰解,结构亦属此类。

---

① 浦起龙:《读杜心解》,中华书局1961年版,第65页。
② 仇兆鳌:《杜诗详注》,中华书局1979年版,第559页。
③ 五首用意,见卢元昌:《杜诗阐》,转引自萧涤非主编:《杜甫全集校注》,人民文学出版社2014年版,第2516页。

复次为连带结构，即在上一首之末先行点出，带出下首再作主要叙写。《雨二首》其一前半写雨，后半对雨怀人，念其舟行浪急，又虑逢盗，全从雨中着想。其二同样前半写雨，对雨挂念远行士兵，又兼峡中多盗扰行，末尾感慨留滞，亦从雨中写来。两首若即若离，以雨贯穿两首，怀友与念荷干戈之士分置，中插群盗出没，可以称为"连带结构"。

总之，两首诗的组诗结构比较单纯，或为互为始终，或平行并列，或相互多少内在有一定联系。三首以上的组诗有简单，也有复杂，对于后者结构更须精心。从接受角度看，就更须琢磨。

杜甫最早的三首之组诗为《羌村三首》，按照时间顺序，自然构成。归至家为前首，中首为既归之"少欢趣"，后首为父老探望。三首都以丧乱为线索穿插其中，联络前后。前首以"世乱遭飘荡，生还偶然遂"，从生还不易贯通上下。中首以"抚事煎百虑"为心绪不佳的原因。后首的"兵戈既未息"，回应前两首。仇兆鳌说："杜甫每章各有起承转阖，其一题数章者，互为起承转阖。此诗首章总起，次章，上四句为承，中四句为转，下四句为阖。三章，上八句为承，中四句转，下四句为阖。此诗法之可类推者。"① 这是从各诗内在结构看互相之关联，亦可见杜诗组诗之精密。杜诗以"遣兴"为题凡七篇，其中组诗即有五篇，属于五古者，三首有两篇，先看"我今日夜忧"一组。前首以"诸弟各异方"为中心，此念弟。中首以"客子念故宅"为中心，此思乡。后首前为思故宅而引动"昔在洛阳时，亲友相追攀"，此怀旧游。三首彼此引发，越思越多，亦为并列结构的一种。此为华州之作，安史之乱已有三年，当时斥放外州，故满怀离忧。同题"下马古战场"一组，为逃乱至秦州之作。汪灏说："三首各自为一章，每一章叹一事。""第一章叹战伐之惨，以戒开边"，"第二章叹官军之溃散，更无人以拨乱"，"第三章叹杜之隐于草莱"。② 中首似因以"愿闻甲兵休"为中心，后首当如浦起龙所说的"伤老废"为中心。三首各感慨一事，应为并列结构。《屏迹三首》各本编次不一，今从仇注、杨注编次。前首以首句"衰年甘屏迹"为中心，中首以"幽居近物情"为中心，后首以"无营地转幽"为中心，三诗主题如题所示，即绝迹世故。中间穿插春夏间景物描写，语汇思想都近于陶渊明诗。夏力恕说："三首作法，

---

① 仇兆鳌：《杜诗详注》，中华书局1979年版，第395页。
② 汪灏：《树人堂读杜诗》卷六，转引自萧涤非主编：《杜甫全集校注》，人民文学出版社2014年版，第1314页。

筋脉暗通,直如一首。"①叙述时间与逻辑看不出有何区别,故属并列结构。《述古三首》前首,浦注引赵次公云:"肃宗初,任用李泌、张镐、房琯诸贤,其后或罢、或斥、或归隐,故云。"②浦起龙谓"伤君臣之分不终也",次首"刺利尽也。大臣专利,政体失而民病矣",末首"劝时君厚勋臣也";又言"此亦古杂诗体。讽切时事俱关治要,天地间有用文章"。③魏晋杂体诗向来无有先后,辞无诠次。杜诗随事而发,各自立意,亦复如此,没有次序。《三韵三篇》前两首以格言、比喻,分别揭示士不可辱与大才不可小用;第三首讽刺趋炎附势之徒。主题互不相干,亦无诠次。

五首为一组的诗凡三篇。对《后出塞五首》,仇兆鳌说:"首章,记应募之事","二章,记在途之事","三章,记边疆生事也","四章,刺将娇欲叛也","末章,褒军士之不从逆者"。④则按时间次序写来,前后不能移位。《遣兴五首》(朔风飘胡雁)于秦州忆长安见闻事,一事一诗,互不牵涉,结构亦属"杂诗"类。但全组诗为感慨盛衰变化而发,有统一中心。第一首叹秋寒贫富冷热不均,次首叹富家子弟射猎之豪奢,第三首慨然于趋炎附势之徒,第四首警诫依仗权势肆虐者,末首言贫富同归于尽,也是对前四首的收束。唐汝询说:"《遣兴》诗章法简净,……譬之宫室,《三吏》、《三别》、前后《出塞》,堂殿之壮者也;《遣兴》各五首,曲室之精者也。"⑤

至于多首五古构成单篇组诗,先看《大云寺赞公房四首》,此为至德二载在长安陷贼中作。浦起龙谓"四诗似古非排,系杂体",即认为结构无有次第。然俞犀月说:"首章以题统言之,次章写暮景,三章写夜宿,末章写晨起。次第历历可可,古人分章之意绝胜。"⑥俞氏归纳较粗心,逊于仇兆鳌之说。仇氏说"前首初过寺中而记其胜概",次首"留斋之后,而记其赠物",其三"记夜间见闻之景",其四"记早晨惜别之意"⑦,其一言"春雨时","洞门尽徐步",是为初访。而与其人为旧交,这从"把臂

---

① 夏力恕:《杜诗增注》卷八,转引自萧涤非主编:《杜甫全集校注》,人民文学出版社2014年版,第2536页。
② 浦起龙:《读杜心解》,中华书局1961年版,第106页;林继中辑校《杜诗赵次公先后解辑校》丙帙卷之九未有此节文字。
③ 浦起龙:《读杜心解》,中华书局1961年版,第106、107页。
④ 仇兆鳌:《杜诗详注》,中华书局1979年版,第285、187、188、189、191页。
⑤ 萧涤非主编:《杜甫全集校注》,人民文学出版社2014年版,第1402—1403页。
⑥ 俞犀月:《杜诗集评》卷一,转引自萧涤非主编:《杜甫全集校注》,人民文学出版社2014年版,第797页。
⑦ 仇兆鳌:《杜诗详注》,中华书局1979年版,第333、335、336、337页。

有多日"可看出。其二言"取用及吾身",时在"雨泻暮檐竹",当为记留宿。其三言"灯影照无睡""夜深殿突兀",为夜宿寺中景象。其四言在"童儿汲井华"时,"奉辞还杖策,暂别终回首",是为晨别。四诗由春时初访至翌日晨归,次第井然。以时间顺序为结构,不知浦氏何故看作无次序的"杂诗体"。关于此诗之体,王嗣奭说:"古诗自梁、陈来喜作偶语,故古诗与排律往往相混,……总是古句可以入律,而律句不可以入古,此以古入律者也。亦知五七言律中,多有古风乎?"①浦氏则入于五古,与王氏分歧。杜诗《望岳》《游龙门奉先寺》等亦为运律入古者,不可一概而论。

《八哀诗》为王思礼、李光弼等八人各立一大传,属于碑传体。其序言:"伤时盗贼未息,兴起王公、李公,叹旧怀贤,终于张(九龄)相国。八公前后存殁,遂不诠次焉。"就把结构亦即八人次序说得很清楚:一是不以八人存殁先后为次;二是王、李置前者,因"伤时盗贼未息",以张九龄殿后者,为"怀贤";中间五人为严武、李琎、李邕、苏源明、郑虔,为"叹旧怀友"。关于八公入选的原因,梁运昌说得最为明白:"八公并有可哀处,皆不能忘情者,故类聚为诗。犹《五君咏》之例也。伤时盗贼,兴起王、李而不及汾阳者,汾阳以功名终,无可哀处,正由山涛、王戎之遗显耳,次律(即房琯)于伤时、叹旧、怀贤三项,皆切而不及者,避嫌疑也。不及李太白者,前受不世之知,后虽被谴,旋经赦宥,其冤已白,不比广文之情事可哀也。严武介在伤时、叹旧之间,故次于王李,而在汝阳(即李琎)前。汝阳及李、苏、郑三公皆为叹旧,惟张相公无旧,独为怀贤。相公一身寄兴衰理乱之枢机,以之终篇,则仍是伤时之旨。"②既说明八人依次的原因,又指出不及李白、房琯的缘由,可谓入乎情理。

最后看三《吏》、三《别》。此应为一大组诗,分为两小组,均为三字题,各以"吏"与"别"为题。"诸诗自制诗题,便有千古自命之意。"③浦起龙说:"《新安吏》,借提邺城军溃也。统言点兵之事,是首章体。如《石壕》《新婚》《垂老》《无家》等篇则各举一事为言矣。"又言:"《潼关吏》别为一例。前后俱言抽点,此独言督役。诗亦独为正告之语,以此系京师要卫故也。"④这里提出一个有趣问题,除《新安吏》外,其余五篇

---

① 王嗣奭:《杜臆》,上海古籍出版社1983年版,第48页。
② 郭曾炘:《读杜札记》,上海古籍出版社1984年版,第309页。梁运昌《杜园说杜》(书目文献出版社1995年版,第249—250页)为手稿复印本,与此略有出入。
③ 黄生:《杜诗说》,《黄生全集》,安徽大学出版社2009年版,第2册,第49页。
④ 浦起龙:《读杜心解》,中华书局1961年版,第58页。

均与邺城大败急乱抓丁有关。而前者独出组诗中心之外，然所释似不得要领。浦氏又说："《三吏》夹带问答叙事，《三别》纯托送者行者之词。"又言："《三别》体相类，其法又各别。一比起，一直起，一追叙起。一比体结，一别意结，一点题结。又《新婚》，妇语夫。《垂老》，夫语妇。《无家》，似自语，亦似语客。"[①] 既对两小组有区别，又对三《别》各篇之内容与特征有区别。以比起以比结者为《新婚》，直起而以别意结者为《垂老别》，以追叙起而点题结者为《无家》。对大小结构分析至为详备。郭曾炘说："三《吏》皆作问答词，三《别》则直叙哀怨，其沉痛处尤胜前三首。"又言："三《吏》诗昔人多兼提，其实《潼关吏》一首专论形势，无关民隐，别是一意。"[②] 以上两家均看出《潼关吏》之特别，但又为何与抓丁的五首并列，而有"不伦不类"之嫌？推究起来，可能是因邺城之围事出反覆，原本是"胡危命在破竹中"，"只残邺城不日得"，因肃宗忧郭子仪功高不好节制，故于九节度使不设统帅，只让宦官鱼朝恩操控，围城半年结果惨败。又因先前潼关坚守半年叛军无可奈何，但经玄宗不断派宦官督促哥舒翰出战而致惨败。两事虽出于玄宗与肃宗父子两手，然邺城之败实踵潼关失守不信任将帅之覆辙，所以《潼关吏》用意在于"胡来但自守"，以防再次不测。用心之深，可谓备至。换句话说，围邺如果信任诸将，也不会有今日抓丁不分老少男女之惨。杜甫刚被肃宗疏放华州，不便明言，只好用此篇作平叛之反思。

最后看《前出塞九首》。"九"为大数，诗又涉及天宝后期扩边大事，所体现的非战思想亦不能直斥，便借作一个征夫从军故事诉说，以次其一为辞家从军，其二为上路与练兵，其三为中道伤心而以立功自解，其四为被遣远戍而思家，其五为一路苦乐不均而到军又何日立功，其六为穷兵黩武而叹，其七因戍边筑城而盼归，其八言御敌立功，其九表示不愿立功而宁为固穷。"从第一首的出门，到第九首的论功，循序渐进，层次井然，九首只如一首。"[③] 浦起龙说："汉魏以来诗，一题数首，无甚诠次。少陵出章法一线，如此九首，可作一大篇转韵诗读。"[④] 其实此诗既写一位军人之经历，还要对当时扩边提出批评，不时地穿插各首之中，结构颇费经营。

综上所论，杜甫组诗结构三首以上者，或按时间先后，然前后总有主

---

① 浦起龙：《读杜心解》，中华书局 1961 年版，第 55、57 页。
② 郭曾炘：《读杜札记》，上海古籍出版社 1984 年版，第 105、108 页。
③ 萧涤非：《杜甫诗选注》，人民文学出版社 1979 年版，第 33 页。
④ 浦起龙：《读杜心解》，中华书局 1961 年版，第 9 页。

题穿插其中，而且前后或有承接。并列结构亦复如此，各首都紧紧围绕一个中心。即使属"杂诗体"者，或末首予以收束。即使按时空布局，亦予以总结性的反思，如三《吏》的《潼关吏》。在叙事诗中注意了议论的穿插，如《前出塞》之第六首。或者按主题的性质分为缓急轻重以作先后之安排。相题制宜，结构多方，都经过一番苦心经营。犹如颜真卿的法帖，一帖自有一帖之面貌。即使同一题材，结构在详略缓急上亦有变化。《后出塞》"五诗如《前出塞》，逐层下。但交河之役，其情苦，故叙别家在路特详；蓟门之役，其气豪，故叙跋涉行程较略；又河陇之开边，其祸犹缓，故纡徐入后，以遏人主喜功之心；渔阳之促叛，其祸已迫，故恳切具陈，以明即日凶锋之炽。忧愈急，词愈危，有祖伊奔告之苦衷焉"[①]。结构之紧促与舒缓，则按照不同内容随中心而有变化。亦犹如颜书，《麻姑帖》结构宽舒，行笔缓慢，因书写为非紧要的神仙事。《颜勤礼碑》为其曾祖父立碑所书，结构紧凑，雄强厚重，横细竖粗，风格雄秀肃穆。杜甫五古记事为多，结构以自然变化为主，虽然比不上他的七律组诗结构千变万化，但也显示了艺术上的苦心经营。

[①] 浦起龙：《读杜心解》，中华书局1961年版，第15页。

二　杜甫歌行大篇结构论

　　杜甫七言诗共141首，题目带"行"者有48首，带"歌"者6首，带"叹"者4首，带"引""哀""悲"者各2首，合共97首，加上题目未带歌行而实为歌行诗者，当在百首开外，而且其中每多大篇。这些大篇又每多名篇，不仅与他著名的七律声名俱著，而且与歌行名震盛唐的李白可以媲美。这些大篇歌行对诗人沉郁顿挫风格更能得到深刻而多方面的展现，尤其是结构的千变万化，最能体现善于经营的艺术才能。

（一）大刀阔斧的二分结构

　　一首长诗，大刀阔斧地劈成两半，本来是最简单的布局安排，而且在杜甫歌行诗里居然有60多首，占了多半。这种结构的优点，层次简明，线索单纯，而使主题突出鲜明。杜甫歌行充分利用了这一明快简捷的结构，两部分或形成尖锐的对比，或后者对前者形成带有弹性与张力的反讽，或者前者为反衬，或者后者使全局为之震动。在两部分详略上，前者尽量铺张描写占有绝大篇幅，后者文字无多，前后详略呈现极大的反差，前者看似反宾为主，后者好似反主为宾，而内容上则具有极强的反拨掉转的强力，不仅主宾各归其位，而把前者繁复的铺叙翻转过来，对中心构成最具说服力的揭示。如此多与少的倒置正是以少胜多的出奇制胜的手段。

　　早期的《乐游原歌》前大半用了12句，铺张扬厉地描述皇城胜地的春游，由公子华筵到皇家的豪华，从乐游原逶迤以至芙蓉园与曲江，从舞袖低徊到歌声缘云直上，长安成了沸腾的"乐游"之地，这也是题目所具有之意。第二部分只用了八句，而且前两句属于过渡："却忆年年人醉时，只今未醉已先悲"，前句是承上，后句启下而带出"悲"，由前热而转入后凉。悲则痛饮，痛饮的原因则是："圣朝亦知贱士丑，一物自荷皇天慈"——这是全诗结穴处，即主题用意所在。而这皮里阳秋的牢骚话，却把前边的热闹冷峭地一扫而光。两句内在的反弹，外在欲扬先抑在顿挫跌宕语气中，发泄出一肚皮的不合时宜。末尾的"此身饮罢无归处，独立苍茫自咏诗"，长安一天"乐游"已经结束，而他还面对黄昏的"苍茫"，也包含着对时局的忧虑，有孤耿也有孤独。此诗的冷与热的对比，犹如辛弃疾《青玉案·元夕》的"众里寻他千百度，蓦然回首，那人却在灯火阑珊处"。梁启超称辛词这两句"自怜幽独，伤心人别有怀抱"[1]。实则辛词取法于杜，以热闹衬托冷落，以丽语写哀情。

把少与多的结构用得精悍而巧妙的是《丽人行》。全诗26句，用了22句铺写皇宫贵妇服饰的华贵。自称"赋料扬雄敌"的杜甫，他的赋才于此得到淋漓尽致的展现，椒房丽人的矜持与衣饰的珠光宝气予以酣畅淋漓的描绘。不仅如此，还有踏青时野餐的豪奢，加上"御厨络绎送八珍"的烘托，"箫鼓哀吟"与"宾从杂遝"的渲染，可以看出场面铺叙确实是杜甫以赋入诗的精悍过人处。两个场面中间夹带出"椒房亲"的"虢与秦"，末了点出"当轩下马入锦茵"的丞相。诗的转捩处，即接以"杨花雪落覆白蘋，青鸟飞去衔红巾"，极尽讽刺杨氏兄妹苟且之能事，不仅"绝不作一断语！使人于意外得之"[2]，而且出以丽语与前之丽人贴切无间，并且此亦为眼前之景物与前"三月三日"映带，杨花与杨姓的暗示关系，又有落水化为浮萍的传说，以及北魏胡太后逼通杨白华的典故，还有西王母以青鸟为情爱之使者，又渗入其中，极巧妙之至，又辛辣之至。张溍说："通篇皆极口铺张作赞，却句句是贬。"[3]浦起龙亦言："无一刺讥语，描摹处，语语刺讥。无一慨叹声，点逗出，声声慨叹。"[4]这种不露声色却能化美为丑的关键处，正显示出以少胜多的结构特殊效力，其主意在少处而不在多处，反弹与反讽合力，生发出极辛辣的讽刺性。《茅屋为秋风所破歌》主要叙述屋破冷寒，末尾却想到如同自己的"天下寒士"，发出"安得广厦千万间"的呼告。翻转出极执着的迫切祈愿，"作矫尾厉角之势"[5]，而前文尽成此主题之烘托。结构陡转，语句长短不齐，急切迫促，亦如飘风急雨，而与上文连成一片。

与之制题相同的姊妹篇《楠树为风雨所拔叹》，前半叙树之老，专为此而卜居，夏夜如闻寒蝉，而不幸被风雨所拔。后半为惋惜叹词，回思嘉荫可爱，行人为之驻足，深痛"虎倒龙颠委榛棘，泪痕血点垂胸臆。我

---

[1] 梁令娴编，刘逸生校点：《艺蘅馆词选》，广东人民出版社1983年版，第96页。
[2] 施补华：《岘佣说诗》，见王夫之等撰：《清诗话》，上海古籍出版社1978年版，第985页。
[3] 张溍著，聂巧平点校：《读书堂杜工部诗文集注解》，齐鲁书社2014年版，第86页。又谓"杨花"二句："备言狎昵之态，正藏国忠通于虢国，帷幔丑状在内。"
[4] 浦起龙：《读杜心解》，中华书局1961年版，第229页。
[5] 浦起龙：《读杜心解》，中华书局1961年版，第270页。

有新诗何处吟？草堂自此无颜色"。叹树亦是自叹，有英雄失路而人树兼悲之痛。此诗结构峻整，中心醒动，"彼从拔后追美其功而惜之，此（按：指《茅屋为秋风所破歌》）从破后究极其苦而矫之。不可轩轾"①。正是从结构上看到两诗相近之处。《石笋行》与《石犀行》基本都是平分结构，两诗都以"君不见"发端，又都以"安得"式的祈盼语结尾。前为叙述，后为议论。结构亦同楠树诗，主题都从怪力乱神转入到现实政治角度。清人刘凤诰说："少陵志气恢闳，心存济世，古诗直抒胸臆，往往于结句作殷殷属望之词。《洗兵马》：'安得壮士挽天河，净洗甲兵长不用。'《石笋行》：'安得壮士掷天外，使人不疑见本根。'《石犀行》：'安得壮士提天纲，再平水土犀奔茫。'（浦本作"忙"）《茅屋为秋风所破歌》：'安得广厦千万间……'《王兵马使二角鹰》：'恶鸟飞飞啄金屋，安得尔辈开其群，驱出六合枭鸾分。'《苦寒行》：'安得春泥补地裂。'《喜雨》：'安得鞭雷公，滂沱洗吴越。'想其恣情指挥，语语皆令小夫咋舌，不得谓言大而夸也。"②这种"安得结尾模式"，把主题置于结尾亦与结构息息相关。

前后两截形成对比结构者，如《百忧集行》前四句言少年时代的健旺，后八句以"即今倏忽已五十"转入现在的"生涯百忧集"，笑语求人，四壁皆空。而且"痴儿未知父子礼，叫怒索饭啼门东"，父子两代少年时代的无忧无虑与饥饿叫哭形成鲜明对比。杜甫的"忆年十五心尚孩"正值开元十三年（725）盛世，而五十之年则遇肃宗上元二年（761），在草堂又逢饥寒，虽只写了家庭生活片段，但时代盛衰却是此诗的对比意图。为史家所重的《忆昔》其一前七句历叙肃宗即位，收复长安，邺城反覆，李辅国专权，以及惧内张后，对肃宗颇为不满；后十句叙代宗接手烂摊子，劳身焦思，收复东京，河北诸将皆降。后宦官用事，夺郭子仪兵权，导致吐蕃陷入长安，代宗仓促奔陕。两代均以宦官败政，前之败迹，今之覆辙，前后形成映衬。其二前12句铺叙开元盛世时人口剧增，农业繁荣，社会秩序安定，人与人之间关系亲切，礼乐法律健全开明。以下10句，以"岂闻一绢直万钱"一转，说到如今田园流血，洛阳焚烧，宗庙残破。两诗均以希望之词结尾，浦起龙说："前章戒词，此章祝词。述开元之民风国势，津津不容于口，全为后幅想望中兴样子也。"③

---

① 浦起龙：《读杜心解》，中华书局1961年版，第270页。
② 刘凤诰：《杜工部诗话》卷一，转引自张忠纲：《杜甫诗话六种校注》，齐鲁书社2004年版，第190—191页。
③ 浦起龙：《读杜心解》，中华书局1961年版，第287页。

在少与多的结构中,把前后两部分的句数差距拉大,多者更多,少者更少,打煅成 1:n 或 n:1 结构,多少悬殊,形成一种奇矫的动态,加强其间反差的张力,或于碰撞的火花之中对比,或跌入另一层,引人深思遐想,具有极强的感人效果。如《投简咸华两县诸子》,先推出"赤县官曹拥才杰,软裘快马当冰雪",这是安舒无虞的一面。以下立即跌入冷寒不堪的己境,一气直下铺叙 12 句,冷热不同的两个世界构成尖锐的对比,而"说朝官得志,只一句,笔势凌厉"[1],或谓"公此诗可谓疾呼而望人之救者"[2],就和结构上把己之处境之不堪作为主体而加以对比有关。《瘦马行》叙述被遗弃的官马,说它几乎随时可以倒下,"绊之欲动转欹侧,此岂有意仍腾骧";在"去岁奔波逐余寇"时"惆怅恐是病乘黄",指出本是天子内厩的良马。只因"当时历块误一蹶,委弃非汝能周防。见人惨澹若哀诉,失主错莫无晶光",而被"三军遗路傍"。且现在"天寒远放雁为伴,日暮不收乌啄疮"。最后代马呼唤:"谁家且养愿终惠,更试明年春草长。"此诗分作两截,前叙马之挫折经历,用了 16 句,从东郊的发现,再回顾到"去岁奔波",必非一般凡马,复叙到现在的"失主"。末尾两句亦可谓"疾呼而望人之且养",到"明年春草长"会有一番作为。此诗分段仇注与浦注分歧,然均未突出末尾的主题句,此正杜诗大篇两分法中的 n:1 结构。《李鄠县丈人胡马行》与此诗题材、主题、结构均为相近。先用 12 句写胡马之过去劳绩,"借人事以写马事"[3]。"朝饮汉水暮灵州"极言其速,亦指赴灵武赴蜀之事。末尾言:"洛阳大道时再清,累日喜得俱东行。凤臆龙鬐未易识,侧身注目长风生。"此当是由华州往洛阳时向人借马,至末方明本事。[4] 因是"不比俗马空多肉"的瘦马,故有龙马"未易识"之慨。末句则转折出"英雄未遇,磊落自负光景"(张溍语)。本事中有所寓意,似乎为本诗主旨,主旨只占了全诗的四分之一,这实际上也属于 n:1 结构。其他如《观打鱼歌》《又观打鱼》《负薪行》《最能行》,均在末尾两句转折拓展出主题,与上文绝大部分叙构成 n:1 结构,因而主题特别醒目,动人心神。

八句短篇歌行的 n:1 结构,顺带一提。短篇歌行因篇幅受到限制,在结尾一句突转,揭示主题,与前七句形成 n:1 结构,除耸动心神外,还使

---

[1] 浦起龙:《读杜心解》,中华书局 1961 年版,第 231 页。
[2] 周甸:《杜释会通》,转引自萧涤非主编:《杜甫全集校注》,人民文学出版社 2014 年版,第 264 页。
[3] 浦起龙:《读杜心解》,中华书局 1961 年版,第 256 页。
[4] 借马赴洛为浦起龙说,见浦起龙:《读杜心解》,中华书局 1961 年版,第 287 页。

人遐想远思，寻索其中蕴涵。《缚鸡行》前七句写"鸡虫得失"问题：厌鸡食蚁故卖鸡，然卖了还被杀掉；不卖则又食蚁，故感"鸡虫得失无了时，注目寒江倚山阁"。末了一句全与诗的内容与主旨无涉，或谓结语更超旷，物自不齐，功无兼济，其得其失，本来无了。其中或许蕴涵更重要的问题：官如鸡而民如蚁，官吏敲剥百姓如鸡之食蚁，若杀官则国之不复存在，如不杀官则民之不复得救。"鸡虫得失"或指"官民得失"，这是杜甫解不了的问题，他只能"注目寒江倚山阁"——去苦苦思索。这又是不能明言的，故采取了看似不了了之虚晃一枪的"题外话"结束，巧妙地利用了 n:1 结构。

二分法结构，一是平分，一是变化平分而为多与少的形态。平分显得呆板，过于平衡，缺乏动态。杜甫多采用前后对比手法，由内容主题的不平衡，导致平衡结构变成不平衡的，由动化而为静；多与少的结构本身具有欹侧的动态，更有利于对主题的揭示，而形成以少胜多的格局，此可谓奇中出奇。总之，杜甫在结构处理上，根据题材与主题，不停在变，寻求最佳的形态，使感情更明朗而深厚，又使主题更为鲜明而深刻。在魏晋以降的两截结构上，随圆就方极尽变化之能事。而且大刀阔斧，使之更为新人耳目。

二分结构变革，杜甫也有所承继。上文已及的《丽人行》，吴瞻泰即言："此效《鄘风》之刺宣姜，但歌其容服之美，而所刺自见者。"[1] 即指《君子偕老》三章，每章前大半渲染服饰之美，而末尾两句出以讽语。《郑风·清人》《齐风·猗嗟》也采用了同样的手法，都属于 n:1 结构，此为化美为丑。还有以此结构表达各种复杂情感，《豳风·东山》次章推想家乡如此荒凉，末了却说"不可畏也，伊可怀也"，利用结构多与少却化丑为美；第四章回忆新婚的热闹，是多么的"其新孔嘉"！结尾却突出一句"其旧如之何"，"新"与"旧"构成悬念式的对比，均用 n:1 结构的弹性与反拨的力量。杜甫名诗《月夜》的"心已驰神到彼，诗从对面飞来"[2]，即取法此诗的第三章。著名的《七月》第二至第七章也都采用了 n:1 结构，表达种种不同的感情，这些对"上薄（接近）风骚"[3] 的杜甫的影响也是不言而喻的。

---

[1] 吴瞻泰：《杜诗提要》，黄山书社 2015 年版，第 100 页。
[2] 浦起龙：《读杜心解》，中华书局 1961 年版，第 360 页。
[3] 元稹：《唐检校工部员外郎杜君墓系铭并序》，华文轩编：《古典文学研究资料汇编·杜甫卷》，中华书局 1982 年版，第 15 页。

（二）三分结构的多变特征

  从民俗与文化理念看，三为大数。看似比二多了个一，实际远超实数所显示的数量。因为三之为数增加了变化的绝大空间，还可以容纳各种不同的时间。时空的倒移潜转，可以增加更多的内容与复杂的情感。二分结构其中一截也可分出几个层次，然必须符合本截的内容范围，变化的伸缩受到一定的限制。三分法少了限制而多了自由，这也是小说家乐于以三构铸故事的原因之一。杜诗讲究诗法与结构，加上又有海涵地负的负载特征，明快简捷的二分结构，不能满足他对沉郁顿挫的追求，于是三分结构就成了其诗更为重要的特征。

  三分结构在杜诗歌行中有 30 多篇，虽只有二分结构的一半，但总体特征却不是后者所能代替的。二分结构若从不同的角度则可看作三分结构，而三分结构有时也可视作二分结构，比如仇注与浦注于此就有分歧。所以，结构的划分也只能就大体而言。我们首先遇到一个有趣的问题，就是同一首诗，着眼点不同，结构的分析就会出现很大的差异。对于《醉时歌》仇注分为四段：首叹郑公抱负不遇，次叙同饮情事，再言痛饮以尽欢，承上"杜陵"一段，末言痛饮以遣意，应上"广文"一段。又说："此章，前二段各八句，后二段各六句，划然四段，宾主配讲到底，格律整齐。"[①] 这是按宾主彼此划分四层：宾、主、主、宾。浦注则分为两大段："前段，先嘲广文，次自嘲，而以'痛饮真吾师'作合，是我固同于先生也。后段，先自解，次为广文解，而以'相遇且衔杯'作合，是劝先生尝与我同也。'广文先生'，'杜陵野客'，迭为宾主，同归醉乡。"[②] 这是从宾主的两番先分后合的角度划分。对于宾主的区分两家并无区别，而划分段落则从宾主饮酒相同角度分为两大段。仇注分段往往细密而失之零碎，浦注分段则追求疏朗醒目，胜过仇注，但时或失之粗略。萧涤非则划分为三段："此诗充满嘲笑，前段先嘲郑虔，次段嘲自己，其实都是嘲笑世人。三段抬出司马相如、扬雄，仿佛是为自己解嘲，其实是借以进一步的嘲笑整个封建社会。"[③] 这也是从借酒解嘲的诗意角度划分，似更符合作者之用

[①] 仇兆鳌：《杜诗详注》，中华书局 1979 年版，第 176 页。
[②] 浦起龙：《读杜心解》，中华书局 1961 年版，第 235 页。
[③] 萧涤非：《杜甫诗选注》，人民文学出版社 1979 年版，第 50 页。但在文字排列上，以所言之前两段合为一段，又把第三段从"先生早赋归去来"划分两段。

意。再则前两段是分叙彼此之坎坷，后段发为总论，既是叙与论的递进，也是先分后合的逻辑关系。此诗具体叙写痛饮只有两句："清夜沉沉动春酌，灯前细雨檐花落。"其余主要出之议论，发为牢骚，言己时夹带描写与穷困的叙说，都是从自嘲出发。末尾等同一切、否定一切的想法，实际上是对天宝后期败政的否定与嘲弄，看似醉话，实是醒语，这是固守长安十年对大唐的怀疑和反思，也是杜甫思想深刻的地方。前两段分叙的嘲郑与嘲己，犹如末段结论的论据。谓郑"道出羲皇""才过屈宋"，然而"德尊一代常坎坷，名垂万古知何用"，为其不平的分论点，第三段的"相如涤器""子云投阁"亦为分论点。由此而得出"儒术于我何有哉？孔丘盗跖俱尘埃"总结论。通篇借酒骂世，是一篇不平则鸣的文字，分三段而意脉更为鲜明。三段的组织是以顿挫为章法，前两段是欲抑己而先抑人，为欲抑先抑的顿挫。而抑人抑己都是为了抑世，所以前两段与第三段又是一番欲抑先抑的顿挫跌宕。此诗题材与李白《将进酒》一致，李诗豪兴激湍，淋漓酣畅，故声价高。然从开合顿挫看，杜甫此诗自有特色。

范梈说："七言古诗，要铺叙，要开合，要风度，要迢递、险怪、雄峻、铿锵，忌庸俗软腐，须是波浪开合，如江海之波，一波未平，一波复起。又如兵家之阵，方以为正，又复为奇；方以为奇，忽复是正，奇正出入，变化不可纪极。备此法者，唯李杜也。开合灿然，音韵铿然，学问充然，议论超然。"[①]杜甫歌行大篇正以结构之开合，铺叙之精悍，穿插倒移之变化，主题之重大，可以和李白并驾齐驱。上诗之开合，已见端倪。《白丝行》16句，按韵分则前后平分两截，仇、浦两家即如此分段，然波澜节次不够鲜明，主题关键句也有些淹没。曾国藩分作三段："首六句，言白丝之美，自喻其材质。美人六句，言制衣之精，自喻其技能。末四句言污坏弃置，自喻其不见珍于时。"[②]虽突出作为中心的末了四句，但把前八句缲、织、染、熨、裁，从后二者分开，似未妥。所以，前八句言舞衣做成之不易，中四句渲染舞衣穿上之美。后四句一转："香汗轻尘污颜色，开新合故置何许。——君不见才士汲引难，恐惧弃捐忍羁旅！"赵次公说："此结一篇之意。夫丝缲之难，染之难，为罗与锦。织之又难，缝为舞衣，针线之功又难，不犹才士汲引之难乎，一旦而弃之，故为才士者，

[①] 范梈论七古语，见仇兆鳌：《杜诗详注》，中华书局1979年版，第57页。
[②] 曾国藩：《曾文正公全集·求阙斋读书录》卷七，转引自萧涤非主编：《杜甫全集校注》，人民文学出版社2014年版，第323页。

与其既用而弃，不若甘心忍受于羁旅之未用耳。"①这是全诗主题用意之所在。从语境脉络看，一句一转，转皆不测，前两句是抑而又抑的顿挫转折，后两句亦复如是。二、四句又在句内转折。全诗前两段层层推进，中段则达到高潮，末段则又跌入低潮，节奏前缓后紧，中段造语严厉，以丽语推出悲哀，而有无尽踌躇与感慨，正是大起大伏的顿挫结构的魅力，而借物喻人使主题得到深化。

与《白丝行》叙述与议论结合的结构相同的是《骢马行》，此为李郑公所得敕赐马而作。此诗前两段为叙述，后一段议论。仇注说首段"言质相之不凡，就初见时写骢马"；中段"言才力之特殊，就初试时写骢马"；末段"言奇材当得大用，乃借马以颂李（按：马之主人）"。②描写质相形神从"顾影骄嘶"与"夹镜连钱"两层写来，先逸态而后雄姿。言才力则"赤汗微生"而"银鞍罗帕"，以见其价不止千金；"昼腾泾渭"而"夕趋幽并"，以见其为真龙名马。言其材当大用，则从大器晚成、见知于朝称美。浦起龙则发现此诗寓意："'洗泾渭'而'刷幽并'意盖暗射禄山也。故后幅发议，眼光四射，一以激（李）邓公乘时奋起之思，一以表此马有即日建功之会。曰'八骏先鸣'，曰'近闻下诏'，总见功名不远意，意在禄山信矣。"③此诗前两段写马运笔舒缓，末段借马叙人，多用虚词呼应，语气紧促，"繁弦促节，几如'大珠小珠落玉盘'矣"④，使主题更为突出。

题画诗《天育骠马图歌》亦分为三段，先从观画马起，中述画马之缘由，末从良马之今昔有无发慨。发端以"吾闻天子之马走千里，今之画图无乃是"两个散文句领起，以下则把画马作真马出色描写，句句是真马而句句又是画马，全凭"是何"假设意味于描写前早作提示。以上是赋体，中段则为叙体。先用"伊昔"勾勒，时间回到从前天厩之真马以及画马之来历，四十万匹皆在此神骏之下，"故独写真传世人"。真马与画马俱横绝千古，画马之来历尤更清晰。倒叙自然灵动，回应首段紧密。而"见之座右久更新"回到现在，亦挑动末段的议论："年多物化空形影，呜呼健步无由骋。如今岂无騕褭与骅骝，时无王良伯乐死即休。"又画马与真马双管齐下，"年多物化"呼应中段"当时四十万匹马"，"空形影"谓只有这幅画马空存，"健步"难骋，为画马下一转语，在于突出真马——即骅骝

---

① 林继忠辑校：《杜诗赵次公先后解辑校》，上海古籍出版社 1994 年版，第 134 页。
② 仇兆鳌：《杜诗详注》，中华书局 1979 年版，第 256、257、258 页。
③ 浦起龙：《读杜心解》，中华书局 1961 年版，第 243 页。
④ 吴瞻泰：《杜诗提要》，黄山书社 2015 年版，第 103 页。

般奇才异士不是没有，而是在位非识人才者。全诗结构由画马到真马，由真马至人才之不用，为奇士叫屈呼喊，结构运化自然。吴瞻泰说："以真马起，以真马结，中间真马、画马错序。盖以画马虽得其形影，而不无真马之健步足骋千里为有用。'年多物化'二句，一篇关键，末更为真马惜无知己，则画马虽工何益哉？其言马之寄慨深矣！"[1] 正是利用三分结构把画马、真马、人中之"千里马"不停转换，结尾题外咏叹，使主题翻进一层。韩愈《马说》其四的"千里马常有，而伯乐不常有"当与此相关。

从正面实写与侧面叙写看，可分为中实外虚与中虚外实两种结构。前者如《戏题王宰画山水歌》，首段六句点明画者与画题，其中"能事不受相促迫"为下文蓄势。中段五句叙画的内容，为正面描写，呼应上文"壮哉"与下文"远逝"。画以水为主而带出"山木尽亚洪涛风"，末段四句："尤工远势古莫比，咫尺应须论万里。焉得并州快剪刀，剪取吴淞半江水。"以赞叹结束，咏叹出之以诙谐的夸张，点明"戏题"。这是由虚笼总提，到画面之实写，末归咏叹，属于中实外虚，犹如律诗的中景外情。

中虚外实者如《醉歌行》，首段以年小能文与草书神速赞其才能，历叙多才多艺，此为实写。中段因射策"暂蹶霜蹄"谓为"未为失"，且擢秀非难，会将"排风"直上，将见咳唾成珠，以成就功名。抚慰落第，此为虚写。末段铺叙春景带出惜别，此又为实写。而在中段末带出"汝伯何由发如漆"，而与后段末"贫贱别更苦"呼应，"以半老人送少年，以落魄人送下第，情绪自尔缠绵"[2]。又是实中出虚的微变，显得章法更为灵活。

由详略看，有昔略而今详的结构，如《哀王孙》。首段只有四句，以三句起兴，引起"屋底达官走避胡"，只一句暗示性地交待了先前玄宗仓皇逃出长安。次段12句，为正面叙写王孙。先以"金鞭断折九马死，骨肉不得同驰驱"，点明王孙未能同逃的原因，以下详叙王孙的狼狈与危殆。"腰下宝玦青珊瑚"与"高帝子孙尽隆准，龙种自与常人殊"，交待王孙身份。从叙述对话"问之不肯道姓名，但道困苦乞为奴"，见出处境之危险而生活无依。"已经百日窜荆棘，身上无有完肌肤"，形同乞丐，还要东躲西藏。末了以"豺狼在邑龙在野，王孙善保千金躯"暗示性叮嘱，见出沦陷长安的危机四伏。末段先插叙两句"不敢长语临交衢，且为王孙立斯须"，见气氛之紧张又带出下文的叮嘱，先言叛兵气势凶烈，次言朔方军哥舒翰失守潼关，再言肃宗即位，复言回纥出兵相助。最后反复告诫"慎

---

[1] 吴瞻泰：《杜诗提要》，黄山书社2015年版，第102页。
[2] 浦起龙：《读杜心解》，中华书局1961年版，第236页。

勿出口""慎勿疏",不要泄露。并言"五陵佳气无时无",再做进一步安慰,"丁宁恻怛,如闻其声"①。全诗言先前只有四句一小段,叙今日则分两段详写,先从对话叙述王孙困危,末段则为局势纷乱及好转与叮咛嘱咐。再以"慎勿出口"两句,又与本段开头二句呼应。后两段的两番对话,全在叙述中表达,一再渲染出白色恐怖的背景,局势之变化,"似乱而整,断而复续"②,而且"忠臣之盛心,仓卒之隐语,备尽情态"③。

与昔略而今详相反者,即今略而昔详,这也是根据作者意图选择。恰好与《哀王孙》为姊妹篇的是《哀江头》,前者重在当前,故昔略而今详;后者要在指出国破家亡的根源,所以昔详而今略。首段四句,言在沦陷的长安"春日潜行曲江曲",看到宫殿紧锁、柳蒲再绿,触发对昔年盛时的回忆。中段由"忆昔"领起,追叙昔日曲江游猎之盛,铺叙豪华也寓有骄奢荒淫的讽意。"明眸皓齿今何在?血污游魂归不得。清渭东流剑阁深,去住彼此无消息",仇注与浦注均视作下一段,以"今何在"与"忆昔"相对。实际上此"今"应属"现在的过去时态",也就是说马嵬兵谏与玄宗奔蜀以后,即有"明眸"不在,游魂难归,清渭剑阁彼此无消息。这四句应当是接叙,"今何在"的"今"即是今日之"今",也是"现在的过去时态"的"今",贵妃不在不自诗人"潜行"的今日之始。所以论者有云:"'细柳新蒲为谁绿',才哭完,便序事。'去住彼此无消息',才序完,又复哭起,以足上'少陵野老吞声哭'一句。"④就把这四句与上文看作由奢而衰的同一叙事。"皓齿"化作"血污游魂",正是连在一起的反思。末段"人生有情泪沾臆,江草江花岂终极",上句是承中段叙事,下句呼应前段"细柳新蒲"。结尾的"黄昏胡骑尘满城,欲往城南望(一作"忘")城北",前句呼应发端"潜行","'行'而曰'潜',满城皆贼矣;'往'而曰'忘',南与北皆迷路矣。首尾相应,有常山率然之妙"。⑤《哀王孙》痛哀王孙现在之艰危,昔日玄宗急奔不顾则略写。此诗见曲江之荒芜,国之残破,故追忆昔日豪华以及由此引发的李杨悲剧的恶果,故需详叙。二《哀》哭现在又哭过去,结构今昔之详略便随事变化。苏辙曾对《哀江头》

---

① 浦起龙:《读杜心解》,中华书局1961年版,第247页。
② 王嗣奭:《杜臆》,上海古籍出版社1983年版,第42页。
③ 刘辰翁:《集千家注批点杜工部诗集》,转引自萧涤非主编:《杜甫全集校注》,人民文学出版社2014年版,第776页。
④ 吴瞻泰:《杜诗提要》,黄山书社2015年版,第108页。
⑤ 吴瞻泰:《杜诗提要》,黄山书社2015年版,第108页。

说:"予爱其词气如百金战马,注坡蓦涧,如履平地,得诗人之遗法。"① 不仅包括现在—过去—现在的结构跳跃,也当包含中段由盛转衰的一气叙来的跳宕连接在内。

同样把过去与现在采用倒叙的《古柏行》,却与《哀江头》有别。前段八句赋写夔州孔庙古柏之高大与气势,因位于孔明庙前,故有特别的感情:"君臣已与时际会,树木犹为人爱惜。"中段八句同样由"忆昨"领起,叙写往日游成都武侯祠,再点明夔州古柏"落落盘踞虽得地,冥冥孤高多烈风",庙与柏树相互映衬:"扶持自是神明力,正直原因造化功。"与上段两番描写,借树已把孔明孤高神明精神隐跃提动。后段也是八句言树大而重难以运送。虽为蝼蚁所蛀,然鸾凤终宿其上。"不露文章世已惊","香叶终经宿鸾凤",既是柏,也是孔明怀抱,也有自己的影子。末尾"志士幽人莫怨嗟,古来材大难为用",人与柏合论,"材大"二者相关合,一吐本旨。首段末写夔柏"云来气接巫峡长,月出寒通雪山白",一言夔一言成都,恰好引出成都之庙柏。中段,追昔抚今,以彼形此,文势摇摆。中段前四句借昔游带出成都之柏,后四句又回到夔柏,后者为主而前者为宾。此诗凡押三韵,每韵八句,自成段落。首段专写夔柏,中段两地之柏合写,末段人树合论。中段前半与首段为倒叙,末段以议论为总束。从意脉看,"借古柏以写武侯。'大厦'以下,又借武侯以写心事。婉转回环,咀味无尽"②。

在三分结构中也有按顺序从过去而写到现在,最后以议论作总收。《观公孙大娘弟子舞剑器行》便是此类名作。首段八句,当头以"昔有佳人公孙氏,一舞剑器动四方"领起,回忆少时即五十年前的观舞,精悍的铺张扬厉的铺叙迎面扑来。先以"观者如山"一衬,"色沮丧"再衬,"天地为之久低昂"复一衬,然后方推出耀眼夺目的各种变化的舞姿,一组排比的博喻,"忽然而伏,忽然而起,状其舞态也。忽然而来,忽然而罢,总始末而形容也。有末句,益显上三句之腾踔。有上三句,尤难末句之安闲"③。这是把过去的回忆写得如在眼前,为下文做了铺垫。中段六句,先言"绛唇珠袖两寂寞,晚有弟子传芬芳"锁上而启下。以下的"临颍美人在白帝,妙舞此曲神扬扬",才顺叙到现在,然一笔带过。"与余问答既

---

① 苏辙:《栾城集》,上海古籍出版社 1987 年版,下册,第 1553 页。
② 李因笃《杜诗集评》卷六引吴农祥语,转引自萧涤非主编:《杜甫全集校注》,人民文学出版社 2014 年版,第 3580 页。
③ 浦起龙:《读杜心解》,中华书局 1961 年版,第 316 页。

有以,感时抚事增惋伤"又是一笔带过。"叙事以详略为参差,亦以详略为宾主,主宜详而宾为略,一定之法也。然又有宾详而主反略者,如此公孙大娘,宾也;弟子,主也。乃叙公孙舞则八句。而天地、日、龙、雷霆、江海,凡舞之高低起止,无所不具,是何其详!叙弟子则四句,而言舞则'神扬扬'三字,抑何其略!究之诗意,非为弟子也,为公孙大娘也。"①"咏公孙,却思先帝,全是为开元、天宝五十年治乱兴衰而发。"② 故末段全就五十年的盛唐而浩叹:"风尘澒洞昏王室","金粟堆前木已拱";中又穿插"梨园弟子散如烟,女乐余姿映寒日",舞女的聚散变迁,牵动大唐兴衰之叹与身世之悲,交集胸中,淋漓顿挫倾泻于笔下。三分段的结构,主客详略倒置,使本来平静的由昔至今的顺序,"抚事慷慨",变得波澜涌起,顿挫起伏。

由上可见,三分结构比起二分结构变化更多。善于把重大题材与复杂情感结合构成三分结构,感情抒发得淋漓顿挫,或者豪荡感激。结构随着题材内容的不同而变化多方,起到了极重要的作用。

(三)多分结构的艺术魅力

分段在三段以上的,可称为多分结构。分段多,篇幅自然更大。篇大自然头绪更多,理顺其间关系,分段就成了重要手段,亦即对结构的经营,也就至关重要。

首先是平行结构,犹如山水画的散点透视,群山万壑,处处景观。《饮中八仙歌》写了八位酒仙,依次也是无次的排列,只是叙写句子有多少的变化。句数顺序为二、三、三、三、二、四、三、二,说是八层亦可,说是八段亦未尝不可。无论是层还是段,都属多分结构。以上句数多少的排列,看似没有规律,变化无序,然而却有一种平衡感:一是首尾的贺知章与焦遂都是二句,二是句数最多的四句是李白,居于中间稍后,且前后都是三、二句;三是先看前五人,前后都是二句,中间三人都是三句。也就是说无论从整体看,还是分开局部看,都散发一种平衡感。聚光的焦点是独占四句的李白,如果居于第四或第五位的全诗中间,那就过于平衡而缺少结构的动态感,使之屈居于第六位,阅读便得到一种聚焦性的

---

① 吴瞻泰:《杜诗提要》,黄山书社2015年版,第138页。
② 王嗣奭语,见仇兆鳌:《杜诗详注》,中华书局1979年版,第1818页。王嗣奭《杜臆》没有这句话。

兴奋，以至终篇。这些是精心的设计，还是随兴所至，我们没有依据裁断，但如此排列的美感则可以感知。第五位的苏晋只有两句，等于给李白出场提供一个"缓冲"；同样是两句的贺知章，但和苏晋不同，他似乎是八仙的领班而居于篇首，因了他的名声也最响。焦遂的知名度不高，就让他殿后。如果从别的角度论其次序，"看起来好像很乱，其实也有组织，八人中，贺知章资格最老（比李白大四十一岁，比杜甫大五十二岁），所以便放在第一位。其他便按官爵，从王公宰相一直说到布衣。写李白独多一句，并不是为了私人的交谊，而是因为这八人中，李白最为伟大，故有意把他作个重点"[①]。在诗体上也是一个创革，犹如他的《曲江三章章五句》与《乾元中寓居同谷县作歌七首》《秋兴八首》一样，都是一次性出现，以后再没有类似之作。晚年的组诗《八哀诗》，便是把此一篇之结构扩而大之，变成一组诗了。

其次，大篇歌行往往转韵，诗之运意也常常按韵转换而变化，因而分段随韵划分，《洗兵马》便是此类中的杰作。此诗"一篇四转韵，一韵十二句，句似排律，自成一体"[②]。以后便据转韵分成四段，浦起龙说："统言之，六韵四段，章法整齐。前二段，注意将。任将专，则现在廓清之功立奏。后二段，注意相。良相进，则国家治平之运复开。此本朱氏鹤龄所谓：'中兴大业，全在将相得人。前云"独任朔方"，后云"复用子房"，为一诗眼目。'其说最为的当矣。细绎之，则首段仍是全局总冒。先言邺即捷，贼即清，以预为欣动。而'常思仙杖''笛月''兵风'等句，便是图治张本。其神直贯后幅也。至次段，才是功归诸将。……此即篇首意而申之。第三段，乃出议论，先以滥恩宜抑，引起任相需贤。……是皆本于人君图治之心，正与'常思仙杖'相应。末段，纯作注想太平、满心满愿语，……又兜转围邺之事，遥应发端。警之祝之，仍是全局总收也。"[③]所论极为详备，为今日注杜者所取。这是转韵与内容转换在结构上的一致性，即以转韵划分段落结构。

尚有转韵与内容并没有保持一致性，如若按韵划分，则有损于各层意义的完整性。早期《渼陂行》是篇纪游诗，然纪一日之游，从一开始忽而风起浪涌，忽而云开天霁，忽而水面月出，忽而咫尺雷雨将至。天气乍风乍雨，乍阴乍晴，顷刻变化，忧喜顿移，哀乐频转。方东树说："此只

[①] 萧涤非：《杜甫诗选注》，人民文学出版社1979年版，第16页。
[②] 王嗣奭：《杜臆》，上海古籍出版社1983年版，第78页。
[③] 浦起龙：《读杜心解》，中华书局1961年版，第258—259页。

用起二句叙点，一下夹叙夹写。……起句'好奇'二字，乃一篇之章法。'天地'一段，初至之词。'主人'以下再开船游赏，……以下乐极哀来作收，有自解意。"又谓："章法奇诡，莫此为甚。"① 仇注每四句为一段，凡七段，显得零碎。浦注分作四段，以天气变幻为层次，甚为可取。前段八句，言初到则恶风白浪乍起；次段亦八句言氛埃忽散，游船为开。以上与方氏所分相同，第三段为六句，言游至黄昏夜色清皎，忽然云飞浪涌，满眼迷离。末段四句，言雷雨将至，一日阴晴迭变如此，况人生自少至老，哀乐又有多少，作为收束。或谓此诗"以好奇作主，以哀乐为线"②，哀乐因天气迭变而生，故以阴晴变换划分结构，则切合诗意。

再次，长篇歌行在时空腾移、陪衬烘染、场面铺写拥有极大空间，加上杜诗长于议论，以及散文化的句子渗透，边叙边议，就会创造出特殊的艺术效果。正如沈德潜所言："少陵歌行如建章之宫，千门万户；如巨鹿之战，诸侯皆从壁上观，膝行而前，不敢仰视；如大海之水，长风鼓浪，扬泥沙而舞怪物，灵蠢毕集。与太白各不相似，而各造其极，后贤未易追逐。"③ 所谓"千门万户"即指结构的多重性变化；所谓"壁上观"，可能是指旁衬烘托；所谓"长风鼓浪"，当指以起伏转折组织结构。如千门万户，且夹叙夹议者见于《洗兵马》；"灵蠢毕集"者已见于《渼陂行》《桃竹杖引赠章留后》；如巨鹿之战者，已见于《兵车行》《观公孙大娘弟子舞剑器行》。至于数端毕见者，当非《丹青引》莫属。

此诗叙写画家曹霸安史之乱前后的得意与不幸。杜甫与其人有大致相同的经历，在"漂泊西南天地间"时而邂逅相遇。其实这场震灾性大乱，几乎给每个人都带来了相同的遭遇。在夔州遇到流浪的公孙大娘弟子李十二娘，在岳州遇到著名的宫廷歌唱家李龟年，而离开草堂、赴夔途中遇到从关中逃难的流民，都触动激发杜甫写下《舞剑器行》《江南逢李龟年》《三绝句》（其二，二十一家同入蜀），包括《丹青引》，这是主题的一致，但所使用诗体与长短却有绝大差异，即使用同一诗体，其间的变化悬隔若霄壤。写舞女与画家都用了歌行，前者是两代人，没有叙事的连贯性，李十二娘在安史之乱前的经历虽在"与余问答"中有所了解，但却未作任何叙述，而公孙大娘却弥补了这一缺席，而且更见精彩，因为耳闻不如目见，50年前的记忆犹如昨日一样。杜甫对书画具有特殊感情，故论书题

---

① 方东树：《昭昧詹言》，人民文学出版社1961年版，第258页。
② 吴瞻泰：《杜诗提要》，黄山书社2015年版，第97页。
③ 沈德潜：《说诗晬语》，人民文学出版社1979年版，第210页。

画为唐人最多者。对于大画家曹霸的相遇，由其人见出时代变迁，又由人及己，再到古今盛名才士的坎壈，悲慨涌集腕下，洵为一篇杰构。

此诗最成功的是把随着社会兴衰的不同经历，纳入一个动荡多变的结构中展开叙述。大起伏、大顿挫的动态结构，把人物的幸与不幸对比得感慨淋漓。诗凡 40 句，凡五转韵，每韵八句，凡转韵处亦即换意的地方，段落区分自然形成。首段如戏剧人物初上场，先报家门，次言从艺经历与对绘画的热爱。次段追叙奉诏再绘凌烟阁功臣，第三段追叙奉诏画马，生动异常。第四段接上画马轰动当时，又以弟子画马过肥陪衬。末段回到如今的漂泊与困顿，回应发端的"于今为庶为清门"。此诗乍看由过去平叙到现在，结构上好像没有什么特别的地方。然最具用心的是每段都作陪衬，使画马妙技大放光彩。首段先以学书陪衬丹青，次段画功臣极为生动，运语声宏气盛，大声铿锵，犹如登山已上高峰，殊不知这还是对绝顶的再陪衬。迤逦而至第三段方攀上绝顶，又以"画工如山貌不同"先为一衬，末句"一洗万古凡马空"再作回衬。至此犹如俯视众峰，仍用衬托显示画马之绝技：一是仿佛画上的马是真马，先一衬，再以至尊"催赐金"又一衬，复以管马与养马人的惆怅，叹息赞美如真又一衬。这是把汉乐府《陌上桑》众人围观罗敷忘乎所以，用在看画的效果上。然后又推开一笔连用四句，以弟子韩干——亦是画马名家而"画肉不画骨"——又做一大回衬。上段是全诗高峰，此段犹如仰视峰巅的浩叹，至此达到了高潮。杜诗写了不少的真马，每首每匹马都绝有精神，也有不少题画马诗，亦为写得生龙活虎。此诗写马而意不在马，正如浦起龙所说："读此诗，莫忘却'赠曹将军霸'五字，犹《入奏行》之'赠窦侍御'，《桃竹杖引》之'赠章留后'也。通篇感慨淋漓，都从此五字出。自来注家只解作题画，不知诗意却是感遇也。但其感其哀，总从画上见，故曰《丹青引》。"[①]凡所写画马的地方都是为了写画家本人，至最后一段才至正面，以上画马为宾，画功臣为宾中之宾，前两句收束上文"将军善画盖有神，必逢佳士亦写真"，这个"亦"字不能囫囵放过，其义为副词"才"[②]，方能与"必"呼应，这句是写大画家盛名之下的矜持。

杜甫在《韦讽录事宅观曹将军画马图》说皇家贵戚争求其画："内府殷红马脑盘，婕妤传诏才人索。盘赐将军拜舞归，轻纨细绮相追飞。贵戚权门得笔迹，始觉屏障生光辉。"明乎此即可觉《丹青引》"亦"字的分量

---

① 浦起龙：《读杜心解》，中华书局 1961 年版，第 290 页。
② 参见魏耕原：《杜诗语词考释商略》，《兰州大学学报》2001 年第 3 期。

轻重。然此两句紧接"即今漂泊干戈际，屡貌寻常行路人。途穷反遭俗眼白，世上未有如公贫"，如此大顿挫，忽然从高潮跌入深谷。以上所有的衬托烘染在这里都成"负作用"，"其前只铺排奉诏所作者，正与此处'屡貌寻常'相照耀。见今昔异时，喧寂顿判，此则赠曹感遇本旨也。结联又推开作解譬语，而寄慨转深。此段极言其衰，与篇首'于今为庶'应，其命义作法盖如此"。① 其实不仅如此，作者处境未尝与画者不同，故不能轻易滑过"即今漂泊干戈际"一句，此不仅是画者境遇坎坷的原因，杜甫与之亦息息相通。他说过："忆献三赋蓬莱宫，自怪一日声烜赫。集贤学士如堵墙，观我落笔中书堂。往时文彩动人主，此日饥寒趋路旁。"(《莫相疑行》)这不是和画者的经历一般无二吗？都是"天涯沦落人"。王嗣奭《杜臆》甚至说此诗"为公自状"②。不仅如此，他们的共同遭遇都是安史之乱的灾难引起的，虽始终未说"感时抚事"之类的话，然而只要有了"即今漂泊干戈际"一句就够了。所以昔画功臣、御马，能使至尊含笑赐金，今画行路常人，反遭世俗白眼，这不仅是对其人之感慨，而且包含杜甫对自己的感慨，也是对大唐盛衰兴亡的感慨！由此可见，此段议论不仅与上文构成动态的大跌宕结构，而且对主题的深入具有举足轻重的作用。

此诗"多少事实多少议论，多少顿挫，俱在尺幅中。章法跌宕纵横，如神龙在霄，变化不可方物"③。此诗逐段陪衬，"正如史迁序巨鹿之战，极力描写楚军，却偏写诸侯从壁上观，乃显得楚军一以当百也"；而且得意与坎壈对照已自生动，"奇在横插弟子韩幹一段，非贬弟子也，正是独表将军也"。④

此为顺叙，以铺叙为衬托，又以叙述为衬托，中心聚焦在今昔对比的跌宕上。还有今昔倒叙，略加铺叙，显得格外凝练。《莫相疑行》先以两句说现在头白齿落而老无所成，然后以"忆昔"领起下句，铺叙昔献三大礼赋如何煊赫。第三段说："往时文彩动人主，此日饥寒趋路旁。晚将末契托年少，当面输心背面笑。"前两句分别结上启下，后两句为现在处境。末段只有两句，"寄谢悠悠世上儿，不争好恶莫相疑"点名题目。浦起龙说："公在幕时呈严公诗云：'平地专欹侧，分曹失异同'，则知辞幕之故，半以同列见嫉。此诗追昔抚今，不胜悲慨，于篇尾流露其意。"⑤ 此诗只有

---

① 浦起龙：《读杜心解》，中华书局1961年版，第292页。
② 王嗣奭：《杜臆》，上海古籍出版社1983年版，第214页。
③ 张甄陶语，见杨伦：《杜诗镜铨》，上海古籍出版社1980年版，第531页。
④ 吴瞻泰：《杜诗提要》，黄山书社2015年版，第130页。
⑤ 浦起龙：《读杜心解》，中华书局1961年版，第293页。

12句，算不上大篇，但在结构上形成现在—过去—现在—告语，时间的颠倒错落比《丹青引》的顺序显得更为跳荡。次段忆昔的渲染"从失意中忽作惊人语"①，是老年曾为幕僚的自叹。加上开头的悲怆突兀而来，情感极为动荡，故在不长的篇章采用倒叙，把心中的不愉快说得透彻警动，这也是杜诗善于以动荡的结构抒发抑郁感情成功的地方。

复次，结构全围绕题目，然用意却打破了中规中矩的叙写中心，所有的描写主体全居于次要，而成对比的一端；而另一端只在结尾点破，全文之主体全成陪衬，反主为宾，后者题外话却转宾为主，形成一种大发拨、大旋转的格局。再回看结构就显得异常奇肆，而有惊骇的翻天覆地的大力。此类的代表作就是可与《丹青引》相媲美的《韦讽录事宅观曹将军画马图歌》，此诗34句，起首四句先言明"观曹将军画马"。次段八句先言曾画过先帝照夜白，以下方言内府与戚贵重其画，此为倒叙。第三段方入"画马图"正文，用了14句。先写两马，其余七马极尽铺排，最后总写九马。以上均为"现在时态"，末段以"忆昔"领起，叙巡行时"腾骧磊落三万匹，皆与此图筋骨同"。接以周穆王西征，暗示玄宗西奔幸蜀。汉武不再巡幸射蛟，暗示玄宗升遐。最后以醒动耳目的"君不见"呼告："金粟堆前松柏里，龙媒去尽鸟呼风"，又从"过去时态"回到"现在时态"。单看前三段则是"一篇规矩之作"②，读至篇末，原来"'先帝'一段，从题外引起，犹说画马。'忆昔'一段，又从题外开去，则但说真马，乃知意不在画，亦不在曹将军也"③。而且不仅不在于画马亦不在于真马，而是以画马带出真马，又以曾画过照夜白而想及玄宗之盛世，而以真马的三万匹以至于今日之"龙媒去尽"，引发出大唐盛衰之沉痛，前文不过是层层铺垫，以与末尾对比，滋发不胜其悲之痛，杜甫写诗必及时事与本志，观"一图而慨及国运"④，此即杜诗沉郁顿挫之本色。此前三段纵放奔逸而有千里之势，末段一落千丈，大开大合，大顿挫，大转折，前后浑厚悲壮，又处处不离画马，末段插入"皆与此图筋骨图"，便把真马融入画马之中。结构既奇肆险绝，又布局深细。所以前人说："七古至杜，浩浩落落，独往独来，神龙在霄，连蜷变化，不可方物。天马行空，脱去羁靮，足以横霸一世，独有千古。"⑤

---

① 申涵光语，见仇兆鳌：《杜诗详注》，中华书局1979年版，第1214页。
② 吴瞻泰：《杜诗提要》，黄山书社2015年版，第128页。
③ 黄生：《杜诗说》，《黄生全集》，安徽大学出版社2009年版，第2册，第102页。
④ 唐汝询选释：《唐诗解》，河北大学出版社2001年版，上册，第323页。
⑤ 乾隆：《唐宋诗醇》，中国三峡出版社1997年版，第216页。

另外一种，结构全围绕题目与中心，而且中心部分之前后采用烘托，使心中之焦点更为突出，首末则远远而来，遥遥作势。《李潮八分小篆歌》的首段如篆书小史，从仓颉造字、石鼓文叙起，中插篆生隶书，一直说到李斯，最后的"峄山之碑野火焚，枣木传刻肥失真"，为李潮隶书遥遥蓄势。八分即隶书，而隶从篆生，且李潮以隶著名，故从本源说来。次段先从隶书瘦硬通神称美蔡邕，然后才推出"吾甥李潮下笔亲"，进入题面，却又拉来两大隶书家韩泽木、蔡有邻作陪。直到第三段才正面写道："况潮小篆逼秦相，快剑长戟森相向。八分一字直百金，蛟龙盘拏肉屈强。"半实半虚刻画。按理应铺叙其篆隶，却撇去题之正面，又作题后陪衬，拉来张旭草书对比以作旁衬。末段说明作诗原由，言老衰才薄，不能形容于万一，又作最后之衬托。全诗正面描写只有"快剑""蛟龙"两句，其余纵横衬托，反复从旁侧面渲染，涉及到书家七八人，拉杂而下，石鼓文、峄山碑、枣木传刻，以及篆、隶、草交织其间，目为之迷，结构如夏日白云苍狗变幻不定，艳阳乍露，又倏忽入云。虽然波澜逶迤，浪潮涌动，但宾主分明，纵放转折，分合变化，奇崛而具法度。

总而言之，杜甫歌行大篇的结构极尽变化之能事，几乎一篇有一篇结构，各具经营之苦心。如《丹青引》与《韦讽录事宅观曹将军画马图歌》，题材同而所写人物亦同，用意在末段亦同，然用意在言画者坎壈与国运之盛衰之不同，故陪衬作势不同。写李潮同样运用了陪衬，然与《丹青引》观赏者陪衬不同，亦与韦宅观马图以真马做大陪衬更为不同。另外或时空顺序平叙，或颠之倒之跌宕出大感慨。王世贞说："七言歌行，靡非乐府，然至唐始畅。其发也如千军之弩，一举透革。纵之则文漪落霞，舒卷绚烂。一入促节则凄风急雨，窈冥变幻。转折顿挫，如天骥下坂，明珠走盘，收之则如橐声一击，万骑忽敛，寂然无声。"又说："歌行有三难，起调一也，转节二也，收结三也。惟收为犹难。如作平调，舒徐绵丽者，结须为雅词，勿使不足，令有一唱三叹意。奔腾汹涌，驱突而来者，须一截便住，勿留有余。中作奇语，峻夺人魄者，须令上下脉相顾，一起一伏，一顿一挫，有力无迹，方成篇法。"[1] 谢榛说："长篇之法，如波涛初作，一层紧一层，拙句不失大体，巧句不害正气。"[2] 以上两家主要从结构上论歌行首尾与中间，铺叙与转折的变化。王氏又谓李杜歌行："太白以气为主，

---

[1] 王世贞：《艺苑卮言》卷一，见丁福保辑：《历代诗话续编》，中华书局1983年版，第960—961页。

[2] 谢榛：《四溟诗话》卷二，人民文学出版社2006年版，第37页。

以自然为宗,以俊逸高畅为贵;子美以意为主,以独造为宗,以奇拔沉郁为贵。其歌行之妙,咏之使人飘扬欲仙者,太白也;使人慷慨激烈,嘘唏欲绝者,子美也。"[1] 李白歌行常把几种题材嫁接在一起,故转换快[2];杜甫则专题专论,纵横旁衬,仪态万方,不停转折,大起大伏,使人感慨者在于沉郁,使人歔欷者在于顿挫,沉郁则博大深广,顿挫则千变万化,结构上的"独造"与顿挫起伏,则是杜甫结构上最为显著的特色。

书法家常言,书大字当如小字之凝炼紧凑,书小字应如大字之舒展宽博。杜甫歌行大篇如小诗紧密无罅,短篇歌行亦如大篇起伏多变,后者于本文顺带稍有涉及。至于进一步讨论,亦是饶有兴趣可值得注意的地方。

---

[1] 王世贞:《艺苑卮言》卷四,见丁福保辑:《历代诗话续编》,中华书局1983年版,第1005页。
[2] 参见魏耕原:《盛唐三大家诗论》一编《李白论》,北京大学出版社2017年版。

三　杜甫五律的创变与特征

杜甫五律多达 630 首，比他的七律 151 首[①]多 3 倍，不仅占其诗总数 1475 首的 43.24%，而且在唐代诗人中为数最多[②]。由于杜甫七律名声最响，加上五古和歌行体与叙事的"诗史"相关，而且艺术性高，因而至今讨论五律者却寥若晨星[③]。其中重要原因是对五律体制原理与杜之五律如何突破而有创新，还不那么清晰。至于五律的特征，更需要进一步多方面关照。

（一）五律中的"唐调"

五律是从齐梁新体诗发展而来，而新体诗建立除声律的探究逐渐形成规律外，其次就是以对偶作为主要手段，而表现的内容主要是山水、行旅、送别、酬赠、侍宴、应诏、咏物等，实际上是以描摹山水为主。特别是咏物描写细致精巧，风格清丽，也注意到了不同角度的配合。对偶的形式也较为多样，诸如动静、方位、颜色、山水、时态等，加上比喻的多用，风格清新生动，绮丽婉转。但由于前六句或前八句写景，只有末两句言情，景物繁杂，留给主观感情的空间狭小，也不在意于情感的抒发。加上偏居江南的压抑，缺乏宏阔的胸襟与高昂的理想，所以主观感情成了客观景物的附庸，缺乏深厚的思想内容。肤浅的情感与景物处于若即若离的状态，其间谢朓的长于发端，阴铿、何逊对景物的提炼，庾信对感情的渗

---

① 据浦起龙《读杜心解》各卷统计数字合计。
② 孙琴安《关于杜甫五律的评价问题》说："我们统计了唐代所有诗人的五律，没有一个人的数量能超过杜甫。白居易是唐代今存诗最多的诗人，五律也不过四百一十余首，尚不及晚唐诗人齐己。齐己五律为四百六十余首，数量仅次于杜甫。这就是说，杜甫是唐代创作五律诗最多的诗人，为唐人之冠。"见《杜甫研究学刊》1992 年第 4 期。
③ 近三十多年主要有：金启华《论杜甫的五律》（《南京大学学报》1982 年第 3 期）主要按创作的五个阶段论述，该文又收入其所著《杜甫诗论丛》（上海古籍出版社 1985 年版）。赵谦《杜甫五律的艺术结构与审美功能》（《中国社会科学》1991 年第 4 期）分起兴、客观、双线、绾连、比较、意象连接结构，分析审美功能。孙琴安文从风格梳理六种，并指出较多数量的原因，以及谓王、孟、李以古入律，杜则格律细密严谨。葛晓音《杜甫五律的"独造"和"胜场"》（《文学遗产》2015 年第 4 期）认为五律句序灵活，跳跃性强，炼字炼句要求高，以写景为体段，容易造境，故主要从写景造境功能的拓展与穷理尽性的表现深度方面讨论。

透，都对唐人五律起到不小的影响。

到了初唐，一方面对于齐梁芜杂写景予以减肥，统一强盛的时代给予诗人以高亢的情调，加上游历的扩大，无论胸襟眼光与感情的热烈都是前所未有的。题材增加，诸如登临、出塞、从军、寺观、思乡、怀人、闺怨、节令等明显有所扩大，就是咏物也改变了以往的见物不见人的单调平庸，主观感情得到了很大的张扬。另外，对偶比前更为灵活多样，大量的流水对与跳跃性的对偶，更适宜于情感的抒发，还把前此的"比兴都绝"改变为有所寄托。无论内容与情感都显得较为深厚。加上"回忌声病，约句准篇"的形式的奠定，不仅具有齐梁的可观可读可感性，而且引人共鸣成了新的审美特征。王勃《送杜少府》本以言情为主，首联不过点明彼此两地，然兴象宏远，整密中有变化。尾联把散文一句话分为两句，为前此所罕见。至于颈联"海内天涯"的壮语，气骨豪爽故成名句。骆宾王《在狱咏蝉》颔联同样把散文一句化为两句，且为工整的流水对。物与人在纵横错综的结构中融合紧密，显示出五律的成熟。杨炯的《从军行》中四句全写景，颔联的"牙璋凤阙""铁骑龙城"带有明显的装饰性，颈联的大雪蔽旗与杂乱的边声又视听结合，高华与苍凉互相渗透。加上首尾前叙后情，形成外疏内密结构。宋之问的《度大庾岭》结构亦同，中四句景物处处浸润情感，首尾哀婉，结构亦复同上，同样带有感情的张力。沈佺期的《杂诗》书写闺怨，中两联先为流水对，两句以"月"贯穿，后为倒叙摇曳生情，全诗委婉生姿。到了杜审言、陈子昂，以及张说、张九龄相与继述，而五律始盛。加上时君好尚，应制五律兴起，虽然内容雷同，兴象高远罕见，但对五律的促成与兴盛也起到了一定的作用。

五律到了盛唐成为最为流行的诗体，而且诗人形成各自风格。高棅说："李翰林气象雄逸，孟襄阳兴致清远，王右丞词意雅秀，岑嘉州造语奇峻，高常侍骨骼浑厚。"[1] 题材也有增加，如观猎、寻访、田园、宫禁、题居、挽词、送人下第等。除了叙事、游仙等需要大篇表达者，涉及极为广泛。在写景、言情、叙事、议论中，前二者最为核心。五言句简洁，能突出景物的显明性，加上八句的限制景物不能繁多。而且句子构造灵活，主干突出，再经句与句跳跃，扩大了句数限制的空间，就显得凝练。比起七律显得明洁，同时也具有七绝言外之意的含蓄。对于五律的表现原理，时下论者说，首先，"其主要特点是结构简单，便于大幅度的浓缩概括而缺乏叙述功能；立意聚于一点，避免古诗式的尽情陈述的创作方式，发展

---

[1] 高棅：《唐诗品汇》，上海古籍出版社1982年版，第506页。

了思致含蓄、求新求巧的表现倾向，易导致格调的浅俗轻靡，多用于咏物、闺情、离别等主题雷同、内容单薄的题材"。其次，"较少直白的抒情，而多用景物衬托，因而写景的对句成为新体诗的重要表现元素"。再次，"五律主要以实字造境，这就带来了这种题材的另一个优势，即五个字的安排组合可以突破五言古诗的语法逻辑，不按常见的语序组句。为了造境和立意的含蓄，在文字间留出更多的想象空间，五律往往追求在语言表达上具有更大的跳跃性，从而离散文语言更远，所以在炼句炼字上比其他的题材要求更高，更便于表现出言外之意和味外之旨"。①这是迄今为止对新体诗发展为五律的主要特征最为详细周备的概括。杜甫五律正是针对表现原理"缺失叙述功能"的突破。以叙述为主体，不以写景为意，而且所叙述为当时大事，即以时事入律，使五律也成为适应"诗史"表述的体式。

　　杜集今存最早的五古《望岳》，中四句偶对写景，首尾虚写，外虚内实，是初唐以来最习见的五律结构，此为以律运古。其结构之严整"已似五律"，为"古诗之对偶者"。②《登衮州城楼》亦为内实外虚结构，首叙尾情，中二联景则由远而近，由大而小。无论章法结构，还是对偶整栗，均中规中矩，只是末了言情的"多古意""独踌躇"，有些肤泛，缺乏动人的深厚感情，犹如"少年维特之烦恼"，或如颜真卿的《多宝塔》帖，法度森整，用笔谨严，但不免有些"窘迫"，不够浑厚。《房兵曹胡马》与《画鹰》中四句赋物，前者起联还为对句，首尾前叙而后议，风骨凛然，语调高亢，气象峥嵘，且具寄托，均为早期名作，显示出开元时代赋予的蓬勃生气，充斥张力与弹性。即使比起王孟、高岑诸家，亦有过之而无不及。而《夜宴左氏庄》前四句景物纤细，全首对偶，工致精雅。颈联的"检书""看剑"又说得兴致勃发，景象静幽，带出豪纵自然的叙述，结构亦为一变，似乎把六朝鲜藻与建安的风发结合起来。胡应麟谓"五律仄起高古者"，"此则盛唐所无也"。③《春日忆李白》则为两截布局，前半称其才，而后半怀其人。起手"白也""飘然"以虚词对起，气势不凡；"诗无敌"与"思不群"又是前果后因；颈联取掉动词显得坚实，且不说"清新""俊逸"为论李诗之不刊之论。后半写景则两地共现，"春树""暮云"即景寓情，不言怀人而缱绻之情尽注。全诗一气贯注，神骏气健，其人、其才、其神、己思、己评、己望尽融其中，洵为绝调。以上均为36岁及

---

① 葛晓音：《杜甫五律的"独造"和"胜场"》，《文学遗产》2015年第4期。
② 吴瞻泰：《杜诗提要》，黄山书社2015年版，第1页。
③ 胡应麟语，见仇兆鳌：《杜诗详注》，中华书局1979年版，第23页。

此前所作，已可看出杜甫五律水平已臻至"格调庄严、气象宏丽"的高度，而与时代赋予的诸家共有特征无甚区别，同时隐约看出自家的趋向，如用典与虚词偶对。但可设想，以杜甫这样多产者，升平年间诗少，而丧乱漂泊诗作剧增，真不可思议，是否忧时伤世才能引发诗兴，恐不尽然。看他在入蜀后写了那么多雨诗，固与当地多雨有关，而其中并无过多深意。所以，我们猜想，他在弃职赴陇的"一年四行役"中，或在此前困于沦陷的长安中，有所散佚。而且五律原本是对应举应试不可缺少的准备，已知杜甫就有两次考试，其间所作的五律肯定不少，而且从早期不多诗作看出，他是从五律起步的，如果推想不谬，对他"盛唐之音"的宏壮之作，会有更多了解。翁方纲曾言："杜五律亦有唐调，有杜调，不妨分看之，不妨合看之。如欲导上下之脉，溯初、盛、中之源流，则其一种唐调之作，自不可少。"[①] 所言甚是。不过杜之七律也有一分为二情况。以上五律即可谓之五律的"唐调"，至于杜之自家面貌，则在安史之乱后即 45 岁后方能出现。

此后杜之五律也有"唐调"，如作于长安沦陷的《月夜》，起句平易。然鄜州与己所处长安对照；今之"独看"与设想将来的"双照"呼应。前四句真朴而亲切，后四句语丽而情深。因"心已驰神到彼，诗从对面飞来"，故"入手便摆落现境"[②]，一切全在悬想拟设之中，由长安而至鄜州，再由鄜州飞翔到将来，有同时异地，也有同时同地和同时异地，时空都在"月夜"中悄然转换。如此构思，很可能受到张说五律《还至端州驿前与高六别处》与七古《幽州新岁作》之启迪，但精密工致过之。如此之类"唐调五律"在以后亦有，然非居主体位置。杜之诸体都具有全方位的创革意识，起步早的五律尤其如此。他要大刀阔斧地对五律革新，走出一条自家的路子。

（二）叙事与议论的界入

安史之乱对杜诗的转化有着巨大的意义，如何把升平时代题材转变为对丧乱的关注和叙写，如何把除绝句以外的诗体去表现急欲诉说战祸乱灾，就是摆在杜甫面前的亟欲解决的重要问题。只要看看他在华州所作的

[①] 翁方纲：《石洲诗话》，人民文学出版社 1987 年版，第 46 页。
[②] 纪昀语，见方回选评，李庆甲集评校点：《瀛奎律髓》，上海古籍出版社 1986 年版，中册，第 908 页。

七律《题郑县亭子》《望岳》其中所用的象征，就已经与前此的七律有些异样。特别是《早秋苦热堆案相仍》，用了粗腔大调，把夏夜多蝎与秋后多蝇，都写进华贵的七律与矜持的对偶，而且还有"束带发狂欲大叫"的粗嗓门，而与"簿书何急来相仍"作对，性质无异于破口大骂，形式则带有歌行体风味，比高适《封丘县》还要粗犷，甚至被前人判定"必是赝作"①，正是追求异样所导致。如果和早期七律《题张氏隐居》《城西陂泛舟》相比，则有霄壤之别。实际上华州所作三首七律是以质朴的白话对华贵诗风的强力革新，包括声调格律在内，此时的《望岳》即为第一首拗体七律，着力寻求一种从内容到形式的创变，亦即"白话七律"开始创立的标志。② 正缘于此，五古叙事诗《自京赴奉先县咏怀五百字》、《北征》、三《吏》、三《别》、《赠卫八处士》等，都集中出现于一时，均出于同样的原因。于时，五律的革新犹如箭在弦上，不得不发了。

安史之乱前夕，所作《官定后戏赠》可以看出对五律革新的尝试。以自言自话语气说："不作河西尉，凄凉为折腰。老夫怕趋走，率府且逍遥。"用的是说话的语言，说明辞就之故。选择后者的原因是"耽酒须微禄，狂歌托圣朝"——这才有了一点律诗的感觉。本志是致君尧舜，却做了看管兵器、门禁的小吏，所以说为了喝酒才需"微禄"，这是陶渊明做彭泽令的心情，对他来说是哭笑不得的自嘲。对句即"圣朝已知贱士丑，一物自荷皇天慈"（《乐游园歌》）的意思。尾联的"故山归兴尽，回首向风飙"，是说做了官就不能轻易回家，只能远望而已。全诗没有一句写景，只满腹牢骚不吐不快。在结构上以首句领下三句为一截；第四句是上半的终结也是下半的过渡。啼笑皆非的诉说只好说是"戏赠"，赠是自赠，"戏"却是心底伤心而语气倔强。无论与王孟五律相较，还是与高岑对照，都是"别属一家"。即使与此前所作五律比较，亦迥然两样，因为以发牢骚为诗即以议论为诗，写景言情的思维方式自然就用不上了。

闻讯陈涛斜之败的《对雪》，中四句先写景而后叙述，颔联"乱云低薄暮，急雪舞回风"具有世乱时危之象，此为大景；而"瓢弃樽无绿，炉存火似红"的叙写，"火似红"实际无火，潜台词是生不起火，还要伸手取暖，这种不由自主的动作，也在没说出的叙述之中。浅近语却包含了许

---

① 朱翰：《杜诗七言律解意》，转引自萧涤非主编：《杜甫全集校注》，人民文学出版社2014年版，第1154页。
② 参见魏耕原：《杜甫白话七律的变革与发展》，《安徽大学学报》（哲学社会科学版）2016年第2期。

多，凝练如此也正是律诗之特征，不过内容却与此前迥别。末了的"数州消息断，愁坐正书空"，前者包括丧乱中的妻子、兄弟与关注的时局，后者却用了一个细节"书空"，且本身包含一个使人遗憾的典故，而且把典故融化为一个细节，这在五律中是够让人瞩目的。盛唐五律范式结之以情或景，此却用表示动作的细节煞尾，可谓是一种新旧结合。晚年在潭州所作《楼上》，一起手就连续用了好几个细节："天地空搔首，频抽白玉簪"，细节原本见于五古叙事诗，而以细节取代五律的写景，或者纯议论而无有写景句，而且这种细节本身带有浓郁的抒情性，好像弥天愁绪抑塞胸中，难以言之。著名的《春望》的"白头搔更短，浑欲不胜簪"，是叙述而非描写，是心理表述而非动作刻画，然则前提却是"搔头"，这才感到发短而插不住簪，至于愁绪多则不必说，就把以情结尾的单纯处理，变成有许多话要说却没有说出来，富有极强的暗示力。此诗前六句皆对偶，极尽变化。对前四句，司马光说："山河在，明无余物矣；草木深，明无人矣；花鸟，平时可娱之物，见之而泣，闻之而悲，则时可知矣。"① 或谓"'在'字则兴废可悲"，"'深'字则荟蔚满目"。② 其所以效果如此，是前两句用了抑之又抑的句内顿挫，层层跌落，一说到"国破"已痛不可耐，其余就只能暗示了。颔联或看作上二下三：感时——花溅泪，恨别——鸟惊心；或看作上三下二，理由是溅泪不能喻花上的露水，而是喻人溅泪，然鸟不存在"别"与"不别"，而是指人别，且溅泪本属夸张兼拟人。这两句似言：花露如流泪，鸟鸣似伤心，人之流泪伤心就不言而喻了。颈联采用叙述，以"烽火连三月"的国难，来对"家书抵万金"的家愁。没有用国难对国难的方式，包容量更大，说明战乱兵祸给国家与民众带来了诉说不尽的灾难。上联与首联是句内顿挫，此与尾联则两句合成一次顿挫。中两联涉景为小，言事则大。又是一变。全诗语有浓淡深浅，处处在变。比起冠裳宏整的作派所带来的板滞绳削，迥然有别。这是把叙述与写景结合，比起单纯的寓情于景就更为深厚，更为沉郁顿挫，这正是杜诗着力以求的内容与审美风格。

杜甫冒险逃离"城春草木深"的长安，投奔肃宗行在临时政府所在的凤翔，这次逃离奔窜要冒生命危险，时在肃宗至德二载四月，年46，开始

---

① 司马光：《温公续诗话》，见吴文治主编：《宋诗话全编》，江苏古籍出版社1998年版，第370页。
② 吴见思：《杜诗论文》，转引自萧涤非主编：《杜甫全集校注》，人民文学出版社2014年版，第781页。

了以叙述为五律的创新。叛军占据长安将近一年，京华成了杀戮官员和皇亲子弟的屠宰场，成了食人的虎狼巢穴。杜甫终于摆脱"胡骑尘满城"的处境，沿路经过艰难险阻。在《述怀》里说："去年潼关破，妻子久隔绝；今夏草木长，脱身得西走。麻鞋见天子，衣袖露两肘。"当时危险至极，狼狈至极，到达凤翔后则兴奋至极。冒险的逃窜与喜达行在，本来可用的五古形式，采用叙事手法，表达这次重大的人生经历，他却选用了五律，叙述窜奔的艰险与来到行在的喜悦，以及痛定思痛的惊心。一来五律质朴简重，虽无五古伸缩自由，但却庄重凝炼；虽无七律错综畅达，但却亲切安恬。二来以叙述代替叙事，也就是以五律包揽五古叙事的功能。显然，他决心要做一次大胆的革新。简短的五律显然容纳不了这样复杂的内容与变化多端的头绪，而组诗就成为首选。何况在天宝年间就有《陪郑广文游何将军山林十首》与《重过何氏五首》的五律大型组诗。有了这样的创作基础，现在的任务就是把擅长简明突出写景的五律，改为扼要的叙述，以完成这次危险而兴奋的特殊经历的叙说。

《自京窜至凤翔喜达行在所三首》，其一利用了律诗可以用一联为层次的形式，采用了逐层推进的方式叙说。这组诗是到达行在后作，故从未到达前说起，属于痛定思痛的回顾。首联"西忆岐阳信，无人遂却回"，"西忆"的"西"是就所在长安而言，这句说天天希望西边的消息。次句为杂糅句，是把两句压缩成一句，是说竟没有人来，于是便决意逃出长安。"眼穿当落日，心死著寒灰"，西走前望落日，心急而望眼欲穿。其间"落日窥行人"（贾岛句）的提心吊胆，兵荒马乱担惊受怕，到了"心死"的地步。还犹望使寒灰复燃，在破灭的希望中还求一线生机。"连山望忽开，雾树行相引"，从长安至凤翔数百里，非一日徒步可达。此言夏日晨雾中的树一来如引导，二来也好隐蔽。近午雾退山貌显现，"忽"字传出喜出望外的心情。"所亲惊老瘦，辛苦贼中来"，赶到行在，亲近者看到他还能"生还"，惊叹：老啦，瘦了，辛苦了，从"贼中来"多不容易！这是用问候的对话交代已达行在。以上以无讯思归，一路担惊受怕，早行晚止，到达行在的顺序，一路叙说而来。中两联心理与景物之描写，意在于叙述历程种种的艰辛。末尾则采用了五言古诗的对话，这在五律极为罕见，所有叙述连接一片，不仅具有叙事的功能，而且亲切感人，凝练含蓄，符合五律应有的特质。

其二接言到达后的欣喜。上四句说："愁思胡笳夕，凄凉汉苑春。生还今日事，间道暂时人。""愁思"领起四句，前二句回思沦陷长安的凄凉，后两句倒叙归途的艰险，当时由僻静小路奔窜，随时都有生死之危，只有到达后方知还能侥幸"生还",此为欲抑先扬的顿挫,痛定思痛,真有些后怕。下四句言归来的喜悦:"司隶章初睹,南阳气已新。喜心翻倒极,呜咽泪沾巾。"先说到达行在,见到大唐中兴的新气象,以刘秀光复汉业喻肃宗政权。后言中兴有望而喜极反悲,歌哭无端。终于盼到大唐有望,翻喜为悲则又为一顿挫。"其悲其喜,不在一己之生死,而关宗庙之大计。"① 既属追思,故用回顾叙述语,倒叙与典故的化用自然精切,情感表达得波澜起伏。其三仍是回思,基本是上首的重复,但脱险还是够激动的,值得再次回味叙说。发端"死去凭谁报?归来始自怜",单看似突猛,然是对上首"间道暂时人"的呼应,为再次回思而有"凭谁报"的感慨,此句就成了议论。次句言当时"正当困辱殊轻死",急急奔窜尚且不及生死之顾,"生还"后方知死里逃生之不易,此与"已过艰危却恋生"② 属于同样心情。这是"过来人"的情感。次联说:"犹瞻太白雪,喜遇武功天。""犹"字贯下两句,"喜"呼应上首末联之"喜心"。"太白积雪六月天"为周边州县流行今日的俗语,还能远瞻,此是一喜;又还能喜遇"武功天",又是一喜。很有些今日红色歌曲中的"解放区的天是明朗天,解放区的人民好喜欢"般的高兴。复见天日又怎能不"喜"。颈联"影静千官里,心苏七校前",这是"涕泪受拾遗"作为近臣的兴奋与安适。当时肃宗草创之际侍臣不过三十,这又是兴奋的夸张。"影静心苏"正对"眼穿心死",喜悲转换。被王夫之谓为景中有情,"自然是喜达行在之情"③。这两句实在是叙述,叙述生动即有景观。"苏"字用得极好,"心苏"犹言心舒而安恬,着一字而情味顿出。末尾的"今朝汉社稷,新数中兴年"亦为全组诗总束。同时"用光武事比肃宗,昔欲望一信而不可得者,今亲见之,不觉喜极而泪下也"④。

这组诗全用叙述,情事交错,感慨淋漓,对话、写景、心之惊喜,全都用叙述语气。又分别以心死、心喜、心苏为脉络照应,中心是"喜达",却反复叙说间关危苦惨惶情状,"言言着痛,笔笔能飞"⑤。所谓"笔飞"即言非用描写,而用简括叙述,故每首每联处处跳跃,这正是叙述的魅力,也是杜甫革新五律的成功之处。再者事分途中与到达,本可两首交代,而

---

① 吴瞻泰:《杜诗提要》,黄山书社2015年版,第154页。
② 此句出自韩偓《息兵》,见萧涤非:《杜甫诗选注》,人民文学出版社1979年版,第79页。
③ 王夫之:《薑斋诗话》,人民文学出版社2006年版,第150页。
④ 吴见思:《杜诗论文》,转引自萧涤非主编:《杜甫全集校注》,人民文学出版社2014年版,第829页。
⑤ 浦起龙:《读杜心解》,中华书局1961年版,第364—365页。

次首对前后两首的再叙，正符合反复诉说需要，而用语绝非相近，且次第深浅不同，如次首颈联与第三首结尾，一是"初睹"，一是今朝为拾遗之后。五律庄重简洁，直质亲切，还有安恬委婉，都可以感受到。特别是简洁，"他最能用极简的语句，包括无限深情，写的极深刻"①，单就此而言，这三首也是高作。

作于与上诗同年九月的《收京》，是当时一件大事。杜甫在鄜州探家，因在凤翔疏救房琯，触怒肃宗，诏三司推问，后来便诏放探家，这时心情郁闷。此诗全靠传闻，而且事涉玄、肃禅让的复杂敏感的背景，以及大封功臣、万方送喜所潜伏的隐患，因而用了很多典故，指向隐晦，所以前人歧解纷纭。其中亦有讹传而误记，如其二的"忽闻哀痛诏""叨逢罪己日"，其实肃宗汲汲宣布的诏书是极力张扬"亲总元戎，扫清群孽"，又"今复宗庙于函洛，迎上皇于巴蜀"，并无"哀痛"更无"罪己"，而是彰勋扬功。所以比起亲历艰辛喜达行在的组诗，叙述就不那么生动感人了。

次年杜甫涉嫌被贬放华州，当时被认为房琯一党俱贬，杜甫自此就再没有回到长安的机会。这对他是很大的挫折，故有一首长题五律，《至德二载，甫自京光华门出，间道归凤翔。乾元初，从左拾遗移华州掾，与亲故别，因出此门，有悲往事》，从题之末两句看是有深慨的。诗的前半说："此道昔归顺，西郊胡正繁。至今残破胆，应有未招魂。"则和窜奔行在的那三首诗追叙并无多大区别，然用意有别。若和下半一比较自有怨望："近侍归京邑，移官岂至尊？无才日衰老，驻马望千里。"由"近侍"之拾遗一下子贬到华州一掾，本很刺激，却用了平静的"归"。话说得不伤情也不动肝火，则为下句铺垫。下句又把贬官说成"移官"，看似意在说明"岂至尊"——与肃宗没有任何关系，实际是反话正说，明为开脱，实为指责。一肚子委屈与怨气却只有这两句平静不过的话，这正是杜甫善于表达复杂感情的本领。那么原因又是什么？一是"无才"，二是"衰老"。这都不是"真话"，这年才46岁呀！就这样还要"驻马望千门"——对朝廷还是恋恋不舍！这同样是表面文字，既要致君尧舜又怎能离开长安？杜甫此诗作于乍贬，话说得很谨慎得体，但和上半一对比一肚皮牢骚不难看出：昔日冒"胡正繁"之险至今还有后怕，就像丢了魂一样。然而"近侍"了没有几天，就被赶出长安，这都是出于肃宗的狭隘与忌恨的不满。抚今追昔者，无异于说热心肠却挨了冷板子，这也是题目特意说明两出金

---

① 梁启超：《情圣杜甫》，见陈引驰编：《梁启超学术论著集·文学卷》，华东师范大学出版社1998年版，第79页。

光门的原因。全诗同样四层，首尾叙述，中四句以叙述言情或议论，也同样没有五律惯常所用的以景寓情，然而却是"高篇"，把复杂的感情表达得如此"委婉"，真是"情圣"多面手的长技。

　　杜甫常把叙述与议论结合起来，其效果和把叙述与言情的合构是同样的感人。忧时伤乱之作常有此类佳制，《岁暮》便是其中之一。前四句为叙述："岁暮远为客，边隅还用兵。烟尘犯雪岭，鼓角动江城。"年之将近还为"远客"，是中原丧乱所致，然即边隅僻地却有吐蕃之乱，哀感中有"四海十年不解兵"（《释闷》）叹息，把可以写景的"雪岭""江城"，派作战乱的叙写。代宗广德元年岁末吐蕃攻陷雪岭附近的三州，使川蜀震动。杜甫写在嘉陵江边阆州的《岁暮》，后四句为议论："天地日流血，朝廷谁请缨。济时敢爱死？寂寞壮心惊！"此年春安史之乱刚刚平息，而战乱仍然不绝。"日流血"冠以"天地"，漫长而广阔的时空充斥兵祸战灾，然朝廷却无人挺身以救危难。这两句跌而又跌，欲抑先抑，表示绝大的遗憾与忧愤。末了反问与感慨回振全篇，"寂寞"与"壮心"硬接组合，耐人寻味。又以"惊"字结句，济时无路的愤慨一点便醒。梁启超说："工部写情，往往愈抝愈紧，愈转愈深。像《哀王孙》那篇，几乎一句一意，……他的情感，像一堆乱石，突兀在胸中，断断续续的吐出，从无条理见条理，真极文章之能事。"[①] 这是就整诗而言，而有时一两句也有这样的特色，如此诗末联就有这样的特点。它如《捣衣》发端的"亦知戍不返，秋至拭清砧"，打头的"亦"字没头没脑，实际上"因为已撇过许多话许多痛苦才说出来的"[②]，这没说出的"许多话许多痛苦"便是它的前题。《病马》的"毛骨岂殊众，驯良犹至今"，也是把许多话压缩成两句，"从无条理见条理"。《秦州杂诗》其七的"无风云出塞，不夜月临多"，说出来的不少，没说出来的更多。

　　咏物诗《麂》意不在物的描绘，属于借题发挥。故代物以言："永与清溪别，蒙将玉馔俱。无才逐仙隐，不敢恨庖厨。""蒙"字用得幽默，似乎承蒙拔擢离开清溪，登入"玉馔"，把愤恨的话说成谢词，热语包含的是冷意。鹿是仙人的坐骑，麂是无角的鹿类，故谓无才跟随仙人隐去，以致让厨师宰割。这两种语气伸缩，属于因果关系，此属叙事与心理刻画。语气委婉的原因是出于欲抑先扬的顿挫，流水对的自然，好像无怨无悔，

[①] 梁启超：《情圣杜甫》，见陈引驰编：《梁启超学术论著集·文学卷》，华东师范大学出版社1998年版，第324页。
[②] 萧涤非：《杜甫诗选注》，人民文学出版社1979年版，第131页。

因厨子只是烹调，享用的却是衣冠大人。下半借此发为议论："乱世轻全物，微声及祸枢。衣冠兼盗贼，饕餮用斯须。"乱世摧毁一切，不以活物生命为意。因麂肉略有名声故遭捕杀，这两句转到议论，暗指乱世则人命危浅，鱼肉百姓。末二句说王公大人外为官员，实则盗贼，与叛乱的军阀没什么两样。这是代麂痛骂，如此戟手詈语的愤怒，也是受尽乱祸害的民众的愤怒。咏物不用赋笔描写，带有寓言性质，全为麂在"说话"。同时的《鸥》《猿》《鸡》《黄鱼》《白小》均不作物体本身之描绘，均为托物寓意，主要叙述动物的各自特征，以显示所寄托的用意。可以看出是对初盛唐以描写物体为主的比兴思路的更张。然物象明显不足，主题大于物象，欠于生动，比起《房兵曹胡马》《画鹰》《花鸭》以描摹加上议论或言情，就有所逊色。后期大量的咏物诗均属在牝牡骊黄之外的叙述议论，而只有部分诗结合恰切者，如《孤雁》等。从总体上看，毕竟为咏物诗开创一个新局面，且对中唐与宋诗影响甚大。

（三）五律之特殊结构

前人论及杜甫五律，都很看重律法的变化。如"杜公律法变法尤高，难以句摘"①，"当其神来境诣，错综变幻，不可端倪"②，"独辟畦径，寓纵横排荦于整密之中"③。杜五律之变包括各个角度，其中结构"错综""纵横"是主要的方面。

对于杜律结构，清人投入极大的兴趣与力量，如仇兆鳌、浦起龙，以及黄生《杜诗说》、吴瞻泰《杜诗提要》等，都有精切恰当的分析，但限于学术的传统规模，均属随篇而论，对整体结构规律虽有感悟，而缺乏梳理。而现时论杜诗者虽众，然注目于此者，仅见赵谦一文孤明先发，从比兴、客观、双线、绾连、比较、意象角度归类，运思精密，全面细致。④然还值得进一步思考。

杜甫五律结构以上景下情或议论为常调，或首联叙述，中两联为大小景，末联言情，这也是初唐五律以来的基本格局。也有全为写景或全不写景，不涉情景纯出叙述与议论的布局构架。或采用情景相间的跳跃式结构。如《送贾阁老出汝州》："西掖梧桐树，空留一院阴。艰难归故里，去

---

① 高棅：《唐诗品汇》，上海古籍出版社 1982 年版，第 507 页。
② 胡应麟：《诗薮》，上海古籍出版社 1979 年版，第 58 页。
③ 沈德潜：《说诗晬语》，人民文学出版社 1979 年版，第 213 页。
④ 参见赵谦：《杜甫五律的艺术结构与审美功能》，《中国社会科学》1991 年第 9 期。

住损春心。宫殿青门隔,云山紫逻深。人生五马贵,莫受二毛侵。"贾至为中书舍人,中书省在月华西门,故从写景入手,言人去地冷。贾至坐房琯党贬,在当时是敏感的事。"艰难"表面指跋涉,实指仕途不幸。时在春天,彼此伤心,"损春心"指别时,亦深意存焉。汝州在河南,贾为洛阳人,可便道看家。同样也是对贬汝的婉言。以上是惜别。青门为长安东门,紫逻山在汝州。两句说一出东门,宫殿就看不到了,这是回头看;向前看汝州还在远处,此借景言惜别。五马为刺史的代称,故末言人生为地方长官亦为不贱,勿因犯愁发白。虽为慰言,实则抱恨不能明言,故作惋惜抚慰之词。此诗没有按照前叙、中景、后情的格局,而是先景后情、再景再情,景与情结合更为紧密,使全诗皆为惋惜之词,结构也跳宕灵活。按内容分则前六句惜别,末为安慰,眉目亦为清晰。浦起龙说:"起联破空而来,绝奇。他人用作落句,则常调矣。"① 也感觉到结构的异样而不同于一般格局。

《长江二首》其一亦同此结构,起联先出之景:"众水会涪万,瞿塘争一门。"先言其水其地之险。接以议论:"朝宗人共挹,盗贼尔谁尊?"言人心向唐,如水趋之一门,叛乱军阀会失去人心。然后再跳接首联瞿塘描摹:"孤石隐如马,高萝垂饮猿。"此言江水暴涨则难以乘舟而下,而垂饮之猿鸣必引人伤心,而掀动归思。故结言"归心异波浪"。难归而欲思归,滋生"何事即飞翻"之急想——怎样能生翅而飞回家。黄生认为"是八句全对格",从景实情虚看,又是"虚实相间格"即景与情或论相间。又言:"前后语意若两截,其实'归心'跟'朝宗'字,'波浪'应'众水'字,章法仍紧关合,此皆公之律髓也。"② 此诗写景把江水与孤石分写,景情间隔,虽就"朝宗""归心"分言,脉络暗通,所谓"骨髓"即结构别致的精彩处。《别房太尉墓》则以叙述与写景间隔,而与上二诗先景后情或议有微调:"他乡复行役,驻马别孤坟。近泪无干土,低空有断云。对棋陪谢傅,把剑觅徐君。惟见林花落,莺花送客闻。"首联叙别墓,次言哭墓融于景中,再叙过去对棋,言平昔密切,顺带出房之为相;"把剑"句以季札挂剑徐君坟树,言死后不忘之谊,此为叙而带情。末以花落见孤坟寂寞,以只有莺啼送客陪衬别墓之孤独。"言下有'叹息斯人去,萧条天地空'之感,结语拈景设色,而弥形其悲。"③ 这是以景结而有言外之意。

---

① 浦起龙:《读杜心解》,中华书局1961年版,第371页。
② 黄生:《杜诗说》,《黄生全集》,安徽大学出版社2009年版,第2册,第181页。
③ 李因笃:《杜诗集评》卷九,转引自萧涤非主编:《杜甫全集校注》,人民文学出版社2014年版,第3123页。

而"一身做客之难,朋友相与之情,而名宦生前没后之德诣凄凉,无一不见"①。这是叙景相间包罗甚大的效果。总之,情景相间或叙景相间,不仅把不同景与事并置一诗,而且具有更多的容量,扩大了五律的有限空间。特别是情景或事景配合紧密自然,既打破以往景情各半与首尾叙或情而中间集中写景的格局,以情景相间的跳跃,显得更为机动灵活。其他如《季秋苏五弟缨江楼夜宴崔十三评事韦少府侄三首》《陪裴使君登岳阳楼》等,均属此类。

其次值得注意的是倒叙结构,本是由此及彼,却先言彼而后言此。或是先言所观,次言行止;或先言结果后言原因,章法倒卷,矫变异常。代宗大历二年在夔州入秋而追忆长安,凡作八首每篇以首二字为题,实为组诗,而与《秋兴八首》相近。首篇《洞房》前半先叙长安玉殿秋风,旧宫月夜凄凉,天宝玄宗龙池今不复睹。后半言羁舟江城,同是月夜,不觉魂飞泰陵,想起玄宗园陵月夜白露之冷寂。结构参差开合,斡旋成章,先出之遥想,再回到所处之地之夜。杨伦谓之"倒格"。"以前半意翻叙于后,颠倒互易成篇。"②先把所想写在前边,能见逼真;再把所处见之于后,能见感慨。若按顺序,两种效果就会减弱。湖湘所作《湘夫人词》,前半言祠庙空墙,唯对碧水,玉佩已生苔而虫行痕迹如篆,翠帷尽落尘土而又为燕泥所污。下半才说"晚泊登汀树,微馨供诸蘋",言泊舟登君山,借岛渚水蘋以达微敬。最后的"苍梧恨不尽,染泪在丛筠",点明二妃泪下,至今泪染丛竹。此诗没有夹带议论,而感慨尽在先倒叙的荒寂祠景中,这也是采用倒叙的原因。《空囊》则属果前因后的倒叙结构:"翠柏苦犹食,明霞高可餐。世人共卤莽,吾道属艰难。不爨井晨冻,无衣床夜寒。囊空恐羞涩,留得一钱看。"此诗作于最艰苦的秦州时期。餐霞食柏是神仙的生活方式,对袋中无钱的杜甫则是无食的幽默自嘲,浪漫话透出坚毅的个性。颔联则出以庄语:世人以求苟得,好歹只要活着,我却不愿如此不分是非,那囊空无食也就自所难免。此与陶诗"世人皆得宜,我生失其方"语近。以上为无食而生理艰难。下言饥寒之忧,无粮故灶下无火,也用不上打水,无衣则床被之薄寒可知。钱袋空空,一有急用怕人见笑,硬是留下一钱做个家当。这也是穷开心的话。至此明白其所以要食柏餐霞是因生理艰难,原因是穷极了:无食无衣又无钱。黄生说这诗的"结语本属起,

---

① 赵星海:《杜解传薪》卷三之五,转引自萧涤非主编:《杜甫全集校注》,人民文学出版社 2014 年版,第 3124 页。
② 黄生:《杜诗说》,《黄生全集》,安徽大学出版社 2009 年版,第 2 册,第 175 页。

转联（颈联）本属接联（颔联），前半本属后半，章法倒换"①。按逻辑顺序，应如黄生所言。如此倒叙先以柏霞可以疗饥自嘲自笑，然后才说出吾道维艰在于饥寒交迫。末了还要以囊之不空来写"空囊"，又是一番自戏自谑。倒叙是为了打埋伏，增加自嘲意味，这正是结构反顺为逆所取得的效果。若顺说，只是质直说穷而少诙谐，而诙谐语正是悲酸语。

有时同样倒叙，却与叙述与议论间隔结合在一起。《归雁》："闻道今春燕，南归自广州。见花辞涨海，避雪到罗浮。是物关兵气，何时免客愁？年年霜露隔，不过五湖秋。"如按逻辑顺序，是说平常之秋北雁南飞不过五湖，而今年直飞到罗浮与涨海之间的广州，因无论南北战乱杀气太盛，趋阳的大雁也不愿居于五湖，而垂老飘零又何以堪呢？按此顺序则"五、六本属结意，却作中联；七、八本是发端，翻为结语。前半更先言归，次言辞，后言到，终乃言不过。章法层层倒卷，矫变异常"，是为倒叙；从事与景关系看，则"事起景接，事转景收，亦虚实相间格"。②

还有一种倒叙把过去和现在倒置，形成昔盛今衰的对比，感慨不已，意余言外。如《滕王亭子》："寂寞春山路，君王不复行。古墙犹竹色，虚阁自松声。鸟雀荒村暮，云霞过客情。尚思歌吹入，千骑把霓旌。"前六描写今日之荒凉，结二句突入昔之兴盛。以"尚思"使今昔接榫，"过客情"又带出"尚思"，即谓今之鸟雀即昔之歌吹；此时之云霞，即当日之霓旌，前后映带，使过客情起而感慨。末了以倒叙结尾，其味深长。如果一味直写今日荒凉，那么，"前六句凄凉已极，再以衰飒语结，意兴索然。七、八忽用丽句追溯盛时，翻身作结，力大思深，奇变不测"③。其实颔联的"犹""自"已隐隐透出古墙竹色依旧，虚阁松声还似当年④，而与"过客情"与"尚思"脉络暗通，这正是杜诗结构精密的地方。

再次，杜甫五律还有异于常态的结构，布局奇峭，适用于种种特殊题材，抒发异于常情的心绪，风格冷峻凄凉。如《对雪》不言雪而劈空突来"战哭多新鬼"，以下写独愁，独吟乱云急雪，飘弃炉冷，枯寂愁坐。此在沦陷之长安哀伤陈陶、青坂之败。首句的背景即《悲陈陶》的"孟东十郡良家子，血作陈陶泽中水"，对雪愁吟即为此而叹。吴瞻泰说："题是《对

---

① 黄生：《杜诗说》，《黄生全集》，安徽大学出版社2009年版，第2册，第218页。
② 黄生：《杜诗说》，《黄生全集》，安徽大学出版社2009年版，第2册，第197页。
③ 黄生《杜诗说》引吴东岩（瞻泰字东岩）语，《黄生全集》，安徽大学出版社2009年版，第2册，第242页。
④ "自"与"犹"对文义同，参见魏耕原：《杜诗习见词诗学与语言学的双向阐释——热点词"自"的个案考察》，《西安石油大学学报》2011年第2期。

雪》,突然发'新鬼'一句,若与题全无涉。妙在此句不即接,只将老翁独吟情景分二联,至七句始徐徐一应,所谓急来缓受也。不然,起句陡甚,又复急接,则章法太促,全无离合。"①简而言之,此为1:7结构,即由少与多构成,后七句在脉络上全与首句有关。结构的不平衡,正见出心里苦痛之失常,悲哀之难耐。另外一种则以首句为发源地,以下全从此生发出来。《月夜》首句"今夜鄜州月"引发闺中独看,又推拓出儿女之不思之忧,衬出空闺中独思独忧,以至于发湿臂寒而不知。然后由分离之今夜推想到将来相聚之月夜,处处回应首句,处处从"鄜州月"引发出来,彼此交映,亦属1:7结构。这种结构在杜甫七律中多见,《闻官军收河南河北》即为著例。这种结构打破了律诗以联为层次的原始状态的封闭性,使结构处于动态的变化之中,于是可以"寓纵横排奡于整密中",可以使复杂感情或意料不到的事情,以错综变化的结构,表达得更为伸缩自在,而扩大五律有限的空间。

此类1:7结构,杜甫五律见多,可分两类,一是如上所言为表达特别痛苦心情;一类属于艺术上特别处理。前者又如上文已及的《对雪》,劈头突发"战哭多新鬼",似与题目全然没有关系,接亦与首句不承。至中四句才说到面对"乱云急雪",接只写出老翁与雪独吟情景,至第七句"数州消息断"。首句则为对陈陶惨败的提动,为全诗之背景,故先行点明,以下哀愁全为此发。《宿赞公房》以发问"杖锡何来此"开端,问得无端而诧异,以下却不径直回答,只写院内荒景,至第五句"放逐宁违性"以句首两字轻轻带出。《捣衣》开头没头没脑地来了一句"亦知戍不返",以下全就题叙写,首句似乎很"孤零"。实则此句前蓄有深意:"望归而寄衣,常情也;知不返而必寄衣者,至情也,亦苦情也。安此一句于首,便觉得通篇字字是至情,字字是苦情。"②为了表达如此特殊"苦情",独立出首句,就特别必要。《秋野五首》其三发端突来一句"礼乐攻吾短",即放下不管,以下由"山林引兴长"引出帽歪、曝背等懒散行为,以及收松子、割蜜、山林赏花,实际是对"礼乐"世法的反唇相讥。1:7结构使绷紧的激昂更具张力。属于第二类的如《房兵曹胡马》,乍看应是"上半写马之状,下半赞马之才",然首句"胡马大宛名"是写马之来历,以下方是分别言其状与才。即虚笼一句,引发下文。此为早期所作,对后来的五、七律影响较大。再如《客旧馆》首句"陈迹随人事"开门见

---

① 吴瞻泰:《杜诗提要》,黄山书社2015年版,第150页。
② 黄生:《杜诗说》,《黄生全集》,安徽大学出版社2009年版,第2册,第214页。

山直奔题目，以下却从"初秋别此亭"说起，引发"重来"所见景况。回看首句则属"单提通首"。《左宿春省》首句"花隐夜垣暮"，写"春"只此一句，以下七句全都写"宿"，以宿而"不寝"见出恪尽职守。其他如《一百五日夜对月》《路逢襄阳杨少府入城，戏呈杨四员外绾》《遣怀》（愁眼看霜露）、《苦竹》《赠别郑炼赴襄阳》、《巴西闻收京阙，送班司马入京二首》（其二）等，均属此类。

把1:7结构倒过来则为7:1，一般用来借彼言此，以深化主题。如《除架》前七句叙写秋至瓠叶零落，虫与雀有炎凉之感，末了突发一句"人生亦有初"，谓瓠之始盛终衰，而人的一生也有这样的情况，此为杜甫居陇最艰苦时的感慨。这末句就很耐人寻味，也使人很感慨。此种结构是6:2布局略加变化而来，而后者则是杜甫五律结构的大宗，前边写景或议论，末二句则结以时事或思归，以夔诗居多。在7:1结构基础上再加变化，可以出现多种形式，如《更题》，题目是就前诗《夜雨》的再题诗，以足前诗"天寒出巫峡"离夔未尽意而申言，前半说巫山多雨让人心情不快，决意出峡"发荆州"。后半接言忽然说到"群公苍玉佩，天子翠云裘，同舍晨趋侍"，与群公同舍共觐至尊。动起归朝之念，此为所想，属于第二层。末句却言"胡为淹此留"：谓同舍皆在朝廷，自己何必留在此地。此为怪叹之词，自问自嘲，旋转一篇主意，如截奔马，斡旋有力。此诗则呈4:3:1结构，即为通首单结。

还有把1:7结构再加变化，而成为1:5:2布局。《铜瓶》先突起一句"乱后碧井废"，然后却追溯升平"时清"时"未落水"再叙写到沉落井底。结尾又说到铜瓶流落人间，瓶上金饰蛟龙剥落，还能换取"折黄金"。以一铜瓶悲叹大唐由盛转衰，由一小小题目关涉到大主题，就是与结构上把今与昔几经倒置有关，以1:5:2结构旋转出一番大感慨。《雨四首》其四首联"楚雨石苔滋，京华消息迟"，京华消息与雨滋苔生互不干涉，次句撇开首句，使人不能预测。以下五句再写"山寒""江晚"的凄寂，暗承首句。尾联言"繁忧"而雨多，分别回应首联。就构成1:5:2结构，把阴雨中的担忧国事的烦乱心情，很有波折地抒发出来。

杜诗五律早年先行，而且多有名篇，对初盛唐先叙后景再颂圣或言情的应制诗2:4:2的结构模式，率先予以大刀阔斧更张。在结构处理上，或根据感情的起伏变化，或为了突出主题，或为了集中笔墨突出中心，或相题制宜，极尽变化之能事。在盛唐众多的五律中，独出诸家之上，亦与结构多变有关。其所以成功的原因，当与把五古叙事大篇与歌行体的开合纵横，施之于五律之中有关。这也说明杜甫兼擅诸体而能集大成的原因。

四　杜甫七律结构论

杜甫七律151首，比初唐律诗总合112首[1]还要多，在盛唐七律总合300多首中也占了一半。虽然在明代曾有"变调"的疵议，但受到推尊的盛誉始终不衰。过去的研究从风格、句法上看重，现代则从题材扩大到内容上着眼。踪法唐诗的元代曾在结构上留意，但注意力放在联与联的关系，显得机械而零碎，甚至清代的朴学家也作过杜律句与句呼应辨析[2]，但都不被看重。今人偶有仍就律诗四联如何组合分析杜诗的结构，然与杜甫七律的千变万化仍存在很大距离。所以杜甫七律结构的研究仍处于薄弱的领域。

（一）杜甫以前与并时的七律结构

先行的初唐七律作手，对处于后盛唐的杜甫来说，带有隔代距离，犹如他与乃祖杜审言那样的悬隔。七律虽然与南朝七言八句且中四句对偶如庾信《乌夜啼》之类具有渊源因素，然唐人七律主要在初唐宫廷培育发芽，含苞成蕾，英华乍启。辞藻的雕饰，犹如宫殿建筑的对偶与衣服用具的华美，一切都带有装饰作用，特别是运用于宫廷活动的游宴、幸临一类的颂美应制、应教的场合，对初期体制、结构、风格、修辞都起了规范性作用。明人诗论对初唐七律甚为看重：以为"体裁明密，声调高华，只是神情兴会，缛而未畅"[3]，又以为盛唐"王、岑、高、李，世称正鹄"，特别是"王、李二家和平而不累气，深厚而不伤格，浓丽而不乏情，几于色相俱空，风雅备极，然制作不多，未足以尽其变"；对于杜甫则谓其"才力既雄，涉猎复广，用能穷极笔端，范围今古，但变多正少"。[4] 推崇盛唐诗的高棅亦言："盛唐作者虽不多，而声调最远，品格最高。……王之众

---

[1] 见赵昌平：《初唐七律的成熟及其风格溯源》，《赵昌平自选集》，广西师范大学出版社1997年版，第39页。
[2] 桂馥《札朴》卷六"七律起承"条对杜甫五、七律句与句的呼应承接，列举大量分析例证，对七律例举尤多。桂馥：《札朴》，中华书局1992年版，第237—245页。
[3] 胡应麟：《诗薮》，上海古籍出版社1979年版，第82页。
[4] 胡应麟：《诗薮》，上海古籍出版社1979年版，第83页。

作尤胜诸人，至于李颀、高适当与并驱。未论先后，是皆足为万世程法。"又谓："少陵七言律诗独异诸家。"①

总之王、岑、高、李属于七律的"正鹄""正声"②，可尊为"万世程法"，杜甫"独异诸家"，只能定位于"变多正少"的"变格"。以王、李为代表属于正宗，杜则为变风变雅的变调。

之所以出现如此论定的原因，是和七律这一诗体的起源与发展有关系。从中国文学艺术的发展史来看，每一种形式在成熟的早期都蕴含着难以超越的原创性魅力。小篆出现在秦代，唐篆书大家李阳冰，尽管狂傲亦甘心屈居"斯翁之下"，至于宋元明清犹如自郐以下可以不论矣。隶书在西汉尚为古隶，至东汉的丰碑大碣，如《礼器》《史晨》《张迁》《曹全》诸碑，则为汉隶之经典。由隶简化为楷为行，行书以二王为极致；钟繇以至唐之欧虞褚薛与颜柳而为"百世之程法"；草法发轫于汉末，成形于西晋章草，发展于二王，至于牵丝带线的"一笔书"的大草、狂草，至唐人张旭、怀素而成为法典。山水画起源于晋宋，至五代荆、关、董、巨与北宋李成、范宽、郭熙，则蔚为画之大宗，成为不刊之典范，后世之极则。初唐七律犹如山水画荆、关、董、巨，楷书之钟繇，石鼓文之大篆，草书之王献之、孙过庭，大草之张旭、怀素，被视为"正宗"。盛唐王、李、高、岑的七律，犹如山水画之李成、范宽，隶书之东汉之丰碑，楷书之初唐欧、虞、褚、薛四家，大草之张旭、怀素，所以被尊为"万世程法"。

至于诗歌，四言之《诗经》，骚体之《楚辞》，汉魏之五言诗，歌行体之初盛唐，"从各体诗歌形成的发展史来看，每种诗型在其成熟初期确有一种后世诗歌无法企及的天然魅力"③。七律成熟于武则天后期与中宗景龙年间，特别是景龙二年后宫廷应制诗盛况空前。宫廷学士、文臣实际上形成庞大的宫廷诗人集团，苏味道、李峤、崔融、杜审言、沈佺期、宋之问、赵彦昭、武平一、韦元旦、李适、刘宪、马怀素、郑愔、徐彦伯、宗楚客、崔日用、李乂等，他们的七律无论多寡，而绝大部分为应制诗，诞生于宫廷或游幸的贵族文学沙龙中。这种特定的以皇帝与公主为中心的众臣捧场场面，说的都是"皇家话"，不需要自家的哀乐与感情。歌颂赞美与贡谀献媚成了不能或缺的"流行公共话语"。七律体制至少一半乃至大

---

① 高棅：《唐诗品汇》，上海古籍出版社1982年版，第706页。
② 分别见胡应麟：《诗薮》，上海古籍出版社1979年版，第83页；沈德潜：《说诗晬语》，人民文学出版社1979年版，第217页。
③ 葛晓音：《论杜甫七律"变革"的原理和意义》，《北京大学学报》2011年第6期。

半要求或可以对偶，给描写京都、宫廷、庄院的富丽堂皇提供了庄严、伟丽、雄大、华美、圆畅的最佳形式。如果说五言之对偶为描述性，是简洁的，而七言则为装饰性，是奢侈的。[①] 后者犹如今日馈赠之食品或茶叶，包装的外表富丽堂皇，其中的内容却很稀薄。应制主要是对宫殿苑林、别墅园池的描写，再加上谀美颂圣的赞语。由于"参与人数多，题材相同，又有应制格式规定，于是结构模式也都一致，一般是首联点题，说明游宴的时令地点，中间或两联对偶写景，或一联写景、一联写场面，或人物活动和景物相间；尾联以颂圣结"[②]。这实际上是按照自然的顺序，顺流而下地安排结构。这种叙述—描写—颂圣结构，可称为 2:4:2 结构。再加上在限定的时间之内，这种按自然顺序的结构就在首选之中。其实不仅如此，还有一上手即展开描写六句，或者首联点明时地本身就带有描述性质，尾联则均为颂美，则呈现 6:2 结构。以上应制诗作手 17 人共 67 首七律，结构为 2:4:2 者 21 首，6:2 者为 43 首，后者是前者二倍的原因，就是为了增大描写空间，增强了装饰，则更贴近应制的需求。只有崔日用的《迎春》与《人日》两首应制起首均一句作叙述，《奉和圣制龙池篇》起手即以称颂发端，算是特例。

到了盛唐王、李、高、岑，七律结构有所发展。李颀 7 首则与初唐两种结构无异，而岑参 10 首中 7 首步趋初唐，已有 3 首出现 4:4 结构。高适 7 首仅 3 首为 2:4:2 结构，《同颜六少府旅宦秋中作》首联叙述点明时地与和作，以下六句全发议论。名作《东平别前卫县李寀少府》《夜别韦司士得城字》写景与言情交错间行，可看作 2:2:2:2 结构。《金城北楼》前景后情为 4:4 结构。盛唐诗启导者张说七律 12 首，其中应制 6 首均为 6:2 结构，而《舞马千秋万岁乐府词三首》其一与其三则皆为 4:4，《幽州新岁作》一变而为写景与议论、颂圣间行的 4:4 结构。张说对盛唐诗具有号召性，李白、杜甫诗曾取法乎张说[③]，高、岑结构的新变，当亦受到启导。在七律正宗四家中，王维多至 20 首，其中应制、宫省诗 6 首，只有《大同殿产玉芝……》为 4:2:2，前后 6 句颂圣，只有颈联写景，因玉芝实在不好多加描绘，方才以赞颂为主，另外 5 首均为 6:2 结构。其余 14 首，6 首为 6:2；4:4 与 2:4:2 各为 3 首，前者其中名作《积雨辋川庄作》前半

---

① 只要看看同为应制之作，如苏颋《春日芙蓉园侍宴应制》的"绕花开水殿，架竹起山楼"，他的《奉和春日幸望春宫应制》的"细草偏承回辇处，轻花微落奉觞前"，如简作五言："细草承回辇，轻花落觞前"，内容并没有什么减少，语言简奢，分明可见。
② 葛晓音：《论杜甫七律"变革"的原理和意义》，《北京大学学报》2011 年第 6 期。
③ 参见魏耕原：《盛唐名家诗论》，中国社会科学出版社 2015 年版，第 43—45 页。

写景,后半叙述田间的人事活动;而《早秋山中作》则倒过来,前半发议论说要隐居,后半写景,尾联"寂寞柴门人不到,空林独与白云期",虽示志隐居,然属景中寓志。《辋川别业》与《酌酒与裴迪》结构方式均为此前所无。前者前半说:"不到东山向一年,归来才及种春田。雨中草色绿堪染,水上桃花红欲然。"前叙后景,后半全为隐居生活的叙写,此为2:2:4结构。后者前半就人情反复议论,后半"草色全经细雨染,花枝欲动春色寒。世事浮云何足问,不如高卧且加餐",写景加上议论。全诗呈现4:2:2结构,实际把前诗结构颠倒用之。但颈联写景未免显得突兀而乏自然。虽然前人言"固是时景,然亦托喻小人冒宠,君子颠危耳"[①],在意脉上尚为贯通。

综上可见,王李高岑四家七律,继承应制两种结构方式共44首,属于6:2结构的19首,属于2:4:2者共13首,主要接受了应制诗结构的两种方式。其余4:4者7首,则接受了张说舞马诗中两首先议论而后描写,内容均为颂圣,王高岑对此为之一变。四家中王、高变化较多,李颀全遵应制诗旧制。高适诗直抒胸臆,议论一多,结构自然有了新变,如《旅宦秋中》,首联赴题,以下全为少府鸣不平发论,自成2:6结构。王维有5首不同旧制,因其七律多至20首,为其余三家每人的几倍,结构有所新变,自在必然之中。王、高、岑三家4:4结构7首,如前所言,似与张说相关。其余新变,王维仅两首,而高适却有3首,占到其七律的将近一半,结构变化超过了其他三家。

初唐应制七律,简单说,实际上是一种都市山水园林诗。以都市山水为题材,在谢朓五言诗中已成为大宗。只要把小谢末尾的言情变为颂圣,把小谢的清丽一变而为富丽,就可适应以皇家为中心的应制诗。可以说初唐七律应制诗结构是从早期山水诗来,也可以自然回归到山水诗中去,只要把颂圣的结尾换成言情或议论,描写的技能实质没有多大区别。只是应制诗需要堂皇富丽而多宏观的描写,山水诗可以写得更为细致幽静。其余送别、田园、边塞,大多以写景为主,对应制诗结构稍加更张,即可适应。

总体言之,无论应制诗,还是王、李、高、岑四家所谓"正鹄"的非应制诗,均以以上所言两种结构为主体,而6:2实际上在前六句写景中稍加带出时令地点,而2:4:2则是在首联叙述专言时地,这种二分与三分法,不见得有多少悬殊。王、李等四家篇数不丰,结构变化无多,而且出新者亦无多,其主要原因虽然题材有扩展,诸如送别、田园、边塞、咏物、登

---

① 陈伯海主编:《唐诗汇评》(增订本),上海古籍出版社2015年版,第516页。

临，然篇数无多，注意力尚未投入结构的经营，全集中于景物的描写。可以说叙写方式还在装饰与写景圈内扩展，无论言情还是结构，基本上显得单一，也就是基本保留了初唐应制七律的高华流美与按自然顺序沿流而下布局的基本风貌。另外，无论是应制诗的两种结构，还是王、高、岑三家有所新变，都停留在联与联的组合，就是极尽变化之能事，也只能停留在有限的几种结构格式之内。只有到了杜甫，不仅在题材与风格上开辟出新的天地，无论质与量都有了显著的绝大变化，因而需要引发结构更多的新变。而且杜甫七律结构必然出现句与联或句与句的组合，这就更显得面目迥异，而仪态万方了。

（二）杜甫对应制七律结构的更新

杜甫的 151 首七律，属于 4∶4 平均两分法的结构最多，大约有 60 多首，其次为传统式的 6∶2 结构。后者从表层看，似与传统结构无异，而实质已起了颠覆性的更张。早期《城西陂泛舟》前六句铺写贵族骄酣荡佚的楼船水嬉场景，末两句以微讽语指出："不有小舟能荡桨，百壶那送酒如泉。"是说"只此供宴之需，费几许舟船如织，犹所云'御厨络绎送八珍'也"①。对发端的"青蛾皓齿在楼船，横笛短箫悲远天"，浦起龙说："统观公诗，或陪贵游，或观声妓，未有不明列主宾，兼寓襟抱者。……此独全然无所叙述，其必隐然有所感叹矣，意盖在于诸杨也。……诸杨于曲江、华清嬉游无度，则西陂可以例推。"②浦氏又谓此对宾主"全然无所叙述"，是为"没头之体"。一经末尾"画外音"式的提示，促使前六句的铺写实际上化美为丑，虽然同样用了传统式的 6∶2 结构，以表面上称美，实际上用来讽刺，如此颠覆手段，这和王维《酌酒与裴迪》前半"酌酒与君君自宽，人情翻覆似波澜。白首相知犹按剑，朱门贤达笑谈冠"，以议论正面讥讽，显然有别。七律原本以赞美的歌颂文学为正宗，王诗堪称一变，杜诗又在变中出变，面貌迥不犹人。

杜甫《赠献纳使起居田舍人澄》前六句称美其人身处中枢要位，末尾说"扬雄更有河东赋，唯待吹嘘送上天"，是为干谒诗。则与李颀名作《寄司勋卢员外》结构与表现方式同样，李诗末言"早晚荐雄文似者，故人今已赋长杨"，杜诗措语用意与之极为近似。李诗末两句显得艰涩，杜

---

① 浦起龙：《读杜心解》，中华书局 1961 年版，第 601 页。
② 浦起龙：《读杜心解》，中华书局 1961 年版，第 601 页。

诗末两句虽取法李诗，显然有出蓝之色。① 可以看出对近传统的承继与发展。仇兆鳌把此诗看作"上四并题，下四分顶"的4:4平均两分结构，似不得要领。杜甫后来做左拾遗而出入宫省，所作《宣正殿退朝晚出七律》《紫宸殿退朝口号》《题省中壁》，前二诗均用6:2结构，都以退朝为尾联，按入朝顺序，结尾方写到退朝，属于篇末点题，亦与传统结构首联点题或带出题目有别。

名作《曲江二首》其一，前六句铺写暮春荒凉景象，末尾结以议论："细推物理须行乐，何事（一作"用"）浮荣绊此身？"实际表达被肃宗疏远后的牢骚，表面言及时行乐，实则反话正说，以轻松语表达沉重的郁闷。作于任华州司功时的《望岳》前六句写华山诸峰，末言待秋凉好去登山，该是山水诗了，然而非也："西岳危棱（一作"崚嶒"）竦处尊，诸峰罗立如儿孙。安得仙人九节杖，拄到玉女洗头盆。车箱入谷无归路，箭栝通天有一门。稍待西风凉冷后，高寻白帝问真源。"此诗望岳而意不在岳，而是借山象征君处尊位，高不可近，被肃宗的疏远，而有"天意高难问"的苦闷。后两句说如有机会将登到高处，要向肃宗问个明白。② 二、三、四句全用俗语，打破了七律原本庄重、高华的装饰要求，故被认为是"七律中之变体"③。此诗通体为比，初盛唐未见，且语言一新，虽结构如前，然犹如旧瓶装新酒。《至日遣兴奉寄北省旧阁老两院故人二首》其二以时为经，"前六句是昔，结二句是今"④，用今昔作切割，以回忆为勾勒，显得泾渭分明，结构自然。与前此初唐七律相较，面貌亦为一新。入川后的《卜居》前六句叙写所选之地林池幽静，末二句"东行万里堪乘兴，须向山阴上小舟"，大有"虽信美而非吾土"之慨，与以上对立而滋生逆向张力，与顺流而下的颂美结构同样背道而驰。《江村》前六句说燕说鸥，又言妻与子的消闲活动，全为叙述。末尾说多病需药，除此再无所求。用田园题材写自家琐事，而与王维田园七律旁观式有别。《恨别》前六句言

---

① 卢象在张九龄为相时擢拔为司勋员外郎，开元二十一年九龄为相，李颀当作于此后，杜诗则作于天宝十三载献赋之前。
② 浦起龙：《读杜心解》："从贬斥失意，写望岳之神，……以华顶比帝居，见远不可到。"卢元昌《杜诗阐》卷七说："公出华州，以见愠群小，不得于君，故寓感于望岳。曰'安得仙人九节杖'，悲青云如梯也；曰'车箱入谷无归路'，喻人情险艰也；曰'箭栝通天有一门'，分明望君门兮九重，欲向重华陈辞；故遂曰'稍待秋风凉冷后，高寻白帝问真源'。"
③ 石闾居士：《杜律集解》七律卷上，转引自萧涤非主编：《杜甫全集校注》，人民文学出版社2014年版，第1149页。
④ 张潛注，聂巧平点校：《读书堂杜工部诗文集注解》，齐鲁书社2014年版，第278页。

今昔时局与己因漂泊而念弟，末尾推拓一笔："闻道河阳今乘胜，司徒急为破幽燕"，把家事融入国事，局势为之一振。而《至后》前六句言思家而不得归与由梅之蒂萼而念弟，末联却说："愁极本凭诗遣兴，诗成吟咏转凄凉。"以抑扬顿挫而跌入不尽之悲凉。《所思》前六句推想友人在贬所的醉况与忧寂，因其所为荆州司马居于江边，故结联说："故凭锦水将双泪，好过瞿塘滟滪堆。"以奢望呼应发端的"苦忆"。《寄杜位》则以诗代简，前六句言闻弟移州，然仍为贬放，且已十年之久，何况处干戈扰攘之时。全是"信"中要说的话，末尾则言："玉垒题书心绪乱，何时更得曲江游？"前句言心绪繁乱回应上之思弟；后句则是无望中生出期望，愈见凄凉。《野望》前六句写远望之景的凄凉，末联则由此想到时局艰危与诸弟离散，也显得水到渠成。

从上可见，6:2结构，可适应寄赠、酬答、田园、思乡、送别、干谒、游宴、山水、亲情等题材，适应性强。在杜甫手里变化更大，或前铺叙景物，后言情；或主要叙述对方，而后结尾言己；或前实写而后虚写；或先历叙过去而结尾归到现在；或先描写景物，结末点明现在的情怀。对应制诗结构有继承也有发展，不仅继承中也有变化，而且除此之外的变化渠道多出。其原因在于无论应制诗还是王、李、高、岑主要写人家事情，说人家语，要说的客套话内容单调，形式单一。就是田园诗，王维写别人的农家，主题亦单一，必影响到结构的简单处理。而杜甫则写自家日常，结构自然有了区别，其他随题应变，包括措意用语，风格也为之起了各种变化。

特别是前此与此时的七律以描写为主，就是议论较多也不过偶而一二见，如王维《重酬苑郎中》。而非此结构的《酌酒与裴迪》《早秋山中作》，虽以议论为主，然后二诗都有一联写景句。高适《同颜六少府旅宦秋中之作》以前二句叙写贴题，以下全然就对方发为议论，结构也为之一变。杜诗能以叙述发议论，甚至把议论融入描写，加上纯发议论，议论则形成一片。名诗《诸将五首》即为显例。此组前四首全为6:2结构，前六句均为以叙事为议论，故可看作政论律诗，前人或以为可当奏疏看。其一言吐蕃屡陷京师，不便直言，一则借汉言唐之耻辱，一则用典故雅言丽语代指时事，庄重与高华兼而有之。首联"汉朝陵墓对南山，胡虏千秋尚入关"，言吐蕃多次进犯关中与长安。颔联"昨日玉鱼蒙葬地，早时金碗出人间"，谓代宗广德元年初的犯京，劫宫焚陵。此诗作于大历元年，言"昨日""早时"（犹言今天早上），以显其事不久，惨祸之速。颈联"见愁汗马西戎逼，曾闪朱旗北斗殷"，此言代宗永泰元年又来进犯，逼近京师，事在上年，写来如在眼前，故曰"见（现）愁"。此上四句两事递叙,"陷京之惨,前事痛心;曾不旋踵,震惊又告。益显寇警非时,刻不可玩"①。故末尾呼告劝诫:"多少材官守泾渭,将军且莫破愁颜。"前叙述节节蓄势,至此以直截议论一结,通首雪亮,题旨豁然。把迩年近患,一陷京师,再逼京师,如此军国大事容纳在一首七律,前此是没有的。"金""玉"字面,"朱""殷"(红)为色,既符合七律金相玉质,而且意脉上的欲抑先抑,内容博大深沉。沉郁顿挫的风格在 6:2 结构中得到极出色的体现。其二言诸将不能止外患,反借外力。由初唐国力强盛以绝外患,反衬现在以借回纥收京,又酿成安禄山及后来回纥、吐蕃不断入寇。回想李唐初始起兵借助突厥以得天下,又回衬诸将之无能。把与胡族几经反复的四事,为了形成现实与过去的对比,交错颠倒,腾移跳跃,组成反差性的对偶,更显示出杜诗海涵地负的特征。末尾"独使至尊忧社稷,诸君何以答外平"的反诘发问,由过去回到现实,致意尤为深切。

特别值得注意的是,在同样结构中,前六句双线交错,后两句收束,外在大结构不变,内在小结构不停变动,把复杂矛盾心理、沉郁悲凉的心情表现得顿挫起伏,感慨至深。《秋兴八首》除领起的第一首外,其余皆为 6:2 结构。其二的第三句听猿下泪呼应首句夔城落日,第六句的山楼悲笳又与此二句呼应;第四句奉使随槎隔句上承次句每望京华。第五句的画省香炉紧承上句,又遥接次句。于是形成夔府—京华—夔府—京华—京华—夔府—夔府—夔府的顺序。又以夔府为起结,身处山城而心驰长安,频频交替。哀现实与忆长安,移思换地,冷热交集,不堪回首。末尾"请看石上藤萝月,已映洲前芦荻花",不仅前句之月回应首句"孤城落日",后句"芦荻花"回应题目"秋"字,而且这两句把以上繁复紊乱的情怀收回到眼前,以景结似乎把话没有说完,留给了这组诗的下几首。

对于亲人的聚散离合,牵肠挂肚的盼望,此种结构也是最佳形式。《舍弟观赴蓝田娶妻子到江陵喜寄》其一:"汝迎妻子达荆州,消息真传解我忧。鸿雁影来连峡内,鹡鸰飞急到沙头。嵚关险路今虚远,禹凿寒江正稳流。朱绂即当随彩鹢,青春不假报黄牛。"杜甫急欲出峡卜居江陵,得弟从蓝田携眷已至江陵,故"喜寄"此诗。第三句的"鸿雁影来"谓弟来信,言己神驰弟处。"嵚关"句谓弟已离蓝关,"禹凿"句谓己稳流而下。结尾两句言我即出关,嘱弟不必来信。八句的次序即为:弟—我—弟—我—弟—我—我—弟,彼此不停转换,一气直下不停滚注,传递出兴奋心情。可见杜甫不仅是"语不惊人死不休",在结构上亦当作如是观。

① 浦起龙:《读杜心解》,中华书局 1979 年版,第 647 页。

其他诸如《野望》以忧国与思家交错，两两系心，《奉寄别马巴州》也是以主客为转换。《宾至》亦复如是，更为名作，然在转换中存乎若许不欢迎的嘲讽，而与《客至》大异其趣。总之，种种不同结构，随着不同感情的转换，组织得精密过人，就更非前此与并时七律所能望其项背。

（三）前后均称的二分法结构

把七律八句中分两半，对于铺张夸饰应制诗，一般不会出现。但也偶有例外，张九龄《奉和圣制早发三乡山行》前半写景，后半颂圣，还要提出搜访遗贤隐伦，就不得不减去一联写景，诗虽不算高明，但表面称美，实为至尊提醒。虽不十分出采，因初唐一首也无，亦算是凤毛麟角。因而把6:2结构只要减去一联描写，便有可能形成4:4结构。所以，王维与岑参各有了3首。岑参《九日使君席奉饯卫中丞赴长水》，前半叙出师与霜风及杀气，后半预祝建功立业和表示尽欢而饮，前叙后议。《首春渭西郊行呈蓝田张二主簿》前景后议，《赴嘉州过城固县寻永安超禅师房》亦与前诗结构相近。

杜甫此类结构最多，因七律本来整饬密栗，二分法带有方阵布列性，会滋生出平衡的庄重感，犹如建筑的对称可增加肃穆感一样。被称为唐人七律第一的《登高》，便与此结构分不开。此诗前半为秋景，后半咏怀，居于中枢第五句"悲秋"寒光四射，悲凉之气回注下贯前后八句。而且八句全都对偶，并且发端的"风急天高"与"渚清沙白"为句内对偶，即当句对。这两句一上手六种意象一气排列，见出俯仰与环视一切，而且"猿啸哀"与"鸟飞回"视听兼具，秋之肃穆悲凉与清爽轩豁显得气象万千，此为密；颔联却只写了"落木"与"长江"，此为疏。然而叠音词构成"萧萧下"与"滚滚来"的莽莽苍苍，加上冠于两句之首"无边"与"不尽"又形成时空的双绾，散发出心绪浩广与动荡悲凉气氛笼罩一切。出句不正是安史之乱结束而乱后生乱那个丧乱时代的象征？对句的长江滚滚不尽不正是心潮之起伏？不，更应当是对未来寄托了一定的希望，大唐之将来能否好转，有所中兴似乎也存于其中。如此澎湃气势所倾注的热望，应是其中应有之意。海涵地负的"无边"与"不尽"显示寓意深沉博大，加上起伏跌宕的深情，见出杜诗沉郁顿挫的个性风格。因而此诗"不是悲哀，而是悲壮；不是消沉，而是激动；不是眼光狭小，而是心胸阔大"[1]，

---

[1] 萧涤非：《杜甫诗选注》，人民文学出版社1979年版，第301页。

其所以不是颓废沮丧，而是在悲凉中有所振作，无望中还涌动无限的希望，近于"秋风病欲苏"的情怀，原因正在这里。咏怀的颈联，用叠层垒加连续涌出七八种悲凉意绪[①]，情怀之种种同样滚滚不尽。始终不衰心系天下的意识，构成"万里"与"百年"的又一时空对偶，这种容纳乎大的对偶，于此发生"心事浩荡连广宇"心绪，同样莽莽苍苍扑面而来。此为言情之密。所以此诗写景言情在内结构上疏密相间，在板块大结构中处处渗透灵动，整体庄重又加局部内结构多变，法度极为森整而多变，故成名作。《有客》前半言宾至，后半为待宾。浦起龙谓其句序为："一宾，二主。三主，四宾。五宾，六主。七主，八宾。续麻而下，结体绝奇。"[②] 待客之日常琐事，情事并不复杂，结构如此"绝奇"，把言似谦恭而内含傲岸复杂心情，看似一气直达，而其中意态却极曲折。"一主一宾对仗成篇，而错综照应，极结构之法。"[③]

杜甫早年所作七律无多，开初伊始除了6:2结构，4:4者居多。诸如《题张氏隐居》其一、《赠田九判官梁丘》《腊日》《曲江对酒》《至日遣兴奉寄北省旧阁老两院故人》其一，均用平分两层形式，包括禁省之作《题省中壁》亦复如此。其中《郑驸马宅宴洞中》，上四句先总点而后写宴会，颈联"误疑茅屋过江麓，已入风磴霾云端"写洞中，可归入上层，然用"误疑""已入"，却与末联"自是秦楼压郑谷，时闻杂佩声珊珊"紧密连接，是说佩声遥传，忽然醒觉，"自是秦楼"，即原本还在其家。这一醒一误，又可自成一层。也就是说"误疑"二句可上可下。尾联两句倒置。写宴会场面的颔联只写了酒浆与餐具——"春酒杯浓琥珀薄，冰浆碗碧玛瑙寒"，如此颠倒的句内倒装，出现在经营七律伊始阶段，实际已显示出要和当时七律，乃至初唐应制体圆润朗畅有意识地拉开距离，似乎特地杜绝流利畅达，意在顿折中滋生出摩擦，一句三顿，停顿一次就得费思一翻，如果按照自然的顺序则是：琥珀杯薄春酒浓，玛瑙碗寒冰浆碧。两句各颠倒五次。无怪浦起龙说："'琥珀'是'酒'是'杯'，'玛瑙'是'浆'是'碗'，一色两耀，精丽绝伦。"[④] 句内倒装在当时七律中从未出现，即

[①] 罗大经《鹤林玉露》卷五"一联八意"条说："盖万里，地之远也。秋，时之惨凄也。作客，羁旅也。常作客，久旅也。百年，齿暮也。多病，衰疾也。台，高迥处也；独登台，无亲朋也。十四字之间，含八意，而对偶又精确。"中华书局1997年版，第215页。

[②] 浦起龙：《读杜心解》，中华书局1961年版，第616页。

[③] 朱瀚：《杜诗七言律解意》卷一，转引自萧涤非主编：《杜甫全集校注》，人民文学出版社2014年版，第1950页。

[④] 浦起龙：《读杜心解》，中华书局1961年版，第598页。

就是倒置句，也只是在李颀《送魏万之京》发端一见："朝闻游子唱离歌，昨夜微霜初渡河。"以今之"朝"与"昨夜"提示于句首，顺畅得甚至觉不出互为倒置。杜诗营构全新的陌生面孔，直到夔州时期的《秋兴八首》其八的"香稻啄余鹦鹉粒，碧梧栖老凤凰枝"，这种最为人熟知的倒装句，即是对早年的呼应。造句结构如此，属于整体的结构又怎肯步人后尘？

《曲江对酒》首句"苑外江头坐不归"，叙述点题，以下三句写景，后四句议论，这实际上是对二分结构的微调，著名的《蜀相》结构亦同，此为一变。前者颔联"桃花细逐杨花落，黄鸟时兼白鸟飞"，当句对又加上对偶，带有民歌流便率真风味，而具歌行风调。这或许与王维《春日与裴迪过新昌里访吕逸人不遇》颔联"城上青山如屋里，东家流水入西流"的次句相关。杜甫七律又见四例，一是《进艇》"南京久客耕南亩，北望伤神坐北窗"，一是《白帝》首联"白帝城中云出门，白帝城下雨翻盆"，以及颔联"戎马不如归马逸，千家今有百家存"，对前者前人谓"有意嵌入'南''北'字，殊减趣"[①]。还有《人日》"此日此时人共得，一谈一笑俗相看"。以上三诗分别作于长安、成都、夔州三个时期，看来"有意"坚持做一种尝试。杜甫以白话为律诗，始从华州时起步，曲江诗白话对偶不过是先行的准备。[②]此又为一变。单纯的结构加上语言的新变，则又为一种格调，这在《南邻》可以看得更清楚。此诗"前半山庄访隐图，后半江村送客图"（浦起龙语）。起句"锦里先生乌角巾"先提醒其人为隐士，次句"园收芋栗未全贫"概括田园生活。颔联"惯看宾客儿童喜，得食阶除鸟雀驯"，言拜访与寂静，句为倒装却滋生出不修饰的一种"装饰"，衬出不求于世的矜持。顺说则为：儿童惯看喜宾客，鸟雀得食阶除驯。把大白话写得如此庄重，真和七律体有些不即不离。而颈联"秋水才深四五尺，野航恰受两三人"，这里的数字是疏野的，亲切的。应制诗出于夸饰，本来就喜用大数。如马怀素《奉和人日宴大明宫恩赐彩缕人胜应制》前四句就用了"千门""万象""三阳""百福"等大数与吉祥数。贾至的早朝诗有"千条柔柳垂青琐，百啭流莺绕建章"，王维和诗有"九天阊阖开宫殿，万国衣冠拜冕旒"，岑参和诗有"金阙晓钟开万户，玉阶仙仗拥千官"，有趣的是都用在颔联。更有趣的是杜甫和诗一上手就是"五夜漏声催晓箭，九重春色醉仙桃"，总要和别人显出不一样。这些数字展示庄重华美，然不

[①] 浦起龙：《读杜心解》，中华书局1961年版，第621页。
[②] 参见魏耕原：《杜甫白话七律的变革与发展》，《安徽大学学报》（哲学社会科学版）2016年第2期。

免肤阔而张皇使大,而与《南邻》的数字,分属两个不同的世界。

把前景后情倒过来,就是前情而后景,虽然结构都是两分法,但情景一经倒置,言情就占了主导地位,这在表达按捺不住的情绪,就更为适宜。《送路六侍御入朝》先言过去的聚合离散,后半再言别景。起联"童稚情亲四十年,中间消息两茫然",言别久。颔联"更为后会知何地?忽漫相逢是别筵",是为倒置句,言忽然相逢,骤然又别,后会难期。因别易会难,而心情不佳,故后四句移情于景,看桃红与柳絮之白,都不顺眼。结句说"触忤愁人到酒边","酒"呼应第四句的别筵。后会无期衬托"消息茫然";"忽漫相逢"又照应"童稚情亲"。"以全篇言之,则八句一气;以段落言之,则上下两节;以转折言之,则前四句四转,后四句二转。公七律无不皆然,而此首尤明。"[①] 全诗清空一气,直如说话,后半写景也施之于议论式的抒情。前后六次转折,每转折处皆成顿挫,更显语浅而情深。如不经意的平分结构,转折到曲折情深,前半纯出口语,后半的"不分"(即不忿,犹不平)、"生憎"、"无赖"为极俗语,不避粗俗,正是至情语,也是对七律富丽语的更张。

平分结构稍加变化,前半在写景中带叙出时地,基本以写景为主,可为一层,后半则纯主议论,此为前景后情的变化。《登楼》发端突兀:"花近高楼伤客心,万方多难此登临",实为倒置句,如顺置则平顺而少了若许感慨。逆折而出,错愕反常,使人骇叹。颔联"锦江春色来天地,玉垒浮云变古今",时空对偶,然泯化不觉,江山壮阔而蕴涵时趋世变,俯仰间又囊括时变世迁的感慨,且顺便带出下层议论:"北极朝廷终不改,西山寇盗莫相侵。"环视四周,唯西与北最为切心。自安史之乱后,代宗广德元年十月长安再次沦陷,然半月吐蕃即退出。十二月吐蕃又来西犯,剑南西山诸州先后被侵占。这两句呼应"万方多难",又互为因果,对时局充满信心。尾联"可怜后主还祠庙,日暮聊为梁父吟",别有寄托,简言则偏居无能的蜀国后主昏庸亡国,而尚有祠庙。代宗宠信宦官程元振、鱼朝恩,导致吐蕃陷京,銮舆幸陕。迹近刘禅,虽属"可怜",但绝不会因此亡国,批评中含带着希望,话中有话。末句自伤怀抱,当此万方多难之时,只能登楼吟诗,而感寂寞无聊。

杜甫夔州时期处于万方多难的多事之秋,忧国忧民,心系时局,故多忧患苍生惦念家国之语,发之以诗,议论自多。在诸多登临与山水诗常用

---

① 周篆:《杜工部诗集集解》卷十八,转引自萧涤非主编:《杜甫全集校注》,人民文学出版社2014年版,第2781页。

平分结构，半景半情或半议，最能显出厚重博大与沉郁苍凉的风格。上文提及的《登楼》作于成都，已发其端，以及夔州所作《登高》，还有《白帝城最高楼》《峡中览物》《返照》《阁夜》《愁》《即事》《暮归》等，除去前两首以尾联发论，其余后半全用感情浇灌议论，最能表现杜甫在半分结构上的沉郁顿挫的特色。

另外，在平分结构中，或中间或前后，两线穿插，纵横交错，主要用于送别与酬答诗。《送韩十四江东觐省》前半言兵戈中探亲之不易，以己无家寻弟作陪；下半预驰彼之所历，再言别后己之寂寞，又带出尾联"此别"，彼此双结。上半为单起双承，下半为单转双结，彼此纵横穿插，显然与单纯的 4:4 或 6:2 结构迥异。《和裴迪登蜀州东亭送客逢早梅相忆见寄》前半言裴遇梅相忆见寄，后半言己之潦倒，是为"和"。首联以彼起，尾联以己结。中间两联，"三己四彼，五彼六己，交叙交应。……人己分明，步武不乱"①，直而实曲，一句一转，曲折如意。

（四）以句与句为层次的特殊结构

七律中两联需要对偶，初唐应制诗把相同事物利用偶句予以装饰性的描写，显得整饬密丽。近年论者认为"杜甫最大限度地发挥了七言本来可以单句成行的特性，利用多种形式的对仗和句联间的转折关系，大大扩充了句意的容量，使七律可以表现更加丰富复杂的内容，又赋予了七律纵横议论的能力。这是他对七律体式建设的最大贡献"②。对偶是七律内在结构最重要的组成部分，杜甫七律在对偶的句与句跳跃上独具包容万象的大力，而且在整体结构上必然引起相应的变化。"一句之内也可含两个意思相对应的两个短句，杜甫有时运用这一原理，使单句的前后词组拉大距离，而言外之意就在这句法断裂之处发生。"③ 这样不仅增大了单句内容的含量，而且宜于表一种复杂的情感。如果从七律句子单句散行在结构上所起的作用看，杜甫则利用这一特点，根据题材和内容以及感情的需要，打破了联与联的关系方式，而形成了句与联或者句与句的方式。如果按联解剖结构，七律最大限度为 7 种形式：6:2、2:6、2:2:4、2:4:2、4:2:2、4:4、2:2:2:2。④ 杜甫则在此基础上介入了单句或奇数句与偶数联为组合，

---

① 黄生：《杜诗说》，《黄生全集》，安徽大学出版社 2009 年版，第 2 册，第 312 页。
② 葛晓音：《论杜甫七律"变格"的原理和意义》，《北京大学学报》2011 年第 6 期。
③ 葛晓音：《论杜甫七律"变格"的原理和意义》，《北京大学学报》2011 年第 6 期。
④ 参见陈征：《杜甫七律的结构模式及相关问题》，《中国诗学》第 8 辑，人民文学出版社 2003 年版。

使结构激增了许多动态新变,打破以联的多少构成结构的静态方式。结构的新变是出于题材与表达感情的需要,形式是来自内容需要的布局,并非出于刻意的安排。换句话说,只有种种新变动态结构才能吻合不同意图与感情的表抒。杜甫为了使七律能够适应各种题材与不同内容,以及特殊情况的波澜起伏的感情,追求结构的波澜转折的新变,就势在必行。

比如《闻官军收河南河北》,叙述题目所示的重大号外只有起首一句,其余全为闻后狂欢激动的感情,这就构成1:7的形式,即利用首联可以单句散行的作用,把次句"初闻涕泪满衣裳"的"喜心翻倒极,呜咽泪沾巾"的心情放入了以下6句,合构成一大层。即以"忽传"领起以下7句,全然都是获悉乍闻后的喜极生悲,回味后确知的狂欢与兴奋,乃至兴高采烈后急欲实现还乡打算,一气滚来。浦起龙说:"八句诗,其疾如飞。题事只一句,余俱写情,得力全在次句,于神理妙在逼真,于文势妙在反振。三、四以转作承,第五仍能缓受,第六,上下引脉,七、八,紧申'还乡',生平第一首快诗也。"[①] 这是久盼了八年的期望,终于如愿以偿,虽然旷日持久,又怎能不欢喜若狂?不加选择的说话般口语,激速迅奔的情感,冲决了首句短促的叙述,以下犹"飞流直下三千尺"奔泻而来,几乎使人不留意后六句全为对偶。从涕泪满裳的"初闻",一下跳跃到妻子何愁。复从此句又跳跃到"漫卷诗书",又从"喜欲狂"的极度兴奋,跳跃到要好好庆祝一番——"白日放歌须纵酒"。庆祝话还未说完,又兴奋地打算"青春作伴好还乡"。一言及还乡,想了千次百回归乡路线便冲口而出:"即从巴峡穿巫峡,便下襄阳向洛阳。"此诗首句的两地名,逼出这里的四地名像击鼓的节奏,加上刻不容缓的"即从""便下",旋荡出喜出望外的飞奔心情。两次反复加上走马对,真如湍流奔泻、峡束急流。喷泉式突发的特大"号外",引发了一触即发的狂喜,喜极生悲,悲后放歌,手舞足蹈,举杯欢乐,歌哭笑舞,一切欲哭欲歌如泉喷注。1:7的结构为此提供了绝大的空间,结构跟随特殊感情而顿生大变。

这种结构并非偶尔为之,在华州司功任上的《早秋苦热堆案相仍》就做了初步尝试。先用首句提醒"七月六日苦炎热",此为总冒。以下分叙对餐不食,夜来多蝎多蝇。又说穿上官服热得"发狂欲大叫",且官书频仍。最后不由南望深山,恨不得"赤脚踏层冰"以解暑热,似乎还有"借苦热泄傲吏之愤"的涵意,"苦热"即苦掾,去热即去掾。不仅如此,还把向来不进律诗的蝎蝇之类都摆进这种堂皇的诗体,而被热爱他的注释家

[①] 浦起龙:《读杜心解》,中华书局1961年版,第628页。

讥为"粗糙语",甚或被指为"赝作"①,"全诗纵荡,如骏马挣脱羁勒,奔逸难制"②的原因,实为1∶7结构以七句的数量为"苦炎蒸"提供绝大空间所致,因要发牢骚,故一泄无阻。有些首句与次句并非泾渭分明地隔开,但在意脉上仍属1∶7结构,如《秋尽》首联"秋尽东行且未回,茅斋寄在少城隈",当时杜甫避乱梓州尚未由东返回草堂,次句言思念草堂,以下叙写在梓州的寂寞与时局尚未稳定。尾联说"不辞万里长为客,怀抱何时得好开",久客西南万里,现在反把草堂看作故乡且客居不能安处而怀抱不开。回看七句,全从首句引发出来。直至去世上年的《燕子来舟中作》,亦为此种少与多的结构。起句言己"湖南为客动经春",带出以下的燕子。接着五句全就燕子写来,处处又贴到自己。末联"暂语船樯还起去,穿花贴水益沾巾",又以燕子结到为客的凄凉。在1∶7结构中,物我为一,不分彼此,内在结构又是一变。

另有一种5∶3的二分法,全由奇数句构成,以动态不平衡感的布局,抒发悲恸难以安宁的情感。《送郑十八虔贬台州司户,伤其临老陷贼之故,阙为面别,情见于诗》前五句言老友不幸:"郑公樗散鬓成丝,酒后常称老画师。万里伤心严谴日,百年垂死中兴时。苍惶已就长途往。"后三句言己饯别已迟而有永诀之遗憾:"邂逅无端出饯迟。便与先生应永诀,九重泉路尽交期。"颈联的流水对,彼此双提互为因果,看似不可分割,而在整体意脉上又分属上下两层,构成5∶3动态结构。每联都处于动荡的顿挫中,特别是打破对偶的平衡,单句散行的流水对起了重要的切割作用,而形成彼此一河两岸的格局,然又非4∶4过于平稳,而是5∶3敧侧引发的波动不安。《严中丞枉驾见过》又把上诗5∶3结构颠倒为3∶5,把以彼为主变成了以彼为次而以己为主。前三句叙严武来访:"元戎小队出郊坰,问柳寻花到野亭。川合东西瞻使节。"按理接下对句仍写严武,然而由此截断,却接上自己,一直终篇:"地分南北任流萍。扁舟不独如张翰,白帽还应似管宁。寂寞江天云雾里,何人道有少微星?"构成承接错落主要见于第四句,看似与出句偶对得锱铢相称,实则一炫赫一凄凉,全诗即由此分疆划界。把两川节度使镇蜀元戎的"枉驾见过"却说成"问柳寻花"式的野游,两川都来"瞻仰",又是何等冠冕轩昂,而"南北流萍"又是何

---

① 朱瀚《杜诗七言律解意》:"此必赝作也。命题既蠢,而全诗亦无一句可取,纵云发狂大叫时戏作俳谐,恐万不至此,风雅扫地尽矣。"转引自萧涤非主编:《杜甫全集校注》,人民文学出版社2014年版,第1154页。

② 唐元竑:《杜诗攟》卷一,转引自萧涤非主编:《杜甫全集校注》,人民文学出版社2014年版,第1153页。

等的落寞。前层热烈而后层冷凉。结末一句正话反说，反言见意，世人不知有处士如己者在此，而幸其人见访，见于言外。这一句反振又把前冷化而为热融为一炉，尽成烘托。

或者把不同年月的感受全由今日郁闷牵动起来，结构出现了不平稳感，犹如书法的侧锋运笔以取动态之势。如《九日》先从过去说起"去年登高郪县北"，以下六句说到现在，"今日重在涪江滨。苦遭白发不相放，羞见黄花无数新。世乱郁郁久为客，路难悠悠常傍人。酒阑却忆十年事"，末尾一句却以十年前的长安事为结——"肠断骊山清路尘"。这是把尾联可以单句散行的特点用于层次的切割上，于是此诗便成单起单结，中间六句合起来始末又是单句，六句中之前四句，前为迟暮而后为漂泊。这样便把"去年""今日"与"十年"前事容纳于一篇，而又以"今日重在涪江头"为中心，满怀忧苦，迟暮之凄凉，乱世之动荡，漂泊之依人，去年客蜀而今日依旧，还有对京华的思念，都容纳在今日之怀抱中。如果换做偶数句层次，表情的效果就会因布局的平稳而减色。

综上可见，七律四联，无论首尾两联，还是中两联的对偶，在杜甫手里，都可以形成单句散行的灵动处理，结构处处都可促成以奇数句划分层次的作用，以表达种种特殊微妙的情感。从而打破了中两联的平行结构的静态封闭的方式。加上首尾两联散行的自然状态，于是就有了欹侧动态出现的全新面貌，而且形成一首又一首的不同结构。就是相同的结构，也依内容而滋生不同的风格，所谓"篇法变化，至杜律而极"[1]，诚非虚语。如果与初唐应制诗与盛唐诗人相较，不仅是前此与同时七律的集大成者，而且是勇猛精进的革新者。"盖初唐诸公，惟以朴拙浑厚为主，故其诗若有成法。至少陵出，始脱去科臼，渐事凌驾。于是上牵下动，线索周密，而风格一变矣。大历以后，承其遗，则更出之敷愉闲婉，其诗体益为工致，要皆自公开其先也。"[2] 所谓"以朴拙浑厚为主"，即指结构按自然顺序安排。杜甫不仅纵横穿插见于双线并行结构，而且把不同空间与不同时间颠倒交错，不局限二分法的几种简朴形态，而呈现千变万化的动态结构，这大概也是杜甫从结构上的经营变化对七律的重大贡献。

---

[1] 浦起龙：《读杜心解·发凡》，中华书局1961年版，第9页。
[2] 毛张健：《杜诗谱释》卷一，转引自萧涤非主编：《杜甫全集校注》，人民文学出版社2014年版，第2416页。

五 杜甫绝句的创革与发展

杜诗被称为集大成，而且诸体兼备，以叙事见长的五、七言古诗大篇与以议论著称的七律，备受称道。其中唯有七绝不被人首肯，似乎长于叙事大篇，七律法度森整，而缺乏言情短制。以铺陈始终与属对律切为能事，而短于声情摇曳一唱三叹之小诗。对于杜甫来说是非不能也，而是不为也。这位全才圣手执意要对五七言绝句独辟蹊径，走出自家的一条路来。

（一）体裁与题材的错位

杜甫的绝句，曾遭到推崇盛唐诗的明代诗论家的尖锐批评。胡应麟说："盛唐长五言绝，不长七言绝者，孟浩然也。长七言绝，不长五言绝者，高达夫也。五七言各极其工者，太白；五七言俱无解者，少陵。"[1] 如果从盛唐七绝极致来看，这并非苛论。绝句最贵含蓄，把话不要说尽，有余音袅袅之味。杜甫绝句就是要把话说完，犹如叙事有头必然有尾；其次喜欢在这种小诗中对偶。绝句本来亦称小律诗，律诗要有对偶。然盛唐绝句对偶不多，因尺幅狭窄，对偶容易板滞，不易流动，带有封闭性。除了起承转自足，还要有开放性余音不尽的效果。杜甫则用律诗的手法施之绝句，又如以羊毫大笔去书写蝇头小楷，用油画来做扇面。所以胡应麟又说："杜以律为绝，如'窗含西岭千秋雪，门泊东吴万里船'等句，本七律壮语，而以为绝句，则断锦裂缯类也。"[2] 绝句要轻盈，杜绝则郑重板滞；绝句犹如风流少年，或如小家碧玉，杜之绝句如峨冠博带，须眉苍然。绝句犹风摆杨柳，杜则如松柏挺立不屈不挠。这在诗体选择上的错位，而大损绝句婀娜多姿之风神。王夫之曾批评七绝圣手王昌龄《出塞》发端"秦时明月汉时关"，以为"句非不炼，格非不高，但可作律诗起句。施之小诗，未免有头重之病"。[3] 杜诗《咏怀古迹五首》其三咏王昭君，发端出之"群山万壑赴荆门，生长明妃尚有村"，写一弱女子却磅礴如此。王夫之

---

[1] 胡应麟：《诗薮》，上海古籍出版社1979年版，第116页。
[2] 胡应麟：《诗薮》，上海古籍出版社1979年版，第121页。
[3] 王夫之：《薑斋诗话》，人民文学出版社2006年版，第160页。

说："首句是极大好句，但施之于'生长明妃'之上，则佛头加冠矣。故虽有佳句，失所则为疵颣。"① 这是就内容题材看发端过于庄重。然而吴瞻泰却有相反意见："发端突兀，是七律中第一等起句，谓山水迢迤，钟灵毓秀，始产一明妃。说的窈窕红颜，惊天动地。"② 此则就诗体看如此郑重的开头正适其宜。两家横岭侧峰，各言其是。然由此可见，绝句与律诗虽同属"近体"，但各自要求泾渭分明，不可混淆。

盛唐绝句，风华正茂，声情摇曳，兴象玲珑，言之不尽，而含蓄有余，向来视为正宗之典范。杜甫大放厥词于后盛唐，而且他的七绝于诸体中集中创作入手最晚。作于安史之乱前只有两首，其余105首全见于入蜀以后。绝句圣手王昌龄安史之乱开始就已去世，杜甫入川后不久，李白、高适、王维络绎辞世。这时杜甫其余各体均达到很高成就，七律有待于风格的多样，七绝寥寥无几，不成气候。加上初到成都生活安定，而且远离关中缺乏重大题材，于是七绝与七律便齐头并进，进入大量创作阶段。

对于盛唐语尽情遥含吐不露七绝，以杜甫言情之圣手，以眼前景与口头语而发此使人神远之小诗，当无大碍。比如《赠花卿》："锦城丝管日纷纷，半入江风半入云。此曲只应天上有，人间能得几回闻？"就很得人叫好："此诗，风华流丽，顿挫抑扬，虽太白、少伯（按：王昌龄），无以过之。"③"似谀似讽，所谓言之者无罪，闻之者足戒也。此等绝句，亦复何减龙标、供奉！"④ 还有著名的《江南逢李龟年》亦每为人称道，黄生说："此诗与《剑器行》同意，今昔盛衰之感，言外黯然欲绝。见风韵于行间，寓感慨于字里，即使龙标、供奉操笔，亦无以过。乃至公于此体，非不能为正声，直不屑耳。有目公七言绝句为别调者，亦可持此解嘲矣。"⑤ 吴瞻泰亦言："此盛唐绝调也，字字风韵，不觉有凄凉之色，而国家之盛衰，人世之集散，时地之迁流，悉寓于字里行间，一唱三叹，使人味之于意言之表，虽青莲、摩诘亦应俯首。"⑥ 杜甫此二绝，沈德潜称前者为绝句"正格"，黄生视后者为"正声"。诸家都以为与李白、王昌龄、王维相比，并不逊色。但为什么107首七绝只有这两首清倩而流丽疏俊？黄生的"非不能为正声，直不屑耳"，可以算作回答了问题的前提。杜甫

---

① 王夫之：《唐诗评选》，上海古籍出版社2011年版，第196页。
② 吴瞻泰：《杜诗提要》，黄山书社2015年版，第296页。
③ 仇兆鳌：《杜诗详注》，中华书局1979年版，第847页。
④ 杨伦：《杜诗镜铨》，上海古籍出版社1980年版，第369页。
⑤ 黄生：《杜诗说》，《黄生全集》，安徽大学出版社2009年版，第2册，第391—392页。
⑥ 吴瞻泰：《杜诗提要》，黄山书社2015年版，第353页。

"不屑"为"正声"为"正格",那就要走出绝句已具备的范畴,即要走向"变声""变格",而以"别调"自居了。

　　杜甫在盛唐诗人中,执意要走一条创新的道路。他的七言歌行,"率皆即事名篇,无复倚傍",显示出与初唐迥然有别的面目;五古则在叙事上继承汉魏乐府,做出令人瞩目的成绩。二者均适应了安史之乱前后的时代巨变,需要以叙事或纪事的方式,叙述重大的历史事件,已经显示出走向时代前沿的风姿。而七律尚处"初期发展阶段",有待于朝风格多样化的方面进展。入川前的五绝没有一首,七绝如前已言只有两首,对于诗作数量为盛唐诗人之冠的杜甫,这时的绝句基本与空白无异。入川以后至去世的11年间,五、七绝共136首,其中五绝31首。杜甫绝句主要特征见于七绝,而且数量是五绝的4倍还多。对他而言,已经滞后的绝句,当然无需回归盛唐摇曳婉转的"正格""正声"的正调中去,他要的是自家的风格,也就是后人视为的"别调"。

　　对七绝的变格,杜甫首先是用律诗的手段来写七绝,亦即"以律为绝"。被胡应麟所指出的"七律壮语",此诗前两句是"两个黄鹂鸣翠柳,一行白鹭上青天",语虽轻盈,却仍然出之以对仗,这样小小的七绝,而四句全都偶对,同样都是所谓的"断锦裂缯"。实际上,一句一景,构成"四条屏"或"四面屏风"的格局。这种结构在他的五、七言绝句中却存在不少。五绝的《绝句二首》其一:"迟日江山丽,春风花草香。泥融飞燕子,沙暖睡鸳鸯。"《绝句六首》其一:"日出篱东水,云生舍北泥。竹高鸣翡翠,沙僻舞鹍鸡。"其三:"凿井交棕叶,开渠断竹根。扁舟轻袅缆,小径曲通村。"其四:"急雨捎溪足,斜晖转树腰。隔巢黄鸟并,翻藻白鱼跳。"其五:"舍下笋穿壁,庭中藤刺檐。地晴丝冉冉,江白草纤纤。"其六:"江动月移石,溪虚云傍花。鸟栖知故道,帆过宿谁家。"以上每首四句全都对偶,且都是一句一景,合构成四句四景,或山水或田园,它们很像一首五言律诗的中间四句,全出之以实笔,着重客体,不渗入任何言情的虚笔,确实是用律诗的主体来作绝句部分,似乎要特意加大五绝小诗的容量。其他如《复愁十二首》的其一、其二、其十,《绝句三首》其二(水槛温江口),亦复如此。以上凡十首,占其五绝的三分之一。

　　七绝全对偶,且全写景者,如《绝句漫兴九首》其七:"糁径杨花铺白毡,点溪荷叶叠青钱。笋根稚子无人见,沙上凫雏傍母眠。"《夔州歌十绝句》其四:"赤甲白盐俱刺天,闾阎缭绕接山巅。枫林橘树丹青合,复道重楼锦绣悬。"其五:"瀼东瀼西一万家,江北江南春冬花。背飞鹤子遗琼蕊,相趁凫雏入蒋牙。"其六:"东屯稻畦一百顷,北有涧水通青苗。

晴浴狎鸥分处处,雨随神女下朝朝。"《解闷十二首》其一:"草阁柴扉星散居,浪翻江黑雨飞初。山禽引子哺红果,溪友得钱留白鱼。"《漫成一首》:"江月去人只数尺,风灯照夜欲三更。沙头宿鹭联拳静,船尾跳鱼拨刺鸣。"加上"两个黄鹂"一绝,共七首。大致乍看,仍是一句一景,四句全是写景,然基本以两句为一单元,上下各分为两层,犹如七律有可以分为两截的结构。如"糁径杨花"一绝,先写路上与溪面的植物,次言禽鸟,四句合写春景的荣茂;"赤甲白盐"一绝,一、三句为自然大景观,二、四句为居民建筑的人文小景观,交错而成结构;夔州绝句的其五与其六的前两句,利用赋体多方位铺叙以及歌行体句式,以东西南北为方位作为描写角度,以下两句点缀飞禽小景,或加上晴与雨的不同景观。"草阁柴扉"一绝,前两句为大景,后两句为小景;首尾两句为人文景观,先是居室后是人物,中两句为自然之景;先是天气大景,后是山鸟小景。宛如宋人"江干渔村"扇面。《漫成一首》先是江月渔船,后是江边与船尾的鱼和鸟,四句合写了一个极静的江边之夜。

总而言之,这种纯为写景的七绝,似乎不为主观感情留有任何余地,力图以全方位的客观景物,加大小诗容量的空间。如此饶有兴致地写来,好像到了一个陌生的地方,为异地风光所吸引。这与杜甫以北方诗人,乍到川蜀的新鲜感有关。前举首例是上元元年为草堂初建时环境幽静的欣喜,以下全为至夔州山城的异样风光的记录,无暇于主观情感的抒发。或者说作者把自己的情感全神贯注地渗透在客观景物之中,全出之以实笔,已和前盛唐前两句写景而后两句言情拉开了绝大距离,可以说为七绝提供了一种新品种。虽然其中缺少情感的动宕流动,只给人一种纯粹的目不暇接的观赏,引发不起读者感情的摇曳与起伏,但毕竟达到了与前盛唐以情为主迥别的目的,而形成了"变格""变声"的风貌,是为杜甫七绝"故调"之一侧面。

(二)以叙事题材为七绝的诗体移位

以绝句写景原本是前盛唐七绝的大宗题材,杜诗不同的是以律为绝,全然铺写景观,搞得密不透风,不留余地。然而这在杜之七绝中尚属小宗,其大宗则以叙事为目的,使绝句负担了意想不到的功能。

叙事原本以五言古诗与歌行大篇为载体,杜甫在这两方面都做出了独出其时的成绩。此前的叙事诗都是身之所历的军国大事,历历在目,故付之大篇铺叙其事。即使耳之所闻,亦可附以目之所见,补充未见其事之景况，如《悲陈陶》《悲青坂》。还有《自京赴奉先县咏怀五百字》经骊山推想玄宗如何"君臣留欢娱"，身经其地不能没有这样一种如闻如睹之感。可是入川以后，就和往来二京那样目睹耳闻之感有了很大差异。川蜀地处西南，阻隔"难于上青天"的秦岭，远离的政治中心长安犹如遥在天边，所以就少了亲身观察时局变化的机会，而只能靠传闻来了解平叛战争的进展，以及时局动荡的政治事件，凭借过往官员获悉国家大事。画家曹霸、舞师李十二娘流浪成都、夔州，虽然都是些"小人物"，他都能凭此托事感怀撰写为洋洋大篇。其余传闻甚或误传，他都要付之以七绝，以叙事或纪事的方式。这从客观上看，只能是无可奈何；从主观看，他决心利用这稀薄的机会对七绝予以大刀阔斧的改革。如此创革付出了轻盈小诗与重大事件的错位，同样是新人耳目，前此罕有人为之，在杜甫则属于七绝的大宗。

自广德元年吐蕃入陷长安，又攻陷松、维、保三州等地，于是剑南西山诸州亦为吐蕃所据。次年杜拟出蜀，三月严武复镇蜀为剑南节度。六月严武破吐蕃十万众，拔当狗城、盐川城。当狗城即今成都西北之理县，实则成都之家门口。杜甫有《黄河二首》，其一云："黄河北岸海西军，椎鼓鸣钟天下闻。铁马长鸣不知数，胡人高鼻动成群。"海西军原本唐盛时所置，自昔有闻，名震天下。然自玄宗开边，矛盾加剧。加上安史乱发，始先以借其兵平叛，其欲渐高而反滋扰，而肃、代两朝尤甚。海西军时已陷没，故铁马成群，高鼻胡人往往在黄河岸边跃马扬戈，搞得唐朝忙于抵御，国势不振。吐蕃当时两路分别侵扰，一从成都家门口，一从金城（即今兰州）一带入侵。此诗盖由吐蕃横行，由蜀而及黄河的吐蕃不靖。此种非叙某一具体事件，顾无首尾与具体情节及细节，而是纪一时局势之概况，故用小诗纪其大势。然"椎鼓鸣钟""铁马长鸣"这种铿锵重语，置于边塞诗为宜，而作纪事小诗出之强戟大戈般的叙写，自是杜甫绝句特色。其二云："黄河西岸是吾蜀，欲须供给家无粟。愿驱众庶戴君王，混一车书弃金玉。"连年边防抵御，军费自然剧增，农民赋税必然加重。此即言蜀穷而困，代蜀人以呼吁。虽然无粟给军，然拥戴君王之心未渝，但愿君王而不以金玉为贵，无使民困，使天下安宁。此诗则以议论而纪事，而两诗之措语庄重厚实，都带有七律风调。此仍是以律入绝，不同的是由上之写景而移入纪事与议论。

此时所作《奉和严公（一本无"严公"二字）军城早秋》，属于边塞七绝。严武诗说："昨夜秋风入汉关，朔云边雪满西山。更催飞将追骄虏，莫遣沙场匹马还！"两句写边景，两句言豪情，虚实相间，属于盛唐边塞诗的正格。杜之和诗云："秋风袅袅动高旌，玉帐分工射虏营。已收滴博云间戍，欲夺蓬婆雪外城。"杜诗后两句句首虽然同样用虚词以呼应，但内容以纪事为主，而与严诗重在言情有别。盛唐七绝言情之"正声"与杜之纪事，好像于此特意形成一种别致的比较，看似"与严作俱雄整当家"[①]。然而"严诗一味英武，此更写得精细，有多少方略在，而颂处仍不溢美"[②]，主言情则显得"一味英武"，重纪事则必然"精细"。"已收"句为已然事，"欲夺"句为将然事，即属纪事笔法。杜甫未历边事，此种因奉和偶尔一见，亦约略可见杜绝风调与盛唐不同之本色。

关心民生疾苦，是杜诗的主题曲。他的《三绝句》则是以绝句叙说民瘼的代表作。其一云："前年渝州杀刺史，今年开州杀刺史。群盗相随剧虎狼，食人更肯留妻子？"渝州即今重庆，开州今为重庆之开州区。代宗永泰元年，杜甫在当时夔州之云安，以记近境地方之乱。自安史乱后，肃宗、代宗两朝重视武职，骄将悍兵跋扈，动辄杀节度使而随心拥戴，蜀湘等地内乱亦有类似情况。钱谦益说："天宝乱后，蜀中山贼塞路，渝、开之乱，史不及书，而杜诗载之。"[③]渝、开之乱，杜甫只能是耳闻，不能采用五言古诗详叙，就用七绝以略纪其事。或许为纪事之便未用平仄，而用了近于古诗的"古绝句"形式。秉笔直书的精神，论者以为"是绝句中的'三吏''三别'"[④]或者可以说由于没有详细材料，所以把本来可以写成像三《吏》、三《别》那样的古诗，而写成绝句。前两句"前年""今年"递接而下，又连用两"杀刺史"。王嗣奭说："虽非故创新格，而笔机所至，不妨自我作祖。"[⑤]其实相事制宜，随事而出与以纪事为宗兼而有之。此诗痛斥地方军阀如杀人放火之强盗，无论内容与形式，均为初盛唐绝句所无。其二云："二十一家同入蜀，惟残一人出骆谷。自说二女啮臂时，回头却向秦云哭。"此当是作者遇到从关中逃往三峡之难民，诉说不幸，而被录之入诗。诗中有情节也有细节，还有入蜀与出骆谷人数的对比，完全可写成五古或七古。何况杜甫自己也有"南北逃世难"（《逃难》）的难民经历。其所以写成七绝小诗，似乎决意用七绝纪事乃至于叙事。代宗永泰元年三月左拾遗独孤及上疏："今师兴不息十年矣，人之生产，空于杼轴，

---

① 李因笃：《杜诗集评》卷十五，转引自萧涤非主编：《杜甫全集校注》，人民文学出版社 2014 年版，第 3264 页。
② 杨伦：《杜诗镜铨》，上海古籍出版社 1980 年版，第 538 页。
③ 钱谦益：《钱注杜诗》，上海古籍出版社 1979 年版，第 160 页。
④ 萧涤非：《杜甫诗选注》，人民文学出版社 1979 年版，第 235 页。
⑤ 王嗣奭：《杜臆》，上海古籍出版社 1983 年版，第 353 页。

拥兵者第馆亘街陌，奴婢厌酒肉，而贫人羸饿就役，剥肤及髓。长安城中白昼椎剽，吏不敢诘，官乱职废，将堕卒暴，百揆黩刺，如沸粥纷麻。"①而且此年春天不雨，以至于斗米十千。关中难民逃往川蜀，骆谷是入蜀捷道，21家同逃，至少有近百人，而越过秦岭仅余一人，真让人触目惊心！而此时距安史之乱平息已有三年，大唐衰乱已到如此，杜甫又怎能不书之于诗！其三云："殿前兵马虽骁雄，纵暴略与羌浑同。闻道杀人汉水上，妇女多在官军中。"至此，可以明白21家为何唯剩一人！正如金圣叹所言："第二绝言普天下之人酷受淫杀之毒，我只谓都受群盗之毒；第三绝始出正题，言近则闻道殿前兵马乃复淫杀不减，竟不知第二绝是受群盗毒，是受官军毒？谁坐殿上，谁立殿下？试细细思之！"②其实不用细思，官兵如盗，殿前兵马亦如盗，这真是《孟子》所说的"率兽食人也"。申涵光说："三首鄙俚板实，何遂至于此？"③则是以盛唐七绝高华流丽为标尺，这种议论犹如时下谓三《吏》、三《别》缺乏文采。纪百姓遭受荼毒何须雅藻，以"鄙俚"语言记述"鄙俚"人的不幸，正是适得其所。犹如《红楼梦》写刘姥姥，绝不能用描摹王熙凤的语言一样。其实"鄙俚板实"正是杜甫在这种小诗对如此题材所要追求的风格，也是"此等绝句亦非他人所有"（杨论语），也正是看出杜甫对盛唐七绝流动含蓄的变革。

（三）纪事与议论的结合

杜诗以好议论著称，在五古与七言歌行显得最为突出。即使五、七律亦议论渗入，显得与众不同。至于叙事诗更以议论见长。以议论为诗，自《诗经》中大小《二雅》伊始，中经阮籍、陶渊明诗，均显出主要特色。初盛唐诗则以写景为主体风格，陈子昂上承建安正始，发之以议论，然以五言古诗为载体。七言绝句本以写景言情为主体，很少用于纪事与议论。杜甫几乎要对所有诗体更张变革，出之新面貌。七绝除采用诗体移位的以律入绝、以小诗解决大题材的叙事与纪事外，还把议论与纪事结合起来，这也是变革七绝的重要方面。

记一事并加以评论，本来是顺理成章的事，但适宜长短自如的五七

---

① 司马光：《资治通鉴》卷二二三，中华书局1956年版，第7174页。
② 金圣叹：《杜诗解》，上海古籍出版社1984年版，第243页。
③ 申涵光：《读书堂杜诗注解》卷十八，转引自萧涤非主编：《杜甫全集校注》，人民文学出版社2014年版，第3469页。

言古诗与歌行,绝句只有尺幅天地,四句之间,既要纪事还要加以对事件的评论,就显得空间小,施展不开手脚。但盛唐的咏史诗,点逗史事发以感慨,疏通古今的悬隔,以切照今日之现实,亦渐成七绝的一种专门的题材。杜甫则就今事记述以发议论,这似乎原本与纪事绝句相辅相成,已构成对现实的综合关照。

夔州时期,杜甫对大唐由盛转衰与自己一生都做了许多回顾与总结。作于大历二年的《解闷十二首》绝句,其中有所涉及。其九说:"先帝贵妃今寂寞,荔枝还复入长安。炎方每续朱樱献,玉座应悲白露团。"夔州盛产荔枝,史载"岁贡柑橘",称为"夔州贡"。中唐李肇说:"杨贵妃生于蜀,好食荔枝。南海所生,无胜蜀者,故每岁飞驰以进,然方暑热,经宿则败,后人皆不知之。"[①]《新唐书·杨贵妃传》亦言:"妃嗜荔枝,必欲生致之,乃置骑传送,走数千里,味未变,以至京师。"杨妃至此已死去十二年,玄宗死亦有六年,然而还要续献荔枝,若玄宗地下有知,看到"白露团"般的荔枝,想到往日由奢至衰,由博得翠眉一笑而至马嵬"血溅游魂",也许会悲不自胜。言外之意,而今代宗犹奔腾传置,不是更为痛心吗?批评代宗旧贡未除,由夔贡柑橘,触目所及。浦起龙说这诗含有两意:"荔枝为先朝所嗜,当兹续献,得无对'露团'而凄然乎?荔枝又祸乱所因,至此还来,得无抚'玉座'而惕然乎?"[②]所言亦是。此诗由贡果恶例批评代宗兵荒马乱时犹覆辙不改,借玄宗以讽代宗,对"荔枝还复入长安"的现实提出批评。其十二说:"侧生野岸及江蒲,不熟丹宫满玉壶。云壑布衣骀背死,劳人害马翠眉须。"此诗说荔枝为何偏偏生在南方,而不能成熟于北方的两京,以装满皇家的玉壶。以其为贵妃所好,不惜劳民伤财,"以马递驰载","人马多毙于路"[③],只是为了妃子口福之一需。至于递运荔枝之道远艰难论述甚多。宋人王楙说:"汉和帝时,南海献荔枝,十里一置,五里一候,奔腾险阻,死者继路。唐羌上书曰:'交州献荔枝生鲜致之,驿马昼夜传送,至有遭虎狼之害,顿仆死亡,不绝道路。'杜甫'劳人害马'正述此耳。其意因伤时事,故引此故实而言,非虚语也。子美自伤以有用之才,见弃丘壑,终老不用,果物夺于爱姬之嗜欲,欲及时致之,虽劳人害马,有所不恤,时政如此,为可伤也。"[④]此诗第三句说

[①] 李肇:《唐国史补》卷上,上海古籍出版社1979年版,第19页。
[②] 浦起龙:《读杜心解》,中华书局1961年版,第854页。
[③] 祝穆:《方舆胜览》卷六十一,文渊阁《四库全书》本。
[④] 王楙:《野客丛书》卷二十一,上海古籍出版社1991年版,第307—308页。

布衣之士有老死山林而不见招者，以形朝廷所急在物而不在人。所谓"远德而好色，此所以成天宝之乱欤"①，就在于后两句讽寓意于对比之中。

杜诗诸体多有组诗，七绝当然也不会例外。有把记事诗亦专门组合在一起，上及《三绝句》即属此类，还有《承闻河北诸节度入朝欢喜口号绝句十二首》。大历二年正月、三月、八月，淮南、汴京、凤翔节度使先后来朝，至于河北诸节度入朝之事不见载于史。河北诸镇因肃、代两朝一味姑息，跋扈恣肆，威胁朝廷日甚，如若来朝史则必有载。杜甫远在夔州，可能传闻有所出入未实。或者"要是借径畅发意中愿望之词，乃乘机开示之妙用也"②，亦未尝不可。其一说："禄山作逆降天诛，更有思明亦已无。汹汹人寰犹不定，时时战斗欲何须？"先言安史之乱往事，安禄山与史思明先后被其子所杀，而余部降将虽则归顺，实则割据自雄。前车已覆，元凶已降，至于下此之后者还能折腾出什么？此为以议带叙，警示告诫使之知惧。其二说："社稷苍生计必安，蛮夷杂种错相干。周宣汉武今王是，孝子忠臣后代看。"此先记事而后发议论。安史、吐蕃、回纥、党项羌先后作乱或侵扰，一时搞得天下不得安宁。现在国家复兴，希望诸节度能安顺守己，此为张皇朝廷以折叛逆之心。其三："喧喧道路多歌谣，河北将军尽入朝。始是乾坤王室正，却教江汉客魂销。"此首切入正题，因闻诸镇入朝而喜。"河北入朝，出于道路童谣，盖据一时传闻而言。"③梁运昌说："河北元未入朝，虽传闻之讹，然在老杜意，故欲将虚作实，不复再审问矣。"④是借童谣写出一时之希望，属于借事发挥文字。其四："不道诸公无表来，茫然庶事遣人猜。拥兵相学干戈锐，使者徒劳百万回。"此言前时河东诸镇不朝，为可疑而有反复，而且各自拥兵争强，竞相效尤，徒劳使者往返而无济于事。此追论往日之非，反衬于今有所好转，故纯出之议论。其六言："英雄见事若有神，圣哲为心小于身。燕赵休矜出佳丽，宫闱不拟选才人。"《钱注杜诗》说："天兴圣节，诸道节度使献金帛器用珍玩骏马为寿，共值缗钱二十四万。常衮上言请却之，不听。此诗称颂圣哲，实则讽喻代宗，当却诸道之进奉也。"⑤天兴圣节即代宗生日。此借进奉珍玩推及燕赵佳丽，为代宗打一预防针。此属由彼及此之论。或谓追思

---

① 仇兆鳌：《杜诗详注》，中华书局 1979 年版，第 1518 页。
② 浦起龙：《读杜心解》，中华书局 1981 年版，第 855 页。
③ 仇兆鳌：《杜诗详注》，中华书局 1979 年版，第 1625 页。
④ 梁运昌：《杜园说杜》，书目文献出版社 1995 年版，第 1050 页。
⑤ 钱谦益：《钱注杜诗》，上海古籍出版社 1979 年版，第 533 页。

天宝乱源，多出于女宠，"急露出忧盛危明心事"①。其十一、十二分咏称赞李光弼、郭子仪能使诸镇入朝，戡乱致治。

天宝十五载至大历二年，肃、代两朝在这十二年间，河北始终处于战乱。安史余党归顺，朝廷多故，专事姑息，名为藩臣，实则各自独立，不能复制，为一大患。今路闻其入朝则欢喜追溯玄、肃、代往事，以及现今之希望。浦起龙说："十二首竟是一大篇议论夹叙事之文，与纪传论赞相表里。"② 或者可以说把它当作一长篇歌行，如《洗兵马》之类。现在分解成十二首绝句。实则用绝句组诗，解决了复杂而重大的军国题材，把记事与议论或融入一诗，或交错为用。所谓"正大堂皇可配雅颂"，是说题材厚重，而议论宏大，然却用七绝小诗支撑起来，解决大题材与小诗体向来从不相为谋的矛盾，可称为记事与议论结合于小诗的一道特殊景观。李白的《永王东巡歌十一首》亦用七绝书写一时之大事，或许对杜甫此组诗有所启发。然李白就眼前一事，既说讨人喜欢的话，或因出于命题作文的原因；又借机以显其才，笔端兴致淋漓。就情致之洋溢，杜则不如李；就以小诗而纵横拨转十二年之大事，对李诗有所继承而更多的是突破。

总之，杜甫在绝句革新上付出了各种努力，尽管种种陌生的新面貌，诸如以律入绝，以大题材入绝，在很大程度上有明显的出力并不见得讨好的负面作用，艺术上总和七绝风味格格不入，自古迄今的唐诗选家也不会有多少光顾。这也说明他在诸体变革中，正是为这种小诗付出了"惨重的代价"。然而对宋代及其以后的绝句题材的开拓与手法多样，却起了深远的影响。

至于杜甫以七绝论诗，论者甚多。而在纯写景的"正格"中出之幽然，大变盛唐之风调；又把绝句当作"应用文"之便条，以诗代简日常生活化的介入，以及在四句四景中如何使之潜气贯通而相互关联，还有汲取俗语俚言的注入，我们曾有讨论③，于此则略而不论了。

---

① 杨伦：《杜诗镜铨》，上海古籍出版社1980年版，第755页。
② 浦起龙：《读杜心解》，中华书局1961年版，第857页。
③ 参见魏耕原：《杜甫绝句变革的得失及意义》，《杜甫研究学刊》2015年第2期。

第三编　特征论

一　杜诗"沉郁顿挫"的界域与表现特征

以"沉郁顿挫"概括杜甫诗主体特征，为学界公认而无疑问，然对这一概念本身，自20世纪60年代伊始，就其内涵与外延，说法有交叉重叠，也有极大分歧，迄今为止，莫衷一是，尚无定论。而且研究的方法与理路也有局限，主要集中在概念本身含义范围的辨析与语词的溯源上，很少涉及以杜诗本身的具体特征予以印证，而陷入术语理论上的思考，在概念封闭的圈内兜来转去，而且对前人关于杜诗的研究与发现亦有所忽视。

（一）近五十多年对"沉郁顿挫"的界定

当代学者对"沉郁顿挫"的讨论，当从20世纪60年代伊始，发表在期刊与论文集上的文章，以及专著，包括"文学史"、诗论、古典美学一类著作，为数不少，现就其中主要观点，梳理如下。

1. 柯剑岐《论杜甫诗的艺术风格》首先涉及这一问题，认为杜诗的主要风格是"沉郁"，"表现在杜甫创作中的那种深沉、锐敏的洞察力，以及由此而来的那种浩浩荡荡、波澜壮阔的生活画面；也是指那种苍老遒劲的笔触以及由于忧国忧民的伟大思想而来的忧郁色彩和悲剧气氛"。又认为它是安史之乱前后特定历史时期的产物。[1]

2. 其次提出讨论者，当是安旗《沉郁顿挫试解》。其认为"沉郁"出于屈原《九章·思美人》的"志沉菀而莫达"。而"沉郁顿挫"含义，主要表示学力深厚，技巧娴熟，希望得到玄宗的任用。特别是经安史之乱后，则表现了"忧愤深广，波澜老成"。前者出之"含蓄蕴藉的手法"，"仅有忧国忧民之情不一定表现为'沉郁'"。又以《汉书·扬雄传》的"默而好深湛之思"，指出"杜甫自比扬雄主要在一个'深'字"，而"构思深沉，不仅指思想观点，题材内容，也是遣词造句，结构篇章"。又言："'顿挫'大抵是表示自己的诗文深于章法，也就是说文字技巧很熟练的意思。"[2]

---

[1] 参见《光明日报》1960年5月29日、6月5日《文学遗产》专栏。
[2] 安旗：《沉郁顿挫试解》，《四川文学》1962年6月号；又收入《杜甫研究论文集》二辑，中华书局1963年版；以及安旗自费印行的《安旗集外集·落叶飞花》。

3. 亦在安文发表同年，曹慕樊《沉郁顿挫辨》认为："沉郁一词是用刘歆给扬雄索《方言》目录的信中的话：'……非子云澹雅之才，沉郁之思，不能终年锐积，以成此书。'这里的沉郁，就是《汉书·扬雄传》说的'（雄）默而好深湛之思'。颜注，'湛读沉'。雄答刘歆前书说，'雄少不得学，而心好沉雄博丽之文'。综合起来看，所谓沉郁，就是深沉积久的意思。与郁结抑塞的意思不同。据说扬雄作文，思致迟滞，而枚皋敏捷，……所以杜表'沉郁'一句是指扬雄，下句'随时敏捷'是指枚皋。杜以为自己兼有扬枚二人的长处，思既深沉，才又敏捷，故说'扬雄枚皋之徒，庶可企及'。"又说："至于顿挫，不是风格，而是一种写作方法。……杜甫《同元使君〈舂陵行〉》诗序说，'不意复见比兴体制，微婉顿挫之词'。又《观公孙大娘弟子舞剑器行》诗序说，'浏漓顿挫，独出冠时'。顿挫一词，盖出《文赋》：'箴清壮而顿挫。'又《后汉书》卷一百，孔融传赞语，'北海天逸，音情顿挫'。李贤注：'顿挫，犹抑扬。'看陆机、范晔用顿挫一语，似不离含蓄曲折的意思。杜甫语意，亦大体如之。……是指曲折停顿，句断意连（近于现代的文学术语的跳跃），微婉含蓄处。"最后说："沉郁顿挫是两方面的事，沉郁是文学风格，以思想为主调。顿挫是文学手法，是通用工具。二者颇有关联，所以可以并提。但毕竟有别，所以并不可含混。"[①]

4. 乔象钟、陈铁民主编《唐代文学史》说杜诗主要特征是沉郁顿挫，至少包括："一，它表现了杜诗思想内容的博大深厚，生活体验的丰富真切，感情的饱满有力；二，它经过较长时期的积累、酝酿、消化、触发的过程；三，它以深厚完整的意境，锤炼精确的语言、铿锵浏亮的音调，顿挫变化的节奏表现出来。"[②]

5. 葛晓音《唐诗宋词十五讲》说："'沉郁'指文思深沉蕴藉，'顿挫'指声调抑扬有致。而沉郁又另有沉闷抑郁之意，因此后人以此四字来概括他的特色，便包含了深沉含蓄、忧思郁结、格律严谨、抑扬顿挫等多重内涵。"[③]

[①] 此文收入曹慕樊的《杜诗杂说》，四川人民出版社1981年版，第97—102页。据《自序》知作于1962年，据该文知作于安旗之文发表以后。该书由生活·读书·新知三联书店再版，然距所作之年已晚了近20年。
[②] 乔象钟、陈铁民主编：《唐代文学史》，人民文学出版社1995年版，第515页。
[③] 葛晓音：《唐诗宋词十五讲》，北京大学出版社2003年版，第103页。在傅璇琮、蒋寅主编的《中国古代文学通论·隋唐五代卷》的第二章《盛唐诗歌概述》中重述了这一看法。又说"杜甫'沉郁顿挫'的特色，主要体现在咏怀和新题乐府这两类代表作中"。

一　杜诗"沉郁顿挫"的界域与表现特征　145

6. 莫砺锋《杜甫评传》在《艺术造诣》一章专列"风格：'沉郁顿挫'"一节，认为"'顿挫'意即抑扬、起伏、中有停顿，这既可指感情、声调，也可以指文气、章法。从词源学的角度来看，'顿挫'本来就是风格术语，而'沉郁'则本指文学构思的一种状态。但是自从杜甫把'沉郁顿挫'合而论之以后，'沉郁'也逐渐转变为风格术语，而且其内涵也越来越丰富了，宋人严羽，明人高棅都将'沉郁'视为杜诗的主要风格，这种观点受到后人普遍的认同"。对于顿挫，认为应属于"感情和思想的层面。……杜甫忧乐俱过于人，所以他的感情的抑扬跌宕的幅度也过于人，而这就是'顿挫'风格的感情内涵。此外，杜甫的思维空间异常地广阔，思想跳荡的幅度极大，……由此而产生的时空转换，意脉断裂等特征，显然也属于'顿挫'的范围"。①

7. 王运熙、顾易生主编的《中国文学批评通史·隋唐五代卷》在杜甫一节亦专列一小节"沉郁顿挫及其他"，认为："杜甫所谓沉郁顿挫，是说他的辞赋能做到构思深沉，在思想、文辞两方面都具有深厚的根柢和功力；在结构表达方面，又能做到言情抑扬顿挫。……杜甫原来说的是辞赋，但这和功力和特色，也适用他的很大一部分诗歌，特别是篇幅长或较长的诗篇。杜甫的许多诗篇，感情深沉，语言锤炼功力深厚，经得起吟诵咀嚼，同它们具有沉郁顿挫的特色是分不开的。……后人运用沉郁顿挫一语，往往把它和杜甫后期忧国忧民的哀思联系起来。他们把沉郁理解为悲怆的思想感情倾向，……这在分析理解杜诗的风格特征上是有裨益的，但这种解释与杜甫表文中的原意并不一致，二者须区别观之。"②

8. 张安祖《杜甫"沉郁顿挫"本义探原》说："杜甫所谓的'沉郁'其实是指作品讽喻寓意的深刻。……'沉郁顿挫'并非杜甫关于自己作品风格的夫子自道，而是强调自己的作品寓有深刻的讽喻意义。"③

9. 韩成武《新论"沉郁顿挫"的内涵及成因》说："杜甫所说'顿挫'，并非仅指表现手法，其中也是包含了作品的内容的。……他把自己的诗文概括为'沉郁顿挫'，首先是指作品的内容而言的：既思想感情沉郁，又能讽刺规谏。"又认为"顿挫"的本义"抑折"是思想内容表现批判性，后来又派生出"抑扬"的新义。④

---

① 莫砺锋：《杜甫评传》，南京大学出版社1993年版，第264—272页。
② 王运熙、顾易生主编：《中国文学批评通史·隋唐五代卷》，上海古籍出版社1996年版，第291—294页。
③ 张安祖：《杜甫"沉郁顿挫"本义探原》，《文学评论》2004年第3期。
④ 韩成武：《杜甫新论》，河北大学出版社2007年版，第98—108页。

10. 吴相洲《杜诗"沉郁顿挫"风格含义辨全析》在语源上提供了比先前更多的用例，认为"沉郁顿挫的风格就是指杜诗运思深刻，感情浓烈，声情悲壮，而又忠厚缠绵，含蓄蕴藉，回环往复的特点"；又认为"沉郁顿挫风格与杜甫诗中表现出来的诗圣的情怀，诗史的深意、老成的境界有着密切的关系"；还特别指出"沉郁顿挫还有一个重要特点没有人注意到，那就是杜甫深刻的构思，浓烈的情感，往往需要反复诉说才能得到充分的表达，所以杜诗当中经常出现回环往复的抒情方式"。①

以上说法只是就其要者爬梳，并不包括关于讨论这一问题之全部，然仅此就足够觉得治丝愈棼，莫衷一是。就其中分歧，似可梳理以下几点：一是杜甫进表中自许的"沉郁顿挫"，与后来以此评论杜诗风格，二者应有区别；二是"沉郁"与"顿挫"应分别看待，然对各自的内涵与外延却差别极大，整体趋向内涵互相纠葛，外延不断扩大；三是"沉郁"之"郁"有无忧郁之义。其间的缺失，从大致情况看，其一，"沉郁顿挫"原本是对杜诗主要风格的概括，因对概念界域的看法游移，故着眼于术语理念上的辨析，而无暇顾及所概括的具体作品，绝大多数只停留在理论本身。其二，在术语的语源追溯上，付出了很大努力，似乎没有多少空间。而前人对杜甫具体作品的"沉郁顿挫"的辨析，却都未予以注意，这些资料却很有助于澄清问题。其三，问题原本不那么复杂，由于论者理解的偏差，或者因对前人训释的错误地移用，而使概念的外延不断蔓延，或者互相交叉，出现鸠占鹊巢的移位，使得问题处于混乱而模糊的状态。使原已近于清晰而解决的看法，浮不出水面，而得不到公认。问题的解决，时至今日已不在于提出什么新的看法，而是应当去粗取精，肯定已有较确切的说法，结合前人之论，更重要的以杜诗本身与他自己的诗论作为最基本的参证，或许更能理清线索，说明问题。

（二）杜诗"沉郁顿挫"含义

对于杜甫进表中自许的"沉郁顿挫"，曹慕樊、王运熙和杨明三先生已谈得很清楚，主要是就他自己的辞赋而言，可以说基本上不包括诗作。因献赋时在天宝十三载，杜甫时年43，此前的诗作并不多。且杜之自许是就扬雄、枚皋两大赋家而言"至于沉郁顿挫，随时敏捷"，"庶可企及"，当然不会包含诗在内。如果把"沉郁顿挫"看作美学风格的倾向，也未尝

---

① 吴相洲：《杜诗"沉郁顿挫"风格含义辨全析》，《陕西师范大学学报》2007年第5期。

不可。但可以肯定，杜甫所言"沉郁顿挫"是不包括忧郁、忧患的意思在内的，

"沉郁"是并列合成词，还是偏正合成词？而与之并列的"抑扬"是并列合成词，"沉郁"亦当如是。以上诸家无论作何解释也都按并列合成词看。"沉"是深沉，诸家无异。那么"郁"又是何义？其本义为树木丛生，繁茂。《诗经·秦风·晨风》"郁彼北林"，繁茂包含繁多义，又由繁多引申为忧愁、愁闷。繁多义又可引申博大、广博。那么，评杜诗的"沉郁"是深沉忧郁，还是深沉博大，我们认为是后者而非前者。《新唐书》本传谓杜诗："浑涵汪茫，千汇万状，兼古今而有之。"[①]是可以移作对"沉郁"的解释。具体说来，就是深沉博大，无事不写，无意不抒，海涵地负，包罗万象，大至军国大事，民众苍生。小至于颠沛之经历，乃至一草一木，此谓之博大；对国之大事预见深远剀切，所言必中；对民众歌哭悲泣种种愿望能全面深切付诸笔端，此谓之深。博大与"诗史"相关，深沉与"诗圣"相关。杜诗以一身而兼之，故谓之"沉郁"。

至于"顿挫"，即为时人已指出的语意上的抑扬，它与起伏、伸缩、张弛、开合、转折为同位语。刘熙载说："杜诗高、大、深俱不及。吐弃到人所不能吐弃，为高；涵茹到人所不能涵茹，为大；曲折到人所不能曲折，为深。"[②]从"沉郁"可看出高、大、深，从"顿挫"可看出"曲折到人所不能曲折"的一面。

合而言之，"沉郁"指思想内容，"顿挫"谓艺术上的表现形式。前者是风格的基础与内在，后者则为外在的特征。二者属于内容与形式的关系，虽然相互依存，互为表里，但不可混淆交错。杜甫早期的《兵车行》《丽人行》题材重大，主题深刻，有些接近"沉郁"，然"顿挫"风格，还不够明显。《奉赠韦左丞丈二十二韵》"顿挫"鲜明而"沉郁"不足。《同诸公登慈恩寺塔》则可以称为兼而有之，最早体现了这一风格。

明末清初吴瞻泰曾说："少陵自道曰'沉郁顿挫'，其'沉郁'者，意也；'顿挫'者，法也。"[③]此所言"意"不是创作构思的意，而是作品内容所体现的思想内涵。正如"沉郁"是来自于思想内容的概括一样，所以把"沉郁"看作创作时心理活动的主意或思想倾向一类，似不然。否则，又怎能从创作思维中看出如何怎样的沉郁。清人陈廷焯论词标举"沉郁

---

① 《新唐书·文艺传》，中华书局1975年版，第5738页。
② 刘熙载：《艺概·诗概》，上海古籍出版社1978年版，第59页。
③ 吴瞻泰：《杜诗提要》，黄山书社2015年版，第5页。

顿挫"，虽不高明透僻①，但尚有可参。比如他说："作词之法，首贵沉郁，沉则不浮，郁在不薄。"又言："顿挫则有姿态，沉郁则极深厚。"②有动静变化方能有"姿态"，虽无"抑扬"分明透析，而"深厚"却尚符合"沉郁"。好以八股术语论诗的方东树，论"沉郁顿挫"却比陈氏澄明得多了。言顿挫或与"抑扬"连用，或变文言顿断、顿住、沉顿、顿束、顿折、换势、回转、逆转、转换、曲折，就比"姿态"清晰多了。他又认为顿挫与篇法相关，谓曾巩诗"篇法少变换、断折、逆折、顿挫，无兀傲起落，故不及杜、韩"；又谓与词气相关，读古人诗文当须赏其"词气抑扬顿挫处"；认为"顿挫之说，如所云'有往必收，无垂不缩'，'将军欲以巧服人，盘马弯弓惜不发'，此惟杜、韩最绝"。③如谓陶诗《归园田居》其一的前八句"气势浩迈，跌宕飞动，顿挫沉郁。'羁鸟'二句，于大气驰纵之中，回鞭弹鞚，顾盼回旋，所谓顿挫也"④。这两句实为一意，然与上两句"误落尘网中，一去三十年"，就形成欲扬先抑的顿挫之势。一般看此诗平淡，他却看出许多沉郁顿挫来，至于论杜诗，则更多就此发论。

卷八专论杜诗，其中一节，很值得注意："杜公诗境，尽于《自序公孙剑器》数语，学者于此求之，思过半矣。退之云'口前裁断第二句'，又曰'盘马弯弓惜不发'，……孙过庭论书曰：'未悟淹留，偏追劲疾；不能迅速，翻效迟重。夫劲速者超逸之机，迟留者赏会之致。将反其速，行臻会美之方；专溺于迟，终爽绝伦之妙。能速不速，所谓淹留；因迟就迟，讵名赏会？'此语杜、韩外，千余年无人知得。"⑤"裁断"也好，"盘马弯弓"也好，则与书法的疾迟同一原理，都是阐释杜诗序的"顿挫"；对此自诩为"古人不传秘密"。他认为杜甫与韩愈诗的妙秘，"尤其在于声响不肯驰骋，故用顿挫以回旋之；不肯全使气势，故用截止，以笔力斩截之，不肯平顺说尽，故用离合、横截、逆提、倒补、插、遥接"。他说的这些诗法，大多与顿挫相关。他又言："一气浑转中留顿挫之势，下语必惊人。"⑥方氏嗜好陶、阮、杜、韩诗，又好以顿挫论诗，而言杜氏顿挫最

---

① 比如他的《白雨斋词话》说："所谓沉郁者，意在笔先，神余言外。写怨妇思夫之怀，寓孽子孤臣之感。凡交情之冷漠，身世之飘零，皆可于一草一木发之。而发之又必若隐若见，欲露不露，反复缠绵，终不许一语道破。"前半言内容有些贴近，然所谓"缠绵"，不许道破，就和"沉郁"相离甚远，却和含蓄混在一起。
② 陈廷焯：《白雨斋词话》，人民文学出版社1983年版，第4、5页。
③ 方东树：《昭昧詹言》，人民文学出版社1961年版，第16、23、24页。
④ 方东树：《昭昧詹言》，人民文学出版社1961年版，第106页。
⑤ 方东树：《昭昧詹言》，人民文学出版社1961年版，第213页。
⑥ 方东树：《昭昧詹言》，人民文学出版社1961年版，第214页。

一　杜诗"沉郁顿挫"的界域与表现特征　149

为缜密精审。

对于顿挫的具体形态，古今言之甚略，充其量以"抑扬"之类释之。而不为人留意的刘熙载《艺概·经义概》，因属八股作法，久已不被看重，然其中颇有耀眼之处："抑扬之法有四，欲抑先扬，欲扬先抑，欲抑先抑，欲扬先扬。沉郁顿挫必于是得之。"[1]这看似简单的划分，却勾勒了它的具体表现形态。还可以补充扬而又扬，抑而又抑，后者亦即跌而复跌。此与刘氏所言后两种形式，一般不会纳入顿挫中。如杜甫千古名句"朱门酒肉臭，路有冻死骨"，都会认作是对比，而不会想到顿挫。在意义上也有前因后果之逻辑，后者更是关注的终极目的。故属于先揭示原因，后推出结果的"欲抑先抑"。《兵车行》的"边庭流血成海水，武皇开边意未已"，前者已成过去，后者还在蔓延，故后者的劝阻则为目的，亦属"欲抑先抑"。同理可得《望岳》的"会当凌绝顶，一览众山小"，《房兵曹胡马》的"所向无空阔，真堪托死生"，则属于"欲扬先扬"了。

至于把"沉郁"的"郁"看作郁结、忧郁，则不是杜甫进表中的原意，而且从杜甫论诗赋中也可看出。《奉赠韦左丞丈二十二韵》自许"赋料扬雄敌，诗看子建亲"，前者内涵"沉郁"，而后者则带有像曹植诗那样的顿挫。只要合观对曹诗的评价[2]，就不会觉得说法显得唐突。杜甫还说过"文章曹植波澜阔"（《追酬故高蜀州人日见寄》），又说"子建文笔壮"（《别李义》），"波澜阔"谓起伏壮阔，应是"顿挫"的内涵；"文笔壮"谓雄壮，当属"沉郁"的范畴。至于"毫发无遗憾，波澜独老成"（《敬赠郑谏议》），用动荡而自然的顿挫可以表达复杂的感情与观念，故老成而无遗憾。"庾信文章老更成，凌云健笔意纵横"（《戏为六绝句》其一），"意纵横"与"波澜老成"应当属于相同范畴，把"顿挫"用于章法结构，即可有此气象。《寄高、岑》的"意惬关飞动，篇终接混茫"，"飞动"与表"姿态"的顿挫有关，"混茫"则与深重博大的"沉郁"相近。特别是审美取向上，显明表示："或看翡翠兰苕上，未掣鲸鱼碧海中。"前者指描摹景物巧句秀句，与"顿挫"无缘而与"沉郁"更不相及，而"鲸鱼碧海"雄

---

[1] 刘熙载：《艺概·经义概》，上海古籍出版社1978年版，第181页。
[2] 如《昭昧詹言》卷二论曹植诗，谓《赠白马王彪》："此诗气体高峻雄深，直书见事，直书目前，直书胸臆，沉郁顿挫，淋漓悲壮，……遂开杜公之宗。"谓《送应氏》："先写本乡乱离之惨，苍凉悲壮，……明远、杜公皆尝拟之。前半先述所见，末二句乃逗将远适之意，章法伸缩之妙，又以结束上文，换笔顿挫。"谓《三良诗》："此篇分两段，古人用笔，最是截断处倏转处，为最见法力。"方东树：《昭昧詹言》，人民文学出版社1961年版。

阔壮伟波浪起伏的境界，正是对"沉郁顿挫"的描述，这也正是其所以与气势飞腾的李白可以媲美的地方。

所以，认为"沉郁"除了深沉，还有悲怆、忧患，这则是后人用来评价杜诗的补充，符合杜诗写尽人间忧苦的实际，也丰富了杜诗风格的内涵。前人曾言杜诗"悲欢穷泰，发敛抑扬，疾徐纵横，无施不可。故其诗有平淡简易者，有绮丽精确者，有严重威武若三军之帅者，有奋迅驰骤若泛驾之马者，有淡泊闲静若山谷隐士者，有风流酝藉若贵介公子者。盖其诗绪密而思深，……此甫所以先掩前人而后来无继也"[①]。这是风格集大成的描述，然而最能代表主体风格，亦能体现"诗圣"情怀与"诗史"精神的，还是"沉郁顿挫"最具代表性。

（三）"沉郁"在杜诗中的体现

风格理论式的评价是从作品中感悟抽绎出来，如果仅在术语范围内思考，不但使讨论本身虚泛，甚或走调而出现偏差，把风格概括具体化回归到文本中印证，会使理论本身的内涵与外延更为清楚，不至于有朦胧模糊的缺失。

"沉郁"主要是指思想观点与题材内容，这在杜诗显而易见，最易感知。如盛唐如何由盛转衰，造成万方多难的安史之乱始末与全过程，以及藩镇割据四方扰乱，包括吐蕃与回纥的侵扰，杜甫以极大的社会责任感，做了最为逼真全面的反映，包括对唐玄宗、肃宗、代宗时期重大的政治、军事、经济举措的得失，无不见之于诗。当社会还沉浸在升平的天宝的安乐时，杜甫登上慈恩寺塔，就痛切惊呼："秦山忽破碎，泾渭不可求。俯视但一气，焉能辨皇州？"这不仅是预感，而且出于把国家盛衰和自己的社会责任感融为一体的观念，是长期在长安观察后的判断。而安史之乱的平息，远在偏僻西南天地间，留在诗中笑歌狂呼直到现在还感动着我们。如此忧乐，并世无第二人见诸文字。杜甫在安史之乱前后回了两次家，第一次为唐代也为后人留下一篇光芒万丈伟大的史诗《自京赴奉先县咏怀五百字》，不仅展现了矢志不渝的宏伟抱负，忠于国家的赤诚，以及"穷年忧黎元"的执着，虽遭到冷遇而仍然不"易其节"，其间涌动百折千回的悲凉慷慨。中经骊山，他以困守长安十年的政治观察想象到玄宗宏大的

[①] 陈正敏：《遁斋闲览》，见胡仔：《苕溪渔隐丛话》，人民文学出版社1984年版，第37页。

政治集团的种种奢侈挥霍，都是极为逼真的揭露。因在此前的《丽人行》以及后来的《哀江头》回忆，他已看惯了杨国忠与其姊妹们的豪奢，故而痛切呼喊出"朱门酒肉臭，路有冻死骨"，孟子般的仁者的批判精神，于此发出耀眼的光华。在经过"枝撑声窸窣"的渭桥，看到"群冰从西下"，感觉到"恐触天柱折"——大唐帝国将要崩溃，面临巨大的灾难！这时安禄山已经起兵，杜甫的预感得到历史的证实。至家"幼子饿已卒"，家人号咷，里巷呜咽，他觉得自己还有免租免征丁的特权，但想到那些"失业徒"与"远戍卒"，不由自主的忧愁如终南山一样"顽洞不可掇"。这是一幅历史长卷，他在繁花似锦、烈火烹油的盛世，却洞悉巨大社会矛盾，感到"山雨欲来风满楼"的气势。第二次回家又拉开了一幅历史长卷《北征》，展现安史之乱带来的种种惨象：贫穷、饥饿、死亡、人口锐减，由"寒月照白骨"想起了潼关的失守，"遂令半秦民，残害为异物"。回到至贫之家，妻子儿女衣不蔽体，却挂念平叛战事的进展。坚信"胡命其能久，皇纲未宜绝"，意在希望不要借助回纥，认为"此辈少为贵"。后来回纥寇陷两京，也得到了证实。回忆马嵬兵变，他赞同诛除奸臣与同恶，对肃宗政权持有极大的希望，也隐含深深的忧虑。此诗与《自京赴奉先县咏怀五百字》如一对双璧，展现了大唐遭受巨创的原因与后果，炳彪诗史，永远光照诗国的穹宇。

著名的三《吏》、三《别》，也是看了一回洛阳旧居，返回华州以如椽巨笔记录下千家万户在战争中的灾难与不幸，制造者主要是唐政府，在叛兵屠杀烧掠之后，又加上平叛的抓丁拉夫。天宝间五千六百万人口，为何剩下了一千六百多万，于此组诗中可以看到原因之一。叛兵之乱祸，加上政府强加的拉夫抓丁，乱上加乱，祸中生祸。在《北征》里可以看到对于肃宗急于收复二京是不赞成的，所说的"官军请深入，蓄锐可俱发"，就是蓄锐深入安史老巢。但肃宗为了巩固自己帝位，汲汲先收复了长安，又在围困邺城时特意不设主帅，猜忌郭子仪、李光弼功高震主，结果酿成惨败。对李泌提出先进击敌后再回头围歼叛军的策略，未能听从，导致邺城大败，使战乱延续了多年，给百姓带来无休止灾难。杜甫在关中时，当时大事几乎无不记载。《悲陈陶》《悲青坂》《哀江头》《哀王孙》《塞芦子》，加上安史乱前的《兵车行》《丽人行》以及虽叙一己之奔波而天下乱离可见的《羌村三首》《彭衙行》《赠卫八处士》，那是多么广阔的历史画卷，涉及幅度之广，凡所耳闻目睹的社会大乱无不记之于诗，真是海涵地负千汇万状。

离开关中以后，经秦州暂栖，又至成都，以及夔州，最后漂泊荆湘，虽然远离政治中心，只要有所闻知，举凡安史之乱熄灭、吐蕃进犯，长安再陷，将相的任命、地方边将的内乱，藩镇张狂，百姓漂泊入蜀，以至大画家曹霸、宫廷舞师李十二娘、大音乐家李延年的流浪，长安儒生与宫廷学士的流播，无不涉笔入诗，也在他们身上倾注对大唐帝国由盛转衰长久不得安宁的哀感痛心。他自离京以后，无不思念长安，直至暮年的《秋兴八首》，长安盛世的辉煌与今日的一蹶不振，对旧时的回忆与今日的迟暮奔波的哀伤，伤己悲京，是一组悲长安的大诗。《诸将五首》以及前此的《有感五首》，都可以看作有关军国大计的时政评论，目光四射，对长安、边地、军储、高爵厚禄不思报国的诸将无不关注，以及对"安危须仗出群材"严武的赞美。直至绝笔之作《风疾舟中伏枕书怀三十六韵奉呈湖南亲友》，还悲吟"战血流依旧，军声动至今"，惦念灾难的国家与社会。离京以后的十二年，举凡行旅、山水、田园、咏物、怀古、游览、登高、送别、思弟、念乡、忆旧，甚至闲适诗，无不时时刻刻挂念灾难中的民众与国家，思返长安与洛阳。苏轼说他"一饭未尝忘君"，以今日看，无论困苦、迟暮、贫穷、逃难、辗转漂泊都念念不忘国家，未尝忘记灾难中煎熬的苍生。

　　正是从关心国事时局忧念民众出发，把自己喜怒悲乐和社会、苍生融为一体，所以他的诗博大、深沉、厚重，加上他的忧患意识，后世就以"沉郁"来作为概括他的内容风格的主体方面。表现如此博大题材厚重内容的语言特征，就是喜欢用囊括天地四方的大名词与大数与极数。前者言空间，则如天下、乾坤①、万国、八荒、四方、六合、万里、江湖、关山、关河、塞上、故国、郡国、旧国、天边、殊方、干戈、千家、万户、千村、万落、天隅、天边、天涯、风云、沧海、群山、万壑、北斗、五湖、东吴、大江、四海、碧海、天远、地卑、南国、四山、川原、昊天、六合、中天、河汉；言时间，则如千秋、千载、百年、万古、永夜、三月、十载；言地名则京华、西京、中原、秦中、秦城、秦川、秦关、咸阳、杜

---

① 方勺《泊宅编》卷二："诗中用'乾坤'字最多且工，唯杜甫，记其十联：'乾坤万里眼，时序百年心'，'身世双蓬鬓，乾坤一草亭'，'江汉思归客，乾坤一腐儒'，'吴楚东南坼，乾坤日夜浮'，'不眠忧战伐，无力正乾坤'，'纳纳乾坤大，行行郡国遥'，'日月笼中鸟，乾坤水上萍'，'胡虏三年入，乾坤一战伐'，'日月低秦树，乾坤绕汉宫'，'开辟乾坤正，荣枯雨露偏'。"中华书局1997年版，第12页。所举均为五言，七言如《洗兵马》"二三豪俊为时出，整顿乾坤济时了"，《承闻河北诸道节度入朝欢喜口号绝句十二首》其三"自是乾坤王室正，却教江汉客魂销"等，五言还有《写怀》其一"劳生共乾坤，何处异风俗"，《逃难》"乾坤万里内，莫见容身畔"等。

陵、曲江、潼关、东都、中原、河洛、蓟北、渔阳、幽燕、幽州、陇右、崆峒、巴蜀、剑外、江汉、西山、南国；言国家，则如至尊、天子、朝廷、社稷、九重、群公、衣冠、诸公、郡国、赤县；言战争，则如干戈、兵戈、兵革、战地、风尘、风云、乱离、白骨、烟尘、时危、世乱、王师、胡马、战哭、鼓角、关塞、朔方、乱离、丧乱；言山河，则如群山、万壑、云山、沧江、泾渭、高江、急峡、丘山、雪山、丘原、大江。总而言之，崇尚大词，以大为美，故前人言"大"字为老杜家畜，招之即来。心怀天下，眼观万民，不能不用大。无论"诗史"，还是"诗圣"，或者"集大成"，或者风格的"沉郁"，缺了大题材、大叙述、大景观、大议论、大感慨、大气象、大气势，就不成为杜诗了，而杜诗之所以感昭百代的原因，也正在这里。

（四）千变万化荡气回肠的"顿挫"

杜甫与李白有一个共同特点，都不是平静的人，无论升平年间还是丧乱时代，伟大理想的涌动，不平的愤慨奔腾，则是相同的。他们不是王维那种"行到水穷处，坐看云起时"的"无可无不可"的方式，而是震荡奔突的。不同的是，李白以"天生我才"而不得用，表现的方式为爆发式跳跃，如天马行空；杜甫持"致君尧舜上"而不能实现，则如岩浆涌动地下，以顿挫抑扬的方式千变万化。天上地下阴阳互补，合构盛唐气象的批判的精神，表现了时代的最强的旋律。

杜甫的"顿挫"按结构形态分，则有句内、句与句、两句与两句、片段与片段，乃至整体结构以顿挫形成，大约有五种形态；按叙议类型分则有叙述、写景、抒情、议论，或者相互交错渗透等多种形态。总体上千变万化，不拘一格，这不过是大体上的划分，为了使内涵与外延清晰罢了。

先看句内顿挫。李白诗常把相同的一个意思说成两句话，以求透晰淋漓；杜甫每把相同或相反的几种意思压缩成一句，因有许多话要说。前者是外向的，故酣畅、奔放、飘逸；后者是内向的，故厚重、沉雄、博大。胸怀忧苦与愤懑，表现形式就不能不顿挫。句内顿挫有句内与句外——言外之意，而形成顿挫。《奉赠韦左丞丈二十二韵》发端的"纨袴不饿死，儒冠多误身"，前句的否定命题实以肯定为前提，纨袴游手好闲则应当坐吃山空而饿死，现今却活得自在得意；此为欲抑先抑的顿挫。后句的肯定说法亦应以否定为前提，即儒士应受到重用，而今却"多误身"，此为欲扬先抑的顿挫。两句正意见于句外，正面说的却是反面的话。如此皮里阳秋的话，正是"一肚皮牢骚愤激"，因又是强烈对比。置于发端，突兀而来，发泄不平之鸣。正如吴瞻泰所言，"一起如风雨骤来，不知何为而发。盖此老一肚皮稷、契，思以致君尧舜为己任。而当路无一援手，故开口便骂。其蓄意则在句前也"①。《闻官军收河南河北》的"初闻涕泪满衣裳"，乍闻应当狂喜，狂喜之极，则喜极生悲，言外之意与句面之悲，看似欲抑先扬，实则欲扬先扬，表达了极复杂特殊的情感。再如《自京赴奉先县咏怀五百字》发端的"杜陵有布衣，老大意转拙"，亦是牢骚语，亦属句内顿挫。杜陵属于天子脚下城南富庶区，宦宅集中，所谓"城南韦杜，去天尺五"。而现在却有平头"布衣"居此；次句谓凡人老大则明白世故，所谓"四十不惑"，应活得自在，今却反而弥拙。两句均为欲抑先扬的顿挫，为句内顿挫的连续而发，使一句包含两个相反对立的内容，句意形成顿挫转折，在顿断拉开的缝隙，矛盾的两个意思在碰撞中跌宕运行，跌入到更深一层，故感慨弥强。

　　方东树曾说："顿挫者，句断，不将两句合一意，使中相连，中无罅隙，含蓄成叶子金。"② 这是说的句与句之间的顿挫，顿挫是逆折性跌宕，或连续性跌宕或者张扬，跌落气脉紧促，故能"使中相连"，而且"中无罅隙"。这在五古长篇最具特征，如《奉赠韦左丞丈二十二韵》推介自己："甫昔少年日，早充观国宾。读书破万卷，下笔如有神。赋料扬雄敌，诗看子建亲。李邕求识面，王翰愿卜邻。自谓颇挺出，立登要路津。致君尧舜上，再使风俗淳。"每两句都可构成独立单位，前后句关系基本都呈现欲扬先扬。"赋料"四句，看去似乎每两句为一意，实际上以每两句之后句为重心，故能构成层递性的进展。然后转到怀才不遇的困顿："此意竟萧条，行歌非隐沦。骑驴三十载，旅食京华春。朝扣富二门，暮随肥马尘。残杯与冷炙，到处潜悲辛。"每两句又体现欲抑先抑的，连续性的跌宕顿挫，在于希望韦丈的援手。此节八句又与上"甫昔"12 句构成块状性的欲抑先扬。而最后一节的"窃效贡公喜，难甘原宪贫。焉能心怏怏，只是走踆踆。今欲东入海，即将西去秦。尚怜终南山，回首清渭滨。"每两句均构成欲抑先抑，表示自己的希望和对长安的留恋。最后用"常拟报一饭，况怀辞大臣。白鸥没浩荡，万里谁能驯？"又各自呈现欲扬先扬状态，表示知遇必报而又不失身份。全诗除了开头后二句"丈人试静听，贱子请具陈"，以及中间表述不遇后的"甚愧丈人厚，甚知丈人真。每于百

---

① 吴瞻泰：《杜诗提要》，黄山书社 2015 年版，第 7 页。
② 方东树：《昭昧詹言》，人民文学出版社 1984 年版，第 410 页。

一　杜诗"沉郁顿挫"的界域与表现特征　155

僚上,猥诵佳句新",在于带出以下的希望,采用了一般过程性的叙述句,其余全都以顿挫组成,前后三大块状,依据自荐、挫折、希望的不同,依次选用了欲扬先扬、欲抑先扬、欲抑先抑的方式,三节之间,中节与前节为欲抑先扬,见出"误身"。中节又与后节构成欲抑先抑,见出干谒之无望。加上首尾的欲抑先抑与欲扬先扬,全篇的局部与整体都处于跌宕转折、顿挫抑扬的波浪起伏之中。王嗣奭称为:"纵横转折,感愤悲壮,缱绻踌躇,曲尽其妙。"① 或言:"昔抱负未舒,今复不遇而去,此一诗前后之结构也。起甚抑郁,结自慷慨,身分仍高。"② 前者指出叙述与言情之所以"曲尽其妙",在于"纵横转折",即顿挫手法随内容而自然地调换。后者言顿挫在结构上显得层次井然有序。这在唐人干谒诗中可谓杰构,亦可见出早年在顿挫上的技巧。

后来的《自京赴奉先县咏怀五百字》可以说在五古顿挫上更趋于成熟,先看两句间的顿挫:"许身一何愚,窃比稷与契!居然成濩落,白首甘契阔。盖棺事则已,此志常觊豁。穷年忧黎元,叹息肠内热。取笑同学翁,浩歌弥激烈。"除去"穷年"二句为欲扬先扬,其余均为欲扬先抑,两句间的落差更为加大,一连串感慨引发的张力加巨,大有"连山到海隅"之势。"穷年"二句犹如在抑塞郁结中忽然"幽音变调忽飘洒,长风吹林雨堕瓦",由阻塞而变为流畅,以欲扬先扬的酣畅起到间息作用,使"取笑"两句更显凛然激昂。

以上是句与句构成顿挫,以下则变为两句与两句间的顿挫:"非无江海志,潇洒送日月。生逢尧舜君,不忍便永诀。当今廊庙具,构厦岂云缺?葵藿倾太阳,物性固莫夺。顾惟蝼蚁辈,但自求其穴。胡为慕大鲸,辄拟偃溟渤?以兹悟生理,独耻事干谒。兀兀遂至今,忍为尘埃没?终愧巢与由,未能易其节。沉饮聊自遣,放歌破愁绝。"前12句,每四句一层,分作三层,每一层构成动荡性的顿挫,且均采用欲扬先抑的形式,比起上一部分每两句的顿挫,速度变缓,然起伏的幅度加大,显得长气浩然,心情如海潮般的汹涌澎湃,而生发"不尽长江滚滚来"的不可阻挡的力量。在开合伸缩顿挫中,把满怀热肠既表达得千变万化而又淋漓尽致。"顾惟"两句向来有言己言人的分歧,若谓言己不仅与杜甫"鲸鱼碧海"审美博大境界相违,而且与上自比稷契抵触矛盾。如作言人看,则与下两

---

① 王嗣奭:《杜臆》,上海古籍出版社1983年版,第11页。
② 刘濬《杜诗集评》卷一引俞玚语,转引自萧涤非主编:《杜甫全集校注》,人民文学出版社2014年版,第284页。

句形成对比性的顿挫，显得更为跌宕起伏。"以兹"两拘一抑，"兀兀"两句又一抑，是说因以干谒为耻，故为尘埃所没，即属欲抑先抑，此与上文的欲扬先抑连续推进，为一变。以下"终愧"二句回归欲扬先抑，又为变中出变。再以末二句欲扬先扬为收束。

以下经骊山，耳闻山上音乐，由此推想玄宗集团的奢侈，夹叙夹议。其中议论："彤庭所分帛，本自寒女出。鞭挞其夫家，聚敛贡城阙。圣人筐篚恩，实欲邦国活。臣如忽至理，君岂弃此物？多士盈朝廷，仁者宜战栗。况闻内金盘，尽在卫霍室。"凡12句分三层，前四句是欲抑先抑，指出财物出于敲剥。中四句是欲抑先扬，谴责杨国忠之流。后四句欲抑先抑，指出其人之得宠。每次抑扬顿挫中，其中又可于两句中见出小顿挫。如中四句的"圣人"两句为欲扬先扬，后两句为欲抑先抑；末四句前二句欲抑先扬，后二句为欲抑先抑，顿挫法度至为缜密。此为议论中的顿挫。

至于叙述中的顿挫，最后至家一段很为感人："老妻寄异县，十口隔风雪。谁能久不顾？庶往共饥渴！入门闻号啕，幼子饿已卒。吾宁舍一哀，里巷亦呜咽！"前两句欲抑先抑，后两句欲扬先扬，又合构为欲扬先抑。五、六两句欲抑先抑，七、八句又是欲抑先扬。前四句又合构为欲扬先抑。后四句又合构为欲抑先抑。以下发为议论："所愧为人父，无食致夭折！岂知秋禾登，贫窭有仓卒？生常免租税，名不隶征伐。抚迹犹酸辛，平人固骚屑。默思失业徒，因念远戍卒。忧端齐终南，澒洞不可掇。"这十二句每四句一层，前四句构成欲抑先抑，又由前后各两句的欲抑先抑与欲抑先扬构成；中四句为欲抑先扬，亦复由前后各两句的欲扬先扬与欲抑先抑合构。末四句，前后由两个同样的欲抑先抑，合构一个大的欲抑先抑，愈显沉郁悲怆，莽莽苍苍，不可遏止。连续的顿挫体现了忧念苍生、悲天悯人的仁者怀抱。由己及人，而不专为一己之悲痛。前人曾言此诗与《北征》篇，"忽正忽反，若整若乱，时断时续处，得其篇法之妙"[①]。实际上是以"沉郁"的怀抱，顿挫的手法，安排结构，包括单句、句与句、两句与两句，以及块状性议论或叙述都处于跌宕起伏的顿挫中。又有论者言："此诗与《北征》诗，变化之妙尽矣。《北征》之变化在转折，此诗之变化在起伏，起伏中亦自转折，然转折即在起伏中，转折中亦自起伏，然起伏即在转折中，其篇法极幻。"[②] 其实转折与起伏都属于顿挫范畴，前者

[①] 钟惺：《唐诗归》卷十九，转引自萧涤非主编：《杜甫全集校注》，人民文学出版社2014年版，第683页。

[②] 李长祥：《杜诗编年》卷二，转引自萧涤非主编：《杜甫全集校注》，人民文学出版社2014年版，第683—684页。

就段落而言，后者则指句与句而言。

所以抑扬顿挫，即表达的起伏转折的作用，在两诗里起了绝大作用。或曰："此与《北征》为集中巨篇，摅郁结，写胸臆，苍苍莽莽，一气流转，其大段中有千里一曲之势，而笔笔顿挫，一曲中又有无数波折也。"[①] 这实际上为此二篇沉郁顿挫做了简要笼括阐释。杨伦似乎为以上诸家做了总结："五古前人多以质厚清远胜，少陵出而沉郁顿挫，每多大篇，遂为诗道中另辟一门径。"[②] 正可看出深沉博大、厚重多变化的"沉郁顿挫"风格正是杜甫在五古上的创新。

杜甫七言歌行亦多大篇，顿挫在结构上同样起了重要作用。《兵车行》居于全篇中间的"边庭流血成海水，武皇开边意未已"，是为全诗的主题，以欲抑先抑、跌而又跌的顿挫，使非战意图更为显豁，在全诗起到枢纽作用。《丽人行》以绝大篇幅铺叙丽人的豪华与奢侈，末了却以"杨花雪落覆白蘋，青鸟飞去衔红巾"的隐语暗示，影射杨国忠兄妹的苟且，揭露"丽人"的丑恶，把前面所写的美艳一笔抹掉，全诗结构上形成前扬后抑即欲抑先扬的格局，以少胜多，化美为丑，翻天覆地的大力源于欲抑先扬的布局安排。《茅屋为秋风所破歌》同样以绝大篇叙写题目所示内容，最后呼唤广厦千间大庇天下寒士，即使"吾庐独破受冻死亦足"，亦在所不辞。同样用了以少胜多的结构，全诗构成欲扬先抑动态运进方式。但这种方式运用一多，即成模式，宗法杜诗的白居易的新乐府就有此显明缺陷。杜诗此类结构，却是一篇一种模样，《缚鸡行》前七句只写了一个问题：鸡得则虫失，虫得则鸡失，最后两句说："鸡虫得失无了时，注目寒江倚山阁。"对鸡虫并未有所抑扬，末句推到远处，天下事亦可作鸡虫观。把对彼此如何选择没有明显说出，末句与前形成 n：1 结构，还是有所肯否的，只是没有明言罢了，故其结构实际属于欲扬先抑。《丹青引》从整体看先以画人画马铺叙盛世时的得意，末言"即今漂泊干戈际，屡貌寻常行路人"，这不仅与此二句之前的"将军善画盖有神，必逢佳士亦写真"，形成对比式的欲抑先扬的顿挫，而且又紧接再言："穷途反遭俗眼白，世上未有如公贫"，加大了今昔对比的反差，这种欲抑先扬的结构把人物的遭遇置于大唐帝国由盛转衰的大背景中，由一人遭遇的顿挫而见出时代的巨变。又以"但看古来盛名下，终日坎壈缠其身"的欲抑先扬顿挫，揭示出历史的规律，表达了对其人不幸的抚慰，更蕴涵身有同感的"同是天

---

① 乾隆：《唐宋诗醇》，中国三峡出版社 1997 年版，第 170 页。
② 杨伦：《杜诗镜铨》，上海古籍出版社 1980 年版，第 111 页。

涯沦落人"的愤激。且与开头相呼应："将军魏武之子孙，于今为庶为清门。英雄割据虽已矣，文采风流今尚存"，发端先以欲抑先扬转换到欲扬先抑，一波三折连续顿挫，从身世中见出不凡，不仅为下文铺叙绘画才能做了声势，而且以"文采风流"与结尾"终日坎壈"顿挫遥应，结构上又是一变。《观公孙大娘弟子舞剑器行》先铺叙五十年前公孙大娘之舞动人神魄，然后一笔带叙今之观其弟子"妙舞此曲神扬扬"。由"感时抚事增惋伤"再引发一番对比，过去是"先帝侍女八千人，公孙剑器初第一"，然而"五十年间似反掌，风尘涜动昏王室"，今日却是"梨园弟子散如烟，女乐余姿映寒日"。使结尾强调的时代巨变，在此诗欲先置于中间，与昔日公孙之舞形成欲抑先扬的对比，而由此迸发出一番大感慨。末尾的"金粟堆前木已拱，瞿唐石城草萧瑟。玳筵急管曲复终，乐极哀来月东出"，复由前两句欲抑先抑，带出后两句"乐极哀来"的欲抑先扬的悲哀。最后的"老夫不知其所往，足茧荒山转愁疾"——自己未尝不是一个流浪者，而更顿挫出一层。此诗顿挫所组成的章法，又是一种变化。

　　总之，杜甫的"沉郁顿挫"在五古大篇与歌行体中，无论单句，或两句之间，或是由四句一层组成的大块的议论与叙述，或者以此组织经营结构，极尽变化之能事。即使同类题材，亦面貌各异，以顿挫的笔墨记述动荡的历史，发挥到前所未有的极致，在中国诗史开辟出一种以"沉郁顿挫"为特征的大境界！

　　至于五七古短篇，还有五、七言律诗，也是"沉郁顿挫"的用武之地，即便七绝因过于短小，难以施展"顿挫"，但题材的选择却可以呈现"沉郁"。限于篇幅，只好待以来日。

二　杜诗模式特征论

盛唐诗人无论大家、名家，几乎各自都有种种模式，其中尤以李白、岑参为多，杜甫亦不能例外。他人的模式出于一种应酬，如李白、高适；或者因了审美的偏嗜，如岑参[①]。而杜甫的模式则为了表达情感的需要，基本出于创作倾向的选择，或者漂泊困境的感叹。其中主要因素是忧国忧民的忧患意识的强调，而与创作思路的拘囿和表达技巧的单纯无缘。这些模式也体现他的"沉郁顿挫"的主体风格。

（一）儒家仁者情怀的呼唤："安得""焉得"模式

杜甫是一个政治性很强的诗人，也是讲究诗法技巧的诗人，以后者看会尽量减少模式与雷同，然从前者看，非常注重思想性的选择与表达，要强化思想倾向与观念，就必然免不了对最能表达强烈理念与情感的选择形式的反复使用。其中最能体现创作思想模式，既形成主体风格"沉郁顿挫"的因素，也代表了其所以走向"诗圣"的基因，这就是出于民胞物与的仁者情怀的迫切呼唤——"安得"。给我们印象最深的直接感觉是："安得广厦千万间，大庇天下寒士俱欢颜，风雨不动安如山！"身处"床头屋漏无干处，雨脚如麻未断绝"的苦境，希望脱离"长夜沾湿何由彻"冷楚难耐的夜雨侵迫之痛，希望一种温暖与安宁，求生求能活下去的心理，使他想到应当是能有蔽风雨的一椽之屋就是幸福中人，然而呼唤的却是"广厦千万间"，想到的却是"大庇天下寒士俱欢颜"，他自己未尝不是"士"，而且为确然不移的"寒士"，但他却由己及彼，不，由一我之己而首先想到"天下寒士"。安史之乱造成了天下奔波，杜甫在流浪生涯中见过"天寒翠袖薄"的"佳人"，也见过更多的"山中儒生旧相识"，曾经"但话宿昔伤怀抱"（《同谷七歌》其七）。还包括各种人物都处于流浪，杜甫就看到过"天下学士亦奔波"（《寄柏学士林居》）。此诗所说的"寒士"还应当包括比"寒士"还"寒"的难民与贫民。杜甫不仅自己弃官漂泊，

[①]　关于盛唐诗人的模式，参见魏耕原：《"天宝之风尚党"论》，《陕西师范大学学报》2015年第1期；又收入《盛唐名家诗论》，中国社会科学出版社2015年版。

本身就是难民,而且,他始终抱有忧患苍生的民本思想。还应当指出,杜甫的忧民理念主要来自孟子。他在安史之乱的《醉时歌》说过:"儒术于我有何哉?孔丘盗跖俱尘埃。"虽为愤激语,然"儒术"从来没有放弃过。也不反对孔子,但至少不那么亲近。他亲近的是孟子,著名的"朱门酒肉臭,路有冻死骨",即本源于《孟子·梁惠王上》的"庖有肥肉,厩有肥马,民有饥色,野有饿莩"。此处"大庇天下寒士",亦即源于同篇的"老吾老,以及人之老,幼吾幼,以及人之幼"。杜甫把人之寒看得比己之寒还重要,他急不可待地呼唤:"呜呼!何时眼前突兀见此屋,吾庐独破受冻死亦足!"愿己"寒"而人不寒,愿付出"吾庐独破"的代价,甚至不惜"受冻死亦足"!如此仁者济世情怀,不正是"诗圣"所体现的胸襟与热肠,这正是儒家救世精神的精髓,永远感动后人,激发来者!

热忱激切的呼吁出现于此诗结尾,亦即诗人的用意所在。由于我们对此太熟悉了,却未意会到杜甫对此的热衷,而形成多次呼唤的模式。在困苦艰难中杜甫往往激发出一种追求的期望,尽管不会得到实现,却以"知其不可而为之"的精神去幻想,去呼唤,去追求,在现实与理想的矛盾中唤醒世人,追求温饱与安宁,这正是儒家仁者情怀最可取的一个方面。正缘于此,杜甫每当把艰难困苦付诸诗中,常把"安得"用在引人注意的结尾,而形成表达强烈愿望的一种模式,倾注着一腔热情。

"安得"最早出现于结尾的,是写于安史之乱次年天宝十五载(756)的《三川观水涨二十韵》。当时安史叛军已逼近潼关,杜甫携眷避难前往鄜州,一路淫雨而成洪水之灾,不见平地,唯见山包。由此感到"应沉数州没,如听万室哭"。在天灾人祸面前觉得"吾道正羁束,人寰难容身"的悲苦,却在诗末说:"因悲中林士,未脱众鱼腹。举头向苍天,安得骑鸿鹄?"从身世民生设想,脱祸无途,仰头诉天,发出无可奈何的悲叹。此诗前半铺叙水灾,其中又有时乱的折射,后半忽入自悲,自悲末了,又代人悲,已可见出杜甫悲天悯人的情怀。此诗忧念的"中林士",亦即"寒士",与前诗大庇天下之"寒士"息息相通[①]。更忧念"数州""万室"的百姓。此诗"不仅在用辞遣句上,甚至在构思和写法上,都明显地

[①] 萧涤非先生说:"此诗'寒士'虽指贫寒的书生,但可以而且应当理解为'寒人'。从杜甫全人以及'穷年忧黎元'、'一洗苍生忧'这类诗句来看,作这样的引申是合乎实际的,并非美化。王安石题杜甫画像诗:'宁令吾庐独破受冻死,不忍四海赤子寒飕飕',便是把'寒士'引申为老百姓的。"见《杜甫诗选注》,人民文学出版社 1979 年版,第 182 页。

受到了赋……的影响"①。尚需指出的是赋体曲终奏雅的结构,在这里形成以"安得"表作意与主题,在以后诗的结构上,便成为一种模式。

因疏救房琯,乾元元年杜甫被贬放华州,这是他政治上一次大挫折,自此以后再也无法回到朝廷。苦闷的心情在《望岳》中有所流露。还有《早秋苦热堆案相仍》借苦热发其郁懑之怀,以毒热之苦,蝇蝎之苦,簿书频仍之苦,而有"发狂欲大叫"的难耐,结言"南望青松架短壑,安得赤脚踏层冰",夏日无冰,亦为幻想之呼喊,见出心情郁郁寡欢而烦闷至极。这是杜甫第一首"白话律诗"②,特意与高华流美的初盛唐七律正格拉开距离。又以把先前尝试无多的"安得"置于结尾,本来用于五、七言古诗最为适宜,所以这诗带有实验的性质,以全然陌生面孔出现。当年曾去洛阳看望旧居与友人,作有《洗兵马》。此前两京收复,平叛形式转好,然而肃宗政权忙于妆点升平,武将"尽化为侯王",肃宗又滥封官爵。安史叛乱已经三年了,天下仍然"万国兵前草木风",饱受战乱的痛苦。所以诗的结尾说:"安得壮士挽天河,净洗甲兵常不用!"在"三年笛里关山月"的岁月里,杜甫关注时局的变化,焦虑这一切。这首长篇歌行,有忧患也有喜悦,犹如一篇长篇政论,容纳了当时诸多军国大事,头绪极多。末了代替"淇上健儿"与"城南思妇",即中原与关中广大民众,发出"洗兵马"的最强烈的非战愿望。杜甫与黄河流域人民饱经战争危害与流离,末尾的非战思想,符合当时人们的共同愿望,属于杜甫"诗史"的重要篇章。乾元二年杜甫"一年四行役",丧乱使他陷入一生最为奔波困苦时期。自洛阳回华州,沿途写了三《吏》、三《别》。七月弃官携眷流寓秦州,秋天作《遣兴三首》,其二听到"老弱哭道路",希望"愿闻兵甲休"。其一又听到"故老行叹息,今人尚开边",又在结末而发"安得廉颇将,三军同安眠"的感叹,如果以安边守土为务则天下晏然,讥边将生事邀功。以上为未离开北方时的"安得",这一模式是从写于安史之乱的诗中开始。以后漫长的流离将出现更多,更为强烈!

自入川以后,杜诗用"安得"在结尾发出呼唤凡12首。作于上元元年的《石笋行》谓石笋"亦如小臣媚至尊。政化错迕失大体,坐看倾危受厚恩",赵次公说:"此正以专指李辅国一内臣耳,连结张妃,肃宗信任之,呼为阿父。……公于《祭房相公文》云:太子即位,揖让仓卒;小臣用权,尊贵倏忽。正以言李辅国,则今诗云'如小臣媚至尊'者。"故在

---

① 陈贻焮:《杜甫评传》上卷,上海古籍出版社1982年版,第316页。
② 参见魏耕原:《杜甫白话七律的变格与发展》,《安徽大学学报》2016年第2期。

末尾发出"安得壮士掷天外,使人不疑见本根","本根"谓真相,"言要使天下知其(指李辅国)一内臣耳也"。作于同年的《石犀行》与上诗同以"君不见"发端,又同以"安得"煞尾,当为姊妹篇。距此两年前之乾元元年,肃宗崇信佛教,作道场于宫,以宫人为菩萨,武士为金刚神,召命大臣膜拜,又斥贬直谏大臣。故此诗言"自古虽有厌胜法","诡怪何得参人谋",借石犀"指讥庙堂无经济之人"①,希望更张朝无正人的局面,使"元气能调和",所以再次呼吁"安得壮志提天纲,再平水土犀奔忙",能使"贤相操国柄"②,重新整顿山河,鬼怪乱神自会逃亡。这两诗或触目生思,或凭耳闻以发论,可以见出反对迷信与嫉恶如仇的讽刺精神。同年所作《题壁画马歌》是首七言八句歌行,前六句叙其画出韦偃之手,画上"一匹龁草一匹嘶","坐看千里当霜蹄"。由此涌出一种希冀:"时危安得莫如此,与人同生亦同死。"杜甫喜马之神骏,自少至老咏马诗极多。早年《房兵曹胡马》就说过"所向无空阔,真堪托死生。骁腾有如此,万里可横行",《高都护骢马行》又说"雄姿未受伏枥恩,猛气犹思战场利"。此诗把画马视作真马,在马身上寄托着自己的理想与希望,这也是他一惯济世思想的体现,在这里的主题句同样体现分明。

宝应元年四月,玄宗、肃宗相继去世,杜甫认为他们都应承担安史之乱酿成与蔓延的责任,故无诗悼念,可见"一饭未尝忘君"的话,不可全信。倒是民众大小不幸则时时观注,此年麦熟,羌浑、吐蕃等先后寇犯梁、洋、集、壁四州,人皆慌恐逃离。《大麦行》说"妇女行泣夫走藏","问谁腰镰胡与羌",庄稼被诸羌所刈一空,蜀兵不能救护。杜甫本是"南北逃世难"的流浪者,入蜀已三年,不料此处亦不得安宁,就在结尾滋生出幻想:"安得如鸟有羽翅,托身白云还故乡。"此与三川遇洪水的"举头向苍天,安得骑鸿鹄",出于相同愿望。见出当时万方多难,难得安宁。是年剑南兵马使在成都作乱,杜甫避乱梓州,有伤离乱奔走的《光禄坂行》。此诗与前二诗均为七言八句,不同的是此诗以铺叙为主,描写战乱带来的凄凉:"山行落日下绝壁,西望千山万山赤。树枝有鸟乱鸣时,暝色无人独归客。马惊不忧深谷坠,草动只怕长弓射。"不怕山险马坠,只怕乱兵为害,战祸惨痛已到了民不聊生的程度。杜甫是从海内福安的开元时代过来人,行者虽万里犹不持防身之具。那是"九州道路无豺虎,远行不劳吉日出"(《忆昔》其一)的时代,所以不由自主地涌出无限感慨:

---

① 林继忠辑校:《杜诗赵次公先后解辑校》,上海古籍出版社1994年版,第402、403页。
② 王嗣奭:《杜臆》,上海古籍出版社1983年版,第136页。

"安得更似开元中,道路即今多拥隔。"而时代却进入"乱离人不如太平犬"惨难中。今昔对比,流离人又怎能不生时代倒转的奢望呢?作于次年的《喜雨》面对"春旱天地昏,日色赤如血",结尾言"安得鞭雷公,滂沱洗吴越",其魄力不弱于李白,总希望社会能得到安宁!

大历元年冬,杜甫至夔州半年,有《王兵马使二角鹰》同样以赋体手法铺写鹰之勇锐与威慑,最后以鹰喻王姓其人,望能迅疾驱除寇乱:"荆南芮公得将军,亦如角鹰下翔云。恶鸟飞飞啄金屋,安得尔辈开其群,驱出六合枭鸾分。"杜甫喜马爱鹰,早年在《画鹰》说过:"何当击凡鸟,毛血洒平芜。"而今"恶鸟飞飞",一见雄鹰自然神旺,而又转到借鹰写人。"结以角鹰搏击恶鸟,暗合将驱除群寇,扫清六合,为一篇大结穴。"①而"安得"正在"大结穴"处起到了醒豁的强调作用。次年春作七律《昼梦》,在"桃花气暖眼自醉,春渚日落梦相牵"昏倦状态,却想到"故乡门巷荆棘底,中原君臣豺虎边",特别是在结末呼喊出:"安得务农息战斗,普天无吏横索钱!"长期战乱使军费剧增,转嫁到民众头上赋税就成为漫无遮拦的横征暴敛。前人说:"所愿者去兵足食平赋足民。而自比稷契,岂虚语哉!"②同春还写了《晚登瀼上台》,面对林花春景,他想了许多:一是"群盗久相踵",二是"黎民困逆节,天子渴垂拱",三是身既衰老而救世之人如吕望、诸葛亮,即今世所期望者房琯、张镐、严武等亦亡。所以眼前春景只是"楚星南天黑,蜀月西雾重",故结末说:"安得随鸟翎,迫此惧将恐。"忧群盗之恐惧,不能没有插翅随鸟之望。如果说"安得"是杜诗呼唤式模式,那么随之所发奇想的"随鸟翎"则是模式中的模式,不仅三川遇水说"安得骑鸿鹄",《大麦行》说"安得如鸟有羽翅",而且其他诗如至德二载记述逃难的《彭衙行》结尾的"何当有翅翎,飞去随尔前",以及非咏鸟诗以鸟喻结束者亦为不少③。此年冬有《后苦寒

---

① 吴瞻泰:《杜诗提要》,黄山书社2015年版,第134页。
② 张性:《杜律演义》前集,转引自萧涤非主编:《杜甫全集校注》,人民文学出版社2014年版,第4394页。
③ 如《奉赠韦左丞丈二十二韵》的"白鸥没浩荡,万里谁能驯",《同诸公登慈恩寺塔》的"黄鹄去不息,哀鸣何所求?君看随阳雁,各有稻粱谋",《送率府程录事还乡》的"念君息羽翮,既饱更思戢。莫作翻云鹘,闻呼向禽急",《送重表侄王砅》的"安能陷粪土,有志乘鲸鳌。或骖鸾腾天,聊作鹤鸣皋",《入衡州》的"柴荆寄乐土,鹏路观翱翔",《王阆州筵奉酬十一舅惜别之作》的"沙头暮黄鹄,失侣自哀号"。此类以鸟喻结束的诗,此前有鲍照《拟行路难》其三的"宁作野中之双凫,不愿云间之别鹤",《赠傅都曹别》的"短翮不能翔,徘徊烟雾里"。谢朓名作《暂使下都夜发新林至京邑赠西府同僚》的"常恐鹰隼击,时菊委严霜。寄言罻罗者,寥廓已高翔"。杜诗与此或有相关,尤其是小谢诗的结尾,取法乎此更为明显。

行二首》,均为七言七句,这又是一种尝试。其一极言天气酷冷,以至于"玄猿口噤不能啸,白鹄翅垂眼流血"。最后以单句煞尾,迸发出"安得春泥补地裂",期盼春回地暖,想象亦为奇特。

最早注意杜诗把"安得"用于结尾的,大概是孙季昭。其言曰:"杜诗结语,每用'安得'二字,皆切望之词。'安得广厦千万间,大庇天下寒士俱欢颜','安得壮士换天河,净洗甲兵长不用',此(指《喜雨》)云'安得鞭雷公,滂沱喜吴越',皆是一片济世苦心。"① 后来刘凤诰亦言:"少陵志气恢宏,心存济世,古诗直抒胸臆,往往于结句作殷勤属望之词。……想其恣情指挥,语语皆令小夫咋舌,不得谓言大而夸也。"② 所举"安得"例有《洗兵马》《石笋行》《茅屋为秋风所破歌》《王兵马使二角鹰》《苦寒行》《喜雨》六首。今人萧涤非先生亦言:"杜甫当他表达对天下后世的迫切愿望时,总是在诗的结尾用'安得'两字。"又说:"安得,是欲得而不能得的一种假想的说法,表现了理想与现实的矛盾。这两个字,杜甫常用,……也都体现了人民的愿望。"③ 今时论者对此做了统计,从人文情怀与对后世影响做了详尽的调查与讨论。④

"安得"除了用在结尾,还有用于句中者凡 12 例。见于安史乱前者如《九日寄参》,诗中说:"吁嗟呼苍生,稼穑不可救。安得诛云师,畴能补天漏。"天宝十三载关中久雨,诗纪其事。《苏端薛复筵简薛华醉歌》:"爱客满堂尽豪翰,开筵上日思芳草。安得健步移远梅,乱插繁花向晴昊。"此为诗人聚会一时豪兴,要把南方早开之梅移来助兴。乾元元年在华州作七律《望岳》前半说:"西岳危棱竦处尊,诸峰罗立如儿孙。安得仙人九节杖,拄到玉女洗头盆。"此从左拾遗外放华州,心中苦闷而不能明言,诗中带有一定的象征意味,似乎希望能回到朝廷,用"安得"表达了这一希望。乾元二年七月在弃官至秦州以先作《夏夜叹》,开头说:"永日不可暮,炎蒸毒我肠。安得万里风,飘摇吹我裳。"弃官入陇,此年十月赴同谷有《凤凰台》记道路险要:"山峻路绝踪,石林气高浮。安得万丈梯,为君上上头!"这是饱受行役流离之苦的呼唤。至同谷而有《乾元中寓居同谷县作歌七首》,其三思念远方之弟说:"生别展转不相见,胡尘暗天道

---

① 仇兆鳌:《杜诗详注》卷十二所引,中华书局 1979 年版,第 1020 页。
② 刘凤诰:《杜工部诗话》,见张忠纲:《杜甫诗话六种校注》,齐鲁书社 2004 年版,第 190—191 页。
③ 萧涤非:《杜甫诗选注》,人民文学出版社 1979 年版,第 110、182 页。
④ 参见潘殊闲:《杜甫的"安得"情怀》,见氏著:《唐宋文学论稿》,巴蜀书社 2010 年版,第 44—45 页。

路长。东风驾鹅后鹜鸰,安得送我置汝旁。"丧乱漂泊给他带来许多意想不到的痛苦。入川后避乱梓州作《寄题江外草堂》:"干戈为偃息,安得酣歌眠!"真是天下没有安宁之所。以下为大历元年、二年在夔州所作:

> 日暮归几翼,北林空自昏。安得覆八溟,为君洗乾坤?(《客居》)
> 温温士君子,令我怀抱尽。灵芝冠众芳,安得阙亲近?(《赠十八贲》)
> 安得自西极,申命空山东。尽驱诣阙下,士庶塞关中。(《往在》)
> 安得突骑只五千,崒然眉骨皆尔曹。走平乱世相催促,一豁明主正郁陶。(《久雨期王将不至》)
> 我衰太平时,身病戎马后。蹭蹬多拙为,安得不皓首?(《上水遣怀》)

以上"安得"或为怎能义,或为怎能得到义。另外,还有与"安得"的同义语"焉得"与"焉能",前者用于结尾者,如:

> 焉得附书与我军,忍待明年莫仓促!(《悲青坂》)
> 焉得并州快剪刀,剪取吴松半江水!(《戏题画山水图歌》)
> 焉得思如陶谢手,令渠述作与同游!(《江上值水如海势聊短述》)
> 愁边有江水,焉得北之朝?(《又雪》)

见于篇中者,如:

> 焉得一万人,疾驱塞芦子?(《塞芦子》)
> 沧江多风飙,云雨昼夜飞。茅轩驾巨浪,焉得不低垂?(《水槛》)
> 天下郡国向万城,无有一城无甲兵。焉得铸甲作农器,一寸荒田牛得耕!《蚕谷行》)
> 焉得辍两足,杖藜出岖嵚?(《阻雨不得归瀼西甘林》)
> 虎狼窥中原,焉得所历往?(《咏怀二首》其二)
> 日月还相斗,星辰屡合围。不成诛执法,焉得变危机?(《伤春五首》其三)

至于"焉能"者,如《奉赠韦左丞丈二十二韵》的"焉能心怏怏,只是走踽踽",《同诸公登慈恩寺塔》的"俯视但一气,焉能辨皇州",《去矣行》的"君不见鞲上鹰,一饱即飞掣。焉能作堂上燕,衔泥附炎热",《寄韩谏议》的"美人胡为隔秋水,焉能置之贡玉堂",《偪仄行》的"焉能终日心拳拳,忆君诵诗神凛然"等。还有"何当",犹如"安得"。《画鹰》的"何当击凡鸟,毛血洒平芜",《桥陵诗三十韵因呈县内诸官》的"何当摆俗累,浩荡乘沧溟",《彭衙行》的"何当有翅翎,飞去堕尔前"等。

综上可见,"安得""焉得"以及"焉能"合共42例,已不能算是小数。用于中间者可称得上杜诗的"关键词",用于末尾者可称得上是一种模式。呈现以下特点:一是"安得"比"焉得"声音响亮,故前者用量是后者2倍还多,更能显示出迫切期盼或呼唤的需要;二是"安得"凡用于结尾者,绝大多数是关于军国大政,或者有关丧乱,或表达一种政治期望,充分体现了杜甫忧国忧民的精神。就是像《昼梦》这样的题材,既体现了非战思想,又反对横征暴敛,均属重大主题。三是这种模式主要见于安史乱后的万方多难的时期,方能表达迫切热爱安定,企盼社会得到复苏的美好愿望,故安史乱前所用极少。四是这种政治色彩极强的呼唤,不仅与应酬套板无关,亦与特意体现一种表现技巧无关,此与送别诗中李白、高适、岑参,或以水深水长喻情之深永,或鼓励人建功立业的模式,均有区别。也就是说杜甫此种模式是主题本身的需要,而非表现技巧的单调。五是忠厚诚谨,杜甫诗以写实为主,但在这一模式中也焕发了大胆的无拘禁豪迈或浪漫的精神,尽管它是忧患的苦闷"逼"出来的,却体现了心怀天下的博大胸襟,以及沉郁顿挫的艺术风格。总之,"安得、焉得模式"体现了杜甫独特的关注社会的精神与显明艺术个性。

(二)用于发端的呼唤模式:"君不见(闻)"

自从鲍照在著名的《拟行路难十八首》中,凡用"君不见"八次,置于7首诗的发端,特别是其五开头的"君不见河边草,冬时枯死春满道。君不见城上日,今暝没尽去,明朝复更出",自然会想到踪法其人的李白《将进酒》的发端:"君不见黄河之水天上来,奔流到海不复回;君不见高堂明镜悲白发,朝为青丝暮成雪。"被杜甫称美为"俊逸鲍参军"的李白,我们觉得在盛唐肯定是使用这一形式最多的。因为作为呼告修辞的"君不见",是一种不亚于"安得"甚至超乎其上的强力性呼唤,带有迫不及待的性质,适用奔放豪迈、感情激烈的诗人。以李白的个性,选择当为最高。而杜甫性格沉静,虽然也往往有感情奔突涌动的时候,但毕竟不是他的主体风格,所以觉得他的选择肯定不会多,要远远逊于李白,甚至也不会多于悲壮的高适与岑参。

我们的感觉属于多方位的错误。一经调查①，李白用"君不见"17次，其中除过伪作《笑矣乎》两次，剩余15次，另有"君不能""又不见"各一次。用在开头，除了《将进酒》，则偶尔一二见：《少年行》的"君不见淮南少年游侠客，白日球猎夜拥掷。呼卢百万终不惜，报仇千里如咫尺"，其余均见于中间或结尾。岑参用了6次，包括"君不闻"一次。高适亦用了5次。感情总控制在不爆不燥的温和水平线上的王维，对此是不会产生什么兴趣，他以"行到水穷处，坐看云起时"的"无可无不可"人生方式，感情不需要掀起轩然大波，也不需要以"君不见"的呼告来唤起什么。

以上都在情理之中，然而只有杜甫却出人意料。"君不见"竟然用了22次，又有"君不闻""君不觉""君莫笑"各一次，合并25次，比李白还多了8次，远远超出高、岑。以杜甫之诚实沉静，加上儒家思想始终之持守，真想不到他的感情有如此多的波浪涌起，而高出盛唐诸家之上，甚至包括情绪总是沸腾的李白也要瞠目其后，这真是意料不到的现象。而且其中10次用于发端，当头唤起，而李白只有两篇，此又为李杜相近而又有区别之处。

岑参用"君不见"发端呼唤出的是塞外异常的酷冷风光，如《走马川行奉送封大夫出师西征》的"君不见走马川[行]，雪海边，平沙莽莽黄入天"。或者唤起的是异域音乐，《胡笳歌送颜真卿使赴河陇》的"君不闻胡笳声最悲，紫髯绿眼胡人吹"，以及《秦筝歌送外甥萧正归京》的"汝不闻秦筝声最苦，五色缠弦十三柱"。或就古迹发为感叹，如《梁园歌送河南王说判官》的"君不见梁孝王修竹园，颓墙隐辚势仍存"，《函谷关歌送刘评事使关西》的"君不见函谷关，崩城毁壁至今在"，专意显示出尚奇的审美趋向，用在篇中的亦复如此。高适的发端用此主要用来对社会不平现象的抨击，《行路难》其一："君不见富家翁，旧时贫贱谁比数？一朝金多结豪贵，百事胜人健如虎！"《古歌行》："君不见汉家三叶从代至，高皇旧臣多富贵。"或如用在篇中，《邯郸少年行》的"君不见今人交态薄，黄金用尽还疏索"，见出尚气主理直抒胸臆的风格，思想之深刻远迈岑参。

李白的"君不见"或"君不能"无论用在发端或中间与结尾，主要为怀才不遇的郁懑而发。《梁甫吟》："君不见朝歌屠叟辞棘津，八十西来钓渭滨，宁羞白发照清水，逢时吐气思经纶。……君不见高阳酒徒起草

---

① 依据中国社会科学院栾贵明等编：《全唐诗索引》，杜甫、李白、高适、岑参各卷，见天津古籍出版社1997年版、现代出版社1995年版。

中，长揖山东隆准公。"以衬托自己"我欲攀龙见明主"，而"阊阖九门不可通"的愤懑。《行路难》其三"君不见昔时燕家重郭隗，拥篲折节无嫌猜"，以发"谁人更扫黄金台"的感慨。《答王十二寒夜独酌咏怀》："君不能狸膏金距学斗鸡，坐令鼻息吹虹霓。君不能学哥舒，横行青海夜带刀，西屠石堡取紫袍。"抨击崇尚开边与肆意奢侈，揭示"吟诗作赋北窗里，万言不直一杯水"的不重视文士的现象。《鞠歌行》"君不见蔡泽嵌枯诡怪之形状，大言直取秦丞相。又不见田千秋才智不出人，一朝富贵如有神"，而发"日月逝矣吾何之"的怅惘。怀才而不见用是李白以"君不见"呼告表达士不遇的主题曲，而与高、岑有所不同。

杜甫用"君不见"所表达的思想，与高适抨击人情浇薄、世态炎凉有相同处。如《贫交行》："翻手作云覆手雨，纷纷轻薄何须数。君不见管鲍贫时交，此道今人弃如土！"也有涉及士不遇者，如《白丝行》"君不见才士汲引难，恐惧弃捐忍羁旅"，《去矣行》"君不见鞲上鹰，一饱即飞掣。焉能作堂上燕，衔泥附炎热"，《今夕行》结尾说"君莫笑刘毅从来布衣愿，家无儋石输百万"，均属此类。还有悲叹穷困与衰老者，如《投简成华两县诸子》："饥卧动即向一旬，敝裘何啻衣百结。君不见空墙日色晚，此老无声泪垂血。"《复阴》："君不见夔子之国杜陵翁，牙齿半落左耳聋。"然杜甫以此呼告手法表现的内容甚广，这只是其中一个方面而已，更多的是关注国家，忧念社会，代战乱中不能安生的百姓呼告，具有深广的社会内容。

强烈的社会责任感，使杜甫忧虑地注视战乱时代的一切不幸，有自己也有民众的苦难表达，把国家苍生、社会融入到自己的心血中。《夜闻觱篥》由"塞曲三更欻悲壮"，激发出"君知天地干戈满，不见江湖行路难"，把"君不见"拆开分置两句，而"君"字实贯两句，"江湖行路难"不止诗人一人。他在《三绝句》其二所说的"二十一家同入蜀，惟残一人出骆谷"，即指百姓逃难流离。《寄柏学士林居》"自胡之反持干戈，天下学士亦奔波"，以及在秦州遇见的"天寒翠袖薄，日暮倚修竹"的佳人，在成都遇见画家曹霸，在夔州遇见宫廷舞女李十二娘，在长沙遇见的宫廷歌手李龟年，他们都是饱受"江湖行路难"者。著名的《兵车行》指斥唐玄宗"边庭流血成海水，武皇开边意未已"后，接着呐喊出："君不闻汉家山东二百州，千村万落生荆杞！"在结尾指出开启边衅，肆意造成"生男埋没随百草"的现实后，又再次呼喊："君不见：青海头，古来白骨无人收。新鬼烦冤旧鬼哭，天阴雨湿声啾啾！"在外象繁花似锦的天宝年间，指斥天宝十载征讨南诏先后死者数十万人一事，只有李白和他桴鼓相应[①]。此诗是他最早的诗史杰作，诗中与结尾两次呼告，犹如史家的史论。然史家只是隔代后的纪事与评判，而杜甫直面血泪的现实而有切肤刺骨之伤痛。"史家只载得一时事迹，诗家直显出一时气运。诗之妙，正是史笔不到处。"[②] 这里的两次呼告则起了突出主题抒发感情的作用，具有振聋发聩的思想与艺术的力量。

特别是属于姊妹篇性质的《石笋行》与《石犀行》，不仅都以"君不见"发端，而且又都以"安得"带出两句作为结尾，措语以及诗中暗示的主题也非常相似。前者言"君不见益州城西门，陌上石笋双高蹲"，后者言"君不见秦时蜀太守，刻石立作三犀牛"，都带有引发指示作用，而与结尾两"安得"前呼后应，配合极为紧密。两诗的主题都似乎与朝政举措相关，非一般咏物诗可比。《杜鹃行》则主题显明，诗言"虽同君臣有旧礼，骨肉满眼身羁孤"，当与李辅国迫逼玄宗迁居西内有关，陈玄礼外贬，高力士流放，诸公主出居道观或放于外州，玄宗孤苦伶仃，这些都由鸟故事暗示出来。杜甫远在西南还时刻注视着长安的变化，回头看《石笋》《石犀》二诗，与此均为歌行，其所暗示也应当属于朝政大事。《冬狩行》原本是应酬诗，发端即言"君不见东川节度兵马雄，校猎亦似观成功"。为了描写地方节度使冬猎的场面，临近结尾，却感慨地说"飘然时危一老翁，十年厌见旌旗红"，然后立即转到"喜君士卒甚整肃，为我回辔擒西戎"，则与开头呼应，又不无讽劝地提出："草中狐兔尽何益，天子不在咸阳宫。朝廷虽无幽王祸，得不哀痛尘再蒙！呜呼，得不哀痛尘再蒙！"此年为代宗广德元年，吐蕃陷京，代宗仓皇奔陕，征诏勤王，天下兵无人应诏，杜甫便把奉承地方军马强盛的应酬，转到这一重大事件上，则非具有忧国忧民观念者所不能为，这大概也是起手即以"君不见"发端的用意所在。《韦讽录事宅观曹将军画马图》也用了同样的手法。此作本属于"题画诗"，杜甫对马原本就有浓厚的兴趣，此诗前大半用了26句铺叙画者曹霸的技艺与名声，又详叙画上九马如何"争神骏"，接着突然一转：

忆昔巡幸新丰宫，翠华拂天来向东。腾骧磊落三万匹，皆与此图筋骨同。自从献宝朝河东，无复射蛟江水中。君不见：金粟堆前松柏里，

[①] 李白《古风五十九首》其三十四说："渡泸及五月，将赴云南征。……千去不一回，投躯岂全生！"但李诗又把这场战争说成"救边急"，末尾希望"如何舞干戚，一使有苗平"，看法就与杜甫相差甚远。

[②] 浦起龙：《读杜心解》，中华书局1961年版，第63页。

龙媒去尽鸟呼风！

把壁上的画马与玄宗在开天之时巡幸的真马联系起来。一来曹霸原本是玄宗宫廷画师，画过不少御马，所以"皆与此图筋骨同"一句，就巧妙自然地把今昔盛衰焊接一起，又以"自从"两句用典，囊括了大唐由盛转衰的历程。玄宗"腾骧磊落三万匹"的庞大马队，却化为"龙媒去尽鸟呼风"的凄凉。"君不见"又把盛衰对比强调到极为醒透动人心魄的程度。

由上可见，杜甫看到一块石头，听到鸟儿故事，或者应邀参观一次冬猎，即使观赏一幅壁画，诸如此类，无不和社会时事联系起来，无不想到国家命运社会变迁，诗之主题由原来的一般性或平常性，深化为重大的政治主题。在主题的转化上，"君不见"呼告往往派上转折或提示的用场，或置于发端，提示下文，或放于结尾，提动主题，催人深思。

他还以"君不见"作为歌行诗标志，写进题目。《君不见简苏徯》的"君不见道边废弃池，君不见前者摧折桐"，以此作为起兴。又以枯桐可作琴瑟与"一斛旧水藏蛟龙"作为比喻，劝告友人不要隐居深山穷谷，应走向社会做一番事业。《白凫行》与《朱凤行》均通体为比，借物为喻，寓意深刻，又都以"君不见"领起。后者说："君不见潇山之山衡山高，山巅朱凤声嗷嗷，侧身长顾求其群，翅垂口噤心甚劳。"以朱凤自喻，自伤漂泊孤栖。"百鸟""黄雀""蝼蚁"俱喻困顿于征敛之穷民，鸱枭喻剥民之凶残者。表示但能泽及下民，即逢权凶之怒亦在所不计。全诗全由"君不见"领起，振动全篇，贯穿到底。

总之，杜甫"君不见""君不闻"呼唤的内容是广泛的，涉及问题的深广为其他诗人所不及，特别是把忧国忧天下的忧患意识倾注于各种题材，无论是咏怀、咏物、观猎、题画、酬赠、寄人、听乐，以及叙及国家大事，便以"君不见"的唤醒呼告方式，带出主题句，格外醒透；或用于结尾加深或揭示主题，或用于开头振动全篇，或居于篇中，为集点所聚，发人深思。比起盛唐诸家同一手法，更能显示出沉郁顿挫的风格，昭示深广厚重的用意。

（三）结尾的五种主题与表现模式

李白诗重视发端，他的感情常常喷薄而出，特别是歌行大篇，开头带有爆发式的特征，诸如《蜀道难》《行路难》《将进酒》《西岳云台歌送丹丘子》《上李邕》《日出入行》《关山月》等，无不昂首天外，引吭高歌，浩气长发，震荡而出，而有先声夺人的气势。相比较而言，结尾则不免逊色。如《西岳云台歌送丹丘子》发端的"西岳峥嵘何壮哉，黄河如丝天上来"，气势浩荡，真如天马行空，而结尾"玉浆倘惠故人饮，骑二茅龙上天飞"，虽然飘逸，却终略逊于开头。《宣州谢朓楼饯别校书叔云》开头"弃我去者，今日之日不可留；乱我心者，今日之日多烦忧。"而结尾"人生在世不称意，明朝散发弄扁舟"，比起开头，显得能快而不能留，虽痛快淋漓而似少了一种后劲。

杜甫对于李白带有异质而互补性格，他讲究诗法，发端与开头都很精心。相比之下，似乎更重视结尾。他所说的"篇终结混茫"，主张莽莽苍苍，余音振动不绝的效果。早年的《望岳》《奉赠韦左丞丈二十二韵》《乐游园歌》《兵车行》《同诸公登慈恩寺塔》《醉时歌》《自京赴奉先县咏怀五百字》等，无论开头结尾，全都精力弥满，无一松懈。

由于李杜诗篇数众多，在相同题材就不免出现雷同化的现象，这在李白尤甚。他在送别留别或赠人诗中，常以流水喻己感情之深，同样的比喻多到二三十首[①]；漫游遇到县尉明府，总要把关于陶渊明的辞令派上用场，人人都能得到陶令般的称美[②]。这主要出现在应酬之作，对此似乎不那么精心，而流于一种客套形式。

杜诗结尾也有不少模式，然非率尔而为，而是一种精心的追求，或出于一个共同的期盼，或由于忧患一再抒发。总之，形成了伤时、恋京、思归、流泪、忧愁等模式。

先说"伤时忧世模式"。杜诗绝大数出现于安史之乱后，忧世伤时就成了笼罩心中挥之不去的主题。且不说专言感时伤世之作，即使非此类题材，结尾也念念不忘地出现同样的主题句。《奉酬李都督表丈早春作》依题应是早春景观，诗中也有"红入桃花嫩，青归柳叶新"名句，"入"与"归"散发出一年之春又回来了，见出远望中的观察次序。此诗先以"悲早春"应题，颔联"转添愁伴客，更觉老随人"，是年老漂泊还要"伴客"，这种"愁"越"添"越"愁"，以此情远望春景，自然逼出结尾的"望乡应未已，四海尚风尘"，由望景引发"望乡"，不归的原因，是风尘未定，兵革阻隔。这就把纯为应酬写景之制自然放置在社会战乱的大背景中。《野人送朱樱》前五句写樱桃的鲜美，颈联见物思归："忆昨赐沾门下

[①] 参见罗忼烈：《说李白》，见氏著：《两小山斋论文集》，中华书局1982年版。
[②] 参见魏耕原：《"天宝之风尚党"论》，《陕西师范大学学报》2015年第1期；又见其《盛唐名家诗论》，中国社会科学出版社2015年版。

省，退朝擎出大明宫。"回想起作左拾遗的岁月。结尾又回到现在："金盘玉筯无消息，此日尝新任转蓬。"小小的樱桃把对国家命运的担忧与今日之流离感慨，全都引发出来。《题桃树》写门前桃树可春赏秋食，末尾却归结到："寡妻群盗非今日，天下车书正一家"，这又和门前桃树有何干涉？因广德元年吐蕃陷长安，代宗奔陕。次年收复，战乱稍平，成都之乱亦已平息。当时乱端丛起，非止一日，杜甫避乱而回草堂，故触目心慰，借桃树带出心中的欣喜，好不容易恢复了"车书一家"的安宁。乍看结尾似乎"又作头巾语"①，前人谓此诗："因桃树而念及贫人，因贫人而念及禽鸟，而遂及寡妻群盗，仁民爱物之心一时俱到。"②意在弥合结尾的突兀。实则是由阆州返回成都是一喜，长安收复又是一大喜，欣喜之中万物皆有生意，而结尾是蕴积心中至此才能说出的话，颇有些后言搭不上前语，忧乐无方，正见出一时之欣喜，借桃而不择地发出漫兴之感。《倦夜》写夜景很逼真："重露成涓滴，稀星乍有无。暗飞萤自照，水宿鸟相呼。"注意力全投入视听觉中的夜景中，结尾该不会是讲大道理的"头巾语"，第七句突然又冒出"万事干戈里"，末句又回到题目"空悲清夜徂"。这第七句又好像跳出了全诗，对此，前人又说："'不眠忧战伐，无力正乾坤'，忍不住说出来。'万事干戈里，空悲清夜徂'，欲说出，又忍住，皆是闲打算，空气闷说话。"③从心理学角度看得颇中肯綮。我们太平人看杜诗此类话头，总觉得有些多余或者突然，然而乱离人一肚皮都装着说不完的丧乱话，时时就冒出来，对于事中人自在情理之中，对于局外人总觉得异样。上言"不眠"二句为《宿江边阁》结尾，此诗前六句同样写景，措意与《倦夜》亦同。还有《西阁夜》亦以夜景为主，结尾又说："时危关百虑，盗贼尔犹存。"看来又是"不眠忧战伐"了。它如：

> 战伐何由定，哀伤不在兹。（《暮春题瀼西新赁草屋五首》其一）
> 乱离闻鼓角，秋气动衰颜。（《峡口二首》其二）
> 亲朋满天地，兵甲少来书。（《中宵》）
> 乱离多醉尉，愁杀李将军。（《南极》）
> 干戈盛阴气，未必自阳台。（《雨》）

---

① 《黄生全集》，安徽大学出版社 2009 年版，第 2 册，第 360 页。
② 范廷谋：《杜诗直解》七律卷一，转引自萧涤非主编：《杜甫全集校注》，人民文学出版社 2014 年版，第 3150 页。
③ 曹次山语，黄生《杜诗说》卷六引，《黄生全集》，安徽大学出版社 2009 年版，第 2 册，第 234 页。

张弓倚残魄,不独汉家营。(《八月五日夜月二首》其二)
烟尘绕阊阖,白首壮心违。(《夜》)
时危觉凋丧,故旧短书稀。(《夜四首》其三)

这些结尾,如果看其题目,都有不沾连的现象。而这类诗在杜诗中真可说得上难以计量,举目可见,这还不包括专为写战乱诗的结尾在内。另外,还有不少"两半截诗",前写景或言其他而后每言及战乱。如《春远》前言春景,后则突入丧乱,《暮寒》亦复如此。此类诗虽不如上类篇末显志者多,但也有一定数量。以上可称为"伤时念乱模式",值得注意的是,不少诗都出现在夜晚。

其次为"思京恋阙模式"。长安对盛唐诗人具有共同的诱人魅力,杜甫尤其如此。我们采用同样办法,只把结尾属此者指出,全诗内容专为此者不予考虑。《寄杜位》言从弟贬官十年始得北还,前六句一气奔注在同情上,结末说:"玉垒题书心绪乱,何时更得曲江游?"因杜位京中宅近于曲江,故末句虽就杜位言之,实则包含自己的期望在内。《远游》前六句写在梓州日常生活,因此年史朝义自杀,身在远方,传闻未确,故结尾说:"似闻胡骑走,失喜问京华。"此前的揣测忧虑,确定后的兴奋踊跃,都在"失喜"上见出。此"问京华"还算是事出有因。《甘园》前半就题先言柑园,次写叶,再写花,后半先言其物为贡品,可随边使而近至尊。末言:"后于桃李熟,终得献金门。"此与写樱桃而思京华的一样。王嗣奭说:"公方蹭蹬,而用世之心尤切,故于落句发之,此作诗本旨。"又说:"诗作于春日,此时柑与桃李俱未熟,然柑以后熟而献金门,见大器晚成,公有大志而借柑以自宽也。"① 这也可以看作此类诗结尾的特征。《送李卿晔》为送人归京,末言:"晋山虽自弃,魏阙尚含情。"以介子推不言禄自比,但对京华还是念念不忘,这是借他人酒杯浇自己块垒。《泛江》言携酒放舟江上,却由此江而想到长安的渭水:"故国流清渭,如今花正多。"京华无时不在心中,不择地而随时以发。《又雪》就雪言雪,末尾又跳到"愁边有江水,焉得北之朝"。《将晓》其二言一日之晨,结言:"归朝日簪笏,筋力定如何?"还是王嗣奭说得好:"人情在廊庙喜说山林,在山林讳谈廊庙;公独不然,所以为性情之诗。"② 杜甫把长安京华融入到生命之中,喜怒哀乐随时随地均可发之。《入宅三首》其二叙述在夔州自西

---

① 王嗣奭:《杜臆》,上海古籍出版社1983年版,第166—167页。
② 王嗣奭:《杜臆》,上海古籍出版社1983年版,第227页。

阁迁赤甲而居,末尾却说:"相看多使者,一一问函关。"言宅居江边,因而有打听长安的许多机会,喜幸之情宛然可见。《溪上》前六句言其地偏僻幽静的景况,结尾言:"西江使船至,时复问京华。"此诗措意用语与上诗同,真是"此老满肚朝廷"①。《晴二首》言久雨放晴,该是写景愉快文字了,然其二结尾言:"回首周南客,驱驰魏阙情。"《夜》该为夜景,结尾却言:"步檐倚仗看牛斗,银汉遥应接凤城。"借银河把京华连通起来。它如:

  故园当北斗,直指照西秦。(《月三首》其一)
  故国愁眉外,长歌欲损神。(《雨晴》)
  鸳鹭回金阙,谁怜病峡中。(《社日两篇》其二)
  心折此时无一寸,路迷何处见三秦。(《冬至》)
  冯唐虽晚达,终觊在皇都。(《续得观书……正月中旬定出三峡》)
  雪白山青万余里,愁看直北是长安。(《小寒食舟中作》)

  如果再留心题目,每首都同样与长安无关,然而"西秦""三秦""故园""故国""金阙""皇都""长安",还有上及各诗的"魏阙""凤城""京华""金门",以及"曲江""函关""清渭""簪笏"等代京华之词,几乎篇篇结束都向往长安。如同结尾每多忧世念乱有"两半截诗",此类亦有。如《春远》前半写花红鸟鸣,后半却言"数有关中乱,何曾剑外清。故乡归不得,地入亚夫营。"他的故乡,不是洛阳就是长安,故归乡就是归京。《暮寒》前半写暮春之景,后半又由战乱转入长安:"戍鼓犹长击,林莺遂不歌。忽思高宴会,朱袖拂云和。"又如《九日》:"去年登高郪县北,今日重在涪江滨。苦遭白发不相放,羞见黄花无数新。"这前半与一般重九登高无甚区别,然下半却是"世乱郁郁久为客,路难悠悠常傍人。酒阑却忆十年事,肠断骊山清路尘",又回到了他的"主题曲"了。杜甫的忠诚可贵也正在这里,忧国忧民如此,把自己的老境困顿和国家盛衰兴亡紧密融为一体,只有屈原可以相似。然屈原出身贵族而楚国存亡自然与之休戚相关。杜甫作为一介布衣,按理不在其位不谋其政,关注国运之存亡应是"肉食者"的事情,他却以匹夫之责的精神肩负起来。精神上的"中国的脊梁",杜甫当之无愧,而优入"圣域",成为千古敬仰的"诗圣",与"孔子"至圣,成为彪炳历史的大贤。

  再看"思归故园模式"。杜甫自肃宗乾元二年弃官逃难,直至代宗大

---

① 萧涤非主编:《杜甫全集校注》,人民文学出版社 2014 年版,第 4700 页。

历五年病逝,前后十一年奔波于秦陇、成都、梓阆、夔州、湖湘等地,艰难苦恨之中时时希望回归故园。在杜甫全部诗作1457首里①,弃官赴陇前诗仅272首。这年杜甫48岁,以后漂泊时所作竟达1185首。而在弃官前也有不少逃难、奔岐之作。至少有1200多首是作于难民之时,那么思家回归故园作为结尾的"难民语",又怎么不能成为反复出现的主题呢?

《同谷七歌》其五说:"呜呼五歌兮歌正长,魂招不来归故乡。"在奔往成都途中的《五盘》结尾说:"故乡有弟妹,岂若归吾庐!"《溪涨》:"我游都市间,晚憩必村墟。乃知久行客,终日思吾居。"《大麦行》则用关键词"安得"领起:"安得如鸟有羽翅,托身白云还故乡。"甚至为此作梦而有《归梦》诗:"梦魂归未得,不用楚辞招。"《绝句二首》其二:"今春看又过,何日是归年?"《长江二首》其一:"归心异波浪,何事即飞翻?"《刈稻了咏怀》:"无家问消息,作客信乾坤。"《月圆》:"故园松桂发,万里共清辉。"《伤秋》:"何年减豺虎,似有故园归?"《见萤火》:"沧江白发愁看汝,来岁如今归不归?"《吹笛》:"故园杨柳今摇落,何得愁中却(一作"曲")尽生?"《愁坐》:"终日忧奔走,归期未敢论!"还是只要看看题目,无论途中、夜半、农忙、听笛、四季转换,都能滋发出不尽的乡愁。暮年漂泊不能不想家,却自离开关中后再也没有回家,所以无时不在想家,无须再举其例,他真是有家而不能归的"古之伤心人也"!

第四是"发愁模式"。像他这样为家事国事天下事而忧思郁结的"伤心人",发愁就成了日常难以摆脱的情绪了。李白也愁,愁得"白发三千丈",他比李白更愁,却愁得头发稀短到极点。安史之乱前的《自京赴奉先县咏怀五百字》结尾说:"忧端齐终南,澒洞不可掇。"这是对"山雨未来风满楼"时局而愁。安史乱中的《春望》:"白头搔更短,浑欲不胜簪。"愁得白发稀少短缺,几乎插不住簪子了。在沦陷的长安所作《对雪》开头说:"战哭多新鬼,愁吟独老翁。"而且在结尾还说:"数州消息断,愁坐正书空。"《哀江头》开头说:"少陵野老吞声哭,春日潜行曲江曲。"结尾说面对"黄昏胡骑尘满城",他自己愁得"欲往城南望城北"了。《发阆中》:"别家三月一得书,避地何时免愁苦?"显然比"烽火连三月,家书抵万金"的愁没减轻多少。《冬狩行》因长安再次沦陷"天子不在咸阳宫"而

---

① 据浦起龙《读杜心解》各卷所标篇数统计为1458首,洪业《杜诗引得》则为1457首。台湾教授吕正惠,发现浦注卷一之三是五古57首,而非55首;卷三之六是五律111首,而非114首。这样总数则为1457首。说见吕正惠:《诗圣杜甫·校读后记》,生活·读书·新知三联书店2015年版,第313页。

愁痛不堪地说："朝廷虽无幽王祸，得不哀痛尘再蒙！呜呼，得不哀痛尘再蒙！"《观公孙大娘弟子舞剑器行》因"感时抚事增惋伤"，以致散场后"老夫不知其所往，足茧荒山转愁疾"。《至日遣兴奉寄北省旧阁老两院故人二首》其一回忆禁省"五更三点入鹓行"，结尾说："何人错忆穷愁日，愁日愁随一线长。"其二曰："孤城此日堪肠断，愁对寒云雪满山。"《得广州张判官叔卿书使还以诗代意》："却寄双愁眼，相思泪点悬。"《鄠城西原送李判官兄武判官弟赴成都府》："天际伤愁别，离筵何太频！"《子规》："客愁那听此，故作傍人低。"《江边星月二首》其二："客愁殊未已，他夕始相鲜。"《清明二首》其二："春水春来洞庭阔，白蘋愁杀白头翁。"同样也不需要再举例，至于结尾带有"伤""哀""恨""忧""悲"者，尚无暇顾及，愁从安史之乱前后伴随杜甫，一直到老去再也没有离开过，成为杜诗显著标志之一。

　　第五是"伤心流泪模式"。以上感时忧世、怀京恋阙、思归故园、发愁四种模式，都与伤心有关，流泪更是伤心至及。李白诗结尾也有流泪的模式，但往往哭得不悲恸，不那么伤心，不像他的大笑那样感人。杜甫的哭与李白的笑，称得上是互补共济。杜甫不少诗篇都被泪水浸透，如《月夜》："何时倚虚幌，双照泪痕干。"《喜达行在所三首》其二："喜心翻倒极，呜咽泪沾巾。"《醉歌行》的结尾说："乃知贫贱别更苦，吞声躑躅涕泪零。"《得舍弟消息》："犹有泪成河，经天复东注。"这是骨肉漂泊分离的伤心。《湖城东遇孟云卿……》说他们在"天开地裂长安陌，寒尽春生洛阳殿"之时会面，结尾说："人生会合不可常，庭树鸡鸣泪如线！"《龙门镇》："胡马屯成皋，防虞此何及。嗟尔远戍人，山寒夜中泣！"记录了边塞戍卒的酸辛。《阆州东楼筵，奉送十一舅往青城县，得昏字》："高贤意不暇，王命久崩奔。临风欲恸哭，声出已复吞。"这是在"盗贼繁"时离别的伤心。《忆昔行》其二："周宣中兴望我皇，洒泪江汉身衰疾。"《虎牙行》："征戍诛求寡妻哭，远客中宵泪沾臆。"《去秋行》："战场冤魂每夜哭，空令野营猛士悲。"其他如《早发射洪县南途中作》《八哀诗·故司徒李公光弼》《上书左相二十韵》《敬赠郑谏议十韵》《郑驸马池台喜遇郑广文同饮》《奉高常侍》《过故斛斯校书庄》（其二）、《云安九日郑十八携酒陪诸公宴》《暮春题瀼西新赁草屋五首》（其五）、《谒先王庙》《白帝》《宗武生日》《熟食日示宗文宗武》《第五弟丰独在江左，近三四载寂无消息，觅使寄此二首》《寄杜位》《公安送韦二少府匡赞》《去蜀》《哭台州郑司户苏少监》），这些结尾都有哭的声音。也同样不是全部，且只就结尾而言。至于把诗中的"泪"算起来，那就更多了。这里有为时代哭，为诛求以至于寡妇而哭，为村人哭，为亲情哭，为友人哭，还有夫妇的对哭，各种各样的哭，正如他的岳阳楼上的"凭轩涕泗流"，为的是"戎马关山北"，那个不幸时代的灾难，在哭声中一样一样抖出来，深深地感动后人。

以上五种主题与表现形式，实际上相互关联，合起来就是忧国忧民忧社会，为家事国事天下事而忧，杜甫的伟大在于把自己的感情与命运完全投入到对国家的关注与民众的同情上，他是那个灾难时代的最忠诚执着的代言人。这五种模式的诗篇那么多，却很少给人有重复感，因他用赤诚的理念选择主题，用热烈的感情投入到表达的方式中去。同时取得了艺术的个性，也是成就沉郁顿挫主体风格的重要因素。

三　杜甫诗法的创新

如就诗法而言，似乎诗之诸体均可言之，然就字法、句法言之，则五律最为集中，比五、七言古诗及七律、七绝，在诗法上更能见用力处。杜诗五律比其他体数量为多，从大的方面看，不仅扩大了五律题材，而且在表现形式上，把写景、叙述、抒情、议论全都用之其中。尤其在对偶措词上，极尽变化之能事。至于五律的叙事与结构，我们已讨论，这次从诗法角度予以梳理，更能揭示杜诗诗法的特征。

（一）书写方法的综合利用

五古长短自由，对于词藻没有多少要求，适于叙事；七古与歌行体，词藻浓丽，修辞手法多样，宏亮流畅，叙事、言情、议论都可以容纳其中；七律虽比五律每句多了两字，却宜于装饰，峨冠博带，宏丽典雅，原本带庙堂肃穆气象，宜于酬赠，犹如今日之馈赠物，装饰堂皇，内存实物并不见得有多少。七律是近体诗最后一个品种，它和七绝时至今日，亦为作旧体诗者所钟爱；五绝在近体中属于"微型诗"，仅有20字，还比不上论文中的长句。此体最难，要用极少的文字，构成一个独特完整的境界，实属难事，它的空间比不上七绝可以风神摇曳，却能显示简净的风采。

五律较七律为早，可以说是七律的刍形，同样起源宫廷应教应制，后来稍加扩展用到科举上，所以诗人对它都很重视，学诗的第一步也多从五律开始。杜甫早期诗存不多，已能看出五律起点颇高，而且题材比先前诗人扩展更大。他的《登兖州城楼》为习见的登临之作，中规中矩，中四句写景，首尾叙述与言情，法度井然，已具规模，犹如颜真卿的《多宝塔》。这时写景的"晚凉看洗马，森木乱鸣蝉"（《与任城许主簿游南池》），夏日黄昏的气氛特点确实得到了很好的把握，至于一视一听还在其次。

特别是写马写鹰，尤为注目。《房兵曹胡马》先是"锋棱瘦骨成"的总写，"竹批双耳峻"则为局部，然所对偶的"风入四蹄轻"则为虚写。这种动静偶对，本为习见，但如此虚写处理，就有些异样。尤其是颈联的"所向无空阔，真堪托死生"，纯出之虚笔，专从精神着手，却气象顿出，使人神动，焕发出年轻诗人的勇气与个性。《画鹰》是唐人最早的题画诗，起首的"素练风霜起"虚笼而起，凛凛生风，"㧑身思狡兔"静中有动，志在旷野；"轩楹势可呼"，好像随时可以跃飞，气势逼人。这些少作，可以看出他的五律起点的高度，盛唐昂扬气象洋溢于诗中。《夜宴左氏庄》的"暗水流花径，春星带草堂"，春夜的静谧，夜星的低垂，有身临其境之感。这种"软调"式的描写，见出风格朝多样性的发展。

在整体书写方法上，杜甫五律体现显著的创新。写景在五律最为见长，因五言句短，句式明快，状物写景最为明晰，像王湾的"潮平两岸阔，风正一帆悬"，景物较多，却明朗昭彰；孟浩然的"气蒸云梦泽，波撼岳阳城"简明的主谓宾句描述，气象却异常博大。建安诗五言重于言情，南朝五言纯在写景。盛唐诗人以旺盛的朝气把握景物，把二者结合起来，所以超过以往。杜甫在写景上似乎没有超过他的前辈多少。但他长于议论，以议论为五律，就很有些别开生面，这是杜甫五律有别于人的第一特征。《官定后戏赠》本是一首发牢骚的咏怀，适宜于五古，却用了五律，一景不写而全出之以议论，开头说"不作河西尉，凄凉为折腰"，可谓张口见喉咙，颔联却用了初唐以来常用的流水对①："老夫怕趋走，率府且逍遥"，表示选择的原因。王维《酬张少府》亦属咏怀，前四句议论，表示"晚年唯好静，万事不关心"，以下则用写景"松风吹解带，山月照弹琴。君问穷通理，渔歌入浦深"，表示不介入政治。杜甫则全用了议论，虽然稍逊王诗的闲畅，却开辟了五律的一大法门。以后的《至德二载，甫自京金光门出，间道归凤翔。乾元初，从左拾遗移华州掾，与亲故别，因出此门，有悲往事》，这是贬华州之作，是杜甫一生大事，中四句说"至今犹破胆，应有未招魂。近侍归京邑，移官岂至尊"，颔联仍用了流水对，可以看作对初盛唐诗的继承，后两句用了抑扬的顿挫式对偶，则是他最擅长的家法，全为议论，只在叙述中说明罢官缘起与收束。这首名作，抒发了复杂的感情，措语简洁，这是一种绝大本领，也是五律的"新品种"。赴陇后的《空囊》，离夔后的《江汉》亦属通首议论，其中即使是写景句，

---

① 初盛唐多在五律第三四句作流水对，如苏味道《正月十五夜》的"暗尘随马去，明月逐人来"；骆宾王《在狱咏蝉》的"那堪玄鬓影，来对白头吟"；沈佺期《杂诗》的"可怜闺里月，偏照汉家营"；宋之问《途中寒食》的"可怜江浦望，不见洛桥人"；张九龄《望月怀远》的"情人怨遥夜，竟夕起相思"；刘眘虚《阙题》的"时有落花至，远随流水香"；王维《送梓州李使君》的"山中一夜雨，树杪百重泉"，又《终南送别业》的"行到水穷处，坐看云起时"，《酬张少府》的"自顾无长策，空知返旧林"，《辋川闲居》的"时倚檐前树，远看原上村"，《辋川闲居赠裴秀才迪》的"倚杖柴门外，临风听暮蝉"。

不在于逼真，而是借来融入议论。这是就名作而言，它如《病马》《有感五首》等均为此类，杜绝写景句入诗，全用议论发自己的感慨。这是杜甫五律以通首议论为第一特征。

杜甫开创了五律的第二特征，就是以抒情为主，以表现心情的变化为己任。即使偶有写景，景物却是模糊的，只是使之成为言情之具。此类诗在初唐也偶然可见，如沈佺期《杂诗》，用叙述轻轻说来，全为少妇娇怨，言情题材却是传统的。杜甫的《月夜》言己思家，以情运文，由此到彼，由现在到将来，时空的转换全都以思念为轴心，即是"云鬟""玉臂"，不在于指示给人看，而在于表示"心已驰神到彼"。著名的《春望》，而不在于看到什么，只言心情痛苦的程度。"花溅泪""鸟惊心"一联，实际是为"感时""恨别"触发的，不是写景句而是抒情句。这样"春望"实在为了抒发"祖国痛""悲祖国"。《对雪》不是真的直赋雪景，其中"乱云低薄暮，急雨舞回风"，意在寓以世乱时危之象，饱浸乱世人的忧虑。这是室外，室内则是"瓢弃樽无绿，炉存火似红"，这该是雪天之冷了，却是沦陷区人生活的穷困。"绿"与"红"的偶对，本在五律里常见，可是有谁像他如此这样的对偶，这写的是情感啊！实际上并没有红与绿。《月夜忆舍弟》诉说战乱中的离散与思念，前四句说："戍鼓断人行，边秋一雁声。露从今夜白，月是故乡明"，说的"一雁"该是写景吧，然而这里却说的是自己如孤雁独行，告诉的是兄弟分散。白露乡月，这是白露节的明月，人在异地，心却在故乡月，仍是写思乡之情，秦州之月不过是个媒介罢了。而后半"有弟皆分散，无家问死生。寄书长不达，况乃未休兵"，则是主题句，一片惶惑不安的心情，则是为节令之月所引发。其中颔联的上一下四的特殊偶对，颈联的常用的"有"与"无"的对偶，都是为抒情的特意设置，他时时节节都在想着弟弟。此类言情之制的五律在杜诗中特别多。如《捣衣》属于闺怨诗，却和沈佺期的娇怨不同："亦知戍不返，秋至拭清砧"，一上手就已"撇过许多话许多痛苦才说出来的"，以下全从无望而还要期望的心情叙说，通篇至情，也是苦情，由杜甫把她们捣碎了心情，代为言说。他不亏是言情圣手。这种短小精洁的五律言情之制，在杜甫的手里发挥了极大的抒情能量。

第三个特征，就是以叙事为主体，同样不写景，也往往渗透感人肺腑的情感。这类诗常和他的经历联系在一起，同样饱含浓厚的感情。《自京窜至凤翔，喜达行在所三首》就是这方面的杰构，一言奔投，二言乍到，三言到后。本来这样复杂的经历应当是五古的题材，但经分割，一用五律，借助复杂多变的对偶，付之于叙说与言情，就有了更感人的效果。其一的"眼穿当落日,心死著寒灰",把奔窜者的望眼欲穿与提心吊胆中的失去希望,叙说得多么真切!"雾树行相引,连山望忽开",树和山不是写景。而担负着叙事的功能。人望树行,远树好像是引导者,远山就是行在的标志,"忽"字见出真是喜出望外,这是不顾一切逃窜者心里的情状,属于借景叙说。"所亲惊老瘦;辛苦贼中来",到达行在的欢欣,只用两句叙述了多少场面与情况。其二的"生还今日事,间道暂时人",这是痛定思痛的后怕;"司隶章初睹,南阳气已新",这是乍到后的感觉一新;"喜心翻倒极,呜咽泪沾极",又是喜极而悲。借助五律句短以联为小结构,不停转换,把乍到后的复杂情事,表达得淋漓尽致,情感随叙说不停变化。其三的"死去凭谁报,归来始自怜",自说自话,表明到行在后的自惜自痛。"影静千官里,心苏七校前",是说做了左拾遗后的心神已定。三个叙述段,起至分明,心情各异。他的叙说确能抓住读者,随他的叙说感情也起着同样的变化。如果与同写一事的《述怀》对读,就可知这种五律转动灵活而又简洁明朗的特征。

当然杜甫有不少的五律,写景也很出色,但相比之下,还是以上三种表现手法最为显著,也最能感动人心。这也是李白、王维与孟浩然的缺乏,也是高适、岑参诗中所少见的。他为五律表达提供了更多的样式,开拓这一诗体的空间。这是就书写方法的整体而言,至于在句法、字法上变化,也更显出别出心裁,使人耳目一新!

(二)变化多方的对偶

对偶在诗中占有很重要的位置,任何诗体似乎都离不开它,它具有各种作用,所以到处都可以看到它。五古《石壕吏》叙事,情节不停进展变化,似乎用之无益,然而"存者且偷生,死者长已矣",即使这种准对偶也使叙事言情增色不少,这是未死之子来信的内容,也是那丧乱人的共同心理。它是从曹植"存者忽复过,亡没身自衰"(《赠白马王彪》)变化而出。而刘桢的"风声一何盛,松枝一何劲"(《赠从弟》),又和"吏呼一何怒,妇啼一何苦"有关联。杜甫正是继承了建安乃至南朝五言诗对偶发展变化而来,尤其是后者在对偶的多样化起了更大的作用。把建安对偶的言情与南朝写景对偶结合起来,杜甫的五律显出集大成的特征,以及修辞上开阔气象。

五律的对偶由于简洁明快,组织灵活,比起长句七律,造句灵便,对偶更易显示变化。杜甫五律对偶法门千汇万状,大致可分为以下多种,简要论述如次：

一是大景观对偶，杜诗海涵地负，必须以尚大为审美极致。《送灵州李判官》发端说"羯胡腥四海，回首一茫茫"，似有说不尽之丧乱人语，只出以"血战乾坤赤，气迷日月黄"。这种对偶不是空架子，它和五古《垂老别》的"积尸草木腥，流血川原丹"，都是对血与火的现实概括。《征夫》的"十室几人在，千山空自多。路衢唯见哭，城市不闻歌"，则是一种广角镜头，留下战乱时代的惨景。《江涨》的"大声吹地转，高浪蹴天浮"，每个字眼都带有震动性，这是大景观。《登岳阳楼》的"吴楚东南坼，乾坤日夜浮"，以上两"浮"字本轻盈字，却同样见出大来。如果单纯就写大景观看，七律对句的叠加性似乎更具气势，如《登高》"风急天高猿啸哀"一联，能容纳许多物象；而颈联"无边落木萧萧下"一联，叠音词则起了一定的作用，这是七律多两字而具有更大容量的作用。若配合得当，五律也能达到同样的效果。如《江汉》的"片云天共远，永夜月同孤"，则以小衬大，更能衬出空廓与无尽的孤独与寂寞。可见在写大景观中，还有大小相形而以小形大的手法。

二是对小景物的发现。小景细物没有宏大之美，但却具有不同的审美功能，叙说心情的恬静惬意，则非此莫属。如果说盛唐五、七律以宏阔为美，而对于微美小美，则是杜甫的发现。《独酌》的"仰蜂粘落絮，行蚁上枯梨"，《徐步》的"芹泥随燕嘴，花蕊上蜂须"，唯其生活安定，也只有在独酌、散步心情惬适之时，才有此微细的观察。《水槛遣心》其一"细雨鱼儿出，微风燕子斜"，雨大则鱼深伏，小则嬉戏水沤；燕之体小，风猛亦不出，风微乃趁风以飞。从细微之景中，也见出诗人心情的舒适。《暂往白帝复还东屯》的"筑场怜穴蚁，拾穗许村童"，这在陶渊明与王孟的田园诗都没有见过，为仁者之情怀，却从琐屑细微之物中写了出来。《日暮》的"石泉流暗壁，草露滴秋根"，此为山居的幽静，唯其静，微动才听得出，就显得更静。《东屯北崦》的"步壑风吹面，看松露滴身"，这在此前的五律很难遇到。只在孟浩然的五古《夏日南亭怀辛大》看到"荷风送香气，竹露滴清响"，显得听觉在静夜的敏锐，孟还有著名的佚句"微云淡河汉，疏雨滴梧桐"，同属于听觉。杜诗还有《山寺》"麝香眠石竹，鹦鹉啄金桃"，《十七夜对月》的"光射潜虬动，明翻宿鸟频"，后句只在词中遇到"明月别枝惊鹊"，词是不避纤细的。《入乔口》的"树蜜早蜂乱，江泥轻燕斜"，《为农》的"圆荷浮小叶，细麦落轻花"，这些琐屑之物构成的小景，盛唐五律是不会入诗的，杜甫打破了这一疆域，给中唐与宋代诗人开了无限的法门。有时还以大写小，大小相形，如"日月笼中鸟，乾坤水上萍"（《衡州送李大夫七丈勉赴广州》），日月轮换不息，自留滞者看来，坐困如笼中之鸟；乾坤至大，自流浪者看来，犹如无根之萍，这种以大写小的手法，和上文以小写大，都是到了杜甫才特意为之，这无疑也是一种创新。

三是流水对。初盛唐多用在颔联，杜甫则打破了这一惯态，可施于各处，极尽变化。《陪郑广文游何将军山林》其一的"不识南塘路，今知第五桥"，《秦州杂诗》其六"城上胡笳奏，山边汉节归"，《有感》其二"幽蓟余蛇豕，乾坤尚虎狼"，《王命》"汉北豺狼满，巴西道路难"，《遣忧》的"乱离知又甚，消息苦难真"，此均用于首联，初盛唐五律首联对偶者不罕见，后人称为"偷春格"，但还要用上流水对，就很难一遇。《九日杨奉先会白水崔明府》的"坐开桑落酒，来把菊花枝"则用了颔联，用于颈联者则有：

> 一秋常苦雨，今日始无云。（《留别贾严二阁老……》）
> 市朝今日异，丧乱几时休。（《晚行口号》）
> 杂虏横戈数，功臣甲第高。（《收京》其三）
> 自失论文友，空知卖酒垆。（《赠高式颜》）

用于颔联，其体流动而甚圆，但往往失之轻儇；用之颈联，则后半灵活，而不板滞。除了以上首、颈、颔联三处，结尾也有用了流水对，如《洞房》"万里黄山北，园陵白露中"，《登牛头山亭子》的"犹残数行泪，忍对百花丛"，《送贾阁老出汝州》"人生五马贵，莫受二毛侵"，《寄高三十五詹事》"相看过半百，不寄一行书"，《东楼》"传声看驿使，送节向河源"，《酬韦韶州见寄》"虽无南去雁，看取北来鱼"，如果结尾仍用对偶，很难避免板滞而失去灵动之余音。但用上流水对，就可无此不足。有时则稍作调整，以准对偶也会流动起来，滋发全诗余音。

四是倒装对，就是倒装句与倒装句的对偶。杜甫倒装对最为人提及的是"香稻啄余鹦鹉粒，碧梧栖老凤凰枝"，而五律倒装对似乎更多。《秦州杂诗》其四"抱叶寒蝉静，归来独鸟迟"，这是"寒蝉抱叶静，独鸟归山迟"的倒装，意在强调蝉抱叶、鸟归山各得其所，反衬自己无处安身，即末联所言"万方声一概，吾道竟何之"的不幸。其七"无风云出塞，不夜月临关"，是说云无风而出塞，月亮不到夜晚即已东升。这种倒装对在早期之作就已出现，《陪郑广文游何将军山林》其二"鲜鲫银丝脍，香芹碧涧羹"，即"银丝鲜鲫脍，碧涧香芹羹"的倒装，倒装则为突出鱼和芹的珍贵,"皆越中所有之味,乃长安所艰得者"①。其五"绿垂风折笋,红绽雨肥梅",即"风折绿笋垂,雨肥红梅绽"的倒装。"顾宸说:'风折笋而绿垂,雨肥梅而红绽,此倒装句法。'汪瑗曰:'亦可读作"笋折风垂绿,梅肥雨绽红","梅肥红绽雨,笋折绿垂风"亦可。'汪灏曰:'绿垂垂而动者,风吹折之笋;红殷殷而绽者,雨所肥之梅。'"②可见这类写景句构句方式非常灵活,像七巧板一样,可以转动拼凑多种多样。实际上远看是"绿垂""红绽",近看则为"风折笋"与"雨肥梅"。包含两次观看的由远至近的次序。其七"脆添生菜美,阴益食单凉",顺言则为"生菜脆添美,食单阴益凉"。对于对句,赵次公说:"言铺食单于棘树之下,阴益其凉也。谓之益,则山中已凉而又凉也。"③其九"醒酒微风入,听诗静夜分",顾宸曰:"'醒酒'二句是倒装句法,微风入可以醒酒,静夜分犹然听诗也。"④这组诗"炼字炼句之法亦尽"⑤,处处都有句式的经营,可见杜甫早年就对倒装句法有特殊兴趣,特意经营。《散愁》其一"蜀星阴见少,江雨夜闻多",是说蜀地阴天夜晚所见星少,而听到的江雨却下个不停。其二"恋阙丹心破,沾衣皓首啼",顺说则是"丹心恋阙破,皓首沾衣啼"。还有"蝉声集古寺,鸟影度寒塘"(《和裴迪登新津寺寄王侍郎》),"村舂雨外急,邻火夜深明"(《村夜》),"白花檐外朵,青柳槛前梢"(《题新津北桥楼得郊字》),"渚蒲随地有,村径逐门成"(《漫成》其一),"芳菲缘岸圃,樵爨倚滩舟"(《落日》),"叶润林塘密,衣干枕席清"(《水槛遣心》),"风鸳藏近渚,雨燕集深条"(《朝雨》),"重碧拈春酒,轻红擘荔枝"(《宴戎州杨使君东楼》),"去矣英雄事,荒哉割据心"(《峡口》其二),直到去世之年的《暮秋将归秦留别湖南幕府亲友》首联"水阔苍梧野,天高白帝秋"还用了倒装对。总之,究其一生对倒装对持有不衰的兴趣,倒装句可用来突出强调,也可使句子劲健有力,还可把其他手法与修辞容纳其中,必然会引起对诗法讲究的杜甫的浓厚兴趣。

五是时空对,杜甫对广阔的人世与人生的旅程,始终持有不懈的思考,也成为描写叙述的特别视角,常把空间与时间组合成对偶,以发不尽之感慨,也形成了浓郁的风格。《陪诸贵公子丈八沟携妓纳凉晚际遇雨》

---

① 邵宝:《分类集注杜诗》,转引自萧涤非主编:《杜甫全集校注》,人民文学出版社2014年版,第360页。
② 萧涤非主编:《杜甫全集校注》,人民文学出版社2014年版,第368页。
③ 林继忠辑校:《杜诗赵次公先后解辑校》,上海古籍出版社1994年版,第46页。
④ 萧涤非主编:《杜甫全集校注》,人民文学出版社2014年版,第379页。
⑤ 陈秋田语,见杨伦:《杜诗镜铨》,上海古籍出版社1998年版,第67页。

"竹深留客处，荷净纳凉时"，竹深处凉，雨后荷净时更凉，时空构成二美。《寄杨五桂州谭》"梅花万里外，雪片一冬深"，《畏人》"万里清江上，三年落日低"，《送韦郎司直归成都》"天下干戈满，江边岁月长"，《春日江村》"乾坤万里眼，时序百年心"，《子规》"两边山木合，终日子规啼"，《中夜》"长为万里客，有愧百年深"，《暮春题瀼西新赁草屋》"身世双蓬鬓，乾坤一草亭"，《玉腕骝》"胡虏三年入，乾坤一战收"，以及上文已及的"吴楚东南坼，乾坤日夜浮"与"日月笼中鸟，乾坤水上萍"，《北风》"十年杀气尽，六合人烟稀"，都属时空对偶。这类对偶用来写景常有一种饱和感，用来议论可以加深一层，用来叙述包容量极大。加上表空间重量级名词与时间大数，而无所不包，其中的"万里""百年"构成了一个核心模式，滋发无限感慨。用之于七律可见厚重，用之于五律可见明快。

六为顿挫对，即以抑扬起伏的形式组成的对偶，能掀起感情的跌宕起伏，激动人心。《得舍弟消息》"汝书犹在壁，汝妾已辞房"，书在人去，连连呼唤，遗憾痛心不已。《秦州杂诗》首联"唐尧真自圣，野老复何知"，外似先扬后抑，实是正话反说，肃宗是圣者自圣，杜甫是深知其间轻重。《东楼》"但添新战骨，不返旧征魂"，此为欲扬先扬，至为沉痛语。《捣衣》"已近苦寒月，况经长别心"，跌了又跌，为递进式的顿挫，属于伤心人语。《出郭》"故国犹兵马，他乡亦鼓鼙"，抑而又抑，见出万方多难，遍地兵祸。《有感》其一"幽蓟余蛇豕，乾坤尚虎狼"，亦为抑而又抑，用法同上。《春望》"烽火连三月，家书抵万金"，亦属此类，不过变成由大而小而无处不见兵祸。《不归》的"从弟人皆有，终身恨不平"，从弟却"汝骨在空城"，故有终身之恨，这从陶渊明《杂诗》"人皆尽获宜，拙生失其方"变化而来。顿挫对，不是平静地排列，就是同类事物，绝不并列安排，而是一浪打一浪，呈动态的推进状，故能跌宕起伏，这也是杜诗风格构成方式之一。

以上为杜甫对偶常用的六种形态，杜诗还有比较特殊的对偶，尚须进而论之。

（三）特殊的对偶

所谓特殊对偶，就是有些对偶形态，前人也有出现，但未形成一定规模，而是不大经意或无意为之，尚未构成个人修辞的风格。杜诗则在前人对偶的基础上，广泛应用，从而形成种种法门，而显示了鲜明的风格。

一是颜色对，此在六朝山水诗中已有出现，王维用得较多，如《辋川闲居》"青菰临水拔,白鸟向山翻",《山居即事》"绿竹含新粉,红莲落故衣",《终南山》"白云回望合,青霭入看无",在五律中多用句首。只有青、白、红几种。杜甫对绘画颇有修养,题画诗多到六七十首,涉及到寺观的壁画也不少,对摄取颜色入五律,比王维的兴趣似乎还要高得多,而且在五言句里,可以放置在每个部位,而且各有各的用意。大多集中在赴陇以后的诗:

1. 黄云高未动,白水已扬波。(《日暮》)
2. 红入桃花嫩,青归柳叶新。(《奉酬李都督表丈早春作》)
3. 红取风霜实,青看雨露柯。(《栀子》)
4. 赤日石林气,青天江海流。(《题玄武禅师屋壁》)
5. 紫燕时翻翼,黄鹂不露身。(《柳边》)
6. 紫萼扶千蕊,黄须照万花。(《花底》)
7. 青云羞叶密,白雪避花繁。(《甘园》)
8. 丹桂风霜急,青梧日夜凋。(《有感》)
9. 青惜峰峦过,黄知橘柚来。(《放船》)
10. 红浸珊瑚短,青悬薜荔长。(《观李固请司马弟山水图》其三)
11. 翠深开断壁,红远结飞楼。(《晓望白帝城盐山》)
12. 紫崖奔处黑,白鸟去边明。(《雨四首》其一)
13. 赤眉犹世乱,青眼只途穷。(《巫峡敝庐奉赠侍御四舅别之澧朗》)
14. 碧知湖外草,红见海东云。(《晴》其一)
15. 碧溪摇艇阔,朱果烂枝繁。(《园》)

以上颜色字均见于句首,颜色有红、黄、白、青、赤、丹、翠、碧、朱十种。这些并非杜诗的全部。例2、9、10、11、12、14或写早春,或写夏秋,或写深秋,或写远看,或写船上所见,或是颜色间的对比,都有由远至近的观察过程,远看只见颜色,近看才知某物。对于例2,"宋人赵汸曰:'"青"对"红","柳叶"对"桃花",虽小儿能之,曰"入"曰"归",则非巨笔不能,此应"早春"字。……'石闾居士曰:'是桃柳逢春而新嫩已回,旅客逢春而老疾益甚,此所以触目而愈觉其难堪也。'"[①] 对于例9,汪灏说:"全首写江流如箭,瞬息千里奇景。而江水之急,人在岸上写不出,人在船上亦写不出,必须在船上看岸上景物,如此二句方得。

---

① 萧涤非主编:《杜甫全集校注》,人民文学出版社2014年版,第2102页。

'青惜'句,才见此岸,此岸已去。'黄知'句,遥见彼岸,而彼岸已来,状舟之速。"①对于例12,浦起龙说:"'奔处黑',山足连绵如奔,其凹处不得天光也。'去边明',白鸟飞翔既远,晴光反夺,阴色反显也。"②对于例14,顾宸说:"新晴则草碧,湖外之草,可想而知。日出海东,其云之红,可望而见。"③虽然颜色字都用于句首,但各自的作用却不同。

用在句腰的,如"伊昔黄花酒,如今白发翁"(《九日登梓州城》),"日闻红粟腐,寒待翠华春"(《有感》其三),"山寒青兕叫,江晚白鸥饥"(《雨四首》其四),"旧采黄花剩,新梳白发新"(《九日诸人集于林》),"云随白水落,风振紫山悲"(《人日》其一),"雨急青枫暮,云深黑水遥"(《归梦》),"高鸟黄云暮,寒蝉碧树秋"(《晚秋长沙蔡五侍御饮筵送殷六参军归澧州觐省》)。颜色字用于句腰者,在上二下三句子里常作定语用,属于局部的修饰,用量比用于句首者要少得多。颜色字用在五言第四字位置者,如"揽带看朱绂,开箱睹黑裘"(《村雨》),"扶病垂朱绂,归休步紫台"(《春日江村》其四),"世事已黄发,残生随白鸥"(《去蜀》),"云气嘘青壁,江声走白沙"(《禹庙》),"未成游碧海,著处觅丹梯"(《卜居》),"卷帘唯白水,隐几亦青山"(《闷》)。有写景,更多的用于日常间的感慨。也是用于定语的修饰,属于局部的描写。

用于句末第五字位置的,如"寒柳行疏翠,山梨结小红"(《雨晴》),"野径云俱黑,江船火独明"(《春夜喜雨》),"种竹交加翠,栽桃烂漫红"(《春日江村》其三),"雪岭界天白,锦城曛日黄"(《怀锦水居止》其二),"楂梨才缀碧,梅杏半传黄"(《竖子至》),"满城如松碧,同时待菊黄"(《树间》),"鬓毛垂领白,花蕊亚枝红"(《上巳日徐司录林园宴集》),"江湖深更白,松竹远微青"(《泊松滋江亭》),"驿边沙旧白,湖外草新青"(《宿白沙驿》)。色彩字置于句末,有回光返照贯穿全句的作用;或者如画龙点睛,全诗为之生色,而非用于句腰与第四字位置,只属局部描写,它用于句末带有振动全句的功能,具有"最后效果"的作用,而滋生反弹性。

有趣的是,在颜色词对偶五言句里,很难发现第二字位置予以使用,很可能是在第二字位置,要与首字组词,只能构成主谓词组,而主谓不能

---

① 汪灏:《树人堂读杜诗》,转引自萧涤非主编:《杜甫全集校注》,人民文学出版社2014年版,第2940页。
② 浦起龙:《读杜心解》,中华书局1961年版,第505页。
③ 顾宸:《辟疆园杜诗注解》,转引自萧涤非主编:《杜甫全集校注》,人民文学出版社2014年版,第4405页。

构成主语，影响整句难以完整。

总之，可以说杜甫的色彩词的运用，远远超出王维。正因为这个原因，受杜诗影响的韩愈，则把颜色词用得光怪陆离，李贺则又施之牛鬼蛇神，都走向了奇崛险怪的一面。

二是倒置对，亦可称倒插对。倒置指前后两句特意颠倒，近于倒叙，因而前人称为倒插。它和倒装句只在句内颠倒有别。如《喜达行在所三首》其二的"生还今日事，间道暂时人"，这两句是倒叙，是说活着回来，这只是今天的事情，因为昨天还在小道上奔命，随时都有死去的可能。如果顺说就缺乏生死悬于俄顷，事后思量的忧痛就无此感人。《奉济驿重送严公四韵》的"几时杯重把，昨夜月同行"，首句为今日之慨，后句为昨夜散步交谈，是说何时才能见面，昨夜还月下散步，今日就要分手，语意曲折，一顺说就显得直而无停留，缺乏这样的魅力。《旅夜书怀》发端"细草微风岸，危樯独夜舟"，次句为叙述而应置于前，但把写景句倒插在前，容易出采，这和王维《观猎》的"风劲角弓鸣，将军猎渭城"的倒置一样，只是杜诗看起来不那么明显。此种对偶不多见，多用于叙述句，而且要具有一种翻转的力量，还要偶对工整，就不那么容易了。

三是有无对，在杜甫以前有过这样的对偶，但多是偶然为之，而杜甫则是有意识地追求，出现就比别人多了，特意构成偶对的一种方法。对偶带有互为补充性与装饰性，容易板滞，有无对偶增加了一种动态，它可以形成对比，避免了平衡性。就是说的同样一个意思，有无可以无风起浪，增加语势的波动。《一百五日夜对月》发端"无家对寒食，有泪如金波"，这是沦陷长安的酸辛语，"有"与"无"加强了情感苦痛。《别房太尉墓》的"近泪无干土，低空有断云"，临墓哀泣，至为悲痛。《寄邛州崔录事》的"久待无消息，终朝有底忙"，这是用于日常约人之语。《过故斛斯校书庄》其一"竟无宣室召，徒有茂陵求"，这是为逝者在鸣不平。《溪上》的"塞俗人无井，山田饭有沙"，写特殊的风俗的简陋。《秦州杂诗》其二十"晒药能无妇，应门幸有儿"，前句用反问把"有"变化"能无"，避免与下句合掌的呆板。《月夜忆舍弟》"有弟皆分散，无家问死生"，弟与家均有，因战乱漂泊，家之有与无则无区别，加重了丧亡的感慨。《征夫》的"路衢唯见哭，城市不闻歌。漂梗无安地，衔枚有荷戈"，"见"犹如有，一首五律用了两次"有无"的对偶，通身流转加上语言质朴，更见显豁，构成了简易而陌生的面孔。有无对最著名者，恐怕是《登岳阳楼》的"亲朋无一字，老病有孤舟"，上两句"吴楚东南坼，乾坤日夜浮"，"不以洞庭之大，无以形一身之小"①，以阔大形身世之落寞，阔狭顿异，情景相形，浑然一气。人们只注意大景，却未留意这里的有无对，心情之起伏，未尝不与起伏的洞庭湖融为一体。"有"与"无"起了情感推动的作用。

多与少的对偶接近对比，亦与有无更为接近。《散愁》其一的"蜀星阴见少，江雨夜闻多"，除了上文已言及的倒装对，又是多少对。杜诗的对偶往往把两种手法融为一体。《佐还山后寄》其三的"葳蕤秋叶少，隐映野云多"，又把联绵对与多少对组合起来。《秦州杂诗》其十八"塞云多断续，边日少光辉"，以上这些多与少的对偶，虽然就自然界的各种形态写来，中间似乎存在一种多与少变化的"运动"，总能引起一阵深思。

四是哲理对，杜诗往往借写景阐发一种议论，他对佛道不是具有特别兴趣，只是把对人生种种体会借此发挥罢了。这些诗都写于入蜀以后，生活相对安定时期。《后游》的"江山如有待，花柳更无私"，这是再游修觉寺就像去见老友，适意欣慰的话：那里的山水就像等待我再游，花柳也尽量展现，所以"客愁全为减"，而且还有句外的人与自然默契的哲理意味。《江亭》的"水流心不竞，云在意俱迟"，这是在"坦腹江亭暖，长吟野望时"的遐想。浦起龙说这两句"饶有'点也'气象"，又说："通观三首（另两首盖指此诗前两首《春夜喜雨》与《春水》），时时流露道机，知此老天资高妙，从性分中来，非从道学中来也。带道学气则腐矣。"②杜甫一生难得消停一会儿，作为流浪人能坦腹江亭，自然感到难得的惬意，而见水则有不竞之心油然而生；见云缓缓舒卷，即与闲适心情相得。这当是取法王维"行到水穷处，坐看云起时"，但是他所说的是"无可无不可"观念流露，杜诗取意则与此有别。《可惜》的"宽心应是酒，遣兴莫过诗"，杜甫把作诗当作大事业，"遣兴"只是其中功能之一。《敬简王明府》的"骥病思偏秣，鹰愁怕苦笼"，杜甫酷爱马与鹰，喜其神骏，故在给王县令诗简时，以马与鹰自喻，两句说：我像骏马总想得到充足食料，又像秋鹰总想展翅高空，最怕关在笼子受苦。这是明心见性的话，需人关顾又怕受人拘束，出之不卑不亢的态度。

他还有些格言对，这或许与汉乐府常有格言诗相关，不过采用了对偶形式。李白乐府诗常以格言对用于发端，作为思理以起兴。杜诗则用于五律的中四句之中。在华州即有《观安西兵过赴关中待命》其一"老马夜

---

① 姚小山：《问斋杜意》，转引自萧涤非主编：《杜甫全集校注》，人民文学出版社 2014 年版，第 5677 页。
② 浦起龙：《读杜心解》，中华书局 1961 年版，第 415 页。

知道,苍鹰饥著人",这是把安西兵比作老马、苍鹰。喻为老马,是因为他们"临危经久战";喻为鹰,因为"用急始如神"。意谓安西兵能作战,但要善于掌控。这是采用格言对以言己见。《天末怀李白》的"文章憎命达,魑魅喜人过",是说文章与仕途通达似乎是一对冤家,奸邪恶鬼喜人有些微过失,表示对李白的同情,包括提醒。《秋野》其二的"水深鱼极乐,林茂鸟知归",谢榛说:"此适会物情,殊有天趣。然本于子建《离思赋》'水重深而鱼悦,林修茂而鸟喜。'二家辞同工异,则老杜之苦心可见矣。"① 在《遣兴》其二也有"林茂鸟有归,水深鱼知趣",都是借物兴己,以喻隐者之趣。

五是联绵对,就是以联绵词偶对,既带有修饰描写功能,而且声音宛转,节奏性很强。《秦州杂诗》其一"迟回度陇怯,浩荡及关愁",《陪郑广文游何将军山林》其五"蹉跎暮容色,怅望好林泉",句首均为联绵词,均言流浪陇地的忧愁。《王命》的"牢落新烧栈,苍茫旧筑台",《自瀼西荆扉且移东屯茅屋四首》其四的"牢落西江外,参差北户间",《奉送卿二翁统节度镇军还江陵》"嘹唳吟笳发,萧条别浦清",《玉腕骝》的"骕骦飘赤汗,跼蹐顾长楸",以上均用于句首,描写带有浓厚的主观情绪,他的七律亦每用联绵词偶对。杜甫对《文选》看重,赋体中联绵词对他具有不少的吸引力。

六是虚词对,杜甫在五、七古与歌行体里好议论,议论中多用虚词。五律篇句短,一般虚词用得较少。他却注重使用,而且每见于对偶中。《春日忆李白》"白也诗无敌,飘然思不群","也"字用于名词后具有提示强调作用,此"也"字用于篇首,突出主语李白,且与"然"偶对,自然而又有巧妙。早年的《望岳》形同五律,发端即"岱宗夫如何?齐鲁青未了",在心口商略中,虚词就很生色。《峡口》其二"去矣英雄事,荒哉割据心",又把倒装与虚词结合为用,先言情感与判断,后出主语,造句别致。又常在句腰用虚词,句子显得非常灵活。《滕王亭子》"古墙犹竹色,虚阁自松声",《瞿塘两崖》"入天犹石色,穿水忽云根",被称为"警绝"②,虚词就起了一定作用。《上兜率寺》"江山有巴蜀,栋宇自齐梁","自"字虚词动用,与实词"有"偶对,涵盖广大而又浑融,为人激赏。用于句首者,如《陪郑广文游何将军山林》"自笑灯前舞,谁怜醉后歌"。《喜达行在所》其三"死去凭谁报,归来始自怜",用了"去""来"

---

① 谢榛:《四溟诗话》,人民文学出版社2006年版,第112页。
② 浦起龙:《读杜心解》,中华书局1961年版,第520页。

与"谁""自"四虚词偶对。虚词在杜甫手中也算是宠物,在五律中频频露面,颇能引人注意。

七是借对,借字面意思用于偶对。《北邻》"青钱买野竹,白帻岸江皋",借"青"之字面的绿色,以与"白"偶对。《送司马入京》"黄阁长司谏,丹墀有故人",《送元二适江左》"晋室丹阳尹,公孙白帝城",《阆州奉送二十四舅使自京赴任青城》"如何碧鸡使,把诏紫微天",借官署或地名的颜色词面偶对。《渝州候严六侍御不到先下峡》"山带乌蛮阔,江连白帝深",《季秋苏五弟缨江……》"星落黄姑渚,秋辞白帝城",都是把地名或专有名词中字面颜色用之于借对。前人说杜诗如"图经",就因这类借对很多,在叙述中增加了一种特别的装饰色彩。

其他诸如数字对,杜甫好用大数,数字对偶自然会多起来。叠音词对,在五律中大量使用,远迈盛唐诸家,亦具个性特色;另有名词句对,为数虽无多,但对中晚唐影响甚大,如《忆幼子》的"涧水空山道,柴门老树村",省却动词,全由名词意象组合。另有因果对,可使一联极为紧凑,中无间隙,如《一百五日夜对月》"斫却月中桂,清光应更多"。还有句内自成因果,《重过何氏》其一"花妥莺捎蝶,溪喧獭趁鱼",《收京》其三"杂虏横戈数,功臣甲第高",如名句"感时花溅泪,恨别鸟惊心",使用数量亦巨;它如视听对,在王孟诗中不少,杜诗亦有应用,如《村夜》的"村春雨外急,邻火夜深明",《客夜》的"卷帘残月影,高枕远江声"。拟人对如《琴台》"野花留宝靥,蔓草见罗裙",动作对如《漫成》其二的"仰面贪看鸟,回头错应人",语声对如《自阆州领妻子却赴蜀山行》其三的"仆夫穿竹语,稚子入云呼",方位对如《南征》"老病南征日,君恩北望心",稍加变化则如"帝乡愁绪外,春色泪痕边"(《泛舟送魏十八……》),《游子》的"九江春草外,三峡暮帆前",《历历》的"巫峡西江外,秦城北斗边"。拼接对则把不相干的意象剪接组合,如上文已及的"日月笼中鸟,乾坤水上浮",且与比喻融合。《江汉》的"落日心犹壮,秋风病欲苏",则把景情逆向结合。另有人名对,《陪裴使君登岳阳楼》的"礼加徐孺子,诗接谢宣城"。总之,杜诗对偶也可以称得上千汇万状与集大成者,使五律呈现"别调"的新面孔,充分显示了诗法的多样性。

(四)用字的选择

盛唐诗追求浑融,无论雄壮或清丽都不在用字上着力追求,偶有出采者也不是特意的推敲，出于妙手偶得者为多，也未形成审美倾向。像王维的"大漠孤烟直，长河落日圆"，"泉声咽危石，日色冷青松"，"直"与"圆"、"咽"与"冷"，自然浑成；綦毋潜的"塔影挂清汉，钟声和白云"（《题灵隐寺山顶禅院》），孟浩然的"樯出江中树，波连海上山"（《广陵别薛八》），其中的"挂"与"出"，也似乎非特别用力打磨不可，而显示出执意追求。只有岑参除了雄丽，还追求奇峭，在动词、形容词很注意经营，语求奇警，在五言诗上最为用力。诸如"孤灯燃客梦，寒杵捣乡愁"（《宿关西客舍，寄东山严、许二山人。时天宝初》），"涧花然暮雨，潭树暖春云"（《高冠谷口招郑鄠》），句腰用字，都显示对奇警风格的追求。岑参小杜甫三岁，又曾为同僚与诗友，相互切磋，隐隐掀起后盛唐诗风的转化，这就在用字上显出与前盛唐不同的奇特风格。

尊崇杜甫的宋人，发现杜诗在选词用字上有许多特点，几乎在每一种诗话都要涉及。黄彻曾谓杜诗"多用经书语"，"数物以'个'，谓食为'吃'，甚近鄙俗。……盖篇中大概奇特，可以映带者也"。[①] 又特意说："杜诗有用一字凡数十处不易者，如'缘江路熟俯青江'，'傲睨俯峭壁'，'展席俯长流'，'杖藜俯沙渚'，'此邦俯要冲'，'四顾俯层巅'，'旄头俯涧瀍'，'层台俯风渚'，'游目俯大江'，'江槛俯鸳鸯'。其余一字屡用若此类甚多，不能具述。"[②] 所举十例，只有一例七言。俞成《萤雪丛说》则言："老杜诗酷爱下'受'字，盖自得之妙，不一而足。如'修竹不受暑'，'轻燕受风斜'，'吹面受和风'，'野航恰受两三人'，诚用字之工也。然其所以大过人者无它，只是平易，虽曰似俗，其实眼前事耳。"[③] 四例中三例都是五言。葛立方曾指出："老杜寄身于兵戈骚屑之中，感时对物，则悲伤系之。如'感时花溅泪'是也，故作诗多用一'自'字。《田父泥饮》诗云：'步屧随春风，村村自花柳。'《遣怀》诗云：'愁眼看霜露，寒城菊自花。'《忆弟》诗云：'故园花自发，春日鸟还飞。'《日暮》诗云：'风月自清夜，江山非故园。'《滕王亭子》诗云：'古墙犹竹色，虚阁自松声。'言人情对境，自有悲喜，而初不能累无情之物也。"葛氏又言："子美《客夜》诗：'客睡何曾著，秋天不肯明。'又《陪王使君泛江》诗：'山豁何时断，江平不肯流。''不肯'二字，含蓄甚佳，故杜两用之，

[①] 黄彻：《䂬溪诗话》，人民文学出版社1986年版，第107、112页。
[②] 黄彻：《䂬溪诗话》，人民文学出版社1986年版，第117—118页。
[③] 蔡梦弼集录《杜工部草堂诗话》所引，见张忠纲：《杜甫诗话六种校注》，齐鲁书社2002年版，第132页。

与陶渊明诗谓'日月不肯迟,四时相催逼'同意。"①

以上所指出的"俯""受""自""不肯",都是最平常的字,杜诗则在平常字中寻求一种恰切的表现,这与岑参专用有力度带刺激情感的动词还有一定区别。但在字斟句酌的追求上还有一致的。这和盛唐诗人偶然性,就有很大区别。在平凡的字眼中寻求贴切、逼真、生动的表现,确实是杜诗一大特征。如"马首见盐亭,高山拥县青"(《行次盐亭》),"拥"字就把座落在众山丛中的县城描绘出来,有身临其境之感。"宿雨南江涨,波涛乱远峰"(《巴西驿亭观江涨呈窦使君二首》其一),远峰好像在波涛起伏不停,"乱"字就很生新;和王维"群邑浮前浦,波澜动远空"(《汉江临泛》),景象相近而又有区别。"雾隐平郊树,风含广岸波"(《暮寒》),模糊的远树与轻风微波,不费力地展现难状之景。"狎鸥轻白浪,归雁喜青天"(《倚仗》),鸥于白浪间自在起伏,"轻"字很能抓住其动态,而"喜"字则又能状出其神。"十月山寒重,孤城水气昏"(《愁坐》),秋山凝寒,确有"重"的感觉。"烟尘犯雪岭,鼓角动江城"(《岁暮》),"动"字应该是个模糊动态,杜诗常用,用则生新,这个"动"字就可使江城摇动起来,衬出鼓角的触耳惊心。"云气嘘青壁,江声走白沙"(《禹庙》),云气似乎害怕把山冲撞坏了,只是轻轻地"嘘",只是小心地煦护;而"走"犹如"奔",江水却不管白沙的翻腾。"风起春灯乱,江鸣夜雨悬。晨钟云外湿,胜地石堂烟"(《船下夔州郭宿,雨湿不得上岸,别王十二判官》),夜雨如注,非"悬"字不能形其状;风起灯摇,人在船上更能见摇晃的"乱"。雨后早晨空气湿润,连云雾中的钟声都觉得"湿"了,这种听觉与触觉的"通感"用得如此逼真。

叶燮说上诗:"因闻钟声有触而云然也。声无形,安能湿?钟声入耳而有闻,闻在耳,止能辨其声,安能辨其湿?曰'云外',是又以目始见云,不见钟,故云'云外'。然此诗为雨湿而作,有云然后有雨,钟为雨湿,则钟在云内,不应云'外'也。……不知其于隔云见钟,声中闻湿,妙语天开,从至理实事中领悟,乃得此境界也。"②总之,这个"湿"字是由声音而得出的一种触觉,或许由王维"泉声咽危石"而得到启发。而"两行秦树直,万点蜀山尖"(《送张十二参军赴蜀州,因呈杨五侍御》),几何式的线条与形状,是如此的单纯,而关中平原的平坦与蜀山的危耸,都从瘦硬的"直"与"尖"中看出,似乎带出视觉的"刺激",与盛唐的

---

① 葛立方:《韵语阳秋》,见张忠纲:《杜甫诗话六种校注》,齐鲁书社2002年版,第144、150页。
② 叶燮:《原诗》,人民文学出版社1979年版,第31—32页。

浑厚确实有很大的区别。杜甫在寻求一种变化，在字法上有了新的转换，这对后之韩孟诗派有很大的影响。

他写的《月》说是"四更山吐月，残夜水明楼"，"吐"字是迟缓的，把慢慢从山后升起的月说是"吐"出来；不是"月明楼"却言"水明楼"，这是月光借水的反照，而夜之静又在不言而喻之中。《夜雨》的"野凉侵闭户，江满带维舟"，若看它上两句"小雨夜复密，回风吹早秋"，就觉得这个"侵"字，直接向读者袭来。而写春风却是"薄衣临积水，吹面受和风"，却煦面适意至极，同样都能得到直接感受。极简单而素朴的字也会在他手中发出不尽的魅力。写成都盆地平原的"地卑荒野大，天远暮江迟"，由"大"字就觉得辽阔极了，由"迟"感到宁静极了。"蝉声集古寺，鸟影度寒塘"(《和裴迪登新津寺，寄王侍郎》)，"集"字显示出树木之多，至于闹中之静还在其次；次句不用"飞"而用"度"，漠漠黄昏也出来了，这原不是一定写出来的。《水槛遣心》其二的"叶润林塘密，衣干枕席清"，看上二句"蜀天常夜雨，江槛已朝晴"，因"夜雨"而"叶润"，又因"叶润"方觉"林密"；又因"朝晴"而有"衣干""枕席"清爽之感。秋晨则是"日出寒山外，江流宿雾中"(《客亭》)，"外"字显出那么样的远，"中"却显得如此的近。若与王维"江流天地外，山色有无中"比较，句式则一，景象在王维又都是那样的远，因他写的是《汉江临眺》，杜甫的客亭当在江边。

有些用字并不引人注目，然却有一番新的光景。"野花随处发，官柳著行新"(《鄠城西原送李判官兄武判官弟赴成都府》)，两句末字不用"红"与"绿"，所用"发"和"新"显示的是早春风光。"山花相映发，水鸟自孤飞"(《送何侍御归朝》)，"相"显其多，"自"字见其独，本来不起眼，却对比出别一样的风光。"山鬼吹灯灭，厨人语夜阑"(《移居公安山馆》)，夜深灯灭，"吹"字诡秘有如山鬼，"语"字在"夜阑"时又显得那样清亮。"岸花飞送客，樯燕语留人"(《发潭州》)，同样用"语"字，感觉与气氛却迥然有别。总之，杜甫在字法寻求变革，他要使对景物描写更贴切，感受更逼真，特别是要显出个性化的特色，要排除盛唐诗的笼括、肤廓，在变革上迈出巨大的步伐，达到突破与超越。

杜诗的表现手法，句式的打锻，对偶的经营，字法的选择，无不付之以惨淡的经营。宋人所谓的"诗眼"是从他手中建立，五律的各种功能并进也是由他完成的；对偶的多样化，也是由他丰富起来的。这些都对中唐、宋代诗人提供丰多的范型，也包括元明清以后的诗人在内，都得到普泛而深刻的沾溉。

四　杜诗对美与丑的颠覆与互动

　　杜甫说自己"性豪业嗜酒，嫉恶怀刚肠"（《壮游》），就是对于杂草也要"芟夷不可阙，疾恶信如雠"（《除草》）；还又要"新松恨不高千尺，恶竹应须斩万竿"（《将赴成都草堂途中有作，先寄郑严公五首》其四），即可见爱憎之分明。他在审美同样有一种强力，能撅下外表的华衮而揭示内在丑恶；又有一种抑制不住的毅力，能从穷困艰难之中持一种乐观的心态，从丑中发现美来。美与丑的颠覆，形成以美为丑与以丑为美的多维的审美观念。而且把自然美和人生的残缺合融，能从客观的丑陋发现出美。对美丑的移位与组合，都要有一种审美的主动力量，这是由人生观念的坚毅与爱憎分明的情感决定的。

（一）对美丑的颠覆

　　客观的丑原本是定位的，美者自美，丑者自丑，但这只是一种简单概念。牡丹花朵硕大但香气却甚微，这是大美的残缺；桂花花小色黯，与牡丹相较，不免显得"丑"了，但香气却压倒群芳，却觉出香染世界的美来。人比植物复杂得多，面貌与心灵不一定吻合，貌美而心恶，心善而貌丑，就显出人之复杂。

　　从文学表现人性的美丑，《诗经》可谓开了先河。《鄘风·君子偕老》诗三章，各章分别为七、九、八句，从服饰之盛，雍容宽广之气质，头发乌黑，额角丰满等方面铺叙描写了一个贵妇人的风采华贵，各章末尾都有两句议论性的评论，"子之不淑，云如之何"，"胡然而天也，胡然而帝也"，"展如之人兮，邦之媛也"，《毛诗序》《毛传》《郑笺》《孔疏》《诗集传》都异口同声地说这是讽刺一个贵妇人。《诗集传》又引吕祖谦说：首章之末云"责之也"，二章之末云"惜之也"，"辞益婉深矣"。[①] 今人也有认为此诗属赞美而非讽刺，如让杜甫看来，可能与孔颖达的《毛诗正义》的看法一致。此诗通篇皆为美词，而章末两句或正言若反，或以反问，热嘲冷讽，这种似美而刺的反讽，对杜诗的影响将是深远的。

[①]　朱熹：《诗集传》，上海古籍出版社1980年版，第30页。

战国中期的《庄子》里有支离疏为代表的系列残疾人，外貌奇丑，然战争时没有抓丁之忧，升平时首先受到救济的优待，这是从"支离其形"而说明如人能"支离其德"，就能成为大美之人。这从哲学上把外貌的丑而转化为实用价值的美。奇丑的残疾人不过是个证明义理的论据，但对后世审美审丑的影响甚大。受老庄思想影响颇深的陶渊明，弃官后受到贫困的威胁，他把饥寒，没有酒喝，甚至于讨饭，以及儿子们痴笨，都写进诗里，这些残缺当然不美，应当属于不希望出现"丑"的范畴。但他写的这些诗引起后世绝大的称赞。换句话说，陶从田园的不幸而残缺的"丑"中写出美来，这要有坚毅的人格与高尚的审美眼光。

对陶诗并不看好的杜甫却发展了《诗经》《庄子》及陶诗审美的多样化，他不仅从美中揭示出丑，更能从战争、漂泊、丧乱所造成的种种不幸中，发现出"美"来，以抗拒难以生存的现状，增强生活的信念。这能代表化美为丑的便是名作《丽人行》，这首歌行大篇浓丽肆意地铺叙杨氏姊妹如何的美：矜持的气质，匀称的身段，以及头饰、服饰、佩戴，上下前后都写得很美，确实是一群"丽人"。而宴饮的豪奢，皇帝宠赐的丰渥，随从的众多，只见气势不凡，还算不上丑。然到末尾却推出一人，"后来鞍马何逡巡，当轩下马入锦茵"，可见与上边丽人关系异常。何以见得？因为接着的便是"杨花雪落覆白蘋，青鸟飞去衔红巾"，便骂倒杨氏兄妹苟且乱伦的龌龊。他们是宰相、贵妃、夫人，实际上是一群人所不齿的男盗女娼。"杨花雪落""青鸟衔巾"，不仅与开头暮春相应，又切合杨国忠之姓，"隐语秀绝，妙不伤雅"，说这话的浦起龙又说："无一刺讥语，描摹处，语语刺讥。无一慨叹语，点逗处，声声慨叹。"杨伦《杜诗镜铨》引蒋弱六曰："美人相，富贵相，妖淫相，后乃显出罗刹相，真可笑可畏。"[①] 但也有论者认为："至'杨花''青鸟'两语，似不可解。"[②] 这首诗虽然不动声色，但巧妙地发挥了典故的暗示性，而且以少胜多，旋天转地，把美统统变成丑了，比"中冓之言，不可道也。所可道也，言之丑也"（《诗经·鄘风·墙有茨》）的直说更为敏锐而深刻，以四两拨千斤的手段，把美颠覆出丑来，而且以雅言写丑事，却显示出过人的眼光与才华。都是发挥擅长用典的优势，"杨花"句，蕴含两典：民俗以为柳絮入水即化为蘋；北魏胡太后与臣子杨白华私通，杨惧祸降梁，改名杨华，胡太后作《杨白华歌》，有"秋去春还双燕子，愿衔杨花入窝里"，以发怀

[①] 杨伦：《杜诗镜铨》，上海古籍出版社1980年版，第59页。
[②] 王嗣奭：《杜臆》，上海古籍出版社1983年版，第24页。

恋思念之情。杜诗巧妙地把这两典融合起来，没有说"杨花雪落化白蘋"，而谓"覆白蘋"，极为辛辣。次句以西王母使青鸟衔巾向汉武帝表示即将相会，亦与男女之事相关，且切合宫廷中蒸丑事。这两句多维度的暗示，意谓无论宫中、民间都有知晓。虽然词旨隐微，当时人一见即知，后世亦能分晓。至于明末治杜诗而著名的王嗣奭说是这两句"似不解"，则是出于遗民情绪对至尊的回护。

虽然杜诗对美与丑的颠覆以后再也没有出现这样的大篇名作，但却有两首绝句，也用了以美为丑的手法，亦为名作。一为《赠花卿》："锦城丝管日纷纷，半入江风半入云。此曲只应天上有，人间能得几回闻？"花卿是对成都府部将花惊定的美称，其人恃勇平乱，大掠东蜀，又恃功骄奢无度。杨慎说："杜公此诗讥其僭用天子礼乐也，而含蓄不露，有风人言之无罪，闻之者足以戒之旨。"①盖安史乱后当时梨园弟子流落蜀地者不少。杜入川后的诗有"南内开元曲，当时弟子传"（《秋日夔府咏怀，奉寄郑监审、李宾客之芳一百韵》），并自注："都督柏中丞筵，闻梨园弟子李仙奴歌。"有人据此，指出"所云天上有者，亦即此类"②。此诗好像夸赞歌曲之美，却又"似谀似讽"③。焦竑说："花卿恃功骄恣，杜公讥之，而含蓄不露，有风人言之无罪，闻者足戒之旨。"④此诗在杜诗绝句中显得特别，不类他的绝句好对偶的主体风格，而风华流丽，顿挫抑扬，与李白、王昌龄风格相近，以至于认为杜甫绝句中，"此为之冠"⑤。此诗意在规讽，不得已采用似谀实讽的手法。同样是化美为丑，其中同样蕴含对美丑的颠覆，只不过是比《丽人行》委婉而已。

另首则为《江南逢李龟年》："岐王宅里寻常见，崔九堂前几度闻。正是江南好风景，落花时节又逢君！"岐王即李范，睿宗第四子，"雅好文章之士，士无贵贱，皆尽礼接待"，开元十四年卒。崔九即殿中监崔涤，中书令崔湜之弟，亦开元十年卒。此年杜甫方15岁，其时并未有梨园弟子，故有人据此认为此诗非杜甫所作。黄鹤说："公见李龟年，必在天宝十载后，诗云岐王，当指嗣岐王珍。据此，则所云崔九堂前者，亦当指崔氏旧堂耳。"⑥杜诗好记时事，有不少漂泊者见于笔墨。在陇西《乾元中寓

---

① 杨慎：《升庵诗话》，见丁福保辑：《历代诗话续编》，中华书局1983年版，第644页。
② 黄生：《黄生全集》，安徽大学出版社2009年版，第2册，第449页。
③ 杨伦：《杜诗镜铨》，上海古籍出版社1980年版，第369页。
④ 仇兆鳌：《杜诗详注》，中华书局1979年版，第847页。
⑤ 仇兆鳌：《杜诗详注》，中华书局1979年版，第847页。
⑥ 仇兆鳌：《杜诗详注》，中华书局1979年版，第2061页。

居同谷县作歌七首》其七"山中儒生旧相识,但话宿昔伤怀抱",《佳人》"零落依草木"的良家子,《寄柏学士林居》"自胡之反持干戈,天下学士亦奔波"的柏学士,还有以下要涉及的大画家曹霸与公孙大娘弟子,杜甫都有诗记述。而宫廷歌手李龟年亦流落江南,"每遇良辰胜赏,为人歌数阕,座中闻之,莫不掩泣罢酒"①。杜甫少年在洛阳见过这位大歌星,此时在潭州不期而遇,可谓"同是天涯沦落人",就写了这首感慨不已的诗以赠。此诗风调摇曳,末句意在言外,与《赠花卿》都属于"盛唐气象"高华流美的风格,同样与杜甫之七绝的本色有别。所以黄生说:"此诗与《剑器行》同意。今昔盛衰之感,言外黯然欲绝。见风韵于行间,寓感慨于字里,即使龙标、供奉操笔,亦无以过。乃知公于此体,非不能为正声,直不屑耳。有目公七言绝句为别调者,亦可持此解嘲矣。"这不仅是七绝风格问题,而是杜甫遇到这样的时代变迁的大题材,即笔之于书;而李白遇到,则不一定见之于诗。

此诗前两句写过去,昔日京城这位大歌星的风采,在"寻常见""几度闻"中隐隐提动开天盛世;第三句转至今日"江南好风景",含有"风景不殊,正自有山河之异"②,而暗暗醒动;末句"落花时节",不仅指相逢的暮春,而且暗示了大唐繁花似锦的时代已成为过去,一个"又"字,敲到了人人心中都有的大创伤!"抚今思昔,世境之离乱,人情之聚散,皆寓于其中。"③或谓此诗"含意未申,有案无断"④,也就是这里只有盛世之美的回忆,这回忆是美好的,而对乱世只是刚一提动就结束了,把安史之乱带来的灾难丧离之丑,欲吐还吞式地咔住了。这是七绝体制的需要,也是这首诗的魅力所在。伤心人所引起而不发的"丑",只能留给读者咀嚼体会了。

从某种意义上讲,此诗与《赠花卿》为姊妹篇。此诗把离乱与盛世对比,只讲明盛世,其美之美不言而明,而要说的乱世,只是用关键词"落花时节"提示一下,今与昔,美与丑,不做任何描绘与对比,今昔盛衰的感慨,美好的过去,丧乱的丑恶就可引发读者不尽感慨,而《赠花卿》以似谀实讽、似美实丑与此有别,但以美暗示的丑则是一样。

---

① 郑处诲:《明皇杂录》卷下,见王仁裕等撰,丁如明辑校:《开元天宝遗事十种》,上海古籍出版社1985年版,第23—24页。
② 刘义庆著,刘孝标注,余嘉锡笺疏:《世说新语笺疏》,上海古籍出版社1993年版,第92页。
③ 仇兆鳌:《杜诗详注》,中华书局1979年版,第2061页。
④ 沈德潜:《唐诗别裁集》,中华书局1981年版,第266页。

杜甫能把美与丑颠覆倒置移位，从美中指示出丑来，如《丽人行》；也能根据篇制大小，把外似美而实为丑，从"假美"暗示出真丑来，此则为《赠花卿》；又能从过去的美暗示出今日之丑来，此为逢李龟年。从美丑的颠覆上与《赠花卿》有些相近。杜甫与其诗爱憎分明，故能成为"诗圣"；他无时不关心时局，故能成为"诗史"；他又感情丰富，故能成为"情圣"[①]；而对人世间的大美大丑有大力予以颠覆，予以多种变化，故可以成为"诗神"[②]。

（二）从美看出丑与从"丑"转化为美

杜甫是个悲剧诗人，他想"致君尧舜上，再使风俗淳"，却在盛世丰收年间饿死了幼子；他像"葵藿倾太阳，物性固莫夺"，而玄宗并没有重用他。肃宗因他冒死投奔行在让他做了"近臣"，然而仅半月就因疏救房琯而被疏远，后放任华州。这固然对他至为重要，但是他与肃宗最大的分歧，就在于清洗玄宗旧臣，借兵回纥，收复二京，围攻邺城不设主帅的重大军政举措上，故决心弃官流浪。后半生终生奔波，最后死在一条孤独的破船上。

除了青少年时代，几乎没过几天好日子。饥饿、贫穷等不幸总是伴随他。以他执着的性格，逐渐在灾难的生活中，滋发了一种幽默的性格，能从不幸的"丑"中硬是挤出"美"来，不，准确地说，他以坚毅的人格与乐观，而赋予了人生一种"苦中作乐"的眼光与心态。他在《溪陂行》里由天气变化的"恶风白浪"到风静波平，再到傍晚月出灯映的奇异景观，从大自然的美恶变化中感到"事殊兴极忧思集"，而感受到"咫尺但愁雷雨至"，"向来哀乐何其多"，由天地变色而想到人生美丑哀乐的变化。所以在五人同作的《同诸公登慈恩寺塔》，岑参看到的是"连山若江涛，奔走似朝东。青槐夹驰道，宫馆何玲珑"的壮美景象；储光羲看到的是"苍芜宜春苑，片碧昆明池"，高适看到"宫阙皆户前，山河尽檐向"，都是客观的写景。杜甫却从壮美的京都感到"秦山忽破碎，泾渭不可求。俯视但一气，焉能辨皇州"，似乎大有"山雨欲来风满楼"之感，不然为何要"回首叫虞舜，苍梧云正愁"，当今的圣明天子却"惜哉瑶池饮，日晏昆

---

① 梁启超：《情圣杜甫》，见夏晓虹编：《梁启超文选》，中国广播电视出版社1992年版，第135页。
② 叶燮：《原诗》，人民文学出版社1979年版，第19页。

仑丘"，而宰执们都是"各为稻粱谋"的"随阳雁"。他从壮美辉煌的偌大长安，似乎预感到一场空前灾难将要降临，长安城内清浊不分，"皇州"一片乌烟瘴气，所以他要大声疾呼地下的唐太宗，惋惜玄宗的昏昧，这不是书生好为大言的敏感。他在《兵车行》里已指斥过"边庭流血成海水，武皇开边意未已"，在《丽人行》已讽刺宰相与贵妃、夫人们的荒淫无度，他在长安多年对上层观察与对下层的体察，使老实的杜甫磨亮洞悉社会的敏锐力。好为高论的北宋史官说他"好论天下大事，高而不切"，今人或径直说他没有政治头脑不会做官。杜甫把关注国家心怀民众看得高于一切，所以能从长安的宫观之壮美，洞察出一场天下大乱的灾难将会发生。这时距安史之乱还有三年，而"风起于青萍之末"，他不幸而言中。在安史之乱爆发的同年同月，即天宝十四载十一月，在《自京赴奉先县咏怀五百字》中，途经渭河看到"群冰从西下，极目高崒兀。疑是崆峒来，恐触天柱折"，前二句写实，后二句则为政治预感。作于安史之乱后的"宗庙尚为灰，君臣俱下泪。崆峒地无轴，青海天轩轾"（《送从弟亚赴安西判官》），就可知"崆峒""天柱"在诗中所具有的意义。杜甫回家赶上幼子饿死，他从家庭不幸与"平人固骚屑"的民众不幸，以及途经骊山看到"君臣留欢娱"与"朱门酒肉臭，路有冻死骨"，他说的"天柱折"的政治预言超前成为事实，就在同时安禄山已起兵。其所以如此的确切，就是杜甫心系国家与社会，能按准社会的脉搏，能从"中堂舞神仙，烟雾蒙玉质"的美看出丑来，尽管这是路经骊山的耳闻的推想。

  他的诗友高适被人看作很有政治头脑，很能做官，但在登慈恩寺塔诗上却只流于平庸，或许因想如何做官，无暇顾及天下未来；或可能多少有所同感，但他不愿说出来，也少却了对美丑的穿透力。

  如果说对社会的忧虑，杜甫采取了从美看出丑的眼光；以自家不幸的切肤之痛换得从丑看出美来，这是杜甫政治人格的完整，也说明了审美观的灵活多样。与《自京赴奉先县咏怀五百字》同是探家的《北征》，即展开了安史之乱带来的"秦山忽破碎"的灾难。他因谏贬房琯遭到猜忌阴鸷的肃宗的疏冷，只好告假探家。带着郁愤不欢的心情，途经今之郴县的"邠郊入地底，泾水中荡潏"高山大沟荒险，且有"猛虎立我前，苍崖吼时裂"的惊惧，在"菊垂今秋花，石戴古车辙"的荒寂中，俯仰间忽轻松起来，"青云动高兴，幽事亦可悦"地欣悦起来！其原因就是所说的"幽事"细小却值得一提：

    山果多琐细，罗生杂橡栗。或红如丹砂，或黑如点漆。雨露之所濡，甘苦齐结实。

这些结着或红或黑的山果的就是酸枣，在陕北高原到处都是，半人高的灌木丛，带刺。20 世纪 80 年代以前还做柴禾烧饭，杜甫看到它们，想它们雨露下尚可结果，就像安史兵祸没有发生一样，就像生长在无灾无难的世界。他从这些丑陋的灌木丛，转化为"缅思桃源内，益叹身世拙"，也就是丑木尚能自在生存，显示出让人喜爱的美，而活在这悲惨世界的人，却显得拙愚而丑陋了。要知道杜甫这时情绪很糟，如此丑木尚能引起好一阵子的"幽事亦可悦"，让他着实"高兴"了一番，亦可见性格坚毅，在困境中还不乏乐观的追求，把丑转化美，把不幸转化为欣悦。不仅如此，当他终于回到时隔整年的茅屋，看到"衣百结"的妻子还活着，喜极而悲，恸哭一场。然后看到：

平生所娇儿，颜色白胜雪。见耶背面啼，垢腻脚不袜。床前两小女，补缀才过膝。海图坼波涛，旧绣移曲折。天吴及紫凤，颠倒在裋褐。

试想，杜甫如此详叙子女奇形怪状的衣着，是哭是笑，是欣慰，是心酸，还是一种灰色的幽默，还是带着眼泪的微笑？他的旧官服改做成若干件小衣服，原来绣的图案滑稽颠倒在不同部位，这是一种什么景象！杜甫能同情万方多难的民众，对着这些"奇装异服"的子女，怎能没有慈祥的一笑！他特意如此地详叙，似乎在说在这灾难年月，他们还能穿上这些奇怪的衣服遮寒蔽体，已经很不容易了，他又怎能不感到欣慰的幽默，开颜一笑呢！他从脏兮兮的丑而怪的孩子，看出能生存过来的美来，他把贫穷丑陋转化为美的幽默感，显示出善良的从灾难中过来的不易之美。陶渊明在平静的田园里所作《责子》诗数说子女的不聪慧，杜甫则认为"未必能达道"。美在不幸，美在缺失之中。也正因为他是一个慈祥的父亲，于是以轻快的笔墨接着叙写：

那无囊中帛，救汝寒凛栗。粉黛亦解包，衾绸稍罗列。瘦妻面复光，痴女头自栉。学母无不为，晓妆随手抹。移时施朱铅，狼藉画眉阔。

儿女看着妈妈样儿，都精心打扮起来，用了好大劲儿，好长时间，眉毛不是画得细细，而是越画越宽。本来天真的孩子，这时弄出个丑怪的样子，他们想要打扮得美，却成了丑，不，在杜甫眼中却是丑美丑美的。不然他为何要费这些笔墨？他对孩子的慈爱洋溢在字里行间。由此可见，他能从丑陋中看出美，又能从过量的美看出丑美丑美，丑与美在手中变化又是多么丰富多彩，有滋有味，有爱也有酸辛。

正如他后来漂泊到成都，安居后写下的《遭田父泥饮美严中丞》，所表现的朴拙粗野的丑也是美一样。说田翁邀他到家里喝酒，向他夸耀新到任的成都尹严武，是从来没见过的好官。他的大儿就在新尹手下当兵，现在又能放回来帮他种地，如何如何，絮絮叨叨，高兴地说个没完。一会儿说"今年大作社，拾遗能住否"，提出下次邀请；一会儿"语多虽杂乱，说尹终在口"。就这样"朝来偶然出，自卯将及酉"，杜甫觉得"久客惜人情，如何拒邻叟"。然田父兴之未尽，还"高声索果栗，欲起时被肘"，直到"月出遮我留，仍嗔问升斗"。面对这粗朴热情"指挥过无礼"的田翁，他"未觉村野丑"，却从老头粗朴的"野丑"，感受到人情的真率之美，热情之美，于是就把"野丑"看作"真美"。

如同《北征》写酸枣，叙儿女琐事，此诗专写田翁拉家常闲事。张上若就《北征》说："凡作极要紧极忙文字，偏向极不要紧极闲处传神，乃夕阳反照之法，惟老杜能之，如篇中'青云''幽事'一段，他人于正事实事尚铺写不了，何暇及此！此仙凡之别也。"[①] 所谓"夕阳反照法"，就是说从可悲的反面写出可喜来，从丑中见出美来，那是在坚毅中的一种幽默；此诗同样在絮叨的琐事中，田翁的粗野举动与吩咐，看出率真朴实的美，同样把丑转化出美，都同样打动人心！可见出杜甫以审丑的眼光观察丧乱的现实，又从残缺丑陋的事物中，体察出种种不同的美，在处理丑与美的变化上，确实有"仙凡之别"，有独到创新之处，把人情对美丑的变化表达得入情入理，为他人所不能。

（三）美与丑的对比与互动

天宝时期由于玄宗把大权先后交给李林甫及杨国忠，社会上层充斥着丑恶的潜蔽性，杜甫给予发覆，使外在的美而显出本质的丑来。安史乱后，灾难战乱丛生，是个丑恶的时代，增加社会民众数不清灾难。又由于肃宗的狭隘阴私，一味地不惜任何手段要巩固逆取的大位，不听李泌先攻安史老巢再取二京，故不惜一切代价借兵回纥，二京收复后，使其大掠，后又供给沉重。又猜忌郭子仪、李光弼功高难制，围攻邺城不设主

---

① 杨伦：《杜诗镜铨》，上海古籍出版社 1980 年版，第 160—161 页。

帅，围城长达半年，且最后 60 万大军反遭覆灭的惨败，便大肆抓兵，又在战祸上给百姓强加了妻离子散的灾难。杜甫看到了安史与官方双重的压榨，"园庐但蒿藜""家乡既荡尽"，老百姓到了"人生无家别，何以为蒸黎"的地步。虽然这场战乱是由玄宗昏乱引起，由肃宗加以延续，但平息叛乱，结束战争，毕竟是民众与国家的共同愿望，杜甫在灾难中挣扎，看到"万国尽征戍，烽火被冈峦。积尸草木腥，流血川原丹"(《垂老别》)，到处只有战争带来惨象。他在痛苦与感情矛盾中完成了组诗三《吏》、三《别》，尽量在百姓的愿望上发现出美来，诸如《新安吏》的"掘壕不到水，牧马役亦轻。况乃王师顺，抚养甚分明"，发出这种主观性"画外音"的抚慰，《石壕吏》的"老妪力虽衰，请从吏夜归。急应河阳役，犹得备晨炊"的无奈与姑且，《新婚别》的"勿为新婚念，努力事戎行"并非全由己出，很大程度上融入了作者的意愿，就是想从安史与肃宗政权强加的双重灾难，发掘与揭示老百姓才是关心国家的善意的美。然而灾难的超负荷的挣扎，惨不可言的丑，才是这组诗震动人心的力量。

当安史叛兵处于败局，杜甫又在战争留下残破的丑中发现出美。他在华州所作《瘦马行》写了一匹带伤被遗弃的军马，瘦得"皮干剥落杂泥滓，毛暗萧条连雪霜"，它的神情是"见人惨澹若哀诉，失主错莫无晶光"，处境是"天寒远放雁为伴，日暮不收乌啄疮"。这是一匹瘦马，又是病马，且被遗弃的马，总之，是一匹"丑马"。它被"遗路旁"，因往年"历块误一蹶"，被官军"委弃"而"非汝能周防"，以及反复强调的"失主"，尽管都有作者从政受挫的暗示，以及委屈心理隐微寓意，但由"此岂有意仍腾骧"，而转入"谁家且养愿终惠，更试明年春草长"，是说如果得到朝廷理解，到"明年春草长"，病马、丑马就会成为健马、美马，也寄寓了对朝廷的希望。这是希望能有把丑转化美的机会，但他的希望落空了。

美与丑不同的事物单独描述，固可见出美与丑，如果并置对比起来，二者的差异，更能显示美者更美，丑者愈丑。这个简单的审美基本原理，一经杜甫的特别处理，更能焕发出感慨深刻的艺术光彩。

《遭田父泥饮美严中丞》之所以成为名篇，就在于把丑转化为美，把叙述与议论结合起来，"夹叙夹述，情状声吻，色色描画入神，正使班、马记事，未必如此亲切，千载下读者无不绝倒"[①]。除了叙述与描写，这诗的议论也起了一定的作用。如"久客"二句与"未觉村野丑"，不觉其

---

① 杨伦：《杜诗镜铨》，上海古籍出版社 1980 年版，第 394 页。

"丑",也就乃感人情之美了。杜诗美与丑的对比,就特别发挥了议论催化与提升的功能,使美与丑的主题得到升化,使诗的主题更为深化。

初盛唐是政治经济兴旺健康的发展期,政治理想与文学、艺术得到全面发展,其中绘画、书法、音乐、舞蹈也像唐诗一样得到蓬勃的发展。安史之乱的爆发,使艺术人才向江南与西南流播。杜甫在"漂泊西南天地间"遇到了不少这样的人材,他不仅出于"同是天涯沦落人"的感情,而且从唐代历史盛衰的巨变的角度,记述这一惨痛的历史大变迁。杜甫对书画也有一定的艺术修养,因而他的题画诗有70多首,为唐人之冠。在书法审美上主张"书贵瘦硬方通神",对绘画的看法亦是如此。肃宗广德二年,在成都遇见了在开天享有盛名的宫廷大画家曹霸,这时已沦落为一个"马路画家",行同乞丐。杜甫作了《丹青引》长诗,作为"赠曹将军霸"的见面礼,对他今日的处境在末尾只寥寥写了几句。先以八句交代了名贵的出身与从事的艺术经历,以及"丹青不知老将至,富贵于我如浮云"艺术追求。次则描述了开元年间他的人物画的生动与成功,重绘凌烟功臣,下笔别开生面。接写画马不同凡响的"一洗万古凡马空"。再叙画马的逼真,得到玄宗赏赐。这首迹近人物传记的歌行大篇,对曹之绘画的辉煌成就用了层层衬托的铺叙,使曹霸在开天盛世的形象光芒耀眼,这是对绘画艺术的赞歌,对"艺术美"雕塑般地进行了绘画,使他的画马显得更美。

先从出身名贵至唐沦为清门叙起,但"文采风流今尚存"为一衬;他先学书法非为所长而转入绘画的追求,且重艺术而轻财富,此二衬;开元中奉诏重绘功臣,人物逼真生动显示了绘画的全面才能,此三衬;他以画马见长,先言"画工如山貌不同",一小衬;再以构思的"意匠惨淡经营中",说迟迟不肯动笔,又一小衬;等到构思成熟,方才"斯须九重真龙出",凡马为之一空,再一小衬。以上合为四衬;第四节先以画马与庭前"迥立间阖生长风"对比,为一层;再以观画者感慨为一层,"至尊含笑催赐金,圉人太仆皆惆怅"分两头叙写,使画之艺术效果达到高潮;又以弟子韩幹"画肉不画骨,忍使骅骝气凋丧"一反衬。以上通过层层衬托,有正有反,有实有虚,可谓神完气足。

以下为第五节,先以"将军善画盖有神,必逢佳士亦写真",总束上文亦与画功臣回应。"必"一作"偶","亦"用殊意"才"[①],才能显示其画名贵与其人矜持。以上是对过去的叙写,言至今日则是:

[①] 参见魏耕原:《杜诗疑难语词考释商略》,《兰州大学学报》2001年第3期。

即今漂泊干戈际,屡貌寻常行路人。途穷反遭俗眼白,世上未有如公贫。但看古来盛名下,终日坎壈缠其身。

末两句是全诗结穴之处,好像是才士不遇的主题,其实不然。或谓曹霸不幸遭遇也寄托自己的不幸,亦不尽其然。一来曹有辉煌的过去,不能说是"不遇",二来作者做近臣时短而且很快疏远,与曹之轰动效应不可同日而语。这首诗的关键是"即今漂泊干戈际",不但是其人的转折枢纽,也应包括作者在内,而且大唐的盛衰巨变也应当包括在内。曹作为一流的大画家的成就,也显示了盛唐经济发展对绘画的促进,唐代画马大家之多,也见出唐从上层到下层的尚武精神的体现。此诗虽写一个画家,实际上是唐代盛衰转折标志之一。以五分之四的篇幅,以衬托的手法,犹如油画的浓色重彩,刻画了光彩照人的过去,诗的主体描绘了过去之极美,而末尾关于今日之困境只有四句,而一个皇家国家级大画家,今天没有昔日的矜持,无论是"寻常行路人",也还得"屡貌",才能维持生存,而且"反遭俗眼白"。途穷贫困如此,这不是成了一个被人瞧不起的丑陋形同乞丐画家?此诗通过一个画家的今日转变对比,不正是反映安史之乱带来万千灾难的缩影?所采用昔美今丑的对比的意图正在于此。安史之乱使一切都倒挂起来,玄宗由一味奢侈的"快乐皇帝",一变而为苦闷忧愁而无自由的"太上皇",对于国家与民众处境的变化那就更大了,这也是杜甫为何以不同方式反复叙写这一主题的原因。而令人感兴趣的是,极写昔日之美,并非此诗目的,而今日其人穷途末路之丑似乎应为重点,反而笔墨不多。实际铺张叙写昔日之美,正是为了反衬今日之丑。这诗的成功便在以美丑的对比能引起对社会变化的大感慨。刘熙载曾言:"怪石以丑为美,丑到极处,便是美到极处,一丑字中丘壑未易尽言。"① 这是单纯就审丑而言,如作一转语,美丑对比时,只有美到极处,才有丑到极处。美丑两字中丘壑亦未易尽言。

与《丹青引》可称姊妹篇的是《观公孙大娘弟子舞剑器行》,而与前者人物传记不同,今昔对比的主题更为明显。杜甫童稚时观看过公孙大娘的舞蹈,这是其弟子舞,"波澜莫二"。此诗描写舞姿用了排喻,对观看者惊骇亦用比喻提前出之陪衬,这是对过去美好的回忆。以下转到与弟子的问答,而"感时抚事增惋伤"。以下则推出美与丑对比的另一端,而今"风尘颂洞昏王室","梨园弟子散如烟,女乐余姿映寒日";并且"金粟堆

---

① 刘熙载:《艺概·书概》,上海古籍出版社 1978 年版,第 168 页。

南木已拱"。这里由观看一次舞蹈而引发"感时抚事"的悲慨。构成两个对比：一是李十二娘是公孙大娘的嫡传，她们都是国家级的舞星，而弟子流落在夔州这样的山城小地演出国家级的舞蹈，可以看出"梨园弟子散如烟"，以与"先帝侍女八千人"的对比；二是由舞蹈的移位，今之由玄宗坟木已拱与"瞿唐石城草萧瑟"，而与五十年前大唐兴盛的宏壮的舞蹈形成对比，这是观看两次舞蹈而引发出的国家巨变。演出结束而激发的"乐极哀来"，实际上就是美与丑的对比。这是一场观舞引发国家盛衰的对比，亦是昔之美与今之丑的对比，即与《丹青引》的背景是一致的。而《江南逢李龟年》没有说出的，可以在两首诗得到补充。

歌行体这种大幅度的美丑对比，杜甫对画与舞之美的极尽铺张，而达到画家与舞女沦落凄凉之丑的对比效果。像五律这样的短制，就把美与丑干脆"焊接"在一起，以美丑对比以见复杂的感情，《春望》便是这种手法构成的名作。"山河在"即山河无恙是可庆的，美的，然"国破"确是可耻之大丑；春是美好的，然而今京都之"春"，却成了荒芜的"草木深"，成了被破坏的丑城无疑丑到极点；花红鸟鸣是美的，而因"感时""恨别"引发的"花溅泪""鸟惊心"，无论如何不是美的。如果高兴为美，痛苦为丑，那么这里的花鸟都是丑的，引发了痛不可言的悲恸。此诗后四句"烽火连三月"为丑，"家书抵万金"的反常也应为丑；"白头搔更短"是国破所致，应该是丑的，"浑欲不胜簪"则更为甚之，更是痛苦的丑，杜甫正是把美与丑组合起来。这里的美——豪华京城，被战争摧残了，都变成了丑的东西。还有《哀王孙》，身佩宝玦珊瑚的王孙，身无完肤，"但道困苦乞为奴"；《哀江头》的"昭阳殿里第一人"，却变成"血污游魂归不得"，华贵帝胄变成丑陋的难民，"明眸皓齿"变成了难归的死鬼。美都变成了丑。丑到极处，美被损坏到极处，可以说也是"一丑字中丘壑未易尽言"。

美的丧失源于丑的破坏，《送郑十八虔贬台州司户，伤其临老陷贼之故，阙为面别，情见于诗》写尽一个丑字。郑虔是诗人的老友，诗书画被玄宗称为"三绝"。因长安沦陷，与王维、储光羲等同被叛兵押到洛阳，强授伪职，托疾未就，又设法以密章通灵武。长安收复，因陷贼被处流放台州，杜甫没赶上送别，写此诗怀念他，充斥担心与同情，后来还在《八哀诗》中专立一诗传大篇。此诗"郑公樗散鬓成丝，酒后常称老画师"，不被人看重。杜甫在安史乱前曾说他这位诗友："诸公衮衮登台省，广文先生官独冷。甲第纷纷厌梁肉，广文先生饭不足。"（《醉时歌》）晚境更为不幸，"樗散"言丑木之材不合世用，自谓老画师，而老丑之状可见。"万里伤心严谴日,百年垂死中兴时",贬放万里而又在百年垂死之时,却发生在长安收复的"中兴时",倾注无限痛楚,此为不幸之悲的丑。"苍惶已就长途往,邂逅无端出饯迟",想见当日"严谴"之急,未曾面别的遗憾。"便与先生成永诀,九重泉路尽交期",这是活人挂念将死之人,生不见最后一面,当死后九泉之下以尽友谊,如此大悲大痛道尽人生遗憾与残缺,是大哭之语悲,也是面对人生之不幸带来丑陋的血泪文字。"万转千回,纯是泪点,都无墨痕。诗至此,直可使暑日霜飞,午时鬼泣。"① 这是丑的震撼力量!之所以谓之丑,这是安史之乱与肃宗政权双重压力下,毁坏摧残了一个"文传天下口,大字犹在榜"(《八哀诗》)的天才。鲁迅先生说把美的东西撕破就是悲剧,美被毁坏是源于丑之破坏,美则丧失而转化为丑,就像精美的宋瓷而被粉碎,残片不美,当然是遗憾的丑。杜甫抒发了绝望的悲痛,也就是对美的初粉碎而成残丑的悲痛。

想到将要死亡的友人的悲境是丑,而对友情因人生错迕而留下的缺憾,也会把美看作丑,"情圣杜甫"也叙写这种变化。《送路六侍御入朝》前半追昔伤今:"童稚情亲四十年,中间消息两茫然,更为后会知何地,忽漫相逢是别筵。"前两句说尽人生难免残缺,后两句道尽会难别易的遗憾,又一经倒置更为悲伤。依此情怀看什么都会变样:

不分桃花红似锦,生憎柳絮白于棉。剑南春色还无赖,触忤愁人到酒边。

无论桃红柳絮之白,还是无尽的"春色",一切美物这时都变成丑物,不然,为何要"不分(忿)",而且还要"生憎"!"花柳,春色可爱者,忽然可恼"②,可恼可恨的东西必然是丑的,对丑是要抵拒的,因为它"无赖"而"触忤"而不受欢迎,这是"移情作用"所致,还是像王夫之所说的"以乐景写哀情",美在这里被颠覆为丑,又与人生不可避免缺憾的丑叠加在一起,这种累加的丑,就变得更丑。美与丑于此构成复杂而又鲜明、沉痛而又悲切的心理变化,就在美与丑的融化与转变中进行。

在《涪江泛舟送韦班归京得山字》中,因为"飘零为客久,衰老羡君还",所以看到"花远重重树,云轻处处山",感到的却是"天涯故人少,更益鬓毛斑"的老丑。在《泛舟送魏十八仓曹还京》中同样因"帝乡愁绪

---

① 仇兆鳌:《杜诗详注》,中华书局1979年版,第425—426页。
② 张綖语,见仇兆鳌:《杜诗详注》,中华书局1979年版,第985页。

外",而有"春色泪痕边"的悲痛。《送韦郎司直归成都》所感的"天下兵戈满,江边岁月长",这是因为"别筵花欲暮,春日鬓俱苍",这是把美倒挂成丑的结果。《泛江送客》"烟花山际重,舟辑浪楫轻",应当是美好而欣悦的,然而接着却滋生"泪逐劝怀下,愁连吹笛生"的悲哀,诸如此类悲欢美丑并陈,在杜诗里随处可见。这或许受到《诗经·小雅·采薇》"昔我往矣,杨柳依依;今我来思,雨雪霏霏"的启发,而发展为借美转化为丑的一大法门。《西厢记·长亭送别》"晓来谁染霜林醉,总是离人泪"之类的写法,就是受到杜甫此类诗的启发。

(四)杜甫从丑中大踏步走来

在中国诗人中,杜甫应当是第一个敢写丑且写得最多的诗人,无论在安史之乱以前和以后,他能透过外表的美看到内在的丑。他的坚韧与幽默,可以正视战争、灾难、丧乱、死亡、疾苦、荒凉、冷寂、鲜血、积尸、白骨,种种不幸磨砺了他审丑的眼光,他把丑与美结合、融化、对比,表达深痛的悲哀,而且是那样的真挚而感人。这要有毅力,也要有勇气,才能迈越单纯审美的范畴。

蝎子、苍蝇、老鼠是丑恶的东西,是上不了诗的,而且绝对不能出现在堂皇的七律中,但他却有"每愁夜来自足蝎,况乃秋后转多蝇"(《早秋苦热堆案相仍》),而且采用了原本装饰而讲究的华贵的七律;前代行宫,不是"苍鼠窜古瓦",便是"阴房鬼火青""美人为黄土"(《玉华宫》),还有"纷披长松倒,揭蘖怪石走。哀猿啼一声,客泪迸林薮"(《九成宫》)。这或许有"葩经"的支撑,因为《诗经·豳风·东山》就有:"果蠃之实,亦施于宇。伊威在室,蠨蛸在户。町畽鹿场,熠耀宵行。"然而它是"不可畏也,伊可怀也",属于想象,而杜甫则是写实。

写战乱涉及面之广,则言"鸟惊出死树,龙怒拔老湫。古来无人境,今代横戈矛"(《送韦十六评事充同谷防御判官》),不言枯树而说"死树",不说浪击而说"龙怒",是说荒山野水无人之境都充斥战火。张上若说:"险句,画出穷边荒凉之景。"[①]这实际即是寂寥边地的"丑景",是说战争"光顾"到各个角落。

他的诗常写到蛇,《太平寺泉眼》说"广深丈尺间,宴息敢轻侮。青白二小蛇,幽姿可时睹。如丝气或上,烂熳为云雨",言其泉灵异,"真有

[①] 杨伦:《杜诗镜铨》,上海古籍出版社1980年版,第147页。

神龙绕其笔端"①;写川地夏天毒热,"蝮蛇暮偃蹇,空床难暗投"(《毒热寄简崔评事十六弟》),这也是韩愈的"下床畏蛇食畏药"的意思。《上水遣怀》"苍苍众色晚,熊挂玄蛇吼。黄罴在树颠,正为群虎守",《柴门》"巨渠决太古,众水长如蛇",《早发》又说"涛翻黑蛟跃,日出黄雾映",这些丑恶如蛇,或像蛇的事物,都是在奔波时对处境荒僻的记录。

他写社会、人生的丑,也写自己的丑,把自己的丑相屡次写出。他在《述怀》第一次描绘了"自画像","麻鞋见天子,衣袖露两肘,朝廷愍生还,亲故伤老丑",当时45岁即已成为"老丑"。自此后,"老丑"好像成了他的"专有名词"。此前就从处境之丑出力描写过"骑驴十三载,旅食京华春。朝扣富儿门,暮随肥马尘。残杯与冷炙,到处潜悲辛"(《奉赠韦左丞丈二十二韵》),虽然属于干谒少不了的乞怜程序,然而不至于写得如此丑陋不堪,宁信这不是夸张,而是当下的真实,这和陶渊明敢于写《乞食》是一样的,同样都需要很勇敢地面对丑陋,但陶诗只言心理,杜诗却如此的淋漓尽致。他还说过"昔如纵壑鱼,今如丧家狗"(《将适吴楚,留别章使君留后兼幕府诸公,得柳字》),因孔子也被人称为"累累然若丧家之狗"(《史记·孔子世家》),他还有什么顾忌!就是同诗里还有"我来入蜀门,岁月亦已久。岂惟长儿童,自觉成老丑",以及"杖藜风尘际,老丑难豗拂"(《七月三日亭午以后,校热退,晚来小凉,稳睡有诗,因论壮年乐事,戏呈元二十一曹长》)。《上水遣怀》还说:"我衰太平时,身病戎马后。蹭蹬多拙为,安得不皓首!""后生血气豪,举动见老丑。穷迫挫曩怀,常如中风走",超前感到衰老而丑。

他赞美真诚的人际关系,也批评"人生反复看已丑"(《可叹》)。还在长安时,即有"长安苦寒谁独悲,杜陵野老骨欲折","饥卧动即向一旬,弊衣何啻联百结。君不见空墙日色晚,此老无声泪垂血"。(《投简咸华两县诸子》)又在《乾元中寓居同谷县作歌七首》中为他留下自画像,"有客有客字子美,白头乱发垂过耳。岁拾橡栗随狙公,天寒日暮山谷里","短衣数挽不掩胫",穷而老,老而丑;老丑又愤懑:"我生何为在穷谷,中夜起坐万感集。"在去世之年,杜甫作为难民,在《逃难》里说:"五十头白翁,南北逃世难。疏布缠枯骨,奔走苦不暖。已衰病方入,四海一涂炭。乾坤万里内,莫见容身畔。"描述了一个乱世中的丑老头没有容身之所的凄惶。以自己处境漂泊,来反映那个不能容身的时代灾难是无休止的;他敢于为自己留下不幸的老丑自画像,并非为一己叹老嗟卑,而

---

① 李子德语,见杨伦:《杜诗镜铨》,上海古籍出版社1980年版,第252页。

是要谴责丧乱带来巨大的苦难。

入川后,他还用审丑的眼光,写下了一系列的病树,原本为美树但遭摧残而为丑树。究其题材,可能从庾信的《枯树赋》受到启示,但主题绝不相同。《病柏》说"有柏生崇冈,童童状车盖。偃蹙龙虎姿,主当风云会",这分明是雄健的美树。然而"岂知千年根,中路颜色坏","岁寒忽无凭,日夜柯叶改。丹凤领九雏,哀鸣翔其外。鸱鸮志意满,养子穿穴内"。浦起龙说这是比喻"志士失路,用以自况"[1],依了拙见是对由盛而衰的大唐的比况,借咏物反思玄宗重用李林甫那样的鸱鸮,而把像丹凤一样的贤相张九龄弃置于外。这是对辉煌的大唐如何由健美而变衰变丑的反思。而姊妹篇《病橘》则另辟蹊径,先写生病的橘树,其果"酸涩如棠梨",且"剖之尽蠹虫","纷然不适口,岂止存其皮",写此果肉与皮均无用的病橘如此之丑,意在此诗后半,它原来是少不得的贡物:"尝闻蓬莱殿,罗列潇湘姿。此物岁不稔,玉食失光辉。"然而在"寇盗尚凭陵,当君减膳时",杜甫认为"汝病是天意,吾愁罪有司",因而"忆昔南海使,奔腾献荔支。百马死山谷,到今耆旧悲"。这就从病橘的丑果揭示了大唐无论盛时至衰时还不停止贡物的弊政,这是从丑果说到了丑政,他用"汝病是天意"表达了自己的意愿。

在丑树系列中,还有《枯棕》与《枯柟》,前者可以作为军用物资,本为嘉树美木,但"其皮割剥甚,虽众亦易朽。徒布如云叶,青青岁寒后。交横集斧斤,凋丧先蒲柳。伤时苦军乏,一物官尽取",于是青青"如云叶"的美树成为枯棕丑木。由此他想到:

嗟尔江汉人,生成复何有。有同枯棕木,使我沉叹久。死者即已休,生者何自守。啾啾黄雀啅,侧见寒蓬走。念尔形影干,摧残没藜莠。

美树被残,连鸟儿也失去了集居之所,"向也'如云',今也'没莠',凋丧立见"[2]。这是由枯棕推及到江边之人,一切都受到官家摧残,美树也变成枯死的丑木。至于那里人的生存,也就可想而知!

《枯柟》写一峥嵘数百年巨柟,却"惨惨无生意",原来"上枝摩苍天,下根蟠厚地",一旦"巨围雷霆拆,万孔虫蚁萃。冻雨落流胶,冲风夺佳气",由此"白鹄遂不来,天鸡为愁思",而且"犹含栋梁具,无复

---

[1] 浦起龙:《读杜心解》,中华书局1961年版,第92页。
[2] 浦起龙:《读杜心解》,中华书局1961年版,第93页。

霄汉志"。诗之最后再用丑木反衬:"种榆水中央,成长何容易。截承金露盘,衮衮不自畏",浦起龙说以发"老成摈弃,怀思柱石焉"的深意,他又说:"'摩天''蟠地',干济之姿,'雷拆''气夺',一跌不振也。'白鹄不来',宾客皆散。'天鸡愁思',故交惋惜也,'无霄汉志',哀其隐衷。'良工''出涕',知己之感。'榆'欲'承盘',不胜任,不自量矣,只就小材咏叹,若合若离,结法冷隽。叶石林云:为房相作,殆非臆说。"① 这说法大致不差。

以上四种病树、枯树,原本都是美树,由于风雷与人的摧残,都变成了毫无生气的丑木,各自寓意不一,但都寄托深远,把审美审丑结合起来,引人深思。他还有《树为风雨所拔歌》也是美与丑撞击的哀叹:他卜居草堂就为了这棵"故老相传二百年"的大树,有"五月仿佛闻寒蝉"凉爽之美。一场飘风突至"干排雷雨犹力争",但终究根断树拔。回思野客频留,行人停足树下,乘凉听树之笙竽之声,而今"虎倒龙颠委榛棘,泪痕血点垂胸臆",似乎蕴含英雄失路、人树兼悲之意,结末"我有新诗何处吟,草堂自此无颜色",既叹树,又自叹,而有"树犹如此,人何以堪"之悲。

杜甫爱马,写了许多咏马诗,这些都是骏马,还有《瘦马行》已言及。另外陇西特作《病马》:"乘尔亦已久,天寒关塞深。尘中老尽力,岁晚病伤心。毛骨岂殊众,驯良犹至今。物微意不浅,感动一沉吟。"前四句说老而又病,是让人伤心的"丑马",后四句说它的毛色骨相并不出色,但它驯良一直陪伴着我。尽管它老病而丑,且为"微物",但我对它"意不浅",等于是说,虽然老病而丑,却很温顺,而"驯良"也就是丑。曾流行的时语"虽然我很丑,但我很温柔",这话似超前地被杜甫说了,别有亲切意味。

这些都是美与丑的转化,而对于真正丑恶甚至让人畏惧,或带有残杀的血腥,杜甫也写进诗中。当然,这是为了表达爱憎的情感。郑虔被贬台州,有"面为阙别"诗,后又有《怀台州郑十八司户》说"山鬼独一角,蝮蛇长如树",如此逼真的恶物,逼真如此写来,是为老友在荒烟瘴疠之地的担心。《梦李白》其一"魂来枫林青,魂返关塞黑",把梦写得阴冷可怖,则是为了"明我长相忆"的真切。《义鹘行》说苍鹰的幼鸟被蛇全部吃掉,鹰请来鹘啄死了蛇。这个动物复仇的侠义故事,是樵夫告诉他的。他把鹘击啄蛇写得如在眼前:"(鹘)斗上捩孤影,嗷哮来九天。修

---

① 浦起龙:《读杜心解》,中华书局 1961 年版,第 94 页。

鳞脱远枝,巨颡拆老拳。高空得蹭蹬,短草辞蜿蜒,折尾能一掉,饱肠皆已穿。"如此血腥的厮杀,惨状的铺写,为人所惧。是从来没有进过文学任何文体的范畴。作者感于"阴崖有苍鹰,养子黑柏颠。白蛇登其巢,吞食恣朝餐",以血腥的笔墨描述快意目前的仇杀景象。韩愈详细描绘残杀俘虏的惨状由动物移到了人,只是求奇所致。杜甫听了传述的故事,而"飘然觉素发,凛欲冲儒冠",意在"永激壮士肝",而体现了人格上"嫉恶怀刚肠"的一面。他所写丑恶出于正义感,不是单纯的好奇。如写古战场,"朽骨穴蝼蚁,又为蔓草缠。故老行叹息,今人尚开边"(《遣兴》其一),直写战争留下的丑恶,只能激发对肆意开边的憎恶。《北征》的"鸱枭鸣黄叶,野鼠拱乱穴。夜深经战场,寒月照白骨",只能激发对安史叛军与玄宗的昏庸的双向愤恨。在《草堂》叙写成都内乱,"谈笑行杀戮,溅血满长衢。到今用钺地,风雨闻号呼。鬼妾与鬼马,色悲充尔娱",纲纪坏乱的残象,只能引发义士的痛愤。《戏作花卿歌》叙写成都府尹崔光远率将花惊定攻杀反叛的梓州刺史段子璋,"子璋骷髅血模糊,手提掷还崔大夫",题目虽标明"戏"写,但这样描述,未免血腥过浓,运笔过于粗辣惊骇。

对于外在丑陋的事物,杜甫能透过一层,看出所赋现象有美的本质。《负薪行》叙写夔州处女"四十五十无夫家","更遭丧乱嫁不售"。当地风俗女为家庭主要劳力,"十有八九负薪归,卖薪得钱应供给。至老双鬟只垂颈,野花山叶银钗并",这只能是粗丑的老女,但末了却说"若道巫山女粗丑,何得此有昭君村",这样的审美观是令人肃然起敬的,她们的辛苦耐劳应是最重要的美。《最能行》说峡中男子多行船经商,竟成轻生逐利之风,对青少年不重视文化教育,被认为"此乡之人器量窄",但杜甫却认为"若道士无英俊才,何道山有屈原宅",就是对习俗审丑观的反思。

杜甫还把美与丑的审美艺术运用在擅长的叙写与议论,与抑扬顿挫手法融合,构成感慨的表达方式。《喜达行在所三首》其三"生还今日事,间道暂时人",能"生还"活着赶到行在凤翔,是喜是美的,然而这只是在今日才会有的事,换句话说,今日之前谁能知是死是活;或者如下句所说在小道偷跑时只是"暂时"活着的人,这种惊惧只能是丑了。前句言活着的美,后句为随时有死的威胁的丑,美与丑在欲抑先扬的顿挫中,把喜中有悲,哀乐无定复杂情怀抒发无遗。《避地》言安史叛兵已陷长安,简直不能相信这是事实,"神尧旧天下,会见出腥臊",前言大唐首都应当是美好的,后句说这时竟然变成了"屠宰场",这里是否可能还有一层意义,大唐皇帝并不"神尧",不然京华之地怎么会成腥臊之地?美与丑于此是互动联系，以上两句也应如是观。《收京三首》的"杂虏横戈数，功臣甲第高"，乍看前丑后美，实则丑促成了"美"，讽意就显出来了。同诗"万方频送喜，无乃圣躬劳"，似乎前句为美，后句亦为美，杜甫对提前收京并不赞成，收京后一片残破，百废待兴，各地官员却急着贡谀，这对肃宗正中上怀，未免忙得不亦乐乎！这样两句美中有刺，丑包含于外在的美中。《秦州杂诗》其二十"唐尧真自圣，野老复何知"，看似前句称美肃宗，后为丑诋的自讽。实为以美为丑与以丑为美的互动，换句话说前似美实讽，后似讽而实美。一部杜诗像以上这些美丑互动，内外不一的变化，不知凡几。这也是杜诗之所以耐人寻味，就在于美丑变化无端。

总之，他敢于写丑，把现实的丑与事物内在丑，大量地展示出来，在他之前与同时，尚未有第二人。对美的颠覆，直面描述丑恶，对中唐与宋代，乃至清末同光体影响至为深远，但对美丑互动的变化上，以及对丑把握的尺寸适度，却没有一人能赶上杜甫。

五　杜诗以数字构成的艺术世界

一部杜诗充斥着各种各样的数字，这不仅是记录"诗史"的需要，也出于对数字的敏感与兴趣。他把数字用于对事物的描述，用于对时间变化与人物刻画的叙述描写。在他喜用的对偶、对比等方面，数字往往也派上了大用场。在他的诗格创新中，俗化的量词和数字的配合构成了一种新的风貌。特别是崇尚大数的审美趋向，数字给他的重、大、深的风格提供了更为鲜明的风采！

（一）对大数的崇尚

杜甫所处的时代，是经过魏晋以降八代的混乱而统一的时代，又经过初唐以来一百年的发展的时代。他与开元时代同步而行，鼎盛的国势，开明的政治，繁荣的经济，国家与个人青春的活力，都使他充斥着远大的理想。数字之大者，对他具有强烈的吸引力。他的大数有夸张，有幻想，但却不像李白"白发三千丈""飞流直下三千尺""百年三万六千日，一日须倾三百杯""天台四万八千丈"极度的夸张，带有一定可信性。也体现了海涵地负的负荷性，以及高、大、深的特点。

早年《望岳》所说的"会当凌绝顶，一览众山小"，想象登高尽览群山，就流露出旷达的胸襟与辽阔的眼光。《临邑舍弟书至，苦雨，黄河泛溢，隄防之患，薄领所忧，因寄此诗，用宽其意》开端的"二仪积风雨，百谷漏波涛"，二仪谓天地，天地尽为囊括的"二"实是一大数，与"百谷"呼应，极有气势，使黄河水势突兀而出。《高都护骢马行》的"五花散作云满身，万里方看汗流血"，大数就蕴含年轻诗人的锐气。《前出塞九首》其二的"捷下万仞冈，俯身试搴旗"，其八的"单于寇我垒，百里风尘昏"，这是想象中一往无前。干谒上官的"读书破万卷，下笔如有神""白鸥没浩荡，万里谁能驯"，"百""万"字是他以后最喜用的大数，这从早年诗就可以看出端倪。在《晦日寻崔戢李封》最后言及安史之乱："威凤高自翔，长鲸吞九州。地轴为之翻，百川皆乱流。当歌欲一放，泪下恐莫收。"在一连串数字里，表示了对一场天翻地覆剧变的忧愤。《白水县崔少府十九翁高斋三十韵》说的"人生半哀乐，天地有顺逆。慨彼万国夫，休明备征狄"，这还是战事初起，虽用"万国夫"的大数，而感慨还不那么沉重。到了连年兵火不息，灾祸未已时，他的沉痛加剧。《遣兴三首》其二："蓬生非无根，漂荡随高风。天寒落万里，不复归本丛。客子念故宅，三年门巷空。怅望但烽火，戎车满关东。生涯能几何？常在羁旅中！"前四句比兴的"万里"与后六句丧乱叙述中的"三年"，都是大数。地域之广阔，为时之长久，已经见出灾难之深重。

除了"万"字，杜诗还喜用"百"字，同样也是大数。《前出塞》其八："单于寇我垒，百里风尘昏。雄剑四五动，彼军为我奔。""百里"与"四五动"呼应，见出士兵之勇敢。《同诸公登慈恩寺塔》："高标跨苍穹，烈风何时休？自非旷世怀，登兹翻百忧。"言其感慨聚涌。《奉同郭给事汤东灵湫作》的"沸天万乘动，观水百丈湫"，以"万"与"百"偶对，喻汤泉沸水滚动就像许多车子滚动，瀑布飞流百丈下集为潭。《自京赴奉先县咏怀五百字》的"岁暮百草零，疾风高冈裂"，此言天气酷冷而草木凋落。《别赞上人》发端说："百川日东流，客去亦不息。我生苦飘荡，何时终有极。"此把丧乱中的难民漂泊比作百川东流，以见世之大乱。《龙门阁》的"百年不敢料，一坠那得取"，谓行走在颤颤巍巍的浮桥上，有谁敢说能安全地走过去？"'百年'、'一坠'写出蚕丛虎穴"①，状艰险异常。《丽春》的"百草竞春华，丽春应最胜"，此言春日草木扶疏。《遭遇》的"石间采蕨女，鬻市输官曹。丈夫死百役，暮返空村号"，男"死百役"，以见当时"刻剥及锥刀"的惨重徭役。

"千"字也是杜诗常用的大数，和"百""万"一样，常常倾注各种感慨。《羌村三首》的"柴门鸟雀噪，归客千里至"，翁方纲谓后句"乃鸟雀噪之语"，"鸟雀知远人之来，而妻子转若出不意者"。②这"千里至"也包含着"世乱遭飘荡，生还偶然遂"的酸辛艰难与终于到家的喜悦。《潼关吏》的"丈人视要处，窄狭容单车。艰难奋长戟，千古用一夫。哀哉桃林战，百万化为鱼"，三个数字对比出无限遗憾来。《梦李白二首》其二的"千秋万岁名，寂寞身后事"，两个大数表示名垂永远，但无补生前的"斯人独憔悴"。这和"但看古来盛名下，终日坎壈缠其身"相同。《遣兴二首》其二的"此日千里鸣，追风可君意"，意谓马之鸣意在千里。《病柏》的"岂知千年根，中路颜色坏"，松柏长青，龄可千年，而对根之半途早

---

① 吴农祥语，转引自萧涤非主编：《杜甫全集校注》，人民文学出版社2014年版，第1859页。
② 翁方纲：《石洲诗话》，人民文学出版社1981年版，第41页。

坏,表达了非常的遗憾。《赠别贺兰铦》的"我恋岷下芋,君思千里莼",此言别者对遥远故乡的思念,用陆机"千里莼羹"语。

在杜诗大数里,还用极小的"一"表示大数。这个最简单的基数在他手中千变万化,融注着种种复杂的情感。上文已及的《望岳》的"一览众山小","一览"犹言尽览、全览。《同诸公登慈恩寺塔》的"俯视但一气,焉能辨皇州",言俯瞰长安整个一片苍茫不清,寄寓对时局的忧虑。《送高三十五书记十五韵》的"借问今何官,触热向武威?答云一书记,所愧国士知",表面是说"一个小小的书记官",实则壮迈之气存焉,而与杜诗言己的"天地一沙鸥"语近。《自京赴奉先县咏怀五百字》的"入门闻号咷,幼子饿已卒!吾宁舍一哀,里巷亦呜咽",幼子饿卒,岂仅一哀而已?当指所有的哀痛,"一"为大数方尽情理。《九成宫》的"哀猿啼一声,客泪迸林薮",这是老老实实的小"一",但后句却衬出它的撞击人心的"大"来。《夏夜叹》的"念彼荷戈士,穷年守边疆。何由一洗濯,执热互相望",是说在酷热炎夏,希望他们全能洗去暴热。《有怀台州郑十八司户》的"平生一杯酒,见我故人遇",此极小之"一"却见出相见之极不容易,实际上相见恐怕是"一举累十觞"。《遣兴三首》其一的"避寇一分散,饥寒永相望",言一旦分散,则永久悬念,"一"字含有"永"的意味。《遣兴五首》其四的"山阴一茅屋,江海日清凉",言贺知章虽然逝去,但山北茅屋尚存,其人精神之"爽气"可使江海"清凉",这也是从小"一"表现出大精神来。《凤凰台》的"再光中兴业,一洗苍生忧",此言尽洗、全洗。《通泉驿南去通泉县十五里山水作》的"一川何绮丽,尽力穷壮观",言满川多绮丽。《早发射洪县南途中作》的"汀州稍疏散,风景开怏悒。……衰颜偶一破,盛事难屡挹",是说偶然开颜一笑,这在穷途末路时多么难得。这是从小"一"里写出不容易的"大"来,笑中见出哀。《贻华阳柳少府》的"文章一小技,于道未为尊",此"非真实语"①,而是正话反说,"他日又云'文章千古事',方是实语"②,所以"一小技"实是小中寓大。《殿中杨监见示张旭草书图》:"斯人已云亡,草圣秘难得。及兹烦见示,满目一凄恻。"言满目多伤感。《投简咸华两县诸子》的"饥卧动即向一旬,弊衣何啻联百结","一旬"与"百结"均为大数,言贫穷如洗。《江月》的"天边常作客,老去一沾巾","常"与"一"互文见义,"一沾巾"犹言常沾巾或尽沾巾。《瀼西寒望》的"年侵频怅

---

① 王嗣奭:《杜臆》,上海古籍出版社1983年版,第249页。
② 仇兆鳌:《杜诗详注》,中华书局1979年版,第1315页。

望，兴远一萧索"，言多萧索。《孤雁》的"谁怜一片影，相失万重云"，"一片影"确言极小，然置于"万重云"中，却是大得多么孤独，这同样是从小中出见大悲哀。《怀灞上游》的"离别人谁在，经过老自休。眼前今古意，江汉一孤舟"，"一孤舟"为小，然其人则心怀"今古意"，这是从今昔的衬托中把"小"变成苍茫的大来。

由上可见，小小的"一"字，在杜诗也有表示基数"一"的意思，但更多的是从中表现出形形色色的大来，其中往往蕴含大感慨、大凄恻、大怅触、大而深的感情。像《述怀》的"自寄一封书，今已十月后。反畏消息来，寸心亦何有"，这只是一封平常的家书，但在丧乱中又久久不见回音，不仅"家书抵万金"，反而担心回音之不佳，这"一封书"又荷载着多么沉重的心情与渺茫的希望！《江汉》的"江汉思归客，乾坤一腐儒"，这个"一"有自悲，也有自负；《旅夜书怀》的"飘飘何所似，天地一沙鸥"，又有多少孤独与悲凉！正如黄生说："一腐儒上着乾坤字，自鄙而自负之辞。……身在草堂，心怀社稷，乾坤之内，此腐儒能有几人？"[①] "一"之如此负载，在其他诗人不是没有，但没有用得这么多，也没有如此多的变化！从小中见出大来，这是艰难苦恨备尝的杜甫必然会出现的感情，也是独具艺术个性的表现手法。

杜诗崇尚大，诸如万里、百年、千家、万国等信手拈来，所以前人说"大"字是杜甫的"家畜"，杜甫从泱泱大国的盛唐走到万方多难的时代，又心怀忧国忧民忧天下的永不释怀的情结，他又怎能不写出若许的"大"来？特别是他从许多细小的"一"来，又翻转出种种的"大"来，可谓千变万化，这正是杜诗在数字的运用上海涵地负的特征。刘熙载说："杜诗高、大、深俱不可及。吐弃到人所不能吐弃，为高；涵茹到人所不能涵茹，为大；曲折到人所不能曲折，为深。"[②] 前二者可以从杜数乐于使用大数中看出，后者的曲折可以从杜甫从小小的"一"翻转出若干个大与深见出。杜诗的大小数字，正倾泻出满腔忧愤精神。

（二）杜诗对偶中的数字与量词

对偶是诗人常用的修辞手法，杜甫对偶对始终持有浓厚的兴趣，而且常把数字不歇气地用于对偶，这不仅见于他所擅长的五、七律，而且五、

---

① 黄生：《杜诗说》，《黄生全集》，安徽大学出版社2009年版，第2册，第189页。
② 刘熙载：《艺概·诗概》，上海古籍出版社1978年版，第59页。

七古，五、七绝，以及歌行体，无不具备"数字化"的特色。这显然有别于其他诗人，也有别于当时流行的"盛唐气象"，属于杜甫有意创革求新的"尚奇"的审美趋向。

我们先看为人熟知的《绝句四首》其三："两个黄鹂鸣翠柳，一行白鹭上青天。窗含西岭千秋雪，门泊东吴万里船。""两个""一行"完全是口语化数量词，而这两句全然口语句式，乍看并发觉不了还在对偶，时间久了才发现对得那么整齐有序。这两句清疏爽朗，带有民歌轻盈流畅的风味；后两句"窗含西岭千秋雪，门泊东吴万里船"却很厚重，采用了大小谢以门窗取景的方法，又知"千秋"与"万里"属于时空对偶，也进而亦知四句全对偶，但很少人能发觉出四句全用了数字，有大数也有小数，精心陶铸，连成一片，形成"一个整体，因为具有同一的喜悦情调"①，它像四面屏风，四个数字像暗中的活页把四种景物连在"同一喜悦的情调"中。如此组织数字入诗，显见非偶然为之。《夜归》："夜半归来冲虎过，山黑家中已眠卧。傍见北斗向江低，仰看明星当空大。庭前把烛嗔两炬，峡口惊猿闻一个。"北斗垂江言夜深，夜深则星明，星明则显得"当空大"。"大"字亦真亦奇，杜诗尚大于此可见一斑。王嗣奭说："一炬足矣，两则多费，故'嗔'之，此穷儒之态也，情真故妙。"②陈式说："此公黑夜回家，途中迎者无人，家中待者无人，进门发怒之作，至今读其诗，声音颜色，勃勃纸上。"③这是都说"两炬"的生动逼真。"闻"者不是"一声"，而是"一个"，当时惊猿只有一个，断续惊叫而非"一声"，故曰"闻一个"，而这两句粗语俗词却还对偶。此诗八句中四句皆对，俨然是七律格局。胡震亨《杜诗通》说："故作一种粗卤质俚之态，以尽诗之变，此所以为大家也。"④此说眼光甚锐，不过杜甫不仅为增添一种新风，更为追求一种新变，俗言俚语的数字在中间起了一定的作用。作于同时的《秋野五首》其四的"砧声家家发，樵声个个同"，此是名词与量词偶对，所包含的数词"一"则不必说，"个"可以用于猿亦可用于"樵声"，泛化的用法亦当来自民间口语。

以上为古诗的俗化数量词，古诗原本质朴古拙，还看不出其中的大变。杜诗在七律与七绝上的数字俗化，更为用力，这是配合他白话律诗的

---

① 萧涤非：《杜甫诗选注》，人民文学出版社1979年版，第216页。
② 王嗣奭：《杜臆》，上海古籍出版社1983年版，第344页。
③ 萧涤非主编：《杜甫全集校注》，人民文学出版社2014年版，第5359页。
④ 萧涤非主编：《杜甫全集校注》，人民文学出版社2014年版，第5359页。

创变而进行的。七律《即事》"一双白鱼不受钓,三寸黄甘犹自青",这两句言生事维艰,鱼不好钓而果子尚绿,是说日子就不大好过。而"一双"言不多,"三寸"更言其小。"不受钓"当言不接受被钓,这话就有些幽默。"犹自青"也有些望柑而不能止饥的自嘲意味。此与陶渊明《咏贫士》其二的"倾壶绝余沥,窥灶不见烟"自嘲诙谐颇为接近,但比陶氏更俚俗化,俗化的数字更显得独特新鲜。《三绝句》其二:"二十一家同入蜀,惟残一人出骆谷。自说二女啮臂时,回头却向秦云哭。"以绝句叙事本是盛唐七绝抒情的一种变革,又因叙事特地采用口语句式入诗,且在前三句因叙事需要加入三个数字,安史之乱引发的丧乱与人口凋零于此分明可见。末句状此"一人"诉说情景,使以上三个数字触目惊心。《凭何十一少府邕觅桤木栽》说:"草堂堑西无树木,非子谁复见幽心。饱闻桤木三年大,与致溪边十亩阴。"向人索树,话说得非常幽默:理由是草堂西边无树,且常听人说桤树三年即可成材;要的数量是能栽十亩之地。此诗像一简札,把什么问题都说得很清楚,特别"三年大"与"十亩阴"把话说得振振有词,要的数量没有商量的余地。读起来博人一粲,细看又是对仗工整,庄重的形式与幽默的内容配合得异常协调。《凭韦少府班觅松树子栽》:"落落出群非榉柳,青青不朽岂杨梅?欲存老盖千年意,为觅霜根数寸栽。"前两句似谜语,然谜底在诗题事先已揭晓,故成比较后的夸美,夸美的目的在于后两句索讨松苗的用意。流水对使"千年意"与"数寸栽"流转自如,又称美对方松苗好,因为好故讨来一栽,理由很"堂皇",也不无幽默,还使人不觉在对偶。《江南逢李龟年》的"岐王宅里寻常见,崔九堂前几度闻。正是江南好风景,落花时节又逢君",前两句以大约数字偶对,是对过去生平繁华的温馨回忆,作为后两句流浪途中的邂逅的衬托,大有"同是天涯沦落人"之感慨而寓于无言的黯伤之中,以约略数字带出往日之回忆,为下两句做好铺垫。

顺便值得一提的是,有些七绝所用数字的句子并不对偶,口语意味更浓,饶有日常生活意趣。如《绝句漫兴九首》其一:"隔户杨柳弱袅袅,恰似十五女儿腰。谁为朝来不作意,狂风挽断最长条。"拟人化的幽默,表现了对草木的热爱与关注。其中"十五女儿腰"则起了关键作用。《春水生二绝》其一的"二月六夜春水生,门前小滩浑欲平",其二的"一夜水高二尺强,数日不可更禁当",全属口语化,俨然老农口气。《三绝句》其二说:"门外鸬鹚久不来,沙头忽见眼相猜。自今已后知人意,一日须来一百回。"这简直就是渔翁口气,末句两数字的用法,更与日常语无别。

借助地名中的数字对偶,称为"借对"。杜诗七绝地名借对往往带有厚重意味，特意与盛唐七绝摇曳风神拉开距离，好像以庄重的七律来作七绝，形成一种陌生的审美感。《夔州十绝句》其一："中巴之东巴东山，江水开辟流其间。白帝高为三峡镇，瞿塘险过百牢关。"声调之宏亮，对偶之整饬，犹如截取了七律的前半。带有数字的两地名起了特别的修饰作用。在五七言律诗中，也经常以带数字地名作为借对，表达种种不同的情怀。《野望》的"云山兼五岭，风壤带三苗"，此作于湖湘，故以周边地名为对，显出野望之"行行郡国遥"的辽远。《楼上》的"皇舆三极北，身事五湖南"，此以南北为对，见出离朝廷之远。"皇舆"指京都，"三极北"，"地有四极，皇舆在东西南之北，故云三极"（仇兆鳌语）；"五湖"主要指洞庭湖而言。"三极"与"五湖"作定语，强调"恋阙劳肝肺"的遗憾。《野望》前半说："西山白雪三城戍，南浦清江万里桥。海内风尘诸弟隔，天涯涕泪一身遥。"浦起龙说："国患家难，两两系心。'三城戍'，提忧国。'万里桥'，提思家。"① 这四句全对偶，前两句由所在的"万里桥"想到"三城戍"，此属"国患"；后两句由"天涯"的"一身遥"想到"海内风尘"中的"诸弟隔"，此为"家难"。四句中有三个确切数字和一个概括数字。空间的遥隔以带有数字地理名词标出，亲人的分隔亦用数字做了衬托。其他如《野望》的"山连越嶲蟠三蜀，水散巴渝下五溪"，《咏怀古迹五首》其一的"三峡楼台掩日月，五溪衣服共云山"等，都借地名中的数字，使对仗更加工稳、厚重、大气，带有总揽无余之气势风貌，给对偶点缀了浓厚的修饰意味，属于杜诗对偶的一大法门。

（三）灵活多变的数字对偶

杜诗的对偶方式多样，仅就数字对偶大约可分为时空对偶、对比对偶、空间对偶、时间对偶等，给对偶增加许多方式，也是杜诗海涵地负、沉郁顿挫风格在数字对偶上的种种体现。

时间表示生命的运动，空间表示生命存在环境，时间与空间的对偶，往往显示出对宇宙与人生的思考，这是哲学思维范畴，一旦进入对偶的领域，则赋予了诗化的形式，所以这种对偶往往呈现哲学的诗化，亦即对人生哲学的思考。杜诗常把空间定位于乾坤、天下、国家，把时间确定在人生百年，也就是自己对国家的思考，对乾坤天下的挂念。这对杜甫，特别是漂泊中的杜甫，消息闭塞，就无时不上心挂怀了。《春日江村五首》其

---

① 浦起龙：《读杜心解》，中华书局1961年版，第624页。

一说在"农务村村急,春流岸岸深"时,由时季的转换,想到了"乾坤万里眼,时序百年心",时序的变化引起对万里以外的"乾坤"的遥望,人生百年何时能见到天下安宁,他对时空的思考,在这诗末尾说得清楚:"艰难昧生理,飘泊到如今",是出于流离丧乱人的"艰难"而"昧生理"的情况下不得不想!浦起龙说:"江村一曲,放眼'乾坤',家国俱远也。春日无多,伤心'时序',身世靡常也。"[1] 他的"万里眼"与"百年心",可以说望眼欲穿,操心将碎。如此时空相对成为杜诗对偶最常用的时空方式,可以称为"万里、百年"模式,亦可省称"百万模式":

常为万里客,有愧百年身。(《中夜》)
万里伤心严谴日,百年垂死中兴时。(《送郑十八虔贬台州司户,伤其临老陷贼之故,阙为面别,情见于诗》)
万里悲秋常作客,百年多病独登台。(《登高》)

末例实为首例的扩展,这种空间与时间的两层夹写,旷远与短暂的对比,确实滋生出许多感慨。前人常说末例有七八层意思,而这多层含义都围绕短短人生处于世事艰难的中心。中例正是把贬谪万里置于所谓的百年中兴的兴奋之时,而且时在暮年,所以充满不尽同情与伤感。

这种"百万"模式,量词或数字也可稍加变化,也有相同接近的感慨。《相从行赠严二别驾》的"万事尽付形骸外,百年未见欢娱毕",前言放达而后言拘迫,前后一经对比,顿挫抑扬中便碰撞出不少人生感慨的火花。《清明二首》其二的"十年蹴鞠将雏远,万里秋千习俗同",借各地清明风俗相同而有十年万里的漂泊苦闷,《寄杜位》的"逐客虽皆万里去,悲君已是十年流",这是在"近闻宽法离新州,想见归怀尚百忧"情况下体贴人情,时空呈现一扬一抑,跌宕顿挫出不幸中的更为不幸。《暮春》的"楚天不断四时雨,巫峡常吹万里风","四时雨"言为时之久,"万里风"言风来之远,两句以饱和的极量说风雨不止,表达了"卧病拥塞在峡中"的郁愦情怀。其他如《伤春五首》其一的"关塞三千里,烟花一万重",《咏怀古迹五首》其五的"三分割据纡筹策,万古云霄一羽毛",《天地》的"九秋惊雁序,万里狎渔翁",《秋日夔府咏怀,奉寄郑监审、李宾客之芳一百韵》的"飘零仍百里,消渴已三年",均属此类,时空摩擦所形成的跌宕顿挫,容易引发沉郁深广的感情抒发。另有时间对时

---

[1] 浦起龙:《读杜心解》,中华书局 1961 年版,第 482 页。

间，空间对空间的对偶，但总不如时空对偶的饱和而富有张力。《严公仲夏枉驾草堂，兼携酒馔得寒字》："百年地僻柴门迥，五月江深草阁寒。"这种长时与短时的相对，又不处于对比状态，就在感情上缺乏了一种辐射的力度。《将赴成都草堂，途中有作，先寄严郑公五首》其四的"新松恨不高千尺，恶竹应须斩万竿"，虽为名句，对比强烈，然均为空间物象，缺乏时间所带来的深厚含量。《十二月一日三首》其一的"一声何处送书雁，百丈谁家上濑船"，前句以听觉意象作为定语，两句便都成为空间意象，所谓"江边见'雁'见'船'，便动乡国之思"①，正说明空间对偶内涵的单一性。《寄常征君》的"万事纠纷犹绝粒，一官羁绊实藏身"，两句说为官清贫悠闲，以议论为主所提供均属空间范畴，含意就不免单纯。《王阆州筵，奉酬十一舅惜别之作》的"万壑树声满，千崖秋气高"，万壑千崖虽都属空间，但"秋气"的时季掺入，便有了一种厚实感。总之，在以上带百、千、万的数字的时空对偶、空间对偶、时间对偶中，前者内涵的丰富显示出明显的优势，后二者未免蕴含单纯，绝乏一种多维指向而显得单薄。杜诗正是以前者为主体，加上大数的使用，便具有了博大深沉的主题风格。诸如《春夜峡州田侍御长史津亭留宴》的"北斗三更席，西江万里船"，《阁夜》的"五更鼓角声悲壮，三峡星河影动摇"，《舟出江陵南浦奉寄郑少府尹审》的"百年同弃物，万国尽穷途"，其所以滋生百感在怀、苍凉郁勃之感，就在于时空两层维度构成了带有弹性的合力，发挥了极重要的作用。

在数字对偶中，不确定大约数字或带有数字性质的都可以看作"虚数"。这种虚数一旦和具体数字对偶，就可形成虚实动荡的效果，若虚者涉及时间，便又是时空对偶的变化。《暮春题瀼西新赁草屋五首》其三的"身世双蓬鬓，乾坤一草亭"，前言老无所成，后言一无所有，双鬓皤然而面对偌大乾坤，"性情气色眼泪都有"②，其所以"意甚悲而语甚壮"③，就在于把身至老境的时间与偌大的乾坤纳入一个极小的"草亭"，形成过去与现在的时间，偌大与极小的空间，二者又熔铸在一起，感慨自然多端深沉。次句又属于对比中的对比，"乾坤"字犹如绘画中的以大观小，反过来便可以以小见大。这也是杜诗乐用此大词的原因，诸如"乾坤一腐

---

① 浦起龙：《读杜心解》，中华书局 1961 年版，第 642 页。
② 邓献章语，转引自萧涤非主编：《杜甫全集校注》，人民文学出版社 2014 年版，第 4455 页。
③ 杨伦：《杜诗镜铨》，上海古籍出版社 1980 年版，第 744 页。

儒""乾坤水上萍",还有"天地一沙鸥"亦属此类。《登岳阳楼》的"亲朋无一字,老病有孤舟","孤"本身应是"一",而上句的"一"却是"无"的否定,虚实构成对比,没有任何亲人的关怀,拥有的只是孤独和无家,这种"有无"对,实际上以"无"对无。上言湖之大,此二句则状出一身之小来。《紫宸殿退朝口号》的"香飘合殿春风转,花覆千官淑景移","合殿"谓满殿,是"虚数"中的大数,此为以极数对极数,状出一种大气象、大光景。《涪城县香积寺官阁》的"含风翠壁孤云细,背日丹枫万木稠","孤"为极小的虚数,此为大与小之对偶,不在于对比而在于景物的丰富与爽心豁目。《诸将五首》其五的"主恩前后三持节,军令分明数举杯",前言严武三次为蜀中最高长官,次言主持军务整中有暇,在叙事对偶中叙述出身份与风采。这种虚实对,回旋的空间大,容易滋生一种动态,把虚数补充得更饱满,实数多起一种陪衬作用。

把对比用于对偶是杜诗比较常用的双重修辞,如果加上数字,更能增大距离的空间与张力,加强了感情的振荡。《季秋苏五弟缨江楼,夜宴崔十三评事、韦少府侄三首》其一的"一时今夕会,万里故乡亲",时之短却涌起遥远之乡情,时空长短之悬殊,容易激发人的感慨。《示獠奴阿段》的"病渴三更回白首,传声一注湿青云",前句言盼水时长夜深,后言忽然通水,长短相形,传出得水之兴奋,甚至连"青云"也被弄"湿"了。《冬至》的"心折此时无一寸,路迷何处是三秦",三秦虽大却望而无见,正是心情黯伤之因,实际上小大相比,转折处无限的惆怅!数字在对比中加强了力度,起着重要作用。对偶中有时前后构成烘托陪衬之关系,而其中数字更加强了其间的效果。《郑驸马池台喜遇郑广文同饮》的"白发千茎雪,丹心一寸灰",两句都言痛苦,属于相互烘托关系,大小相形的数字使忧愁达到了不可负荷的程度。《将赴荆南寄别李剑州》的"路经滟滪双蓬鬓,天入沧浪一钓舟",两句均言舟行之辛苦孤独,相互陪衬,使用的数字更是显出孤行的寂寞。《暮春题瀼西新赁草屋五首》其五的"万里巴渝曲,二年实饱闻",后为陪衬前者空间的遥远,表时空的数字则加强巴渝给人的异乡之感。

(四)以数字发调与数字连用

杜诗发调常用数字,突出强调一种感情,给人先声夺人之感。而且多用于七律的发端,与盛唐诗相较而具有不同风调。《早秋苦热堆案相仍》首联"七月六日苦炎热,对食暂餐还不能",炎夏酷热的时季数字迎面带来火辣辣的热气，以下发为热不可耐的呼叫。《恨别》发端开门见山："洛城一别四千里，胡骑长驱五六年"，四个数字连用对比，时空相形，阔大壮伟中含有无限悲恸。杜甫在乾元二年春自洛阳回华州，至秋又客秦州，寓同谷，至成都，奔走不止，几个数字把"别恨"全都迸发出来。非数字不能说尽"一岁四行役"的艰辛。《将赴荆南寄别李剑州》起首说"使君高义驱今古，寥落三年坐剑州"，义高今古却贬放三年，用数字表达了同情与抱屈。《登楼》的"花近高楼伤客心，万方多难此登临"，以极数"万方"表示弥天的苦闷。《咏怀古迹五首》其三的"群山万壑赴荆门，生长明妃尚有村"，以地理形势的伟壮，使出场人物有声有色，用极大数又着一极有气势的"赴"，气势顿起。吴瞻泰说："发端突兀，是七律中第一等起句。谓山水逶迤，钟灵毓秀，始产一明妃，说得窈窕红颜，惊天动地。"①然王夫之持议相反："只是现成意思，往往点染飞动，如公输刻木为鸢，凌空飞去。首句是极大好句，但施之于'生长明妃'之上，则佛头加冠矣。故虽有佳句，失所则为疵颣。"②是说以如此猛句、重句加在红颜女子上，属于不伦不类。话说得不无道理，但昭君未尝不是女子中的"大人物"，观下"千载琵琶作胡语"未尝不是如此，亦与首句回应。这也说明杜甫七律的变格，以"群山万壑"与"千载琵琶"这些大数显出异样。《送路六侍御入朝》的"童稚情亲四十年，中间消息两茫然"，从童稚相识至今四十年悬隔，而人生百年，这就有多少感慨油然而生。两句一气连接，"上四下十，乃长短句法"③，"四十年"为人生大数，又用"中间消息"一经反复，真实感慨万端。《长沙送李十一衔》的"与子避地西康州，洞庭相逢十二秋"，杜甫以乾元二年"一年四行役"至大历五年为十二年，此为客中送客，又是流浪如此之久，"十二秋"为大数，自有不少大感慨。

五言排律多为长篇，而且除去首尾需全部对偶，犹如百节长龙，节节都需要装饰，故往往用于社交应酬，显得庄重。杜诗长律喜用大数发端，笼罩全篇，气势磅礴，如《临邑舍弟书至，苦雨，黄河泛溢，隄防之患，簿领所忧，因寄此诗，用宽其意》，这是最早的长律，发端即言"二仪积风雨，百谷漏波涛。闻道洪河坼，遥连沧海高"，这是从信中得到的一种想象，即先用天地"二仪"、乾坤"百谷"发起，吴瞻泰说："起二句突兀，将黄河水势、领官忧患及寄诗宽慰许多议论，均伏其中，全局已为之

---

① 吴瞻泰：《杜诗提要》，黄山书社 2015 年版，第 296 页。
② 王夫之：《唐诗评选》，上海古籍出版社 2011 年版，第 196 页。
③ 黄生：《杜诗说》，《黄生全集》，安徽大学出版社 2009 年版，第 358 页。

一振。"①《奉赠太常张卿垍二十韵》的"方丈三韩外，昆仑万国西。建标天地阔，诣绝古今迷"，张垍身为驸马，其父张说曾秉国大政，故起首四句先叙其门第之高峻，犹如神仙之不可接。其中再用"三韩""万国"点染，谓其得接禁掖。这是干谒诗少不了的恭维，故"起势阔远，造次莫窥其涯涘"②。《上韦左相二十韵》的"凤历轩辕纪，龙飞四十春。八荒开寿域，一气转洪钧"，三个极数表现韦相在天宝盛世能调和元气、运转洪钧以陶成万物的功绩，使八荒咸跻于太平盛世的仁寿之域。"凤历"即日历，"龙飞"喻皇帝在位。赵次公说："'凤历'对'龙飞'，'轩辕纪'对'四十春'，用人名对数，尤老手之妙。"③这不仅以"四十"对人名，还连用"八荒""一气"，一连串的数字都起了谀美对方的作用。《千秋节有感二首》其一"自罢千秋节，频伤八月来"，自开元十七年开始，把每年八月十五玄宗诞辰定为千秋节，天下诸州，宴乐休假三日。然自安史乱后，这种"先朝常宴会"，便成了"壮观已尘埃"。所以，开头这两数字便成伤心数字。《送魏二十四司直充岭南掌选崔郎中判官兼寄韦韶州》的"选曹分五岭，使者历三湘"，首句崔、魏并提，以带数字地名作对，显得庄重矜持。此与《柳司马至》的"有客归三峡，相过问两亲"，对偶中楔进地名，数字带有装点作用相同。《释闷》的"四海十年不解兵，犬戎也复临咸京"，首句"四海"与"十年"为句内对，置于发端，异常沉重。

在短小的绝句里，发端亦以数字对偶，占全诗一半，或叙述，或概括，后二句转入抒情或议论。《八阵图》的"功盖三分国，名成八阵图"，先概括一生功绩，数字成为巧对。《江畔独步寻花七绝句》其六："黄四娘家花满蹊，千朵万朵压枝低"，虽然不作对，但三个数字却有花团簇锦之作用。《夔州歌十绝句》其五的"瀼东瀼西一万家，江南江北春冬花"，两句作对，而各为句内对。数字"一万"与方位词东西南北作点缀。《漫成一首》的"江月去人只数尺，风灯照夜欲三更"，月映江而近可以尺量，风摇灯昏故知夜深，虚实两数刻画出夜深寂静景况。

在律诗中还有以数字发调又以数字收束，前后自成呼应。《秋兴八首》其三起以"千家山郭静朝晖"，结以"五陵衣马自轻肥"，且有意无意自成偶对，相互遥应自不必说。《暮冬送苏四郎徯兵曹适桂州》发端说"飘飘苏季子，六印佩何迟"，结尾则言"为入苍梧庙，看云哭九疑"，两个

---

① 吴瞻泰：《杜诗提要》，黄山书社 2015 年版，第 315 页。
② 浦起龙：《读杜心解》，中华书局 1961 年版，第 703 页。
③ 林继中辑校：《杜诗赵次公先后解辑较》，上海古籍出版社 1994 年版，第 80 页。

数字似乎遥作呼应，包裹全诗。《寄岑嘉州》开首即道"不见故人十年余，不道故人无素书"，末了则说"眼前所寄选何物？赠子云安双鲤鱼"，无书与寄书自是呼应，"十年余"与"双鲤鱼"当亦是呼应。发端与结尾为一篇精心之所聚，尤其是发端，杜诗用了大量的数字，而且镶进对偶之中或者构成内句对。律诗本来是需要装饰的诗体，而杜诗以数字为修饰，显得别出心裁，也给近体诗带来一种别致的风味。虽然其中一部分出于纪时纪地所需，这本身也缘于对数字的特别偏好，而相当一部分则不一定与所用数字属于非用不可的情况。合而观之，对数字入诗则为有意而追求之。

连续使用数字，在民歌中为常用的表现手法。像汉乐府《十五从军征》的"十五从军征，八十始得归"的对偶，对杜诗影响颇大，已见于上文。《诗经·王风·采葛》的"一日不见，如三秋兮"，《豳风·七月》月份数字的连用，以及汉乐府《孔雀东南飞》对刘兰芝年龄的铺叙，莫不对杜诗发生极大的影响。杜甫对传统的继承拥有"集大成"的胸襟，以数字入诗变化无所不施，数字连用亦是其中显著特色，这在夔州诗中最显见。《海棕行》前四句："左绵公馆清江濆，海棕一株高入云。龙鳞犀甲相错落，苍稜白皮十抱文。"这自然使人想起他的《古柏行》发端的"孔明庙前有老柏，柯如青铜根如石。霜皮溜雨四十围，黛色参天二千尺"，高与粗的比例引起宋人的争论。"十抱"也好，"四十围"也好，都属于一种夸张，杜诗的夸张距实际不远，不像李白的夸张，一看即非真实。还有其中的"大厦如倾要梁栋，万牛回首丘山重"，柏之高、粗、重都用了数字表示。咏物如此，写人亦同。《狄明府博济》开端就说："梁公曾孙我姨弟，不见十年官济济。大贤之后竟陵迟，浩荡古今同一体。比看叔伯四十人，有才无命百寮底。今者兄弟一百人，几人卓绝秉周礼。"一连用了六个数字，说尽今昔之变迁，声调洪亮，数字起了推波助澜的作用。《李潮八分小篆歌》则把数字不停地插入书法史的叙述中，开头说"苍颉鸟迹既茫昧，字体变化如浮云。陈仓石鼓又已讹，大小二篆生八分"，借用隶书之"八分"名称，把两个数字连用在一起，阐述篆之向隶的变化。中间又说："尚书韩择木，骑曹蔡有邻。开元已来数八分，潮也奄有二子成三人。"这是用人名与数字描述盛唐隶书的发展。复又用数字突出李潮隶书："况潮小篆逼秦相，快剑长戟森相向。八分一字直百金，蛟龙盘拏肉屈强。"谓李潮精通小篆，隶书更为出色。全诗叙述书学源流，借助数字叙论，书体演变原委悉备。《忆昔行》的"千崖无人万壑静，三步回头五步坐"，连用四个数字，描述山之静幽与突峭。以上为古诗与歌行。近体诗亦不少，主要见于偶对。《房兵曹胡马》的"竹批双耳峻，风入四蹄轻"，犹如观人从头至脚看去,两个数字飒爽飞动,凌厉有神。《送灵州李判官》发端的"羯胡腥四海,回首一茫茫",两数叙事互用,推出无限愤慨。《得舍弟消息二首》其一的"侧身千里道,寄食一家村",想见漂泊之恓惶。结联"不知临老日,招得几人归",其二结联"两京三十口,虽在命如丝",五个数字把悬悬如旌的挂念,历历数出。《寄高三十五詹事》结联对老友高适说"相看过半百,不寄一行书",表达了对"岁晚莫情疏"的惦念,"若作怪辞,弥显交厚"①。

数字在数学家、建筑学家那里无比重要,是无限的,而在诗人手中是无关紧要的,是有限的,可有可无的。杜甫目睹大唐由盛转衰的最重要的过程,他又是对国家的兴衰与民众的苦难最关注的记录者,他本身又带有传记体诗人性质,对两京亦最为熟悉,足迹所至,又和李白可比,他的"诗史"与"诗圣"双重的职责与情结,促使他常用数字的眼光观察、分析、对比社会的巨大变迁。所以,数字对他的重要性超乎此前与同时所有的诗人。同时数字在他眼中又是审美的,能在各种不同的诗体不同修辞手法中发挥灿烂夺目的作用。即使在表达友情、亲情、乡情,他的数字都用得非常感人,至于在最乐用的对偶里,所用数量的庞大也是惊人的,技巧也是多种多样。数字在他的诗中如天上群星般闪烁着灿烂的光芒,形成一道又一道耐人寻味、引人观赏的风景线。

---

① 浦起龙:《读杜心解》,中华书局1961年版,第376页。

第四编 比较论

一 李杜共同趋向论

李白与杜甫是盛唐两座巍峨的高峰，也是中国诗史两颗耀眼的巨星。自中唐元稹李杜优劣论一出，自宋迄今，无论扬杜抑李，还是扬李抑杜，都是从李杜之区别着眼，这固然对于深入探讨思想人格与艺术个性有所助益，然而对他们共同的一面却有所忽视。从实质看，前者是不成问题的问题，后者则属于棘手难以解决的问题。

（一）异中有同的别样观照

从学理看，李杜之不同千差万异，是容易感受到的，前人曾有不少感悟。李诗飘逸奔放如张旭大草飞扬激昂，杜诗沉郁厚重如颜真卿楷书博大雄浑；李诗举动无拘如庄子，杜诗叙事有序如《史记》；李如烈酒使人豪兴大发，杜似苦茶余味不尽；李如天马凌空奔驰所向无前，杜如泰山巍然挺拔；李如晨曦与夏日，光芒万丈，不可仰视；杜如夕辉与秋风，变化多样又风气凛冽；李如雷霆震发或如光风霁月，杜如日月经天或如凄风苦雨；李醉心道家而好动，杜沉润儒家而好静；李投入社会往往出人意外而带有纵横家的手段，杜坚守长安苦苦追求出于儒家不改初衷；李诗雄风突变却出以复古，杜诗创新见于诸体执意别成一家。读李诗犹如"千里江陵一日还"或如"飞流直下三千尺"；读杜诗犹如"仰穿龙蛇窟，始出枝撑幽"，或如"俯仰但一气，焉能辨皇州"；李诗快而乐，杜诗慢而苦；李诗喜欢用两句话说人一句，说得酣畅淋漓。杜诗追求一句话说人几句，说得曲折入情；"太白发句，谓之开门见山"[①]，子美结尾，自称"篇终结混茫"；李诗主张"清水出芙蓉，天然去雕饰"，杜诗认定"语不惊人死不休"，"晚节渐于律诗细"；李白目空一切，"天生我材必有用"。杜甫广收博取，"不薄今人爱古人"；李白瞅准李璘却蹲了大狱，还被流放。杜甫疏救房琯而被疏远，还被斥放华州；李白不愿参加考试而受到玄宗召见，得到布衣最为隆重的礼遇。杜甫考试献赋多次，却次次落榜，受到冷遇；据说李白投水捞月，拥抱明月，快乐地离开人世。又传杜甫饥饿偶得白酒牛

---

① 严羽：《沧浪诗话》，见何文焕辑：《历代诗话》，中华书局1982年版，第697页。

肉，饱餐一顿，而避免了饿死鬼的厄运；李白在世时名声大显，杜甫生时乞怜身后寂寥；李白骏马美姬"一生爱入名山游"，几乎快活了一生。杜甫携家流离"漂泊西南天地间"，艰难苦恨了大半辈子。总之，李杜区别在在处处，林林总总，说来并无难处，不说人人都会感受得到，比如一般人都会知道李白总是昂首挺胸，兴高采烈。杜甫老是忧愁苦思，涕泪滂沱。快乐与痛苦，大笑与伤心，愤世嫉俗与忧国忧民，于李杜所由分，楚河汉界，泾渭分明。而过去的浪漫主义与现实主义的区别，也是顺着异同论的思路而出现的区别。

　　如此思路由来已久，如严羽说："少陵诗法如孙吴，太白诗法如李广。少陵如节制之师。"又言："子美不能为太白之飘逸，太白不能为子美之沉郁。"① 虽然出于"李杜二公，正不当优劣"的看法，但仍归于区别论。以后论李杜者，大都从区别差异与不同着眼。刘熙载说："论李杜诗者，谓太白志存复古，少陵独开生面；少陵思精，太白韵高。然真赏之士尤当观其合焉。"② 所谓"观其合"者，就是察其相同处。这是一个富有学术价值的命题。观其异者易，观其同者难。故论者多从前者而入，就其后者而罕有论焉。

　　中国诗史上，体裁风格相近，同称并名者，在李杜之前有屈宋、曹刘、陶谢、大小谢、阴何；入唐后有沈宋、文章四友、四杰、王孟、高岑、元白、韩孟、刘柳、郊寒岛瘦、温李、小李杜等。论者谓凡能同称者大都风格相近，有所互同，唯李杜并称不是互同而是有绝大的差异。对于互同者须同中求异，比如都以边塞歌行体见长的高适与岑参，刘熙载则察见："岑超高实，则趣尚各有近焉。"③ 此即同中求异，比起严羽所说的"高岑之诗悲壮，读之使人感慨"，就高明得多，虽然后者为人熟知。这就说明同中求异，要比同中求同更能有所发现。比如沈宋并称，一来经历相类，二来诗风相近，而且都在五七言律诗创建上做出努力，但至今他们的艺术个性尚未达到昭然若揭，就是在同中求异理路还未进入。

　　李杜无论主体风格还是各方面的成就不是具有像其他并称者的共同性，如前所言，而是存乎极大的差异性。对于同可以求异，同理可得，对于异则可以求同。同中求异，异中求同，都是具有潜在的学术意义，更能发现不易察觉的规律。阳刚与阴柔是对立的，然负阴而抱阳，柔中带刚，

---

① 严羽：《沧浪诗话》，见何文焕辑：《历代诗话》，中华书局1982年版，第697页。
② 刘熙载：《艺概·诗概》，上海古籍出版社1978年版，第60页。
③ 刘熙载：《艺概·诗概》，上海古籍出版社1978年版，第61页。

具有渗透转化的规律。李白是散发性的,杜甫属于渗透性,但其中也有交撞的火花,甚至转化或移植。近些年来,大文化介入成了文化研究的主流,认为杜诗厚重,又从属于儒家,应当从属北方文化系统,因为北方原本是儒家的领域;李诗飘逸自然,又皈依道教,道教源于道家,道家圣地属于南方文化。然而把黄河写得生龙活虎的却是李白,长江给人印象最深刻的应是杜甫。李白的长江清莹碧亮,杜甫则是涌动奔腾,而对于黄河似乎不大理睬。以《黄河》为题的两首绝句,倒与黄河本身没有多大关系。然而广阔胸襟吸纳异地文化,把南北文化彻底融汇为恢宏气象,却是两家共同的眼光而达到极致,这就是他们的异中之同。

　　对于导致大唐社会由盛转腐的种种弊政,李白总关注着上层,从怀才不遇的角度,予以尖锐激烈的批判;杜甫主要注视着下层,从忧国忧民的角度涉及面更为广泛而深刻,还包括对玄宗、肃宗、代宗的揭露斥责与讥讽。如果与其他所有盛唐诗人相比,没有第三个诗人可以和他们比肩。只有李杜才是照耀宇空的"双子星座",闪耀着批判的光芒。正因为如此,对于安史之乱爆发,其他诗人都感到突如其来,因为在他们的诗中没有任何察觉,也只有李杜"先知先觉",预感到一场颠覆性灾难即将发生。李的《北风行》,杜的《同诸公登慈恩寺塔》《奉同郭给事汤东灵湫作》《自京赴奉先县咏怀五百字》《后出塞五首》等,莫不有所察见。天宝后期玄宗骄奢已甚,边将则生事邀功,屡启边衅,血流石堡城与两次征南诏的惨败,杜甫有《前出塞九首》与《兵车行》,李白则有《答王十二寒夜独酌有怀》与《古风五十九首》其三十四。杜甫前诗指出:"君已富土境,开边一何多。"后诗径直斥责:"武皇开边意未已,边庭流血成海水。"李白前诗呼吁:"君不能学哥舒,横行青海夜带刀,西屠石堡取紫袍。"后诗喊出:"千去不一回,投躯岂全生!"用意又何等一致,都关注着相同军政大事,情感又同样激切悲愤!

　　李杜心怀天下,在多事之秋,心事浩广,都有许多愁绪,甚至于都拿头发来言愁。李之《秋浦歌》其十五说自己愁得"白发三千丈,缘愁似个长",杜之《春望》则言愁使己"白头搔更短,浑欲不胜簪",虽然愁的头发有长有短,但愁得痛苦是一致的。银发至细,却把两大诗人连接起来,说是如影随形,还是心有灵犀,说不准李诗还是针对杜诗的"翻案"而化为己用。从大的方面看,李白心仪庄子,庄子《逍遥游》中世上绝无大鹏,即是他的图腾:"大鹏一日同风起,扶摇直上九万里。假令风歇时下来,犹能簸却沧溟水。"(《上李邕》)杜甫自少至老写了许多的咏马诗,有胡马、骢马、骠骑马、白马、老马、瘦马、病马,或者画的骏马,无论什么马，马就是他的图腾。他的《房兵曹胡马》"所向无空阔，真堪托死生"，真是他自己精神的写照。天上飞的是鹏，地上奔的是马，虽然"天差地别"，然而所向无前的精神又是何等的相似！

李白一生活得快活而热闹，然材大而不能用，使他常常在快活中却笼罩着天大的寂寞，所以常常拿月亮作伴，说什么"我歌月徘徊，我舞影零乱"（《月下独酌》其一），实际上有无尽孤独与寂寞。所谓"欲上青天揽明月"，实际拥塞"举杯消愁愁更愁"的大愁。杜甫一生过得艰难苦闷，家事国事天下事，忧国忧民忧自己。天宝升平时热闹的游春，他却是"此身饮罢无归处，独立苍茫自咏诗"，够孤独的。安史乱后就更可怜了。《自京窜至凤翔喜达行在所》其一的"眼穿当落日，心死著寒灰"，这是死一般的寂寞！其二的"生还今日事，间道暂时人"，是多么可怕的孤独！《秦州杂诗》其四的"万方声一概，吾道竟何之"，鼓角声响彻天下，不知取道何方，这真是叫人恐惶的孤独。在夔州山城的《登高》说"万里悲秋常作客，百年多病独登台"，就有七八种愁，想见诗人心灵在无尽的孤独与寂寞中抖擞。暮年的《登岳阳楼》的"亲朋无一字，老病有孤舟"，孤独在啮食着衰老的诗人。杜甫几乎孤独了一生，也寂寞了一生。李白看似快乐远多于愁苦，这是对以快乐表达痛苦方式的误解。不然他不会愁得"白发三千丈"。愁苦与孤独寂寞，虽然是诗人的专利，但盛唐诗人有谁愁得像李杜如此这般，带笑的孤独与带泪的愁苦，实质是共同的，这也是李杜的异中之同吧！

梁启超称杜甫为"情圣"，但他又是"诗圣"，诗圣是庄严的，所以极少有爱情诗，唯一的只有《月夜》。然他写妻子却不少，《羌村三首》其一的"妻孥怪我在，惊定还拭泪"，是那样的感人；《北征》的"经年至茅屋，妻子衣百结。恸哭松声回，悲泉共幽咽"，真是"流泪眼望流泪眼，伤心人看伤心人"；《江村》的"老妻画纸为棋局，稚子敲针作钓钩"，一家人总算喘过气来；《进艇》的"昼引老妻乘小艇，晴看稚子浴清江"，老少有了些微笑；《百忧集行》的"入门依旧四壁空，老妻睹我颜色同"，全家不久又都发愁；《闻官军收河南河北》的"却看妻子愁何在？漫卷诗书喜欲狂"，全家都兴奋极了。

初、盛唐诗人很少言及妻子，堂皇的初唐诗不用说。盛唐诗走向了日常，但却同样无人，要有只能是李白了。《南陵别儿童入京》说他被诏入京，心情异常兴奋，在他"著鞭跨马涉远道"时，不仅"儿女嬉笑牵人衣"，而且"会稽愚妇轻买臣，余亦辞家西入秦"，他的夫人似乎过去曾嘲笑他不会有什么出息，将来没有多少前景，所以把她比作西汉朱买臣的妻子，虽然语带调侃，意在陪衬现在的得意。后两句的回答似乎看不起他的夫人："仰天大笑出门去，我辈岂是蓬蒿人。"夫人虽没有正式露脸，总算能知道这位大诗人的内眷，曾经轻视过总想做大事的李白。同时还有《别内赴征三首》，其一同样处于善意的调侃："王命三征去未还，明朝离别出吴关。白玉高楼看不见，相思须上望夫山。"超前设想夫人将来如何想念自己。其二曰："出门妻子强牵衣，问我西行几日归？归时倘佩黄金印，莫学苏秦不下机。"这里有细节，有动作与对话，夫人算是正式出场。后二句似乎是"会稽愚妇轻买臣"的注脚。李白好夸耀自己，夫人也成了他的陪衬。其三预想别后夫人如何思想自己："翡翠为楼金作梯，谁人独宿倚门啼？夜坐寒灯连晓月，行行泪尽楚关西！"他还一口气写了《寄远十二首》，反复抒发彼此思念的感情。正如其三所说："本作一行书，殷勤道相忆。一行复一行，满纸情何极？"打破了盛唐爱情诗的记录，竟然是徐干《室思》六章的二倍。其中有些地方并不雅致，成了后人批评的话柄。如其七末尾的"何由一相见，灭烛解罗衣"，其十二发端的"爱君芙蓉婵娟之艳色，色可餐兮难再得"，以及"朝共琅玕之绮食，夜同鸳鸯之锦衾"，就不那么庄重，语及薄帏。《赠内》同样语出调侃："三百六十日，日日醉如泥。虽为李白妇，何异太常妻！"虽属夫妇间戏语，但毕竟语涉轻佻。除此以外，还有《秋浦寄内》，其中说："我自入秋浦，三年北信疏。红颜愁落尽，白发不能除。"感情就很真挚。甚至看到"胡燕别主人，双双语前檐"，而感慨"我不及此鸟，远行岁已淹。寄书道中叹，泪下不能缄"。因从李璘而蹲了大牢，有《在浔阳非所寄内》说："闻难知恸哭，行啼入府中。多君同蔡琰，流泪请曹公。……相见若悲叹，哀声那可闻？"可知夫人还求人搭救过他，对此心怀感激。末二句就和杜甫"恸哭松声回，悲泉共幽咽"，事异而情同，也很感人。这是铁窗里的情诗，不是人人可作的。出狱流放，又有《南流夜郎寄内》："夜郎天外怨离居，明月楼中音信疏。北雁春归看欲尽，南来不得豫章书。"在坎壈中愈感夫妇亲情的珍贵。

李白天生浪漫不拘形迹，他自己写情诗觉得还不过瘾，干脆还代替夫人写思念自己的情诗。代妻捉刀的是《自代内赠》，似由八首五绝组合，第七节说："妾似井底桃，开花向谁笑？君如天上月，不肯一回照。"把擅长的比喻用得真切感人，显示善写妇女题材的才华。他还有不少的以"代"为题首字的情诗，是代妻子，还是为别人拟作，不好分清楚。如《代别情人》《代秋情》《代寄情人楚辞体》《代美人愁镜二首》，以及《学古思边》《思边》《怨情》《闺情》等，均属此类。其中《代赠远》即使代别人但也有自己别离体会。其中说:"昔去有好言,不言久离别。燕支多美女,走马轻风雪。见此不记人,恩情云雨绝。"很有生活情趣。

女性题材是李白诗一大宗,仅就与妻子相关而言,人皆知杜诗对中唐无论韩孟诗派还是元白影响至巨,而李白此类诗同样影响到元白之爱情诗,甚至李商隐、温庭筠亦受到波及。杜甫关于妻子的诗只是涉及日常生活方面,李白专从情爱发挥,然两家在盛唐出现此类诗之多,也应当看作有所相同的地方。

(二)杜甫也很浪漫

人们习惯把李白看作浪漫诗人,杜甫则为现实诗人。过去曾以浪漫主义与现实主义区分定位,以为李白是自屈原以后最伟大的浪漫主义诗人。现在"主义"的标签没有人去贴,而"浪漫"还没有褪色。尽管偶有论者予以否定,然当属一家之言。李白诗发源蹈厉于屈骚与庄子的奇思幻想,游仙诗成了最为神采飞扬的题材,他观察现实,抒发苦闷,畅言大志难遂,都从此道出发,特别是乐府歌行大篇,席天幕地,尚友神仙,神话传说与神话人物往往驱遣笔下。就是山水、送别、咏物、咏史、酬赠、行旅这些习见题材,也要升天御风,乘云腾霞,浩浩然凌空飞行。正所谓:"海上三山,方以为近,忽又是远。太白诗言在口头,想出天外,殆亦如是。"[1] 读李白诗有一种快感,这和他飞扬的浪漫风格是分不开的,所以我们不能说李白不浪漫。李白诗的浪漫人皆尽知,是不必说的。杜甫诗质实,他脚踏多灾多难的大地关注悲凉人世,他不愿脱弃所忧念的人世间,更不会有遨游天国的打算,忠厚诚挚的本性付之于诗则是写实的。所以才称"诗史"与"诗圣",这两项荣徽都与浪漫无缘。然而他与李白是同气相求的至交,有时不免要同声相应。比如他的《承闻河北诸节度入朝欢喜口号绝句十二首》,我们有理由说是受了李白《永王东巡歌十一首》的影响。一是都用七绝作军政大事的叙述与议论,前此还没有人用小诗处理如此重大的题材;二是用组诗连缀的方式,扩大了七绝的空间,适应了大题材的要求;三是还可以评说议论,表达对时局的看法。在李白纯是赞颂,很可能属于军幕中奉命而作。另外,杜甫《喜闻盗贼总退口号五首》,也当作如是观。

因而李白夸张奇幻的浪漫风格,对杜甫不能说没有任何影响。从另一

---

[1] 刘熙载:《艺概·诗概》,上海古籍出版社1978年版,第58页。

方面看，杜诗原本也秉赋浪漫的特质，元稹所说的"上薄风骚"就指此而言。开元二十九年（741），史载河南、河北诸州，洪水损害庐舍，秋稼无遗。杜甫据弟来信作《临邑舍弟书至，苦雨，黄河泛溢，隄防之患，薄领所忧，因寄此诗，用宽其意》，诗中描写水灾："闻道洪河坼，遥连沧海高。""难假鼋鼍力，空瞻乌鹊毛。燕南吹畎亩，济上没蓬蒿。螺蚌满近郭，蛟螭乘九皋。徐关深水府，碣石小秋毫。白屋留孤树，青天失万艘。"水灾未经目睹，但描写逼真，田地、房屋、蓬蒿全淹没。城邑深成水府，山顶碣石小若秋毫。穷村只留下孤独的树木，再多的船远望若失，这些可能据信直叙。螺蚌满城，蛟螭满泽，就带有想象和夸张。诗末言："吾衰同泛梗，利涉想蟠桃。倚赖天涯钓，犹能掣巨鳌。"纯出想象，不仅夸张至极，而且浪漫得很天真。仇注说："言我虽泛梗无成，犹思垂钓东海，以施掣鳌之力，水患岂足忧耶。盖戏为大言以慰之耳。"① 所谓"戏为大言"在于"用宽其意"。再看鼋鼍、乌鹊二句，是说都可以架桥，而今却难以借力，想象之丰富不弱于李白。特别是"想蟠桃"意谓东至近海临邑，摘仙桃为饵，倚天涯而钓鳌，借助《列子·汤问》"一钓而连六鳌"的故事，魄力之大、夸诞奇幻之风格亦近于李白。清人陈訏说："中间鼋鼍、乌鹊、螺蚌、蛟螭似俱为巨鳌作引，虽非诗用意所在，然点染自相映带，有鱼龙曼衍随笔变现（似作"幻"）之奇。"② 正是发觉其中浪漫奇幻的特色。此诗作于30岁，可见他起步时就赋予一种浪漫的特色。

《饮中八仙歌》写了一群浪漫狂放的酒徒，笔调亦复浪漫。其中发端的"知章骑马似乘船，眼花落井水底眠。汝阳三斗始朝天，道逢麴车口流涎，恨不移封向酒泉。"夸诞中又饱含幽默，则别是一种浪漫风格。"左相日兴费万钱，饮如长鲸吸百川，衔杯乐圣称避贤"，无论气势与风格都极近李白。诗中描写"天真烂漫，各成奇趣"③，而且结构无首无尾。王嗣奭说："如云在晴空，舒展自如，亦诗中之仙也。"④ 就认定杜甫又是一个"诗仙"了。早期的《渼陂行》是游览诗，虽极尽铺叙之能事，却有意想不到的奇诞：始游时"天地黯惨忽异色，波涛万顷堆瑠璃"，"鼍作鲸吞不复知，恶风白浪何嗟及"。风浪恬息已至月夜，亦可乐游，忽又乌云密布："此时骊龙亦吐珠，冯夷击鼓群龙趋。湘妃汉女出歌舞，金支翠旗光有无。

---

① 仇兆鳌：《杜诗详注》，中华书局1979年版，第26页。
② 陈訏：《读杜随笔》卷一，转引自萧涤非主编：《杜甫全集校注》，人民文学出版社2014年版，第56—57页。
③ 吴瞻泰：《杜诗提要》，黄山书社2015年版，第96页。
④ 王嗣奭：《杜臆》，上海古籍出版社1983年版，第8页。

咫尺但愁雷雨至，苍茫不晓神灵意。"所写不过一日之游，却说得天摇地动，云飞水立，变怪百出，景象迭变。尤其是"奇在骊龙一段，虚事忽作实景，写得仙灵杳渺，乍有乍无，笔端所至，真奇之又奇者也"①。对于此诗之奇，或谓"全得屈骚神境"②，或谓近于"屈大夫《九歌》"，就是看到此诗神灵变幻的浪漫特色。

《送孔巢父谢病归游江东兼呈李白》前大半为送别："巢父掉头不肯住，东将入海随烟雾。诗卷长留天地间，钓竿欲拂珊瑚树。深山大泽龙蛇远，春寒野阴风景暮。蓬莱织女回云车，指点虚无是归路。自是君身有仙骨，世人那得知其故。"萧涤非说："巢父此去，意在求仙访道，故诗中多缥缈恍惚语，有浓厚的浪漫主义色彩。但也可以看出杜甫早期所受屈原的影响。"③所归为江东，所以想到珊瑚树，想到蓬莱仙岛与织女云车。其人机敏多智，故以龙蛇远处山泽喻其托病高蹈远遁。李白《西岳云台歌送丹丘子》以华山与黄河的气象峥嵘，揉进神话，送别道友，二者的手法就很接近。

李白诗常用神话传说以喻难以明言的政治大事，杜甫亦复如之。上及《渼陂行》乍晴乍雷，恍惚无定，就不无带有时局突变的政治预感。天宝十四载十月所作《奉同郭给事汤东灵湫作》，即是对安禄山将要作乱的揭示，而出荒诞不经的传说以言之。此诗前以铺叙为喻，先叙写玄宗每年十月必至华清池，其后则以汤泉为喻："初闻龙用壮，擘石摧林丘。中夜窟宅改，移因风雨秋。倒悬瑶池影，屈注苍江流。味如甘露浆，挥弄滑且柔。翠旗澹偃蹇，云车纷少留。箫鼓荡四溟，异香泱漭浮。鲛人献微绡，曾祝沉豪牛。百祥奔盛明，古先莫能俦。"先把汤泉写得灵奇异常，穷极笔力，目的在于引出以下几句："坡陀金虾蟆，出见盖有由。至尊顾之笑，王母不遣收。复归虚无底，化作长黄虬。"据说唐高宗患头痛风，宫人掘地置药炉，忽有虾蟆跃出，色如黄金，背有朱书"武"字，帝颇惊异，放之池苑。赵翼谓杜诗用此。④或谓用蛤蟆蚀月以讽喻。清人卢元昌说："虾蟆出，指禄山也；至尊笑，宠虾蟆也；王母不收，纵虾蟆也。虾蟆，即湫龙所变，始而擘石摧林，便有鼎沸中原之象，继而复归深渊，终成跋扈难制之形。考月中有金虾蟆，乃蚀月者，月为阴精，贵妃似之。禄山通宵

---

① 吴瞻泰：《杜诗提要》，黄山书社 2015 年版，第 97 页。
② 杨伦：《杜诗镜铨》，上海古籍出版社 1980 年版，第 77 页。
③ 萧涤非：《杜甫诗选注》，人民文学出版社 1979 年版，第 17 页。
④ 参见唐人陆勋：《集异志》，见赵翼：《瓯北诗话》，人民文学出版社 1981 年版，第 27 页。杨伦《杜诗镜铨》引《潇湘录》所记与此相同。

禁中，是为虾蟆食月。玄宗以虾蟆忽之，竟为长虬难制，灵湫一篇真曲突之讽。"[1] 如此说来，李白《古朗月行》："蟾蜍蚀圆影，大明夜已残。羿昔落九乌，天人清且安。阴精此沦惑，去去不足观。忧来其如何，凄怆摧心肝。"今人或谓"语境与此相似"[2]。还有《古风五十九首》其二的"蟾蜍薄太清，蚀此瑶台月。圆光亏中天，金魄遂沦没"，亦属此类。可见李杜在想象奇幻处，亦有相通之处。杜甫往往就某事而设想，李白纯凿空而道，用意与浪漫的手法则为一致。

杜甫在大篇歌行的中间或结尾，往往突发奇想，或者渲染突出中心，或者回应主题，或者揭示主题，均具有引人注目的光彩。如题画诗《奉先刘少府新画山水障歌》，看到屏障上的山水画，却说："得非玄圃裂，无乃潇湘翻。悄然坐我天姥下，耳边已似闻清猿。反思前夜风雨急，乃是蒲城鬼神入。元气淋漓障犹湿，真宰上诉天应泣。野亭春还杂花远，渔翁瞑踏孤舟立。沧浪水深青溟阔，欹岸侧岛秋毫末。不见湘妃鼓瑟时，至今斑竹临江活。"就把画景与神话中山水地名以及人物，奔走笔端，纵横出没，烟雾风雨，龟神湘灵，变幻莫测。句句跳跃飞腾，变化屈辞而出之己意。《兵车行》结尾忽然以"君不见"呼出："青海头，古来白骨无人收。新鬼烦冤旧鬼哭，天阴雨湿声啾啾！"这是由"边庭流血成海水"的现实，愤不可遏地撞击出遐想奇思，这种带有现实色彩的想象，亦距浪漫特征不远。《望岳》的"安得仙人九节杖，拄到玉女洗头盆"，则在幻想中注入了一定的象征意蕴。见于结尾者《洗兵马》的"安得壮士挽天河，净洗甲兵长不用"，以及人所皆知的"安得广厦千万间"，《戏题画山水图歌》的"焉得并州快剪刀，翦取吴松半江水"，《石犀行》的"安得壮士提天纲，再平水土犀奔茫"，均属此类。杜甫的浪漫有时还出之幽然，《空囊》一开头就说："翠柏苦犹食，明霞高可餐。"餐霞食柏是神仙过的日子，前者也是荒年饥年所食，这是自嘲也是自负，也是一种饥不可耐的幻想，在"吾道属艰难"时不能没有的想法。

安史之乱的爆发与多年漂泊流离，使杜甫的浪漫与幻想增加极大负荷与期望。杜甫在"一年四行役"最艰难的乾元二年携家漂泊，夏七月弃华州司功参军奔秦州，十月往同谷，经凤凰山中见有石高耸，传说汉代有凤凰栖其上。因作有《凤凰台》诗借地名而迸发想象，说山上"恐有无母

---

[1] 卢元昌：《杜诗阐》卷三，转引自萧涤非主编：《杜甫全集校注》，人民文学出版社2014年版，第665页。
[2] 黄坤：《杜甫心影录》，中华书局2004年版，第37页。

雏，饥寒日啾啾"。于是奇思垒涌：

> 我能剖心出，饮啄慰孤愁。心以当竹实，炯然无外求。血以当醴泉，岂徒比清流！

凤为王者之瑞，凤鸣岐山而周文王以兴。所以接言："所重王者瑞，敢辞微命休。"希望"自天衔瑞图"，如此奇思妙想，就是为了"再光中兴业，一洗苍生忧"。这不仅是"己饥人饥"，也不仅是"苦其心志，劳其筋骨，饿其体肤，空乏其身"，而是进一步深入到以"吾庐独破受冻死亦足"的牺牲，换取"大庇天下寒士俱欢颜"的精神，亦即鲁迅先生所说"我以我血荐轩辕"的精神。杜甫在困苦的"大哉乾坤内，吾道长悠悠"（《发秦州》），本身就有"常恐死道路"（《赤谷》）的危机，却愿奉献自己的心与血，而能使大唐中兴，苍生再无忧愁。忧国忧民的"深衷正为此"。如此厚重悲烈的牺牲精神，正是借助浪漫的手法来表达。如此奇幻之思正是滋生血与泪浸渍的万方多难的厚土。李白《古风五十九首》其四的"凤飞九千仞，五章备彩珍"一首，亦是借凤表达希望："尚恐丹液迟，志愿不及申。"虽然志趣有别，然浪漫手法则是一致的。而像这样专咏凤凰以言志之作，于盛唐诸公之中是乏缺的，也说明李杜又是处处同声相应，琴瑟和鸣。

代宗广德元年正月安史之乱总算告终，成都内乱却又开始。杜甫避难梓州，梓州刺史章彝送给他两把桃竹枝做的手杖，杜甫则以《桃竹杖引》作为回赠表示谢意。先以八句称美竹杖，然后借题发挥说：

> 老夫复欲东南征，乘涛鼓枻白帝城。路幽必为鬼神夺，拔剑或与蛟龙争。重为告曰：
> 杖兮，杖兮！尔之生也甚正直，慎勿见水踊跃学变化为龙。使我不得尔之扶持，灭迹于君山湖上之青峰。噫！风尘溯洞兮豺虎咬人，忽失双杖兮吾将曷从？

如此拟人的手法，真是匪夷所思！小小的手杖，竟翻出多少波浪，奇崛骇目，惊人心魄。安史乱起，武官得以重用，骄横不驯，反侧无常，动辄生乱。成都乱起不久，杜甫很为忧心。他在《冬狩行》里就语重心长地对章彝说过："飘然时危一老翁，十年厌见旌旗红。喜君士卒甚整肃，为我回辔擒西戎。草中狐兔尽何益？天子不在咸阳宫。朝廷虽无幽王祸，得不哀痛尘再蒙！呜呼！得不哀痛尘再蒙！"当时吐蕃寇陷长安，代宗奔陕。诏天下兵勤王,因程元震猜忌,诸镇皆疑惧不进。杜甫虽为流寓一老,大声疾呼,警示讽劝责望之意隐然言外。此诗又借桃竹杖规劝,"以踊跃为龙戒之,又以忽失双杖危之"①。前对主人言,后对主人语。"重为告曰"当出于《楚辞》的"乱曰"。句式长短极为参差,语气更为迫切,感情愈加震荡,加上呼告的反复,独词句的感叹,末句的反诘,真是"调奇、法奇、语奇"②,字字腾掷跳跃,变幻奇肆,即在杜集中亦为仅见。吴瞻泰说:"一杖耳,忽而蟠石苍波,忽而江妃水仙,忽而宾客叹息,忽而鬼神欲夺、蛟龙欲争,忽而踊跃化龙,忽而风尘豺虎,写得神奇变化,不可端倪。"③这正是浪漫奇幻的手法所追求的效果,也和李白《日出入行》后截构思颇为相似:"羲和,羲和!汨没于荒淫之波?鲁阳何德,驻景挥戈;逆道违天,矫诬实多。吾将囊括大块,浩然与溟涬同科。"无论修辞,对话的方式,语气之拗折,浪漫奇宕的构思与手法真是黄钟大鼓之声,可与李白席天幕地之奇幻相媲美!

浪漫手法,是需要青春般的热情鼓荡其间。杜甫暮年浪漫的热情仍然不减。作于大历二年的《寄韩谏议注》便又是一首奇异的名作:

> 美人娟娟隔秋水,濯足洞庭望八荒。鸿飞冥冥日月白,青枫叶赤天雨霜。玉京群帝集北斗,或骑麒麟翳凤凰。芙蓉旌旗烟雾乐(一作"落"),影动倒景摇潇湘。星官之君醉琼浆,羽人稀少不在傍。

诗分两截,此为前截,发端叙述只有两句。时在夔州,题为寄赠,叹其人不为朝廷所用。此十句全用屈辞字面,亦为美人香草手法,而其人所在之地亦为洞庭潇湘,故浑然一片《九歌》风味。"望八荒"者,言高蹈远遁,恐其长往而不返。"鸿飞"两句喻其人遁世而时属深秋,"玉京"两句喻长安群公围绕在皇帝周围,或骑麒麟而遮蔽了凤凰,喻京师宠臣声势喧赫其人受到猜忌排挤。"芙蓉"二句言旗上所饰芙蓉灿烂,奏乐于烟雾之中,光影摇动于潇湘江面,此当喻群臣朝见天子。"星官"二句,唐汝询说:"北斗之君乃酣饮琼浆,而傍无羽人之佐,将何以御之?盖是时安史未平,吐蕃叛乱,京师之地几至陆沉,皆因代宗昏庸,朝无良佐耳。此

---

① 萧涤非主编:《杜甫全集校注》,人民文学出版社2014年版,第3001页。
② 萧涤非主编:《杜甫全集校注》,人民文学出版社2014年版,第3004页。
③ 吴瞻泰:《杜诗提要》,黄山书社2015年版,第125页。

盖借仙以为喻也。"① 此言"安史未平"当指安史余部。"玉京"六句，辞面渺茫恍惚，飘渺铿锵，几与李白游仙诗无二，其源同出于《楚辞》。或谓"意致缥缈，得《九歌》之遗"②；或谓"源出楚骚，气味大类谪仙（李白）"③。由此可见，在盛唐诸大家名家中，只有杜甫的浪漫可以与李白比肩，特意宗法《九歌》的王维之《迎神》《送神》与《白鼋涡》《宋进马哀词》，虽在句腰或句尾用有"兮"字，纯为字面而乏兴寄，而与李杜寄托遥深则相距甚远。至于高岑与孟浩然、储光羲、王昌龄等，对《楚辞》效法的兴趣，连王维亦不及。反过来看，李杜以屈辞浪漫手法咏怀或别有寄托，就显出桴鼓相应般的密切了。

此诗后截词旨显豁："似闻昨者赤松子，恐是汉代韩张良。昔随刘氏定长安，帷幄未改神惨伤。国家成败吾岂敢，色难腥腐餐风香。周南留滞古所惜，南极老人应寿昌。美人胡为隔秋水，焉得置之贡玉堂。"首尾两"美人"与中间"韩张良"，是指韩谏议，还是别有所指，钱谦益、朱鹤龄、浦起龙谓指李泌，仇注引潘耒以及黄生、吴瞻泰语，谓指韩谏议，姑且不论。我们感兴趣的是，前截以"美人娟娟隔秋水"始，后截以"美人胡为隔秋水"结，首尾呼应。中间再以"似闻""恐似"转折出"韩（国）张良"，前后映照，中心主旨极为鲜明。李白《长相思》发端为"长相思，在长安"，结尾为"长相思，摧心肝"，中间复用"美人如花隔云端"提缀分明，辉映前后。两诗结构极为相似，起结与起提示作用的关键句同样位于中间。这是不谋而合，还是存乎启发，千古之下虽难以情猜，然李杜布局之精心，结构之相同，却是可以肯定的。

综上可见，诚挚忠厚的杜甫，不仅有李白所缺乏的幽然，而且也具有李白所擅长的浪漫的一面。李杜都本源于屈辞与神话，这也说明杜甫所说的"窃攀屈宋宜方驾"（《戏为六绝句》其五），并非虚言，而是自负语。杜甫与屈原执着的爱国精神是相通的，对宋玉亦谓"风流儒雅是吾师"。宋玉《风赋》雌雄之风的对比，即对"朱门酒肉臭，路有冻死骨"也有一定的启导。屈原忧国，宋玉忧民，在杜甫的眼中屈宋是互补的。尤其是屈辞之忧国与浪漫手法及惊采绝艳的伟辞，对杜甫具有全方位的影响。吴瞻泰说："子美之诗，驾乎三唐者。其旨本诸《离骚》，而其法同诸《左》《史》。不得其法之所在，则子美之诗多有不能释者，其旨亦因之而愈晦。

---

① 唐汝询选释：《唐诗解》，河北大学出版社 2001 年版，上册，第 327 页。
② 萧涤非主编：《杜甫全集校注》，人民文学出版社 2014 年版，第 4831 页。
③ 萧涤非主编：《杜甫全集校注》，人民文学出版社 2014 年版，第 4831 页。

三闾之作《骚》也,疾王听之不聪,悲一世之温蠖,故离忧郁结,常托于沅兰湘芷之间,以冀君之一悟;流连比兴,有《国风》之遗焉。少陵遭两朝板荡之余,播迁夔蜀,卒无所见于时。故其诗沉郁顿挫,常自写其慷慨不平之气,以致情于君父。举凡山川跋涉、草木禽鱼,一喜一愕,咸寄于诗。盖先有物焉蓄于其中,而后肆焉。此作诗之本,所以有'窃攀屈宋宜方驾'之语也。"① 除了"致情君父",大致不差。还应当看到杜诗不仅仅"其旨本诸《离骚》",其法亦有本之于屈辞。《离骚》是带有叙事性的抒情诗,第二大部就由八个有联系的"故事"组成,其中叙事主要采用了"对话"构式,诸如女媭詈予、重华陈词、灵氛占卜、巫咸降神,均以对话形成,这种对话实际就是议论。我们看《北征》前与后两大段议论,前边"君诚中兴主""臣甫愤所切",正是对"对话"的一种提示。前人往往把此诗看作奏疏,犹如今日"探家报告"。不取《骚》之形而法其神,大而能化,正是"上薄屈宋"之所在。再如《离骚》三次求女一节渗透的"飞鸟故事",于拟人化中赋予寄托。杜甫则有悯黎元的《朱凤行》与上文已及《凤凰台》等诗。还有《义鹘行》《呀鹘行》《杜鹃行》等,同样带有故事性。特别是前者属于典型的"鸟故事",以五古叙事诗讲述了鹰子被蛇所食,健鹘助鹰父的故事,材料虽得自樵夫所传,而拟人化与善禽恶鸟之分与《离骚》不无关系。特别是《杜鹃行》,讲述了一个传说故事:蜀王杜宇禅位死去化为杜鹃,日夜泣啼,闻者凄恻。鲍照《拟行路难》其七曾取材于此,感慨晋宋禅让易代之变。此取法鲍诗,当指玄宗幸蜀退位,返京后又被李辅国劫迁西内,凡所旧人骨肉一时并斥,因郁闷成疾而死,杜甫至蜀因感玄宗失位而作。② 李白也有咏鸟诗,如《古风五十九首》之写大鹏,其四十就是一首"鸟故事",其余如《野田黄雀行》《雉朝飞》《双飞离》《空城雀》等,与杜诗一样,均非咏物体段,而是各有寄托。这些飞鸟诗看去与《离骚》不相及,而在依据神话传说与拟人化上,包括叙事性质以及对话却息息相通,此正是杜诗与李白主体风格有相近相同处的原因。

其次,李杜富有奇幻浪漫者都见于歌行大篇,李白以乐府旧题为主,杜甫则"即事名篇"。李白亦有五古如《古风五十九首》其十九"西上莲花山"一首、《古朗月行》等。杜甫则有灵湫诗与《杜鹃》等。再次,李杜涉及浪漫之作,或寄托重大主题,或涉及时局不便明言者,故借恍惚奇

---

① 吴瞻泰:《杜诗提要·自序》,黄山书社 2015 年版,第 3 页。
② 参见洪迈、黄鹤、卢元昌及仇兆鳌之说,仇兆鳌:《杜诗详注》,中华书局 1979 年版,第 838—839 页。

幻的神话为喻体。总而言之，李白之浪漫不必说，杜诗也有浪漫的一面，有时还很浪漫，这大概也是李杜齐名的原因之一。

（三）题材、主题、表现方法的相同

李、杜除了浪漫风格有相近相同的一面，在其他方面也有种种相同之处。先看题材、主题一致的地方。李白著名的《蜀道难》把送别、山水、神话、讽喻几种题材予以多种嫁接，而主题则是以蜀山之险警诫会发生割据之危害。它是通过议论来体现讽喻之中心："剑阁峥嵘而崔嵬，一夫当关，万夫莫开。所守或匪亲，化为狼与豺。朝避猛虎，夕避长蛇，磨牙吮血，杀人如麻"，这是揭示主题的一节。杜甫的《剑门》先以六句描绘山势险壮，然后接言：

> 一夫怒临关，百万未可傍。川岳储精英，天府兴宝藏。珠玉走中原，岷峨气凄怆。三皇五帝前，鸡犬各相放。后王尚柔远，职贡道已丧。至今英雄人，高视见霸王。并吞与割据，极力不相让。吾将罪真宰，意欲铲叠嶂。恐此复偶然，临风默惆怅。

此前十二句议论与李白《蜀道难》的讽喻都出之张载《剑阁铭》，所以"一夫怒临关，百万未可傍"与李白"一夫当关，万夫莫开"，用语就自然相近了。李白议论用了比喻，"所守或匪亲，化为狼与豺"云云，杜诗则直而言之。李白在蜀道之中专选剑阁来发论，又和其他题材混揉，显得"奇而又奇。然自骚人以还，鲜有此体调也"[①]。李白未经蜀道，故借送友人游蜀，全凭想象把神话、山水、讽喻连缀起来，自然就跳宕腾转，显得奇幻。杜甫自陇流蜀身经其地，故而写得真切。不仅末两句"罪真宰"而"铲叠嶂"显得奇崛不同凡响，而且"'珠玉'句入得突健，令人失惊，是一篇大波澜。'吾将罪真宰'二句，即'疏凿控三巴'意，反言以形其险壮，正与起处映合。'恐此''此'字，顶'并吞与割据'来，言治乱之数，亦属偶然，又故为跌宕以结之也。摹写剑阁天险，忽怪到秦皇不应开凿蜀道，奇。怪真宰不应生此天险，更奇。盖以蜀中天府，珠玉所生。世治则修职贡，而诛求无已，即乘机窃发，如公孙述之流，恃险为乱。正深惜柔

[①] 殷璠：《河岳英灵集》，见李珍华、傅璇琮：《河岳英灵集研究》，中华书局1992年版，第138页。

远之无术也。诗意全然不露，而委罪于真宰，奇之又奇"①。尽管李杜对剑阁所想与所见不同，然而在题材与主题全然相同，而且在表现方法上同样都有"奇之又奇"的艺术效果，二者之相同可谓如声相应、如影相随。

如前所言，咏物诗在李白以大鹏为极致，发源蹈厉于《庄子》，而且一生屡见之于诗赋。早年有《大鹏赋》发端即言"南华老仙，发天机于漆园，吐峥嵘之高论，开浩荡之奇言"，言鲲化鹏，"一鼓一舞，烟朦沙昏。五岳为之震荡，百川为之崩奔"。《上李邕》本属于干谒诗，然以大鹏为喻，气势不凡，"大鹏一日同风起，扶摇直上九万里。假令风歇时下来，犹能簸却沧溟水。世人见我恒殊调，闻余大言皆冷笑。宣父犹能畏后生，丈夫未可轻年少"。真是以狂士见狂士，不用大言则不足惊动人。大鹏是李白醉心的图腾，不如此不能方之"天生我材必有用"的李白，所以屡见于诗。《古风五十九首》其三十五又出之以咏物诗的形式："北溟有巨鱼，身长数千里。仰喷三山雪，横吞百川水。凭陵随海运，烜赫因风起。吾观摩天飞，九万方未已。"虽然全都依托于《庄子·逍遥游》，但贯注自家情志，仍然英烈之气扑人。他在去世之时，还念念不忘大鹏，有《临路歌》说："大鹏飞兮振八裔，中天摧兮力不济。余风激兮万世，游扶桑兮挂石（按：王琦谓当作"左"）袂。后人得之传此，仲尼亡兮谁为出涕？"他带着大鹏之志而不遇时，郁郁不欢地离开人世。可见大鹏陪伴了他一生，他一生也在展翅翱翔中度过，虽然摧折不偶，然却能"余风激兮万世"！

亦如前所言，杜甫好咏马，以马的奔腾无前寓自比稷契之精神。早年的《房兵曹胡马》《高都护骢马行》，均为名篇且不赘言。《沙苑行》歌咏皇家天厩马如云屯，逸群绝足，显示盛唐雄强恢宏的时代精神。杜甫爱马之神骏，每见画马亦精神焕发。《天育骠骑歌》写画马："是何意态雄且杰，骏尾萧梢朔风起。毛为绿缥两耳黄，眼有紫焰双瞳方。矫矫龙性合（一作"含"）变化，卓立天骨森开张。"且不说此诗结尾涉及时代变迁，大唐由盛转衰，而且推宕出世无王良、伯乐而千里马不为人识的感慨。仅就写马即可见出气象万千。还有《骢马行》《瘦马行》，后者言"绊之欲动转欹侧"，"皮干剥落杂泥滓"，而且"见人惨澹若哀诉，失主错莫无晶光"，对此被遗弃的官马，最后呼吁："谁家且养愿终惠，更试明年春草长"，此诗有喻己与喻房琯之分歧，无论谁何，都寓假令风歇犹能簸起海水的同样精神。漂泊成都时作的《题壁画马歌》末尾振发，"时危安得真致此，与人同生亦同死"，尚与早年"所向无空阔，真堪托死生"（《房兵

---

① 吴瞻泰：《杜诗提要》，黄山书社 2015 年版，第 60 页。

曹胡马》），精神同样的澎湃。直至去世之年还有《白马》："白马东北来，空鞍贯双箭。可怜马上郎，意气今谁见。近时主将戮，中夜伤于战。丧乱死多门，呜呼泪如霰。"此借受伤战马言战乱不绝，死丧多门。总之，杜甫咏马诗甚多，主题多样，喻己喻人喻丧乱，还寄托时代的盛衰。相比之下，李白的大鹏诗略显单调，但也有《天马歌》《白马篇》《君马黄》《紫骝马》，还在其他繁富的咏物诗中却有多种反映，可看作咏物诗有相同处。

　　李白诗以夸诞著名，在《庐山谣寄卢侍御虚舟》开篇即言："我本楚狂人，凤歌笑孔丘。"他不愿受儒家拘束，这确属裸露的自白，杜甫以儒家特别是孟子民本思想为立脚处，却也说："儒术于我何有哉？孔丘盗跖俱尘埃。"虽如题目《醉时歌》所表示，属于醉后愤激之狂言，但未尝没有几分敬而远之。李白《北风行》的"燕山雪花大如席，片片吹落轩辕台"，"黄河捧土尚可塞，北风雨雪恨难裁"，虽然夸诞，但不乏真实。《襄阳歌》的"遥看汉水鸭头绿，恰似葡萄初发醅。此江若变作春酒，垒麴便筑糟丘台"，便是十足的"酒仙"加"诗仙"的语言。雪花本无香味，李白却说"瑶台雪花数千点，片片吹落春风香"（《酬殷佐明见赠五云裘歌》），因加上了"春风"的"调料"，犹如他的名句"风吹柳花满店香"一样。《江夏赠韦南陵冰》说"我且为君槌碎黄鹤楼，君亦为吾倒却鹦鹉洲"，如此大言，惊心骇目的效果，则是作者所预期的。果然引发"一州笑我为狂客，少年往往来相讥"，他却说："黄鹤高楼已槌碎，黄鹤仙人无所依。黄鹤上天诉玉帝，却放黄鹤江南归。"还是狂后出狂，就像他擅长的喻后生喻一样。游洞庭却忽生奇想，"刬却君山好，平铺湘水流"，可以使洞庭多容纳湘水。而且"巴陵无限酒，醉杀洞庭秋"（《陪侍郎叔游洞庭醉后》）——湖水多了，还想全都变为饮之不尽的酒。夸张以致放诞是李白的天才，且又是那样的自然可爱，不会让人感觉在说胡话。

　　杜甫笃谨，对事物只做忠实的描写，不像李白把夸诞当作长技。但偶然放言，也够骇人的。如上文言及的"君将罪真宰，意欲铲叠嶂"，力之大而气之豪，且思之奇，均不亚于李白的"刬君山"。在唐诗恐怕只有他俩有如此大言。在长安沦陷时有家而不能归，则言："无家对寒食，有泪如金波。斫却月中桂，清光应更多。"这种带着苦涩的夸诞和李白夸诞的快乐，用意不同，但构思一致。前人就把李白"刬君山"和"斫月桂"合观："二公所以为诗人冠冕者，胸襟扩大故也。此皆自然流出，不假安排。"[①]至于以壮士挽天河以洗天下甲兵，掷石笋于天外，提天纲使石犀逃奔，以剪

[①] 罗大经：《鹤林玉露》，中华书局1983年版，第171页。

刀剪取松江，包括"安得广厦千万间"在内，均属气豪语壮之类。夸张在杜甫非主体风格，然在高岑无此魄力，至于王孟等就不用说了。

杜诗好用数字入诗，对于大数如万里、百年之类更感兴趣，我们已有讨论，此处不赘。① 高适好用千里、千年等，虽与之相近，但较单一。② 也只有李白才能方之杜甫，诸如《蜀道难》的"尔来四万八千岁，不与秦塞通人烟"，《梦游天姥吟留别》的"天台四万八千丈，对此欲倒东南倾"，《襄阳歌》的"百年三万六千日，一日须倾三百杯"，《梁甫吟》的"广张三千六百钓，风期暗与文王亲"，"东下齐城七十二，指挥楚汉如旋蓬"，《将进酒》的"烹羊宰牛且为乐，会须一饮三百杯"，《答王十二寒夜独酌有怀》的"人生飘忽百年内，且须酣畅万古情"，《庐山谣寄卢侍御虚舟》的"黄云万里动风色，白波九道流雪山"，此为其著者。多位数式的大数则奔凑笔下，这些大数都凝聚积淀着文化意义。还喜用三千，诸如"飞流直下三千尺""桃花潭水深千尺""白发三千丈"等，均带有夸张色彩。或者为了追求节奏的轻快流畅，如《忆旧游寄谯郡元参军》的"相随迢迢访仙城，三十六曲水回萦。一溪初入千花明，万壑度尽松风声"，《宣城见杜鹃花》的"一叫一回肠一断，三月三日忆三巴"，前者四个数字见于三句，自然流走，运转风生，后者以数字为反复为对偶，就更如风行水上自然纹生。数字原本诗中小道，用多了就有"算博士"之讥。李白以此加强夸张与酣畅，杜甫则追求厚重与博大，自有其大用，故在盛唐诸公中显得出众而多彩。

在以文为诗上，李杜亦有相近处。人皆知杜甫以文为诗，则与议论有关。杜甫上承诗骚，中承陶渊明，对陈子昂亦为看重，议论形成一种传统。散文化的句式，口语词汇，大量的口语虚词，以及散文化的结构，大量见于杜诗。诸如"皇帝二载秋，闰八月初吉，杜子将北征，苍茫问家室"，"暮投石壕村，有吏夜捉人"，"父老四五人，问我久远行"等，这些五古中的句子，就与散文没多大区别。七古如"南寻禹穴见李白，道甫问讯今如何"，"儒术于我何有哉？孔丘盗跖俱尘埃"，"将军魏武之子孙，于今为庶为清门"；五律如"白也诗无敌"，"四十明朝过"，"亲朋无一字，老病有孤舟"；七律如"无食无儿一妇人"，"不为困穷宁有此"，"独立缥缈之飞楼"，"杖藜叹世者谁子"，"白帝城中云出门，白帝城下雨翻盆"；

---

① 参见本书第三编《杜诗以数字构成的艺术世界》。
② 参见魏耕原：《论高达夫体》，见氏著：《盛唐名家诗论》，中国社会科学出版社 2015 年版，第 343—344 页。

绝句如"今春看又过，何日是归年""黄四娘家花满蹊，千朵万朵压枝低"。诸如此类，不胜枚举。像他的七绝《少年行》若和李白、王维等人相比，充其量是散文诗。《自京赴奉先县咏怀五百字》与《北征》很像今天的"回家见闻"，《八哀诗》就是八篇人物传记，《悲陈陶》《悲青坂》犹如"新闻报道"，《石壕吏》就像讲了一个让人感叹的故事。《丹青引》好似为人写回忆录。加上大块的议论，像《自京赴奉先县咏怀五百字》就被前人视为"心迹论"，以文为诗在杜甫应当是"拿手好戏"，不用多言。

李白诗的散文化倾向，主要见于长短不齐的句型。代表作《蜀道难》的发端便是典型的散文句，揭示主题的"一夫当关"八句，四、五言交错，亦与散文句无异。"上有六龙回日之高标，下有冲波逆折之回川"则为典型的赋体句；"其险也如此，嗟尔远道之人胡为乎来哉"，居然与散文句无异。特别是乐府诗与歌行体的散文化最为显见，诸如《上云乐》《日出入行》《独漉篇》《来日大难》，或为杂言，或为四言，但都和他流畅风格有别。著名的《远别离》起手"远别离，古有皇英之二女；乃在洞庭之南，潇湘之浦"，无论句式还是虚词都与散文句一般无二。中间的"我纵言之将何补？皇穹窃恐不照余之忠诚，雷凭凭兮欲吼怒，尧舜当之亦禅禹"，散文句加上骚体句，就不那么顺当。这些加强停顿感的散文句，主旨用来抒发抑塞焦燥的郁闷心情。《公无渡河》《鸣皋歌送岑征君》《雪谗诗赠友人》等均为典型的"散文诗"。像《战城南》结尾的"乃知兵者是凶器，圣人不得已而用之"，置之散文谁也不会看作诗句。另外，李白诗中夹杂着大量的格言，或四言、五言、六言、七言，甚至三言而不定，散文意味亦很浓，这在数量宏大的乐府诗里最为常见。《行路难》其三的"有耳莫洗颍川水，有口莫食首阳蕨"，《野田黄花行》的"游莫逐炎洲翠，栖莫近吴宫燕"，《箜篌谣》的"攀天莫攀龙，走山莫骑虎"，《鞠歌行》的"玉不自言如桃李，鱼目笑之卞和耻"，《沐浴子》的"沐芳莫弹冠，浴兰莫振衣"等，这些格言性的散文句均置于篇首，起兴全诗，散文化的意味就更浓了。总之李杜的散文化，与其他盛唐任何诗人相比，都显得别致而特殊，这既是其所以风格多样的原因之一，也是李杜异中有同的一面。

在修辞上，李白以"君不见""君不闻"的呼告著名，且常常直呼其名于诗中，并且第一人称极多，这些都是主观诗人的特征。设料想，杜诗的如此呼告用了32次，比李白还多了4次。直称己名也不亚于李白，至于第一人称也纷然见于其诗，我们在《杜诗模式特征论》里有详细调查，此不备论。李白《古风十九首》第一篇以长达42句的长篇论诗，简直就是篇诗学批评史，这在盛唐诗人中很为罕见。至于零碎论诗者，亦为多见，诸如"蓬莱文章建安骨，中间小谢又清发"，"清水出芙蓉，天然去雕饰"，以及反复对谢朓诗的推崇，则为人所熟知。杜甫更广而大之，不仅有著名的《戏为六绝句》涉及广阔，而且对历代重要诗人，以及当代诗人更有全面确切的评价，他对李白诗的评价洵为不刊之论。其他如孟浩然、王维、高适、岑参等都有涉及，带有文学批评的理论眼光，而且还有自评。另外，杜甫的题画诗、论书法诗也引人注目。李白也有《同族弟金城尉叔爱卿烛照山水壁画歌》《当涂赵炎少府粉图山水歌》等，特别是后者可与杜甫《奉先刘少府新画山水障歌》媲美。他还赞美过草圣张旭，淋漓尽致地描写"飘风骤雨"的狂放精神，这就是被前人疑为伪作，今人普遍认为是李白的得意之作的《草书歌行》，就可以和杜的《饮中八仙歌》合观。

总而言之，李杜之异可谓天差地别，悬若霄壤，这是他们主体。然他们是同一时代最为杰出的诗人，又是最至交的诗友，相互激荡，相互影响自不待言。又因经历都有长期在野的相似之处，时代的赋予，眼光的阔大，游历之广，也有许多相同之处，所以也存乎许许多多异中有同的地方。儒道可以互补，可以随不同处境而转化，李杜也有互补与转化的一面。明乎此，对于大家之所以成为大家，更会有深入地理解。犹如琴瑟上两根主弦，虽然各有其音，但往往也有合鸣，这才能展现盛唐诗风壮丽恢宏，多姿多彩的气象。

二　杜诗与颜书审美风格的共性

诗与画之间的共同规律，自宋代提出后引起后人极大兴趣，尤其苏轼提出王维"诗中有画，画中有诗"[①]，以至今日学界引发绝大反响，使诗与画之关系，得到清楚的认识。然而同样由苏轼提出的书法与诗歌的共同性以后，截至今日呼应无多，尚处于天荒地老的朦胧状况，就颇值得关注。

（一）杜诗与颜书共性的提出

一个时代的文学与艺术，都是在同一审美思潮中出现，其间必然存在着相同的审美共性与规律。其中诗歌与绘画的共性，已经得到认同，尤其是以王维的诗与画作为经典的个案，二者之相通互同基本上获得普遍的共识。而诗歌与书法之关系，尚处于洪荒的原始阶段。实际上自文学与书法诞生以来，二者之间审美共性大都息息相关。

《诗经》中庄重肃穆的《大雅》为西周早期之作，若与钟鼎彝器的铭文比较，可以有所领会。西周早期的《大盂鼎》铭文，"已趋圆劲，转折的弧形比较柔和，笔画粗细变化不大悬殊，结字精严，大小整齐，行款更趋规范，既有行又有列"[②]。西周这种茂密凝重的书风形成，则与《大雅》中一系列周民族史诗章法整密，描写往往出以整齐有序而又千变万化的铺排，显然呈现出于同一审美范畴。大约出现在战国前期的《石鼓文》，雄强朴茂，浑厚自然，结体稳定而疏密相间，行列间距开阔均衡，气势厚重而不乏雄秀。十五国风的《秦风》在金刀铁马之声中，却有声情摇曳的《蒹葭》；《无衣》雄壮质朴，高尚气力，《车邻》《驷驖》《小戎》皆为车马田猎之事。二者无论在内容和风格上，都共同体现了秦人尚武精神。秦代李斯的"玉箸篆"，"画如铁石，字若飞动"[③]；"犹夫千钧强弩，万石

[①] 苏轼书画同律的说法，在盛唐诗论中就萌芽。殷璠《河岳英灵集》卷上就说过："（王）维词秀调雅，意新理惬，在泉为珠，着壁成绘，一字一句皆出常境。"实即"诗中有画"的前导。

[②] 汤大民：《中国书法简史》，江苏古籍出版社2001年版，第36页。

[③] 张怀瓘：《书断》，见张彦远：《法书要录》，辽宁教育出版社1998年版，第115页。

洪钟"①；若再看李斯为秦始皇书写颂德刻石文字与上书禁《诗》《书》百家语者文字，犹如钢鞭，能抽打出一道道暴栗。二者强横的暴力又何等相似！

秦汉之际的项羽《垓下歌》，刘邦《大风歌》《鸿鹄歌》，朱虚侯刘章的《耕田歌》，以及汉武帝《瓠子歌》《秋风辞》《天马歌》，强悍中带的浓郁的抒情性，这又与秦汉之际古隶，特别是西汉前期厚重的大捺，以及除了大捺还有带拖的长长末笔的抒情性又何等仿佛！汉隶的横画细而排列整齐，竖画短粗而坚实，布列方扁而燕尾飘逸，则又与汉赋铺张扬厉，多维度的四方扩展，字需同旁、词必同类的排列组合，以及每段或首或尾单笔散行的长句提动或收束，二者又合奏共同的旋律。钟繇与王羲之的楷、行书，如斜而反直的结构，似断而若连的用笔，则与陶诗的结构与句法在在都有着密切的相似，我们曾作过不避琐细而详备的讨论②。诗至南朝刘宋，既有意象密集的大谢山水诗，又有如饥鹰突出的鲍照的咏怀与乐府诗。而书法则宗法王献之，所谓"买王得羊，不失所望"，羊欣取资大令，"时多众贤，非无云尘之远。若亲承妙旨，入于室者，唯独此公。亦犹颜回与夫子，有步骤之近。械若严霜之林，婉似流风之雪。惊禽走兽，络绎飞驰"③。这就和大谢诗"名章迥句，处处间起；丽典新声，络绎奔会"④，以及鲍照"发唱惊挺，操调险隐，雕藻淫艳，倾炫心魂"⑤，在审美风格上就很有些接近。

书法至初唐，盛称欧、虞、褚、薛四家，虞、褚如软调，欧、薛似为硬调；硬调者如诗之有陈子昂、郭元震；软调者似诗家之沈佺期、宋之问。"文章四友"近于虞、褚，诗之"初唐四杰"则与欧阳询为近，而瘦笔刚健的薛稷，则与古朴劲直的王籍诗有相同处。到了盛唐，张旭的狂草之奔放怒张而与李白诗的激扬飘动为同一旋律；李邕行书"气体高异，所难尤在一点一画皆如抛砖落地"⑥，则与高适、岑参超迈趣味相近。唐玄宗隶书尚肥，一时史惟则、韩择木、蔡有邻、李潮诸家隶书无论风格如何，均呈肥体或有肥笔。楷书颜真卿的宽博，徐浩的温厚，包括李邕行书，均以肥厚为美，犹如周昉的仕女、韩幹的画马，均造形丰满，这种风气见之

---

① 李嗣真：《书后品》，见张彦远：《法书要录》，辽宁教育出版社1998年版，第46页。
② 参见魏耕原：《陶诗与王羲之〈兰亭序〉艺术规律的共性》，《文史哲》2008年第6期。
③ 张怀瓘：《书断》，见张彦远：《法书要录》，辽宁教育出版社1998年版，第139页。
④ 钟嵘著，曹旭注：《诗品集注》，上海古籍出版社1994年版，第160页。
⑤ 萧子显：《南齐书》，中华书局1972年版，第908页。
⑥ 刘熙载：《艺概·书概》，上海古籍出版社1978年版，第156页。

于盛唐诗，则形成高华丰美的"盛唐气象"。

关于同一时代的诗歌与书法之关系，严羽曾说过："坡、谷诸公之诗，如米元章之字，虽笔力劲健，终有子路事夫子时气象。盛唐诸公之诗，如颜鲁公书，既笔力雄壮，又气象浑厚，其不同如此。"① 这是就整体对唐宋之诗与书关系的感悟性宏观把握，从书法特征来比较一代诗风，又从唐宋书法之差异比较唐宋诗之区别。以米芾书法的"笔力劲健"比拟苏轼与黄庭坚等北宋诗，不如他所说的"少陵诗法如孙、吴，太白诗法如李广。少陵如节制之师"，来得切当。但他看出颜书与盛唐诗共同特点的"浑厚"，则显出理论家过人的眼力。最早把颜书与杜诗作比照观察的，还是出于看出王维诗与画交融的苏轼。《东坡题跋》说："颜鲁公雄秀独出，一变古法，如杜子美诗，格力天纵，奄有汉、魏、晋、宋以来风流，后之作者殆难复措手。"② 东坡诗书画兼擅，从"雄秀"与"集大成"角度比较出两家的共性，可谓别具只眼。后来又在杜、颜两家增之韩文与吴画，见出其间的共性："诗至于杜子美，文至于韩退之，书至于颜鲁公，画至于吴道子，而古今之变，天下之能事毕矣。"又言："尝评鲁公书与杜子美诗相似，一出之后，前人皆废。"③ 清代书法家王文治说："曾闻碧海掣鲸鱼，神力苍茫运太虚。间气古今三鼎足，杜诗韩笔与颜书。"近人马宗霍亦言："唐初既胎晋为息，终属寄人篱下，未能自立。逮颜鲁公出，纳古法于新意之中，生新法于古意之外。陶铸万象，隐括众长，与少陵之诗、昌黎之文，皆同为能起八代之衰者。于是始卓然成为唐代之书。"④ 这里指出颜书能汲取古法，兼及"隐括众长"，当指初唐四家，带有"集大成"性质，又能融会而出新意，方之以杜诗、韩文。后二者言"能起八代之衰"则无疑议，然谓颜书如此，则视东汉隶书，魏晋钟繇、二王为清秀姿媚的旧传统，而颜书在汲取此前的隶楷的"古法"，而出之雄秀的新意，则成为一种更具有力量的新传统。50 年前，李泽厚《美的历程》在《盛唐之音》一章中，专列"杜诗颜字韩文"一节，对这一文学艺术史带有总结比较性重大命题，首次予以讨论。认为李白与张旭、杜甫与颜真卿，他们的诗与书法，虽都属于盛唐，然是两种不同的美。前者"是对旧的社会规范和美学标准的冲突和突破，其艺术特征是内容溢出形式，不受形式的任何束缚拘限，

---

① 严羽：《沧浪诗话》，见何文焕辑：《历代诗话》，中华书局 1982 年版，第 707 页。
② 苏轼：《东坡题跋》，上海远东出版社 1996 年版，第 254、255 页。
③ 苏轼：《东坡题跋》，上海远东出版社 1996 年版，第 264、227 页。
④ 马宗霍：《书林藻鉴》，文物出版社 2003 年版，第 77 页。

是一种还没有，无可效仿的天才抒发"；后者"恰恰是对新的艺术规范、美学标准的确定和建立，其特征是讲求形式，要求形式与内容的严格结合和统一，以树立可供学习和仿效的格式和范本。……它们（杜诗、颜字、韩文）几乎成为千年的后期封建社会奠定了标准，树立了楷模，形成为正统。他们对后代社会和艺术的密切关系和影响，比前者（李白、张旭）远为巨大。杜诗、颜字、韩文是影响深远、至今犹然的艺术规范"。对于他们的共同特征，作者又说："把盛唐那种雄豪壮伟的气势情绪纳入规范，即严格地收纳凝炼在一定形式、规格、律令中。从而，不再是可能而不可习，可至而不可学的天才美，而成为人人可学而至，可习而能的人工美了，但又保留了前者那种磅礴的气概和情势，只是加上了一种形式上的严密约束和严格规范。……这里则是与内容紧密联系在一起的规范。这种形式的规范要求恰好是思想、政治要求的艺术表现，它基本是在继六朝隋唐佛道相对优势之后，儒家又将重占上风再定一尊的预告。杜、颜、韩都是儒家思想的崇奉者或倡导者。"[①]

作者从风格与形式的结合的规范上指出杜诗、颜字与韩文是有法可循的，思想都同出于儒家。故为后世"奠定了标准，树立了楷模，形成为正统"。至于三者在内容，特别是在形式上有哪些共性，共同的特征体现在哪些方面，则无暇顾及，亦非美学理论家兴趣与能力之所及。也就是说虽然指出三家出现共性的意义，却未说明共性存在何处，为何可以得出这一结论。然筚路蓝缕，而有"凿开鸿蒙，手洗日月"之景象。可是半个世纪都过去了，却未见有任何或浅或深的讨论，以上的谈论似乎成了"绝响"！认真一想，书法是抽象的，杜诗又是千变万化的，二者间的"对话"，统而论之者易言，确而析解者难言。要进一步深入其中，确属棘手之难题。再加上韩文来"凑热闹"，要把三者打成一片，搞成有板有眼的"交响乐"，那就难乎其难。虽然近20年来流行多学科交叉研究，然终于无人置喙，其间的原因，也就不言而喻了。

（二）"集大成"的两座高峰

为了把问题讨论清楚，暂且搁置韩文，专就杜诗与颜书比较。

由于颜真卿（709—785）比杜甫（712—770）晚去世15年，书法史

[①] 李泽厚：《美的历程》，天津社会科学院出版社2002年版，第174—175、177—180页。

一般置颜于中唐。书法史家一般把颜书分作三个时期[①],作为中期的颜书成熟期,大约在杜甫去世之前后,颜书的鼎盛时期即晚期则全部进入了中唐。所以划入中唐也有一定的道理。今存颜书的最早成名之作是44岁的《千福寺多宝塔碑》。杜诗现存最早的诗是25岁时的《望岳》,但在天宝十四载安史之乱前即44岁前存诗约135首,不到诗之总数1457的十分之一。所以,杜诗与颜书主要作品都是出现在安史之乱以后。从一定意义上讲,大致都可算是大器晚成。文学史一般把杜甫划归盛唐,都认为他是由盛唐转入中唐的标志人物,也就是他为盛唐划了结束的句号。颜、杜基本上都是在安史乱前形成了自己的风格,发展则在此后。杜甫夔州诗属于变化期,即55—56岁。这时接近60岁的颜书也进入了成熟期。杜甫59岁去世,颜为62岁。所以,又因颜比杜年长三岁,书法史家也有把颜列入盛唐,似乎在从年龄与书艺进展二者兼看,均有更多的合理性。

如果说中唐文学属于新变时期,不仅是唐代文学的分水岭,而且是中国文学的分水岭,那么,初盛唐特别是盛唐则是唐代文学艺术的鼎盛时期,也是唐代的集大成时期,对于中国文学艺术史亦然。初唐贞观时期经学以孔颖达奉诏集体撰作的《五经正义》为代表,不仅梳理调停两汉经学的脉理,而且全面总结融汇了魏晋南北朝经学的成果。自从"颁入国胄(即国子监),用以取士,天下奉为圭臬。唐至宋初数百年,士子皆谨守官书,莫敢异议矣。故论经学,为统一最久时代"[②]。究其原因为调和南北之学,总揽集会,而成集大成之举,故能"统一最久"。在史书撰著上,初唐设立史馆,先后命史臣修成《梁》《陈》《北齐》《周》《隋》《晋》六部史书。还有李延寿秉承父志续接完成的《南史》与《北史》,合共八史,竟占"二十四史"的三分之一。虽然成就未及"前四史",但对晋与南北朝的历史,以集体修撰的方式,以一代之力,基本上予以全面总结,亦称为史学上的"集大成"。在绘画方面,南朝至隋方呈现萌芽的山水画,到了初盛唐则成为与人物画并立的一大宗,出现了大小李将军、吴道子、王

---

① 颜书三期的分法各家不一,区别较大。金开诚《颜真卿的书法艺术》以50岁为前期,50—60为中期,60岁以后为后期(见所著:《书法艺术论集》,北京大学出版社2008年版,第53—54页)。汤大民《中国书法简史》分作40—50岁、50—70岁、70岁以后(江苏古籍出版社2001年版,第201页)。王镛主编《中国书法简史》以44岁、55岁、71岁作为早、中、晚期的代表年,而未言起始(高等教育出版社2006年版,第157页)。谢澄光《颜真卿书法艺术》分作34—44岁、46—54岁、56岁以后(华夏出版社2003年版,第14—15页)。

② 皮锡瑞:《经学历史》,中华书局1981年版,第207页。

维、张璪等山水画大家，鞍马画家则有曹霸、韩幹。书法初盛唐可谓盛代，初唐除过欧、虞、褚、薛楷书四家，草书则有孙过庭与初盛唐之际贺知章，行书以唐太宗、陆柬之为宗领。盛唐更是大家林立，草书则把孙过庭、贺知章单字独草，一跃而为牵丝带线的"一笔书"的大草狂草，以草圣张旭最为著称。行书则有"书中仙手"李邕，楷书则有颜真卿、徐浩、苏灵芝，篆书则有自称"斯翁之后，直至小生"的李阳冰，还有隶书则以唐玄宗以及蔡、韩、李、史四家，还有出于无名氏之手的名碑《碧落碑》。真、草、隶、篆，书体齐全，尤其是颜楷旭草，突破旧法，树立新传统，对后世具有深远的影响。所谓"唐书尚法"，在盛唐最为突出，亦足称为"集大成"。

唐诗亦以盛唐与中唐著称，而盛唐声价尤高。就诗体看，中国古诗的最后一种形式七律，在初唐中期含苞乍开，而前盛唐英华绽放，尚未盛开，至杜甫方才大展光彩，百花怒放。李杜之歌行龙腾虎跃，大放厥词，高岑的边塞歌行慷慨悲凉，王孟之山水田园以清新幽雅精心描绘大自然风光，李、王与王昌龄等七绝声情摇曳，杜甫的五古叙事诗记录了大唐由盛转衰的全过程，以诗史般的实录创出了划时代的意义。初唐成形的五律，至此成为最流行的诗体。这时诸体齐备，各种题材与风格如森林挺耸，千卉百花绽放蔚为诗的王国，可称为前此所无的集大成的时代。若就集大成看，最杰出的具有划时代意义代表者则是杜甫。

杜甫的"集大成"应当包含三重含义，一是当时所有诸体兼备。除此，还有五、七言排律，尤其是七言排律，为杜甫所独擅。所谓"铺陈始终，排比声韵，大或千言，次犹数百，辞气奋迈，而风调清深，属对律切而脱弃凡近"[1]，即指此类。二是全方面汲取了传统的各个方面，最早全面评价杜诗的元稹就明显指出这一重要特征："至于子美，盖所谓上薄风骚，下该沈宋，古傍苏李，气夺曹刘，掩颜谢之孤高，杂徐庾之流丽，尽得古今之体势，而兼人人之所独专矣。使仲尼考锻其旨要，尚不知贵，其多乎哉！苟以为能所不能，无可无不可，则诗人以来，未有如子美者。"[2] 这是从"体势"和以诗可以表现一切，看出杜诗的"集大成"与创新性。顺此思路，北宋秦观又说韩愈之文"犹杜子美之于诗，实积众家之长，适其时

---

[1] 元稹：《唐检校工部员外郎杜君墓系铭并序》，《元稹集》卷五十六，中华书局1982年版，第601页。

[2] 元稹：《唐检校工部员外郎杜君墓系铭并序》，《元稹集》卷五十六，中华书局1982年版，第601页。

而已"。又言:"昔苏武、李陵之诗,长于高妙;曹植、公幹之诗长于豪逸;陶潜、阮籍之诗,长于冲澹;谢灵运、鲍照之诗,长于峻洁,徐陵、庾信之诗,长于藻丽。于是杜子美者,穷高妙之格,极豪逸之气,包冲澹之趣,兼峻洁之姿,备藻丽之态,而诸家之作所不及焉。然不集众家之长,杜诗亦不能独至于斯也,岂非适当其时故耶?……孔子之谓集大成。呜呼,杜氏、韩氏亦集诗之大成者欤!"[①]此是从风格综合方面论其大成。以上两家名论可谓详备指出杜诗集前人"体势"与风格之大成。

然而只从继承性着眼,未言及创新性。就前者而言,诸如汉乐府民歌、蔡琰《悲愤诗》、张协《杂诗》、阴铿与何逊之新体诗,初唐四杰与陈子昂,以及前盛唐大小诗人如张说、李白、王维、孟浩然、高适、岑参等,还有《诗经》以下的议论与赋体文学铺排,无不与杜诗具有千丝万缕的联系。

其实,杜甫不仅是新旧传统的继承者,而且是突破者与创新者,杜诗诸体均与"盛唐诸公"高华流美的风格迥别,甚或被视为"别调"。其中尤以七律与七绝为突出,均对中唐与宋代以至同光体具有深远的影响。王安石曾就杜诗风格多样性有过描述:"(李)白之诗歌豪放飘逸人固莫及,然其格至于此而已,不知变也。至于(杜)甫,则悲欢穷泰,发敛抑扬,疾徐纵横,无施不可。故其诗有平淡简易者,有绮丽精确者,有严重威武若三军之帅者,有奋迅驰骤若泛驾之马者,有淡泊闲静若山谷隐士者,有风流酝藉若贵介公子者。盖其诗绪密而思深,……此甫所以光掩前人,而后来无继也。"[②]李白诗当然还有清新自然等方面,主体成就或许可以超过杜甫,但从风格的多样性来看,就不免有所逊色。杜甫的主体风格是博大深沉,顿挫苍凉,是后盛唐伟大诗人,李白则代表着前盛唐的最高成就。包括李白在内,也是杜甫有所汲取的,故盛唐的集大成者不是李白而是"适当其时"的杜甫。

再看颜书,颜书也是"适当其时",是对于楷书既要总结而又要创新的代表人物。中国书史有两个高峰,一是以二王为代表的东晋,一是以欧褚颜柳、张旭怀素为代表的唐代。唐代书法有三个光辉时期,一是初唐创新时期,二是盛唐的鼎盛时期,三是中唐发展变化时期。晚唐衰落无大

[①] 秦观:《韩愈论》,见周义敢等:《秦观集编年校注》,人民文学出版社2001年版,下册,第480页。

[②] 陈正敏《遁斋闲览》所记王安石语,见胡仔:《苕溪渔隐丛话》,人民文学出版社1984年版。

家出现。就楷书而言，在颜之前有新旧两大传统，一是钟繇、王羲之与北朝魏碑的远传统，一是隋与初唐四家的近传统，对于这两大传统则兼收并蓄。钟楷王行带有隶书笔画，汉隶与北碑的隶书也常是颜书取法的对象，这也当是"真卿得右军之筋"①的地方。苏轼曾说："鲁公平生写碑，唯《东方朔画赞》为清秀，字间栉比而不失清远。其后见逸少本，乃知鲁公字字临此书，虽大小相悬，而气韵良是。非自得于书，末易为此言也。"②米芾《海岳书评》谓"颜出于褚"③，董其昌说："鲁公书《朱巨川诰》，古奥不测，是学蔡中郎石经，平视钟司徒，所谓当其用笔每透纸背。"又说："《八关斋记》有篆隶气，无贞观、显庆诸家轻绮之习。"④阮元说："鲁公书法从欧褚北派而来，非南朝二王派也。"吴德玄说："鲁公结字用河南法而加以纵逸。"（《初月楼论书随笔》）《山左金石志》："北碑《高植墓志》，字体精整，锋芒犹新，为颜鲁公之祖。"⑤刘熙载说："鲁公书自魏晋及唐初诸家，皆归隐括。东坡诗有'颜公变法出新意'之句，其实变法得故意也。"又说："颜鲁公正书，或谓出于北碑《高植墓志》及穆子容所书《太公望表》，又谓其行书与《张猛龙碑》后行书数行相似，此皆近之。然鲁公之学古何尝不多通博贯哉！"又说："欧、虞、褚三家之长，颜公以一手擅之。使欧见《郭家庙碑》，虞、褚见《宋广平碑》，必且抚心高蹈，如师襄之发叹师文也矣。"⑥孙承泽说："鲁公以正书书清远道士诗及和诗，端劲中气韵冲夷，求之碑版中，微与《宋文贞碑》相类。鲁公所谓如印印泥，如锥画沙，于此求之，思过半矣。"又说"颜鲁公学书于张长史，言长史楷法精详，特为真正。此见书终以楷为重，鲁公楷书带汉人石经遗意，故祛尽虞、褚娟媚之习，此或长史口授法乎？"⑦康有为说："鲁公专师穆子容行转气势，毫发毕肖，诚谪派也。"又说："后人推平原之书至矣，然平原得力处，世罕知之。吾尝爱《郙阁颂》体法茂密，汉末已渺。惟平原章法结体，独有遗意。又《裴将军诗》，雄强至矣，实乃以汉分入草，汉多殊形异态。"又说："鲁公书如《宋开府碑》之高浑绝俗，《八关斋》之气体雍容，昔人以为出《瘗鹤铭》者，诚为绝作。"又说："颜鲁公

---

① 李煜语，见马宗霍：《书林藻鉴》，文物出版社1984年版，第97页。
② 苏轼：《东坡题跋》，上海远东出版社1996年版，第206页。
③ 米芾语，见《历代书法论文选》，上海书画出版社2007年版，第361页。
④ 马宗霍：《书林藻鉴》，文物出版社1984年版，第99—100页。
⑤ 马宗霍：《书林藻鉴》，文物出版社1984年版，第100页。
⑥ 刘熙载：《艺概·书概》，上海古籍出版社1978年版，第158页。
⑦ 孙承泽：《庚子消夏记》，上海古籍出版社2011年版，第121—122页。

书出于《穆子容》《高植》,又原于《晖福寺》也。清臣浑劲,又出《圆照造像》,钩法尤可据。"①

颜书的来源确实是很耐人探寻的公案。其实,每一个成名的书家的传统继承,都是一个谜,颇费猜详。尤其像颜真卿这样的书法大家,而且是诸体兼长的高手,无论笔法、结构、书体千变万化,而且一帖一貌,观察的角度不同,得出的结论自然各异,甚或相互之间存在矛盾,这正是书法大家风格多样的体现,这似乎比起诗人的上承源渊更为耐人寻味。所以,颜书来源的讨论,似乎是个永不休止的命题,现在仍有潜在的学术价值。

今人蒋星煜认为:"颜鲁公之书学除家庭传授之外,张长史之指导最为重要。"②朱关田认为可以从魏晋以来的《颜谦妇刘氏墓志》《经石峪金刚经》《文殊般若经》等,找到与颜书某些风格相近似的地方。结构则"与褚氏一样,平正宽结,同出北齐,只是用笔一改褚氏之细挺,其浑厚圆劲,或出自《经石峪金刚经》《文殊般若经》以及隋代《曹植庙碑》《章仇禹生造像》"③。或谓北齐河清四年的《朱昙思等一百人造塔记》,"颇有几分颜真卿《多宝塔》的趣味,尤其是横画细,直画粗,对比强烈,笔画的起笔收笔,尤其是收笔处下按,结体方正宽博,也是同一作风"④。清人王澍曾从与篆籀关系说颜书"每作一字,必求与篆籀吻合,无敢或有出入,匪唯字体,用笔亦纯以之。虽其作草亦无不与篆籀相准。盖自斯喜来,得篆籀正法者,鲁公一人而已"。又谓《家庙碑》:"如商周彝鼎,不可逼视。"⑤此即谓援篆入楷。时下论者进而指出西周厉王时期的《散氏盘铭》:"纯以中锋裹毫而行,起笔藏锋。圆笔而富于立体感。结构或方正、或扁阔,或向右下欹斜,随意所之,美尽天然。在章法与气韵上,忽开忽合,忽张忽驰,粗放而含蓄,稚拙而厚重。尤其左右开张的气势,已开隶书的先河。其重心下移,左右环抱的意态已启颜体楷、行、草书的圆浑、厚重的风格。颜书的'篆籀气'和'锥画沙'、'印印泥'、'屋漏痕'等特点,无不可以从《散氏盘》中溯其远源。"⑥又谓:"颜书'纳古法于新意之中'的一

---

① 见《艺林名著丛刊·广艺舟双楫》,中国书店 1983 年版,第 36、25、38 页。
② 蒋星煜:《颜鲁公书学之源流》,武汉古籍书店 1986 年版,第 11 页。
③ 朱关田:《颜真卿书法艺术及其影响》,见《中国书法全集·颜真卿一》,荣宝斋出版社 1993 年版,第 25 卷,第 1 页。
④ 徐利明:《中国书法风格史》,河南美术出版社 2009 年版,第 231 页。
⑤ 王澍:《虚舟题跋·唐颜真卿家庙碑》,见卢辅圣主编:《中国书画全书》,上海书画出版社 1994 年版,第 8 册,第 814 页。
⑥ 谢澄光:《颜真卿书法艺术》,华夏出版社 2004 年版,第 21—23 页。

大成果，就是将隶意纳入楷、行、草书之中而出以新意，形成崭新的独特风格。"以为西汉五凤二年《鲁孝王刻石》，东汉永平六年"开通褒斜道刻石"，《衡方碑》《郙阁颂》《张迁碑》，以及东晋义熙十年《好大王碑》等隶书碑刻，"都可追寻到颜体雄强博大书风的根源"。[①]并指出另一重要渊源，"就是南北朝至隋朝的碑刻，尤其是北朝的碑刻"。即前人已指出的《瘗鹤铭》《张猛龙碑》之碑阴，《太公吕望碑》《文殊般若经》《泰山经石峪金刚经》《曹植庙碑》等。又特别指出："颜真卿师承钟繇。虽然书法文献上少有记述，但在书法体势与风格脉络上，却是明显的。书法自魏晋、南北朝至隋唐，大体有'斜划紧结'和'平划宽结'二种体势，但二者决非截然分开，只是各有所重，而在演化中时而互有变异，时而互相融合。二王书法与北魏碑刻以'斜划紧结'为多；钟繇书法与北齐、北周刻石则'平划宽结'为多。至隋、唐由于国家的统一，多种体势、风格又逐步融合。至盛唐由褚遂良到颜真卿，'平划宽结'的体势已居于主流，可说是遥接钟繇楷书'存隶意'的体势与笔意。尤其颜真卿远承汉隶遗意，中取北齐、北周、北魏由隶转楷体势，近师褚遂良笔意，都是上溯钟繇'存隶体'与'平划宽结'的源头，并加以创新、发展，从而创出熔铸南北书风于一炉的'颜体'书法。"[②]

我们不厌其烦地梳理了古今之大致论述，当然这远非讨论颜书源流之全部，然足已看出颜书上承传统包罗万象的特点。可以说颜书，特别是颜楷矗立于唐代楷书之巅峰，正是由于"太山不让土壤，故能成其大；河海不择细流，故能成其深"。如果从汲纳百川以成大河的角度看，颜书确实是前无古人，后无来者，可谓集大成。而且在钟繇、初唐四家楷书基础上，创革出博大而雄厚浑朴的自家风格，并且楷、行、草、隶兼备，存世碑版遍天下，风格多样，诸如奇古、沉着、纡徐、佚荡、秀劲、天真烂漫、诡异飞动、萦纡郁思、顿挫沕漓，故能成为大家。

总而言之，无论从取法前规之广博，还是风格之多样，或是兼长众体，或是对后世影响之深远，杜诗颜书在"集大成"上，均可看作珠联璧合，是照耀后盛唐文学艺术穹空的一双巨星。既有盛唐前期博大昂扬的时代思潮之鼓荡，也载负着后盛唐战乱社会的不幸的负荷，所以是那样的厚重感人，激励百代！

---

① 谢澄光：《颜真卿书法艺术》，华夏出版社 2004 年版，第 23 页。
② 谢澄光：《颜真卿书法艺术》，华夏出版社 2004 年版，第 35—38 页。

（三）沉郁顿挫与雄厚博大

　　杜诗风格多样，主体风格则为沉郁顿挫。所谓沉郁，当指深沉博大，此就内容而言；所谓顿挫，就是表现手法抑扬起伏，具体见于句与句与段落之间张弛转折，还包括章法结构的动荡开合的变化。就内容的沉郁而言，杜诗题材重大，往往涉到国计民生的重大矛盾与事件。他在长安困守十年，此原本是天宝年间的升平时代，但他以"致君尧舜上，再使风俗淳"的抱负，以"穷年忧黎元，叹息肠内热"的情怀，洞悉到繁花似锦的盛世所潜伏的政治危机。这种危机是由唐玄宗后期二十多年满足于开元之治世的治绩而贪图安逸逐渐酿成。先后重任李林甫、杨国忠为相，或贪权固位，排斥异己，或贪婪腐败，促成大乱。加上玄宗好大喜功，边将邀功，轻启边衅，无论边患骤增，还是赋税剧增，对外屡兴边役，对内数起大狱，内外矛盾交织。而且宠信边将，使安禄山共领河北三镇，势力坐大，野心膨胀，导致安史之乱爆发，从此大唐由盛转衰，进入了一蹶不振战乱连绵的时代。杜甫与颜真卿都经历了这场巨变，他们的沉郁顿挫与雄厚博大的诗风与书风，都是这个多事灾变时代的体现。

　　开元二十多年的盛世，国势大振，政治开明，给文学与艺术提供了前所未有理想空间，李白飘逸的诗歌，张旭狂放的大草，就是这英雄而理想时代的产物，包括李邕行书挺拔拗峭而气体高异，徐浩（703—782）楷书锋藏力出的"怒猊抉石，渴骥奔泉"，与之前并称的苏灵芝妥帖舒畅，都是前盛唐强盛自信而富有朝气的反映。颜真卿和杜甫早年都受到开元治世雄强风气的培育，以博大而雄强的风格走向各自的领域。

　　颜书雄强浑厚，博大朴实。他的楷书主要体现在以下几个方面，一是用笔出以中锋，横画藏锋护尾，形成蚕头燕尾特征，笔画皆在一种阻涩中运行，锋在画内，风骨之力露出字外。加上竖画粗犷厚实，支撑感特别强硬。二是字的结构无论方扁或狭长，均平画宽结，外紧内阔，左右平衡，稳如泰山；特别带有左右两边的竖画，均形成向外的弧度，如强弩外向，不仅把稳定的正面示人整体感变成灵活而富有弹性与张力的动态，而且中宫或内在空间宽和，元气内充，气势磅礴，逼人眼目。字的整体动静结合，庄重肃穆之中流动饱和雄强的气势与风格。三是章法茂密，字距与行距缩小，外在空间无多，布局森整，然每字的字内空间充裕，互为补充。加上数千字的丰碑大碣，从头至尾，无有一笔松懈，整体气势雄强，震动人心，无论观帖瞻碑，无不肃然起敬，好像有一种无限的张力，不仅内在充实，而且四面溢出，扑人眉宇，鼓荡心魄。打个不恰当的比方，犹如唐代顺陵（武则天之母杨氏之墓）雕刻的石狮，"用夸张的手法，把狮子前肢和足爪刻画得特别粗大坚实，把狮子胸脯的筋肉刻画得强壮突出。狮子张着血盆大口，观者好像能听到它发出的隆隆吼声。整个雕塑如同一座泰山，庄严、稳重、威风凛凛，力量四溢，……显示出狮子体内包含有无限的能量"[①]。除了张嘴长吼象征初唐经过贞观之治的强盛威力，其余均给予盛唐艺术极大的启示，好像再往前走一步就迈进颜书的时代体积之博大，气势之恢宏，精神之雄浑，形成一个完整的生动庄严而富有力量的整体，纤细、秀弱，甚至险劲，都在这里丧失了力量。在审美风格上这又与颜书真是血脉嫡传。

杜诗同样厚重博大，往往平常的题材，在他手里就深入国家社会的本质，洞察到事物本质。加上执着的忧国忧民精神、政治诗人的敏感，往往也给人一种震撼的力量。《丽人行》本写春游，京华宫廷妇人的华贵，珠光宝气的服饰，矜持娇艳的风采，豪奢的饮食，骀荡的音乐，都写得笔酣墨饱，就像颜书那样精力弥漫；而结尾的"杨花雪落覆白蘋，青鸟飞去衔红巾"，就像绵里藏针，充斥一种"锥画沙""印印泥""尾露痕"的浑劲的力度，这种道德与豪华外表的对比，美与丑的颠覆同样具有震撼人心的力量。《与诸公登慈恩寺塔》原本是一次游览。升平年间的登临，本来以写景为主，同游诸公岑参、高适、储光羲莫不如此，描写的都是天高气爽俯仰间的秋景。杜甫看到的却是："秦山忽破碎，泾渭不可求。俯视但一气，焉能辨皇州？"是如此的苍茫悲凉，预感到大唐将要面临一种裂变。隐隐震痛使他发出按耐不住的呼喊："回首叫虞舜，苍梧云正愁。惜哉瑶池饮，日晏昆仑丘。"以屈原式的"恐皇舆之败绩"的危机感，发现升平时代潜伏的迫在眉睫的社会矛盾。他在安史之乱前后探家两次，后又往返洛阳探望故里，却分别留下了《自京赴奉先县咏怀五百字》与《北征》，以及三《吏》、三《别》与《洗兵马》，前两首却在平凡琐细的探家叙写中展开了尺幅千里的巨幅历史画面，前者描绘了上层集团的奢侈与给百姓带来的生活危机与灾难，这一对光照诗史的史诗，广阔博大，海涵地负，容纳了太平与战乱的社会、国家、苍生的世间万象。正如刘熙载所说："杜甫诗高、大、深俱不可及。吐弃到人所不能吐弃，为高；涵茹到人所不能涵茹，为大；曲折到人所不能曲折，为深。"所谓"吐弃"在杜甫就是诉说人世间一切不幸与苦难，上至国家社会，下至苍生百姓。若从高、

[①] 叶朗：《美学原理》，北京大学出版社2009年版，第172页。

大、深三者观照颜书，亦有同样之感。就是《自京赴奉先县咏怀五百字》的"十口隔风雨，幼子饿已卒"，也很容易让人想起颜书《乞米帖》所言："拙于生事，举家食粥来已数月。今又罄竭只益忧煎，辄恃深情，故令投告。惠及少米，实济艰勤，仍恕干烦也。"他们都受饥饿的窘迫，都在安史之乱中遭受过兵灾的考验与漂泊流离的困苦。颜书求人的便条成为法帖，而杜甫求人借马的《徒步归行》说的"青袍朝士最困者，白头拾遗徒步归"，"妻子山中哭向天，须公枥上追风骠"，可以感受到他们在战乱中同样艰难，在杜诗也是不可忘记的。

颜楷淳厚质朴的一面，尤其是晚年作于大历六年（771）的《麻姑仙坛记》，结体大多方正，横平竖直，笔画不再特意出现粗细的对比，亦无特意突出粗重的长撇大捺，即使主笔亦加淡化。用笔提按不明显，透出以篆入楷意味。有些字结构左右平衡不加长短粗细变化，看似拙而朴实有余，相同字亦不加变化，如"不""麻""山"等字就不避拙稚。所以，李煜讥斥说："颜书有楷法而无佳处，正如叉手并脚田舍汉。"[①] 当指此类质朴之作。即便与早年的《扶风夫子庙堂记残碑》《郭虚己碑》《多宝塔》相比，也显得"很土气"。然这正是颜书晚年变法的追求，摆脱丰腴厚重，笔笔中规中矩的框架，使僵硬变得朴拙，美恶不避，大胆创新，使颜书的风格显得多样化。与此相近的还有同年所书的《大唐中兴碑》与大历七年《八关斋会报德记》，以及大历十二年（777）的《李玄靖碑》等。其实《麻姑仙坛记》也有奇拙处，一是形声字的上下或左右的结构变形，显得绰有余思，如"髪""髻""耀""噫""傍""望"等；二是特意增减笔画，结构也同样显得别致，不同凡响，如"世""念""笑""更"等；或者二者兼备如"卑"。这又是拙中见奇之处，这在早期楷书中绝不会出现。

如同李后主讥讽颜书的朴拙一样，北宋初西昆体的代表人物杨亿不喜杜诗，谓杜甫为"村夫子"。杨亿七律体典丽华贵，宗法李商隐。讥杜为"村夫子"，就是说杜甫的七律"太土气"。实际李商隐七律正是取法杜甫，杨亿未免数典忘祖，偏嗜绮丽，拒绝质朴。杜甫七律在早年与任左拾遗时本有富丽高雅的一面，如《郑驸马宅宴洞中》《城西陂泛舟》《赠献纳使起居田舍人澄》《奉和贾至舍人早朝大明宫》《宣政殿退朝晚出左掖》《紫宸殿退朝口号》《题省中壁》，无不雍容高华，格律深老，犹如颜书早年的《多宝塔》，结法整密遒紧，劲媚多姿，点画皆有法度，"以浑劲吐风

---

① 马宗霍：《书林藻鉴》，文物出版社1984年版，第97页。

神,以姿媚含变化"①,他早年楷书有欧、褚格局,而"及七八十岁倒写散了,看去反觉古拙异常"②。杜诗与颜书走了相同的创变道路,他决心更张初、盛唐高华流美的七律,只不过是比颜书在时间上先行了一步。在疏放华州所作《早秋苦热堆案相仍》中两联说:"常愁夜来皆是蝎,况乃秋后转多蝇。束带发狂欲大叫,簿书何急来相仍。"以七言歌行与七古的句式以及质朴粗犷的语言,付之律诗,是叙述也是议论,无论名词或虚词,都是此前没有的,完全是一种瘦硬粗糙的陌生面孔,与盛唐李颀、王维、高适、岑参七律大相径庭,亦与初唐沈宋迥然有别。这是对七律大刀阔斧式的革新,昭示由华贵转向通俗与日常生活的叙写。入蜀以后,生活暂时安定,宁静闲适的景况物色便成了一时的主要题材。《江村》的"老妻画纸为棋局,稚子敲针作钓钩",《进艇》的"昼引老妻乘小艇,晴看稚子浴清江",这种田园生活的描写,很接近陶诗,原本属于五古的材料,而非峨冠博带般的七律所具有。还有《有客》《南邻》《客至》《宾至》《示獠奴阿段》等,把平日邻居客人的往来与日常琐事写入律诗,这是律诗的日常化,复用日常化的生活语言,或者雅俗兼容,完全是一种通俗亲切的新面貌,像《王十七侍御许携酒至草堂,奉寄此诗,便请邀高三十五使君同到》的"老夫卧稳朝慵起,白屋寒多暖始开。江鹳巧当幽径浴,邻鸡还过短墙来",述情写景,就很有些乡间农夫的意味,质朴得不像七律,但风神语调却与七律无异。到了夔州以后不仅有全用白话所写的《又呈吴郎》,完全以说话的方式劝告对方,体贴入微,其中的"无食无儿一妇人",把这样的大白话写进律诗,确实要有一种魄力。《见萤火》的"却绕井阑添个个,偶经花蕊弄辉辉",上俗下雅,"个个"这样的量词重复,就是在通俗的古诗里也为罕见。《即事》的"一双白鱼不受钓,三寸黄甘犹自青",这是自道生活的艰难,也就用了俗化的语言,甚至深入到数量词。《小寒食舟中作》的"春水船如天上坐,老年花似雾中看",亦如老年人日常的絮语,这时已距去世不远。

杜甫自漂泊入川后,既有富丽苍凉的《秋兴八首》,以议论为诗的《诸将五首》,感慨深沉的《咏怀古迹五首》,又有以议论与白话入诗,使杜甫七律更加丰富多彩。犹如颜书晚年既有质朴拙稚的书体,亦有法度森整、精力充沛、风格清雄的《颜勤礼碑》,特别是《颜氏家庙碑》庄重笃

---

① 王澍:《虚舟题跋》,见崔尔平编:《历代书法论文选续编》,上海书画出版社2007年版,第651页。
② 梁巘:《承晋斋积闻录》,上海书画出版社1984年版,第69页。

实，而又锋棱透出，风华挺秀，精彩注射，风力遒厚，"挟泰山岩岩气象，加以俎豆肃穆之意，故其为书，庄严端悫，如商周彝鼎，不可逼视"[①]。这又和杜甫夔州的七律，特别是《秋兴八首》风采骨力何等相似。

最后，需要强调的是七律最主要特征是对偶，书法最重要的是用笔与结构，而"字之结构，绝似词家之对偶。……近体似真书，古词似篆籀"[②]。杜甫五、七律的对偶往往在一联中包容广大，气象万千。尤其是时空并容，海涵地负，沉雄博大，散发出了强烈的震撼。诸如《登高》首联意象聚集紧密，颔联"无边落木萧萧下，不尽长江滚滚来"，意象却疏朗苍凉，阔大的空间又融注时间的感慨，时空潜气内转；而"万里悲秋常作客，百年多病独登台"，两句写了七八事，而又时空分疆划界，泾渭分明。全诗合观无论前半写景后半言情，均呈疏密相间，这又和颜楷外密内疏的法度酷似。特别是中两联时空或交融，或对举，包容广大，气象恢宏。时空偶对几乎遍及诸体，尤其是长句七律对偶给人留下最为深刻的触发。诸如《登楼》的"锦江春色来天地，玉垒浮云变古今"，《宿府》的"永夜角声悲自语，中天月色好谁看"，《阁夜》的"五更鼓角声悲壮，三峡星河影动摇"，《白帝城最高楼》的"峡坼云霾龙虎卧，江清日抱鼋鼍游"，《白帝》的"高江急峡雷霆斗，翠木苍藤日月昏"，无不沉郁悲壮，苍凉雄劲。加上"百年""万里""乾坤""天地""日夜"等广远时空词汇的融入，浑厚深广，博大雄强的个性至为鲜明。尤其与颜书左右两竖弧形合抱，元气内充，精力弥满，撑天立地的雄强风采，几乎是并出一辙。这是杜、颜诗书的家法，又是大唐由盛转衰极力需要振作的精神体现。"明若日月，坚若金石"颜之人格与书风，忧国忧民的诗圣杜甫的悲愤精神，代表着后盛唐两种最强的旋律，构成不期而合的震撼人心的合鸣！

（四）不经意的行书与经意的诗史之合奏

颜楷雄强博大让人肃然起敬，而行草书更具有真情个性倾泻的特别魅力。特别是被人称为"天下第二行书"的《祭侄文稿》，笔端悲愤倾泻，抵抗安史叛乱血与火的现实，颜氏一门的忠烈之气鼓荡其间。此与正襟危

[①] 王澍：《虚舟题跋》，见卢辅圣主编：《中国书画全书》，上海书画出版社1994年版，第8册，814页。

[②] 赵宧光：《寒山帚谈》，见华人德主编：《历代笔记书论汇编》，江苏教育出版社2001年版，第262页。

坐肃穆庄谨书写的碑版书丹迥别，而要表达的是对英魂烈灵的沉痛哀悼。书者意不在书，无心讲究用笔布白，只是一气呵成胸中的愤慨与弥天的沉痛。其从弟杲卿为常山太守，呼应颜真卿起兵，与其子泉明牵制叛军大量兵力，颜氏一门英勇抗敌。因潼关失陷，形势反覆，城破父子被俘，瞋目斥责安禄山，因被"节解之，比至气绝，大骂不息。是日杲卿幼子诞、侄诩及袁履谦（按：常山长史），皆被先截手足，何千年弟在傍，含血喷其面，因加割脔，路人见之流涕"；后来"得其行刑者，言杲卿被害时，先断一足，与履谦同坎瘗之。及发瘗得尸，果无一足"。① 颜真卿是当时河北诸州首发抗敌的领袖，身在血与火洗劫的险境。他在祭稿中说："惟尔挺生，夙标幼德，宗庙瑚琏，阶庭玉兰，每慰人心。方期戬谷，何图逆贼间衅，称兵犯顺。尔父竭诚，常山作郡，余时受命，亦在平原。仁兄爱我，俾尔传言，尔既归止，爰开土门。土门既开，凶威大蹙，贼臣不救，孤城围逼，父陷子死，巢倾卵覆。天不悔祸，谁为荼毒！念尔遘残，百身何赎！呜呼，哀哉！吾承天泽，移牧河关，泉明比者再陷常山。携尔首榇，及兹同还，抚念摧切，震悼心颜。方俟远日，卜尔幽宅，魂而有知，无嗟久客。呜呼，哀哉！尚飨。"祭文回顾与叛军生死斗搏，情感悲痛，笔下书迹涉哀则恸。前六行为祭文格式，情绪已有波动；中十一行如大江风起浪涌，怒涛不可遏止。末幅九行，从"呜呼哀哉"开始，悲情恸至肺腑，前三字似断若连，一笔直下，犹如大河决开，不择地突奔，撞击怒吼、歌哭无端，特别是"吾承天泽"如急箭弦，疾驰而出，有急不待书之迫切。"承"字最后的左右大点、急捺，如血如泪，如歌如笑，拗折短促；"天泽"二字划然一变细画渴笔，痛不可耐，犹如大悲中的大泣，声音沙哑。倒数第三行的"震悼"又似放声大哭，"心颜"又如悲声呜咽。"方俟"二字稍加喘息，末了两行，情不及思，连连涂抹。"魂而有知，无嗟久客"，犹如撞头顿足。尤其是"无嗟"二字如仰天大悲，有如万箭穿心之至痛。末行则由行草突变为大草，"久客"尚辨，"呜呼"则仅具轮廓，最末"哀哉尚飨"，则完全浸泡在涌涌不断的泪水中。

回看前段 12 行，前 8 行，或行或草字字端正，用笔哀婉流利。自第 8 行末"每慰"至后 4 行，每行中总有峻拔右角，结体左斜，如第 9 行的"期""图""贼"，第 10 行的"尔"，第 12 行"我""俾""传""尔"，好像心中怒涛时时卷起，独字单草一笔书增多，运笔似乎加快，尤其是接近后 6 行中部的"何图"与"尔父"，或连或离，正斜呈对角线分布。"尔

---

① 《旧唐书·颜杲卿传》，中华书局 1987 年版，第 4898 页。

父"笔画短促，笔笔有千钧之力。而"何图"的"何"似正而斜，"图"之右肩高耸而左斜，两字连带，倾注无限悲愤。

中段 6 行，自前段末行的"尔既"开始，速度更加疾快。次行"大蹙"结体中心紧促，次字右倾，戈钩径直斜上，收笔省掉一钩，有压倒一切之势，也有情急万分之紧迫。第 3 行的"孤城"瘦劲，特别是"孤"之左旁急倾，右旁以横竖四点抗住，用笔八面出锋，结构险要。"围"字右肩高挺，方框中的"韦"细长，左右布白宽绰，危迫对比强烈。"逼"字上部紧凑挺立，走车底左右斜伸，短斜竖画起笔出锋向内，连接带出长捺酣畅淋漓。"父"字上宽下窄，上部两点紧靠，下端两画长伸，带有哭泣之状。"险"几乎全用点构成，走向朝中心挤压，压成扁形，乍看拙稚，然有天塌地陷之大力。"子死"屈铁扭钢，中锋圆转，刚中带柔，哀婉至极。以下两行半全出之细画。"倾卵"笔锋刚断，收笔皆带出锋。"覆"字下部左疏右密，弧形斜竖与右"复"字撑住上部，中留斜弧形空白，犹如开阔裂痕，带有强烈感情。"天不悔祸谁"全都向左倾侧，如大厦将倾。后 3 字左右结构拉开，中间长长一道布白连成一气，每字都有下坠感，大有天崩地裂之感。第 5 行的"荼毒"细线缠绕，末了一横枯笔长出。两字如痛肠婉转，又使人想到杲卿至死骂不绝口的惨烈。"念尔"前者笔画舒展，哀情深长；"尔"字扁促，似有悲不能书之态。"遘残"上字之左与下字之中下，留有大段空白，加上上字走车底先是两点拉开，呈断裂状，下点带出一横为捺，枯笔飞白。接着"残"字全由硬折构成，摧毁感极强。第 6 行的"呜呼哀哉"，首字右旁"鸟"字向右倾斜似仰头痛哭状，左边硬折之斜行"W"状曲线似撕肝裂肺之大哭。牵丝带下斜折钩，硬折之状，似哽咽之连续；右旁"乎"字再牵丝带出的"哀"字，又似哭不成声之状。以上三字为"一笔书"。"哉"稍缓而长展，犹长号之哀音。"孤城围逼，父陷子死"是哭诉，而此"呜呼哀哉"痛声之哀号，则为全帖的最强音。

全帖 23 行 334 字，以情运文，复以情运书，思不及书之佳劣。情感由平缓而激动，由激动而至翻滚，由翻滚而奔泻，一气呵成，中无停歇，运笔字迹出于无心作书，心手两忘，不计字之工拙，只任感情的奔走，一切笔墨点画全然都是心情直接记录与再现。动人之处首先是悲不可遏的哀愤与情怀的倾诉，并不以单纯笔墨技巧取胜。书者刚烈坚贞的个性与英愤之气洋溢于笔画字里行间。书者英风烈气，"明若日月，坚若金石"的耿亮精神，悲愤哀痛的情感扑人眉宇，动心骇目。宋人陈深说："纵笔浩放，一泻千里，时出遒劲，杂以流丽。或若篆籀，或若镌刻，其妙解处，殆出天造,岂非当公注思为文,而于字画无意于工而反极其工邪?"① 书法哀痛愤发强烈如此,则又和杜诗的沉郁顿挫风格接近。

此稿书于肃宗乾元元年九月,就在次年杜甫探往故里,往返洛阳与华州。此年三月围剿邺城大败,朝廷急于补充兵源,到处抓丁拉夫。叛军的洗劫,政府的逼迫,使大量家庭生离死别,流尽了血和泪。杜甫沿途所经正是处处哭声,家家分离,他以悲痛而矛盾心情记录当时的目睹耳闻,以三《吏》、三《别》的组诗弥补了史书的缺失,也代民众发出悲愤的呼声。先是《新安吏》看到"肥男有母送,瘦男独伶俜",听到的是一片哭声,甚至于"青山犹哭声"。诗人抚慰他们:"莫自使眼枯,收汝泪纵横。眼枯即见骨,天地终无情。"劝导他们:"送行勿泣血,仆射如父兄。"跟从郭子仪走上抗敌前线。诗人同情他们,也予以鼓励,情感还较冷静。次为《石壕吏》碰到了"有吏夜捉人",老妇三子全上了前线,而且"二男新战死",最后还是把她抓走,吏怒的喧嚣"夜久语声绝",然而这家的儿媳还在"泣幽咽",叙述至此,情绪渐至激动。最后是《潼关吏》感情还算平静,回顾"哀哉桃林战,百万化为鱼",他先在《北征》就说过:"潼关百万师,往者散何卒?遂令半秦民,残害为异物。"玄宗派宦官督促哥舒翰出战遂致惨败,导致长安失陷。诗末叮咛的"请嘱防关将:慎勿学哥舒!"实际上是对玄宗的批评。这是三《吏》。其中"眼枯见骨"等语,犹如颜书的枯笔。"肥男"与"瘦男"的对比,犹如颜书第 16 行的"悔祸谁"左右结构拉开,造成一种张力,"百万化为鱼"两句,又如第 17 行的"念尔遘残",内容与诗书形态都很接近。

三《吏》还较冷静,三《别》的心情就涌动起来。《新婚别》以新婚之妇诉说的方式,倾诉了"暮婚晨告别"的不幸。其中的"君今往死地,沉痛迫中肠"为至痛语,"人事多错迕,与君永相望",则又是抚慰语。如此生离犹如死别,如果联系颜书:"方俟远日,卜尔幽宅,魂而有知,无嗟久客",都让人震颤,而有惊心动魄之悲痛。其次《垂老别》是写一位"子孙阵亡尽"的老人,投杖出门,介胄加身,不顾"老妻卧路啼",也不顾"孰知是死别",怀着"幸有牙齿存,所悲骨髓干"与"人生有离合,岂择衰老端"的壮烈悲愤,也上了前线。其原因便是:"万国尽征戍,烽火被冈峦。积尸草木腥,流血川原丹。"这既是此老之所以"弃绝蓬室居"的背景,也是整个三《吏》、三《别》的背景,同时也是颜书祭文哀悼的

---

① 陈深跋语,见刘正成主编:《中国书法鉴赏大辞典》,大地出版社 1987 年版,上册,第 543 页。

背景。时代呻吟，大地流血，苍生在"塌然摧肺肝"。最后的《无家别》更是哭泣无声的文字。开头的"寂寞天宝后，园庐但蒿藜。我里百余家，世乱各东西。存者无消息，死者为尘泥。"这是那个时代流行的悲惨语。一个从邺城之役战败归来的战士，回家看到的是："日瘦气惨凄，但对狐与狸，竖毛怒我啼，四邻何所有？"又一次被县吏"召令习鼓鞞"。人生到了无家可别的处境，真是"何以为烝黎"！这也是此这六首诗的总结，也是老弱幼孺要说的话，这也是杜甫"目击成诗，若有神使之，遂下千年之泪"①的原因。就好像颜书中两次"呜呼哀哉"的俯仰长号，同样都是那样地感人肺腑！

颜书与杜诗共同反映安史之乱带来的巨大灾害。颜书直接倾诉叛军对亲人的摧残。作为河北联盟抗敌的首领颜真卿，经过血与火的烤炼，他祭悼亲侄亦如祭悼为抗敌死去的将士，"痛其忠义身残，哀思勃发，故紫纡郁怒，和血进泪，不自意其笔之所至，而顿挫纵横，一泻千里，遂成千古绝调"②。杜甫精心独至创制的这组诗同样展示了"和血进泪"的现实，以沉郁顿挫海涵地负的广阔历史画卷，反映了千家万户的哭声，亦成为"千古绝调"。当时肃宗不设围邺大军统帅而造成惨败，又转嫁给成千上万的百姓，逼迫去赴兵役。平叛是时局与国家的希望，也是百姓的期望。老弱幼孺带着叛军与政府强加的双重灾难走上前线，显示出悲壮的爱国精神。颜书与杜诗事虽有别，感情的悲痛则是一致的。都属史诗一般的性质，都是长歌当哭的杰作。对外抗敌与人民的苦难，都是安史叛乱引发和造成的，悲愤惨烈的爱国精神也是一致的。

安史之乱熄灭了，然其余党仍在河北诸镇，名属唐廷，实为割据，时或作乱。大历十年（775）八月安史旧部魏州节度使田承嗣遣其将卢子期寇磁州，十月唐军擒子期送长安斩之。十一月，田承嗣部将吴希光以瀛州降。③这两次重大捷报使颜书留下了行草书字体最大的《刘中使帖》，凡8行，41字。起手"近闻"沉实平缓，以下则急速，用笔刚断，多出钝锋，或长或短，雄放豪宕，锋利如刀似针，勇猛无前。至第三行上下字牵丝连带见多。第四行的"耳"字独占一行，先出之细笔缠绕，末画一笔粗而特长的大竖占去五六字的位置，奋笔直下，有撑天立地之豪气，狂放流畅的

---

① 王嗣奭：《杜臆》，上海古籍出版社1983年版，第83页。
② 王澍：《竹云题跋》，见崔尔平：《历代书法论文选续编》，上海书画出版社2007年版，第625页。
③ 事见《资治通鉴》卷二二五，中华书局1956年版，第7231、7233、7235页。

线条，使涌动的兴奋奔泻如注，且出之渴笔飞白，与左右之浓墨形成显明对比。而第三行的疾书又与之配合得相得益彰。帖的内容听说收复两地消息，而这一长竖正好自然地把前后隔成两节。后幅四行用笔飞快，眉飞色舞，第三行细笔与前后粗笔相映，加强了行间的跳荡感。前后两次出现的"足慰"，前为大草变化不大，后为行草则变化异常激烈，都显示心情的振奋。此帖"神采艳发，龙蛇生动，睹之惊人"①，对于独占一行的"耳"字，论者说："不禁令人想起诗人杜甫在听说收复河南河北以后，伴随着放歌纵酒、欣喜欲狂的心情所唱出的名句：'即从巴峡穿巫峡，便下襄阳向洛阳。'"②这一联想是自然而恰切的。其实不止这一竖，即使整帖也与杜甫《闻官军收河南河北》全诗极为相近。后者为杜甫"生平第一首快诗"，前者未尝不是颜公生平第一帖快书。帖首的"近闻"的凝重，则与"剑外忽传收蓟北"的重大"号外"，起调亦同。"足慰海隅之心"刚断果敢，又与"却看妻子愁何在"破愁为笑相似。后四行还与"白日放歌须纵酒，青春作伴好还乡"的狂歌式的手舞足蹈，均在灵心相通之间。特别是"耳"之长竖，把八行行书分作前后两截，就和律诗八句可分为两截更酷似了。

还有颜公三稿中的《争座位帖》，原稿已佚，今存石刻，凡600字。原为代宗广德二年《与郭仆射书》的手稿。右仆射郭英义谄事握有重权的宦官鱼朝恩，在两次众僚集会上，指挥就坐特意安排坐于上位，"不顾班秩之高下，不论文武之左右，苟以取悦军容为心。曾不顾百僚之侧目，亦何异清昼攫金之士哉？"上年鱼朝恩为观军容使总领禁军，权宠无比。颜公指斥郭英义，亦即打击宦官之嚣张跋扈。明人项穆说："行草如《争座》《祭侄帖》，又舒和遒劲，丰丽超动。"③清人蒋衡说："颜公《论坐书》，意法兼到，所谓从心不逾矩。即论书法已直逼二王，况忠义大节明并日月。此书尤理正辞严，雷霆斧钺，凛然不可犯。其落笔则风驰雨骤，全以神行。"④此帖奇伟秀朗，顿挫郁屈，如"熔金出冶，随地流走，元气浑然"（阮元语）。则与杜甫大篇歌行《洗兵马》，整丽中极抑扬顿挫之致，或如组诗大篇《诸将五首》，以议论为主，风格沉郁顿挫，都较相似。再则颜

---

① 米芾：《书史》，见马宗霍：《书林藻鉴》，文物出版社1984年版，第98页。
② 金开诚：《颜真卿书法艺术概论》，《文物》1977年第10期；又见氏著：《书法艺术论集》，北京大学出版社2008年版，第60页。
③ 项穆：《书法雅言·中和》，见卢辅圣主编：《中国书画全书》，上海书画出版社1992年版，第4册，第77页。
④ 蒋衡：《拙存堂题跋》，见刘正成主编：《中国书法鉴赏大辞典》，大地出版社1987年版，上册，第545页。

书杜诗二者都与批评时政有关，贯穿磊落正大的人格精神。

颜书还有骇人心目的奇作——《裴将军诗》。如篆如隶，如篆如籀，忽真忽草，忽楷忽隶，运笔忽涩忽急，笔画忽粗忽细，字形忽大忽小，变化无端。末了的"麟"字末尾竖画直伸而下，下端与"台"字并列，有千钧之力。两字合观又稳如泰山，第三行"将军"两字纯为细笔似为整体，又各自独立，末了细斜竖相当左右行三个字的长短，肥瘦对比又极强烈。如果联系杜诗，则与《乾元中寓居同谷县作歌七首》相近。诗体非古诗非骚体，又似骚又似古诗，本身又属以"歌"标题的七言歌行，"不绍古响，然唐人亦无及此者"①。或谓"此体为子美创作"而"自造机轴"②，方之颜书《裴将军诗》，此为近者一；二是此诗风格于杜诗"豪宕奇崛，诗流少及之者"③；"出语粗放，其粗放处，正是自得也"④，亦与颜书风格相近，而"粗放自得"则酷肖颜书此帖或粗或细的长竖画；三是七歌结句，长气浩然，寓有深意。如其一的"悲风为我从天来"，其四的"林猿为我啼清昼"，其六的"溪壑为我回春姿"，其七的"仰视皇天白日速"，用意奇崛。而颜书每行亦耐人寻味，首行"军"字修长挺拔，而次行"六"字却扁小，第四行上两字"合猛"在隶楷之间，末字"将"则细线一笔草。第6行的"虎腾"，上字为细长草书，下"腾"则方正笔画粗整。诸如此类，行行在变，每行末一字未有一行与上行不加区别。第20—23行全为粗笔大楷，逼人眼目。杜诗与颜书的构思，几乎处处给人启发，引发联想，存乎贯通的规律。一诗一书在本人均属特体，且都有"散圣"的面貌神气。

总而言之，杜诗与颜书，存在相通处，并未已罄。比如杜诗的顿挫与颜书的转折，就是很有趣味的个案比较。至于杜甫的执着，颜公的耿直；杜甫对丧乱的热切关注，颜公则率先高举抗敌大旗，诸如个性、人格也均有可参透处。

---

① 王夫之：《唐诗评选》，上海古籍出版社2011年版，第28页。
② 黄生：《杜诗说》，《黄生全集》，安徽大学出版社2009年版，第2册，第414页。
③ 朱熹语，见曾枣庄：《宋代序跋全编》，齐鲁书社2015年版，第4373页。
④ 陆时雍：《唐诗镜》，转引自萧涤非主编：《杜甫全集校注》，人民文学出版社2014年版，第1794页。

三　从杜甫到韩愈

杜甫是盛唐最后一个诗人，他既是对盛唐及此前诗的集大成者，也是对盛唐诗予以变革的最用力者。中晚唐诗以及后世诗，莫不受到杜诗的影响。杜诗诸体兼长，而诸体无不在变化之中。韩愈诗是对盛唐一大变，正是在对变化的追求上，使韩愈走近杜甫，成为宗法杜甫最显著的诗人，不仅昭示自己的艺术个性，也对后世发生了深远的影响。

（一）多变的时代与多变的诗

如果说盛唐是"幸福的家庭"，那么中唐就是"不幸的家庭"，"幸福的家庭"的幸福是相同的，"不幸的家庭"的不幸则各有各的不幸。杜甫似乎介于这两种家庭之间，他对于"幸福家庭"的共性大于个性的不足有所深感，所以他要变，以适应后盛唐不幸时代的变化。李白在"幸福家庭"中最具变化，他的变化主要源于想象与夸张，所以高出"幸福家庭"的其他成员。杜甫一分为二的身份，就创作时期而言，"幸福家庭"是短的，而安史之乱后的不幸则是长期的。他对诗歌的创变并没有引起当时的注意，他在去世前一年所说的"百年歌自苦，未见有知音"（《南征》），正见出他的诗是从苦痛中来，并没有被"幸福家庭"所注意；李白诗主要从快乐中来，就是写痛苦，也带有幸福人的基因，故能被当时人所推重。

到了中唐，"不幸的家庭"更为不幸，无论是追求诗的政治意义的元白诗派，还是看重艺术作用的韩孟诗派，杜甫则成了他们共同的楷模，得到了极高的礼赞。只有追求奇变的韩愈才把李杜并重，同时又推崇陈子昂。陈子昂对建安、正始诗的推崇，原本对重视比兴的李杜具有导向作用。建安与陈子昂诗主要限于五言，题材也较单调，李白诗扩而大之，但他以快乐为主的诗，题材比起海涵地负的杜甫来，似乎还有明显的缺欠。因而韩愈主要着眼于李白的奇特，而对杜甫的创变，更为极力追踪，有过之而无不及。然而尚法李白之奇，则往往有时"过火"，只一味炫人耳目。

叶燮有一段名论常为论者所重："唐诗为八代以来一大变，韩愈为唐诗一大变。其力大，其思雄，崛起特为鼻祖。宋之苏、梅、欧、苏、王、黄，皆愈为之发其端，可谓极盛。"① 叶燮为推重宋诗而对韩愈如此推崇，未免夸大其辞。宋诗最重要的偶像是陶渊明与杜甫两家，陶、杜两家都好议论，对以议论为诗的宋人，胃口最为切合。豪肆奇险而变怪百出的韩愈诗，对于宋人审美的吸引，应有一定限度，只是在以文为诗的方法上能引发一定的兴趣。

中唐是一个多变的时代，政治、经济、藩镇割据都出现了新的变化，而变文、传奇积极涌现，美术、书法的审美范式也有极大的变革②，古文、诗歌在此大变时代中要出现变化亦为必然。无论是元轻白俗，还是郊寒岛瘦，或是刘禹锡的豪健，柳宗元的精湛，张王乐府的流畅，都是这个大变时代的产物，其中以李贺诗牛鬼蛇神最具个性，而以雄赡奇崛的韩诗最具魅力，最为引人注目，代表着这个时代大变的范型。

中唐的文学艺术的大变，是以尚奇为时代的审美思潮，郊寒岛瘦与李贺的牛鬼蛇神不用说了，就是通俗诗派的元轻白俗，对于高华流美的盛唐诗，或是圆润疲软的大历诗，都是别寻出路，以迥异的面貌出现的。平易浅切对于以上二者来说，未尝不是一种奇异风格。王安石《题张司业诗》的"看似寻常最奇崛，成如容易却艰辛"，以此看张籍诗为恰切，看元白诗未尝不可。可以说元白诗对盛唐诗是从侧面走向通俗，诗的讽谕主旨则从对立面拔正盛唐诗。白居易未至江州前的乐府诗则是推崇杜甫诗，是为人生的艺术；而韩诗则从艺术上取法杜甫尚奇铺排的一面。中唐之最大的两派诗人，犹如中国现代文学中的为人生的艺术的文学研究会，与为艺术而艺术的创造社。中唐时代与五四以后都处于文学大变的时代，于是韩愈诗法取向，便如赵翼所说："韩昌黎生平所心摹力追者，惟李、杜二公。顾李、杜之前，未有李、杜，故二公才气横恣，各开生面，遂独有千古。至昌黎时，李、杜已在前，纵极力变化，终不能再辟一径。惟少陵奇险处，尚有可推扩，故一眼觑定，欲从此开山辟道，自成一家。"这是专从艺术趋向的选择看，当然具有一定的道理。然从他选择的多元化看，赵翼接着又说："此昌黎注意所在也。然奇险处亦自有得失。盖少陵才思所到，偶然得之；而昌黎则专以此求胜，故时见斧凿痕迹。有心与无心异也。其实昌黎自有本色，仍在文从字顺中，自然雄厚博大，不可捉摸，不专以奇险见长。"③ 其实雄厚博大与奇险，在韩诗中是相辅相成的，二者合观才是

---

① 叶燮：《原诗》，人民文学出版社1979年版，第8页。
② 孟二冬对此描述最为全面与详细，见氏著：《中唐诗歌之开拓与新变》，北京大学出版社1998年版。
③ 赵翼：《瓯北诗话》，人民文学出版社1981年版，第28页。

韩诗本色。而无论奇险还是雄厚博大，都是从杜诗发展而来的。

杜诗以雄厚博大为基础，加上沉郁顿挫的广阔内容与多变手法，所以"杜诗高、大、深俱不可及。吐弃到人所不能吐弃，为高；涵茹到人所不能涵茹，为大；曲折到人所不能曲折，为深"。韩诗之深远不及杜甫，则在高与大上用力，发扬而广大之。对于大场面、大景观、大事物具有浓厚的兴趣，诸如军人的围猎、汹汹的野火、激烈角逐的马球、火红的柿林、名山大湖的观瞻，总持着强烈激动的心情，以浓墨多彩之重笔，以不遗余力的狠笔，以极尽描写为能事，渲染出雄伟壮阔的大景象，体现以大为美、以沸腾为美、以骇人景象为美的倾向。

（二）以狠笔写大场景

杜甫的《兵车行》《丽人行》以场面的宏大与化美为丑而引人注目，《丹青引》《观公孙大娘弟子舞剑器行》以激动人心的场面，引发出对时代变化的反思，特别是《自京赴奉先县咏怀五百字》与《北征》分别叙写了情景各异的大场面、大景象，以展示时代动荡的长幅画卷。这些形形色色不同的场面描写，是杜诗大篇长诗最能引人注目的地方。如此海涵地负，汪汇万状的铺排叙写，对韩愈诗具有深远的影响，使他遇到各种壮阔的不同场景，精神格外抖擞，全力赴之，均成名作。《雉带箭》写在徐州随张建封围猎，掐头去尾，只写围猎最关键的场面：

> 原头火烧静兀兀，野雉畏鹰出复没。将军欲以巧伏人，盘马弯弓惜不发。地形渐窄观者多，雉惊弓满劲箭加。冲人决起百余尺，红翎白镞随倾斜。将军仰笑军吏贺，五色离披马前堕。

前两句火烧围猎自然景象，大火兀兀，树枝蘖拔乱响，中间却夹一"静"字，钟惺说"此处乃着一'静'字，妙甚"[①]。此"静"字当从围猎者屏气静候猎物的出现而言。"出复没"为六朝诗状写小景的用词方式，如谢朓《咏风》的"垂杨低复举，新萍合且离"，刘绘《咏萍》的"可怜池内萍，葐蒀紫复青"，沈约《咏篪》的"殷勤寄玉指，含情举复垂"，吴均《咏云》其二的"逢河散复卷，经风合且开"，裴子野《咏雪》的"从云合且散，因风卷复斜"。这种两动词表示反复的"A复B"的用法，在

[①] 钱仲联：《韩昌黎诗系年集释》，上海古籍出版社1984年版，第111页。

韩诗却成为动物出没惊慌的大景观，同时见出将军弯弓不肯轻发，发则必中的镇静果决的本领。所引出"将军"两句，"无限神情，无限顿挫，公盖示人以运笔作文之法"，或谓"二句写射之妙处，全在未射时，是能于空处得神"。① "地形暂窄"，当是网开一面处，故围观者众多。作者把射中的一瞬间，却特作"慢镜头"处理，不言"射"而说"加"，即有射之必中意。中箭之雉飞堕之瞬间，却以慢笔描写："冲人决起百余尺，红翎白镞随倾斜。"中箭后的惊起猛飞，挣扎后的坠落，历历清楚。而"雉惊弓满劲箭加"与"红翎"句，这种叠加式的句法实际上就是对杜诗的追踪，杜诗用来以显厚重博大，韩诗则用来加强气势。而末了的"将军仰笑军吏贺，五色离披马前堕"，明快的倒置句，军吏的欢呼声，戛然而止，结束全诗。这首诗只不过比七律多了两句，却写得龙腾虎跃，气势酣畅，而且笔力精悍，神完气足。

就题材言，此诗似从杜诗《观打鱼歌》《又观打鱼》而来，其中描写了众鱼赤鲤、小鱼大鱼的狼狈，前诗末言"君不见朝来割素鬐，咫尺波涛永相失"，后诗亦言："干戈兵革斗未止，凤凰麒麟安在哉？吾徒胡为纵此乐，暴殄天物圣所哀"，带有明显的规讽。韩诗一味在场面描写上追踪杜诗，而在主题上并没有什么措意。

而最能体现韩诗硬语盘空、奇伟光怪的，当是《陆浑山火和皇甫湜用其韵》。只不过描写山谷中一场冬季野火，却执意写得山摇地动，借助神话，想象恣肆，光怪陆离，铺衍渲染，"凭空结撰，心花怒生"（《唐宋诗醇》语）。全诗六十句，无一句弱句，无一处松散，全用狠笔。言火之起，则"山狂谷很相吐吞，风怒不休何轩轩"，言火势猛烈，"天跳地踔颠乾坤，赫赫上照穷崖垠。截然高周烧四垣"，乃至"神焦鬼烂无逃门"。以下写各种动物，用汉赋词必同类、字必同旁的手法排列在一起，如鸟字旁则有"鸦鸱雕鹰雉鹄鹞"，还有水产之鱼类，如何在火中"燖炰煨爊"，又都是火字旁。以下更是极尽铺张祝融火神放火如鲜花怒放，音乐喧天，旗帜纷纭；火官通身红装，皮肤黑红，短胸大肚，以及火神侍从之车盖之神；还有车舆之盛的"红帷赤幕"之多，酒池肉林；又以巨鳌如杯，五岳为盛器，四海为尊，熙熙攘攘，酬酒笑语；以下又叙写项冥水神的哀告，"斥弃舆马""缩身潜喘"，上告颛顼帝，帝乃命黑螭质问火神祝融，而被火燔其首，只好带着血面诉于上帝，帝不能决，但以水火本为姻亲调解。其末了天子所言"火行于冬古所存，我如禁之绝其飨"等数语，而不了了

---

① 钱仲联：《韩昌黎诗系年集释》，上海古籍出版社 1984 年版，第 111 页。

之。此诗似有寓意。陈沆言:"盖哀魏博节度使田弘正为王庭凑所杀,朝廷不能讨贼雪耻而作也。""此事盖昌黎所深痛,而又不愿显言以伤国体,长骄镇,故借词以寄其哀。"①似可备一说。

此诗极尽铺排,亦本宗法杜诗,但极尽光怪陆离之能事,造语险怪,虽只是写野火,却铺衍成一篇故事,借水火不相容,似乎有所寓意,这和中唐矛盾复杂,朝廷无力控制,一味放纵有关。韩愈对场面的叙事性似乎有浓厚兴趣,《毛颖传》的故事则表现处境之变化,这和唐传奇的影响分不开,此篇亦复如是。此篇被程学恂认为是韩诗的"大奇观",而《游青龙寺赠崔大补阙》则谓为"小奇观"。其诗写游寺"正值万株红叶满"时:

> 光华闪壁见神鬼,赫赫炎官张火伞。然云烧树大实骈,金乌下啄赪虬卵。魂翻眼倒忘处所,赤气冲融无间断。有如流传上古时,九轮照烛乾坤旱。

在韩愈以前,柿树很少有人去写。萧梁庾仲容《咏柿》为五言六句,只见辞藻,只是写树,见不出写的是柿树。韩诗说它的红叶闪光,能照亮寺壁。远看就像火神高张的大红伞,或者就像火点燃的"烧树",火焰能燃烧天云;说它的果实为"大实",结果累累则为"大实骈",见出韩诗尚"大"②。"大"字成了他的爱物,亦当与杜甫有关,杜诗《夜归》的"傍见北斗向江低,仰看明星当空大",夜深星亮故觉其大,犹如他写的芭蕉叶本来就大,而雨后绿得惹眼,则愈觉其大。

再看韩诗"赪虬卵"的比喻,虬则人所未见,虬由卵生,而虬龙卵则

---

① 陈沆:《诗比兴笺》,上海古籍出版社 1981 年版,第 223 页。
② 所谓"芭蕉叶大支子肥"(《山石》),"大蛇中断丧前王,群马南渡开新主"(《桃源图》),"赦书一日行万里,罪从大辟皆除死"(《八月十五夜赠张功曹》),"念昔从君渡湘水,大帆夜划穷高桅"(《忆昨行和张十一》),"文人得其职,文道当大行"(《燕河南府秀才得生字》),"无本于为文,身大不及胆"(《送无本师归范阳》),"大厦深檐与盖覆,经历久远期无佗"(《石鼓歌》),"蚍蜉撼大树,可笑不自量"(《调张籍》),"婪酣大肚遭一饱,饥肠彻死无由鸣"(《月蚀诗效玉川子作》),"脑脂遮眼卧壮士,大弨挂壁无由弯"(《雪后寄崔二十六丞公》),"日延讲大训,龟判错衮黻"(《山南郑相公与樊员外酬答为诗其末咸有见及语樊封以示愈依赋十四韵以献》),"截楱为椁栌,斫楹以为椽。束蒿以代之,小大不相权"(《杂诗四首》其三),"大炬然如昼,长船缚似桥"(《叉鱼招张功曹》),"荀非鳞羽大,荡薄不可能"(《海水》),"羡君齿牙牢且洁,大肉硬饼如刀截"(《赠刘师服》),这么多的"大"字,本来可用它字,偏用"大"字,如帆不说高帆、云帆,而言"大帆",弓不说长弓、雕弓,而偏言"大弓","鳞羽"不言长而谓"大","炬"不言粗而言"大","训"不言"深"而仍言"大"。

更是匪夷所思。火伞虬卵，极其形容，极狠极奇。"魂翻眼倒忘处所"，这是审美效果，怪奇之美几乎濒临恐怖感，"眼倒"似乎犹言眼花缭乱，而眼前充斥的是"赤气冲融无间断"，好像弥天满地"赤气"。由此而想到上古神话九轮太阳照烛大地，乾坤为之大旱。沈曾植曾言此诗："从柿叶生出波澜，烘染满目，竟是《陆浑山火》缩本。吾尝论诗人兴象与画家景物感触相通。密宗神秘于中唐，吴、卢画皆依为蓝本。读昌黎、昌谷诗，皆当以此意会之。颜、谢设色古雅如顾、陆，苏、陆设色如与可、伯时，同一例也。"① 陈允吉先生指出韩愈《陆浑山火》《南山诗》受到佛教密宗"曼荼罗通"的影响②，实际上也是韩诗大场面、大景象形成的原因之一。

韩愈在写了《雉带箭》同时，还作了《汴泗交流赠张仆射》凡20句，正好是前者的二倍，二者好像似姊妹篇，又好像在场面描写之外增补了开头与结尾，似乎更为完整。题目中的"汴泗交流"用了首句的前四字，内容则是写由波斯（今伊朗）传入的体育活动打马球，在上层社会流行一时。诗的前六句写活动在徐州城角，球场千步，三面短墙围绕，"击鼓腾腾树赤旗"，新秋早晨就开始了："分曹决胜约前定，百马攒蹄近相映。球惊杖奋合且离，红牛缨绂黄金羁。侧身转臂着马腹，霹雳应手神珠驰。超遥散漫两闲暇，挥霍纷纭争变化。发难得巧意气粗，欢声四合壮士呼。"参加比赛的有百匹马，比赛分批进行。马胸的红缨用牛毛染成，马鞯则镀有黄金。有"侧身转臂"打马的动作，有"霹雳应手"的击球快动作；有时人马散开暂时安静闲暇，有时迅疾冲击激烈争夺，在撞击拥挤时却能难中见巧出现高超的击技，这时鼓声腾腾，红旗飘飘，"欢声四合壮士呼"，击球场上全都沸腾起来，正在这兴高采烈时，作者却严肃地转入劝谏的议论：

> 此诚习战非为剧，岂若安坐行良图！当今忠诚不可得，公马莫走须杀贼。

卒章显志式的大赋结构于此得以体现，这也是杜甫《丽人行》《丹青引》《观公孙大娘弟子舞剑器行》常用的场面描写加结尾议论之体式。尤其是《观打鱼歌》的批评议论，与之何其相视乃尔，这也是题目"赠张仆射"的用意。为此韩愈还有《上张仆射第二书》说："以击球事谏执事者

---

① 沈曾植：《海日楼札丛》，辽宁教育出版社1998年版，第2册，第264页。
② 陈允吉：《论唐代寺庙壁画对韩愈诗歌的影响》与《韩愈〈南山诗〉与密宗"曼荼罗画"》，见氏著：《古典文学佛教溯源十论》，复旦大学出版社2002年版。

多矣,谏者不休,执事不止,此非为其乐不可舍,其谏不足听故哉?谏不足听者,辞不足感心也!"则与此诗用意为一。如果说《游青龙寺》与《陆浑山火》主要取法李白想象而过之,那么《雉带箭》与此诗则以步趋杜甫为能事。取法李杜则为了写大场面、大景观,也体现了在大变时代尚变的趋向。当时人李肇曾言:"元和以后,为文笔则学奇诡于韩愈,学苦涩于樊宗师。歌行则学流荡于张籍。诗章则学矫激于孟郊,学浅切于白居易,学淫靡于元稹,俱名为'元和体'。大抵天宝之风尚党,大历之风尚浮,贞元之风尚荡,元和之风尚怪也。"① 韩愈早期创作从贞元元年(785)开始,所体现"尚荡"风格,已从以上贞元年间所作诗可见。元和时"奇诡"而"尚怪"也在此时表现突出,可见是诗风大变的先行者。李肇的批评本指负面,然却看出中唐尚变的特色,尤其是韩愈在这大变时代的突出个性。

(三)重笔描写的大自然与人文景观合奏

以上韩诗所体现的人文与自然景观,在早期创作可看作发端,以后至中期往往把两种景观合写,风格朝着奇崛雄赡发展,像青龙寺红柿与陆浑山火的怪诞荒幻稍微减少。由"狠笔"一变而为"重笔",或者二者兼用,以重笔为主而兼以狠笔。

《山石》是韩愈游览诗的名篇,采用了与《雉带箭》截断前截的手法,一落笔就是"山石荦确行径微",为何而游,同谁而游,一概省去。观末尾"嗟哉吾党二三子,安得至老不更归",可知同游者数人。"黄昏到寺蝙蝠飞",不写一天爬山,却从黄昏写起,截断众流,省去了许多层事。杜甫《赠卫八处士》的"怡然敬父执,问我来何方。问答乃未已,儿女罗酒浆",对话只用三字一点带过,"有抔土障黄流气象"②,这里省略,比杜甫更见得大刀阔斧了。蝙蝠属阴类丑物③,它从来没上过诗,只有美恶不避的赋体光顾过。此处迎面飞来的蝙蝠,说明时在"黄昏"的特征,更昭示作者审美方式是美恶不避,有以丑为美的倾向,不,应当蕴含着化丑为美的奇崛趋向。这是游寺的第一道风景线,可见寺庙低矮不大,阴暗潮湿,不

---

① 李肇:《唐国史补》卷下,上海古籍出版社 1979 年版,第 57 页。
② 《漫叟诗话》,见仇兆鳌:《杜诗详注》,中华书局 1979 年版,第 513 页。
③ 曹植《蝙蝠赋》诅咒说:"吁何奸气,生兹蝙蝠。形殊性诡,每变常式。行不由足,飞不假翼。明伏暗动,尽似鼠形。"

然怎么会有此类阴物？"升堂坐阶新雨足"，正因庙内不敞，僧人只好安排在台阶上小憩。正好一场"新雨"下得淋漓而足，寺院景物为之一新："芭蕉叶大支子肥。"芭蕉叶本来就大，新雨过后，绿得亮眼，就显得更大；支子花繁，灌满雨水就显得更"肥"。"大"与"肥"极具生气。韩愈尚大并从杜诗得到启发，已如上言；杜诗又有"红绽雨肥梅"即为此"支子肥"所本。稍加休息后，受到僧人的热情接待：

> 僧言古壁佛画好，以火来照所见稀。铺床拂席置羹饭，疏粝亦足饱我饥。

僧人热情告诉寺虽不大但壁画最为有名，此句蓄势，吸引游客引人向往。唐代壁画盛行，韩愈也非常关注。《游青龙寺》的"光华闪壁见神鬼"，《谒衡岳庙》的"粉墙丹柱动光彩，鬼物图画填青红"，《纳凉联句》的"大壁旷凝净，古画奇驳荦"，都已涉及动人心神的壁画。然当僧人"以火来照"——却大失所望，色彩斑驳，画面剥落黯淡——"所见稀"，这是一种扫兴，大失所望，不，应当说是遗憾中包含了许多遐想与向往！到上饭时；僧人殷勤极了，这从浓缩叠加句"铺床拂席置羹饭"看得出来，依此热情推断，肯定是一席美味晚餐，然而却是一顿山菜粗饭，而对于爬了一天山的困饥者，却有"饱我饥"的美感，这是重笔，犹如"新雨足"一样。他的《陆浑山火》和《游青龙寺》用狠笔写出一种荒诞古怪"恐怖的美""可怕的美"。这里"接连两联，都是下一句直接否定了上一句。这种'无有'之美，'否定式'之美，更是韩诗的独创"[①]，舒芜先生所指出"无有之美"与"否定式之美"，这是对韩诗极精彩的发现，但要说是"独创"，恐怕还是与杜甫审美的多样化有关系。《丽人行》就带有"否定式之美"，《北征》到家子女奇形怪状的衣服即已涉及"无有之美"，而《空囊》的"翠柏苦犹食，晨霞高可餐"，"囊空恐羞涩，留得一钱看"，更是一种"无有之美"，杜甫是在苦中作乐，韩愈则发展到对简陋的客观事物的认同上。

"夜深"两句是全诗的过渡，"百虫绝"是重笔，却配合"夜深静卧"，写得静绝；"光入扉"不算轻笔，它的穿透力加上"清月出岭"，可谓清绝。如果说"佛画好"是第二道风景线，此则为第三道景观了。以下

[①] 舒芜：《论韩愈的诗》，《中国社会科学》1982 年第 5 期；又见陈迩冬：《韩愈诗选》，人民文学出版社 1984 年版，第 11 页。

"'天明'六句,共一幅早行图"[1]:

> 天明独去无道路,出入高下穷烟霏。山红涧碧纷烂漫,时见松枥皆十围。当流赤足踏涧石,水声激激风吹衣。

"早行图"又可分作三节,一是清晨雾大云多,在烟霏高下的山道上出入,"无道路"之看不见路是重笔,此亦为"无有之美";二是日升雾退,花红草绿一片纷然,则是别一种景观。"纷烂漫"是重彩重笔,把"山红涧碧"烘托得极为浓烈。颜色描绘虽简却浓,浓如油画,这和写红柿大果与野火的惊赤骇红,在颜色上同样体现了油画的质感与浓烈,显然与盛唐王孟包括李白写山清丽,以青、绿为主色,则属于另一世界;"时见松枥皆十围"又是以大为美,亦与"芭蕉叶大支子肥"为同一节奏,同出于"高大"的审美范畴。而"赤足踏涧"与"水声激激风吹衣",构成盛夏的凉爽极致,这和杜甫的"七月六日苦炎热","安得赤脚踏层冰"(《早秋苦热堆案相仍》)以及《古柏行》的"霜皮溜雨四十围,黛色参天二千尺",实际出于同一审美需求。

末尾的"人生如此自可乐,岂必局束为人鞿。嗟哉吾党二三子,安得至老不更归",方东树以为"不从人间来","他人百思所不解"[2],其实此亦为"过头话",孟浩然游了佛寺便总有皈依佛门之想,倒不是真要出家;韩愈弃官归家,只不过是平常结尾,然同样用了重笔。即使"安得"亦从杜甫结尾常用模式来,不过杜甫用之于社会,如《洗兵马》的"安得壮士挽天河,净洗甲兵长不用",《题壁上韦偃画马歌》的"时危安得真致此?与人同生亦同死",《昼梦》的"安得务农息战斗,普天无吏横索钱",至于《茅屋为秋风所破歌》的结尾,则不必说了。[3] 韩之不及杜之深刻处,也正在这里,为人生与为艺术的区别亦见于此。而此诗处处出以重笔,极得杜甫法乳;而且"写景无意不刻,无语不僻。取径处无处不断,无意不转"[4]。顾嗣立说:"七言古诗易入整丽,而亦近平熟,自老杜始为拗体,如《杜鹃行》之类。公之七言皆祖此种,而中间偏有极鲜丽处,不事雕琢,

---

[1] 方东树:《昭昧詹言》,人民文学出版社 1961 年版,第 270 页。
[2] 方东树:《昭昧詹言》,人民文学出版社 1961 年版,第 239 页。
[3] 魏耕原:《杜诗模式记》,《中国诗学》第 23 辑,人民文学出版社 2017 年版。
[4] 查慎行:《十二种诗评》,转引自钱仲联:《韩昌黎诗系年集释》,上海古籍出版社 1984 年版,第 148 页。

更见精采，有声有色，自是大家。"① 此诗写景处浓丽，叙事写怀则出之淡语，浓淡相间，又极尽自然。又前言"新雨足"，次日晨则烟霏无尽，日出则山红涧碧，以及水声激激，皆为"新雨足"所致，这和浓淡组合，都似不经意，而实极精意之处。

与上诗题材相近的是《谒衡岳庙遂宿岳寺题门楼》，这是32句的纪游诗。因衡岳为五岳之南岳名山，故先从名位来历写起，以见肃穆庄重。又因地处"火维地荒"，总是"喷云泄雾藏半腹"，而"虽有绝顶谁能穷"。以下方从游山写起：

> 我来正逢秋雨节，阴气晦昧无清风。潜心默祷若有应，岂非正直能感通！须臾静扫众峰出，仰见突兀撑青空。紫盖连延接天柱，石廪腾掷堆祝融。

韩愈力辟佛教道教，对鬼神也似乎敬而远之。前四句似为善意的玩笑，这从"若有应"看得出来，即不必应也，然却以"正直能感通"又似乎予以否定②。以下众山风貌毕现，"静扫""突兀"都在转瞬间，无论悄然还是猛然都出之重笔。"众峰出"与"撑青空"，使人精神一振。"仰见"极见兴奋与惊愕的神情。"撑"字狠重，使"青空"陪衬的"突兀"之山，极为显明，大有扪手可触之近感。以下两句推出四座山名，似从俯视中预见写出。用了系列动词"连延接"，特别是"腾掷"与"堆"，都是重量级动词，即暗示已临绝顶，群峰尽收眼底，可看出"腾掷"，又从反面呼应"虽有绝顶谁能穷"。"众峰"的巍峨气势毕现。他是写山之高手，出于"尚大"的审美，与对狠重动词的驱遣，写来举重若轻。以上总写众山，以下为拜谒：

> 森然魄动下马拜，松柏一径趋灵宫。粉墙丹柱动光彩，鬼物图画填青红。升阶伛偻荐脯酒，欲以菲薄明其衷。庙令老人识神意，睢盱侦伺能鞠躬。手持杯珓导我掷，云此最吉余难同。窜逐蛮荒幸不死，衣食才足甘长终。侯王将相望久绝，神纵欲福难为功。

---

① 乾隆：《唐宋诗醇》，中国三峡出版社1997年版，第602页。
② 作者在这两句渗透了峨冠博带者的廊庙之气，写得正气凛然却出之谐谦的语气。陈迩冬说："后来苏轼作《潮州韩文公庙碑》，竟听了它，说是'公之精诚能开衡山之云'，是上了韩愈的当。"《韩愈诗选》，人民文学出版社1984年版，第56页。

前两句的"下马拜"与"趋灵宫"见出急切进谒之心情,"松柏一径"句自和《山石》"山石荦确行径微"到寺狭路别是一种景象;而"粉墙丹柱"与"鬼物青红"的壁画,亦与《山石》小寺壁画"所见稀",又大相径庭。众山、灵宫、壁画都写得神采焕发。杜甫早期的《冬日洛城北谒玄元皇帝庙》描写观内壁画:"画手看前辈,吴生远擅场。森罗移地轴,妙绝动宫墙。五圣联龙衮,千官列雁行。冕旒俱秀发,旌旆尽飞扬。"是说山水之逼真使殿宇生色,神人的衣冠,扈从及仪仗旗帜,都非常生动。韩诗的"动光彩"即从杜诗"动宫墙"来,而以"鬼物图画"概括了壁画的内容。这两句一是殿宇外景,室内壁画则是内景,下二句言祭拜,"伛偻"是说弯腰打供,次句的解释颇有趣味,"菲薄明其衷"是俗语"礼轻人意重"的说法,这是幽了道教一默,并不那么虔诚。他早期《谢自然》就讥讽过女道士,后之《华山女》则又予以揭露。以上四句言进谒一句一转,出之略写,却付之重笔。以下专写高僧说庙令老人充满神秘,显示出"神意"的意旨,一边向施主鞠躬招呼,一边侦察其用意。接着便是伺机诱导,手持卜具指导抛掷以观吉凶,而且说这里的神祇最为灵验,一切目的都是为了得到更多的香火钱,冷静的叙写带有幽默的嘲讽意味。这一切都似从旁观者眼中看出,也可见作者意不在求神。以下又以似为"虔诚语",说出这些都不可信:"窜逐蛮荒幸不死,衣食才足甘长终。侯王将相望久绝,神纵欲福难为功。"是说命运坎坷,也无过分企求,官员们希望封侯拜将与我无缘,就是神灵特意关照也无济于事。以上八句叙述与议论一言蔽之:神不会降福。而是用信神语说出神不可信,滑稽谐谑,可使人黯然一笑,实际上发泄了一番仕途不得意的牢骚,这是全诗主题。末了四句言宿寺直到天亮,像《山石》中下山的描写与篇末的议论一概略去,因主题已有揭晓。《山石》寺小游人少,僧人热情诚恳,此为名山大岳,瞻谒者众,僧人还是庙官,香火旺盛,一心只想赚人钱财,故予以详细描写,也给了辛辣的一讽。

此诗在庄重肃穆中,对道教予以幽默讽刺,又携带出因谏迎佛骨而贬阳山的郁闷与不满。在嬉戏与谐谑中带有庄重的用意。程学恂说:"于阴云暂开,则曰:此独非吾正直之所感乎?所感仅此,则平日之不能感者多矣。于庙祝妄祷,则曰我已无志,神安能福我乎?神且不能强我,则平日之不能转移于人可明矣。然前则托之开云,后则以谢庙祝,皆跌宕游戏之词,非正言也。"[①]这种高兴劲气,全在于反面为用,见出用意。顾嗣立

---

① 程学恂:《韩诗臆说》,转引自钱仲联:《韩昌黎诗系年集释》,上海古籍出版社1984年版,第283页。

说:"韩昌黎诗句句有来历,而能务去陈言者,全在于反用。……《岳庙》诗,本用谢灵运'猿动诚知曙'句,偏云'猿鸣钟动不知曙',此等不可枚举。"① 这亦见韩之拗折倔强的艺术个性。总之这诗把自然景观与人文景观结合紧凑巧妙,以重笔的庄重来写幽默,亦见出韩诗诙谐的一面。

　　韩愈"尚大",对于名山大湖则极力摹写,《岳阳楼别窦司直》为七古大篇,写于《谒衡岳》之后。一上手先用虚笔笼括:"洞庭九州间,厥大谁与让。南汇群崖水,北注何奔放!潴为七百里,吞纳各殊状。"气势浩瀚,广大无边。次言风高浪涌:"炎风日搜搅,幽怪多冗长。轩然大波起,宇宙隘而妨。巍峨拔嵩华,腾踔较健壮。声音一何宏,轰辐车万两。犹疑帝轩辕,张乐就空旷。蛟螭露笋簴,缟练吹组帐。鬼神非人世,节奏颇跌踼。"说大波涌起,宇宙为之阻碍,浪高如山;翻腾的浪声,如万车轰隆,又如轩辕大帝张乐洞庭。湖中蛟螭就像乐器架上的图案,穿白丝衣的在帐中演奏。夜间洞庭则是:"星河尽涵泳,俯仰迷下上。余澜怒不已,喧聒鸣瓮盎。"孟浩然、杜甫写的洞庭湖是在楼上俯视,而韩诗于船上则写浪声就像坛子、盆子鸣响。平静的湖在"辉焕朝日"的照耀下:"飞廉戢其威,清晏息纤纩。泓澄湛凝绿,物影巧相况。江豚时出戏,惊波忽荡漾。"无风无波的湖面,清澈得只见一片绿色,水中各种鱼类都看得清楚,江豚时时出没,惊波忽而掀动。他把白日与夜晚,平静或浪起的洞庭湖,极尽描写之能事。比喻与想象成了最得力的利器,神话幻象时时出现,可以和极尽气力的《南山诗》相比。

　　而《贞女峡》却是极短的山水诗,同样用了重笔描绘:"江盘峡束春湍豪,雷风战斗鱼龙逃。悬流轰轰射水府,一泻百里翻云涛。漂船摆石万瓦裂,咫尺性命轻鸿毛。"每个词汇都有重量的冲击力,就像他说的"字向纸上皆轩昂"(《卢郎中云夫寄示送盘谷子诗两章歌以和之》),句句使人"刮眼明"(《过瀼城》),与上洞庭湖诗相较,虽是实景,似乎也不用写结尾,而景象亦为奇崛。可见对于短诗亦施以重笔。首句即用杜甫"峡束沧江起"(《秋日夔府咏怀,奉寄郑监审、李宾客之芳一百韵》)。

　　他的《石鼓歌》亦是一首名作,石鼓为文物之重器,韩愈又是喜用重笔擅长想象的诗人,对于这样的大型文物,自然兴致勃然。此前韦应物《石鼓歌》虽用16句,但未作正面描写。韩愈用了66句,极尽铺写之能事。先以16句叙石鼓来历,次14句言石鼓文字形状及其遭遇,再以20句荐议置入太学,末16句以感慨作结。其中描绘字形最为生动:

---

① 顾嗣立:《寒厅诗话》,见王夫之等撰:《清诗话》,上海古籍出版社1978年版,第86页。

　　　　公从何处得纸本，毫发尽备无差讹。辞严义密读难晓，字体不类隶
　　　　与蝌。年深岂免有缺画，快剑斫断生蛟鼍。鸾翔凤翥众仙下，珊瑚碧树
　　　　交枝柯。金绳铁索锁钮壮，古鼎跃水龙腾梭。

　　对石鼓上所刻大篆文字，用蛟龙鼍鱼的缠绕，以鸾凤的翱翔，还有珊瑚树的枝柯交错，以绳索交绕，形容字形笔画的交叉缠绕与撇捺的飞扬；至于字迹的剥落处，以沉水之鼎比喻字迹不清，首尾不具，不见全形，以上诸种比喻，不仅与韩诗好用博喻有关，且与杜甫《李潮八分小篆歌》的影响有关。其中有云："况潮小篆逼秦相，快剑长戟森相向。八分一字直百金，蛟龙盘拏肉屈强。"这里描写的是隶书，两家所涉字形有篆隶之别，蛟蛇之喻即成为韩之一端，再加扩而大之。更重要的是，杜甫在题材上有开源导流之作用。韩愈《岣嵝山》写禹碑字形："科斗拳身薤倒披，鸾飘凤泊拏虎螭。"与杜诗关系亦为密切。

　　总之，韩愈的七古大篇重视大场景的描绘，其间比喻层出不绝，题材之发展，无不与杜诗息息相关。杜诗《观公孙大娘弟子舞剑器行》的"霍如羿射九日落，矫如群帝骖龙翔。来如雷霆收震怒，罢如江海凝清光"，如此的想象与比喻，就好像为韩愈青龙寺诗《陆浑山火》移作蓝本，或作为想象的渊薮。而杜甫《寄韩谏议注》的"玉京群帝集北斗，或骑麒麟翳凤凰。芙蓉旌旗烟雾乐，影动倒景摇潇湘。星宫之君醉琼浆，羽人稀少不在旁"，都像酵母素（一作"落"），给韩愈诗提供不尽的启迪，使之对大景观、大场景、大事物的铺写更为恢弘恣肆。

（四）以大笔写小事物而以见其大

　　杜诗喜写大物，数十首马诗自始至终不离笔下；鹰为飞禽中的大鸟骏物，亦屡见于诗，读来使人神旺；高耸的松柏也在杜诗中显出不平凡的气象；对于小物件、小事物、小树小鸟似乎比写大物还要多，而且持有更为热情的观照。尤其在赴陇至川以后，诸如《萤火》《铜瓶》《杜鹃行》《花鸭》《舟前小鹅儿》《黄鱼》《白小》《缚鸡行》，或一片锦缎，一支手杖，都要付之于诗，而且往往寄寓了深刻的用意。这在盛唐诗里不见第二人，却对韩愈起了绝大的影响。

　　韩愈有首《和虞部卢四酬翰林钱七赤藤杖歌》，向来不为人所重，但却标志着以大写小而又小中见大的审美情趣，属于"尚大"的特殊题材。手杖为日常的小物件，前人也极少入诗，大概因由赤藤所做，又出自边

远,为"世未窥"之物,引起他的兴趣,竟然用了 22 句以成大篇。前六句言其出自滇王所送,来之不易,然后写道:

共传滇神出水献,赤龙拔须血淋漓。又云羲和操火鞭,瞑到西极睡所遗。几重包裹自题署,不以珍怪夸荒夷。

因藤杖赤色,就想到赤龙,而且经过"拔须"的鲜血淋漓处理,方成此杖;又言这是羲和赶车驾着太阳到了西极,睡着了,被手下把他的手杖送给了别人。这两种离奇的神界故事为神话所无,尤其后者的创设,是他的"独造"[①],却能看出带有轰轰烈烈,或奇诞荒怪的特色。又加上层层包裹,庄重的题署,更见珍奇。受赠者打开,"浮光照手欲把疑",未把之时,光已照手。"空堂昼眠倚牖户,飞电着壁搜蛟螭",似言午休时把它靠在窗下,赤光闪灼,从窗间倒映壁上,就像蛟螭在搜寻什么。意谓保护主人休息时的安全,故苏轼《铁拄杖》有"倚壁蛟龙护昼眠"语。以下则点明酬和诗。他还有《郑群赠簟》,说凉席如何瑰奇,"体坚色净","凝滑无疵",然己官微为众所轻,无力置办;又自五月湿热,如坐蒸笼,肌丰多汗,老想着有一领凉席,倾家以买。以上为题前布局蓄势。以下则言:"谁谓故人知我意?卷送八尺含风漪。呼奴扫地铺未了,光彩照耀惊童儿。青蝇侧翅蚤虱避,肃肃疑有清飙吹。倒身甘寝百疾愈,却愿天日恒炎曦。"僚友赠簟深知我心,一打开则光色照耀。其光滑可使蝇虱躲避,而且似乎有凉风肃肃而生。一卧其上则百疾可愈,其凉无比,即使以后炎日常热亦无所顾忌。清人汪森说:"能于一物之细写出深情,是杜陵笔法,妙在偏以反剔见奇,如'当昼不得卧''却愿天日恒炎曦'等句也。"[②] 所谓"反剔"即反衬,然而"不免过火,然思力所至,宁过毋不及,所谓矢在弦上,不得不发也"[③]。这种"过头话"目的在于烘染而能掀腾鼓荡出一种气氛,过度的夸饰则在所不避。以上两诗并无深意,只是特意把小物件写得神奇快人心意,以示谢意罢了。

然在题材上却直截上承杜甫两诗。一是《桃竹杖引赠章留后》先言杖之美来自"江心蟠石生桃竹",经过"斩根削皮如紫玉,江妃水仙惜不

---

① 沈德潜:《唐诗别裁集》,中华书局 1981 年版,第 112 页。
② 汪森:《韩柳诗选》,见陈伯海主编:《唐诗汇评》,浙江教育出版社 1995 年版,第 1667 页。
③ 赵翼:《瓯北诗话》,人民文学出版社 1981 年版,第 30 页。

得"。次言得其所赠，我亦远行。"路幽必为鬼神夺，拔剑或与蛟龙争。"再写杖之珍贵，末尾则以"重为告曰"即再为奉告提出："杖兮杖兮，尔之生也甚正直，慎勿见水踊跃学变化为龙。使我不得尔之扶持，灭迹于君山湖上之青峰。噫，风尘滪洞兮豺虎咬人，忽失双杖兮吾将何从？"借助神话的目的实是告诫章彝不要效法割据一方的军阀，而有背叛不臣之妄动。把一竹杖说得如此珍贵，实际寓有深意。韩愈《赤藤杖歌》只是觑定杜诗奇异处，恣意恢奇，却忽视了借助手杖所携带神话的深切用意，未免有买椟还珠之遗憾。

杜甫另一诗是《太子张舍人遗织成褥段》，是说严武派张舍人赠来绸缎，极为豪华，当为贡物，不便接受。然后发一大议论："叹息当路子，干戈尚纵横。掌握有权柄，衣马自肥轻。李鼎死岐阳，实以骄贵盈。来瑱赐自尽，气豪直阻兵。皆闻黄金多，坐见悔吝生。"钱谦益说此诗，指严武镇蜀，恣行猛政，赏赐无度。杜甫在其幕下作此讽谕。"不然，辞一织成之遗，而侈谈杀身自尽之祸，不疾而呻，岂诗人之意乎？"① 韩愈《郑群赠簟》与杜此诗都是受人赠物，韩诗只是夸张渲染别无深意，作用与《赤藤杖歌》无异，虽与杜诗题材相近，但只言物之奇特，一味夸饰，同样失去了杜诗的深意，此即前文所言，深刻不及杜甫。

以上两诗在韩诗为应酬之作，取其杜诗赋物之奇特，尚有可说。杜甫还有关于鸟故事的寓言诗，韩诗却全盘踪法，而成为名篇。一是《义鹘行》，说是两鹰在柏树有巢养子，白蛇爬上把它的儿女全都吃掉，雄飞求食归来，雌鹰悲鸣诉说，雄鹰翻身领来一只健鹘，诉冤于鹘。鹘突飞九天，盘旋搜寻厉声长鸣，于是"修鳞脱远枝，巨颡（蛇首）拆老拳。高空得蹭蹬，短草辞蜿蜒。拆尾能一掉，饱肠皆已穿"，从高枝抓去长蛇，蛇头受击，在高空挣扎，永远辞去了丛草，蛇尾摇摆了一下，饱肠已被击破。然后健鹘"功成失所在，用舍何其贤"。这个快意恩仇的故事由樵夫传来，杜甫听后写了此诗，他觉得"飘萧觉素发，凛欲冲儒冠。人生许与分，只在顾盼间。聊为《义鹘行》，用激壮士肝"。王嗣奭说："此明是太史公一篇义侠传，笔力相敌，而叙鸟尤难。斗上一段，摹神写照，千载犹生。'功成失所往，用舍何其贤'，分明是仲连逃赏。'人生许与分，只在顾盼间'，又分明是季札挂剑。借端发议，时露作者品格性情。"② 杜诗慷慨

---

① 钱谦益：《钱注杜诗》，上海古籍出版社1979年版，第165页。
② 仇兆鳌：《杜诗详注》，中华书局1979年版，第477页。王嗣奭《杜臆》文字较繁，见《杜臆》，上海古籍出版社1983年版，第71页。

激昂，爱憎分明，这和他入蜀后的"新松恨不高千尺，恶竹应须斩万竿"同样是快慰人心。

另一诗为《杜鹃行》，属于神话故事。说西蜀王杜宇死后化为杜鹃，生子寄之它巢。鸣声极哀："其声哀痛口流血，所诉何事常区区。尔岂催残始发愤，羞带羽翮伤形愚。"末了言"万事反复何所无，岂忆当殿群臣趋"。前人谓此为玄宗失位而作。玄宗被肃宗与李辅国劫迁西内，肃宗不再按时问候。此诗则属于比兴体，借鸟伤感时事。还有《凤凰台》，是经同谷县凤凰山而作，因台名而想到凤凰与周文王，担心台上"恐有无母雏，饥寒日啾啾。我能剖心出，饮啄慰孤愁。心以当竹实，炯然无外求。血以当醴泉，岂徒比清川？"浦起龙说："是诗想入非非，要只是凤台本地风光，亦只是杜老平生血性，不惜此身颠沛，但期国运中兴，刳心沥血，兴会淋漓。"① 这是借题发挥以表心中久仁的期望。

题材接近的还有《缚鸡行》："小奴缚鸡向市卖，鸡被缚急相喧争。家中厌鸡食虫蚁，不知鸡卖还遭烹。虫鸡于人何厚薄，我斥奴人解其缚。鸡虫得失无了时，注目寒江倚山阁。"鸡虫得失已涉及"天下皆可作虫鸡观"②，从这种"生态链"中，虫蚁可能指任人敲剥的百姓，食蚁之鸡则指官员，民众与政府的矛盾，可能是杜甫思考的问题。

以上三诗的鸟故事，对韩愈的影响极大，却不为人注意。韩愈为此写了好几首同类型的诗，《病鸱》是说恶鸟鸱坠入臭水沟，悲鸣挣扎，不能脱身。儿童群聚，争投瓦石以击。作者不忍，洗以清水，饫以鱼肉，保护救了它，但它却不知回报，忽然飞去。此诗必有所指，或谓为刘叉而发③，或谓"非无名之位者"④，或谓"此君子待小人之道"，"与少陵《义鹘行》正相反"⑤。另有《双鸟诗》，说它们从海外飞到中州，分别落到城市与岩石幽谷。"两鸟各闭口，万象衔口头"，春天两鸟相逢，鸣叫不已，自此它鸟"有舌反自羞"，"从此恒低头"，而且百物生愁，无有春秋，日月难以旋转，天地大法失调。于是"天公怪两鸟，各捉一处囚。百虫与百鸟，然后

---

① 浦起龙：《读杜心解》，中华书局1961年版，第80页。
② 卢元昌：《杜诗阐》，转引自萧涤非主编：《杜甫全集校注》，人民文学出版社2014年版，第4353页。
③ 王元启：《读韩记疑》，见钱仲联：《韩昌黎诗系年集释》，上海古籍出版社1984年版，第1024页。
④ 方世举：《昌黎诗集编年笺注》，见钱仲联：《韩昌黎诗系年集释》，上海古籍出版社1984年版，第1024页。
⑤ 陈沆：《诗比兴笺》，上海古籍出版社1981年版，第212页。

鸣啾啾"。两鸟则希望再有鸣叫机会。对于此诗寄寓说法颇多：一是指斥佛老扰乱天下，二是指李白与杜甫，三是谓作者与孟郊，以后者说法较多也较得其实。因他有《鸣雁》言"穷秋南去春北归"，"风霜酸苦稻粱微，毛羽摧落身不肥。裴回反顾群侣违。哀鸣欲下洲渚非"，明显喻己，前人多认为是不安于张建封之幕僚，以今观之，似乎是对两次贬南而言。他又有一篇《忽忽》："忽忽乎余未知生之为乐也，愿脱去而无因。安得长翮大翼如云生我身，乘风振奋出六合。绝浮尘，死生哀乐两相弃，是非得失付闲人。"不愿陷入死生哀乐，而希求如鸟飞到没有是非得失之处。他还有一篇《感二鸟赋》，说"感二鸟之无知，方蒙恩而入幸；惟进退之殊异，增余怀之耿耿"，就是借鸟发己之不遇。

他的这些飞鸟诗，所寄寓的主旨，都与自己进退行藏有关。而《双鸟诗》当亦不出此范畴。由此可见，他的这些写鸟故事的诗，所受杜甫影响之大而深。不同的是，杜诗托意重大，多与时局有关，不涉及自己的处境与遭遇。韩诗纯比喻己或与己之相关，从主题的重要上就远逊于杜诗的深刻重大了。

还值得一提的是韩愈《驽骥》，无论题材与用意，亦取法杜甫《瘦马行》而来。

综上所论，韩愈诗为了追求变革，所以选择了与盛唐诗有些别样，也就在诸体中寻求创变的杜甫，成为追踪的榜样。他不但盛称李白，而且竭力追踪。对于李白的好以神仙的想象来昭彰朗朗的世界，他则大加变革为荒诞光怪的更为骇心惊目的境界；而对于杜甫则用了更大的力气，无论题材，还是表现手法，以及场面描写，狠重的用笔，借物寓意等方面，几乎到了唯杜是从的程度。但着眼杜之艺术手法多，而对于杜之主旨深刻却有所忽略，而显得雄奇怪诞有余，用意则不够深入，终于不能超越杜甫，但却形成自己的独特风格，也显示了中唐诗大为变革的一个方面，也为宋诗提供了一种区别盛唐诗的范式。

四　从杜甫到辛弃疾

词与诗本是两种不同文体，无论表达功能、题材范围与形式都有很大的区别，前人曾区别过其间的种种不同。词虽不能详尽叙事，但在抒情写景言志上，词与诗却有相通之处。为了深入把握某一词人的特征，就从"比较文学"的角度提出"词中杜甫"的命题，它的开放性的外延，几乎宋词所有的大家都成了与杜甫比较的对象。如果从相对性而言，稼轩词与杜甫似乎最为接近，特别是在内容的广博厚重、风格的沉郁顿挫、审美的多样性、结构变化，以及集大成等方面尤其相似。近些年论者已有讨论①，但从切入的角度与深度上，尚有进一步研究的必要。

（一）"重、拙、大"与"高、大、深"

就思想看，杜甫是儒家则不言而喻。稼轩似驳杂，他尊崇陶渊明的人格，看重的是诸葛亮为国鞠躬尽瘁的一面，喜庄子却不同意大小无别的齐物论，称美桓温，因为北伐过很有英雄气概；如他论北伐则主张先取山东，出其不意，他的兵家思想就很有些纵横家的色彩。在军事上有大谋略，办大事雷厉风行。前人说他："有吞吐八荒之概，而机会不来，正则可以为郭、李，为岳、韩，变则即桓温之流亚，故词极豪雄，而意极悲郁。"②他没有机会北伐，但在地方治理上严猛，雷厉风行；立志要国家统一，入世之志死不罢休，就有些接近诸葛亮。而立足的根本还在儒家，这在他的诗与词中都有多处表露，论者已有详论③。正源于此，他是悲剧性的英雄，所以他的词豪放悲凉，而与旷达的苏轼词有所不同。词论家谓"作词有三要，曰重、拙、大。南渡诸贤不可及处在是"④。以此"三要"论词并不妥当，而论南宋词的最杰出者辛词则为确论。所谓"重者，沉着之谓。在气格，不在字句"，而"沉着"就是"满心而发，肆口而成，掷地

---

① 比如刘扬忠《稼轩词与老杜诗》就从儒家思想、句法切入，见《文学遗产》1992 年第 6 期。缪钺《诗词散记·论辛稼轩词》亦有涉及。
② 陈廷焯：《白雨斋词话》，人民文学出版社 1959 年版，第 166 页。
③ 说见刘扬忠：《稼轩祠与老杜诗》，《文学遗产》1992 年第 6 期。
④ 况周颐：《蕙风词话》卷一，人民文学出版社 1960 年版，第 4 页。

作金石矣。情真理足，笔力能包举之。纯任自然，而不假锤炼，则沉着二字之诠释也"①。这是从作法与风格上来看，如果结合题材内容看，稼轩确能体现"三要"的特色。

稼轩词题材广泛超过了以开拓题材著称的苏轼，除了详叙事态非词所能为，凡诗之能写者均能以词为之。尤其是北伐、登临、怀古三大题材，都以志切恢复为中心，这是稼轩念念不忘的大事，在此三类尽力蹈扬发厉。就是送别、酬赠，乃至于寿词，也要不失时机以此呼吁鼓励祝盼。其他抒怀示志亦不言而喻，就是山水、咏物，包括闲适词亦持此种胸襟。他在给宗室赵彦端（号介庵）的寿词说："闻道清都帝所，要挽银河仙浪，西北洗胡沙。回首日边去，云里认飞车。"（《水调歌头》千里渥洼种）他把这当作贺寿的"吉祥语"，可见北伐在心头之重。送人至汉中赴任，就借水放船开口即说："汉水东流，都洗尽，髭胡膏血"（《满江红》发端）。舟次扬州和友人韵，一上手就回忆起发生在那里的采石矶大战，这是南宋唯有一次的抗金胜利战。下片又说："二客东南名胜，万卷诗书事业，尝试与君谋"（《水调歌头》落日塞尘起），这里的"事业"当然包括为北伐的谋划。为内兄祝寿的《破阵子》发端说"掷地刘郎玉斗，挂帆西子扁舟。千古风流今在此，万里功名莫放休。君王三百州。"以范曾、范蠡期许，以恢复失地为"功名"，与上词"事业"为同义语。在为抗金而有名望的韩元吉（号南涧）祝寿词《水龙吟》上片说：

> 渡江天马南来，几人真是经纶手？长安父老，新亭风景，可怜依旧。夷甫诸人，神州沈陆，几曾回首！算平戎万里，功名本是，真儒事，公知否。

他痛愤南宋上层孱弱无能，"长安父老"还在沦陷区煎熬，偏安之局依旧，主政者以和谈误国，何曾想到沦陷的中原。抗金复国大业正有待我们来完成，真正的儒家事业就是北伐，就是爱国志士的功业。以"整顿乾坤"勉己励人。他看到僚友被召入京，就兴奋急切地说："湖海平生，算不负苍髯如戟。闻道是、君王着意，太平长策。此老自当兵十万，长安正在天西北。便凤凰、飞诏下天来，催归急。"（《满江红》上片）热切的希望按捺不止，"西北长安"总铭记在心头，直到晚年以66岁的高龄登上北固亭还感叹："四十三年，望中犹记，烽火扬州路。"当年金人南侵，淮北

---

① 况周颐：《蕙风词话》卷一，人民文学出版社1960年版，第4、8页。

丧失敌手,惋惜"佛狸祠下,一片神鸦社鼓",而有"可堪回首"的悲愤。虽然这次又被重新起用,但未授以重任,不免顿足遗憾:"凭谁问:廉颇老矣,尚能饭否",仍能在"金戈铁马"中"气吞万里如虎"(《永遇乐》千古江山)。同时又在《南乡子》说:

何处望神州?满眼风光北固楼。千古兴亡多少事?悠悠。不尽长江滚滚流。　年少万兜鍪,坐断东南战未休。天下英雄谁敌手?曹刘。生子当如孙仲谋。

满眼神州,满怀兴亡,满腔悲愤,如长江奔流:孙权占据东南可以抗拒曹操,可是南宋无论高、孝、光、宁四朝只知贡银纳币,以"侄皇帝"求得苟安,这又和曹操所说的"刘景升儿子若豚犬耳"有什么区别!大概也因此词末句的歇后语作用,而被视为"变则即桓温之流亚"。此词有慨于南宋之不振,"魄力雄大,虎视千古"而"极英雄之气"[1]。

稼轩归南宋45年中三次罢职闲居,长达二十余年,或以李广自喻而感慨:"汉开边,功名万里,甚当时、健者也曾闲?"(《八声甘州》故将军饮罢也归来)与陈亮鹅湖之会极论世事,而有:"问谁使、君来愁绝?铸就而今相思错,料当初、费尽人间铁"(《贺新郎》把酒长亭说),扼腕深慨。"今日之偏安半壁,皆由当初绍兴合约及隆兴和约所铸成此大错"[2]。又在酬和陈亮词之同调(老大那堪说)中说:"正目断、关河路绝。我最怜君中宵舞,道'男儿、到死心如铁'。看试手,补天裂。"稼轩真是铁了心,无论阻碍多少,非要干出一番大事业,以恢复为己任,真是到了矢志不渝的地步。送友的同调(细把君诗说):"起望衣冠神州路,白日消残战骨。叹夷甫诸人清绝!夜半狂歌悲风起,听铮铮、阵马檐间铁。南共北,正分裂。"半夜听到檐头"铁马"响动,就像听到沙场"阵马"的铃声,而遗憾不能奔上战场;就是做梦,也是"马作的卢飞快,弓如霹雳弦惊"(《破阵子》醉里挑灯看剑);偶然在荒冷破屋住一宿,做梦也是"平生塞北江南,归来华发苍颜",冻醒后仍然是"眼前万里江山"(《清平乐》绕床饥鼠)。《水调歌头·送杨民瞻》说自己退居:"长剑倚天谁问。夷甫诸人堪笑,西北有神州。"遗憾英雄无用武之地。又用为师口气吩咐:"此事

---

[1] 陈廷焯:《云韶集》,见朱德才等:《辛弃疾词新释辑评》,中国书店 2006 年版,下册,第 1451 页。
[2] 吴则虞:《辛弃疾词选集》,上海古籍出版社 1993 年版,第 24 页。

君自了，千古一扁舟"，等到恢复了神州，才能像范蠡灭吴以后泛舟五湖一样再好退隐。弟子是否当得起此大任先不论，但这种时时不忘信念，既悲哀，又让人感动。他看到了十里清泉奔流"不管青山碍"，却由此感到"此地居然形胜，似曾小小兴亡"（《清平乐》清泉奔快）；登上闽中南剑双溪楼，本来可写成山水词，《水龙吟》开口却说："举头西北浮云，倚天万里须长剑。"感到的只是"千古兴亡，百年悲笑，一时登览"，澎湃的心情犹如"峡束苍江对起，过危楼，欲飞还敛"。要知此地犹如天南海角，还如此作想。

就是闲居中的山水词，也与人不同。《沁园春》开片即言："叠嶂西驰，万马回旋，众山欲东。"静山却成奔马，而且是"万马"，这不正是像指挥大军的统帅眼光？看到拱起的"小桥横截"，就觉是"缺月初弓"，像弯月，不，应当更像弯弓！只有时刻向往战场的将军才有这种特殊的意识。看到山上松林，第一反应又是："老合投闲，天教多事，检校长身十万松"，把高松都看作"长身"的十万大军，他要"检校"一番。"吾庐小，在蛇影外，风雨声中"，说的是松树影与如风雨的松涛声，而未尝不暗示龙蛇争斗的战场，未尝不暗示风雨声中的厮杀！对山水如此感觉，王、孟没有，苏东坡也不会有。英雄的情结与气质，只有稼轩方能具有。他迁居由《楚辞》的《卜居》想到不忘故国的屈原："我亦卜居者，岁晚望三闾。昂昂千里，泛泛不作水中凫。"（《水调歌头》我亦卜居者）"昂昂千里"在他看来当然是千里马，是战马。他登上月波楼，由楼名而发出："唤起一天明月，照我满怀冰雪，浩荡百川流，鲸饮未吞海，剑气已横秋"；还想起："中州遗恨，不知今夜几人愁，谁念英雄老矣，不道功名蕞尔，决策尚悠悠。"（《水调歌头》客子久不到）中原不能恢复，那里的人们望眼欲穿，而这里北伐大计还遥遥无期。又有谁还想到英雄已老，功名无成。急切的希望得到的却是无尽的失望，又是多么扼腕的悲愤！这真要使他"半夜一声长啸，悲天地，为予窄"（《霜天晓角·赤壁》）了。

稼轩是有大本领大作用的人物，他总想去做北伐中原的大事业。词在他手中等于抒怀示志之具。他的审美理想与准则就是"有心雄泰华，无意巧玲珑"（《临江仙》莫笑吾家苍壁小），审美标准都要与北方泰山、华山争雄，所以稼轩词的厚重博大、沉雄豪迈为其本色，激昂慷慨不可一世。稼轩词还有朴拙的一面，全用白话写来，没有任何讲究字面，但却意味隽永，如《丑奴儿》（少年不知愁滋味）、《西江月》（醉里且贪欢笑）等，看似朴拙，实际上充满了复杂的感情，而且话外有话，滋生不尽的感慨。所谓"苏辛词似魏玄成（徵）之妩媚"①，就是从朴拙方面说的。陈廷焯则指出"稼轩以朴处见长，愈觉情味不尽者"②，就针对此类词而言。

杜甫虽是一介穷儒，后半生漂泊不定，但总把关心国家命运与民众的不幸作为诗人表现的天职，因而其诗被称为"诗史"。又在其中充满悲天悯人的感情，无论多么艰难困苦，都不会忘却肩负关注社会的责任感。这在宋词里只有念念北伐的辛弃疾与他的词才与杜甫相近，柳永、秦观、周邦彦、姜夔、吴文英等都无从提及，即他们与杜甫忧国忧民的精神存在很大距离。

杜诗向来以海涵地负、千汇万状著称。刘熙载说："杜诗的高、大、深俱不可及。吐弃到人所不能吐弃，为高；涵茹到人所不能涵茹，为大；曲折到人所不能曲折，为深。"杜诗题材范围涉及之广，唐代任何诗人难于比拟；又擅长以各种复杂的情感深刻而逼真地抒发出来，所以梁启超称他为"情圣"。辛弃疾也是至情至性的人，"有一段耿耿不忘恢复之思，较放翁、石湖反觉热腾腾地，其于词者，不可没也"③。这和宋周紫芝《乱后并得陶杜二集》的"少陵有句皆忧国"，最为相似。这是稼轩词与少陵诗相似的最重要一点，辛词也把杜诗视为异代知己。所以辛词"重、大、拙"与杜甫的"高、大、深"最为契合。

杜诗有不少朴拙的诗句，为严苛的评论家所挑剔，至被杨亿称为"村夫子"诗，辛词也有朴拙生硬的粗糙句；杜甫性格执着幽默：善于苦中作乐，给诗也带来生动新鲜的气息；稼轩刚毅果决，性格也有诙谐的一面，善于在平静的退居生活中发现引人喜笑的题材，幽默的自嘲在他词里是比较引人注目的一面。杜甫喜鹰，尤为爱马，自少至老歌咏不绝，倾注人格与理想。稼轩爱战马，尤钟情庄子式的大鹏，以及雕、鹗、凤等大鸟，借以寄托英雄情怀。稼轩词的审美风格如上所及以"有心雄泰华，无意巧玲珑"为主体，杜诗标格是"或看翡翠兰苕上，未掣鲸鱼碧海中"，二者取向又何等的相似！杜甫以文为诗扩大了诗的表现手法，稼轩以文为词发之于议论，而被称为"词论"；唯其如此，才能天高地阔。杜甫以白话改造七律和七绝，风格多样化。稼轩亦复如此，已见上论。杜甫处于困迫愁苦中，往往以丑为美，稼轩亦有这种趋向，笔者已有讨论。

---

① 刘熙载:《艺概·词曲概》，上海古籍出版社 1978 年版，第 113 页。
② 陈廷焯:《白雨斋词话》，人民文学出版社 1959 年版，第 152 页。
③ 杨希闵:《词轨》，见孙克强编著:《唐宋人词话》，南开大学出版社 2012 年版，第 794 页。

在"高"与"大"上，两家极为相似，至于"深"，在杜则为沉郁顿挫，在辛则为慷慨纵横而直中有曲，更值得详论。

（二）慷慨纵横与沉郁顿挫

稼轩为大有作为的英雄人物，不幸赶上一味苟安的弱宋，满腔的热情与壮志只能发之于词。所以"词至稼轩，纵横博大，痛快淋漓，风雨纷飞，鱼龙百变，真词坛飞将军也"，"稼轩负奇郁之气而值国运颠沛之时，发而为词，正如惊雷怒涛，骇人耳目，其实一片血泪"。①"辛稼轩，词中之龙也，气魄极雄大，意境却极沉郁。"② 他的词豪迈奔放也有沉郁之致，有转折，有顿挫，在这一点上与杜甫也极为近似。

《水调歌头》（落日古城角）希望友人"读书万卷，致身须到古伊周"，去做像伊尹与周公一样的事业。以下则言："莫学班超投笔，纵得封侯万里，憔悴老边州"，用健笔硬语说得很悲凉，劲气直达。又能一句一转，一转一顿挫，荡漾出若许苍凉悲哀。《水调歌头》发端："我饮不须劝，正怕酒尊空。别离亦复何恨，此别恨匆匆"，两韵句之后句，都是对前句的否定，而否定即是转折，亦是顿挫。而顿挫一层，别离之情就加深一层。《念奴娇·书东流村壁》："曲岸持觞，垂杨系马，此地曾经别。楼空人去，旧游飞燕能说"，前三句两染一点，是对过去的回忆，后两句先点后染，是说的今日当下。二者如此硬"焊接"起来，热与冷的碰撞，顿挫出不尽的怅然。《满江红》（敲碎离愁）："芳草不迷行客路，垂杨只碍离人目"，语气在伸缩抑扬之间，婉转盘折出一怀离思。前人说："稼轩词最沉着处，每以最浑脱之笔出之，此层最需体会，有似脱口而出，实乃几经锤炼，沉痛至极者。"③ 像这样不露圭角的转折，在辛词中并不少见。他的《祝英台近》（宝钗分）："鬓边觑，试把花卜归期，才簪又重数。"写怀人心理，刻画细致曲折，这可以称为"软顿挫"。下片的"是他春带愁来；春归何处，却不解带将愁去"，以及"问春归不肯带愁归，肠千结"（《满江红》[点火樱桃]），前者是句与句之间的顿挫，后者是句内顿挫，说法不重复，亦见出明爽与悱恻之别。《惜分飞·春思》的"闻道春归去，更无人管飘红

---

① 陈廷焯：《云韶集》，见孙克强编著：《唐宋人词话》，南开大学出版社 2012 年版，第 802—803 页。
② 陈廷焯：《白雨斋词话》，人民文学出版社 1959 年版，第 20 页。
③ 祝南：《无庵说词》，见孙克强编著：《唐宋人词话》，南开大学出版社 2012 年版，第 817 页。

雨",春归一悲,落红无数又一悲,"更无人管"又一悲,层层跌落,愈转愈深,此亦为顿挫之一法。赵德庄《鹊桥仙》有"春愁元自逐春来,却不肯,随春归去",陈鹄《耆旧续闻》谓辛词本出于赵词,而赵词又本于李汉老杨花词:"蓦地便和春,带将归去。"这是从"愁"的拟人来看。若从运意上看,杜甫"一片花飞减却春,风飘万点更愁人"(《曲江》二首之一),不仅与"闻道春归去"两句直接相关,亦与其他几句似有联系。《祝英台近·晚春》:"怕上层楼,十日九风雨。断肠片片飞红,都无人管;更谁劝啼莺声住。"几乎每句都有顿挫,前两句是倒转,后两句顺转。末了单句再为一转,可谓姿态横生。同调(绿杨堤)"断肠几点愁红,啼痕犹在,多应怨夜来风雨",顺着说:多应怨夜来风雨,几点愁红断肠,啼痕犹在。一经句内倒装与句与句间倒置,先说结果,后出原因,加强顿挫,感伤意味更浓。

有些韵句看起来妥溜,直来直去,实际直中有曲,有顿挫。同调(绿杨堤)"画梁燕子双双,能言能语,不解说、相思一句",看似明白如话,似快人快语,却是以假设性肯定表达否定,抒发苦闷与寂寞,末句显得波澜顿起。有些硬语、曲折的话直着说,看似直通通,却很感慨。《水调歌头》(白日射金阙):"未应两手无用,要把蟹螯杯。说剑论诗余事,醉舞狂歌欲倒,老子颇堪哀。"前两句说的两手有用,然只能把杯,却不能持倚天长剑,这是以有用说无用的话,最为郁懑,而又不能明说。"说剑"两句说得热火朝天,末了一句剖明悲哀,看出英雄无用武之地的一怀悲凉,顿挫在其中起了大作用,明暗的对比,冷热的对比,方式多样,不停在变。杜诗以"沉郁顿挫"著称,"沉郁"是说内容的博大深沉,"顿挫"的表现手法有四种:"欲抑先扬,欲扬先抑,欲抑先抑,欲扬先扬。沉郁顿挫必于是得之。"[1]笔者曾有讨论[2],这里仅就杜诗对辛词的影响切入。

杜甫为人熟知的《茅屋为秋风所破歌》,这本是写实的,是作者暂居成都时所遇到的艰难。"床头屋漏无干处,雨脚如麻未断绝",非切身经历者未能道出。笔者少时暑假去姑母家,炕上几处摆着盆子,承接着大雨天从草屋上漏下的雨滴,所以至今对此诗倍感真切。杜甫秉承儒家孟子思想,由己思人,悲天悯人,不由自主地在结尾呼唤:"安得广厦千万间,大庇天下寒士俱欢颜,风雨不动安如山。"甚至还提出"保证"或者"交

---

[1] 刘熙载:《艺概·经义概》,上海古籍出版社1978年版,第181页。
[2] 参见魏耕原:《杜诗"沉郁顿挫"的界域与表现特征》,《古代文学理论研究》第47辑,华东师范大学出版社2018年版。

换条件":"呜呼！何时眼前突兀见此屋，吾庐独破受冻死亦足。"他只能这样说，他没有任何的交换条件。这种想法当然是"痴人说梦"，然而赤诚之心是感动人的！不仅中唐元白、张王乐府跟踪他，自宋代王安石以后对他更为崇敬。尤其是经过"靖康之变"，士人几乎没有不经过杜诗的熏陶，受到救世精神的洗礼。

辛弃疾骨子里充斥着孟子敢为天下先的思想，他说过："万一朝中举力田，舍我甚谁也。"这种自嘲极其郁懑，他的前提应当是："万一朝家要北伐，舍我其谁也。"要求国家统一的希望，是多么迫切！这种爱国军人的性格与穷儒杜甫有别，但关心天下是一致的。所以他说："老子平生，元自有、金盘华屋。还又要万间寒士，眼前突兀。"（《满江红》发端）这简直是辛弃疾与杜甫同声相求，不，应当说辛词流淌着杜甫的"救世"血液。如果所言尚有可能，辛词用杜诗典142次，仅次于苏轼的147次。①这尚是明用，还有取其神而略其形的，如果计算在内，肯定超过苏轼。比如被世人熟知的如下这首词，就直承杜诗精神，却往往被人忽略：

绕床饥鼠，蝙蝠翻灯舞。屋上松风吹急雨，破纸窗间自语。　　平生塞北江南，归来华发苍颜。布被秋宵梦觉，眼前万里江山。

辛弃疾不过偶宿荒寂冷屋，他的庄园无论是带湖还是瓢泉都很宏壮，他偶然体验一下荒冷，身处其间，他做梦回味一生，华发苍颜已临，宿志尚未实现，是梦中遗憾促醒，还是秋宵冷凉促他醒来，却是——"眼前万里江山"，这种境界，真是梦牵魂绕，只有杜甫方具此种精神，盼望国家统一，辛弃疾与杜甫真像一个人，虽然秉性才具处境有别。此词上片是一抑，过片两句再抑，此属抑而又抑；"布被"句再抑，末了才一扬。几度顿挫才出现的末句，真能使辛之精神大放光彩，读此真要掩卷而叹！辛词、杜诗都有"眼前"，且各有"广厦千间"与"万里江山"，都用的是大数，精神又何等相似！还又要"万间寒士"的稼轩，怎能不要"万里江山"？这两作神似之极，都跳动着爱国者一怀心曲。杜诗"自经丧乱少睡眠，长夜沾湿何由彻"，由过去说到当下，辛词"平生"两句，亦复如是。

以如此顿挫组织结构，在杜诗源远流长。早年《画鹰》末尾的"何当击凡鸟，毛血洒平芜"，由画鹰转到真鹰，属于欲扬先扬。《乐游园歌》前绝大部分铺叙游乐，末尾则出之"圣朝亦知贱士丑，一物但荷皇天慈。此

---

① 熊笃：《论稼轩词的用典》，《社会科学研究》2005年第1期。

身饮罢无归处，独立苍茫自咏诗"。则欲抑先扬，而且与上两首诗都是呈现以少胜多格局，可称为 n∶1 结构。《同诸公登慈恩寺塔》，前十六句写登塔所见，"秦山忽破碎"等八句正隐含对时局的忧虑。过渡至末尾四句则全为忧世之叹，这种 2∶1 的结构可算是对前者之变。调节原因，是对时局前景不是一两句能说得清的。

凡是杜甫的大题材几乎莫不以顿挫手法处理结构。《兵车行》为一片血泪文字，叙述、描写、对话，多于其间的议论，乃至整篇结构都用顿挫的手法。诸如"去时里正与裹头，归来头白还戍边"的叙述，"边庭流血成海水，武皇开边意未已"的议论，"纵有健妇把锄犁，禾生陇亩无东西"的推论，"生女犹得嫁比邻，生男埋没随百草"的对比，如此等等无不出之伸缩顿挫之笔。至结尾又是一绝大顿挫："君不见，青海头，古来白骨无人收。新鬼烦怨旧鬼哭，天阴雨湿声啾啾。"预示着这些"役夫"将要成为"新鬼"，从全篇看又是抑而又抑的顿挫结构。《丽人行》尤为特殊，先用十句以赋体手法与乐府民歌的问答形式，恣意铺写杨氏姐妹的丰神、体貌、服色之华贵，而且通身上下前后首饰、绣衣锦裳、佩珠——俱见；其次又用十句铺叙肴馔珍美，宠赐优渥，伴奏音乐之盛。末了六句乃指杨国忠"当轩下马""炙手可热"，中间插入"杨花雪落覆白蘋，青鸟飞去衔红巾"，暗示不避"雄狐之刺"，至此方明白此篇极尽讽刺之能事。结尾的微讽推到前边极雅的文字，极美之人却做极丑之事，骂尽杨氏兄妹的苟且。然"杨花"二句又有点缀暮春景物的保护色，又显得不动声色。大画家傅抱石、程十发，就此所作的诗意画，就很难显示出此诗最重要的主题。这种以美为丑的颠覆手法，上继《诗经·鄘风·君子偕老》《齐风·南山》《卫风·硕人》，或以正为反，或借起兴讽刺，或铺写女性美，杜诗则借助大顿挫、大跌宕的结构，以欲抑先扬的手法颠覆了美与丑，推倒了"美"，揭示出"丑"来，顿挫则起了旋天转地的大作用。

《哀江头》的顿挫又为一变，先用四句见出曲江今日之萧条，立即顿住。然后以"忆昔"八句，回忆杨妃游苑，极言盛时之乐。末尾八句以马嵬杨妃之死，玄宗逃蜀，深致乱世之悲。结构三分，立足当下，形成今一昔一今的布局，两次顿挫分别为欲扬先抑与欲抑先扬手法颠倒为用。以上这些大题材，内容深广博大，表现手法则跌宕生姿，以"沉郁顿挫"囊括此诗，就再适合不过了。

《丹青引》与《观公孙大娘弟子舞剑器行》，借助大画家与舞星因安史之乱的流浪和作者"同是天涯沦落人"，显示空前灾难性的一次巨变。杜甫发扬善于铺写的才华，又发挥了洞悉事物根本的眼光，均以今昔构成显明而单纯的对比,以大起大伏的大顿挫的结构,抒发丧乱的感慨。还有著名的《古柏行》,亦是借题发挥,结尾从顿挫中荡漾出"古来材大难为用"的用意。而《闻官军收河南河北》却倒过来,采用了1∶7结构,先用"剑外忽传收蓟北"领起,以下全写歌哭至极的喜庆。这实际是从对比性顿挫结构变化而来。《缚鸡行》题材极小,"鸡虫得失"却似乎寓有官家与民众对立的深意,这是从长期丧乱中思考的问题。二者之矛盾:是鸡吃虫,还是卖鸡被杀而虫子得存,对此"鸡虫得失无了时"的"二难选题",便只好"注目寒江倚山阁",去继续思考。这末了两句实际是对棘手问题的一转,虽然是轻轻的,也应当属于顿挫的范畴。

杜诗的名篇几乎与顿挫休戚相关,诸如《奉赠韦左丞丈二十二韵》《自京赴奉先县咏怀五百字》《北征》,如从顿挫看,也最为经典,曾有讨论,此不赘。杜甫晚年所作的《韦讽录事宅观曹将画马图歌》,先写曹霸画马在开天时声名鹊起,末了以"忆昔巡幸新丰宫,翠华拂天来向东。腾骧磊落三万匹",即由此图的画马过渡到真马,并以盛时马匹之众为与当下对比做了预设。然后说到自玄宗死后:"君不见金粟堆前松柏里,龙媒去尽鸟呼风。"此诗"就马之盛衰,想国之盛衰,不胜其痛"[①]。大篇以此大顿挫为分界,以少胜多的反差,又因与国家盛衰合成对比,故跌出无限凄凉,淋漓顿挫,沉郁动人。

以顿挫为句法、段法,乃至为章法,为杜诗一大规律,最能发挥"情圣"忧时伤乱的深厚感情。稼轩看准这一大法门,因顿挫能发豪情,亦能抒幽愤难言之怀,于是从此大踏步走来。以顿挫组织结构,间见层出地见于词中。《青玉案·元夕》末尾的"蓦然回首,那人却在,灯火阑珊处",即和以上热闹的节日气氛邃成异观。属于"伤心人别有怀抱",反跌出别一番滋味。中秋词《太常引》写月光美好,可照见白发,欲问嫦娥人何以老得如此之快;下片想象乘风长空,直上万里,俯视山河,很有些游仙词的味道,末尾却说:"斫去桂婆娑,人道是、清光更多。"且不说直用杜诗"斫却月中桂,清光应更多"(《一百五日夜对月》)。杜之这两句为五律的颔联,意在引发下半思家愁怀。辛词却用来指主和派的宰执,为了希望朝政清明,就把杜诗成句与章法顿挫结合为用。《菩萨蛮·书江西造口壁》触地生情,昔年国耻引发不尽的扼腕悲愤。过片又用"青山遮不住,毕竟东流去"健句一振,此为扬起;而末尾"江晚正愁余,山深闻鹧鸪"却又

[①] 王嗣奭语,见仇兆鳌:《杜诗详注》,中华书局1979年版,第1155页。仇注所引与王氏《杜臆》所言不同。

以哀景狠狠抑住，抑扬之间无限凄凉迫促。

《满江红·题冷泉亭》本是山水词，却在结尾翻转出："恨此风物本吾家，今为客。"以不能恢复中原为遗憾。这种硬转原本是触景生情所引发，稼轩有大胸襟，故有大魄力。著名的《摸鱼儿》（更能消）借春景宫女说己之不受重用，又骂倒主和派不会有好下场。而结尾的"休去依危栏，斜阳正在，烟柳断肠处"，不仅与前春景呼应，且象征时局衰弱而无生气，在上文抑的基础上又是一抑，怨愤之气在跌入中殊为鲜明。寿词《水龙吟》（渡江天马南来），满篇都是北伐的话，结尾仍出之"待他年整顿，乾坤事了，为先生寿"，只有末四字回到题目。此则欲扬先扬，为寿词别开一生面。

《鹧鸪天》（枕簟溪堂冷欲秋）为"病起作"，上为景下为论，带有病后对外物的新鲜感，然末尾的"不知筋力衰多少，但觉新来懒上楼"，把体力尚未全部恢复的感觉，带上了人生感受的深沉意味，这是与重转不同的艺术效果。《清平乐·村居》叙写一家老少的劳作与安乐，结末轻轻一转："最喜小儿亡赖，溪头卧剥莲蓬"，给田家乐平添了些喜剧色彩。同调（连云松竹）写田园风俗景观，巡视庄园发现儿童偷打他家的枣梨，没有大声斥责赶走，却是"莫遣旁人惊去，老夫静中闲看"，却反转出喜剧的幽默色彩。这类轻转，亦属顿挫一法，稼轩词以之叙写生活的各种感受与情趣。

把叙述、议论、写景结合，以转换笔意转折顿挫，则别有效果。《八声甘州》（故将军）叙写李广之不遇，然后发为议论："汉开边、功名万里，甚当时健者也曾闲。"总束上之一生不幸的叙述。以下忽然出之："纱窗外，斜风细雨，一阵轻寒。"这是作者对所处当下时局的暗示，与上之议论似断而实连。就像杜诗《奉赠韦左丞丈二十二韵》末尾荡开一笔"白鸥没浩荡，万里谁能驯"，都具有意外的暗示效果。或者同是写景，却景外有话。《鹧鸪天》（陌上柔桑）通篇田园风光，结尾却是"城中桃李愁风雨，春在溪头荠菜花"，不仅本身语有抑扬，见溪头菜花而想城中桃李经不住风雨摧残。可见"春在野而不在城，此显然深有寄慨"①。准此那么这句就是暗转，在转折中寄托感慨。《蝶恋花》（谁向椒盘）为"立春"作，全写节日风俗，结尾"今岁花期消息定，只愁风雨无凭准"，就不仅是节序话，也蕴含对上层政局变化的忧虑。本身也呈现欲抑先扬语态，意味就更为深沉。吴梅说："盖言荣辱不定，迁谪无常，言外有多少疑惧哀怨，

---

① 吴则虞：《辛弃疾词选集》，上海古籍出版社1993年版，第225页。

而仍是含蓄不尽。"①

尤其是小词以大顿挫大开合为章法，跌宕出情感的激奋，更为杰作。壮词《破阵子》说梦里回到军营，如何会餐，如何练兵，写得胸胆开张，热火朝天，加上叙写后的议论："了却君王天下事，赢得生前身后名"，把豪情推上顶点。末了突出一句"可怜白发生"，一下子骤然改变了气氛，由豪奋跌入悲凉，再无言说。这种大转折急转折，最能体现辛词的豪放悲凉，慷慨跌宕大起大伏，显然亦见来自杜诗以顿挫组织结构之法，最得《缚鸡行》结尾顿挫之神。《鹧鸪天》（壮岁旌旗）上片追忆当年突骑渡江，语气壮迈。过片回到现在"追往事，叹今吾，春风不染白髭须"，此为一跌。结片又一跌："却将万字平戎策，换得东家种树书。"稼轩归宋早年就有《九芹》《十议》，全为北伐规划大计，至暮年而不见用，故有此悲惋的痛叹！此与杜甫《丹青引》的"将军善画盖有神，偶逢佳士亦写真。即今漂泊干戈际，屡貌寻常行路人"，就显得非常相近。

稼轩能于词中寓以豪宕顿挫，陈维崧说："东坡、稼轩诸长调，又骎骎乎如杜甫之歌行与西京之乐府也。"②其实苏词在于旷达自然，并非以豪宕见长，亦与杜诗较远。刘熙载言"词品喻诸诗，东坡、稼轩，李、杜也。"又言："杜诗云：'前辈飞腾入，余波绮丽为。'以词而论，飞腾惟稼轩足当之，绮丽则不可胜举。"③陈廷焯说法最为中肯："感激豪宕，苏辛并峙千古。然忠爱恻怛，苏胜于辛；而淋漓悲壮，顿挫盘郁，则稼轩独步千古矣。"又言："辛稼轩词中之龙，气魄极雄大，意境却极沉郁。"④近人言："其集中有沉郁顿挫之作，有缠绵悱恻之作，殆皆有为而发。"⑤又有言曰："辛稼轩词，思力深透，笔势纵横，气魄雄伟，境界恢阔，每下一笔，即有笼盖一切之概。由其书卷多、襟抱广、经验丰得来。"⑥以上诸家之说，或注意到了辛词豪宕中的顿挫，或称为"飞腾""盘郁"；或注意"沉郁"，"思力深透""境界恢阔"。刘熙载则径直喻之杜甫。总而言之，稼轩词慷

---

① 吴梅：《词学通论》，见孙克强编著：《唐宋人词话》，南开大学出版社 2012 年版，第 811 页。
② 陈维崧：《词选序》，见孙克强编著：《唐宋人词话》，南开大学出版社 2012 年版，第 780 页。
③ 刘熙载：《艺概·词曲概》，上海古籍出版社 1978 年版，第 113 页。
④ 陈廷焯：《白雨斋词语》，人民文学出版社 1959 年版，第 20 页。
⑤ 蔡嵩云：《柯亭词论》，见孙克强编著：《唐宋人词话》，南开大学出版社 2012 年版，第 812 页。
⑥ 祝南：《无庵词说》，见孙克强编著：《唐宋人词话》，南开大学出版社 2012 年版，第 817 页。

慨纵横，本身在很大程度上以顿挫抑扬为主体表现，无论在韵句、结构均有这样显著特点，这就和杜诗很接近了，他的许多名作原本就取法杜诗，至于引用化用杜诗之多，就更不必说了。

（三）集大成之共性

杜诗的集大成，元稹为其所作的"墓系铭"、秦观《韩愈论》论述周备，而为人熟知。言辛亦为集大成则为罕闻，实际上是被豪放一词遮住了视野。

若从内容看，题材的开拓，首先是苏轼，而辛词的题材远远超过了苏轼，诸如登高、怀古、咏史、送别、留别、酬赠、怀人、田园、山水、祝寿、庆贺、咏物、题咏、闺怨、节令、题画、游仙、议论、北伐、闲适、俳谐，还有咏姓字词、药名词、集句词、集经句词，除了叙事，几乎把诗之题材囊括净尽。不仅东坡不能比拟，即在两宋词中，亦无人出其右。在题材之广泛上可谓集大成者。

若从风格看，辛词为豪放词的集大成者，远法苏东坡，近取张元幹、张孝祥等，尚包括婉约词贺铸等人；在他的周围与身后聚集或涌现了陆游、刘过、韩元吉、陈亮、杨炎正、刘克庄、刘辰翁等。他俨然成了豪放派的宗领，体现了集大成的成就。风格除了豪放，还有婉约、俳谐词，以及对话词与白话词，可谓风格之集大成者。

诗词往往用典，辛词用典之多最负盛名，甚至有"掉书袋"之讥。"辛稼轩别开天地，横绝古今，论、孟、诗小序、左氏春秋、南华、离骚、史、汉、世说、选学、李杜诗，拉杂运用，弥见其笔力之峭。"[①]据学人爬梳统计，辛词总用典2016次，凡543首，除了以经史子集，其中一家或一书用典在10次以上者有：苏轼147次，韩愈75次，《晋书》63次，《诗经》57次，陶诗47次，两《唐书》46次，白居易34次，《南史》27次，《后汉书》26次，《三国志》25次，杜牧、黄庭坚各23次，欧阳修22次，《列子》21次，《战国策》与王安石各15次，刘禹锡与王羲之各13次，孔稚珪与《宋书》各10次。此外，《尚书》《易经》《礼记》《宋书》《南齐书》《汉官仪》《吴越春秋》《淮南子》《老子》、司马相如、扬雄、孟郊、柳宗元、元稹、李商隐、王勃、二曹二谢均用9次或以下[②]；还有晋人法

---

① 吴衡照：《莲子居词话》，见唐圭璋编：《词话丛编》，中华书局1986年版，第2408页。
② 熊笃：《论稼轩词的用典》，《社会科学研究》2005年第1期。

帖、绘画著录、山经图志，以及唐诗小家，宋诗名家、小家，尚不在计算之内。

杜诗数量是辛词二倍还要多，在他以前诗人中，恐怕用典为数最多，截至现在尚未见有人统计。仅以早年著名《望岳》而言，就仇注看，用了《尚书·虞书》、《庄子》、孙绰《天台山赋序》、《老子》、张衡《南都赋》、《春秋公羊传》、曹植《冬猎篇》、沈约诗、扬雄《法言》；还有指出者，有《史记·货殖列传》、《孟子》"登泰山而小天下"。如果统计下去，那数字将是骇人的。

用典之多少，并不决定作品之高下好坏。如颜延之在元嘉三家中，用典很多，但水平就不一定高过谢灵运与鲍照。然杜诗辛词之高而绝无间言。用典之多，亦无人能出其右。所以至少仅从用典之多看，也可谓集大成。

从数量上看，辛存词626首，为两宋词之冠；杜诗1457首，仅次于白居易。白居易精心保存己诗，故存多。杜甫"自七岁所缀诗笔，向四十载矣，约千有余篇"[①]，后来绝意仕进，做专业诗人，为数之多，恐怕要超过白氏。因弃官赴陇，又漂泊西南以及湖湘之间，最后客死于一条小船，作品散逸之多，是可想而知的。说是在他之前数量的集大成，亦不会有疑问。

一个集大成作家，不仅作品要质量高，数量多，而且风格要多样。如果风格单一，只能称名家而够不上大家，更谈不上集大成者。如从杜诗辛词风格共同性来看，亦是如此。从杜诗集大成来看，秦观《韩愈论》说："杜子美之诗实积众家之长，适当其时而已。昔苏武、李陵之诗，长于高妙；曹植、刘桢之诗，长于豪迈；陶潜、阮籍之诗，长于冲澹；谢灵运、鲍照之诗，长于峻洁；徐陵、庾信之诗，长于藻丽。于是子美穷高妙之格，极豪迈之气，包冲澹之趣，兼峻洁之姿，备藻丽之态，而诸家之作，所不及焉。然不集诸子之长，子美亦不能独至于斯也。岂非适当其时故耶？孟子曰：'伯夷，圣之清者也；伊尹，圣之任者也；柳下惠，圣之和者也；孔子，圣之时者也。孔子之谓集大成。'"[②] 其中的豪迈、峻洁、藻丽，亦为稼轩所具备。杜甫的主体风格则为"沉郁顿挫"，无论从风格多样或主体风格，两宋词人，除了稼轩，没有一家接近。如果从关心时局之自始至终，唯一只有稼轩可以当之。

从风格多样看，杜诗之所以被推尊为诗史，重要原因之一就是以叙事诗见长，词中没有一家可以称为词史，因词体不宜于叙事，受到篇制的限

---

① 杜甫：《进雕赋表》，见仇兆鳌：《杜诗详注》，中华书局1979年版，第2172页。
② 秦观：《韩愈论》，见仇兆鳌：《杜诗详注》，中华书局1979年版，第2318页。

制。杜甫叙事诗很大一部分采用了"对话形式",诸如《兵车行》《羌村三首》其三、《新婚别》《赠卫八处士》等,都继承《诗经》与汉乐府的对话形式,至于带有对话性质的那就更多了。用数之多在唐人之中,唯有杜甫一人。

辛词虽没有专门叙事词,但带有叙事性的对话词却颇为不少,这在两宋词中亦为稼轩所独有。他的《六洲歌头》(晨来问疾)说有"三病难医",这是他与鹤的"对话";《木兰花慢》(可怜今夕月)采用"天问体",这是他与月的"对话";《沁园春·将止酒,戒酒杯使勿进》,这是与酒杯关于戒酒的对话;同调(杯汝知乎)又是破戒与友人饮酒又与杯的对话,《哨遍》(池上主人)是关于《庄子》义理的对话,《柳梢青·三山归途代白鸥见嘲》又是与鸥的"对话";《水调歌头·盟鸥》则是与鸥约定的对话;《柳梢青》(白鸟相迎)借白鸥自嘲被罢官的对话;《山鬼谣》(问何年)是与怪石的对话;《夜游宫·苦俗客》则是与俗客的对话,《西江月·示儿曹以家事付之》这是与儿子的对话。由上看来,辛词继承杜诗的对话,又发展为想象式的对话,虚拟对话之对象,把杜诗的叙事变为示志言情。不仅如此,有些词直接取法杜诗的对话。《浣溪沙》上片:"父老争言雨水匀,眉头不似去年颦。殷勤谢却甑中尘。"这种以叙述表达对话,言说百姓与己之亲切,则与杜诗《遭田父泥饮美严中丞》的内容与表达方式就非常相似。辛词还有不少带有对话性质,这是从唐五代词至北宋词以来,由局部的对话在他的词中发展为一半对话,姑且从略。辛之对话词之多,在两宋词中尤为罕见,这和杜诗的创新也是一致的。

杜甫自谏贬房琯而遭到肃宗的疏离,故从曲江诗开始,就在律诗中实验白话的创作。《曲江二首》之一的"且看欲尽花经眼,莫厌伤多酒入唇"的"伤多",即"过多"的意思,关中口语至今尤存其义。其二的"酒债寻常行处有,人生七十古来稀",把句式由初盛唐的密丽一变而疏淡,而且接近白话,与前此所作的七律面貌迥异。特别是放官华州,白话七律成为特意为之之诗体。诸如《望岳》《早秋苦热堆案相仍》尤为突出,后者苍蝇、蝎子都进入律诗,这在此前初盛唐的七律中是绝对不会出现的。入川以后,生活安定,白话七律更多,如《有客》《江村》《南邻》《客至》《进艇》《白帝》《又呈吴郎》等,对七律予以彻底的更新,成为白话七律[①],这对中唐与宋代的七律影响巨大。

---

① 魏耕原:《杜甫白话七律的变革与发展》,《安徽大学学报》(哲学社会科学版)2016年第2期。

宋词以白话作词不自辛弃疾始，但大量制作则非他莫属。论者统计他的白话词282首之多[①]，因白话词没有确切的外延，所以统计的数字就不一定精确，但存在大量的白话词，则是没有问题的。他的白话词主要出现在对日常生活的书写与郁懑心情的抒发上，其中不乏佳制，这与杜甫追求的白话七律的创作，情形大致一样。用于外交上的主要是对亲近人的祝寿词，其中佳制多是抒怀言志之作。颇有趣味的是，以豪迈纵横见称的辛词也用俗语俚词写婉约词，如《南歌子》（万万千千恨）为女送男之作，上片言分别，下片言别后："今夜江头树，船儿系哪边？知他热后甚时眠？万万不成眠后，有谁扇？"以三问提出心头上的三个挂念，层层进深，写得一往情深。如果说白话词是从李后主、李清照、黄庭坚等人词发展而来，那么以下则为辛词的发展，诸如《浣溪沙》（侬是钦奇可笑人）、《鹊桥仙·送粉卿》《南乡子》（好个主人家）、《恋绣衾》（长夜偏冷添被儿）等。闲适词也用白话来写，如《临江仙》（六十三年无限事），为生日抒怀的自寿词。在他的白话词里还有两类很出色，一是田园词，他在东坡田园词的基础上，观察更为敏锐细致，而表现更为丰富多样，生动活泼。《西江月·夜行黄沙道中》以听觉、视觉包括感觉叙写夏夜农村夜行，突破了东坡的农村题材；《清平乐·村居》以一家老小为线索，展开了一个别致的"全家乐"。《鹧鸪天》（陌上柔桑初破芽）展现了农村春景图，从室内到室外，从平冈到远山，从远山到近处酒店，无处不洋溢静谧的春天气息。发端的"陌上柔桑初破芽，东邻蚕种已生些"，把节候与江南农事说得那么确切，对于一个北方人来说见出对农桑的尤为关心。尤其是末尾"城中桃李"与"溪头荠菜花"，用意双关而心想时局，更是对田园词的突破。《玉楼春》（三三两两谁家女）既是对农女的速写，又是他自己生活期间的记录。《鹧鸪天·戏题村舍》描写鸡鸭、桑麻、新柳、溪边，以及婚嫁风俗，并言"吾方羡"的情怀。同调（春日平原荠菜花），不仅展示"新耕雨后落群鸦"特有别致的景象，可闻到泥土的气息，而且摄取了"青裙谁家女，去趁蚕生看外家"的特别风俗，村女的倩影亦如在眼前，几乎以个中人的眼光与语气出之，这也是苏所没有的。

更有一类为抒怀言志之作，用纯白话写来，很特殊。辛词此类大多是慷慨悲凉的豪放词，他却用白话来写，而且颇耐人寻味。《丑奴儿·书博山道中作》以少年与而今对比写愁，却欲吐还吞，结片"欲说还休，却道

[①] 房日晰：《辛弃疾的白话词》，见氏著：《宋词比较论》，安徽大学出版社2010年版，第278页。

天凉好个秋"，似有很重要的许多话要说，然用"打哈哈"来斡旋，借天凉说些不相关的话，虽然没说出什么，但什么都说出来。用日常语焕发出顿挫的魅力，是前所未有的精品。《西江月·遣兴》（醉里且贪欢笑）亦写愁，实是上词的姊妹篇。全出之逆笔，从反面见意。上片写愁因，下片以醉写愁态："昨夜松边醉倒，问松我醉何如。只疑松动要来扶，以手推松曰'去'。"前人谓"稼轩词虽入粗豪，尚饶气骨。其不堪者"[①]，即指此而言。此类词确实"刺眼"，很不像"词"，但从中可见出英雄失意的"不堪"忍受的情怀，且不说用史书语如从己出，单就写醉看、醉态、醉眼、醉神、醉语、醉人的心理淋漓纸上。像这样的醉词，真是"有英雄语，无学问语"。只有武松醉打蒋门神可与一比，而与婉丽妍媚的婉约词真不可同日而语。如果与杜甫"束带发狂欲大叫，簿书何急来相仍"（《早秋苦热堆案相仍》）、"新松恨不高千尺，恶竹应须斩万竿"（《将赴成都草堂》其四）相比，以粗硬的话语入讲究装饰的七律，辛词的神气与之又何等相似！

　　杜、辛在性格上绝不相似，但在幽默上却极为相近。在艰难困苦的丧乱中，杜诗以"灰色幽默"作为抗拒不幸的武器，是含着眼泪的微笑，硬是从贫穷饥饿以坚毅的人格扭转为轻松的幽默；稼轩生活丰裕，而是在平静的生活中，发现可资一粲的幽默，发之于词。在给人祝寿时，说些吉庆逗乐子的好言语，或是借吩咐儿子管理家事："早趁催科了纳，更量出入收支。乃翁依旧管些儿，管竹管山管水。"诙谐中却蕴藏许多愤懑。志切北伐的人却罢官退居，投闲置散，或者把山水的描写也出之诙谐的语调，如《玉楼看·戏赋云山》："何人半夜推山去，四面浮云猜是你。当时相对两三峰，走遍溪头无觅处。// 西风瞥见云横渡，忽见东南天一柱。老僧拍手笑相夸，且喜青山依旧住。"从山被云遮住荡漾出机智的幽默，可使人会心一笑。有时把白话、对话和谐交织一起，可以看出对自然的热爱，却以幽默语发出，如《鹊仙桥·赠鹭鸶》："溪边白鹭，来吾告汝。溪里鱼儿堪数，主人怜汝汝怜鱼，要物我欣然一处。// 白沙远浦，青泥别渚，剩有虾跳鱼舞。任君飞去饱时来，看头上，风吹一缕。"此词或许受到杜甫思考鸡虫得失的《缚鸡行》的启发。幽默在他手中又可作为讽刺的工具，如《夜游宫·苦俗客》等。《玉楼春》上片："青山不会乘云去，怕有愚公惊着汝。人间踏地出租钱，借便移将无著处。"借云遮山不见，顺手讽刺赋

[①] 贺裳：《皱水轩词筌》，见孙克强编著：《唐宋人词话》，南开大学出版社2012年版，第789页。

税之多。总之，俳谐词在稼轩词中为一大宗，涉及面较广。这在东坡词中较少，辛词也是受到杜诗的启发，而发展涉及方面更多。

杜甫以文为诗，稼轩以文为词，借助散文虚词、松散的句式，以发议论，各自取得引人注目的成绩。辛词继承杜诗更为明显，前人称他的词为"词论"，在这方面除杜甫对他的影响以外，还有韩愈。因而论者也往往把辛词与韩愈合观比较。

综上所论，辛词与杜诗联系的脉络广泛，处处息息相通。无论在关怀国家统一的大题材上，还是在主体风格的接近上，或是在风格的多样上，辛词取法于杜诗远远大于其他诗人或其他词家。至于化用直用杜诗成句，或暗用反用杜诗语词，数量之多，可能不亚于取法苏轼。如此内容的比较上，辛词就更接近杜甫了。

第五编　个案论

一 杜甫华州诗论

杜诗分期，无论三期、四期，甚或分为八期，或是前人所论，从来未提到华州时期。一来杜甫在此地为时不长，二来作品亦不丰，故不为人所注目。新时期以地域文学与文化研究日渐兴盛，方有着眼。然华州时期不仅对杜甫政治上进退关系至大，而且对杜诗的转型影响甚巨，因此有必要予以充分的关注。

（一）华州时期的重要意义

大历元年初夏至夔州，见到巫峡、蜀江，对于"漂泊西南天地间"的杜甫，不由地思念往事，感慨系之，而有《峡中览物》忆及过去："曾为掾吏趋三辅，忆在潼关诗兴多。巫峡忽如瞻华岳，蜀江犹似见黄河。舟中得病移衾枕，洞口经春长薜萝。形胜有余风土恶，几时回首一高歌。"朱瀚说："初联似写帐簿，'忽如''犹似'趁笔庸滑。'瞻''见'合掌，'巫峡''华岳'首尾痴肥。见巫峡而如见华岳，岂非捏目生花！下句同此。第五是病呈，使人欲呕。'移'字尤晦，'洞口'指何地？七、八庸率。"[①] 朱氏论杜诗甚苛，动辄斥为赝作，仅凭感觉为结论的说法并不可取。仇注说："此公在峡而思乡也。上四追忆华州，下四华州有感。"又谓颔联为"此在峡而忆华州也"[②]。浦起龙说："何缘独思华州，适览'巫峡''蜀江'，有如'华岳''黄河'，故以为言尔。华在两京之间，亦乡思也。境虽相似，而病泊愈时，与'潼关诗兴'迥别矣。"[③] 实际上思华州、思"华州诗兴多"、思乡，三者为一事。因华州为"京邑"，而长安南"杜曲幸有桑麻田"。所以思华州即思长安，思华州亦即思"潼关诗兴多"。仇注说："向贬司功，而诗兴偏多，以华岳、黄河足引壮思也。"山河壮思的说法不太可靠，因华州时期没有写过黄河的诗，虽有一首《望岳》则意不在

---

① 朱瀚：《杜诗七言律见意·七言律辨赝》，转引自萧涤非主编：《杜甫全集校注》，人民文学出版社2014年版，第3594页。仇注引朱瀚这节文字，出入较多，语末还有"断非少陵真笔"，见《杜诗详注》，中华书局1979年版，第1289页。

② 仇兆鳌：《杜诗详注》，中华书局1979年版，第1289页。

③ 浦起龙：《读杜心解》，中华书局1961年版，第644页。

山。写此诗时离开华州已七年多，时年55岁，而为何对华州即"潼关诗兴多"如此怀念呢？

话得从头说起。乾元元年六月杜甫被贬放华州司功参军，上年四月从沦陷之长安冒险逃奔肃宗行在凤翔，五月授左拾遗，旋因疏救房琯，触怒肃宗，在朝廷立足就很不自在，便请假探家，闰八月至鄜州。其间两京收复，十一月携家返长安。次年六月肃宗宿怨积发，房琯、严武、张镐先后贬放。杜甫六月贬华州参军。其年冬探省洛阳访旧，次年春返华州，写下著名的三《吏》、三《别》，而在洛阳有《洗兵马》之杰作，七月即决意赴秦州。在华州时间首尾不足一年，而往返洛阳与蓝田等地将近半年。此时作诗41首，除去作于外地13首，也不过28首。杜诗共1457首，从25—55岁的30年为作诗总年龄，年均48首，华州诗低于一生年均数。入陇前作诗总数263，年均为11首。在陇半年为126首，入蜀至去世11年为1194首，后者年均108首。居夔两年半共470首，年均170首；流落湖湘两年半为148首，年均59首；居草堂两年半为175首，年均70首；流落两川三年半为280首，年均80首；35岁前的壮游十年为24首，年均2.4首；长安10年为113首，年均11首；辗转兵燹三年半为126首①，除去华州近一年余二年半为85首，年均34首。按年均排列：居陇第一，夔州第二，两川第三，草堂第四，湖湘第五，华州第六，辗转兵燹第七，长安十年第八，壮游第九。由此可见，在未离开关中前华州年均诗数量最多，离开华州后居陇为一生最多。仅从年均数量看，华州诗所具有的特殊意义，就不言而喻了。

其次，华州时期是杜甫由官员到布衣的转型期。天宝十四载十月，已经44岁的杜陵布衣，至少经过长安十年的苦苦追求，才争取到右卫率兵曹参军。然任职一月左右赴奉先探家。次年二月就职，四月又赴奉先，经白水，移家鄜州。八月赴灵武，途中被叛军押回长安。肃宗至德二载四月，从长安逃奔凤翔。此后之事，已见前文。由上可见任右卫率兵曹参军仅两月左右，任左拾遗在朝仅10月，任华州司功11月，断续三次做官实际不足两年时间，前后连续四年。比起陶渊明五官三休实际任职三四年，只有一半。作为入世者的杜甫与出世者陶渊明绝然不同，然而却像陶渊明一样，不，比陶还坚决，而且在仕历上还提前两年就铁了心弃职，难道他不"致君尧舜上"了？也不想"再使风俗淳"了？作为"葵藿倾太阳，物

---

① 以上各期时间与诗与数量，参见裴斐：《杜诗分期分体数量一览表》，见《裴斐文集》，人民文学出版社2013年版，第5卷，第244页。

性固莫夺"的杜甫,难道他的政治观念就真的像陶渊明那样,"实迷途其未远,觉今是而昨非"了吗?

对此,陈贻焮先生说得很详细:"乾元二年这一年,对杜甫的一生来说,是很重要的一年,是值得纪念的一年。就在这一年,诗人经过了多时的反省和探索,终于从思想感情上完成了日渐远离皇帝而走向人民的痛苦过渡,谱写出反映人民苦难生活的新篇章,为他前期已取得的辉煌的诗歌创作成就,增添了新的耀眼的光彩;同时也清醒了头脑,破除了对朝廷的幻想,坚定了去志,于这年七月,属'关辅饥,辄弃官去,客秦州'(《新唐书》本传语),从此便走上了后期'漂泊西南'的坎坷的人生道路。"① 他的《立秋后题》说:"'……平生独往愿,惆怅年半百。罢官亦由人,何事拘形役?'……——这简直是老杜的《归去来兮辞》,是他弃官的宣言书。可见他采取这一行动是经过深思熟虑的,是对污浊时政痛心疾首的鄙弃,所传因'关辅饥'而弃官,只不过是托辞而已。"此年弃官确对杜甫很重要,标志又回到布衣,这确实是痛苦的抉择。然他本身是政治诗人,无论为官为民,关心时局与忧国忧民始终是生死不弃的人生准则。任兵曹参军期间,他写了《自京赴奉先县咏怀五百字》;任左拾遗期间,有《北征》《羌村三首》;任司功参军期间,又有《洗兵马》与三《吏》、三《别》,然而一旦离开关中,弃官漂泊,固然有许多佳制,但像上边这样重大题材的划时代之作,就再也没有出现过。虽然从数量看,弃官后之作多到1194首,此前仅有263首,但从精品比例看,前者远迈后者。政治诗人本应在政治中心地区,才能发挥本能的政治作用。朱熹曾说"夔州诗却说得郑重烦絮","晚年诗都不可晓","其晚年诗都哑了"。② 反过来说,弃官前的诗绝不会"哑",而是响,响得很厉害。如果没有弃官后的诗,杜甫也不失为大诗人;若没有弃官前诗,起码会黯然失色,无法与李白相比。这也正是他本人何以要言"忆在潼关诗兴多"的原因。"诗兴多"非谓诗的数量多,对一个政治诗人来说,关乎军国大政的题材多,才能触发创作的兴致,才能有举足轻重的大制作,才能充分发挥政治诗人忧国忧民的情怀。

杜甫的弃官,出自于对肃宗的失望。而对肃宗的失望,自疏救房琯触怒肃宗以后就已萌生。他请假探亲,长达二月之久,而凤翔距鄜州只有300多里,鄜州距长安也不过400多里,往返用不上十天。说明这时远不

---

① 陈贻焮:《杜甫评传》上卷,上海古籍出版社1982年版,第496页。
② 黎靖德:《朱子语类》卷一四〇,中华书局1986年版,第8册,第3326页。

如三个月前逃奔行在那样激动而满怀热忱。他对肃宗失望,在《北征》里已看出端倪,一是借兵回纥,二是收复两京,都与肃宗有重大分歧。前者以复京后任从回纥抢掠为代价,不需多言;后者向来尚未为人注意而一直被误解,这就是《北征》所说的:

> 伊洛指掌收,西京不足拔。官军请深入,蓄锐可俱发。此举开青徐,旋瞻略恒碣。昊天积霜露,正气有肃杀。祸转亡胡岁,势成擒胡月。胡命其能久,皇纲未宜绝。

问题出在对前六句的理解上。"指掌收"言出手可得,"不足拔"谓不费大力气即可拔取,这二者其实是互文,这两句是说长安、洛阳很容易收复,从战略意义上看不值得急欲收复。那么应当怎样进军平叛呢?目前当务之急应当从根本上消灭敌人,就是以下四句的方案,紧接第三句"请"字意义明显,"请深入"即请先深入敌后,隔断敌人大本营河北、山东与二京的联系,掌控局势,使其首尾难顾,然后聚集兵力扫荡恒碣、青徐。回头收复两京就唾手可得。若从相反角度看,如果先攻克两京,敌人不过弃城而奔,其实力不会得到损耗,平叛岁月就会延宕下去,就不会有"祸转亡胡岁,势成擒胡月"的局面。然自宋人就误解了前两句,而与上文不要借助回纥纠缠在一起,理解成现在攻克两京很容易,克复后再深入河北。如赵次公注就说:"此正时议以为国家自有恢复中原之理,官军深入自足破贼,不必专用回纥兵也。"[①] 后人则从此思路而来,王嗣奭即谓"官军"两句"见不可全恃夷兵,但借为先驱耳"[②]。仇注亦言此段:"此陈专用官军之利。是时名将统兵,奇正兼出,可以收两京,定河北,而擒安史,此为制胜万全之策。"[③] 浦注亦复如是,认为此段:"拨家计而忧国恤,为当时反正之急务,深以速收京阙,直擒贼巢为望。……文势直赶到'蓄锐可具发',仍以'回纥''官军'总统言之。盖此时所急,尤在克复,不与《留花门》诗同旨。"[④] 今人注亦说:"杜甫殷切盼望即为收复两京,再请以官军为主力,一举而扫平敌人在东方和北方的各个据点。"[⑤] 或者说:"这段议论时局,对借兵回纥表示忧虑,希望以官军为主力收复两京,然后直捣

[①] 林继中辑校:《杜诗赵次公先后解辑校》,上海古籍出版社 1994 年版,第 216 页。
[②] 王嗣奭:《杜臆》,上海古籍出版社 1983 年版,第 58—59 页。
[③] 仇兆鳌:《杜诗详注》,中华书局 1979 年版,第 403 页。
[④] 浦起龙:《读杜心解》,中华书局 1961 年版,第 42 页。
[⑤] 冯至编选,浦江清、吴天五合注:《杜甫诗选》,人民文学出版社 1956 年版,第 61 页。

叛军巢穴。"①

对于"伊洛"两句，前人亦有不同看法。朱鹤龄说："当时李泌之议，欲令建宁并塞北出，与李光弼犄角，以取范阳，所见正与公同。"仇注又引朱氏此注，可见持心两端。今人亦有赞成朱注者②，可惜此说不为时重。李泌消灭安史之议："不过两年，天下无寇矣。今若令李光弼自太原出井陉，郭子仪自冯翊入河东，则思明、忠志不敢离范阳、常山，守忠、乾真不敢离长安，是以两军縶其四将也。……彼救首则击其尾，救尾则击其首，使贼往来数千里，疲于奔命，我常以逸待劳，贼至则避其锋，去则乘其弊，不攻城，不遏路。来春复命建宁为范阳节度大使，并塞北出，与光弼南北犄角以取范阳，覆其巢穴。贼退则无所归，留则不获安，然后大军四合而攻之，必成擒矣。"③此即杜诗"西京不足拔""官军请深入，蓄锐可俱发"，即先除其巢穴，则两京叛军无所归，根本可以永绝。

可惜肃宗以"切于晨昏之恋，不能待此决矣"，拒绝李泌此议，而急于收复两京。这实是天大的谎言，迎接上皇早晚问安，纯属掩耳盗铃！因为玄宗逃蜀途中接受房琯设藩命诸子分总天下节制的建议，而肃宗即位本属逆取，就给他造成极大的威胁。即位次年，肃宗就连续贬放从蜀之臣房琯、严武、贾至等人。而急复两京意在巩固抢班夺权之皇位，不惜向回纥出卖抢掠长安的惨劫代价。对于李泌分割其势先取河北巢穴而后再收复两京的战略，当然不会听取。故收京后李泌即归隐。杜甫身在中枢对于当时局势自然明了，不借回纥兵已属当时"时议"，杜甫也是赞成的。对于平叛认为先不急于复京，也就不需要借助回纥，而是"官军请深入，蓄锐可具发"，然后"开青徐"而"略恒碣"。而且在至德二载四月，肃宗调在河东击败叛军的郭子仪赴凤翔，准备收复长安。子仪归至西渭桥，为叛军堵截，五月在长安西清渠大败。肃宗决意急于收京，郭子仪请借助回纥，九月即收复长安。清渠之败时，杜甫尚在凤翔，如果赞同先收二京，必然也赞成借助回纥。由此亦可见，对此二者均持反对意见，故提出"蓄锐待发"。否则，就会没有这样的说法。然而肃宗倒行逆施，使他对这位"中兴主"失望，加上连贬玄宗身边旧臣，包括自己在内的日子不好过。只要看看在鄜州所作的《收京》其三的"杂虏横戈数，功臣甲第高。万方频送喜，无乃圣躬劳"，语带讥讽，即可知对收京之态度。

---

① 陈贻焮：《杜甫评传》，上海古籍出版社1982年版，第394页。
② 聂石樵、邓魁英：《杜甫选集》，上海古籍出版社1983年版，第99—100页。
③ 司马光：《资治通鉴》卷二一九，中华书局1956年版，第7008—7009页。

回长安后，京华毕竟收复，故《腊日》《奉和贾至舍人早朝大明宫》与此时的禁省诗还带有一定的欣望。然而就在次年春，早朝诗刚结束，即贬贾至，杜甫有《送贾阁老出汝州》，就成了"去往损春心"的光景。此后半年他在苦恼中度过。《曲江二首》其一说的"细推物理须行乐，何由浮名绊此身"，去志已生；《曲江对酒》说"懒朝真与世相违"，又说"吏情更觉沧洲远，老大徒伤未拂衣"，已经考虑到"拂衣"而去。这年六月贬房琯为豳州刺史，贬严武为巴州刺史、刘秩为阆中刺史，肃宗开始排挤玄宗旧臣。

杜甫坐房党贬华州掾，有长题诗记其事：《至德二载，甫自京金光门出，间道归凤翔。乾元初，从左拾遗移华州掾，与亲故别，因出此门，有悲往事》。题目说明，杜甫上年冒险从长安逃奔行在，授左拾遗，然而不到一年仍出此门，这次却被贬放州之掾吏，冷热骤变如此，真要"有悲往事"。杜甫在玄宗朝仅做了几个月的参军，名位低微，还没资格被视为玄宗旧臣，但他疏救房琯，就够上了"房党"中人。时下论者不说肃宗阴鸷，却说杜甫不会做官。肃宗不用张镐、房琯，又疑忌郭子仪、李光弼，重用李辅国，内俱张良娣。宁愿使长安遭受收复后的洗劫，也要收京牢固帝位。房琯本为文臣，自请击敌，大义可嘉。肃宗为陷其于网，仅派四万人，又遣宦官督战，促成陈陶斜之败，事后隐忍不发。至次年因借其门客受贿细故，罢免房琯相位。杜甫疏救亦出于大义，并非因与其早先为布衣交，直到房琯卒后，杜甫始终认为此举没有什么不当之处。

肃宗抛弃了杜甫，杜甫对在军国大政与官员取舍诸方面与其相背的肃宗，也彻底失望以至于绝望。至于"移官"华州，犹如陶渊明弃官前就任彭泽令一样，同样只是一个过渡罢了。华州时期不仅是杜甫仕历的一大转折，而且是七律的变革与审美趋向一大转变，对以后诗的发展，具有重要意义。

（二）华州是杜甫七律变革的开端

华州是杜甫的贬所，也是他七律发生重大变革之发祥地。入陇前杜甫七律只有19首，除绝句以外，在诸体中数量不多。早期的七律基本上沿着盛唐高华流美峨冠博带的路子走来。诸如《郑驸马宅宴洞中》《城西陂泛舟》《赠田九判官梁丘》《赠献纳使起居田舍人澄》，以及收京后的《奉和贾至舍人早朝大明宫》《宣政殿退朝晚出左掖》《紫宸殿退朝口号》《题省中壁》《曲江陪郑八丈南史饮》都是些富丽堂皇之作，注入自己的感情不多。其间只有少数篇章，融入了深沉的情怀。像《送郑十八虔贬台州司户，伤其临老陷贼之故，阙为面别，情见于诗》，无论结构的顿挫，对偶的起伏，已初露厚重苍凉感慨悲愤之个性特色。然而这一特色，只有到了入川之后期才得到长足发展，此时不过乍露端倪。

在回京任左拾遗的半年中，逐渐出现了一种异常，把俗语俚词间或楔进七律，有意无意地要化解盛唐七律的秾丽，以求新的途径。《腊日》的"腊日常年暖尚遥，今年腊日冻全消"，以语见反复的歌行句入律，虽是初唐常见手段，但杜甫这两句全用口语俗词，带有异样的通俗化的特点，所谓"杜七律多有开宋调者，此亦是"①，当指这两句。《曲江二首》其一的"一片花飞减却春，风飘万点正愁人。且看欲尽花经眼，莫厌伤多酒入唇。""一片飞花"与"风飘万点"均为口头语。特别是"伤"的过多义，则是俗词俗义，地域性强，直至现在关中百姓还挂在口头。仇注以为是"伤于酒也"，直至现在不少的注本都注错了②，更不会留意杜甫七律在悄然变革。起码在进行以白话语词楔入七律的试验，这对盛唐七律毫无疑问属于一种革新。其二的"酒债寻常行处有，人生七十古来稀"，后句全是口语，自此以后更成为流行的口头语。又以"寻常"对"七十"，如此偶对又好像"家常饭"，简易而亲切，看来杜甫决心要做白话七律的试验，虽然还处于局部的尝试。顾宸说："人生七十古来稀，本现成语。公诗凡俚言俗语皆可供雅料也。"所言甚是。

至华州，这种试验就大面积地开始了。杜甫是悲剧诗人，他本身便是悲剧的好材料。越是痛苦与不幸，他的诗愈好。曲江诗时期，杜甫很郁闷，七律就作得有些别样。华州时期心情别扭，心理的创伤之深，对他这样入世观念很强且要致君尧舜自比稷契者，就不待言之。但他意志坚毅，受过不尽的磨难，骨子里有不少倔强，而且很有些反弹性。他每以幽默在过不去的坎儿中"穷开心"。他被逐出长安时的"近侍归京邑，移官岂至尊"，不亢不卑，倔强之中有反讽，这就是杜甫的性格，这和李白的"大道如青天，我独不得出"，区别得很鲜明。进入华州的第一首七律《题郑县亭子》就很异样："郑县亭子涧之滨，户牖凭高发兴新。云断岳莲临大路，天晴宫柳暗长春。巢边野雀群欺燕，花底山蜂远趁人。更欲题诗满青

---

① 浦起龙：《读杜心解》，中华书局1961年版，第605页。
② 只有萧涤非说："伤多酒，过多之酒，即超过饮量的酒。齐己《野鸭》诗：'长生缘甚瘦，近死为伤肥。'伤肥亦即过肥。前人有的解为'伤心之事多于酒'，误。此二句为上五下二句法，当在花字、酒字读断。"见《杜甫诗选注》，人民文学出版社1979年版，第98页。这条注很精彩，可惜后出注本未及注意。

竹，晚来幽独恐伤神。"因心里有了"拂袖"的念头，不快自减。一入手即"发兴新"，"发兴"是"凭高"临远时常有情怀，而"新"在何处？中两联景观一大一小，先远后近，为盛唐七律正宗格局，然颈联两句拟人化，是杜诗前此没有的。盛唐七律以拟人颂圣，他却用之讽刺。"异味化"很浓，又是一种象征，仇注说："雀欺蜂趁，喻众谤交侵，而一身孤立。"这是隐痛，故有"幽独伤神"心境。群雀欺燕、山蜂追人，俗化性小景这是过去没有的，也是不会入诗的。而且属于拗体，可见精心为之，虽然难臻上品，风格却是独特的。至华州，则全面展开，出现一种全新的白话律诗。《望岳》即属一种新面孔：

西岳崚嶒竦处尊，诸峰罗立如儿孙。安得仙人九节杖，拄到玉女洗头盆。车箱入谷无归路，箭栝通天有一门。稍待西风凉冷后，高寻白帝问真源。

看题该是山水诗，而且是名山，然而这与早期望泰山的同题诗绝然两样。华山诸峰环抱，西峰最为险峻。首句气象峥嵘，次句却出之家常俗语。三四句一庄一俗，以下全为口语。借助谷、峰、山门名组成"有""无"对偶，斡旋有力。末两句言秋凉后登山。此诗浑朴雄劲，通首为比。以峰之高低尊卑，象征帝王高高在上。以秋凉登山，是说将来有机会很想向肃宗问个明白。卢元昌说："公出华州，以见愠群小，不得于君，故寓感于望岳。曰'安得仙人九节杖'，悲青云无梯也；曰'车箱入谷无归路'，喻人情艰险也；曰'箭栝通天有一门'，分明望君门兮九重，欲向重华陈辞也；故遂结曰'稍待……'。何以待凉冷后？时小人之焰方张也。意者，'移官岂至尊'？公反复思之，未得其故，故欲向白帝问真源。"[①]此诗与一般望山迥然有别，意不在山，不写景，不设色，全从贬斥失意中写出，空中描述，纯出想象比拟之词。从语言看，则又是白话一片，属于十足的白话律诗。

此年夏天炎热难耐，又有《早秋苦热堆案相仍》，颇引人注目：

七月六日苦炎热，对食暂餐还不能。每愁夜来（一作"中"）自足蝎，况乃秋后转多蝇。束带发狂欲大叫，簿书何急来相仍。南望青松架

[①] 卢元昌：《杜诗阐》卷七，转引自萧涤非主编：《杜甫全集校注》，人民文学出版社2014年版，第1150页。

短鞏，安得赤脚踏层冰！

如此粗腔大调，使我们看到杜甫的另一面，就像以儒家为依归，而有时却大喊"儒术于我何有哉，孔丘盗跖俱尘埃"，循规蹈矩的杜甫也有不依礼法的一面。如果再看看《春宿左省》的"不寝听金钥，因风想玉珂。明朝有封事，数问夜如何"，就觉得如出二手。或者说简直是两个杜甫，互相的差别是多么大呀！就此诗本身看，感觉不出是七律，更增加抑塞愤懑之气。显示出作者特意为之，而非率尔之作。蝎与蝇在《诗经》中出现过，《小雅·都人士》的"彼君子女，卷发如虿"，《青蝇》的"营营青蝇，止于樊。岂弟君子，无信谗言"，《齐风·鸡鸣》的"匪鸡之鸣，苍蝇之声"，或形容女性卷发如蝎，或仅作起兴，目的在于所引之词，或以其声作陪衬，却非直接描写。曹植《赠白王马彪》的"苍蝇间白黑，谗巧令亲疏"，即来自《青蝇》谗言之喻，是诅咒痛斥，而非只给人看。大概自晋宋以降，蝎蝇很少入诗。杜甫用这些东西作足偶对，大做文章，古诗都拒绝的东西，他却写进富丽典雅的七律，这简直是破天荒，属于"破题儿头一遭"，就像把人装进热笼，层层加温；曰"炎蒸"，曰"对食不餐"，曰"夜里足蝎"，曰"秋后多蝇"，曰"束带发狂"，曰"簿书何急"，总之热得发狂大叫，恨不得"赤脚踏层冰"，就像韩愈所说的"当流赤足踏涧石"，那样还不解热，而且"踏层冰"！这里没有夏日热景，没有七律不可或缺的装饰，也不讲究对偶技巧，亦无闪光的名句，全为纪实，不需要凝练，亦不追求言外之意，只是直述真情实事，连夸张也拒绝了，只是用了大嗓门喊了出来。特别是语言不是诗化的，而是生活用语，是日常习见的，包括开头之月日记时与末尾现象，都是彻头彻尾的大白话，只是用来就题即事，而成就了十足的"白话律诗"。卢元昌说："当时朝中小人如王珙、崔圆，又有李辅国之奸恶，其为蝎蝇，不一而足。公忧谗畏讥，不能显斥，托之此物。"[①] 就是没有看准这种"白话律诗"就题直述的特性。唐元竑说："望岳诗及早秋苦热诗，皆全首纵荡，如骏马挣脱羁勒，奔逸难制。时公初到华州，失意时所作也。微带牢骚，故笔底乃尔。"[②] 看出了情感的纵荡，而语言同样"纵荡"，挣脱了盛唐七律富丽堂皇格局的"羁勒"，显示了白话律诗"奔逸难制"的特色。

---

① 萧涤非主编：《杜甫全集校注》，人民文学出版社2014年版，第1152页。
② 唐元竑：《杜诗麈》卷一，转引自萧涤非主编：《杜甫全集校注》，人民文学出版社2014年版，第1153页。

至此，我们可以得出这样的结论：如果说曲江诗是在格局上对七律予以白话的楔入，充其量是一种尝试或试验。华州诗则出现整首的白话七律，从《题郑县亭子》鸟虫琐事入诗，到《望岳》的通篇象征，再至《早秋苦热》的日常生活记录，全都以生活化口语为语料，构铸成风格乃至语言，包括所用材料，都带有民间化特色，全方位的"白话律诗"至此形成。虽然不占杜甫七律的主体，仅是其中一种分支而已，而且这三首七律亦非杜诗上乘，但却表明杜甫七律革新初步形成，为以后入川草堂初期田园七律亦即白话诗做了创作趋向的奠基，为集大成的杜甫七律，提供了新的品种，也是对盛唐七律大刀阔斧翻天覆地的革新，其风格意义的确立远远超过诗歌艺术价值的本身。

（三）从瘦丑与朴实中发现美

华州诗在白话七律的建树上，往往不为人注意，但却具有在风格创新上的里程碑作用。除此以外，以丑为美，以朴实的友情为美，人们注意到了，但却没有留意与华州诗的关系。这应当是仪态万方的杜诗中两种重要的范型。

美之为美，人所尽知，而丑之为美，则非人所尽能发现。杜甫是从辛苦流离中过来的人。他对贫穷最有切肤的体会，早年"朝扣富儿门，暮随肥马尘。残杯与冷炙，到处潜悲辛"（《奉赠韦左丞丈二十二韵》），这是贫穷卑贱的折磨，并非炫耀的"资本"，只能遭人鄙夷。但对抱负甚高的杜甫，却充斥着"儒冠多误身"的不平之气，而更激愤，所以贫穷之丑就转化成感慨不平之美。《北征》写到陕北的酸枣："山果多琐细，罗生杂橡栗；或红如丹砂，或黑如点漆；雨露之所濡，甘苦齐结实。"琐细之果既不能食用，也没有观赏价值，杜甫却从瘦丑中看出美来，为之高兴了好一阵子。因为同在一个天地，丧乱使人不得安宁，而瘦丑的酸枣却照常结实，好像处于另外一个世界——祥和安宁的桃花源，而引发"缅思桃源内，盖叹身世拙"的感慨来。这种发现是根源悲惨世界中的人对平安生活的向往。即便今日诗人与画家，可以画出陕北的山丹丹花，也不会歌咏或去画不入诗的瘦丑的酸枣。杜甫途中沿路所见都是可畏可伤可痛者，正是在奔走愁绝时，"偏有闲心清眼，看景入微"[①]，从中却看出一时可喜的心

[①] 钟惺：《唐诗归》卷十八，转引自萧涤非主编：《杜甫全集校注》，人民文学出版社2014年版，第948页。

情,犹能各遂所生,比起丧乱中的人就幸福多了。

还有到家一段:"平生所娇儿,颜色白胜雪。见耶背面啼,垢腻脚不袜。床前两小女,补绽才过膝。"这是贫穷导致的脏与丑,绝无美可言,按理看到子女如此,只有"所愧为人父"的内疚,而绝不会有"亦可悦"的心情。然而含泪的杜甫却绽放出慈祥的笑容:"海图坼波涛,旧绣移曲折。天吴及紫凤,颠倒在裋褐。"——这是多么奇形怪状的衣服,本来好端端图案花纹,却异样地分布在不应有的位置上。——大人的一件旧官服裁成童装好几件①,原本在胸前的或者处于背后,甚至裤子的后面;连在一起的分开了,端正的却颠倒了,如此之滑稽,比起戏剧中的丑角打扮还要丑。所以,李长祥说:"移曲折,则文理失;颠倒,则形影非。又是在短褐上,既可笑,又可怜,想见旧家贫困。"②"可怜"是人情之常,"可笑"则是从"可怜"中看出,从穷丑中看出"美"来。杨伦说:"叙儿女事可悲可笑,乃从《东山》诗果蠃瓜苦等得来,故不嫌琐悉伤雅。"③杜甫可能就乍进门的眼前实况写来,不会在瞬间的哀乐中想到《诗经·豳风》中的《东山》来。张上若说:"凡作极要紧极忙文字,偏向极不要紧极闲处传神,乃夕阳反照之法,惟老杜能之。如篇中'青云''幽事'一段,他人于正事实事尚铺写不了,何暇及此,此仙凡之别也。"④此节文字亦与"青云""幽事"一节有同样的效果,都属于从丑中发现出美来。此中审美必须有坚毅之个性,幽默之情怀,否则不会破泪为笑的。

以上从穷从瘦看出美来,只不过是大篇巨制的点缀,是苦难叙述的缓解与间息。而从整篇表现出了以丑为美,当从华州诗正式伊始,这就是著名的《瘦马行》。杜甫在郊外偶然看到一匹被弃的官军战马,因它瘦得失去了奔走的能力,引发感慨。所以发端即言"东郊瘦马使我伤",以下则铺叙其瘦而丑:

骨骼硉兀如堵墙。绊之欲动转欹侧,此岂有意仍腾骧?细看六印带官字,众道三军遗路傍。皮干剥落杂泥滓,毛暗萧条连雪霜。

---

① "海图"四句有两种不同解释:一是赵次公:"天吴,海图所画之物;紫凤,旧绣所刺之物也。剪旧物以补竖衣,故拆移而颠倒也。"一是蔡梦弼:"言妻子寒冻,以图障旧绣补绽而为小儿短衣,故波涛为之拆,天吴及紫凤之类,或颠或倒,其贫苦可知也。"前一种说法较为可取。

② 李长祥:《杜诗编年》,转引自萧涤非主编:《杜甫全集校注》,人民文学出版社2014年版,第952页。

③ 杨伦:《杜诗镜铨》,上海古籍出版社1980年版,第161页。

④ 杨伦:《杜诗镜铨》,上海古籍出版社1980年版,第160—161页。

瘦得几乎都站立不住了,随时都有倒下的可能。皮毛干枯凋落,满身泥土雪霜。谁还能想到它还能奔驰,瘦丑得已没任何价值,所以被官军抛弃了。由此推想到它的过去:"去岁奔波逐余寇,骅骝不惯不得将。士卒多骑内厩马,惆怅恐是病乘黄。当时历块误一蹶,委弃非汝能周防。见人惨澹若哀诉,失主错莫无晶光。天寒远放雁为伴,日暮不收乌啄疮。"它不但瘦得极丑,也极可怜。见人似乎要哀诉它的过去,眼神沮丧而无光彩,只有大雁与之为伴,连乌鸦也都欺负它。瘦骨嶙峋的丑马,真是马中的"欧米哀尔"——罗丹对他雕塑的这一老妓如是说:"她弯着腰偎踞着。她移动绝望的眼光,……肌肤松弛而无力,包在隐隐可见的骷髅上;关节在遮盖的皮下显露出来——都在摇动,战栗,僵硬,干瘪。……是一个可笑又可怜的人的无限痛苦,她热爱永恒的青春与美貌,然而看到自己的皮囊一天天衰败下去,却又无能为力。这是一个有性灵的人,她所追求的无限欢乐,和她的趋于灭亡、将化为乌有的肉体,成了一个对比。现实将要告终,肉体受着垂死的苦痛;但是梦与欲望永远不灭。"[①]罗丹又说:"所谓'丑',是毁形的、不健康的,令人想起疾病、衰弱和痛苦的,是与正常、健康的象征与条件相反的——驼背是'丑'的,跛腿是'丑'的,褴褛的贫困是'丑'的。"人们看到欧米哀尔的雕塑,而有"丑得如此精美"感觉,就在于"内心的苦痛越是强烈,艺术家的作品越显得美"。[②]外在形象的丑就是"内心苦痛"的外现。"自然中认为丑的,往往要比那认为美的更显露出它的'性格',因为内在真实在愁苦的病容上,在皱蹙秽恶的瘦脸上,在各种畸形与残缺上,比在正常健全的相貌上更加明显地呈现出来。"[③]杜甫的瘦丑的病马,不但是性格化的,使人想起——昔日"恐是病乘黄"的美的推断,这是过去。而且期待将来"谁家且养愿终惠,更试明年春草长"——如果把它养起来,"明年春草长"时就会重新奔驰起来。丑于是变成美,疲丑的病马使人想见将来健壮地驰骋,一变而为千里马。

杜甫爱马之神骏,此前就写过许多精神抖擞的马。诸如《房兵曹胡马》《高都护骢马行》《沙苑行》《天育骠骑歌》《骢马行》,都是骏美的,而这时突然出现了丑陋的瘦病马,这和杜甫当时的处境有关。疏救房琯而

[①] 罗丹口述,葛赛尔记,沈琪译:《罗丹艺术论》,人民美术出版社1987年版,第18—21页。

[②] 罗丹口述,葛赛尔记,沈琪译:《罗丹艺术论》,人民美术出版社1987年版,第21、22页。

[③] 罗丹口述,葛赛尔记,沈琪译:《罗丹艺术论》,人民美术出版社1987年版,第23—24页。

被贬斥，亦即马之"当时历块误一蹶，委弃非汝能周防"；"见人惨澹若哀诉，失主错莫无晶光"，不正是杜甫这时的处境和心理？由奔腾之马而至被弃的瘦马，也显示了杜甫受挫后的思考，末尾的期待话，也在次年春失望了，于是至夏便弃官入陇。

然而杜甫此诗提供了重要的审美启示，以丑为美，或者说审丑，从丑的事物发现美的一面，自此进入了他的创作视野。在秦州有《病马》，扩而大之以至于其他残败废弃不美而丑之物，如《除架》《废畦》，甚于《空囊》也成了歌咏的对象。申涵光说："杜公每遇废弃之物，便说得性情相关，如《病马》《除架》是也。"[①] 这在华州以前诗是看不到的，也就是"丑"的事物在他的诗里自此以后就多起来的原因。入蜀后干脆以"病"为题头的有《病柏》《病橘》，还有带"枯"字的《枯棕》《枯楠》。如此命题，就和华州时期的三《吏》、三《别》有些接近。或许也受到庾信《枯树赋》的启发，这种影响还应包括《瘦马行》在内，然主题均与庾作有别。

如果再看《发秦州》与《发同谷》两组纪行诗，沿路描写由陇至蜀各地山水奇险，加上时代的动乱，行旅的艰难，三者融为一体，则和王孟、李白、岑参诸家山水诗清幽明丽的惬意或轩豁，迥然两样。他把大谢的寓目直书的铺写，注入了乱离人慌恐惊惧的心理。改变了前盛唐清净宜人或闲雅冲淡升平时代风格，把描写山水清丽的美，一变而抒写大自然的险恶，转向抒写山水的高险给人的压力与危惧，由山水之美转向山水之险阻恶丑。风格上接近鲍照山水诗的奇险，但减少了景物芜杂，更多注入丧乱时期流离人的心影，"使诗歌内容扩充到人世间一切景物都可以表现的范围，并开出了后世各种风格流派的源头。因此杜甫山水诗的出现，实际上从'大变'的角度，给陶谢王孟山水诗的传统艺术做了对照性的总结"[②]。而这一"大变角度"实际上是从华州诗发轫的，这不仅可从《题郑县亭子》的野雀欺燕、山蜂逐人看出苗头，而且更重要的从《瘦马行》以丑为美的创作趋向上，得到昭示。而华州诗这一重大转型在入陇之初就已体现出来。《秦州杂诗》的冷落萧条的景观，不仅显示了漂泊者的孤独，而且在景中浸透浓重的边愁，给人不是美感，而是"丑感"：荒冷、枯寂、忧虑，而震撼人心。

华州诗另外一重大转型，就是对友情、亲情的叙写。长安十年的追求，杜甫对大唐社会由盛转衰已有比别人超前的觉察，上层社会的腐败给

[①] 仇兆鳌：《杜诗详注》，中华书局1979年版，第662页。
[②] 葛晓音：《山水田园诗派研究》，辽宁大学出版社1993年版，第326页。

他留下刻骨的体会。他在事功上的苦苦追求,逐渐发现肃宗并非他所希望的"中兴之主",他在思想上与肃宗政权的距离越来越远,以致于涉嫌而被视为"房党"中人。疏救房琯本为平叛大局着想,然居然诏令三司推问,若非张镐援手,险些要蹲天牢。而同朝僚友却对此显得非常冷漠,如他推荐的岑参,早年壮游结交的高适,他同情赠诗上年已复官的王维等,都保持了沉默。这在杜甫心底不能不投下一层黯伤的阴影。官场人情冷漠,激发了他对世间人情温暖的寻觅。他往洛阳探省故里与访旧,都是这种心情的促使,这时所作的《赠卫八处士》,留下了这一心理追求历程。观此诗发端的连连浩叹,已知人生沧桑的感触涌满心中:"人生不相见,动如参与商。今夕复何夕,共此灯烛光!"这虽然是一般访旧探友,但在杜甫对肃宗失去政治希望的已生去志之时,却有特殊意义。卫八处士无论何人,然属在野布衣则无疑。他由已往对上层社会的干谒,转向对官场以外的友情的寻觅,也似乎为弃官离开关中做了情感上的准备。或许这是与友人最后的见面了,所以这里的反复慨叹,充满了人生苦味与友情的珍贵。"少壮能几时?鬓发各已苍!访旧半为鬼,惊呼热中肠。焉知二十载,重上君子堂",这里有太平年间的时光流逝,也有战乱年间人口锐减的时代灾难带来的不幸。生平突变为丧乱,旧友不在人世,一切都在变,苦难与灾祸到处存在,涌动的"惊呼",五情内热的衷肠是那么激动,又永远感发无论升平还是动荡中的后人。以下叙写儿女的问候与热情接待,在"夜雨剪春韭,新炊间黄粱"的粗茶淡饭间:"主称会面难,一举累十觞。十觞亦不醉,感子故意长。"在这种毫无间隔的友情中,我们想起了与此相仿佛的《彭衙行》的"誓将与夫子,永结为弟昆。遂空所坐堂,安居奉我欢。谁肯艰难际,豁达露心肝"。这些话势必语在其中,然而都省略了,也没有说出。人之本性在这里得到回归,没有任何功利的障碍,官场失去的温暖,在友情中得到极大的补偿和抚慰,可以说友情与亲情是杜甫特有的精神上的"桃源境界"。结尾的"明日隔山岳,世事两茫茫","桃源境界"只是精神间或的栖息,一踏入多难人世,将是忧苦不断的处境。

前人谓此诗:"相见寻常事,却说的骇异不同。"[1] 在太平时为"寻常事",而遇丧乱则异样,于杜甫准备弃官远避之时,自然别有"骇异不同"。张溍说:"全诗无句不关乎人情之至,真到极处便厚。"[2] 这种"人

---

[1] 吴农祥语,转引自萧涤非主编:《杜甫全集校注》,人民文学出版社 2014 年版,第 1328 页。
[2] 张溍著,聂巧平点校:《读书堂杜工部诗文集注解》,齐鲁书社 2014 年版,第 44 页。

情"诗,是杜甫在他最困惑艰难之年的发现,这是人间最真淳的至情。只有洗尽铅华,只就真境,信手写来,如道家常,自然成文,正是此诗价值所在。如果"若涉一毫客气,便成两橛"①。裴斐先生有段话说得好:"此诗以喟叹始,喟叹结,中间全为纪实,既无意境,亦无言外意,亦无名句和技巧上的讲究,只是一片真情实事平实道出,但却是感人至深的名篇。关键在于它表达了一种带永恒性的人类普遍感情。……这是任何时代任何人身上都会有的。……据载天宝十四年人口统计数为52919309人,到乾元三年统计人数降至16990386人,兵燹中人口锐减如此,这就是老杜'访旧半为鬼'的背景。但我们要不了解这种背景,甚至于不知道此诗产生于何时何地,读后也会同样产生感情上的共鸣的。因为这种悲剧是属于人类的永恒悲剧,任何人或早或晚都会有'访旧半为鬼'的时候(除非本人早夭),因此表达这种悲剧感受的作品也就有永恒的价值。"②这是从接受美学的角度看,如果再结合此时的处境与创作趋向选择,标志变革的意义,那就更为重要了。

在华州除了友情,还有兄弟间的亲情涌入心怀。此前的忆弟诗有《临邑舍弟书至,苦雨,黄河泛溢,隄防之患,薄领所忧,因寄此诗,用宽其意》《得舍弟消息二首》《得舍弟消息》,可见兄弟情深,但还不深挚感人。而从华州至洛探省故居,未见其弟,而有《忆弟二首》。其一说:"丧乱闻吾弟,饥寒傍济州。人稀吾不到,兵在见何由。忆昨狂催走,无时病去忧。即今千种恨,惟共水东流。"杜甫在困守沦陷长安的至德二载有《得舍弟消息二首》,其一说"近有平阴信,遥怜舍弟存",其二说"两京三十口,虽在命如丝",就很挂念诸弟在丧乱中的存亡。此诗抒发相见无由的遗憾与苦闷。其二是为名作:"且喜河南定,不问邺城围。百战今谁存?三年望汝归。故园花自发,春日鸟还飞。断绝人烟久,东西消息稀。"弟所在平阴,属济州东边,洛阳在西,虽然故园花还开、鸟还飞,然东西阻隔,消息无闻。丧乱三年以来日夕望归,而今河南已定,虽然还残余邺城未得,赶来相会,仍未能见上一面。杜甫这时探省洛阳,也应是为奔陇告别作计,结果未逢,未免有感于怀,怅然不已。这时还有《得舍弟消息》,写得凄惨感人:

---

① 查慎行语,转引自萧涤非主编:《杜甫全集校注》,人民文学出版社2014年版,第1328页。
② 裴斐:《裴斐文集》,人民文学出版社2013年版,第5卷,第367—368页。

> 乱后谁归得，他乡胜故乡。直为心厄苦，久念与存亡。汝书犹在壁，汝妾已辞房。旧犬知愁恨，垂头傍我床。

这是在洛阳的目睹，乱后未归，存亡挂念。所书还挂在墙上，然未随其弟出走之妾，久待不归，不安于室而辞去，只有老犬还依恋破家。开头的"他乡胜故乡"，是倒叙不归的苦语，是得舍弟消息语。汪瑗说："此并前二诗，流落之叹，离别之悲，存亡之感，无所不备。读者当得其情，正不必求其工与拙也。"① 很明显，此时的五律也悄然起了一种不变化，不写景，不琢句，不求工拙，只是清空一气，抒发情感或加以叙说，亦和早年格局即盛唐五律典则拉开了很大距离。自此春返回华州，七月后便弃官而奔。自此以后，无论在陇在草堂，还是夔州，他的这类亲情诗便络绎不绝，成为杜诗中的重要题材。而在华州不足一年，忆弟诗多至三首，而上诗所言弟家之悲，也是安史之乱给千家万户带来灾难的缩影，和他忧国忧民之诗同样都见出那个多灾多难的时代。

在洛阳写了此时另一名作《洗兵马》。当时平叛好转，二京收复，安庆绪盘踞的邺城被九节度使60万大军围困。叛军内部分裂，史思明于河北称帝。但叛军的实力并没有遭到重创，肃宗听信李辅国谗言而猜忌郭子仪、李光弼诸将，于九节度使中不设统帅，特设观军容使，以一宦官鱼朝恩全权指挥，宰相张镐有文武经纬并被外放。外在的忧虑潜伏各种隐患。此诗整饬雄亮，富丽典雅，以宏腔大调运以高词伟义，主题涉及军国大政，极为重大。平叛全在于将相得人，前后特别提出"独任朔方无限功""幕下复用张子房"。对肃宗昏庸荒唐的举措提出明显的讥讽，大量以形象的语言发为议论，自成一体，为以后夔州的《秋兴八首》《诸将五首》的先导，后者不过把歌行转为七律，而以组诗达到歌行大篇的容量。

至于三《吏》、三《别》，为此时最突出的杰构。然杜甫弃官奔陇以后，远离政治中心，缺乏身历目经的机会，这类叙事性五古组诗因缺乏重大题材，也画上了句号。有则只不过是《三绝句》（其一，前年豫州杀刺史）之类，便不成规模。或者是《承闻河北诸节度入朝欢喜口号绝句十二首》，消息传来则在数月之后，且传闻有误，这和《洗兵马》的差距就大了。

---

① 汪瑗：《杜律五言补注》卷一，转引自萧涤非主编：《杜甫全集校注》，人民文学出版社2014年版，第1240页。

二　诗传与诗史的悖论：杜甫《八哀诗》论

杜甫《八哀诗》的出现，具有特殊的重要意义：一是标志夔州回忆诗高潮的发端，二是引发对"诗史"的全面审视，三是用传记体来写人物诗传。此组用力极大，后人评论并不全都见好，利钝并现的原因又是什么？

（一）《八哀诗》出现的缘由

杜甫在永泰二年（766，此年十一月改元大历）暮春到达夔州，生活安定不久，便进入了他一生又一创作高潮。这一高潮是以暮年的回忆为主。诗体主要采用五古与七律，对安史之乱后一直处于动荡不安的国家、民族与自己的漂泊予以全方面的回忆与反思，千头万绪，故付之以大型组诗与五古大篇。《八哀》便是这一时期大量的回忆组诗的发端。

杜甫移居夔州的这年秋天，生活安定后便写了《八哀》。这组诗出现的缘由，他在诗序中说得至为分明：

> 伤时盗贼未息，兴起王公、李公；叹旧怀贤，终于张相公。八公前后存殁，遂不诠次焉。

杜诗很少有序，有者自夔州诗始，此序为最早[1]，也最简明，但作诗的意图与结构的顺序说得却很清楚。王嗣奭说："王、李名将，因盗贼未息，故兴起二公，此为国家哀之者。继以严武、汝阳、李、苏、郑，皆素交，则'叹旧'。九龄名相，则'怀贤'。序简而该，亦非后人所及。"[2] 就是说所哀八人不按生卒早晚与仕宦高低排列，而是以哀国家与友人丧亡的"叹旧怀贤"为次第。换句话说，是把国事与己之哀友之情怀结合起来，这也是杜甫安史之乱前后所作"诗史"的一贯宗旨。

---

[1]　杜诗有序者凡五篇：《同元使君舂陵行》《课伐木》《园官送菜》《观公孙大娘弟子舞剑器行》，加上此篇。前四篇均作于大历二年，即作《八哀诗》之次年。
[2]　王嗣奭：《杜臆》，上海古籍出版社1983年版，第235页。

杜甫写这组诗距安史之乱平息的广德元年正月，已将近四年了。然乱平之当年秋，吐蕃入大震关，陷兰、秦、渭等九州，尽取河西、陇右。自"凤翔以西，邠州以北，皆为左衽矣"。其冬，又寇奉天、武功，京师震骇，咸阳竟成关塞，代宗仓皇东奔陕州，"官吏藏窜，六军逃散"。吐蕃入长安改元，置百官。程元振专权自恣，忌害诸将。代宗发诏征诸道兵，李光弼等皆惧畏不敢至。郭子仪收复长安，十二月代宗还京。吐蕃又陷松、维、保三州，西川节度使高适不能救，剑南西山诸州亦陷入吐蕃。次年李光弼愧恨忧卒，时户部奏人口1690余万，锐减于天宝升平十之七八。自天宝十四载安史叛乱至此，兵祸连年，左拾遗独孤及上疏说："今师兴不息十年矣，人之生产，空于杼轴。拥兵车第馆亘街陌，奴婢厌酒肉，而贫人羸饿就役，剥肤及髓。长安城中，白昼椎剽，吏不敢诘。官职乱废，将惰卒暴，百揆隳刺，如沸粥纷麻。民不敢诉于有司，有司不敢闻于陛下，茹毒饮痛，穷而无告。"① 京都尚且如此，其余则可想也。永泰元年严武病逝，蜀中自此不宁。吐蕃又屡犯京畿，京城常处震恐之中。杜甫虽在夔州，代宗之蒙尘，京郊之寇扰，不能不有所耳闻。而对蜀中内外之乱则更有深感，面对寇扰不息，忧国伤时，哀戚乱良将功名不就。而当国者诸如鱼朝恩、程元振、元载之辈，正如颜真卿所言"是林甫复起于今日也"。故《八哀诗》以王、李二名将打头，又以张九龄为殿。至于好友先后凋零，是哀友亦是哀己，所以此组诗哀国伤时之情倾注于良将贤相和知己之凋零，这就和他在安史之乱前后以如椽巨笔挥写的光照日月的诗史精神如出一辙。

　　杜甫写这组诗，心情是异常沉重的。当时人们知道，八年血腥涂地的安史之乱虽然平息，但河北悍将骄兵动辄杀伐取代，不听朝廷处置，处于半独立状态，而且向藩镇割据状态蔓延；吐蕃的"安史"又来了，折腾天子狼狈出奔，京郊常面临兵燹，无论朝廷还是百姓都在震恐之中张望奔亡。半个世纪以后，宰相崔群言及开元、天宝之际由盛转衰的原因说："安危在出令，存亡系所任。昔玄宗少历屯险，更民间疾苦，故初得姚崇、宋璟、卢怀慎辅以道德，苏颋、李元纮孜孜守正，则开元为治。其后安于逸乐，远正士，昵小人，故宇文融以言利进，李林甫、杨国忠怙宠朋邪，则天宝为乱。愿陛下以开元为法，以天宝为戒，社稷之福也。"又指出治乱转化的枢纽在于宰相的任用："世谓禄山反，为治乱分时。臣谓罢

---

① 《新唐书·独孤及传》，中华书局1975年版，第4991页。

张九龄,相林甫,则治乱固已分矣。"①元稹《连昌宫词》说到"太平谁致乱者谁"时,指出:"姚崇宋璟作相公,劝谏上皇言语切。燮理阴阳禾黍丰,调和中外无兵戎;长官清平太守好,拣选皆言由相公。开元之末姚宋死,朝廷渐渐由妃子。禄山宫里养作儿,虢国门前闹如市。弄权宰相不记名,依稀忆得杨与李。庙谟颠倒四海摇,五十年来作疮痏。"开元四年姚崇荐宋璟自代,开元八年宋璟罢相。姚卒于开元九年,宋卒于开元二十五年。张在开元二十二年为中书令,二十四年罢相,这是言姚宋而带过了张九龄。这是当时的共识,在《八哀诗》最后之所以哀悼张九龄,原因也正在这里。清人梁运昌说:"开元用姚、宋则治,天宝用牛、李则乱。曲江介在其间,以一身为治乱机枢,曲江去而乱端成矣。诗以相公之功名、事业、言论风采一无所及,独写其忧谗畏讥一片心事,虽在政局,无一日得行其志。及乎荆州贬谪,反得释其忧虑,以经纶世宙之才,而使之用心于文章之境,坐视祸乱之成而莫之救,此世事之大可哀者,岂在曲江一人而已。……须知此诗是为相国叙哀,不是为相公作传;是为伤时写哀,不止为怀贤写哀,此所以以相国为八篇之终也。……若满纸铺张相业,则是得行其志矣,何哀之有!杜老命意超迈,剪裁简括,不知者乃以为疏略,岂不谬哉!"②是说在时代转化的大悲哀中写张相,可谓得此诗之用心。

此诗的作年存有小异,所哀八人,亦有异议。可从他们的卒年、排列的顺序等看出些端倪,先看下表:

人名	王思礼	李光弼	严武	李琎	李邕	苏源明	郑虔	张九龄
卒年	761	764	765	750	747	764	759③	740
每首句数	64	40	68	52	86	64	64	48
归属	哀国思名将	哀国思名将	哀国兼叹旧	叹旧	叹旧	叹旧	叹旧	怀贤
哀因	功名未就	匡复大功受谤未明	功名未尽展而卒	本无可哀,叹宗室零落	文章气节过人,遭谗杖死	至孝文高,终生不遇	才博艺绝,被污贬死	经世大才,终不信用

---

① 《新唐书·崔群传》,中华书局1975年版,第5081页。
② 梁运昌:《杜园说杜》,书目文献出版社1995年版,第274—275页。
③ 据新出土的郑虔外甥卢季长所作《大唐故著作郎贬台州司户荥阳郑府君(虔)并夫人琅琊王氏墓志铭并序》:"无何,狂寇凭陵(指安史之乱),二京失守,公奔窜不暇,遂陷身戎虏。初受兵部郎中,次国子司业。国家克复日,贬公台州司户。非其罪也,国之宪也。经一考,遘疾台州官舍,终于官舍,享年六十有九,时乾元二年九月廿日也。"张忠纲:《杜甫年谱简编》,萧涤非主编《杜甫全集校注》附录,人民文学出版社2014年版,第6541—6542页。

八人中李琎卒年未见记载，卢元昌说是"早逝可伤"，黄鹤谓卒于天宝九载（750）。严武最为晚卒，时为永泰元年四月。杜甫失去依凭，便在五月匆匆离开成都，沿岷江南下嘉州，经戎州、泸州、渝州，初秋至忠州，九月至云安县，因病留居。次年十一月改元大历，暮春到达夔州。上一年大半年流转五州，加上疾病，像《八哀》这样共193韵的宏篇巨制，需要相对稳定的环境，不可能作于永泰元年的转徙中，所以一般认为是至夔州后作。但朱鹤龄说："八诗非一时所作，如李光弼诗'洒泪巴东峡'，严武诗'怅望龙骧茔'，则二诗在夔州作无疑。如李邕诗'君臣尚论兵，将帅接燕蓟'，则是史朝义未平，正经营河北之日，当在广德之前。盖自宝应、广德至大历初，有此作也。"仇兆鳌则说："诗序所云，乃一时追思所作。观哀郑虔诗云'秋色余魍魉'，当是大历元年之秋。其云'君臣尚论兵，将帅接燕蓟'，因此时吐蕃未靖，河北降将阳奉阴违，故有此语，非为史朝义而发也。"[①] 李邕卒于天宝六载（747），宝应元年为762年，上距其卒已15年，为什么要在这时还为哀李邕而作诗呢？当是因严武卒，上年又获知郑虔、苏源明卒，而哀及李邕、李琎。加上安史之乱平息已近四年，局势还在恶化，杜甫总企盼时局好转，戡乱思名将，治国需贤相，这几种因素合在一起，再加上到了夔州安定下来，自然就有了八哀的创作愿望。另外，这时的大型组诗《诸将五首》《秋兴八首》《咏怀古迹五首》，以及大篇回忆诗《夔府书怀四十韵》《往在》《昔游》《壮游》《遣怀》，也可说明《八哀诗》所作正当其时，甚至说此作引发了杜甫忧国伤时与回忆一生的全部"盘点"。

对于所哀八人，为何没有李白、房琯、高适？至于郑虔，是杜甫知交，苏源明与杜甫早年也多有交往，特别是李琎，却又因何能引发哀悼，而进入这一特殊行列？杜甫在天宝五载有《赠特进汝阳王二十二韵》，当是一首干谒诗，称美其人厚道，多谀美之词，在稍后《饮中八仙歌》就把他排在第二位。曹慕樊先生说："看哀李琎的诗，只说他游猎好客，一个纨绔子弟而已，生平享福，有何可哀呢？跟其余七人比起来，既无奇才，也没有厄运，实在无可记述。那么，为什么把他摆进《八哀》呢？这就是所谓的'伤时'了。揣测杜甫的意思，对肃宗的灵武自立是不以为然的。至德以后，大权旁落在李辅国、张后的手里，都是灵武自立作俑。又不好明说，所以提出李琎说，重在一个让字。好像说，李宪能让，所以有开元

[①] 仇兆鳌：《杜诗详注》，中华书局1979年版，第1372页。

之治，李亨擅位，所以有至德以后的祸变。"①此说虽不无道理，然玄宗、肃宗已于宝应元年先后去世，肃宗长子李豫是为代宗，属于正常继位，不存在让与不让的问题。对此，梁运昌说："肃宗惩永王璘之事，忌疏兄弟。仅有两子，而建宁以谗赐死。房琯一建分蕃之议，即致罢斥。汉中王瑀持括马不可之议，即贬蓬州，明是借此斥外之耳。代宗别无亲兄弟，德宗只有一子，乃欲废之而立侄，非邠侯力谏，其事竟行矣。肃、代、德三朝间，父子莫能相保，何况兄弟宗族哉！高祖、太宗之子孙，夷为庶姓；睿宗之子申、歧、薛之后，寂然无闻。而让皇二子，其一已卒，其一远贬，斯时凄凉冷落之况，不言可知。杜老即欲为琎叙哀，而难于措词，故但以生前恩遇，极力铺张，以作反照。至死后但著'墓久狐兔邻'五字，令读者如闻雍门之琴，西州之咏，不自知其涕之何从矣，况又加以同怀之远谪哉！不言哀，哀孰有愈于此！此是杜老于不可说中说话，最当玩味。"②相较两说，梁氏解释肃宗以来的隐忌，论世切当，洵可发见此篇"哀"之所由。

至于李白，虽曾系狱流放，但不久赦放；高适镇蜀不如严武，亦无挫折不幸。严武又早逝，卒后蜀中大乱，哀其人则"叹旧""怀贤"兼具。高适永泰元年卒，杜甫即以《闻高常侍亡》致哀，次年《八哀诗》则不言及。房琯卒于宝应元年八月阆州僧舍中，当时杜甫就有《祭故相公清河房公文》。次年返成都前而作《别房太尉墓》，致以深切的悲哀。祭文则谓"累抗直词，空闻泣血"，并未涉及具体的政事。仅言及救房琯"伏奏无成，终身愧耻"。杜甫向来被肃宗视为房党，虽然上年肃宗已死，杜甫不能不有所忌讳，故一文一诗仅表达痛惜而已。至于《八哀诗》就不必考虑了。梁运昌说："伤时盗贼，兴起王、李而不及汾阳者，汾阳以功名终，无可哀处，正犹山涛、王戎之显贵耳。次律于伤时、叹旧、怀贤三项，皆切而不及者，避嫌疑也。不及太白者，前受不世之知，后虽被谴，旋经赦宥，其冤已白，不比广文之情事可哀也。严武介在'伤时''叹旧'之间，故次于王、李，而在汝阳前。……唯张相国无旧，独为怀贤。相国一身系兴衰理乱之枢机，以之终篇，则仍是伤时之旨。"③此论甚为缜密，颇得杜诗用意。

---

① 曹慕樊：《杜诗杂说》，四川人民出版社1981年版，第214—215页。
② 梁运昌：《杜园说杜》，书目文献出版社1995年版，第261页。
③ 梁运昌：《杜园说杜》，书目文献出版社1995年版，第249—250页。

（二）无奈的批评

《八哀诗》的内容、主题与创作意图，毫无疑议，是庄重的、沉痛的，体现了杜甫对大唐由盛转衰的全面思考。就是占了一半的哀李琎、李邕、苏源明、郑虔四首，亦是衰败时局所制造的悲剧，致哀的杜甫也未尝不是如此。

内容如此庄重深沉，杜甫的写作态度也极为严肃哀痛，这近两千字的大篇，在他的数量宏大组诗中最具典型的长篇巨制，善于铺陈始终的作者，也对之倾注了全部的心力。"八首长篇回忆诗歌可能花了他好几周的时间——如果不是好几个月的话——去起草、修改和打磨。"[①]然而在讨论杜甫的诗史的那么多的文字里，却很少提及。只有专门的注释家注杜时，不得不去研究与注解。再就是极少数的批评家，为了表示对杜诗的不满，此诗便成了箭靶；也有推崇者却持有相反的意见，雌黄仁智无衷一是。南宋末的刘克庄的意见可以说就是宋人对此诗的肯否的总结："杜《八哀诗》，崔德符谓可以表里《雅》《颂》，中古作者莫及。韩子苍谓其笔力变化当与太史公诸赞方驾。唯叶石林谓长篇最难，晋魏以前无过十韵，常使人以意逆志，初不以叙事倾倒为工。此八篇非集中高作，而世多尊称，不敢议其病。盖伤于多，如李邕、苏源明多累句，刮去其半方尽善。余谓崔、韩比此诗于太史公纪传，固不易之语，至于石林之评累句之病，为长篇者不可不知。"[②]尊者称为诗史，不足者以为伤于繁累。以后的明清论者大致不出此二者范围。

王嗣奭说："此八公传也，而以韵语记之，乃老杜创格。盖法诗之颂，而称为诗史，不虚耳。"[③]梁运昌说："八公并有可哀处，皆不能忘情者，故类聚为诗，犹《五君咏》之例也。"[④]若论其体格，"创格"说最具识见，然胡氏谓源于《诗·颂》，并不中其肯綮。《五君咏》虽"似传体"[⑤]，然重在风操节概，近于人物速写，并不着意经历行事。郝敬说："《八哀诗》雄富，是传记文字之用韵者，文史为诗，自子美始。"[⑥]杜甫想以传记体作一

---

① 洪业著，曾祥波译：《杜甫：中国最伟大的诗人》，上海古籍出版社2014年版，第207页。
② 刘克庄：《后村诗话》，中华书局1983年版，第59页。
③ 王嗣奭：《杜臆》，上海古籍出版社1983年版，第235页。
④ 梁运昌：《杜园说杜》，书目文献出版社1995年版，第249页。
⑤ 刘熙载：《艺概·诗概》，上海古籍出版社1978年版，第56页。
⑥ 仇兆鳌：《杜诗详注》，中华书局1979年版，第1420页。

二　诗传与诗史的悖论：杜甫《八哀诗》论　331

组回忆八人生平的诗，写成诗传形式，即以诗为传记，自然要取法《史记》，所谓"得司马子长之神矣"①。明末唐元竑《杜诗捃》谓其佳句"不可多得"，言哀李邕之发端"长啸天地间，高才日陵替"，"真是令人涕泗沾裳"。哀张九龄的"碣石岁峥嵘，天地日蛙黾"，谓"开元、天宝一二十年间史册，只十字略可括其梗概"。哀王思礼的"胸襟日沉静，肃肃自有适"，以为"善为名将写照"。哀李光弼的"青蝇纷营营，风雨秋一叶"，说是"人但知其用兵若神，岂知危于累卵乎？此语真能道其意中，九原有知，当不止死泪映睫已也"。哀李邕的"终悲洛阳狱，事近小臣敝"，说是"叫天无辜，公为代鸣不平"。"独步四十年，风听九皋唳"与"哀俗凛风生，排荡秋旻霁"，称为"须眉如生，北海不死也"②。主要从人物精神发论。虽为摘句，然所言甚当。

訾议者，以王士禛最为激烈："杜《八哀诗》最冗杂不成章，亦多咥呰语。而古今称之，不可解也。"又言："钝滞冗长，绝少剪裁。"所摘出"率不可晓"的梦呓语："如《汝阳王》云：'爱其谨洁极，上又回翠麟；天笑不为新，手自与金银；匪唯帝老大，皆是王忠勤。'《李邕》云：'眄睐已皆虚，跋涉曾不泥；众归赒给美，摆落多藏秽；是非张相国，相挋一危脆。'《苏源明》云：'秘书茂松意，溟涨本末浅。'（《文苑英华》本异，亦不可晓。）《郑虔》云：'地崇士大夫，况乃气精爽，方朔谐太柱，寡鹤误一响。'《张公九龄》云：'骨惊畏曩哲，鬒变负人境；讽咏在务屏；用才文章境；散帙起翠螭，未缺只字警。'云云率不可晓。披沙拣金，在慧眼自能辨之，未可为群瞽语白黑也。"③渔洋所指，不为无见，他以神韵为不二法门，势必认为繁不如简，不以倾倒叙事为尚，但所指繁词累句也有唐突西子处，如"爱其""茂松""用才"等句未免吹毛求疵，前人也有以为反是佳句。

渔洋承叶少蕴余绪，发为苛论，引发一场公案。诗论主张肌理的翁方纲则反驳渔洋："其所摘累句，则渔洋于诗，以妙悟超逸为至，与杜之阴阳雪帅、利钝并用者，本不可同语也。……'《汝阳王琎》篇中，专叙射雁一事，史迁法也。"上又回翠麟"，乃插入之笔。若无此句，则"扣马""谏猎"诸句，皆无根矣。此种健笔，岂得以渔洋之评议之？……盖渔洋为诗，多择乐府中清隽之字；不则年号、地名亦选其清隽悦目之字。

---

① 李因笃语，转引自萧涤非主编：《杜甫全集校注》，人民文学出版社 2014 年版，第 4061 页。
② 唐元竑语，转引自萧涤非主编：《杜甫全集校注》，人民文学出版社 2014 年版，第 4059—4060 页。
③ 王士禛：《带经堂诗话》，人民文学出版社 1982 年版，第 53—54 页。

……说诗正不当如此也。'"又说曾见"渔洋评杜之真本,其所圈识,尤关精微之诣";认为渔洋偏摘"杜公累句","而非至论"。[①]乾隆皇帝也参与讨论:"子美《八哀》,自是巨篇。然以韵语作叙述,情绪既繁,笔墨不无利钝。大家之文,正如黄河之水,滔滔莽莽,鱼龙沙石与流俱下,非如沼沚之观,清泠可喜而已。论此诗者,誉之或过其实,毁之或损其真,惟卢世㴶曰:'《八哀诗》未免伤烦伤泛,然诗家之元气在焉,杜诗之体统存焉,不可遗亦不容选。'斯言得之。"[②]乾隆皇帝以帝王之尊出面调停,所言还算公允。

对于叙写生平的传记诗,只在"累句""佳句"上兜圈子,实在有扣盘扪烛以为日之嫌。又把传记叙事诗当作抒情诗而论,实在是削足适履。所以,杨伦说:"《八哀诗》亦杜公大著作,意欲与太史公争衡千古,昌黎诗多学之。叶石林谓汉魏以前长篇无过十韵,初不以叙事倾倒为工,此固不可以律杜。至欲芟去其半,则又未免续凫胫断鹤胫耳。"[③]这是从诗传角度看出与抒情诗的凫胫短而鹤胫长,可惜前人多未从此深长思考之,只停留在一种无可奈何的议论中。

(三)传记诗的尴尬

对《八哀诗》从叙事或结构角度予以思索,仇兆鳌、浦起龙、杨伦、梁运昌,以及晚清郭曾炘等颇为用力。仇氏分段失之于繁;浦氏稍简而最得法;杨氏书后出,在浦之分析基础上最为简明。如杨氏谓首篇叙王思礼战绩,"平叙中见串插补缀之妙";而叙李光弼"前用实叙,后用虚写。首段叙功业能举其要,真大手笔,否则不胜铺叙矣";又谓"(严)武镇蜀外无事业可表见,故升沉终始,只用数语撮叙梗概,极见剪裁断制";而谓"汝阳王事迹独少,前只借射猎一事写其游从亲昵,并能怀忠纳诲。后叙交情处,带及肝胆文学。结到哀字,并及其弟,章法最为简直易明";对哀李邕则言"首段专言文章,于碑版之制特详,著其所长也;次段序其负气节而屡遭贬斥,三段又因序交情而详述论文。各入哀其死意作收束,章法又别";认为哀苏源明"独用顺序,大抵亦多说文字而以忠孝二字作骨";哀郑虔诗"先叙其文才,次叙其遭遇,以怀旧意作结。带及其侄,

---

① 翁方纲:《石洲诗话》,人民文学出版社1981年版,第221—222页。
② 乾隆:《唐宋诗醇》,中国三峡出版社1997年版,第237页。
③ 杨伦:《杜诗镜铨》,上海古籍出版社1980年版,第672页。

与《汝阳篇》同"。①浦氏谓《严武》诗"先举履历始终,撮叙梗概,然后用追叙法,详写在蜀之事及相知哀感之情,制局又变化有法"。又谓《李邕》诗"略与《司空篇》同格,亦四句起,四句结,中分三层叙次,各入哀意作收束。起四,便尔写哀,声情感慨,与诸篇又别"。谓《苏源明》诗"是挨叙正格";说《郑虔》诗分"一头一尾,中两段叙事,分一盛一哀。比体起,作法又变";对于末首则言"独以相国终篇,'怀贤'专寄,此观世之卓识也。……故于相国,虽名位悬绝,而被废立言,显晦一致。直借曲江作我前身。因而序中特许为'贤',诗中特略其彰彰事迹,专以忧谗寄兴,为一篇宗旨"②。浦氏以细读功夫,归并了仇氏的分法而避免了零碎,而后为杨氏所取法,郭曾炘《读杜札记》亦"以浦二田《心解》诠解为最详,而多有见载"③。以上诸家,对此都下了绝大功夫,这在杜诗是绕不过去的大篇章,于盛名昭著的"诗史"中亦是不可轻忽的大制作。

然而如叶少蕴所说:"至老杜《述怀》《北征》诸篇,穷极笔力,如太史公纪传,此固古今绝唱。然《八哀》八篇,本非集中高作,而世多尊称之不敢议,此乃揣骨听声耳,其病盖伤于多也。"④虽然依从魏晋"诗缘情"传统诗学理念,不以叙事倾倒为工,而以为"伤于多"的看法,不见得为确论,但认为"非集中高作",洵为不刊之论。古今论者言及诗史,《兵车行》《丽人行》《悲陈陶》《悲青坂》以及三《吏》、三《别》,无不尽在张口即道之中。尤其是《自京赴奉先县咏怀五百字》《北征》,无论前者还是后者的700字,均为《八哀诗》最长的哀严武篇的340字的1.5倍或2倍有余,然而言诗史从无人提及《八哀诗》。若按"诗史"狭义看,所谓"史"当指正史之纪传体,即以记人为中心亦为重心的传记体,那么《八哀诗》按理最切近"诗史",反倒是记一时之事的《北征》等距离甚远,也就是说它们远非以人为中心的纪传体。然属诗史的《八哀诗》却被人淡漠,甚至忽视或轻视,而至于半遗忘半拒绝于"诗史"的门外,反倒是记一时之事的非传记体之作篇篇成为经典,少有异词,这又是为什么呢?

如果说《八哀诗》先出,而后出的两《唐书》八人之传俱在,前者自然失去了注目的价值。那么,记载天宝十载征南诏一事,同样是《兵车行》在先,两《唐书·鲜于仲通传》与《资治通鉴》卷二一六记载在后,

---

① 杨伦:《杜诗镜铨》,上海古籍出版社1980年版,第674、677、678、682、686、690、693、696页。
② 浦起龙:《读杜心解》,中华书局1961年版,第149、152、155、156、158—159页。
③ 郭曾炘:《读杜札记》,上海古籍出版社1984年版,第310页。
④ 叶少蕴:《石林诗话》卷上,见何文焕辑:《历代诗话》,中华书局1982年版,第411页。

且后者原本取杜诗以补史传。然而《兵车行》之炽热光焰远非《八哀诗》所能比,其间的原因何在?进而再思,同样是写人物,《丹青引》被称为"此太史公列传也"①,又说是"仿之太史公,此篇如《信陵君传》,自堪压卷"②。然《八哀诗》连"高作"也算不上,遑论压卷!杜甫本是叙事高手,又是铺叙倾倒的大手笔,而且他以全副精神倾心尽力去作这一宏篇巨制,况且又出于写了那么多的诗史经典之后,内容主题又是那么庄重严肃,把心爱的人物都置于大唐由盛转衰的历史大背景之中,为什么却成了累累满纸遭人訾议的不成功之举!让尊崇杜甫的宋明清论家因底气不足而感到无奈,而处于"不可遗,亦不容选"的尴尬无奈的境地。

如前所言,今人论及杜甫诗史或者夔州诗者,很少言及《八哀诗》,大型杜甫评传出于名家之手者,只好泛泛做一简介,而不置一语轩轾,便悄然带过。③《八哀诗》似乎成了烫手的山芋,烧红的毛铁,拿不得。偶有论及者,因了八首中题目有赠者四篇,便谓之酬赠之作,起码连仇氏"乃称死后赠官也"也未经眼。至今论者寥寥无几。旧时论者的无奈与今日学界的沉默,都属于一种尴尬氛围。总结杜甫诗史成功与不足,考察其中的利钝,《八哀诗》具有探究的价值和深长思之的重要意义。

(四)《八哀诗》不为看重的原因

杜甫付出绝大力气,却自古迄今不见讨好。目的行为与结果的悖论,意图与效果的分裂,甚至于背道而驰的原因又是什么,这在学理上是不容回避的问题。

首先从人物传记诗看,起源甚早。《诗经·大雅》中的《生民》《公刘》《绵》等,向来被称为"周民族史诗"。特别是前两首未尝不是"诗史",尤其《生民》由诞生之奇,到教民稼穑,以报赛祈年结束,八章构成了三个片段,每个片段都以倾倒叙事或极尽铺叙为能事,前人即称为"一篇后稷本纪",亦可看作后稷传记。蔡琰《悲愤诗》以个人经历铺叙三大段,即遭掳、别子、再嫁,并不追求有头有尾,却是完整的自传体。谢灵运《拟魏太子邺中集》分别以曹丕以及建安七子除孔融的其他六人,加

---

① 张甄陶语,见杨伦:《杜诗镜铨》,上海古籍出版社1980年版,第531页。
② 李因笃:《杜诗集评》卷六,转引自萧涤非主编:《杜甫全集校注》,人民文学出版社2014年版,第3205页。
③ 洪业《杜甫:中国最伟大的诗人》、陈贻焮《杜甫评传》等莫不如是。

二　诗传与诗史的悖论：杜甫《八哀诗》论

上曹植，各以其人语气成为代言体式的"自传"组诗八首。论者谓："老杜《八哀》，名从建安《七哀》之例，而旨宗康乐。诗笔亦似大谢，通八首看，沉雄抑塞，味之难忘。"[①] 此言不无道理。杜甫"发秦州""发同谷"两组24首纪行诗风格就接近大谢而又有所发展。颜延之《五君咏》分别为竹林七贤阮籍、嵇康等人写照，迹近传体，但每首八句又近于五律，中多偶句，"别为新裁，其声坚苍，其旨超越"[②]，但不叙其生平始末。沈约《怀旧诗九首》怀念哀悼王融、谢朓等九人，称其文才，亦不叙其行事经历。若从为人存神写照看，都对杜甫当存乎一定启迪。当然从《生民》等史诗，以及蔡、谢、颜、沈之作来看，总体上从影响上带有综合作用。北朝乐府诗《木兰诗》为叙事诗且带有传记性质，陶渊明《咏贫士》《咏二疏》名为咏史，实为人物写照，但非传体。进入初唐，王绩《晚年叙志示翟处士》按幼、中、晚年叙述，为自传体诗。张说《五君咏》均论当代名臣功德，非为人立传。前盛唐的李颀写了大量的人物诗，写活了许多当代人，然亦非传体诗。为人所知的李白《赠孟浩然》属于人格化的"肖像"，而意不在于叙事。真正的为逝去者立传，只有杜甫的《八哀》了。故被人称作"八公传"，为"老杜创格"，视作诗史。

　　杜甫的"诗史"起步甚早，这和他关注社会忧国忧民的情怀分不开。最早的诗史之作《兵车行》就与李白的《古风五十九首》其三十四走的路子不同，就有叙事和感事的不同，诗史与抒情之别。此与役夫的对话，明显取法汉乐府的手法。而《丽人行》同样取法汉乐府，却把《陌上桑》的写法变了个样——化美为丑，两诗虽都插进议论，而有直接指斥和暗寓讥刺的不同，后者的"画外音"——"慎莫近前丞相嗔"与前者的"对话"有所区别。《悲陈陶》《悲青坂》对首次反击安史叛军的惨败，采用了"通讯报道"的手法。因诗人困于沦陷区长安，而非目睹，此又与以上两歌行诗的目击亲睹有别。《哀江头》和《哀王孙》都写在沦陷的长安经历，前者以回忆构成今衰昔盛的对比，后者则记录了玄宗的狼狈逃窜，与遗弃的王孙相遇，展现了大乱的悲剧，拍摄了"东来骆驼满旧都"的惨象；《塞芦子》则如奏书密章，提出军事上的紧急建议。安史之乱前后两次探家，属于自传性质的《自京赴奉先县咏怀五百字》与《北征》形同姊妹篇，都是大篇叙事诗，同样由国家社会的残破写到不幸的家庭，均为史诗般画图长卷，两诗都倾注大量的议论。《彭衙行》与《赠卫八处士》以自家逃难

---

① 曹慕樊：《杜诗杂说》，四川人民出版社1981年版，第217页。
② 陈祚明：《采菽堂古诗选》，上海古籍出版社2008年版，第514页。

与访友的经历，实际展现了生灵涂炭万方多难的战争造成的灾象。尤其是三《吏》、三《别》，以连续性画面围绕"万国尽征戍""流血川原丹"的震颤与哭诉，而"三吏"到处均有作者沉重的声音，都有"我"在，而"三别"却不露面，纯是不幸者的哀诉。《丹青引》与《观公孙大娘弟子舞剑器行》《江南逢李龟年》都作于安史之乱平息之后，然皇家的画手与歌星、舞星还漂泊于西南天地间。《闻官军收河南河北》虽为言情之制，却记录了安史之乱结束后的欢腾雀跃，虽写一家之欢，而未尝不是万家之欢，普天同庆呢！《黄河二首》是七绝，《三绝句》（"前年渝州杀刺史"三首）是七绝，却实录了蜀中内乱与官军如盗，以及吐蕃屡犯的史实。《春望》为五律，犹如《闻官军收河南河北》为七律，都在"诗史"中派上了大用场。而《洗兵马》与二《哀》、二《悲》与《兵车》《丽人》"二行"一样，都是用的七言歌行，然而却出之以"时政评论"手腕。《自京赴奉先县咏怀五百字》与《北征》是叙事诗，而"二悲"却是纪事诗；如果说《丹青引》是传记诗，而《观公孙大娘弟子舞剑器行》则近于人物诗；同样是七绝，《三绝句》属于史录，而《江南逢李龟年》则属漂泊中的感叹。

总之，杜甫的诗史在诗体上无所不有：五古、七古、歌行、五律、七律乃至七言绝句；形式上无体不备，叙事诗、纪事诗、自传诗、新闻报道、时政评论、奏章、人物诗、纪传诗；而且采用了组诗与准组诗形式。如三《吏》、三《别》、《三绝句》、《黄河二首》，以及二《哀》、二《悲》、二《行》，《自京赴奉先县咏怀五百字》与《北征》构成两探家诗。而《丹青引》与《舞剑器行》又如一对双璧，犹如《彭衙行》与《赠卫八处士》如同姊妹篇。这些诗史的经典篇章，都是当下的现实记录，如三《吏》、三《别》、《春望》、二《哀》、二《悲》等诗，犹如随军记者，或如专门采访，恪尽了记录报道现实重大事件的天职，就是探家、访友、逃难的自传诗，无不成为标准的"诗史"而无异议。可以说，在诗史创新上，杜甫极尽了一个"苦吟诗人"或"工夫诗人"的才能。他抓住国家社会每一个转变的现实，用如椽史笔也是诗笔，一一全方位做了有血有肉的记录。回顾他的成功，擅长的场面描写，精致的细节刻画，感人肺腑的对话，深刻尖锐的议论，无不是走上"诗史"与"诗圣"的重要基因。

到了成都，由于远离政治中心，记录现实诗史骤然减少，缺乏目击亲临的机遇，只能依靠远方传来的消息。他的"诗笔"也不能不有所迟钝。只有偶然的邂逅一遇，才能留下名篇如《丹青引》。到了夔州这个偏僻的山城不会给他提供观察当下现实重大事件的机遇，甚至连迟到的新闻都不会太多。杜甫在夔州每多思念长安，固然对政治生活还抱有一点希望，但未尝没有获得创作契机的希望。偏僻封闭的夔州山城只能滋生对过去历史的回顾、反思、咀嚼，同时面对江河日下景况，对前景渺茫的推测，他只能在寂寞中以回忆打发日子。但诗的事业却涌上了第二个高潮，不到两年便有432首诗作，接近他一生1457首诗的1/3，特别是创造了大量的回忆诗。《忆昔二首》是对盛唐经济繁荣的眷怀，《秋兴八首》是对盛世辉煌长安的眷怀，《夔府书怀四十韵》《秋日夔府咏怀奉寄郑监李宾客一百韵》把五言长律发展到雄肆浩荡的壮阔程度，五古《壮游》《昔游》都是自传体长诗，《咏怀古迹五首》是对与当地相关或与自己经历类似的历史人物的回思。只有《诸将五首》是对安史之乱以来武官骄将跋扈的讽刺，而非新闻。实际仅有《承闻河北诸道节度使入朝欢喜口号绝句十二首》凭远道而来的传闻，靠着"承闻"等到写时早已成为"旧闻"，虽然涉及时间因传闻而有失实之处，由此可见他对时局总是充溢急切的关注。

《八哀诗》拉开了夔州组诗、回忆诗、自传诗的序幕。他的"诗史"事业不能停止，尚要创新。他要对大唐由盛转衰的原因做一全面的回顾反思，一个总的"盘点"。这里涉及宰相用人、地方镇守以及乱时急需的名将。在"总盘点"里他也考虑了衰变给自己与知交带来不幸所形成的悲剧。他顺着国家与个人结合的一贯宗旨，想到这八个著名或者带有重要意义的人物。除了张九龄、李邕、李琎在安史之乱前谢世，而郑虔、李光弼卒于两年前，特别是严武去年过世，年仅四十，这一系列的死亡也是作此组诗刺激的外因。其所以选此八人为一组且选择传记体，杜甫经过慎重的考虑。前者已如上言，后者一是要以传记体走出一条新路，也是对过去"诗史"的补充。自入川以后，他的七律、五七绝都在力图创革出新面貌。此组五古的变革也是题中应有之义；二是既是对八人的哀悼，也寄托着对自己不幸的回顾；三是对衰败政局的思考，希望引起国家对人才的重视。所以成了组诗中最为宏大的篇章，为此付出大力。

然而却遇到棘手的问题，王思礼、李光弼身经百战，千头万绪；张九龄仕途长达三十年；而李琎却无事可记；严武早逝，只有镇蜀可取；苏源明、郑虔无政绩可言，只能在文才上作文章；李邕个性峥嵘、毁誉交集、多才富艺，可记处甚多，但要选出典型事例上诗却不那么容易。杜甫缺乏军旅体会，要把李、王二将写活就不那么容易。他是题书画诗的高手，但要把李邕和郑虔写成单纯的书画家，他同样不会甘心。

如果回顾杜甫那些成功的"诗史"，首先是具有精彩的场面描写，或片断铺叙或剪辑几个场面连缀起来，如两探家诗，前者的骊山豪奢与至家幼子饿卒前后对比；后者便由途中山果、战场的片断描写，以及到家后儿女衣着、化妆等琐事的描写，才使此作有血有肉；《兵车行》《丽人行》《哀江头》《丹青引》《舞剑器行》都有一个或两个场面描写。"场面描写与情感的抒发成了中心。关键是抓住那最能体现故事内涵的闪光的一瞬大加渲染，发挥个淋漓尽致。"① 其次，取法汉乐府叙事的对话描述，推动故事情节或事件真相的描写。如《兵车行》、三《吏》、三《别》，前者的场面描写如临其境，后者的对话则如闻其声；再次选择"核心地带"渗入对事件的议论，使事件本质得到显露，也加强了作者感情的宣泄。《自京赴奉先县咏怀五百字》的大段"咏怀"，《北征》末尾的大段议论，《兵车行》中间插入"边庭流血成海水，武皇开边意未已"，或者如《丹青引》最后的"但看古来盛名下，终日坎壈缠其身"，既是安慰也是从大处的揭示，或是在对话中携带议论，如《丽人行》结末两句，或如《垂老别》老人别语中的"万国尽征戍"等四句，以描写为议论。复次，细节和心理描写显示的逼真性，增强叙事的逼真与气势。《兵车行》的"牵衣顿足拦道哭""去时里正与裹头"，《丽人行》的"犀箸厌饫久未下""当轩下马入锦茵"，《哀江头》的"翻身向天仰射云，一笑正坠双飞翼"，均为著例。《自京赴奉先县咏怀五百字》的"指直不得结"的细节正为"路有冻死骨"作铺垫；"烟雾蒙玉质"与"入门闻号咷"构成对比。《北征》的"补绽才过膝"与"狼藉画眉阔"，都给叙事增加分外的波澜。

　　细读《八哀诗》正是缺少以上四种因素，也缺少了若许生动，甚至于乏善可陈。然而此为八人立传，而非叙述八事，或者讲述八个故事，以上四种叙事手段似乎都派不上用场，否则，对此娴熟的杜甫为何不见施用？他要把每个人的生卒、行事、功业或文章、不幸等等都见于诗传中。然而《史记》中刻画蔺相如正是用了完璧归赵、渑池会、将相和三个片断，而若此八人却很难用此方法概括其人，其中《李琎》中间用了24句铺写陪猎、谏猎，汝阳王本因"善射，帝爱之"②，故特别详叙，然《八哀诗》中唯一浓墨重彩的铺叙并未给人物的刻画增加多少光彩，这一场面描写没有

---

① 这几句话原本是批评中国叙事诗和诗史的不足，接言"至于故事的具体进程那到无关紧要，尽可匆匆掠过。因此，'场面'倒成了中国叙事诗的基本单位，长篇叙事诗不过是众多场面的'剪辑'。这种重场面轻过程、重细节轻故事、重抒情轻写实的叙事特点，在杜甫、吴伟业、黄遵宪的叙事诗中得到充分表现。"如此批评，确实看到了叙事诗的不足，但"诗史"是叙述的，而非讲述故事，去描述一个完整的过程。说见陈平原：《中国小说叙事模式的转变》附录《说"诗史"》，北京大学出版社2010年版，第286页。

② 《新唐书·三宗诸子传》，中华书局1975年版，第3599页。

发挥展示主体性格作用。两将一相与苏源明都是由出生或少年写到去世，也不可能揳进场面描写。李邕、郑虔多才艺而命运极其坎坷，亦匆匆无暇顾及。至于对话、细节更无从说起。

以前诗史的人物或事件是当下的，属于动态，而此诗为八人作传是过去的，属于凝固的、静态的。犹如小说与史传中人物，小说人物是活动地发展地向读者一步步走来，史传人物已成过去，离读者已远。故小说容易生动与成功，史传人物容易干巴而乏生气。这也是杜甫写正在发生的事或人物之所以成功，而《八哀》又之所以不能进入集中高作的原因。历史人物是定型的，已有盖棺定论，诗人只能在已有的事实框架里有所取舍，而不能有所更张。而且前次的诗史之作只是就一时一事写来，故可从容描摹，而传体诗由生到死头绪甚多，势必面面俱到，而对其中一时一事亦势必不可能作详写刻画。如果以论者每每称道引述亚里士多德关于诗与史的区别看："诗人的职责不在于描述已发生的事，而在于描述可能发生的事，即按照可然律或必然律可能发生的事。历史家与诗人的差别在于一用散文一用'韵文'；……两者的差别在于一叙述已发生的事，一描述可能发生的事。因此，写诗这种活动比写历史更富有哲学意味，更被严肃的对待；因为诗所描述的事带有普遍性，历史则叙述个别的事。"[①] 那么，《八哀诗》接近历史家"叙述个别的事"与"已发生的事"，以前的诗史之作"所描写的事带有普遍性"，是"已发生的事"和"可能发生的事"，是可然律和必然律的结合，由于前者过于贴近史，所以"非集中高作"。"是传记文学之用韵者"，故选家不选，只有像专选大家的《唐宋诗醇》偶然一见。今日杜诗选本就根本拒之门外。

另外一个重要原因，以前诗史之作很少用典，就是偶尔一用也很明白了然。像《丽人行》的"杨花雪落覆白蘋，青鸟飞去衔红巾"，一俗典一神话，喻旨晓然，又是化美为丑的点睛之笔；《北征》的"不闻夏殷衰，中自诛褒妲"，则人所共晓。《八哀诗》则用典繁集，注家注解往往纷歧，如哀严武的"群乌自朝夕，白马休横行"，哀苏源明诗的"煌煌斋房芝，事绝万手搴"以下数语，凡注杜者无不解释纷纭。新近始出的萧涤非主编《杜甫全集校注》就用了128页版面注释这八首诗。典故之多，不得不一一注明。由此也可见出，杜甫写这组诗是庄重肃穆的，也是呕心沥血的，从叙述与用语都与以前诗史之作迥不相同。另起炉灶，别为创制的意图也是异常明显的。

[①] 亚里士多德：《诗学》，罗念生译，人民文学出版社1984年版，第28—29页。

自古以来，习惯以杜甫安史之乱前后诗史经典之作为标尺，认为这组诗并"非集中高作"，充其量为"不可遗，亦不容选"，这是用叙事诗的眼光打量传记体诗，但其中也包含以杜诗衡量杜诗的准则，因为诗史尚未有成功的传记体诗作为参照，所以这一创格受到绝大的冷落。在杜诗的接受史上，不仅无人后之为继，那么多的诗话也极少提及，今人讨论者也只有寥落一二家[①]，也都说明了《八哀》无论成功还是失败，包括论者的"冷处理"，都值得深长思之！

[①] 朱东润《杜甫叙论》认为《八哀诗》"胆大泼辣"，"而且充满感情，呜咽淋漓，即使在《史记》中也是不可多得的名篇"。他又先在《中国文学论集·杜甫的八哀诗》有专论。近年来，正面讨论者只有林继中《诗人驱史笔》，见《首都师范大学学报》1993年第5期。

三　杜诗名作三论

在安史之乱中，杜甫留下许多名作。首先是在丧乱之中的奔波记录，真实叙述了安史之乱带来的不幸，这由《彭衙行》与《赠卫八处士》的比较中可看出来；其次为《丹青引》，这是"伤心人看伤心人"，而有"同是天涯沦落人"之感，突出展现了杜诗"沉郁顿挫"的主体风格；再次为《咏怀古迹五首》其二，在流寓中，发思古之幽情，而有"萧条异代不同时"的大感慨。三种不同角度，由自己，到别人，再及古人，构成一道特别的心理历程，展示了诗人在安史之乱中与以后的困苦、感慨与理想。

（一）乱离时代的历史画卷

玄宗天宝十四载长达八年的安史之乱爆发，大唐自此一蹶不振，北方陷入万民涂炭的水深火热之中。玄宗逃往成都，李亨即不久的肃宗退驻秦州与凤翔。杜甫与备受灾难的百姓一样，处于乱离之中，留下《自京窜至凤翔喜达行在所》《述怀》《羌村三首》《北征》等纪实性的名作。其中作于至德二载的《彭衙行》记述了全家逃难的一段经历。两年后的乾元二年，由洛阳回华州时曾访友人作了《赠卫八处士》，表现了乱离的不幸与沧海桑田的变化。两首都是五古，题材风格也比较接近，堪称双璧。

安史叛兵次年进逼潼关，杜甫把家小从奉先（今陕西蒲城）转移到北边白水，寄居舅家。六月潼关失守，危及白水，杜甫一家再向北流亡。离开白水六十里，夜经彭衙遇到故人孙宰的款待，后来移家鄜州（今陕西富县）。次年杜甫被肃宗疏远回鄜，路经彭衙之西，奔波途中想起友人的高谊，便作了《彭衙行》，记录了一年前的逃难的惊怕与对友情的感激。全诗46句，230字，大致可分前中后三部分。前者叙述初次逃难的艰苦备尝：

忆昔避贼初，北走经险艰。夜深彭衙道，月照白水山。尽室久徒步，逢人多厚颜。参差谷鸟鸣，不见游子还。痴女饥咬我，啼畏虎狼闻。怀中掩其口，反侧声愈嗔。小儿强解事，故索苦李餐。一旬半雷雨，泥泞相牵攀。既无御雨备，径滑衣又寒。有时经契阔，竟日数里间。野果充饯粮，卑枝成屋椽。早行石上水，暮宿天边烟。

因是追忆去年避难，故先以"忆昔"标明以下经历全是回忆，亦即倒叙。由于丧乱奔逃故不分昼夜。"险艰"是前段的总提。"夜深"二句又是倒叙中的倒叙，即先写月夜到达彭衙，"月照白水山"自是一种惨淡凄凉景象，逃难人的心情自可想见，以下再从头叙起。"尽室"两句说全家多日徒步奔走，遇人则陪尽了笑脸，而有"乱离人不如太平犬"的酸楚。"参差"二句以动显静，乱世处处人烟稀少，路无行人，孤独感似在吞噬人心。以上四句为总述一路艰难，以下备叙种种"险艰"。

难民首要问题是吃饭。"怀中"女儿饿得"咬我"，一家人饿到极点自不待言。咬人疗饥是小孩的本能，也是生理的反常行为，真可谓"痴"得让人酸心！咬不能解决饥，哭闹即随之而来。杜甫后来作于成都草堂的《百忧集行》说"痴儿不知父子礼，叫怒索饭啼门东"，那尚属安定年月。而今之啼却"畏虎狼闻"，引发不测，急掩其口，孩子感到不适，更加嗔怒而声大。"反侧"谓翻转挣扎，情急之状可见。这些浸含泪水的语言，真是"曲尽逃乱之态"。小儿不懂事却"强解事"——硬是要路旁不能食用的苦李吃，表示不会因饥哭闹。这真让人哭笑不得！朴素的语言把小儿女在逃难饥饿的各种情状表现得入耳穿心，使人如临其境，若历其事。清人张上若说："写人所不能写处，真极朴极，亦趣极，惟杜公善用此法。"① 杜甫正是用他真实诚挚话语，打动他的读者。

逃难另一要紧的事就是赶路。从白水到彭衙不过六十里地，却走了十天，因赶上雨季，又是老少步行，泥泞中相互牵拉攀扶，既无雨具，路滑衣湿，饥饿寒冷困乏艰难备至，就是再着急，也只能是"竟日数里间"。饿了以野果充饥，雨猛则躲在树下就权且当作屋檐。早行时山路到处有水，晚宿就在那荒远的雾烟之中。王嗣奭《杜臆》说："逃难之人，望烟而宿，莫定其处，虽在天边，不敢辞远，非实历不能道。"② 这一节颠沛流离的叙写，真是说不尽的艰难，道不完的困苦，也为下文友人热情款待做了铺垫。接着是第二段：

> 小留同家洼，欲出芦子关。故人有孙宰，高义薄层云。延客已曛黑，张灯启重门。暖汤濯我足，剪纸招我魂。从此出妻孥，相视泪阑干。众雏烂熳睡，唤起沾盘飧。"誓将与夫子，永结为弟昆！"遂空所坐堂，安居奉我欢。谁肯艰难际，豁达露心肝！

---

① 张上若语，见杨伦：《杜诗镜铨》，上海古籍出版社1980年版，第166页。
② 王嗣奭：《杜臆》，上海古籍出版社1983年版，第41页。

杜甫擅长铺叙，又善于驱遣各种语言，特别是能把真诚的情感倾入素朴的字里行间。自五言诗出现后，真切感人如此诗此段者，恐怕只有杜甫了。此段写友情温煦又是另一种热烈文字。首两句为倒置，是说此行本北出芦子关（今延安西北），因同家洼有友人孙宰，故小留数日。唐人尊称县令为宰，这位孙宰过去可能曾为县令。"高义薄层云"是对以下的盛情先总称美一句，是为此段总冒，以下一一叙出。至其家时天已昏黑，不说点灯而言"张灯"，不说开门而言启门，洵有热迎欢接大宾气氛。热水汤脚，剪纸招魂，为我们压惊，就像回到自己家，此为款待远来行客的第一程序。看到杜甫一家疲惫辛苦，嘘寒问苦多方安慰则自不待言。接着又特意让全家与我们见面，彼此相见，丧乱中活得多不容易，不由自主都泪流不止。几个儿女累极了，倒头酣睡。连绵词"烂熳"用得极好，累极之状可见。不一会儿饭好唤醒他们吃饭，不说吃饭进餐，而说"沾盘飧"，十天来没碰过一盘菜一碗热饭，用了即今俗语"不沾边"的"沾"，只有受过多日饥饿威胁的人，才会想到这个痛苦而又欢悦的字呀！

饭桌上问辛问苦的话很多，只记了"誓将与夫子，永结为弟昆"两句，两句实际一句话，又是文绉绉的，与此诗的素朴很不协调，且又是谁说的？王嗣奭《杜臆》说："追思其苦，故愈追思其恩。结之曰：'谁肯艰难际，豁达露心肝'，何等激切！读此语知'誓将……'乃述孙宰语，所谓'露心肝'也。宰本故人，盖述昔交契之厚，非今日才发誓也。且文势亦顺。注云'夫子'指孙宰，误。"①仇、浦与杨伦三家亦采此说，今人亦多同之。我们觉得这两句应是杜甫本人感谢东道主的话，故出语庄重真诚，以上无微不至的全方位款待，也正是杜甫所感慨的，在丧乱间谁能如此"豁达露心肝"。露心露肝不一定是指以上两句说的话。于是"遂空所坐堂，安居奉我欢"，把会客的正屋腾出来，让我全家住下来以"奉我欢"，这是从心底里蹦出的热语、感激话，又见出友人多么豁达而招待备至。这两句是全诗的第二次议论，与上"高义薄层云"呼应，又是对此段热情款待的总结，亦是发自肺腑的感慨语，同时也最能引起读者的共鸣。

至于"小留同家洼"与几日后的告别，再不作叙述，也无须再说。要说的只是回想此一段殷勤款待而今心里仍感动不已：

别来岁月周，胡羯仍构患。何当有翅翎，飞去堕尔前！

---

① 王嗣奭：《杜臆》，上海古籍出版社1983年版，第41页。

时过一年，现又因被肃宗疏远而由凤翔回鄜，又是一路辛苦，有《北征》记其事。路经彭衙之西，念家心切，不能会晤，以追述此段情谊志感，而有不能奋飞于前的遗憾。《诗经·邶风·柏舟》有"静言思之，不能奋飞"，是情爱的急语，杜诗则为友情的至切语，把一句变作两句，说得又是多么虔诚，而又那么真实。别来二句又与开头两句互为呼应，自成起结。

其次再看《赠卫八处士》，此诗是由洛阳返回华州司功任上的途中所作，与三《吏》、三《别》所作同时。只叙写与友人一次会面，不叙路途经历，故比前诗的一半只多了两句。还有绝大不同的，一上手就先发议论，把叙事又融化其中，形成以议带叙，如行草中牵丝连线，把上下几个字缀在一起：

> 人生不相见，动如参与商。今夕复何夕，共此灯烛光！少壮能几时，鬓发各已苍！访旧半为鬼，惊呼热中肠。焉知二十载，重上君子堂！

无论老少，无论治乱，这文字融成一片人生"别易会难"的感慨，又贯注着人们多少共有的情感。在杜甫当时固然不易，情动于衷，在读者不能不随之感慨歔欷！年少读此节就觉得动人心弦，至老读心神更为之摇动。老杜真会发议论，不，会把自己的情感双手掬出来让人掂量。梁启超《情圣杜甫》说："杜工部被后人上他徽号叫做'诗圣'。……我以为工部最少可以当得起情圣的徽号。因为他情感的内容，是极丰富的，极真实的，极深刻的。他表情的方式又极熟练，能鞭辟到最深处，能将他全部完全反映不走样子，能像电气一般一振一荡的打到别人的心弦上。中国文学界写情圣手，没有人比得上他，所以我叫他做情圣。"① 他这诗向来为人们所爱读，就是因了情感抒发到至极至真至动人的地步。前四句欲扬先抑，跌宕出相见不易，不说丧乱相聚不易，而说今日是哪一日之今日，却能"共此灯烛光"，把《郑风·绸缪》的"今夕何夕，见此良人"的意思，说得百感衷来，如从己出。犹如上诗最后两句那样，这是感慨，是议论也是言情。以议论发至深之情，这是老杜的绝技，也是人格的诚厚淳真。"少壮"二句变为抑之又抑，与上之抑扬都是顿挫处，也是沉郁处。以上虽尽发感慨，却同时告诉我们：傍晚偶然相见，而且是少壮分手，老大方得一

---

① 梁启超：《情圣杜甫》，见陈引驰编：《梁启超学术论著集·文学卷》，华东师范大学出版社1998年版，第316页。

见，此即以议带叙。

"访旧半为鬼，惊呼热中肠"，此又在叙述中发出惊叹，发出乱世人的惊悸与感慨。看到后两句方知相隔二十年才"重上君子堂"，又怎能没有人生不见动如参商的感慨；昔之少壮而今彼此鬓发花白，又怎能不情动于衷？彼此如此，而其他故友于叙旧中始知半已作古，心中又怎能不为之惊悸？作者时年48岁，而安史之乱已进入第三年，乱世忧心如焚又怎能不苍老？且死人又那么多，又怎能不"惊呼"不心肠如汤煮，火烧火燎地阵痛？"焉知"二句本可置于开头两句之后，硬是按在此节末尾，要比顺说更能增加感慨起伏。以下方转入晚餐的叙述：

> 昔别君未婚，儿女忽成行。怡然敬父执，问我来何方？问答未及已，驱儿罗酒浆。夜雨剪春韭，新炊间黄粱。主称会面难，一举累十觞。十觞亦不醉，感子故意长。

这里看似平铺直叙，其中却有许多经营。因为"儿女忽成行"不是谈叙出来的，这从"忽"字可以看出。其中不仅省去如前诗"从此出妻孥"的类似情节，而且从"忽成行"的视觉已暗示出相见而在此两句之前，所以这两句才发如此感慨。不然，以下的"敬父执"就来得太突然。说得更明白一点，"昔别"二句应在下两句之后，也就是看到他的问候，才有"昔别"两句的感慨，这是第一次倒叙。"问答"句简括得一笔带过，"驱儿"应贯下三句，且次序是先剪韭，次炊粱，再布酒。而把"罗酒浆"置前，气氛一下子就上来了。且"驱"是那么急乎，而"罗"又是那么的忙乎，就像上诗"张灯"的"张"字一样。然后再补叙出"夜雨剪韭"也是刚才驱使的，春韭与黄米饭又是多么丰美的晚餐。"间"字指示出还有其他菜肴与主食。当主人殷勤举杯连声说"会面难"——见面不容易，不容易！又把"十觞"顶针连用，殷勤热烈的气氛又一下子荡漾起来，谁能不感到温暖？因而"亦不醉"——这里话中有话——谁又能推辞不饮？因为"感子故意长"，老友的深情热得感人呀！这两句是叙也是议。如同上诗"谁能艰难际，豁达露心肝"一样，结束了晚餐的叙述。丰盛的晚餐与夜话的亲切温馨成为以后美好的记忆，也是战乱中难得一刻。

末尾的"明日隔山岳，世事两茫茫"，这是对全诗的收束，也是预叙。有对友情眷恋感激，也有世事动荡，将来是否还能见面，甚或还能健在，彼此都会说不准。还应包含万方多难的丧乱什么时候才能结束的隐约期盼。杜甫主张"篇终接混茫"，此诗的结尾余意深长，茫茫然沉郁无边，又让人再次感叹欷歔起来。

　　从以上两诗杜甫以自己真实的逃难经历与朋友相聚不易的感慨,不仅可知杜甫在安史之乱是怎样"苟全性命于乱世",而且天宝时八千多万人口,至安史乱后竟仅余二千八百万人,那么多的人都死于丧乱之中,除了像《石壕吏》所说的"二男新战死",《悲陈陶》的"四万义军同日死"外,在"积尸草木腥,流血川原丹"的岁月里,又有多少人饿死、冻死、贫病而死!杜甫这两诗补充了这些事实。当时的百姓是怎样地活着,又是怎样地死去,也由此可以想见这一姊妹篇拉开了一幅惨淡的历史画卷。杜诗不仅写自己和一家的苦难,也再现了当时社会的灾难。唐诗与唐史都没有留下如此逼真感人的文字,杜诗弥补了历史文献的不足,也正是在直面人生直面社会直面国家命运的重大责任中,杜甫承担了"诗圣"的职责,杜诗也确实以实录的精神记载下"诗史"。

　　从艺术上看,后者更集中精炼,特别是感慨深刻的议论,不仅以之带叙,而且起到了极好的抒发情感的作用。笔下无不饱蘸浓厚的感情,"全诗无句不关人情之至,情景逼真,兼极顿挫之妙"[1],结构上先发议论后再叙事,议中串叙,叙中有议,交融自然。"前曰人生,后曰世事;前曰如参商,后曰隔山岳,总见人生聚散不常。别易会难。"[2] 又如:"'怡然敬父执,问我来何方',若他人说到此,下须更有数句。此便接云'问答未及已,驱儿罗酒浆',直有抔土障黄流气象。"[3] 而在"感子故意长"后,还有夜话与夜宿,以及次日之别,一切统统省去。紧接"明日隔山岳,世事两茫茫",便告结束,不觉仓促,只觉感慨苍茫,这都是至其精炼的地方,也体现杜诗"篇终结混茫"的特色。

　　《彭衙行》的逃难与友人款接,一路艰难险阻叙说不尽,忙着叙述,也就无暇顾及抒情与议论,只在忙中偷闲插入两三句,所以达不到赠处士诗那样感人。再加上至友人家的详叙备述,前后两节就有详而无略,自然少了些精炼。还有发端平平而起,就更不如后者感慨百端的抒情式议论。然而若无《彭衙行》不厌其详的叙说,而只有赠处士诗,总会缺些什么,少却了不少的逼真,这正是说两诗是姊妹篇,或如一对双璧的原因。总而言之,两诗都写得悲喜交集,感情起伏,前诗更多带有汉魏古诗风格,后诗则富有唐人情味。

---

[1] 张上若语,见杨伦:《杜诗镜铨》,上海古籍出版社1980年版,第208页。
[2] 周甸语,见仇兆鳌:《杜诗详注》,中华书局1979年版,第514页。
[3] 《漫叟诗话》,见仇兆鳌:《杜诗详注》,中华书局1979年版,第513页。

（二）从《丹青引》看杜诗的艺术个性

杜甫的《丹青引》沉郁顿挫，雄深厚重，属于七言歌行大篇的杰作。选材与题材的处理、表现之手段、结构之方法等，都体现了杜诗的艺术风格与审美个性。

风格的沉郁顿挫总与杜诗联系在一起，此诗也不例外。沉郁是指内容的深沉广博，海涵地负；顿挫是指情感的起伏抑扬，仪态万千。《丹青引》是送给画家的诗歌，本是作者与画家的个人交往，可以写成为画家立传的人物诗，也可以歌咏画家的绘画技能，或者写成一般的寄赠诗，正如题下自注"赠曹将军霸"那样。所以浦起龙《读杜心解》说："读此诗，莫忘却'赠曹将军霸'五字，犹《入奏行》之'赠窦侍御'，《桃竹杖引》之'赠章留后'也。通篇感慨淋漓，都从此五字出，自来注家只作题画，不知诗意却是感遇也，但其盛其衰，总从画上见，故曰《丹青引》。"[①]浦氏的眼光确实高出一筹。然此诗不仅如此，还通过一个画家在不同时代的知遇与不幸，把大唐社会由兴盛到衰落的巨大变迁和作者与画家以及无数人的命运紧紧联系在一起。由一个非政治圈中的小人物，牵动了时代的巨变，不只是停留在人物一己的知遇上，所以才能"通篇感慨淋漓"，具有感人至深的艺术效果。

据张彦远的《历代名画记》可知，曹霸在开元中得名，天宝时为玄宗所看重，诏画御马及功臣，官至左武卫将军。诗中所说的"开元之中常引见，承恩数上南薰殿"，以及画功臣与御马却都放在开元年间，一来为了行文之方便，二来开元时代是大唐兴盛时代，以便与安史之乱后引发的巨变形成对比。蔡梦弼《草堂诗笺》说："霸，玄宗末年得罪，削籍为庶人。"这对曹霸本人来说是件大事，但从后来进入安史之乱来看，便微乎其微，故诗中用"于今为庶为清门"一笔带过。此诗大约作于代宗广德二年，安史之乱平息虽已两年，然而大唐自此一蹶不振，百病丛生，社会尚处于乱后衰败中，杜甫仍然"漂泊西南天地间"。此前在同谷他就遇到过从长安逃来的"山中儒生旧相识"，曾经"但话宿昔伤怀抱"。后来又在夔州与长沙，先后遇到流浪中公孙大娘之弟子与大音乐家李龟年，都留下了名作。这次遇到"同是天涯沦落人"的曹霸，又引起了极大的感慨，他从曹霸身上不能说没有看到自己。此后不久作的《莫相疑行》就说过：

[①] 浦起龙：《读杜心解》，中华书局1961年版，第290页。

"集贤学士如堵墙,观我落笔中书堂。往时文彩动人主,此日饥寒在路旁。"这和曹霸的经历就非常相似,所以能引起强烈的共鸣。此诗称赞曹霸"将军善画盖有神",他也曾说过"读书破万卷,下笔如有神",直到晚年还自负"彩笔昔曾干气象",在艺术上也有相同之处。曹霸在天宝开元年间盛名一代,不仅有过"至尊含笑催赐金"的荣宠,杜甫还在《韦讽录事宅观曹将军画马图》又说:"国初已来画鞍马,神妙独数江都王。将军得名三十载,人间又见真乘黄。曾貌先帝照夜白,龙池十日飞霹雳。内府殷红马脑碗,婕妤传诏才人索。碗赐将军拜舞归,轻纨细绮相追飞。贵戚权门得笔迹,始觉屏障生光辉。"可见曹霸的画上至宫廷下到贵戚权门具有轰动性的艺术魅力,他简直是京华长安灿烂的画星。而且他又是多面手,兼长人物写生,南薰殿凌烟阁功臣图就请他再次敷色涂彩。以他的声名地位,请他画像,则"必逢佳士亦写真",只有名士、高士、有身份的"佳士",才能一拂绢素。"亦"字非"也"之谓,而是"才"的意思,"才写真"又是多么的矜持!然而辉煌的经历与大唐的鼎盛俱往矣。此诗凡四十句,每八句一层,凡分五层,最后一层前两句"将军善画盖有神,必逢佳士亦写真",前句对前四层以画为能事,画功臣、画马、名手韩干所不及做一总收束,后句为佳士写真作为补叙且引发下文。以下为全诗主题部分:

  即今漂泊干戈际,屡貌寻常行路人。途穷反遭俗眼白,世上未有如公贫。但看古来盛名下,终日坎壈缠其身。

  由过去的辉煌一下跌入贫穷坎坷的现在,由皇帝看重的京都画坛高手,沦落为偏僻一隅的"马路画家",由过去"轻纨细绮相追飞"重金求画而不得的大师,变为"屡貌寻常行路人"的乞丐般的画匠,由昔日的矜持而今看尽世人的"俗眼白",由贵戚权门的追捧而至穷困潦倒,这和杜甫的遭遇又是何等相似,所以浦起龙把此诗看作感遇诗。浦氏又说:"其前只铺排奉诏所作者,正与此处'屡貌寻常'相照应,见今昔异时,喧寂顿判,此则赠曹感遇本旨也。结联又推开作解譬语,而寄慨转深。"[①]所言甚是,然而"喧寂顿判"非仅士之遇与不遇所能包括,而对于"削籍为庶人"只是一笔带过。而近日的困顿,在杜甫看来是最大的不幸,就在于"即今漂泊干戈际",即安史之乱所带来的祸乱是最根本的原因,给国家与

[①] 浦起龙:《读杜心解》,中华书局1961年版,第290页。

所有人带来的灾难难以数计，曹霸与作者的漂泊，无不缘此连续多年的空前的浩劫。此诗正是把一个著名画家置于如此大背景下才感人至深。

正如同是写画马的《韦讽录事宅观曹将军画马图》末尾所言："自从献宝朝河宗，无复射蛟江水中。君不见金粟堆前松柏里，龙媒去尽鸟呼风。"由马之盛衰而归结到国家之盛衰。再如《茅屋为秋风所破歌》由一己之屋漏而想到"自经丧乱少睡眠"，又想到"安得广厦千万间，大庇天下寒士俱欢颜"。《题壁上韦偃画马歌》则由马想到"时危安得真致此，与人同生亦同死"。所以，"杜诗咏一物，必及时事，故能淋漓顿挫。今人不过就事填写，宜其兴致索然耳"①。《丹青引》正是把人物遭遇值于安史之乱"干戈际"的大背景上展开，形成了天翻地覆的大顿挫大起伏大抑扬，感慨淋漓，沉郁厚重。由一人的遭遇联想到社会的动荡兴衰，复由社会的兴衰引发盛名而坎坷的历史规律。后来在夔州所作的《观公孙大娘弟子舞剑器行》，就是借观看一次舞蹈，"感时抚事"而想到整个国家的命运，想到"风尘澒洞昏王室"，可以说和《丹青引》属于珠联璧合的姊妹篇，这正是杜诗沉郁博大之处。

其次，杜诗在叙事与写人时，往往以逼真生动的场面铺叙，突出事件或人物的特征。《兵车行》生离死别的哭送，《丽人行》的豪华服饰与进餐的铺张扬厉的描写，《自京赴奉先县咏怀五百字》对骊山行宫奢侈的刻画，《北征》时到家后对儿女幽默而酸辛的叙写，无不展现了安史之乱前后各种不同的画面，还有后之《舞剑器行》以博喻对健武的描摹的生动逼真。杜甫把赋体描写的铺张扬厉与赋比兴的"赋"的叙述融为一体，描写之生动，感人之至深，正是杜诗仪态万千的特色。

《丹青引》中间三层精工细致地刻画了画功臣与画马的两次场景，突出了曹霸的绘画才能。对于奉诏重画功臣，以简括劲爽的笔墨刻画了一个人物的画廊：

开元之中常引见，承恩数上南薰殿。凌烟功臣少颜色，将军下笔开生面。良相头上进贤冠，猛将腰间大羽箭。褒公鄂公毛发动，英姿飒爽来酣战。

前两句追叙昔日之盛名；三、四两句总写，"少颜色"与"开生面"对比生色，光彩焕发；五六两句按将相分类叙写，"进贤冠"之高巍与

---

① 张溍著，聂巧平点校：《读书堂杜工部诗文集注解》，齐鲁书社2014年版，第733页。

"大羽箭"之端直相互映衬,气势夺人。末两句抽出褒、鄂二国公专就须眉皆动刻画,好像要英姿飒爽酣战一场,人物生动得呼之欲出,功臣们的描写活灵活现与气势的逼真则由此可见。四层依次而来,布局堂堂,虎虎而有生气,如此响锣重鼓,不过为奉诏画马做了有声有色的铺垫。对于画马将作浓墨重彩的精细刻画:

> 先帝御马玉花骢,画工如山貌不同。是日牵来赤墀下,迥立阊阖生长风。诏谓将军拂绢素,意匠惨淡经营中。斯须九重真龙出,一洗万古凡马空。

《历代名画记》卷九"韩幹"条说:"玄宗好大马,御厩至四十万,遂有沛艾大马。……天下一统,西域大宛,岁有来献。诏于北地置群牧,筋骨行步,久而方全。调习之能,逸异并至。骨力追风,毛彩照地,不可名状,号木槽马。"[①] 初唐江都王李绪以鞍马画擅名,至盛唐以"玄宗好大马",又好书法,重视绘画,一时画马名家蜂起,除了曹霸,尚有其弟子韩幹,韩幹弟子孔荣,与韩同时的还有陈闳。韩、陈皆召入供奉。还有韦无忝、韦偃以画马著名,张萱以人物著名,兼长鞍马。另有陆滉、李仲和、李衡、齐旻俱能画蕃马;黄谔画马独善于时,曹元廓、韩伯达、田深画马筋骨气力如真。张遵礼善画斗将鞍马。杜甫此诗所说的"画工如山",就是对当时画坛的如实反映。"貌不同"是说他们画的御马各有特点,这就为下文突出曹霸画马技艺高超做了总括性铺垫。"是日"两句先写活马,"迥立"犹言挺立,"生长风"言气势欲奔,凛凛风起,摹其精神。挺拔翘举之活马跃然纸上,此为以下画马做了又一铺垫。"诏谓将军"点明奉诏画马,于顺叙中补出,"拂绢素"为画之初始。"意匠惨淡经营中",此为对马写生,熟视活马,端详审视绢素等情节,都从中可想见;若有所思,意有所会也都容纳其中。此句虚中有实,书画家临纸踌躇执笔熟视,宛然可见。而挥笔作画的整个过程只写了一句"斯须九重真龙出",即告结束,而末了的"一洗万古凡马空"却精神焕发,光彩四射。此如《左传》叙写大战,每每详于战前,略于战中厮杀过程。因与战争凡所有关既已交代了然,胜负预先揭示,故对具体过程付之略写。苏轼为画竹名家,从表兄文同画竹最为杰出,他在《文与可筼筜谷偃竹记》里说文同画竹:"故画竹必先得成竹于胸中,执笔熟视,乃见其所欲画者,急起从之,振笔直遂,

---

① 张彦远:《历代名画记》,人民美术出版社 2005 年版,第 188 页。

以追其所见，如兔起鹘落，少纵则逝矣。"① 此为默记背画。无论对物写生还是背画，都有"惨淡经营"即"执笔熟视"的过程，杜甫在创作论上提出与刘勰"窥意象而运匠"的打腹稿同样的重要性。"一洗万古凡马空"言画之气韵生动，气势不但超越同时"如山"之画工，而且高迈前贤。鞍马画和山水画一样，至盛唐才出现为专一的画科，故此非虚誉。以上仅属粗笔勾勒，尚有待于敷色涂彩，使场景更为出色：

> 玉花却在御榻上，榻上庭前屹相向。至尊含笑催赐金，圉人太仆皆惆怅。弟子韩幹早入室，亦能画马穷殊相。幹惟画肉不画骨，忍使骅骝气凋丧。

这是观者的震惊，亦即审美的效果。先用诧怪之语出之："真马"怎么跑到"御塌"之上？然后榻上之画马与庭前之真马，屹然相对而立，简直分不出真假！至尊与主管养马者的不同表情，既各合身份，又烘托出画马之逼真，"含笑催赐金"与"皆惆怅"②散发出喜剧气氛。"弟子"四句又以韩幹再作衬托，称美曹霸画技之高妙。对此，张彦远《历代名画记》认为"以杜甫岂知画者，遂有画肉之诮"。韩幹早年曾受到王维推奖，"善写貌人物，尤工鞍马。初师曹霸，后自独擅"③。朱景玄《唐朝名画录》说他在"明皇天宝中召入供奉。上令师陈闳画马，帝怪其不同，因诘之，奏云：臣自有师，陛下内厩之马，皆臣之师也"④。内厩的木槽马筋骨自圆，形态肥壮，韩幹自然"画肉不画骨"。张彦远论画马，不主张"尚翘举之姿"的"画骨"风格，而推崇"安徐"的肥硕之体，所以称赞韩幹画马"古今独步"。杜甫尚瘦抑肥，"立而曰'迥'，相向而曰'屹'，马之骨已露于此"⑤。与他在书法上"书贵瘦硬方通神"的审美标准一致，讲究风骨气势，这和他的诗风的转变也一道同风，为由盛唐向中唐的转变提出了重要的审美观念，故对画史推崇盛唐画风具有颠覆性的看法。此层由上层马详人略

---

① 苏轼：《文与可筼筜谷偃竹记》，见苏轼撰，孔凡礼点校：《苏轼文集》，中华书局1986年版，第2册，第365页。
② 惆怅，当为惊叹，是无法赞美的感叹。杜甫《杨监又出画鹰十二扇》："粉墨形似间，识者一惆怅。"言懂画的人尽惊叹。又为韩幹所写《画马赞》的"良工惆怅，落笔雄才"，言出色画家的惊叹。
③ 张彦远：《历代名画记》，辽宁教育出版社2001年版，第87页。
④ 朱景玄：《唐朝名画录》，见于安澜：《画品丛书》，上海人民美术出版社1982年版，第78页。
⑤ 王嗣奭：《杜臆》，上海古籍出版社1983年版，第200页。

而转入详人略马，经过两次正面铺叙写侧面烘托，把曹霸画马推向高潮，亦为下文突跌入干戈之际的途穷坎壈，形成昔盛今衰的顿挫，做了最充分生动的准备与烘托。今昔不同对比显示出时代的衰败是人物困顿的原因与诗之主旨，从而由写人而转向对社会迁变的思考。

此诗的第三特征是以文为诗，大量运用散文句式和虚词，以发议论，在议论中带出简括的叙事。这种以议代叙的散文化是杜诗最为鲜明的个性风格，这主要见于首层：

> 将军魏武之子孙，于今为庶为清门。英雄割据虽已矣，文采风流今尚存。学书初学卫夫人，但恨无过王右军。丹青不知老将至，富贵于我如浮云。

八句几乎全是散文句式，首尾两句是标准的"之"与"于"字句，次句连用两"为"字，第三句连用三虚词"虽已矣"。末两句连用《论语》而自然得如从己出，前人谓之"有自然不做底语到极致处者"①。这都是杜诗的鲜明特色。在议论中带出人物的出身与弃书工画之经历，以及人品之精神。杨伦又称赞此诗发端"起的苍茫大家"②。八句又分作两小层，从出身才艺、学书学画两番抑扬顿挫，笼起全诗，并为下文留地步。"于今为庶为清门"照应末层"漂泊""途穷"，"文采风流今尚存"照应中间三层奉诏作画。"学书"二句为陪衬，犹如书法中的侧锋，而"丹青"句则犹如书法中的主笔，亦为最后两句做一绝大陪衬。此诗在结构上采用顺序，森严整暇，节节插入陪衬，如迂回而终至顶峰，又连峰互映，而又跌入深谷，感慨自然淋漓。内容上显示出沉郁厚重，又以顿挫抑扬组织结构，大起大伏，伏中有起，主中有宾，奇中有整。叶燮《原诗》外篇对此有详论，可参看。押韵五层五转，每层韵与意并换，首层声调平稳，第二、三层响亮，第四层轻扬，末层则短促，均各得其所。这些都是在七言歌行上的创格，也是杜诗惨淡经营之处。

（三）杜甫的宋玉情结

杜甫在大历元年暮春来到夔州，寓居三年，作诗432首，占其诗总数

---

① 谢无逸语，见仇兆鳌：《杜诗详注》，中华书局1979年版，第2319页。
② 杨伦：《杜诗镜铨》，上海古籍出版社1980年版，第529页。

的三分之一。特别是作了大量的组诗，其中《诸将五首》《秋兴八首》《咏怀古迹五首》最为有名。后者其三是为感怀宋玉而作，同时寄托了自己的感慨，也反映了自己的文学观念，对此，论者很少留意。其诗云：

> 摇落深知宋玉悲，风流儒雅亦吾师。怅望千秋一洒泪，萧条异代不同时。江山故宅空文藻，云雨荒台岂梦思。最是楚宫俱泯灭，舟人指点到今疑。

此首因宋玉故宅而有感。宋玉故宅有二，一在江陵，一在归州。杜甫在夔州所作《入宅》其三说："宋玉归州宅，云通白帝城。"归州治所在今秭归县，即杜甫所咏故宅。提起宋玉，首先想到他的《九辩》。《九辩》抒发"贫士失职而志不平""羁旅而无友生""君弃远而不察兮，虽愿忠其焉得"的郁闷，这些都和杜甫的处境相近。特别是《九辩》集中描写秋天悲凉萧寂的景况，开了中国文学"悲秋"的主题。开端所言"悲哉秋之为气也！萧瑟兮，草木摇落而变衰"，往往引人共鸣。杜甫此时的杰作《秋兴八首》，就与宋玉"悲秋"的母题相关。甚至有论者说："余尝谓子美之八首即宋玉之《九辩》，故曰'摇落深知宋玉悲，风流儒雅亦吾师'，惟能深知其悲之何故，而师其风流儒雅，此拟悲秋为'秋兴'，乃所为善学柳下也。若后人动拟杜之八首，纵能抵掌叔敖，未免捧心里妇。"[1]此说不无道理。此诗发端首句应为"深知摇落宋玉悲"的倒置，"摇落"置于句首，则是为了突出宋玉《九辩》的"草木摇落而变衰"的关键词。"深知"者，即以宋玉悲秋为同调。

次句看法最为分歧，一说宋玉"总因文藻所留，足以感动后人耳。风流儒雅，真足为师矣"[2]；二说此句的"'亦'字承庾信来"[3]，上首谓庾信"暮年诗赋动江关"，即可堪为师，故言宋玉"亦吾师"；三说"亦字，虽无不满之意，却极有分寸"[4]；四说"宋玉以屈原为师，杜公又以宋玉为师，故曰亦吾师"[5]。分歧的关键主要集中在"亦"之释义，二、三、四说"视为常义也"，如此则前无所承，故不妥。此"亦"之意当为应也，实也，

---

[1] 黄生：《杜诗说》，见《黄生全集》，安徽大学出版社2009年版，第2册，第332页。
[2] 王嗣奭语，见仇兆鳌：《杜诗详注》，中华书局1979年版，第1501页。此语不见于王氏《杜臆》。
[3] 杨伦：《杜诗镜铨》，上海古籍出版社1980年版，第651页。
[4] 萧涤非：《杜甫诗选注》，人民文学出版社1979年版，第264页。
[5] 仇兆鳌：《杜诗详注》，中华书局1979年版，第1501页。

"亦吾师"即应吾师,实吾师。所以"真足为师矣"的说法还是可取的。旧注说:"风流,言其标格。儒雅,言其文学。""风流儒雅"实与《丹青引》"文采风流"相去不远,是指可传世之文藻。首联我与宋玉并提,这是照题目的"咏怀"与"古迹"而来。

颔联为流水对,谓自己萧条之处境、怅然之情怀,与宋玉同可一悲。千秋同调而遗憾的是生不同时,只能异代怅望,悲而洒泪。杜甫对以往的文学家转益多师,上至屈原、贾谊、司马相如、苏武、李陵、扬雄、曹操、曹植、刘桢、潘岳、陆机,近至陶渊明、谢灵运、鲍照、谢朓、沈约、阴铿、何逊、庾信几乎此前的重要作家,他都称美与提到过。但从身世与才华两层考虑,似乎他与宋玉的共鸣更为强烈。宋玉的《风赋》把大王之雄风与庶民之雌风对比,豪奢与灾难尖锐之对立,这与杜甫则最为亲近。"朱门酒肉臭,路有冻死骨",固然与孟子"庖有肥肉"与"野有饿莩"的批判精神与民本思想具有直接的联系,而又怎能不引宋玉为同调呢?所以这两句倾注杜甫对宋玉的同情,也包含衷心的礼敬,视为千古知音。就此而言,似乎超过以上所有作家。杜甫心中的宋玉情结,未得到前人的重视。又由于鲁迅与郭沫若两大先生对宋玉有"弄臣"与"卑鄙无耻的文人"的微词,所以,在当今学界对此也没有足够的认识。如同杜甫对庾信有"凌云健笔意纵横""暮年诗赋动江关"的反复颂美,然其人却有贰臣之行径。因而对于宋玉这样的下层文人,他的感情之浓厚也就很自然了。在《秋兴八首》其三的"匡衡抗疏功名薄,刘向传经心事违"喻己忠见斥,谏而放逐,处境与心事又与之如此相同,故以此诗既悲宋玉,又自咏其怀,这样就自然而然地把宋玉和自己融为同调。

颈联就题目"古迹"实写,语势顿挫抑扬。故宅在三峡,故曰"江山故宅"。其宅虽存,斯人已去,然其宅犹传者,只因文藻还葆存光影。出句"空"字亦颇费解,当为唯余、只有义。宋玉《高唐赋》说楚怀王梦见巫山神女,"且为朝云,暮为行雨,朝朝暮暮,阳台之下",本为假设其事,讽谏淫惑以警诫襄王。故对句说"岂梦思",并非真的做梦,意在规谏。"岂"字反诘有力。两句合起来说:江山空宅,只因宋玉文藻传留着至今而名传;《高唐赋》的云雨荒台难道是真的说梦?两句缩中有伸,抑中有扬,回旋往复中包容古今,把许多话凝结成两句,这是杜甫七律最见特色的地方。李商隐《梓州罢吟寄同舍》的"楚雨含情皆有托",《有感》的"一自高唐赋成后,楚天云雨尽堪疑",以及"襄王枕上原无梦,莫枉阳台一片云",均受杜甫此诗的启发。

尾联的"最是"看似明白,但勿轻易放过。我们曾说它是"正是"的意思①，以此对比突出宋玉，楚宫俱灭而宋玉文藻流传。至今船行此地，舟人指点依稀，不知何处为楚宫，而宋玉故宅却如江山永存，所以用"正是"义作此大判断的决绝前提与强调。李白《江上吟》的"屈平词赋悬日月，楚王台榭空山丘"，与此同意，说得更为明朗。司马迁《报任安书》说："古者富贵而名摩灭，不可胜记，唯俶傥非常之人称焉。"可以说千古同见。杜甫之所以说得不斩绝，意在言外，寄托感慨，促人深长思之。

　　回味全诗，全然出之议论。其中"云雨荒台""舟人指点""江山故宅"与"怅望"，全都为发感慨而点缀其间，力图让人领会其中一怀心事，满腔感慨，并非提供视觉物象，而是引导人收视返听，思索其情与理。议论多则虚词亦多。所以黄生说："'空'字、'岂'字、'最是'字，是诗中筋节眼目，多少言外之意，皆以数虚字见之。"②在结构上前四句"咏怀"，后四句就"古迹"发论。以"深知"起，又以"到今疑"结束，前半一往情深，后半吞吐有致，都可见出用心备至、惨淡经营的地方。

　　杜甫在他的诗里，往往屈原、宋玉并提。《秋日荆南述怀三十韵》说："不必伊周地，皆登屈宋才"，《送覃二判官》说："迟迟恋屈宋，渺渺卧荆衡"，还有《赠郑十八贲》的"示我百篇文，诗家一标准。羁离交屈宋，牢落值颜闵"。这些都是入蜀以后以及晚年所言。其间《戏为六绝句》其四说："不薄今人爱古人，清词丽句必为邻。窃攀屈宋宜方驾，恐与齐梁作后尘。"这是他对取法屈宋最为明显的主张。对于《诗经》《楚辞》的看法，同题其四则说："别裁伪体亲风雅，转益多师是吾师"，这是他的诗学主张。又对初唐四杰的评价，其一所说的"纵使卢王操翰墨，劣于汉魏近风骚"，他曾称美陈子昂"有才继骚雅，斯人尚典型"（《陈拾遗故宅》）。在他眼中，"风雅"与"风骚"并不一定等量齐观，还是具有一定区别的，就他自己来说是近于"风雅"。在夔州所作的《壮游》回忆早年是"气劘屈贾垒，目短曹刘墙"，这是理想中的话。后来仅沾微命做一左拾遗，而不久就处于颠沛流离之中。对于屈宋，他还是对宋玉亲近，因屈原原本为重臣，身在要职，可以直接与楚王商讨国事，杜甫一生没有这样的机会。所任拾遗的品位并不高，又被斥逐疏远了。从政治地位讲和宋玉相近，而和屈原相距甚远。至于作品的民本思想，不可讳言，宋玉要比屈原更为明显，所以宋玉在他心目中的地位更为重要。他在流浪湖湘时，都是屈原的故地，却没有为屈原写下什么，而此诗明显提出宋玉"风流儒雅亦吾师"，

---

① 参见魏耕原：《全唐诗语词通释》"最是"条，中国社会科学出版社2001年版，第391页。
② 黄生：《杜诗说》，见《黄生全集》，安徽大学出版社2009年版，第2册，第333页。

心目中凝结的宋玉情结就不言而喻了。李白取法屈原之辞,杜甫偏重宋玉之赋,李杜之区别,亦可由此分疆划界,见出一端。

还须指出,像杜甫这样以议论为主的七律,已和盛唐高华流美、兴象灿烂的风格拉开了一定的距离。方东树《昭昧詹言》谓此诗:"一意到底不换,而笔势回旋往复有深韵。七律固以句法坚峻、壮丽高朗为贵,又以机趣凑泊、本色自然天成者为上乘。"① 所言贵者正是盛唐七律风格,所谓"机趣""自然"者,当是以议论为主,这对中唐与宋代以后的影响就更深远了。

---

① 方东树:《昭昧詹言》,人民文学出版社1961年版,第408页。

第六编　考释论

一　杜甫名诗名句疑难词试释

杜甫名诗名句中，往往有许多虚词，细加推究，不是那么容易解释。但注者觉得不那么要紧，而不予提及；或觉异样，但不好解释，也就不说了，或者解释却常常出现不妥之处。现就名诗与名词，特别是那些名句中的虚词，试加讨论。

（一）疑难连词的误解

1.《咏怀古迹五首》其二："摇落深知宋玉悲，风流儒雅亦吾师。"

萧涤非说："风流，言其标格；儒雅，言其文学。亦吾师，亦字，虽无不满之意，却极有分寸。"[1]这似乎把"亦"字看成常用义"也"，但"也"为承上之词，缺乏上文的呼应，看作"也"义，则无着落；再则出句已言对宋玉的"摇落"之悲，有所"深知"，以下又有"怅望千秋一洒泪，萧条异代不同时"，而遗憾不能与宋玉同时而不为其所知，所以"亦吾师"并没有包含什么"分寸"。

此"亦"字当为"应"义，"亦吾师"是应吾师的意思。杜甫常常把屈原与宋玉并称，最著者为《戏为六绝句》其四说："窃攀屈宋宜方驾，恐与齐梁作后尘。"可见他对宋玉的看重。但前人也有认为"亦字承庾信来，有岭断云连之妙"[2]。此组诗首篇仅有尾联言及庾信："庾信平生最萧瑟，暮年诗赋动江关。"只是对他进入北朝后作品予以肯定，虽然包含自己的处境在内，但似乎未能上升到"吾师"的地步。或许为牵就"亦"之"也"义，而有此解释。其实"亦吾师"是专就宋玉所言，并不涉及庾信。

那么"亦"字是否有"应"的意思？杜诗《端午赐衣》："宫衣亦有名，端午被恩荣。"亦有名，似言应有名。顾辰曰："亦有名，亦有公名也。"卢元昌说："宫衣，以赐近臣者，我懒朝以来，敢望此赐？不谓亦有名被恩荣，此典诚出意外。"[3]看作"也有名"未尝不可，但前无所承，显

---

[1] 萧涤非：《杜甫诗选注》，人民文学出版社1979年版，第264页注5。
[2] 杨伦：《杜诗镜铨》，上海古籍出版社1980年版，第651页。
[3] 萧涤非主编：《杜甫全集校注》，人民文学出版社2014年版，第1123页。

得突兀。《捣衣》发端"亦知戍不返,秋至试清砧",萧涤非说:"起句深刻沉痛,因为已撇过许多话许多痛苦才说出来的。黄生云'思妇必望征人之返,开口即云亦知戍不返,可见安史之乱,官兵死亡者甚众,家人亦不意生还。……望归而寄衣者,常情也;知不返而必寄衣者,至情也,亦苦情也。安此一句于首,便觉通篇字字是至情,字字是苦情。'"① 这似乎把"亦知"看作也知,同样前无承词,按萧所言"已撇过"云云亦有一定道理。但"也知"为绝对之词,对客观情况为绝然判断,似乎不如"应知",表示的是推理判断,这对于"戍不返"来说,更接近真实。《病马》"乘尔亦已久,天寒关塞深",也存在类似情况。首句看作乘尔也已久了,也能讲通,但同样属于时间长短的绝对判断。此诗作于弃官赴陇之年的秋天,他是秋初弃官的,时间并不很久。那么杜甫何时买得此马,此前诗并无交待。在此年之上年的《李鄠县丈人胡马行》有"洛阳大道时再清,累日喜得俱东行",可知他赴洛阳,就是借了其人的马。这年赴陇之马,当是当年所置,或许就是弃官赴陇前买来的。若无误,则到陇地的"天寒"之时,也不过两三月时间,也不能说是"乘尔亦已久"。但此马以前的主人骑了几年,就不知道了,但把这时间合在一起,就可以推断出"应已久",那么这个"久"包括推论的时间,因而只能说是"亦已久"为"应已久",而不能说是"也已久"。

"亦"之"应"义已明,那么"风流儒雅亦吾师",就是应吾师的意思了。

2.《述怀》:"自寄一封书,今已十月后。反畏消息来,寸心亦何有?"

末了一句,大意可知,确释难解。蔡梦弼说:"盖未得其消息,存没犹两端;恐既得消息,如前所云,寸心泯灭,果何有哉?"卢元昌:"寸心茫然,付之何有?"② 这是把"寸心亦何有"看作"寸心亦有何",未尝不可。但其中的"亦"字是什么意思,却看不出来。

傅庚生曾译这两句:"一面渴望着得些消息,一面又怕有消息到来,这方寸的心里到底是怎么一回事呢?"③ 萧涤非说:"这两句写心理矛盾,极深刻,也极真实。消息不来,还有个万一的想头,消息来了,希望就很可能变成绝望,所以反怕消息来。左不是,右不是,心中一片空虚。"李

---

① 萧涤非:《杜甫诗选注》,人民文学出版社1979年版,第131页。
② 蔡、卢两家说,转引自萧涤非主编:《杜甫全集校注》,人民文学出版社2014年版,第844页。
③ 傅庚生:《杜诗散绎》,陕西人民出版社1979年版,第49页。

因笃云:"久客遭乱,莫知存亡,反畏书来。与'近家心转切,不敢问来人'同意,然语更悲矣。"① 但"亦"字何义也看不出来。

或另有别解:"反畏句:言惧闻恶耗,无消息尚可冀其幸存也。有,犹在。高适《燕歌行》:'边庭飘飖那可度,绝域苍茫更何有?'何有,即何在。李贺《哭昼短》诗:'神君何在,太一安有?''有'与'在'互文,寸心何有,即寸心何在,犹言神不守舍。"② 或言:"写自己疑惧的心情。一面盼望家信,但又害怕家信带来的消息,所以自己方寸之心毫无主意,不知如何是好。"③ 近年新注又谓:"亦何有:言此心除思念之外,还能想什么?"④

以上前五说都没有涉及"亦",也就是说,把"寸心亦何有",看成了寸心何有。末了一说隐约把"亦"看作"还能"。这是在释义中为了使句顺而带出来的。然上句分明说"反畏消息来",也就是说不敢思念,因怕有不幸。那么"寸心亦何有",当是"寸心尚何有"的意思,"亦"是"尚"义,即还能的意思,意即此心这时还能有什么想法呢。也就是说:想也不是,不想也不是。想来肯定是没有好消息,不想又由不得人,这时心里还有什么主意呢?

那么"亦"是否就有"尚""还"之义呢?杜诗《送高司直寻封阆州》:"与子姻娅间,既亲亦有故。万里长江边,邂逅亦相遇。""既亲亦有故"犹言"既亲还有故",或"既亲尚有故"。末句犹言偶然还相遇,而不能说成偶然也相遇。《自京赴奉先县咏怀五百字》:"入门闻号咷,幼子饿已卒。吾宁舍一哀,里巷亦呜咽!"言我宁可割舍丧子之恸,然邻居尚为之哭泣。"亦"一作"犹",即尚、还义。《溪涨》:"蛟龙亦狼狈,况是鳖与鱼?"前句言蛟龙尚狼狈,还狼狈。刘长卿《新安送陆沣归江阴》:"潮水无情亦解归,自怜长在新安住。"亦解归,言还知归,尚知归。李咸用《题王处士山居》:"云木沉沉夏亦寒,此中幽隐几经年。"⑤ 夏亦寒,即夏尚寒,夏还寒。

所以"寸心亦何有",即寸心尚何有,还能有什么。

3.《又呈吴郎》:"即防远客虽多事,便插疏篱却甚真。"

一般注本对"便"字无释,以为无特殊意义。或注为:"两句言妇人

---

① 萧涤非:《杜甫诗选注》,人民文学出版社1979年版,第81页。
② 聂石樵、邓魁英:《杜甫选集》,上海古籍出版社1983年版,第91页。
③ 山东大学中文系古典文学教研室选注:《杜甫诗选》,人民文学出版社1980年版,第80页。
④ 谢思炜:《杜甫诗》,人民文学出版社2005年版,第80页。
⑤ 以上4例,见徐仁甫:《广释词》,四川人民出版社1981年版,第86页。

见新居者系远来之客,心怀戒惧,未免过虑。便插句:言吴郎立即插上篱笆,邻妇人以为不许其打枣。"① 这是把"便插"看作即插。或注说:"便插句,可是吴郎正在结着篱笆,使得老妇人见了,便认真了。"② 这里就"便插"释作正插。这是采用浦起龙的说法:"公向居此堂,熟知邻妇之苦,听其窃枣以活。吴郎新到,不知其由,将插篱护圃,公于东屯闻之,吃紧以止之,非既插而责之也。"③ 吴郎借居,插篱笆琐事不会告诉杜甫,故当为插后被杜甫所知。而把"便"释为"立即"或正在,亦不大合适。徐仁甫则言:"此诗二句多异文,可见难于理会,故前人每多异说。须知此二句乃承上文而来,所以写贫妇恐惧之心情。诗中'即'(犹"纵")、'便'(犹"但")互文,杜诗常用,皆假设之词,谓贫妇若提防远客,虽属多事;但若吴郎一插疏篱,则贫妇便任(犹"当")真以为将拒其扑枣矣。杜公意在劝吴郎听其扑枣,故下文紧接言妇'已诉征求贫到骨',安得不悯其困穷乎?"④ 杜甫劝阻语气非常委婉,把"便"看作"但"义,便有决然生硬之感,似亦不妥。

杜诗用"即"与"便"分置两句之首,还有两例。一是《闻官军收河南河北》:"即从巴峡穿巫峡,便下襄阳向洛阳。"一是《绝句漫兴九首》其一:"眼见客愁愁不醒,无赖春色到江亭,即遣花开深造次,便教莺语太丁宁。"前者设想回家路线,是说已从巴峡穿巫峡,还下襄阳向洛阳。后者是说已遣飞花深造次,还教莺语太叮咛,"便"为还、又义。《又呈吴郎》这两句是说:贫妇已防吴郎虽多心,但你还插疏篱却未免认真。两句语涉双方,让吴郎对老妇有所了解与理解。

"便"之"还""又"义,于杜诗亦为常见。《兵车行》"或从十五北防河,便至四十西营田",是说防河到了四十岁,还要西营田。《怀旧》"地下苏司业,情亲独有君。那因丧乱后,便作死生分",言怎能在经过战争过后的安定之时,我们还成了生死之别。《玉台观》的"更肯红颜生羽翼,便应黄发老渔樵",是说世上哪有驻颜飞升的长生之术,还是应该隐居终老于此。

因而:"即……,便……",应是"已经……,还……"的意思。

4.《瞿唐两岸》:"入天犹石色,穿水忽云根。"

宋人范晞文说:"虚活字极难下,虚死字尤不易,盖虽是死字,欲使

---

① 聂石樵、邓魁英:《杜甫选集》,上海古籍出版社1983年版,第335页。
② 冯至编选,浦江清、吴天五合注:《杜甫诗选》,人民文学出版社1956年版,第241页。
③ 浦起龙:《读杜心解》,中华书局1961年版,第671页。
④ 徐仁甫:《杜诗注解商榷续编》,中华书局2014年版,第197页。

之活，此所以为难。"他又说这两句："'犹''忽'两字如浮云着风，闪灼无定，谁能迹其妙处？"① 边连宝说："一'犹'字，写出旅览者仰望之神。一'忽'字，写出经过者疑骇之状。"② 两家觉两虚字之妙，却未说出其义。

"忽"与"犹"对文义同，"忽"即"犹"，而"犹"即"还"义。这两句是说两崖伸入天中还能望见石色，穿入水中也还能见出山石。杜诗《峡中览物》的"巫峡忽如瞻华岳，蜀江犹似见黄河"，用法同上。"忽如"犹言犹如，还如。作者常思北归，故见蜀地江山，而且还像看到华山、黄河一样。"忽如"非谓忽然像之义。

"忽"字还义，见于杜诗者还有《壮游》："春歌丛台上，冬猎青丘旁。呼鹰皂枥林，逐兽云雪冈。射飞曾纵鞚，引臂落鹜鸧。苏侯据鞍喜，忽如携葛强。"末两句是说：苏源明和我出猎，苏侯欣喜得友，犹如山简携爱将葛强出游一样。而非言忽然像什么。《赠左仆射郑国公严武》："汉仪尚整肃，胡骑忽纵横。"谓肃宗行在尚且整肃，而胡骑还纵横无忌。《写怀二首》其二："天寒行旅稀，岁暮日月疾。容名忽中人，世乱如虮虱。"是说岁暮天寒之时，有人还在争名逐利，乱如虮虱。因而"忽云根"，即还能见出山石之色。"云根"为石，因云触石也。

5.《闻官军收河南河北》："却看妻子愁何在，漫卷诗书喜欲狂。"

或谓："却看，回看。愁何在，不再愁。"③ 妻子不一定在其身后，谓作"回看"，似乎有些勉强。或认为："再看看身边的妻子安然无恙，想到今后可以再不必为他们烦心了，所以有'愁何在'的快慰。却看，犹言再看。"④ 宋人范温说："忽闻大盗之平，喜唐室复见太平，顾视妻子，知免流离，故曰：'却看妻子愁何在。'"⑤ 这比妻子"安然无恙"的说法恰当些。当大喜事突临，总想把自己的高兴传递给别人，"却看"句正是此种心情，当是还看的意思。这句外还有一意：妻子和我一样高兴。

"却"之还义，如杜诗《九日》："酒阑却忆十年事，肠断骊山清路尘。"却忆，非言再忆，而当为还忆，还想起。《高都护骢马行》："青丝络头为君老，何由却出横门道？"萧涤非说："何由却出，即怎样才能出去作战的意思。"⑥ 似乎把"却出"看作"才能出"，此当为再出，还出。张

---

① 范晞文：《对床夜语》，见丁福保辑：《历代诗话续编》，中华书局1983年版，第418页。
② 边连宝：《杜律启蒙》，齐鲁书社2005年版，第229—230页。
③ 金性尧：《唐诗三百首新注》，上海古籍出版社1980年版，第253页。
④ 山东大学中文系古典文学教研室选注：《杜甫诗选》，人民文学出版社1980年版，第209页。
⑤ 范温：《诗眼》，见胡仔：《苕溪渔隐丛话》，人民文学出版社1984年版，第44页。
⑥ 萧涤非：《杜甫诗选注》，人民文学出版社1979年版，第120页。

相即言:"言此马无由再出国门效死战场。"①《羌村三首》其二:"娇儿不离膝,畏我复却去。"意谓怕我又再离去,亦即又还去。"却"之再、还义,彼此略近。《收京》的"复道收京邑,兼闻杀犬戎。衣冠却扈从,车驾已还宫。"却扈从,犹言再扈从。《吹笛》:"故园杨柳今摇落,何得愁中却尽生?"言怎能在愁中还能了此一生。《三绝句》其二:"自说二女啮臂时,回头却向秦云哭。"即还向秦云哭。《舍弟观归蓝田迎新妇送示二首》:"汝去迎妻子,高秋念却回。"言盼还能回来。

所以,"却看",即还看的意思。

6.《丹青引》:"将军善画盖有神,必逢佳士亦写真。即今漂泊干戈际,屡貌寻常行路人。"

"亦"字的常用义为"也",但与句首"必"字失去配合。"必"字一作"偶",如作"也"解,也与"偶"字语气失调。

山东大学中文系古典文学教研室《杜甫诗选》说:"遇到'佳士'也肯为之画像,'必'字是态度严肃,而'亦'字又见得并不只是应诏作画。这是为下面写曹霸近况做铺垫。"②那么,这句话的意思是说:必须遇到佳士也肯为之画像,就显得前后语气别扭不协。问题就出现在把"亦"字当作"也"的意思。

金性尧则说:"必须三句,意谓曹霸不仅写画,也写人,但从前必须逢到佳士才写,现在因战乱而沦落,连普通的行路人也写了。写真,写人像。"③就把"亦"看作"才"的意思,这才显得文字通顺。现在的问题是:"亦"字有没有"才"的意思呢?

《诗经·周颂·丰年》:"丰年多黍多稌,亦有高廪,万亿及秭。"郑《笺》训"亦"为"大",孔《疏》不从而释为"复",语气均不贯通。此"亦"犹言"乃",犹"以"可训为"乃",而"乃"即有"才"的意思。这两句则说:丰年多收了糜和稻,才建有高大的粮仓。朱熹《诗集传》把"亦"看作语助词,似欠安。《史记·项羽本纪》:"纪信乘黄屋车,傅左纛,曰:'城中食尽,汉王降。'楚军皆呼万岁。汉王亦与数十骑从城西门出,走成皋。"是说纪信假扮刘邦,吸引楚兵,刘邦这才与数十骑逃出。如果理解成也与数十骑,则意不明。《北堂书钞》卷一三九引作"汉王乃

---

① 张相:《诗词曲语辞汇释》"却(七)"条,中华书局2008年版,第48页。
② 山东大学中文系古典文学教研室选注:《杜甫诗选》,人民文学出版社1980年版,第244页。
③ 金性尧:《唐诗三百首新注》,上海古籍出版社1980年版,第76页。

与数十骑",乃,即才也。

杜甫《赠李白》:"李侯金闺彦,脱身事幽讨。亦有梁宋游,方期拾瑶草。""亦有"非也有,而谓才有。是说李白脱身朝廷以后,采药访道,这才有了梁宋之游。《渼陂行》:"船舷冥戛云际寺,水面月出蓝天关。此时骊龙亦吐珠,冯夷击鼓群龙趋。"亦吐珠,即才吐珠。说是到了夜临月出之时,才有了骊龙吐珠、冯夷击鼓等异观。《雨过苏端》:"鸡鸣风雨交,久旱雨亦好。"犹言久旱雨才好。若谓久旱雨也好,则语不成句。《苏端薛复筵简薛华醉歌》:"气酣日落西风来,愿吹野水添金杯。如渑之酒常快意,亦知穷愁安在哉!"是说在酒酣耳热之后,才能解愁。《写怀二首》其一:"无贵贱不悲,无贫富亦足。"谓没有富贵,贫者才会有足够的衣食。《鸥》:"江浦寒鸥戏,无他亦自饶。"意谓没有别的烦忧,心里才能欣然。《咏怀古迹五首》其四:"蜀主窥吴幸三峡,崩年亦在永安宫。"意谓刘备伐吴失利,这才赍志殁于道中白帝城。以上"亦"若解作"也",则前后逻辑出现混乱,或者语意阻涩不通,只有释作"才",才能句意安稳,脉络贯通。

所以,"必逢佳士亦写真",是说必须遇到高士才为之画像写真。意谓不轻易为一般人画像,这是升平年间大画家的矜持。则与下文"即今漂泊干戈际,屡貌寻常行路人"形成对比,见出一流画家在丧乱时的沦落,为了吃饭,遇到什么人都可以画。

(二)疑难副词的误解

7.《石壕吏》:"室中更无人,惟有乳下孙。有孙母未去,出入无完裙。"

萧涤非说:"更无人,再没有人。乳下孙,正在吃奶的小孙儿,正证明上句。"① 或谓:"此句写官吏的追问。意谓:'家中再没人了?'"② 这是觉得把"更"看作"再",则与下二句"惟有乳下孙。有孙母未去"矛盾,所以把"室中更无人"看作官吏的追问。

此诗"听妇前致词"以下十三句,应该全是老妇答词,答词一毕,则是"夜久语声绝",起止分明。而且在答词"听妇前致词"之前有两句总冒:"吏呼一何怒,妇啼一何苦",吏怒是说怒问,妇啼苦是说哭答。从

---

① 萧涤非:《杜甫诗选注》,人民文学出版社 1979 年版,第 116 页。
② 郁贤皓主编:《中国古代文学作品选》第三卷"隋唐五代部分",高等教育出版社 2003 年版,第 116 页。

"听妇前致词"看,以下十三句应全为老妇的答词,并无吏怒的文词,而且在老妇的答词中即可看出吏怒的问词,亦即藏问于答。从老妇答词前五句:"三男邺城戍。一男附书至,二男新战死。存者且偷生,死者长已矣!"可知吏问的是:你的儿子呢?从"室中更无人"四句,可知吏问的是:家中还有谁呢?当老妇答问这四句后,吏又追问:反正你家得有一人去当兵,谁去呢?老妇的最后四句便说自己去。

新注者已发现这个"更"不好解释,便把"室中更无人"单独抽出来,看作吏的问语,但诗中既没有任何提示,也与此段话首尾起讫说明相矛盾。这是杜诗中的一桩公案。或谓当老妇说到"室中更无人"时,后房中的"乳下孙"哇地一声嚎哭起来,暴露了秘密,老妇只好改口说"惟有乳下孙"云云。然而孙子哭得如此巧妙,早不哭晚不哭,偏偏到了"室中更无人"一句说完才哭起来,然而这在诗中也找不出任何说明。这几种解说都是为了弥缝"更无人"的矛盾。

其实,"更无人"的"更"不作常义"再"解,而应当是反诘语气副词"岂",即"难道"之义。此句应当说"家中难道没有人!"以下则言有"乳下孙",要吗?还有"出入无完裙"的儿媳,要吗?那么"室中更无人"分明带有嫌怨语气,蕴含着你们抓走了我的三个儿子,起码来了三次,这次又来了,还要问:你的儿子呢,家里还有谁呢?所以用了反诘以示不满,实际上也是对吏之谴责。

至于"更"字有无"岂"义,从这组诗的《新安吏》可看到"客行新安道,喧呼闻点兵。借问新安吏,县小更无丁。府帖昨夜下,次选中男行"。王嗣奭说:"借问二句,公问词。""更无丁,言岂无余丁可遣乎。"① 萧涤非说:"按杜甫《春日梓州登楼》诗:'战场今始定,移柳更能存?'更字一作岂,可知二字相通。"② 这实际上采用张相《诗词曲语辞汇释》的说法。张氏还举出《三绝句》"群盗相随剧虎狼,食人更肯留妻子!"谓更肯,岂肯也。又《九日五首》其三:"佳辰对群盗,愁绝更堪论!"言岂堪论,岂可论。倘若看作"还堪论",则与诗意乖如霄汉,南辕北辙。《春水生》其二:"一夜水高二尺强,数日不可更禁当!"浦起龙说:"'更禁当',言若水涨不止,怎当得起?"③ 即释"更"为"怎",亦即"岂"义。《玉台太观二首》其一:"更肯红颜生羽翼,便应黄发老渔樵。"徐仁

---

① 此为仇注所引,见仇兆鳌:《杜诗详注》,中华书局1979年版,第523页。王氏《杜臆》稍略。
② 萧涤非:《杜甫诗选注》,人民文学出版社1979年版,第113页。
③ 浦起龙:《读杜心解》,中华书局1961年版,第836页。

甫说:"'红颜生羽翼',飞黄腾达也;'黄发老渔樵',贤者避世也。两者相反。更肯,怎能也;便应,只当也。两句谓怎能红颜生羽翼,只当黄发老渔樵。"①《览镜呈柏中丞》:"起晚堪从事?行迟更学仙?"赵次公注说:"腹联两句(即此二句),则伤其衰老。……凡仕有官守者,必早起。起晚矣,可堪从事乎?仙者身轻步疾,老而行迟矣,那更为仙乎?"②刘长卿《登润州万岁楼》:"闻道王师犹转战,更能谈笑解重围!"更能,犹言岂能,怎能。韩愈《和归工部送僧约》:"汝即出家还扰扰,何人更在死前休。"言怎能死前休。萧纲《采菊篇》:"东方千骑从骊驹,更不下山逢故夫?"《乐府诗集》卷六四"更不"则作"岂不","更"则岂也,两句都用汉乐府典,次句即《上山采蘼芜》的"下山逢故夫"着以两虚字头,形成否定之否定,与原五言句实则无别。

由上所见,"更"具"岂"义则无疑,而在《石壕吏》的"室中更无人",尤其使人注目。"更"之视作习见义"再",洵乎"抗坠之际,轩轾异情,虚字一乖,判于燕越"③,甚或"通篇为之梗塞",对于杜诗中的此类词,就须值得重视。

8.《忆昔行》:"玄辅沧州莽空阔,金芦羽衣飘婀娜。"

论者认为:"'莽'意即'很'、'极'、'非常厉害地',四川方言至今犹用该词,……常常放在形容词和副词、动词前,如'他莽高','他莽努力地学习','他莽吃,莽喝'。"④那么"莽空阔"为很空阔,亦为恰切。李群玉《寄短歌》:"孤台冷眼无人来,楚水秦天莽空阔。"次句取法杜诗。杜诗中的"莽"字单用还不少,如《送樊二十三侍御赴汉中判官》:"居人莽牢落,游子方迢递。裴回悲生离,局促老一世。"《遣兴》:"降房东击胡,壮健皆不留。穹庐莽牢落,上有行云愁。"《寄刘峡州伯华使君四十韵》:"年华行已矣,世故莽相仍。"陆游《七月十一日雨后夜坐户外观月》:"四时莽相代,所叹岁月奔。"陈与义《夜赋》:"阿瞒狼狈地,山泽空峥嵘。强弱与兴衰,今古莽难评。"王锳曾举以上诸例入其存疑录,认为不好解释。⑤如果用"很""极"义释以上前两例,还能文字通顺,但解第三例"世故莽相仍",如果看作"很相仍",则意未安。似乎应看作"常相仍";陆游诗的"四时莽相代",依"很""极"释之,亦不大合适,

---

① 徐仁甫:《读杜诗注解商榷》,中华书局 1979 年版,第 57 页。
② 林继忠辑校:《杜诗赵次公先后解辑校》,上海古籍出版社 1994 年版,第 860 页。
③ 刘淇:《助字辨略·序》,中华书局 2004 年版,第 1 页。
④ 王启涛:《杜诗疑难词语考辨》,《古汉语研究》1999 年第 3 期。
⑤ 王锳:《诗词曲语辞例释》,中华书局 2005 年版,第 437 页。

也应视作"常相代"。陈与义诗的"今古莽难评",若看作"极难评",未免绝对而过了头,看作"常难评",似乎较近于诗意。

作者又增加了杜诗几例,《逃难》:"故国莽丘墟,邻里各分散。"《有怀台州郑十八司户》:"相望无所成,乾坤莽回互。"都认为是"很""极"义。

前例的"莽"字没有用在副词、形容词前,而是名词"丘墟"之前,那么"莽丘墟"就不能看作"很丘墟","极丘墟",而应视为"尽丘墟""皆丘墟"。次例的"乾坤莽回互",亦应看作"尽回互",如视作"很回互",稍欠稳当。

韩愈《送区弘南归》:"汹汹洞庭莽翠微,九疑镵天荒是非。""翠微"实际是名词,故不能言"很翠微",而应是尽翠微。范成大《次韵巫山图》:"是邪非邪莽谁识?乔林古庙常秋色。""莽谁识"犹"谁莽识",即谁尽识,"莽"即尽义。

总之,"莽"字单用时,除了"很""极"义,应还有"尽""常"等义。

9.《登兖州城楼》:"东郡趋庭日,南楼纵目初。"

明人张綖说:"是谓我当时东郡趋庭之日,登此南楼之初,纵目之下,……"① 萧涤非释"初,初次"②。"初"与"日"对文,都是时候的意思,纵目初,即纵目时。而非纵目之开始,或"纵目之下",或"第一次登楼临眺望"。③ "初"与"处"有"时"义。《述怀》:"自寄一封书,今已十月后。反谓消息来,寸心亦何有?汉运初中兴,生平老耽酒。沉思欢会处,恐作穷独叟。"欢会处,即欢会之时,欢会之际。《北征》:"忆昨狼狈初,事与古先别。奸臣竟菹醢,同恶随荡析。"首句言忆昨狼狈时。《彭衙行》:"忆昔避贼初,北走经险艰。"避贼初,犹避贼时。韩愈《赠刘师服》"忆昔太公仕进初,口含两齿无嬴余",仕进初,言仕进时。

"初"之时候义,当无疑义。不用"时"而用"初",当为调协押韵。

(三)动词与形容词的误解

10.《瘦马行》:"皮干剥落杂泥滓,毛暗萧条连雪霜。"

萧涤非说:"连雪霜,是说身带雪霜,和上句都是写瘦马的可怜的。"④

---

① 张綖:《杜工部诗通》,《四库全书存目丛书》集部,齐鲁书社1997年版,第4册,第347页。
② 萧涤非:《杜甫诗选注》,人民文学出版社1979年版,第4页。萧涤非主编《杜甫全集校注》亦持此说。
③ 聂石樵、邓魁英:《杜甫选集》,上海古籍出版社1999年版,第1页。
④ 萧涤非:《杜甫诗选注》,人民文学出版社1979年版,第102页。

此当谓马身落满雪霜，毛色暗淡。《陪王使君晦日泛江就黄家亭子二首》其二："野畦连蛱蝶，江槛俯鸳鸯。"论者说："野畦上有蝴蝶并排飞舞，江槛下有鸳鸯成双戏水。"① 这是把"连"看作"并排飞舞"，不知其义从何而来。"连"当为充满义，此句当言野畦上飞满蝴蝶。《伤春五首》其二："莺入新年语，花开满故枝。天青风卷幔，草碧水连池。"意谓水满池，即春水涨满池塘。

唐诗中"连"字用率比较高，且使用非习见义者不少，最容易滋生误解。如李颀《古从军行》"野云万里无城郭，雨雪纷纷连大漠"，或谓"连绵的大沙漠上不断地下着雪"②。把"连"看作"连绵"，未免有望文生义之嫌。"连大漠"，犹言满大漠，弥漫大漠。"连"与"竟""满"常用作对文。虞世南《奉和幽山雨后应令》："雨歇连峰翠，烟开竟野通。""连"与"竟"对文，其义相同。"竟野"犹言遍野，"连峰"犹言满山。卢纶《秋中过独孤郊居》："高树夕阳连古巷，菊花梨叶满荒渠。"此"连"绝非连接义，此句似谓高树夕阳满古巷。"连"与"满"对文义同。李世民《饮马长城窟行》："寒沙连骑迹，朔吹断边声。"前句言寒沙满骑迹，布满骑迹。王维《华岳》："连天凝黛色，百里遥青冥。"连天，犹言满天。又《出塞》："居延城处猎天骄，白草连山野火烧。"白草连山，谓白草满山。李贺《感讽六首》其四："青门放弹去，马色连空郊。"叶葱奇说："出门纵猎时，随从的人马络绎满野。"③ 郑谷《游贵侯城南林墅》："荷叶连池绿，柿繁和叶红。"前句说，荷叶满池绿。拙著《全唐诗语词通释》例举更多可参看④。

11.《春水生三绝》其一："二月六夜春水生，门前小滩浑欲平。"

"浑欲平"，言几乎涨满。《汉州王大录事宅作》："宅中平岸水，身外满床书。"石闾居士说："宅中而曰'平岸水'，是宅连于水，见其宅之幽。身外而曰'满床书'，是身不离书，见人之雅也。"⑤ 此"宅中"非指宅内，"中"如词缀，犹如汉中、隆中、郢中。可能因了平仄，未用"宅前"等字。"平岸水"，犹言满岸水，与岸一样高的水。《奉送郭中丞兼太仆卿充

---

① 杨义：《李杜诗学》，北京出版社 2001 年版，第 645 页。
② 郁贤皓主编：《中国文学作品选》第三卷"隋唐五代部分"，高等教育出版社 2003 年版，第 47 页。
③ 叶葱奇：《李贺诗解》，人民文学出版社 1998 年版，第 252 页。
④ 魏耕原：《全唐诗语词通释》，中国社会科学出版社 2001 年版，第 192—196 页。
⑤ 石闾居士：《藏云山房杜律详解》，转引自萧涤非主编：《杜甫全集校注》，人民文学出版社 2014 年版，第 2468 页。

陇右节度使三十韵》:"内人红袖泣,王子白衣行。宸极妖星动,园陵杀气平。"前人解释不尽如意,甚或谓"发掘园陵至于平也"①。"杀气平",就是杀气高。《泛江送客》:"二月频送客,东津江欲平。烟花山迹重,舟楫浪前轻。"江欲平,即江水涨。下文"舟楫轻",正见出江水之涨。"平"之殊义较多,可参看拙文《诗词中的"平"字辨释》②。

12.《夜宴左氏庄》:"检书烧烛短,看剑引杯长。"

注者谓出句:"这位姓左的主人大概有不少藏书,检阅费时,故烧烛短。"又谓对句:"长,深长。引杯长,即所谓'引满',也就是喝满杯。"③

既然"烧烛短"指的是时间已长,那么"引杯长"的"长"就不是"深长",而应当是时间长。而且"引杯长,即所谓'引满',也就是饮满杯"。"引杯长",即举杯长,谓喝酒的时间长了,与上句都说的是夜深了。"引杯"即举杯,"引满"出自《汉书》的"引满举白",是说举起满杯酒喝完了,然后举起空杯亮给对方看,"引"与"举"偶对,"引"即"举"的意思。所以"引杯长"不是"引满",也不是"引满杯",而是举杯喝酒的时间长了。

《吕氏春秋·察今》:"有过于江上者,见人方引婴儿欲投之江中,婴儿啼。人问其故,曰:'此其父善游。'其父虽善游,其子岂遽善游乎?"④引婴儿,即举起婴儿,这是"欲投之江中"的动作。故"婴儿啼",因而"人问其故"。如把"引"看作"牵引",那"欲投"则是心理活动,如此,婴儿不会啼哭,过路人也不会发问。只有把"引"看作举,加上"欲投",这才会出现后边的两个反应。

所以"引婴儿"为举起小孩;"引杯长",亦即举杯喝酒的时间长了。

13.《丹青引》:"至尊含笑催赐金,圉人太仆皆惆怅。"

这个"惆怅"不好解释,似乎只可意会不可言传。注家则有许多说法。仇注引申涵光说:"'圉人太仆皆惆怅',讶其画之似真耳,非妒其赐金也。"⑤即释"惆怅"为"惊讶",恐不见得妥当。马茂元说:"这里是深

---

① 刘肇虞语,转引自萧涤非主编:《杜甫全集校注》,人民文学出版社 2014 年版,第 879 页。
② 魏耕原:《诗词中的"平"字辨释》,《古代汉语研究》1998 年第 6 期。
③ 萧涤非:《杜甫诗选注》,人民文学出版社 1979 年版,第 6 页注 4、注 5;萧涤非主编:《杜甫全集校注》,人民文学出版社 2014 年版,第 69 页注 3 亦同。
④ 高诱注:《吕氏春秋》,上海书店 1986 年版,第 178 页。
⑤ 仇兆鳌:《杜诗详注》,中华书局 1979 年版,第 1150 页。

深赞叹的意思"①，或释为"叹息"②，或为"怅然若失"③。萧涤非说："这两句都是从旁观者的态度上来写画马的神似的。惆怅，更源于含笑，是感到无法赞美因而付之叹息。黄生云：'非惆怅二字，不能尽马官踌躇审顾之状。'"④邓绍基："'惆怅'能否训为'惊讶'当可讨论，但决不是只可训为'失意'。……杜甫还为韩幹写《画马赞》，其中云：'良工惆怅，落笔雄才'；杜甫《杨监又出画鹰十二扇》也云：'粉墨形似间，识者一惆怅'；鲍照《伤逝赋》：'忽若谓其不然，自惆怅而惊疑'；薛道衡《宴喜赋》：'直凝神而回瞩，乃惆怅而兴言。'以上诸例，'惆怅'都是赞叹或惊疑意。有些著名辞书只释惆怅为失态、失意或望恨，恐怕不足为根据，因为那恰是一种疏漏。"⑤还有释义为"感慨"，并言"这里兼含有惊叹其画似真的意思"⑥，另有"赞赏出神状"⑦。新近注本则又释为"失意貌"⑧。

总括以上说法有：惊讶，赞叹，叹息，怅然若失，赞叹或惊疑。鲍照《伤逝赋》的前两句是："览篇迹之如旦，婉遗意而在兹。"此"惆怅"当为失意感慨义。而杜甫"良工惆怅"，犹言良工惊叹，惊叹的原因，从一落笔就可以看出雄才；画鹰诗的"识者一惆怅"，犹言识者全惊叹。这和薛道衡赋的"乃惆怅而兴言"，当谓于是惊叹而发言。杜甫诗与赞文用法与此相同。

而"圉人太仆皆惆怅"，是说养马人与马官都惊叹。言其画逼真极了，而有让人啧啧惊叹的效果。

---

① 马茂元：《唐诗选》，上海古籍出版社 1999 年版，第 343 页。
② 冯至编选，浦江清、吴天五合注：《杜甫诗选》，人民文学出版社 1956 年版，第 181 页。
③ 中国社会科学院文学研究所：《唐诗选》，人民文学出版社 1978 年版，第 292 页。
④ 萧涤非：《杜甫诗选注》，人民文学出版社 1979 年版，第 226 页。
⑤ 邓绍基：《杜诗别解》，中华书局 1987 年版，第 147 页。
⑥ 山东大学中文系古典文学教研室选注：《杜甫诗选》，人民文学出版社 1980 年版，第 244 页。
⑦ 聂石樵、邓魁英：《杜甫选集》，上海古籍出版社 1999 年版，第 250 页。
⑧ 谢思炜：《杜甫诗选》，人民文学出版社 2005 年版，第 210 页。

二 杜诗公案"恰恰"再解

杜甫漂泊西南，寓居成都草堂时期，开始大量制作七绝，而且特多组诗。其中《江畔独步寻花七绝句》其六，每被大中小学课本选入，老少咸宜。其诗云：

　　黄四娘家花满蹊，千朵万朵压枝低。留连戏蝶时时舞，自在娇莺恰恰啼。

这是一首"白话诗"，似乎没有什么费解的地方。末句"恰恰"用在动词"啼"前作状语，它的读音也很像"象声词"，似乎用来形容莺鸣之声；再则上句蝶舞为视觉，下句莺啼又似乎无疑为听觉，两句合起来为视听结合，充满观赏花鸟的常见的美感。所以现在流行的杜诗选注本与高校教材一般把"恰恰"注为：象声词，莺鸣之声。其原因，大概亦与《汉语大词典》有关，也如是以象声词解"恰恰"。

（一）"恰恰"解释歧义纷出

其实其义并非定案，而且可能属错案。最早为此词出注的可能是南宋赵次公，林继中的《杜诗赵次公先后解辑校》："'恰恰'字，如王无功之言'恰恰'来。"① "恰恰"见于王绩（字无功）《春日》（一作"初春"）："前旦出园游，林华都未有。今朝下堂来，池冰开已久。雪被南轩梅，风催北庭柳。遥呼灶前妾，却报机中妇：年光恰恰来，满瓮营春酒。"马茂元《唐诗选》说："年光二句：意谓韶华景物之来，好像有意为人凑兴，应该酿酒满瓮，吟赏春光。恰恰来，犹言着意而来。恰恰，用心的意思。"② "着意"即特意。王诗写早春莅临，前日林花未开，而今日池水早已融化，南窗外的梅花破雪怒放，北院中的柳在春风中将要泛绿，屋外院内到处一片春光，所以高兴得大呼小叫地告诉家人："年光恰恰来，满瓮营

---

① 林继中辑校：《杜诗赵次公先后解辑校》，上海古籍出版社1994年版，第390页。
② 马茂元：《唐诗选》，上海古籍出版社1999年版，第5页。

春酒"——是说春光处处来,赶快把满瓮春酒打开,好好庆祝一番,而非春光今日特意而来,而前日故意不来。"恰恰来"即处处来,遍地春光之意。

由此看来,赵次公认为杜诗"恰恰啼"与王绩诗"恰恰来",二者"恰恰"的意思是一样,当然只是处处之义,即处处啼,处处来,其所言就并非是"象声词"。赵次公注是宋人注杜诗之最佳者,且宋人距唐不远,所说值得重视。

对于"恰恰"为象声词的莺鸣之声,大约与赵次公在世相先后的朱翌说:"说诗以谓'恰恰'莺声也。《广韵》云:'恰恰',用心啼尔,非谓其声也。"①近人高步瀛《唐宋诗举要》:"《广韵》三十一洽曰:'恰恰,用心。'并无啼字。用心啼殊不成语,仍以解作莺声为是。"②翁方纲不同意鸟鸣声之解:"然王绩诗'年光恰恰来',白公《悟真寺》诗'恰恰金碧繁',疑唐人类如此用之。又韩文公《华山女》诗'听众狎恰排浮萍',白乐天《樱桃》诗'洽恰举头千万颗','狎恰',即'洽恰'。"③

然作于清穆宗同治年间的施鸿保《读杜诗说》言:"字典'恰'字下,亦但引此诗云:'恰恰,鸟鸣声。'今按:'恰恰'与莺声不类。公诗'野航恰受两三人''恰似十五女儿腰''恰有三百青铜钱''恰有春风相欺得',皆是适当之辞。此言独步之时之处,适当莺啼。'恰恰'者不一时不一处也。当亦方言,今尚云然。"④所言"字典",即《康熙字典》。所言"'恰恰'与莺声不类",甚是。莺声婉转,杜诗《忆幼子》:"骥子春犹隔,莺歌暖正繁。"是说莺啼婉转如歌。故亦称"娇莺",仇注引陈后主诗"娇莺含响偶",骆宾王诗"分念娇莺一种啼"。而"恰恰"声音尖脆,近似鹊鸟,与婉转圆娇无缘。

对于施氏所说"恰恰"为"适当",即正好的意思。今人徐仁甫说:"《广韵》只云恰,用心。《说文新附》同。非谓恰恰,用心啼也,重叠词与单音词有别,朱氏混同为一,未允。余谓'恰恰'犹'正正',皆方言。'自在娇莺恰恰啼',谓自在娇莺正正啼,言其不早不迟,正当其时也。白居易诗:'洽洽举头千万颗','洽'同'恰'。言正正举头千万颗。杨万里诗:'银烛不烧渠不睡,梢头恰恰挂冰轮',言梢头正正挂冰轮。施氏谓

---

① 朱翌:《猗觉寮杂记》卷上,《丛书集成初编》,中华书局 2013 年版,第 65、315 页。
② 高步瀛:《唐宋诗举要》,中华书局 1960 年版,第 803 页。
③ 翁方纲:《石洲诗话》,人民文学出版社 1981 年版,第 51 页。
④ 施鸿保:《读杜诗说》,上海古籍出版社 1983 年版,第 90 页。

恰恰者不一时不一处。'不'恐系'在'字之误。"① 今人又有频繁、时时义之新说。郭在贻《杜诗札记·恰恰》说:"不少注家都注为莺啼声,实则莺啼之声清圆流丽,与恰恰之音大相径庭。……恰恰与上句的时时相对成文,则应当也是一个表时态或表情状的副词。实则恰恰在这里乃是频繁不断之意。恰恰作频频、时时解,盖唐人俗语,从唐诗中不难找到例证。白居易《游悟真寺》诗:'栾栌与户牖,恰恰金碧繁。'以恰恰状繁字,即是恰恰训为频繁之意的确证。……恰恰,又写作洽洽,如白居易《吴樱桃》诗:'洽洽举头千万颗,婆娑拂面两三株。'以洽洽状樱桃之果实累累。洽又与狎音同,故洽洽又写作狎恰,韩愈《华山女》诗:'听众狎恰排浮萍',狎恰状听众之多而密。"②

郭氏例证及结论实本乃师蒋礼鸿《敦煌变文字义通释》第五篇《释情歌》"洽洽,密集的意思"条之说。蒋著只是未提及杜诗,然例证甚丰,其言曰:"降魔变文:'便向厩中选壮象,开库纯驮紫磨金。峻岭高岑总安致(置),恰恰遍布不容针。'"③ 除上郭氏所举白居易《吴樱桃》、韩愈《华山女》外,还有白居易《裴常侍以蔷薇架十八韵见示因广为三十韵以和之》:"恰恰濡晨露,玲珑漏夕阳。"另外尚有多例,兹不赘。

另外,还有释为"正好"。萧涤非《杜甫诗选注》说:"恰恰啼,正好叫唤起来。按'恰恰'乃唐人口语,通常只用一'恰'字与动词结合,如'恰有'、'恰似'、'恰值'、'恰受'之类,不胜枚举,均为'正好'或'适当'之意。其'恰恰'连文,杜此诗外,……宋仍沿用。黄山谷《同孙不愚过昆阳》诗:'田园恰恰值春忙,驱马悠悠昆水阳',此恰恰应解作正好,更无可疑。杜此诗题为'独步寻花',蝶时时舞,而莺则非时时啼,今独步来时,莺歌适起,有似迎客,故特觉可喜耳。"④

然论者又有不同意"正好"之说。王锳《诗词曲语辞例释》"恰恰"条说:"马茂元《唐诗选》、新版《辞海》、《汉语大词典》均解为状鸟鸣声的象声词。但对象鸟鸣声的解释,昔人早有疑义。……'恰恰'虽确有恰巧、正好义,但用于上举杜诗仍嫌不尽妥贴。第一,这一联诗属工对,如

---

① 徐仁甫:《杜诗注解商榷》,中华书局 1979 年版,第 45、47 页。
② 郭在贻:《训诂丛稿》,上海古籍出版社 1985 年版,第 74、76 页。该引文内"莺啼声"后注释:"见清人李调元《方言藻》、今人马茂元《唐诗选》上册三三六页第二首注 2 等。"在"清圆流丽"后,随文注释:"周邦彦词:'歌时宛转饶风措,莺语清圆啼玉楼。'"
③ 王重民等:《敦煌变文集》,人民文学出版社 1958 年版,第 370 页。
④ 萧涤非:《杜甫诗选注》,人民文学出版社 1979 年版,第 171 页。

解'恰恰'为正好、恰巧，则与上文'时时'在意义上对得不甚工稳；第二，莺啼蝶舞应是诗人得见之前便已存在多时的景象，不大可能是在诗人刚刚步入画面之际，娇莺才恰巧啼叫一声两声。'恰恰'一词在唐宋口语中可以表示'密密'的意思。……另如杨万里《和仲良春晚即事》诗：'殷勤报春去，恰恰一莺啼。'亦犹云'一莺密密啼'。又《送彭元忠县丞北归》诗：'恰恰新莺百啭声，忽有寒蛩终夜鸣。''恰恰'与本句中'百啭'相应。韩元吉《菩萨蛮》词（腊梅）：'江南雪里花如玉，风流越样新装束。恰恰缕金裳，浓熏百和香。'也是描绘腊梅花繁，有如密密的缕金衣。"① 又有释为"谐和自得，自然"②，所举书证，均见上文所引。曹慕樊《杜诗中的俗语·恰恰》认为是"密密啼，频啼"③，张忠纲、孙微《杜甫集》释为"时时、频频"④，另外还有不少论文释义，均不出以上诸家范围。

（二）"恰恰"当为处处义

我们曾经综合前人发现唐宋诗用例，反复推敲，发现"处处"义最为适合。以为"杜诗'恰恰啼'，似为处处啼。此诗'时时舞'，故见蝶之'留连'；处处啼，故见莺之'自在'。上句言时间，下句言空间，时空偶对两层夹写"⑤。一年后，黄灵庚《杜诗释词六例》说："施（鸿保）说'恰恰'为不一时，不一处者，最传老杜心事，余皆非是。恰恰、时时为对文，恰恰，犹言处处也。"⑥ 但他把所举例，或释作"时时"，或释作"处处"，或释作"时时处处"，游移不定。黄氏似未见拙著，但以"处处"为义，还是空谷足音。而有论者《〈江畔独步寻花〉之"恰恰"考辨》，分别举出宋词5例、元代杂剧散曲7例、明清小说诗词4例，均认为其中"恰恰"为象声词，指鸟的叫声，而由此得出杜诗"恰恰"为"莺啼声"。其理论依据是："《全宋词》中的用法，更接近杜甫的原句，仿造的痕迹很强，而到了《全元曲》及元杂剧中，已经运用得非常自如，至清代'恰恰'一词已成为约定俗成的语法——《声律启蒙》中严格规定为'莺恰恰'对'雁雍雍'。在找不到与杜甫同时代或更早时代的同样用法前提

---

① 王锳：《诗词曲语辞例释》，中华书局2005年版，第245、246页。
② 卢润祥：《唐宋诗词常用语词典》，湖南出版社1991年版，第216页。
③ 曹慕樊：《杜诗中的俗语》，四川人民出版社1981年版，第154、155页。
④ 张忠纲、孙微：《杜甫集》，凤凰出版社2006年版，第172页。
⑤ 魏耕原：《全唐诗语词通释》"恰恰"条，中国社会科学出版社2001年版，第225页。
⑥ 黄灵庚：《杜诗释词六例》，《浙江师范大学学报》2002年第1期。

下，我们可以利用语言的传承关系，用其互相类似的例子来反证或推其含义。"①

而戴军平《杜甫诗"恰恰"另解》似乎回答了李荣一文的质疑："考杜甫之前乃至整个唐代的诗人作品中，'恰恰'都没有表示鸟鸣声的用法。……用作象声词，形容鸟鸣声，是从宋代开始的。""宋代距杜甫的时代已经久远，人们对'恰恰'一词的本意'用心'已经不太清楚。又因为杜甫在中国古代诗坛上的巨大影响力，诗人们也就跟着用'恰恰'，以致习非成是，谬种流传，'恰恰'就真的产生了'象声词，莺啼声'的意思。"②

对以上"公说公有理，婆说婆有理"的现象，该到了总体回顾盘点的时候了。综上所说，杜诗"恰恰"，凡释 8 义：1. 象声词，莺啼声；2. 正好、恰好、适当、正正；3. 频繁、时时；4. 密集、密密；5. 用心、特意、着意；6. 融和自得自然；7. 时时处处；8. 处处。《汉语大词典》凡列四义：用心貌；融和貌；象声词，莺啼声；正好。谓杜诗"恰恰"为象声词。现在先看看唐人的用例：

1. 王绩《春日》（一作"初春"）已见上文："前旦出园游，林华都未有。今朝下堂来，池冰开已久。雪被南轩梅，风催北庭柳。遥呼灶前妾，却报机中妇：年光恰恰来，满瓮营春酒。"

2. 白居易《游悟真寺》："前对多宝塔，风铎鸣四端。栾栌与户牖，恰恰金碧繁。"

3. 又《裴常侍以题蔷薇架十八韵见示》："浃洽濡晨露，玲珑漏夕阳。"

4. 又《吴樱桃》："含桃最说出东吴，香色鲜秾气味殊。洽恰举头千万颗，婆娑拂面两三株。"

5. 韩愈《华山女》："街东街西讲佛经，撞钟吹螺闹宫廷。广张罪福资绣帨，听众狎恰排浮萍。"

6. 郑损《星精石》："孤岩恰恰容幽构，可爱江南释子园。"

7. 《敦煌变文集·降魔变文》："便向厩中选壮象，开库纯驮紫磨金。峻岭高岑总安致（置），恰恰遍布不容针。"③

对于例 1 王绩诗，已见前文。或释为正好、适当，似未安。例 2 的"恰恰"，一作袷袷。蒋礼鸿《敦煌变文字义通释》"洽恰"条以"多而密

---

① 李荣：《〈江畔独步寻花〉之"恰恰"考辨》，《现代语文》2010 年第 11 期。
② 戴军平：《杜甫诗"恰恰"另解》，《古典文学知识》2012 年第 2 期。
③ 蒋礼鸿：《敦煌变文字义通释》，上海古籍出版社 1997 年版，第 343、344 页。

二 杜诗公案"恰恰"再解 377

的意思",释此与例4、5、7。王锳《诗词曲语辞例释》释此与杜诗亦本蒋先生的"密集"说。近出谢思炜《白居易诗集校注》以宋绍兴本白集影印为底本,"洽恰"则为袷洽:"袷洽,亦作恰恰,洽恰,多而密集貌。"并引杜甫此诗与《降魔变文》与蒋先生之说为证。黄灵庚对此诗与例1、例6均谓为"处处"义。此句的"金碧繁",已明言"金碧"之色"繁"多而密集,如果再把"恰恰"视为"密集",未免词复意重;而且上句"栾栌与户牖",说到两端以承斗拱的柱上曲木"栾",柱顶上承托栋梁的方木的"斗拱",以及门窗上的图案花纹,故接言"恰恰金碧繁",当为处处金碧繁集,即指栾栌、户牖的处处。

例3的"浃洽",一作"洽恰",谢先生注本引司马相如《封禅文》:"休列浃洽,符瑞众变。"以及《文选》刘良注:"浃,及。洽,遍。"[①]把连绵词拆开解释,不足为训。而"遍",即与处处义相关。浃洽,当谓处处。此句当言蔷薇花与叶处处濡湿晨露。例4的"洽恰",朱金城《白居易集笺校》说:"'洽洽'同'狎恰',即茂密之意。"[②]并引韩愈《华山女》为证,标明依据蒋先生说。"密集"之义自不待言。若径直看作密集举头千万颗,似语不成句,阻隔不通。

例5的"狎恰",钱仲联先生《韩昌黎诗系年集释》:"狎洽,为密集义。"[③]孙昌武先生《韩愈选集》:"狎洽:同'洽恰',稠叠密集貌。"[④]均本蒋先生之说。看此诗下文所言"观中人满坐观外,后至无地无由听",那么"听众狎洽排浮萍",意谓听众处处排列如浮萍。若看作"密集"则与"排浮萍"意复。谓为"处处"义,且已伏后"观中"二句。例6的"恰恰",黄文释为"孤岩处处容幽构",所言甚是。例7被蒋先生亦释为"密集",近年注变文者亦承前说。看此句"恰恰遍布不容针"末三字,似为"密集"义,然观上句"峻岭高岑总安致(置)",则仍以"处处"义为长。

再看宋人用"恰恰"为处处义者:

1. 黄庭坚《同孙不遇昆阳》:"田园恰恰值春忙,驱马悠悠昆水阳。""恰恰"似可看作正好、适当义,然"值"有"逢着"义,则两词比邻而意复,故此句当看作田园处处逢春忙。

2. 杨万里《和仲良春晚即事》:"殷勤报春去,恰恰一莺啼。"王锳先

---

① 谢思炜:《白居易诗集校注》,中华书局2012年版,第5、2364页。
② 朱金城:《白居易集笺校》,上海古籍出版社2003年版,第3、1668页。
③ 钱仲联:《韩昌黎诗系年集释》,上海古籍出版社1984年版,第1094页。
④ 孙昌武:《韩愈选集》,上海古籍出版社1996年版,第138页。

生说:"亦犹云'一莺密密啼'。"① 看上句"殷勤报春去",似以"一莺处处啼"义为长。

3. 又《送彭元忠县丞北归》:"恰恰新莺百啭声,忽有寒蝉终夜鸣。"或谓"恰恰"与本句中"百啭"相应,或释为"密密"义,但观下句,可知两句是说季节转换之快,前句仍以"处处新莺百啭声"意为长,处处与"百啭声"呼应更为紧密。

4. 又《海棠四首》其一:"小园不到负今晨,晚唤娇红伴老身。……银烛不烧渠不睡,梢头恰恰挂冰轮。"似乎也可以看作"梢头密密挂冰轮",然看上句秉烛观花,仍以"梢头处处挂冰轮"意长。

5. 洪适《次韵陈留闻莺》:"恰恰啼莺马上听,凝云欲雨晓寒轻。"或释莺鸣声,但观"马上听",是在骑马行走时听,即边走边听,"恰恰啼莺"则当为处处啼莺。

6. 汪元量《清明》:"都下纷纷跃马,湖边恰恰啼莺。"同样被视为莺鸣声,然观与上句"纷纷"呼应,下句当言:湖边处处啼莺。此亦见出南宋此时正如林升《题临安邸》所说的"山外青山楼外楼,西湖歌舞几时休。暖风熏得游人醉,直把杭州作汴州"。若看作"莺啼声",不仅失去对偶的工整,意义则失之更多。

黄庭坚诗法杜甫,杨万里诗的"活法"亦取法杜甫的拟人与幽然。例1与例4与"鸟鸣声"无涉,例2与例3看作"鸟鸣声"则不如"处处"义长。

宋词用"恰恰"者较多:

1. 熊禾《瑞鹤仙》上片:"翠旗迎风辇。正金母、西游瑶台宝殿。蓬莱都历遍。□飘然来到,笙歌庭院。朱颜绿鬓。须尽道、人间罕见。更恰恰占得,美景良辰,小春天暖。"或谓"更时时占得"。此词下片叙宴饮,上片明言"春天",故"恰恰占得"当言处处占得。

2. 杨无咎《上林春令》:"秋李夭桃堆绣。正暖日、如熏芳袖。流莺恰恰娇啼。似为劝百觥进酒。"或释"时时处处"。此为祝人生辰词,当为处处娇啼。"流莺"之"流",正说明"处处娇莺"的原因。

3. 洪适《生查子》:"二月到盘洲,繁缬盈千荨。恰恰早莺啼,一羽黄金落。花边自在行,临水还寻壑。步步肯相随,独有苍梧鹤。"此为行旅词。"恰恰早莺啼"犹言处处早莺啼。

4. 杨冠卿《生查子》:"娇莺恰恰啼,过水翻回去。欲共诉芳心,故绕

---

① 王锳:《诗词曲语辞例释》,中华书局 2005 年版,第 246 页。

池边树。"李荣说"娇莺"两句,一本杜甫此诗,一本杜甫《即事》:"黄莺过水翻回去,燕子衔泥湿不妨。"认为"其中'恰恰'之释义当同于杜'莺啼声'"。观此句言莺在水上飞过飞回,则上句当为"娇莺处处啼",故下句说"过水翻回去"。若为"莺啼声",则失去了这些意义。

5. 汪元量《鹧鸪天》:"潋滟湖光绿正肥。苏堤十里柳丝垂。轻便燕子低低舞,小巧莺儿恰恰啼。"单看后两句,则"恰恰啼"则似为莺啼声,然看首两句湖光绿肥、苏堤十里,则应视为莺儿于"苏堤十里"处处啼。

6. 仇远《酹江月》:"片云凝墨,看荷花才湿,依然无雨。水槛空明人少到,恰恰幽禽相语。"这里的"幽禽"就不一定非是莺不可,这两句是说水槛无人,处处幽禽相语。

7. 王千秋《生查子》:"莺声恰恰娇,草色纤纤嫩。诗鬓已惊霜,镜叶慵拈杏。……因何积恨山,著底攻愁阵。春事到荼蘼,还是无音信。"这是此词的首尾四句,首句是"莺声处处娇",还是莺啼之娇,一经比较,自是前者为当,而后者未安。李荣说"'恰恰'摹拟莺之婉转娇柔的叫声",若"恰恰"拟声,既不"婉转",亦不"娇柔"。如前所言,"恰恰"若谓拟声,则是轻脆尖亮,近似喜鹊的叫声,当然不会有"婉转娇柔"之感。再看此词上片后两句与下片前两句,可知此词为怀人之作。特别是"春事"两句,已见春暮夏末。荼蘼初夏开花,苏轼《杜沂游武昌,以酴醾花菩萨泉见饷》:"酴醾不争春,寂寞开最晚。"可见起首两句是说:莺声处处娇,草色纤纤嫩,时光到了春事已晚。然而所怀之人还是"无音信"。因而"恰恰娇"即处处娇,更加强了这种怅惘失意的情怀。

8. 韩元吉《菩萨蛮·咏梅》:"江南雪里花如玉,风流越样新装束。恰恰缕金裳,浓熏百和香。"或释为"描绘腊梅花繁,有如密密的缕金衣",然释作"处处",更能显得"腊梅花繁"。

以上前5例见于李荣所举证,而无例6仇远"恰恰幽禽相语"一词,大概不好释为"莺啼声",就不用提及了。退一步看,即使是前5例均可看作"莺啼声",也不能以后证前,说明杜诗"恰恰"亦作如是解。这是训诂学的常识,无用多言。至于上举宋诗的"恰恰值春忙"与"梢头恰恰挂冰轮",前者或许本于王绩的"年光恰恰来",后句则本于白居易"恰恰举头千万颗"。这些"恰恰"均非"莺啼声"所能解释。

(三)"恰恰"释为处处的缘由

杜诗的"自在娇莺恰恰啼",或许受到王绩诗"年光恰恰来"的启发。

二者都写春光春事，而"恰恰"一词又很新鲜，而为杜诗所汲取，亦为可能。再则连宋人也不相信"说诗以为恰恰，莺声也"的说法，我们又怎能相信宋人诗词所用均为"莺啼声"。而且唐宋人之作中尚未见到过一例。李荣一文所举元代杂剧、散曲、明人小说等，其中的"恰恰"确可以视为"莺啼声"，那只能是对杜诗误解误用，正如上文所引戴军平一文所说的"习非成是"，而更不能以此回证杜诗的"恰恰"就是"莺啼声"。

　　杜诗的七律每有六句对偶，甚至八句全对。又以七律的手段去作七绝，绝句中多用对偶，甚至四句全对。这与喜爱对偶是分不开的①。而且对法多样，法度森整。其中时空对偶为一大法门。仅以七绝看，就有《凭何十一少府邕觅桤木栽》的"饱闻桤木三年大，与致溪边十亩阴"，《从韦二明府续处觅绵竹》的"华轩蔼蔼他年到，绵竹亭亭出县高"，《绝句漫兴九首》其四的"莫思身外无穷事，且尽生前有限杯"，《官池春雁二首》其二的"青春欲尽急还乡，紫塞宁论尚有霜"，《绝句四首》其三的"窗含西岭千秋雪，门泊东吴万里船"，《存殁口号二首》其一的"玉局他年无限笑，白杨今日几人悲"，《夔州歌十绝句》其八的"巫峡曾经宝屏见，楚宫犹对碧峰疑"，《承闻河北诸节度入朝欢喜口号绝句十二首》其一的"汹汹人寰犹不定，时时斗战欲何须"，《漫成一首》的"江月去人只数尺，风灯照夜欲三更"，《画堂饮既，夜复邀李尚书下马月下赋绝句》的"久判野鹤如霜鬓，遮莫邻鸡下五更"，以上或两句全为时空对偶，或为句中部分时空偶对，无不工整，而且法度森严，丝毫没有错迕之感。

　　再看"留连戏蝶时时舞，自在娇莺恰恰啼"，后三字若视作莺鸣声，而又与"时时舞"偶对，就立即感到别扭至极，龃龉不合，这在对偶极为工整的两句中，就更显得尴尬而不自在，有牵强附会之嫌。然看作"处处啼"，就与"时时舞"没有任何纹丝不合，而且此地春光又显得盎然饱和。再则若作"莺啼声"，只是一鸟之鸣，而"处处啼"则是另一番光景了。像杜甫这样的大手笔，而且在时空偶对更有专长，而往往有一种特意追求，这也是杜诗之所以厚重的原因之一。

---

① 魏耕原：《杜甫绝句变革的得失及意义》，《杜甫研究学刊》2015年第2期。

三 杜诗"自"之殊义误解

杜诗沉郁顿挫，善于抒发张弛伸缩的复杂感情，加上多用虚词，情感的微妙变化，耐人寻味。其中的"自"字含义异常丰富，如果看作"自己"或"自然"，往往差之毫厘，谬之千里。然往往为学界所不察，仍常常视为习见义。萧涤非先生主编的《杜甫全集校注》，汇集古今注杜之大成，厥功甚伟，在语词释义虽有用力，而所采用集注，对"自"之释常待之常义，或者以为常义而无释，故须加讨论。

（一）"自"之转折副词殊义的误解

杜诗用"自"410次[①]，我们曾就其中名作或名句中的"自"字作过讨论[②]，已论者此次一般不再考虑。杜诗"自"之副词义最为丰富，试论如次。

1. 自：却，反而，表转折的副词，在安史之乱前的诗所用较少。1.215（小数点前为册数，后为页数。下同）《乐游园歌》："圣朝亦知贱士丑，一物自荷皇天慈。"《杜甫全集校注》："上句……意谓当此圣朝，而久居贫贱，实深感愧耻。一物，约有三解：一谓指酒，如仇兆鳌、杨伦等主此，恐非；一谓杜甫自指，如周篆、沈德潜、施鸿保等主此，似太泥；惟卢元昌曰：'当此春和，一草一木，皆荷皇天之慈，忻忻然有以自乐，独我贱士，见丑圣朝，今幸三赋得叨宸赏，乃待命集贤，又复逾年，夫岂皇天悯覆，终遗贱士乎？'此解结合目前景物，释一物为一草一木，最为圆通。按甫《北征》诗：'雨露之所施，甘苦齐结实。'可作此句注脚。此句承上，意谓即使自己是一贱士，但总算是万物中之一物，应让其活得下去，如今'卖药都市，寄食友朋'，……岂不有累'圣朝'盛德乎？'皇天慈'三字应活看。对草木而言为'皇天'，对人事而言则为'圣朝'。"[③]此条注转录自该书主编萧涤非先生《杜甫诗选注》。原注前边还有"这两

[①] 此数字据栾贵明等：《全唐诗索引》（杜甫卷），天津古籍出版社1997年版。
[②] 参见魏耕原：《杜词习见词诗学与语言学的双向阐释》，《西安石油大学学报》2011年第2期。
[③] 萧涤非主编：《杜甫全集校注》，人民文学出版社2014年版，第218页。

句是牢骚话，但用意很曲折"①。按卢氏解上句为杜，下句为自然，则属人与物的比较。把下句的"自荷"看作"皆荷"，则无依据。此诗前12句写春景，后8句全就己之处境议论。所以，这两句全从己言，"一物"应指杜甫，"自荷"则为却荷。两句是说：圣朝虽然已知我为贱士而贫丑，但我却仍然受到皇天的恩慈。所谓"皇天慈"，即三赋叨赏，待命集贤，这是字面意。然而一等即已隔年，终无下文，此则句外意。这种皮里阳秋的话，用来发牢骚很为得体。说得质直不方便，用意曲折，也可见出抑扬顿挫之风格。卢氏的解释未免质直，且夹在就己发论中间，未免游离。而且还要从草木再归结到作者身上，未免显得屈曲牵强。究其原因，是对"自荷"的"自"不明其特殊意义，只好曲为解释。

6.3374《莫相疑行》："男儿生无所成头皓白，牙齿欲落真可惜。忆献三赋蓬莱宫，自怪一日声辉赫。"《杜甫全集校注》："杨伦曰：'自怪，妙。'"②似乎看作连自己也感到奇怪。"自"应为却义，"自怪"谓却感到异常诧异，此句"从失意中忽作惊人语"③。此句的主语为杜，把"自"再看作自己，不仅多此一举，且减去了不少"惊人"意味。

6.3070《有感五首》其五："胡灭人还乱，兵残将自疑。"《杜甫全集校注》："赵次公曰：'广德元年正月，史朝义自缢死。……"将自疑"，则如仆固怀恩以疑而叛，李光弼以疑而沮者矣。'王嗣奭曰：'怀恩恐贼平宠衰（按：《杜臆》作"衰"），故奏留嵩等分帅河北。此公诗所云"兵残将自疑"也。'"胡灭人还乱"，实因"兵残将自疑"。'卢元昌曰：'时仆固怀恩上书自讼云："来瑱受诛，朝廷不示其罪，诸道节度谁不疑惧？近闻诏追数人，尽皆不至，实畏中宦谗口，虚受陛下诛夷。岂惟群臣不忠，正为回邪在侧。"此为"将自疑"，与李光弼无涉。'卢说是。仇注：'残，乃残少之残，非残害之残。'"④唐人称余为残，"兵残"犹言兵后，"自"与"还"偶对，其义为却。此言安史平息后，将军却受到朝廷猜疑，而非将军自己疑惑，或自己遭到猜疑。"自"与"还"呼应异常紧密。两句都呈现句内转折。

8.4181《送李功曹之荆州充郑侍御判官重赠》："使者虽光彩，青枫远自愁。"《杜甫全集校注》："汪瑗曰：'言李判官虽荣，而未免有他乡远别

---

① 萧涤非：《杜甫诗选注》，人民文学出版社1979年版，第25页。
② 萧涤非主编：《杜甫全集校注》，人民文学出版社2014年版，第3374页。
③ 申涵光语，见仇兆鳌《杜诗详注》，中华书局1979年版，第1214页。
④ 萧涤非主编：《杜甫全集校注》，人民文学出版社2014年版，第3070页。

之愁也。'沈汉曰:'"自愁",贴"青枫"上,妙矣。尤妙在加"远"之一字。'顾宸曰:末句,'时当秋景,正青枫萧飒之时,得毋有他乡远别之愁乎?前之遥悲属公,此之远愁属李,方不重复。……'"① 沈氏似看出这"自"字非谓指杜甫自己,顾氏说得更明确是谓李功曹。但未指明"自"究属何义。"远自愁"应为远却愁,"自"之却义与上句"虽"转折呼应,极有情味,故谓之"妙"。

9.4998《孤雁》:"孤雁不饮啄,飞鸣声念群。……哀多如更闻。野鸦无意绪,鸣噪自纷纷。"《杜甫全集校注》:"意绪,犹思绪、心绪。顾宸曰:'堪笑野鸦,不知何意绪而鸣噪纷纷乎!曰"无意绪",言其鸣噪之时,竟无意可求,无绪可理,只觉其乱纷纷耳。借野鸦作结,更见孤雁飞鸣,有意有绪,哀声不苟。'……彦辅曰:'公值丧乱,羁旅南土,而见于诗者,志尝在于乡井,故托意于孤雁也。末章,讥不知我而譊譊者。'"② 两家所释甚确,但未指出"自"为何义。两句是说,野鸦既无心绪,鸣噪却纷纷不已。"自纷纷"即却纷纷。

10.5634《宴王使君宅题》其一:"汉主追韩信,苍生起谢安。吾徒自飘泊,世事各艰难。"《杜甫全集校注》:"张溍曰:'吾徒,公自道。各艰难,言不能出而济时艰也。'顾宸曰:'公自叹之词,谓吾一身空自飘泊,曾未任世事之艰难,吾不能为其难,故以望王使君耳。然曰"各艰难",则吾徒不应谢责可知。'一说'吾徒',指你我二人。汪瑗曰:'叹己与王俱不遇也。'周甸曰:'玩"自"字,见首联言人君将相皆拨乱之才,吾与王自不遭遇,各艰难耳。'汪灏曰:'乃我二人偏自不偶,只因时遇,各有参差。'"③ 顾氏把"自飘泊"释作"空自飘泊",周氏释作"吾与王自不遭遇",汪氏看作"乃我二人偏自不偶",前者与二句联系不够紧密,中者干脆脱节,后者稍近转折意味却不够鲜明。这四句说:韩信、谢安得到信任重用,我们却人生漂泊,都处于世事艰难之中。"自飘泊"应为"却飘泊",与上二句合起来由转折形成对比,存乎一番士不遇的大感慨。"吾徒"句逆折接住上二句,又引发出下句。这两句间形成大顿挫,与上两句间抑扬起伏而有变化。《杜甫全集校注》罗列诸说,不下判断,这大概就是该书《凡例》所说的:"前人注释有歧义,乃至聚讼纷纭,莫衷是者,则择其言之有据,于领会诗旨较有助益之说,兼取而并存之,以供裁取。"

---

① 萧涤非主编:《杜甫全集校注》,人民文学出版社2014年版,第4182页。
② 萧涤非主编:《杜甫全集校注》,人民文学出版社2014年版,第4998—4999页。
③ 萧涤非主编:《杜甫全集校注》,人民文学出版社2014年版,第5634—5635页。

这固然很客观，但对诸说不置可否，未免显得留自己余地太多，同时也说明了这个"自"字颇费周折，不易确解。

10.5697《宿白沙驿》的上四句写景，后四句言情："万象皆春气，孤槎自客星。随波无限月，的的近南溟。"前句承上四句，次句亦逆转带出下两句。《杜甫全集校注》："赵汸曰：'曰"皆"，则见物之逢春，各有生意；曰"自"，则见己独如孤槎之远泛，无所与之春气也。'"① 以下又引汪瑗、顾宸、朝鲜李植诸说，均不出赵氏范围。四家都把"自客星"看作"独泛孤舟"（汪瑗语），或"见己独如孤槎之远泛"，或"居然独自为客星"（顾宸语）。② 若把"自"看作"独"义，则与本句之首"孤"字犯复，但总比看作义略胜一筹。"孤槎自客星"应言孤船却远泛，与上句构成转折，在春天却还漂荡，这是伤心语。又带出来末两句，还要漂荡到遥远的南溟。这是人与自然对比的落差，而构成的感慨顿挫，显示出杜诗一以贯之的风格。

10.5730《双枫浦》："辍棹青枫浦，双枫旧已摧。自惊衰谢力，不道栋梁材。"对后两句，《杜甫全集校注》说："赵次公曰：'两句言枫也。盖直以枫为人而自比以为言矣。树老而摧，如自惊骇其力衰谢，却不道材可充栋梁也。'顾宸曰：'衰谢，正言其摧，双枫自惊，而人亦不复道其为栋梁材矣。''力已不支，故自惊，材已非旧，故不道。'……张溍曰：'言自惊己力已衰谢，觉双枫尚具栋梁之用，惜其轻伐也。"不道"，犹"岂非"也。杜诗往往有此等句。'"③ 尽管在枫与人判定上有分歧，无论是杜自惊，还是"双枫自惊"，诸家都认为"自"就是枫或杜甫自己。"自"应为却义，此句言却惊力之衰谢。"不道"应为不料义④，杜甫《承闻河北诸节度入朝欢喜口号绝句十二首》"不道诸公无表来，茫茫庶事遣人猜"，即谓不料诸公无表来⑤。杜甫此诗上句因枫而自伤，下句由己而感慨于枫。"却"字一转，"不道"再一转，抑而又抑，跌后复跌，两番跌宕，亦属杜诗顿挫之一法。

"自"作为转折副词，学界已有提出，但证以晚唐诗，如李贺《感春》："日暖自萧条，花悲北国骚。"戎昱《苦哉行》："彼鼠侵我厨，纵狸

---

① 萧涤非主编：《杜甫全集校注》，人民文学出版社2014年版，第5698页。
② 萧涤非主编：《杜甫全集校注》，人民文学出版社2014年版，第5698页。汪瑗曰："言万物逢春，皆有生意，而己独泛孤舟，为憔悴客也。"
③ 萧涤非主编：《杜甫全集校注》，人民文学出版社2014年版，第5731页。
④ 参见魏耕原：《唐宋诗词语词考释》，商务印书馆2006年版，第243页。
⑤ 参见江蓝生、曹广顺：《唐五代语言词典》，上海教育出版社1997年版，第31页。

授粟肉。鼠虽为君却，狸食自须足。"①"自"的却义，至晚可见于萧梁时代。其时江洪《咏蔷薇》："当户种蔷薇，枝叶太葳蕤。不摇香已乱，无风花自飞。"看作花自己飞，未尝不可，但视作花却飞，更有意味，且"自"与"已"偶对，当同为副词，显得更为工稳而有意味。

（二）"自"之时态副词殊义的误解

"自"之时态副词已经义，在杜诗中运用也比较广泛，同样亦颇费解。

5.2553《遭田父泥饮美严中丞》："步履随春风，村村自花柳。"《杜甫全集校注》："步履，散步。随春风，谓漫步于春风中。刘辰翁曰：'语有天趣，正尔苦索不能及。'杨伦曰：'妙！写春光，亦便见政成民和意。'"②所谓"语有天趣"，春光写得"妙"，主要集中在次句，尤其句中的"自"很有惬意舒心之感，然"自"之属义，颇难索解。此当为已义，此句言村村已经花红柳绿。

5.2764《柳边》："只道梅花发，那知柳亦新。枝枝总到地，叶叶自开春。"《杜甫全集校注》："顾宸曰：'忽而长条垂地，遍叶皆开，则柳之新者已不觉绿暗矣。'……自开春，谓柳叶在春天展开也。"③"自"字费解，后者干脆避而不释。其实顾氏的"柳之新者已不觉绿暗"，已经透露出"自"有已义的消息。此句即言柳叶已经显示出春天的莅临。

6.3266《院中晚晴怀西郭茅舍》："幕府秋风日夜清，澹云疏雨过高城。叶心朱实看时落，阶面青苔先自生。""看"一作"堪"。《杜甫全集校注》："邵宝曰：'堪，当也。果已熟而又经雨，故曰"堪时落"。''先自生，府中阶间，不待雨而苔自生也。'"④这是把"自生"看成自己生长，而应为已生。即不待雨而先已生。与"堪时落"即当时落，对仗工稳。

6.3288《晚秋陪严郑公摩诃池泛舟》："湍驶风醒酒，船回雾起堤。高城秋自落，杂树晚相迷。"《杜甫全集校注》："汪瑗曰：'言时与景。秋自落，贴"风"字，晚相迷，贴"雾"字。'……吴见思曰：'池在城边，秋风自高而落。'周作渊曰：'高城当秋，因风而木叶摇落。杂树值晚，缘雾而树影蒙迷。'此联以周解为切。"⑤"高城秋自落"，这应是由成都城内的

---

① 江蓝生、曹广顺：《唐五代语言词典》，上海教育出版社1997年版，第461—462页。
② 萧涤非主编：《杜甫全集校注》，人民文学出版社2014年版，第2554页。
③ 萧涤非主编：《杜甫全集校注》，人民文学出版社2014年版，第2276页。
④ 萧涤非主编：《杜甫全集校注》，人民文学出版社2014年版，第3266页。
⑤ 萧涤非主编：《杜甫全集校注》，人民文学出版社2014年版，第3288页。

池树秋叶落,而想到了全城,即高城也是如此。吴氏谓"秋自落"为"自高而落",即把"自"看作介词"从"义。周氏把此句当作看到全城景象,是对由池上秋景而推想到全城的误解,而且绕过"自"而不释。"秋自落"应为秋已落或秋应落。这句是说秋天当已降落全城,也就是"晚秋之色落于高城"。"高城"上不会有树,更谈不上木叶摇落。周氏的解释存在种种误解。

8.4341《见王监兵马使说,近山有白黑二鹰,罗者久取,竟未能得……》:"虞罗自各施虚巧,春雁同归必见猜。"《杜甫全集校注》:"虞罗,原为掌山泽虞人所张设的罗网,亦泛指渔猎者设置的罗网。隋魏彦深《鹰赋》:'何虞者之多端,运横罗以羁束。'虚施巧,谓未能得到。"①"虞罗"与"施虚巧"都有解释了,却未释"自各",盖因其无须解。其实"自各"与各自不同,当是已经都的意思。此句说猎者已经都设下罗网,却全都白费心机,未能捕获,即题目"罗者久取,竟未能得"之意。

10.5527《舟月对驿近寺》:"更深不假烛,月朗自明船。"《杜甫全集校注》:"邵宝曰:'言更深有月,无须用烛,而月光满船,明月如昼。'纪容舒曰:'题是舟月,故虽当更深之时,不假烛光,而月色自能明船。'"②这两句为倒置句,属于果前因后,是说夜深月朗,船上明亮,故虽更深却无须燃烛。"月朗"句为前因后果,"自明船"即已明船。纪氏所说的"月色自能明船",则把"自"看成自然,实属望文生义的误解。

"自"之时态副词已义,其来已久。汉乐府《陌上桑》:"使君自有妇,罗敷自有夫。"言使君应有妇,罗敷已有夫。曹植《斗鸡》:"群雄正翕赫,双翅自飞扬。"言已飞扬。又《赠白马王彪》:"存者忽复过,亡没身自衰。"言身已衰。又《种葛篇》:"种葛南山下,葛藟自成阴。"言已成荫。阮籍《咏怀八十二首》其三十三:"一日复一夕,一夕复一朝。颜色改平常,精神自损消。"言已损消。晋人傅咸佚题:"肃肃商风起,悄悄心自悲。"言心已悲。又同诗:"圆圆三五月,皎皎耀清辉。今昔一何盛,氛氲自消微。"言已消微。萧梁刘孝绰《答何记室》:"方圆殊未工,黑貂久自弊。""未""久"对文呼应,言久已弊。萧子范《落花》:"绿叶生半长,繁英早自香。"言早已香。王淑英妻刘氏《暮寒》:"梅花自烂漫,百舌早迎春。""自"与"早"对文,"自"之已义尤为显明。

杜诗集汉魏晋南朝诗之大成,在"自"之已义上,尤可见一斑。

---

① 萧涤非主编:《杜甫全集校注》,人民文学出版社2014年版,第4342—4343页。
② 萧涤非主编:《杜甫全集校注》,人民文学出版社2014年版,第5527页。

（三）"自"之情态副词的误解

"自"之情态副词应当义，杜诗运用最多。所表推测、判断的功能，可以抒发各种不同的复杂感情。

1.371《陪郑广文游何将军山林十首》其六："野老来看客，河鱼不取钱。只疑淳朴处，自有一山川。"《杜甫全集校注》："朝鲜李植曰：'此与"翻疑柁楼底"（按：此为本诗其二之句）同。疑越中（按：指其二之末句"晚饭越中行"），疑淳朴，便是园林在郊圻，非远僻之意也。'洪仲曰：'只疑此处另有一山川，是用（桃）花源暗比耳，谓之暗用事。'"①洪氏释"自有"为另有，无据。这两句是说：此地淳朴如此，只疑应有像桃花源那样的处所。

1.400《赠陈二补阙》："皂雕寒始意，天马老能行。自到青冥里，休看白发生。"《杜甫全集校注》："石闾居士曰：'盖"自到"者，言自然能到，非谓其业已得到也。'青冥，青天也。王洙曰：'言自可致于青霄之上，无以老自息。'"②两家似都把"自"看作自然，无大误。这是赠诗贺人被召入京，故谓"自到"为应到或会到，义当更长。"青冥"是以青天喻朝廷。

1.435《城西陂泛舟》："春风自信牙樯动，迟日徐看锦缆牵。"《杜甫全集校注》："日本津阪孝绰曰：'信，任也，言不烦人力也。樯，帆柱也。盖船卸帆而任其所之随波漂漾，只有牙樯之动春风而已。……'王嗣奭曰：'楼船甚安，不见其动，但有风有樯，自信其船之行，用"自信"字极妙。船大则行自缓，故云"徐看"。'仇注引张性曰：'动曰自信，牵曰徐看，见中流容与之象。'"③对于"自信"，一谓自任，一谓自己相信。"自"当为"应"义，此句言应任春风牙樯动，则与下句"徐看"呼应。仇氏的"自信其船"，未免看得太呆，缺乏容与自在气象。

2.1118《画鹘行》："缅思云沙际，自有烟雾质。"《杜甫全集校注》："鲍照《舞鹤赋》：'烟交雾凝，若无毛质。'……周篆曰：'言乾坤虽大，而画上之鹘不能奋飞，粉墨虽工，究何益哉？缅思云际，定有真鹘飘然于烟雾之中，但愧不能如之耳。'"④谓"自有"为定有，看得太死，不如应有

---

① 萧涤非主编：《杜甫全集校注》，人民文学出版社2014年版，第372页。
② 萧涤非主编：《杜甫全集校注》，人民文学出版社2014年版，第402页。
③ 萧涤非主编：《杜甫全集校注》，人民文学出版社2014年版，第435页。
④ 萧涤非主编：《杜甫全集校注》，人民文学出版社2014年版，第1120页。

或会有义长。

5.2767《奉送崔都水翁下峡》:"所过凭问讯,到日自题诗。"《杜甫全集校注》:"顾宸曰:'"所过",言崔过此峡过此祠也。公将出峡,故欲崔公于所过之地,到即题诗,公将凭此为问讯也。旧解云:"出峡所经之地,托崔一一问讯,待公到日,当一一题诗。"将向谁问讯乎?且崔公即去矣,公题诗又何为乎!'卢元昌曰:'结二句,即张籍《送远曲》"愿君到处自题名,他日知君从此去"意。'"①顾氏所引旧解,似把这两句看作一般的叙述句,而这句实为倒置句:你"到日自题诗",我"所过凭问讯"。似乎都把"自"看作自己,实则"自题诗"应为"应题诗"。

5.2910《送元二适江左》:"晋室丹阳尹,公孙白帝城。经过自爱惜,取次莫论兵。"《杜甫全集校注》:"邵宝曰:'戒元二所经之地,须自爱重,慎勿轻言兵事也。'"②所谓"须自爱重",即必须爱重,未释"自"。当为须应爱重或须当爱重。

6.3346《春日江村五首》其一:"茅屋还堪赋,桃源自可寻。"《杜甫全集校注》:"仇注:'赋茅屋,草堂托居。寻桃源,花溪览胜。'……梁运昌曰:'五、六寄傲,"还"字"自"字有味。'浦注:'故"茅屋"虽堪寄迹,而桃源尚自系思。''仇注即欲以茅屋当桃源,失其旨矣。'按:浦以为系思桃源,是舍草堂而去之意,恐与诗旨不合,当以仇注为是。"③"还堪""自可"呼应,即把草堂已视作避俗之地。但浦氏视"自"为"尚自",颇具只眼,然"自可寻"看作应可寻,语气更明朗而义长。

6.3412《宴忠州使君侄宅》:"出守吾家侄,殊方此日欢。自须游阮舍,不是怕湖滩。"《杜甫全集校注》:"仇注:'阮舍,比宅居;湖滩近忠州。'汪瑗曰:'此联已留恋于此,非是怕湖滩之险,欲尽叔侄之情耳。'顾宸曰:'公以阮咸比使君,以阮籍自比。'"④似把"自须"看作自然必须或自己必须,故均无释。"自须"似为应须,就有了相商意味。

6.3516《别蔡十四著作》:"我衰不足道,但愿子意陈。稍令社稷安,自契鱼水亲。"《杜甫全集校注》:"邵宝曰:'盖愿著作得君之心。'杨伦曰:'冀其君臣契合。'"⑤前者对"自"亦未释,似待之以常义。后者却视为自然。"自契"当为应契义。

---

① 萧涤非主编:《杜甫全集校注》,人民文学出版社 2014 年版,第 2768 页。
② 萧涤非主编:《杜甫全集校注》,人民文学出版社 2014 年版,第 2911 页。
③ 萧涤非主编:《杜甫全集校注》,人民文学出版社 2014 年版,第 3347 页。
④ 萧涤非主编:《杜甫全集校注》,人民文学出版社 2014 年版,第 3413 页。
⑤ 萧涤非主编:《杜甫全集校注》,人民文学出版社 2014 年版,第 3518 页。

8.4414《怀灞上游》："怅望东陵道，平生灞上游。春浓停野骑，夜宿敞云楼。离别人谁在，经过老自休。"《杜甫全集校注》："赵次公曰：'离别人谁在，则所与同游灞上之人，今既离别，复谁在乎？又老矣，经过亦自休罢也。……'顾宸曰：'同游"灞上"之人，今皆离别，不知谁尚在。昔日经过此地，今我亦老自休，不能复游矣。'"①"离别人"应是灞上的友人，而非"同游灞上之人"，看"夜宿敞云楼"自明。"经过"应为造访，拜访。阮籍《咏怀》其五："西游咸阳中，赵李相经过。"李白《少年行》其一："击筑饮美酒，剑歌易水湄。经过燕太子，结托并州儿。""经过"均为拜访义。这两句说：当年灞上一别，不知那里的朋友有谁还在，此生若想再去拜访，恐老而不能如意。"老自休"当为老应休，此句与杜之名句"官应老病休"较近。

9.5061《晚晴吴郎见过北舍》："明日重阳酒，相迎自酦醅。"《杜甫全集校注》："黄生曰'自酦醅，以亲酌为敬也。'"②这是对明日再来饮酒的相约，即孟浩然"待到重阳日，还来就菊花"意。次句说我应过滤好酒欢迎明日再来。黄生以"亲酌"释"自酦醅"，恐非。

9.5380《别李义》："王子自爱惜，老夫困石根。"《杜甫全集校注》："王子，指李义。老夫，甫自谓。困石根，为留滞夔州，终非所宜。"③什么都解释了，就是未释"自爱惜"。此句当与曹植《赠白马王彪》"王其爱玉体"意近。"自爱惜"非爱惜自己或自己要爱惜，当为应爱护自己。

10.5901《送卢十四弟侍御护韦尚书灵榇归上都二十四韵》："万姓疮痍合，群凶嗜欲肥。刺规多谏诤，端拱自光辉。"《杜甫全集校注》："赵次公曰：'"刺规多谏诤"，正所以望于卢侍御也。"端拱自光辉"，言天子闻其谏诤，自可以垂衣拱手而治也。'张溍曰："刺规，谓御史能时进规谏，而天子临御，治道日隆，自有光辉。"④赵氏把"自"看作"自可以"，即自然可以，属于误解。张氏看作"自有"，虽未作明确解释，倒还接近。"多""自"呼应，表示前因后果的关系，"自光辉"即应光辉，显示出对其人的期盼。

"自"字应义，至晚见于汉代，前及《陌上桑》"使君自有妇"，言应有妇。《孔雀东南飞》："今日违情义，恐此事非奇。自可断来信，徐徐更

---

① 萧涤非主编：《杜甫全集校注》，人民文学出版社 2014 年版，第 4414 页。
② 萧涤非主编：《杜甫全集校注》，人民文学出版社 2014 年版，第 5062 页。
③ 萧涤非主编：《杜甫全集校注》，人民文学出版社 2014 年版，第 5382 页。
④ 萧涤非主编：《杜甫全集校注》，人民文学出版社 2014 年版，第 5905 页。

谓之。"自可，犹言应可。张正见《秋晚还彭泽》："游人及丘壑，秋气满平皋。……自有东篱菊，还持泛浊醪"。言应有东篱菊。江总《哭鲁广达》："黄泉虽抱恨，白日自留名。"言应留名。

（四）"自"之"还"义的误解与无解

杜诗"自"之还义，运用亦多，若待之"自己"或"自然"的常义，则句意阻塞不通，亦是读杜诗的难点之一。

3.1152《早秋苦热堆案相仍》："七月六日苦炎蒸，对食暂餐还不能。每愁夜中自足蝎，况乃秋后转动蝇。"《杜甫全集校注》集数家之注，均无释"自足蝎"，似以为不必释。但释之常义自然，则不通。似乎当为还足蝎，既上承上句的热不能食，又与下句呼应，构成跌而又跌，抑而又抑，属于杜诗顿挫之一种方式。

3.1184《崔氏东山草堂》："爱汝玉山草堂静，高秋爽气相鲜新。有时自发钟磬响，落日更见渔樵人。"《杜甫全集校注》："钟磬之音发自寺中，亦不言而喻。自元人相传之《杜律虞注》谓'自发钟磬，非指寺观塔庙之钟磬，盖草堂必贮古彝器及古乐器之类，故有编钟石磐在堂中，而崔君时自击之，以听其古音也。'明代注家邵宝等多附其说，实不敢苟同。"① 释"自发"为"崔君时自击之"则为失之，言"发自寺中"亦未为得之。当为草堂附近寺中还发义。上下两句互为映发，"自发"为听，"更见"为视，视听结合，"自"义当与相对的"更"同，"更"则还也，"自发"亦为"还发"，当无疑义。

6.3037《伤春五首》其一："天下兵虽满，春光日自浓。"《杜甫全集校注》未释"自"。此句当言春光一天比一天还要浓。"自"与"虽"偶对呼应，转折意味显明。

6.3247《过故斛斯校书庄二首》其二："燕入非傍舍，鸥归只故池。断桥无复板，卧柳自生枝。"《杜甫全集校注》："顾宸曰：'"断桥无复板"，则无人行矣。"卧柳自生枝"，园无主人，任草木之自为荣枯耳。合四句所云，园林非昔游也。'"② 把"自生枝"看作"草木之自为荣枯"，显然以"自"为草木之自己。此当为还生枝，带有微讶之感。但《杜甫全集校注》偶有解释确切者，见下文。

---

① 萧涤非主编：《杜甫全集校注》，人民文学出版社 2014 年版，第 1185 页。
② 萧涤非主编：《杜甫全集校注》，人民文学出版社 2014 年版，第 3247 页。

三 杜诗"自"之殊义误解 391

5.2950《与严二归奉礼别》:"商歌还入夜,巴俗自为邻。"《杜甫全集校注》:"仇注:'商歌、巴俗,自伤寥落。'陈式曰:'二句,已别后凄凉之情。'仇注含混,陈注以为二句均指杜甫言,欠确。吴瞻泰曰:'二句一彼一己。'吴说得之。'商歌'句,指严二入朝供职,如宁戚商歌干桓公而见用。下句谓己仍羁旅巴郡异俗之地。"① 就把"自为邻"看作"己仍羁旅",谓"自"为副词"仍"义,中其肯綮,颇有见地。而"自生枝"与"自为邻"的二"自"字,用义相近,彼处得之而此处失之,慎于彼而忽于此,未免惋惜。

6.3273《宿府》:"清秋幕府井梧寒,独宿江城蜡炬残。永夜角声悲自语,中天月色好谁看?"《杜甫全集校注》:"吴见思曰:'永夜角声,声既悲矣,而呜呜者如自语也。'黄生曰:'角声之悲如人自语,惟独宿乃觉其然。月色虽好,不耐起看,亦枕上无聊之语。'……一说'自语',乃杜甫自语,'谁看',谁与共看。邵宝曰:'"悲自语",自闻之自言之。"好谁看",自见之自赏之,皆无他人也。'两说,似以前说为胜。"② 前说固胜,但两说把"自"一看作角声自语,一看作杜甫自语,都以"自己"释"自",恐未安。当为还义,角声自语,即角声还语,中夜不眠的悽恻"无聊"心绪更为显见。或谓"自"与"谁"对偶,均为人称代词,但似乎失去了两句间的呼应。

6.3277《遣闷奉呈严郑公二十韵》:"白水鱼竿客,清秋鹤发翁。胡为来幕下?只合在舟中。黄卷真如律,青袍也自公。"《杜甫全集校注》:"张溍曰:'"黄卷"句,谓簿书督责之严。'……王嗣奭曰:'用"退食自公"语,言幕官虽卑,亦自公而退食也。'"③ "也自公"与《诗经·召南·羔羊》"退食自公"无涉。《诗经》之"自公"为从公,而"也自公"在意义上"也自"连文,"公"为单用,与《诗经》之"自公"迥别。此句是说一领青袍也还算是公家之物。"黄卷"句正说为官所拘,此句则为反言,正反相形,不乐幕府之意,就更晓明。

"自"之还义,已见于《古诗十九首》其十二:"东城高且长,逶迤自相连。"言还相连。阮籍《咏怀》其七三:'横术有奇士,黄骏服其箱。朝起瀛洲野,日夕宿明光。再抚四海外,羽翼自飞扬。"言还飞扬。

综上可见,"自"字表情达意作用丰富,用意深微,往往需辨析于毫

---

① 萧涤非主编:《杜甫全集校注》,人民文学出版社 2014 年版,第 2950—2951 页。
② 萧涤非主编:《杜甫全集校注》,人民文学出版社 2014 年版,第 3274 页。
③ 萧涤非主编:《杜甫全集校注》,人民文学出版社 2014 年版,第 3277、3278 页。

厘之间，稍一轻忽，不仅不达词意，且会错解句意，甚至一篇之旨也会发生误解。另外，"自"还有可、独、也、仍等义[1]，只是运用不大普遍，这里就从略了。

---

[1] 参见魏耕原：《全唐诗语词通释》"自"字条，中国社会科学出版社 2001 年版，凡 12 条。

后　记

　　先前所作陶渊明研究，以及谢朓研究，同时也在一定意义上是为唐诗研究做些准备，包括唐宋诗词语词考释在内；而《盛唐名家诗论》既是以上的小结，也为《盛唐三大家诗论》打下基础。"三大家"中的杜甫，讨论了白话七律的变革与发展、歌行论、组诗论、诗史、绝句的变革、李杜异中有同。但话未说完，于是就有此书之作。此稿对于先前所论杜诗，概不阑入。

　　苏轼的"一饭未尝忘君"影响至大至深，"忠君"就成了杜甫卸不掉的"铁帽子"。杜甫偶然做了近臣，那正是反攻安史叛军与清洗玄宗旧臣，肃宗急于收复二京与借兵回纥之时，在平叛的重大举措上，杜甫与肃宗格格不入，前者与李泌先克复河北而后收京的战略暗合，肃宗要收京即须借兵回纥，杜甫都极为反对。可惜自古迄今对收复二京始终误解了杜甫，他的《北征》的"伊洛指掌收，西京不足拔。官军请深入，蓄锐可俱发。此举开青徐，旋瞻略恒碣"可惜就一直遭到误解。前两句是"将来进行时态"，"官军深入"以下方是"现在进行时态"，不知为何那么多的注杜者把二者颠倒了，而且宋代史家有"好论天下大事，高而不切"的訾议，这又是杜甫身后最大的不幸之一；肃宗阴挚，对提前收复二京带来的重创在所不惜，这实际上把安史之乱又延长了六年。杜甫算是把肃宗的阴鸷狭私的心理看透了，所谓"圣心颇虚伫""唐尧真自圣"，绝不是"忠君"的好听话。如果说毅然归隐的陶渊明"忠君"，恐怕无人会信；而杜甫同样罢官，宁愿去做比陶更糟糕的漂泊难民，又怎么还会老实地"忠君"呢？杜甫的思想单纯而坚执，如说他是儒家，就肤浅得走调了。他应是孟子式的对君主有批判性的以民为本的儒，而非孔子式的温和，忠君的前提是忧国忧民，如果国君民之不忧，杜甫就只能站在民众一边，代民立言，就不能不讥君、讽君、刺君了。

　　杜甫仕宦经历比陶渊明还要短，他实际上是一个职业诗人，而且是自传性的政治的诗人。"诗圣""诗史"都是那个灾难的时代所促成的，他的"集大成"是由诗史到了集大成时代所形成的。他把五古推向诗国的顶峰，带有"国家不幸诗家幸"的时代烙印。盛唐流行的歌行与七绝体，前者在他手中大放光彩，而与李白双峰并峙；后者在他创作中出现最晚，而力图变革，虽然并不很成功，却具自家面貌而影响深远。五七言律诗的创新与发展亦为瞩目，尤其后者进入无与伦比的境界。

作为职业诗人，杜甫具有精心的创作计划。"盛唐诗风尚觉"，盛唐诗人各人都有自己的模式。李白的模式是出于应酬，属于天才的率意与挥霍；杜甫则是精心的设置与特意的追求。前人言"'大'字是工部的家畜"，还有"安得""百年""万里""乾坤""万国"，等等，都可以看作他的"一大群家畜"，都是为了始终不渝地表达忧国忧民的情怀。唯其如此，"杜诗的高、大、深俱不可及"。

杜诗力求在各个方面与李白、王孟、高岑等有所区别，他敢于写白话诗，勇于以丑为美，严肃而不乏幽默。"凡人所不能道，不敢道，不经道，甚而不屑道者，矢口而出之，而必不道人所常道"（王嗣奭《杜诗笺选旧序》），都带有杜诗的转换性质。他是由盛唐转化为中唐的标志性的大诗人，他属于本时代，又导引了下一个时代，甚至于影响以后的诗史，这在诗史上没有第二人。

对于韩愈与苏轼，前人说是"韩潮苏海"，那么杜甫就是一片汪洋，而且"浑涵汪茫，千汇万状"，涵咏其间，不见涯际；在前人丰厚的研究中，还要深入一步，付出的力量则可想而知。不过一代有一代学风，学人也应该有自己的学风，趋同与趋时均非唯一的选择。而杜甫研究积淀又是那么丰厚，要在融汇群言中向前迈出一步，亦属不易！尤其在杜甫思想的研究上，处处与人立异，那倒不一定是"创新"。而所迈出的这一步，却容易被人忽略，只见其大同，而难见其小异。但这未尝不是一种求真。相较杜之诗艺，却天高地厚，前人微观之见多，今人多留意宏观，如何结合二者走出一条新路，正是值得最用力气的地方。"处女地"一经开垦便是一片绿洲，被千耕万垦的杜诗，要"创新"谈何容易！要说处处具有新见，天下没那么容易的事，要说没有向前迈出一步之新，恐怕亦不见得。

书中章节曾在《古代文学理论研究》《中国诗学》《唐史论丛》《齐鲁学刊》《杜甫研究学刊》《福州大学学报》《长安大学学报》等刊物发表过，这是要非常感谢他们的。这次申报国家社科基金后期资助项目，是由作者退休后所在西安培华学院上报，因其属于民办普通高校，加上该校从来没有获得此类立项，然而终于得到省上报给全国哲学社会科学工作办公室，才有了这次参与审评的机会，真是来之不易！否则今将继续搁置，能不感慨系之！能不感谢两个单位——西安培华学院与陕西省全国社科工作办公室吗？拙稿因被国家社科基金后期资助项目立项，经过若许匿名的专家单审、会审，有肯定也有批评，对于后者，尤觉得异常珍贵，虽然意见尚有相互矛盾，然横岭侧峰亦在所难免，尽量全部采纳。经过反复斟酌，予以一一修改，因为这是一次难得的机会。平时作好一部书，别人是不会轻易说哪些地方欠妥。有了这些谠言，何不乐而为弥缝罅隙，所以，对那些匿名的独具只眼的专家，非常感谢！何况国家立项支持，敢不竭尽心智！

  谨为记。